第五十八章	若失·喝酒·偶然	/1
第五十九章	来往·往来·夜宿	/9
第六十章	对峙·中伤·变卦	/18
第六十一章	询问·上京·亲戚	/27
第六十二章	不决·拂袖·再次	/35
第六十三章	应对·出手·谈心	/44
第六十四章	教训·慌乱·直击	/52
第六十五章	对策·变化·愿望	/61
第六十六章	筹谋·结善·黄雀	/69
第六十七章	冷笑·答应·婚礼	/77
第六十八章	拜堂·轻快·出头	/85
第六十九章	愤懑·惨绿·次日	/94
第七十章	将错·就错·打草	/103
第七十一章	承认·惊蛇·三天	/111
第七十二章	入耳·殷勤·说媒	/120
第七十三章	决裂·进退·入目	/128
第七十四章	迅雷·不及·补救	/136
第七十五章	困惑·相约·路口	/145
第七十六章	众人·一一·奔走	/154

目录
CONTENTS

第七十七章	相告·猜测·探访	/161
第七十八章	执意·连轴·出宫	/169
第七十九章	约定·过问·催妆	/178
第八十章	嫁妆·差错·子嗣	/186
第八十一章	识破·出阁·进门	/194
第八十二章	新婚·喜愁·双朝	/203
第八十三章	认亲·骞然·提醒	/212
第八十四章	回门·论序·不甘	/220
第八十五章	郁闷·名分·清点	/228
第八十六章	打听·黑屋	/237

目录
CONTENTS

第五十八章　若失·喝酒·偶然

宋墨点了点头，道："我正好明天有事要去趟大兴的田庄，你给陈曲水下张帖子吧！"

屋里的人俱是一愣，刚才他们还在商量着去拜访三驸马石崇兰，怎么眨眼的工夫，宋墨就改变了主意？

廖碧峰初来乍到，自认还没有摸清楚宋墨的脾气，看了严朝卿一眼，见严朝卿正垂着眼睑喝茶，没有说话，他便也没有吭声。

陈核应声退下，廖碧峰继续着刚才的话题："国公爷虽然有续弦之意，但世子爷已到志学之年，二爷也过了垂髫，好一点的人家，未必愿意把女儿嫁进来；差一点的人家，又起不到联姻的作用，于现在的局面无益。这次国公爷推了宣州卫都指挥使彭枫之女，求娶长兴侯幼妹，就可以看出国公爷的打算。公子趁机去拜访石崇兰，让石家知道世子爷有大志，以石家一贯的做派，多半不会答应国公爷的求娶，倒是个好主意。"

严朝卿微微颔首，也称赞道："石家向来重利轻情，喜欢与豪门权贵结亲，要不然，石崇兰也不会尚了公主。国公爷想娶石家的姑娘也是因为如此。世子爷的计策甚好——如果让石家觉得这门亲事他们根本没办法从中获利，甚至有可能得罪了世子爷，肯定就不会答应这门亲事了。"

官场上向来有不欺少年郎的说法，就是说少年人有无限的可能，说不定哪天就青云直上成了人上人，何况宋墨的势头如此之猛，石端兰如果答应将妹妹嫁给宋宜春，就等于没有任何转圜的余地，直接站到了宋墨的对立面。

宋墨没有作声，显得有些心不在焉。

廖碧峰以为宋墨在为宋宜春的婚事烦恼，想到宋墨和宋宜春之间的矛盾，他不由欠了欠身，给宋墨出主意："世子爷，府上没有主母主持中馈，国公爷要续弦，天经地义，谁也不能阻拦，可如果您成了亲，那就不一样了——国公夫人是填房，世子夫人乃元配，一个占着长幼，一个占着嫡庶，国公府的内务会落在谁手里，这个时候就看谁的身份更显赫一些了。"他说到这里，又看了严朝卿一眼，把两人之前商议好的话轻声说了出来，"廷安侯汪清淮的妹妹，太夫人娘家陆舅爷的次女……还有万皇后所出的景宜公主，都到了适婚的年纪，世子爷明年一月就要出服，早做打算，正是时候！"

宋墨哂笑："我父亲恐怕打的也是这个主意吧？"

廖碧峰笑而不语。

宋墨却道："这件事以后再说，先让他去石家碰碰壁也好。"一副不愿意多谈的样子。

话虽如此，但只要石家不明确地拒绝英国公，这桩婚事就有可能会成。

廖碧峰忙道："那三驸马那里？"

"就安排在后天吧！"宋墨淡淡地道。

会不会太晚？廖碧峰刚想再劝宋墨几句，却感觉到衣袖被人拽了拽，接着就听到了严朝卿的声音："既然如此，那我们就先告辞了。世子爷也好休息休息，明天一早赶往大兴。"

宋墨"嗯"了一声。

严朝卿和廖碧峰起身告辞。

待出了正院，廖碧峰忙低声问严朝卿："那陈曲水是什么人？世子爷竟然待他如此地客气。听世子爷的口气，他好像在谁家做幕僚，怎不请了过来？"

严朝卿还真不好回答他。要解释陈曲水是谁，就得说到窦四小姐……显然，世子爷现在最担心的就是把窦四小姐给牵扯进来。但又不能不向廖碧峰说明陈曲水的身份——廖碧峰现在是世子爷的幕僚了，若是对世子爷的事一无所知，很容易判断错误，从而坏事。

窦四小姐马上要嫁人了，就算是世子爷和魏廷瑜的关系再好，也不可能像现在这样来往了。

世子爷怎么认识窦四小姐的，以后有机会再告诉廖碧峰吧！

严朝卿很快就想好了说辞："陈曲水名波，从前是那个弃城而逃的福建巡抚张楷的幕僚，后来回了老家真定，在北楼窦家七房谋了个账房的差事，颇受窦大人的看重，帮着照看窦大人留在真定的嫡长女。世子爷出事的时候，他正好在京都，因受过定国公的恩惠，曾帮过世子爷的忙。又因窦家在他落难的时候收留了他，他念着旧恩，不愿请辞，所以一直留在窦家。他既然来了京都，世子爷肯定是要尽一尽地主之谊的。"

廖碧峰却觉得严朝卿话里有破绽。若真是如此，世子爷应该关心陈曲水在窦家过得好不好才是，可听世子爷那口吻，却好像对那家小姐的婚事更在意。

想到这些，宋墨那若有所思的表情浮现在廖碧峰的脑海里。

他心中微动，难道世子爷……

但他很快就把这个念头压在了心底。他没有和世子爷一起经历那场劫难，想要得到世子爷和世子爷身边心腹的承认，还要些日子。

这件事不急，他迟迟早早会打听出来的。

廖碧峰笑着向严朝卿问起宋墨去大兴田庄的事来："到时候要不要我跟着？"

"看世子爷到时候怎么安排吧！"严朝卿也看出了宋墨的心思，想着要是被传出点什么话来那可就不得了了，他打定了主意不让廖碧峰跟过去，因而说起话来就带了几分推托，"陈曲水毕竟是帮人做事，看他能不能走得开再说吧！"

廖碧峰"嗯"了一声，转移了话题，回去之后吩咐自己带来的小厮注意有没有陈曲水的拜帖。

第二天下午，小厮来回道："没有看见有个叫陈曲水的拜帖。"

难道这个陈曲水拒绝了世子爷的好意不成？廖碧峰忍不住在心里嘀咕。

陈曲水却已到了大兴的田庄。他怎么会以自己的名义给宋墨回帖，那岂不是把自己暴露在了英国公的眼皮子底下？宋墨的邀请既然不能推辞，自己直接来见他就是了。

宋墨见到他兴致颇高，请他品茶。

只不过寒暄了几句之后，话题就转到了窦昭的婚事上。

陈曲水最佩服窦昭有识人之能。

当初在田庄的时候，窦昭小心翼翼甚至是有点敬畏地将宋墨送走了，他还有些不以为然，后来所发生的事却一一印证了窦昭的明智。

他觉得和宋墨保持一定的距离是完全有必要的，因而根本就没打算将自己的真实来意告诉宋墨。

"上次舅太太回来的时候四小姐的嫁妆就已经准备得差不多了，只等着姑爷除服之后定日子了。"陈曲水道，"崔姨奶奶就让我们来问问七老爷，看小姐是从真定出嫁还是从京都出嫁，请谁做全福人，京都的高门大户嫁女儿都有些什么讲究，小姐这边还有没有什么需要添减的东西……林林总总，说起来都要两刻钟，更不要说得办的事了。"他苦笑，一副无可奈何的样子，感慨道，"成亲可真是件麻烦事啊！"

"是吗？"宋墨突然间觉得有些失落。

窦昭嫁人之后，心里装着的，口中叨念的，将是魏廷瑜……他再去见她，就算她再坦荡，魏廷瑜再不在意，恐怕也有些不合时宜了吧！他顿时若有所失，意兴阑珊，觉得自己还是应该去三驸马府的……

而知道陈曲水来了京都的纪咏却是十分兴奋，他问子息："消息可靠吗？"

"可靠！"子息拍着胸脯道，"他就住在四小姐的笔墨铺子里，前两天还去拜访了窦家的几位老爷。今天去大兴拜访朋友的时候被我们发现了。"

纪咏大感兴趣，道："查出陈曲水朋友的身份了吗？"

"查出来了。"子息道，"此人姓严，名云，字朝卿。是英国公府世子爷的幕僚。"

纪咏很是意外："英国公府世子爷的幕僚……那应该是在福建认识的……"他想到前些日子听到的有关英国公府的传言，不由沉吟道，"知道陈曲水来京都干什么吗？"

"听说是和窦家七老爷商量窦四小姐的婚事。"子息道，"济宁侯再两个月就除服了。"

纪咏不由撇了撇嘴，道："难道窦昭还真的准备嫁给这个姓魏的不成？"

子息冒汗，忙道："这婚事是窦四小姐自幼定下的，窦四小姐不嫁给济宁侯还能嫁给别人不成？窦家不就是以此为借口推了何家的求亲吗？"

纪咏却自顾自地道："我总觉得窦昭嫁给这个姓魏的太亏了……"这么一说，他心里就很不舒服起来，好像看到有灰尘落在了窦昭原本纤尘不染的衣襟上似的，不把那灰尘扫落，心里仿佛始终横着根刺。

他拍了拍衣襟，道："走，我们去见见陈曲水。"

"这，这，不大好吧？"子息跳起来就拦在了纪咏的前面，"陈先生是来商量窦四小姐婚事的，您去见陈先生，怎么说啊……"要是公子再做出什么"路见不平"之事把这件事搅黄了，那可就糟了！

只是还没等他把话说完，就被纪咏鄙视地瞥了一眼："我是窦昭的表兄，我关心一下她的婚事，难道也不行吗？"

这算是哪门子的表兄！

"行，行，行！"子息闻言顿觉一阵天昏地暗，道，"不过，问姑太太应该也是一样的吧？陈先生一来，就去拜访了姑太太，窦四小姐又是从小跟着姑太太长大的，有些事，姑太太说不定比陈曲水知道得更多……"

在给太太通风报信之前，他无论如何也要把纪少爷先拦下来。

可子息怎么拦得住纪咏！

纪咏大摇大摆地穿过抄手游廊到了前院。

迎面一大群人簇拥着个老者走了进来。那老者中等个子，须发皆白却面色红润，穿了件半新不旧的宝蓝色杭绸直裰，腰间坠着个红玛瑙的小瓶子，一双眼睛炯炯有神，还透着几分少年人才有的新奇。

他一看见纪咏就呵呵地笑了起来，道："见明，你怎么知道我来了？我还特意嘱咐他们，让他们不要告诉你。听说你在翰林院里干得不错？来，我瞧瞧，有没有长进一点？"

"曾祖父！"纪咏睁大了眼睛，回头狠狠地瞪了子息一眼，一副"你为什么不告诉我"的样子。

子息不由缩了缩脖子，忙道："是两位老爷吩咐的，说是老太爷的意思，想给您一个惊喜，我们才没有说的。"

"我看惊倒是有，喜可不知从何而来！"纪咏嘟哝着，板着脸走了过去，给纪老太爷行了个礼，喊了声"曾祖父"。

纪老太爷习惯性地伸手去摸纪咏的头，不承想纪咏已经不再是当初那个稚气的少年了，长得比他老人家还高了一个头，要举起手来才摸得到纪咏的头，他笑眯眯地说了声"乖"，场面不免有些滑稽。

纪颂和纪顾垂下眼睑，权当没有看见。其他的人也纷纷别过头去。

纪咏嘴角微抽，纪老太爷已拉了纪咏的手，一面往里走，一面和他说着话："你这是要去哪里？今天难得大家齐聚一堂，你就不要出去玩了，陪陪我这老头子。我从江南带了几块砚台来，是你大伯父孝敬我的，其中有一块易水砚、一块龙尾砚，你帮我掌掌眼。"说着，回头扫了身后跟着的孙子、重孙们一眼，笑道，"等会你们也一人拿一块去用。"

纪咏的几个堂兄听了纷纷上前凑趣地向纪老太爷道谢，嚷着纪老太爷偏心，道："有砚无墨有何用？您老人家不如好人做到底，赏几块松烟墨给我们使使吧！"

"就知道不能开口，"纪老太爷一副心疼肉痛的样子，"一开口就要大出血！要砚有一方，要墨没有，你们是要还是不要？"

大家都喜欢老顽童似的纪老太爷，笑着起哄："自然是砚也要，墨也要。"

一群人嘻嘻哈哈地进了厅堂。

纪咏龇着嘴，牙疼似的跟在纪老太爷身边。如果是别人，他可以睬都不睬就走人。可面对从小到大他都没有赢过的纪老太爷，除了长幼之别，他还有种对强者的尊敬，虽然心中不愿，他还是陪着纪老太爷在厅堂坐下。

纪老太爷就倾着身子对纪咏道："你的房师杨大人对你赞不绝口，还特意写了封信给我，夸你通晓稼穑，非一般读书人可比。他如此看重你，我既然来了，怎么也要见见他——你明天陪着我一起去拜见杨大人。我们同为南直隶人，远亲不如近邻，你平日无事，应该常去请教才是。"

有什么好去的？每次去了都说要农事，害得他到处找懂农事的管事询问，这才没有穿帮……

纪咏闷闷地应了一声"是"。

纪老太爷脸上笑开了花，不再理会纪咏，和纪颂、纪顾说着话。

去找陈曲水的事自然就泡汤了。

不仅如此，纪老太爷还今天拖着纪咏去拜访这个，明天拖着他去拜访那个，美其名曰要介绍些老友让纪咏认识，纪颂和纪顾自然是全力支持，以至于纪咏除了去翰林院，其他的时间都用来陪纪老太爷了。

转眼间就到了盛夏，纪老太爷却没有一点要回去的意思，反而兴致更浓，要把年轻时走过的地方都走一遍，没有走过的地方要弥补遗憾，更是得走一遍了。

偏纪咏的人来禀回，说陈曲水过几天就要启程回真定了。

纪咏烦不胜烦，袖子一甩，不奉陪了。

纪顾气得青筋直冒，教训他："老爷子还能有几天好日子？趁着他老人家能吃能喝的时候我们这些做子孙的不好好孝敬，难道还要等他老人家入了土再孝敬不成？！你要是敢在他老人家面前耍横，你就给我跪祠堂去！"

纪家的祠堂在宜兴。

纪咏索性跪在了供奉纪家祖宗画像的佛堂。

纪顾气得差点闭过气去，到处寻鸡毛掸子，要打纪咏。

韩氏也觉得纪咏太过分，拦了来劝和的纪颂："百事孝为先。他若是连这道理都不懂，不如打死算了！"

纪颂叹了口气。

纪颀把纪咏打了一顿。

纪咏道："那我不用天天陪着曾祖父到处跑了吧？"

纪颀半晌都没有说出一句话来。

纪咏下了衙就去找陈曲水。

陈曲水不在铺子里，田富贵十分殷勤地和纪咏说着话："……七老爷请了陈先生过去说话，回来得可能有点晚。不知道纪大人找陈先生有什么事？要不要我帮着传个话？要不，我跟他说您来找过他，让他明天去拜访您？"

自己要不要去看看姑母呢？纪咏寻思着，心不在焉地出了铺子。

一辆马车停在他身边，有人撩了车帘喊他："见明，你在这里做什么？"

纪咏抬头，看见了一身锦衣坐在马车里的何煜。

两人自从在醉仙楼打了一架之后，何煜觉得纪咏性格豪爽，纪咏觉得何煜也算是个有担当的，两人反而不远不近地走动起来——纪咏金榜题名，何煜送了贺礼过去；何煜成亲，纪咏去喝了喜酒。

"没什么事，到处逛逛。"他下意识地不想让何煜知道这是窦昭的笔墨铺子。

何煜也没有在意，点了点头，道："我去醉仙楼喝酒，你要不要一起去——东道是陈泽西、徐志骥、杨云宵，还有蔡固元几个都在场。"

陈泽西是礼部都给事中，今年才三十二岁，原内阁大学士陈炎的孙子，是朝中有名的青年才俊，何煜娶的就是陈泽西的堂妹。

徐志骥和杨云宵则是纪咏在翰林院的同僚，年纪也都不大。

纪咏心里正不舒服，听说那个时时斜眼看自己的蔡固元也在，立刻来了兴趣，不客气地上了马车："那就打扰了。"

何煜最欣赏纪咏这副桀骜不驯的名士风范，哈哈大笑着朝里让了让，和纪咏一起去了醉仙楼。

纪咏要是毒舌起来，还真没有几个招架得住的。

一顿酒没喝完，蔡固元已是脸色铁青。

徐志骥和杨云宵强忍着才没有笑出声来。

陈泽西瞧着这也不是个事，朝着何煜使眼色，示意何煜和纪咏先走。

何煜见这个蔡固元十分无趣，也无意继续在这里粉饰太平，悄悄地和纪咏说了几句，两人喝完了酒盅里的酒，起身告辞。

穿过走道的时候他不禁抱怨道："不是说他才高八斗吗？我看也不怎么样……"

一句话没有说完，旁边的雅间里突然出来一个人，差点撞在了何煜的身上。

何煜不由推了那人一把。

那人喝得有点多，一个趔趄，差点跌倒在地，顿时有些恼羞成怒，大声喝道："你他妈的走路不长眼睛啊！"

何煜哪里听得这样的话，立刻揪了那人的衣襟骂了回去："你他妈的说谁呢？你有种再说一遍！我不把你打得满地找牙，我不姓'何'！"

那人却"咦"了一声，醉醺醺的脸上堆起了谄媚的笑，撇下了何煜，和纪咏打着招呼："纪大人，没想到会在这里遇到您！"

纪咏刚当面刺了蔡固元一顿，正心情大好地在一旁看热闹，没想到对方却把招呼打到他身上来了。他微微一愣，道："你谁啊？"

那人麻溜地站直了身子，笑道："在下郑兆坤，工部都水清吏司主事。纪大人高中探花时，曾去府上道贺，见过纪大人一面。"

纪咏哪里认得他，想到伯父是工部侍郎，这人多半是为了巴结伯父借着自己高中去送过礼。

他"哦"了一声。

何煜也不好和他多计较了，不悦地道："算了，你给我赔个不是，这件事就这样完了！"

郑兆坤忙点头哈腰地赔不是，并热情地邀请："何公子，纪大人，相请不如偶遇，请给个机会让我能敬两位一杯酒。"

把何煜说得笑了起来，打量着他道："看不出来，你还是个机灵人。"

他的话音刚落，就看见郑兆坤身后的雅间门扇大开，有人走了出来，随之而来的还有一阵丝竹声和女子的调笑声。

那人扯着嗓子喊了声"郑兆坤"，抬眼见郑兆坤就在旁边，大力地拍着他的肩膀，醉意浓浓地道："你他妈掉到茅坑里去了？"

纪咏和何煜不由朝雅间内望去，就看见雅间主位上坐着个比小姑娘还要漂亮秀气的少年。他身边坐着两个姿态妖娆的女子，一个正在给那少年倒酒，一个则和少年旁边坐着的个二十出头，剑眉星目，英俊挺拔的男子调笑着。

那男子好像有些不适应这样的场合，眉眼间带着几分尴尬勉强。

感觉到有人看过来，少年抬起头来，似笑非笑瞥了他们一眼，神态间带着几分痞气。

何煜皱眉，低声对纪咏道："是顾玉。"

京都小霸王，万皇后的侄子，云阳伯顾全芳的嫡长孙。

纪咏也听说过。

可他的目光却落在了顾玉身边那个英俊的男子身上，眼神骤然闪过利刃般的寒光。

"郑大人盛情相邀，我们不去喝两杯，也太不给郑大人面子了。"纪咏淡淡地道，走进了雅间。

何煜愕然，只好也跟着走了进去。

雅间里重新布置碗筷，丝竹声也重新响起来。

郑兆坤给双方引见。"这位是云阳伯府的顾公子。"他笑指顾玉，然后介绍顾玉对面一个相貌平常却气质温和的青衣男子，"这位是延安侯府世子爷，"最后才指了顾玉身边的英俊男子，"这位是济宁侯爷。"

何煜大吃一惊。他虽然知道窦昭的未婚夫是济宁侯，自尊心却始终压制住了好奇心——他并不认识魏廷瑜。

没想到会在这种场合下见面！难怪纪咏刚才的神色有些异样。

何煜不动声色地瞥了一眼那个抱着魏廷瑜的胳膊，几乎半挂在魏廷瑜身上的风尘女子，这才把目光转向了汪清淮。

文臣和勋贵，是两个不同的圈子，偶有交集，也多是泛泛之交。就算是这样，他也听说过延安侯府世子爷豪爽仗义的名声。他怎么和顾玉搅到一起去了？

他不由得多看了汪清淮两眼。

郑兆坤已经开始向顾玉等人介绍纪咏和何煜。

"这位是新科的探花郎纪见明，如今在翰林院任编修，伯父是我上峰的上峰纪侍郎。"他嘻嘻笑道，语气里带着几分戏谑，并不让人感觉到冒犯，反而有种亲切感，"父亲乃通政司左通政，淮安知府纪大人，是纪编修的九叔。"

纪大人太多，只好以官职相称。

汪清淮的眼睛不由闪了闪。

淮安也是这次运河疏浚的河段之一。虽说与他和顾玉没什么关系，但漕运总兵府在淮安，他们若是想染指漕运生意，或者是江南的织造生意，少不得要和漕运总兵打交道，淮安知府也就成了不得不结交的人物之一。

汪清淮顿时对郑兆坤的知情识趣颇为赞赏。

郑兆坤哪里知道汪清淮的心思，他只是觉得顾玉等人既然是接了运河的疏浚，多认识几个与河工有关的官员总归是有好处的。他现在全副的心思都放在了何煜身上。

刚才他和何煜起冲突的时候，纪咏袖手旁观，可见这样自称姓"何"的公子完全有能力摆平这样的纠纷，京都姓何的人家，又长得这样俊美……他想到了何阁老家的小公子……这引荐人的先后顺序是分长幼尊卑的，按道理，纪咏是两榜进士出身，又贵为探花郎，是翰林院编修，比没有功名在身的何公子不知道强到哪里去了，可世间的事就是这样没有道理——越是那些没有什么能耐的人，越是怕被别人轻瞧了，越喜欢争这些虚荣，何公子，也不能得罪啊！

郑兆坤只好装糊涂，笑着朝何煜拱了拱手，对顾玉等人道："这位是纪大人的朋友。"然后望着何煜道，"还没有请教怎么称呼？"

"在下何煜。"何煜淡然地笑了笑，道，"是见明的朋友。"其他的，并不欲多说。

汪淮清起身招待他们，态度热忱但并不过分，很容易给人好感。

顾玉却不同，一边剥着花生下酒一边低笑着和身边的女子咬着耳朵，举止乖张，与魏廷瑜欲拒不能的拘谨形成了鲜明的对比。

何煜不由皱了皱眉。怎么这姓魏的这样小家子气！就算是再不自在，逢场作戏地把这场面应付过去就完了，何必如此地扭捏！

可惜窦家四小姐……简直是明珠蒙尘……巧妇伴拙夫……

他寻思着要不要和魏廷瑜说上两句话，也好解了魏廷瑜的窘然，却看见纪咏端着酒杯第一个敬了魏廷瑜："济宁侯，说起来，我们还是亲戚呢！"

他语不惊人死不休，让在座的诸人都面露诧异。

"窦四小姐自幼失恃，由我姑母养大。"纪咏笑道，"和我们家一向走得很近，论序你可得称我一声'表兄'才是！"

魏廷瑜恍然，忙端起酒盅起身，倒也恭恭敬敬地喊了一声"表兄"。

纪咏大笑，将盅里的酒一饮而尽。

郑兆坤等人喝彩，嚷着"纪大人真是豪爽"之类的话，几个陪酒的风尘女子则争先恐后地给纪咏斟酒。

纪咏就笑吟吟地望着魏廷瑜。

魏廷瑜刚才已经喝了不少了，可若是不喝……又有些不合时宜，他咬了咬牙，也一口气喝了。

"好！"纪咏笑着拊掌，指了魏廷瑜的酒盅，"满上！我再和济宁侯喝一杯！"

坐在魏廷瑜身边的女子帮魏廷瑜倒酒，人却快要坐到魏廷瑜怀里去了。

魏廷瑜一把将那女子推开，不禁朝汪清淮望去。

汪清淮也知道他今天喝得差不多了，怕他失态，笑着端起了酒盅，道："这一杯，我和纪大人喝吧！"说着，把酒盅的酒全喝了，"我敬纪大人。"

坐在纪咏身边的女子就媚笑着将酒盅端到了纪咏的嘴边。

纪咏对那女子视而不见，夺过自己的酒盅放在了桌上，一把捂住，笑着对汪清淮道："一码归一码——既然这杯是你敬我的，那我就恭敬不如从命，却和济宁侯是两回事。"说完，也把酒盅的酒喝了，然后示意郑兆坤，"给我满上，这杯，我和济宁侯喝！"一面说，一面踢了何煜一脚。

何煜莞尔。

想到陈家人来相看他的时候，大舅兄连出了十个对子给他对，见他顺顺当当地全对了出来，脸色这才好看些。

敢情纪咏是要把魏廷瑜给灌趴下啊！他在家里是老么，娶的又是陈家的幼女，通常都是在被灌趴下的队伍，难得有机会把别人灌趴下，他立刻来了兴趣，端起酒盅敬汪清淮："廷安侯府世子爷，我久闻大名，却是第一次见面，我敬世子一杯。"说着，也不待汪清淮有所反应，一口饮尽。

又示意坐在身边的女子："给世子爷满上！"

那女子娇笑着给汪清淮倒酒，汪清淮只好应战。

何煜又把顾玉给拖了进来。

一人对两人，却也不是蛮喝，每喝一盅酒，就要谈大半天的风月，看着喝得多、闹得凶，却远不及纪咏和魏廷瑜，一口一杯，没多大工夫，旁边已摆了七八个空坛子，魏廷瑜更是喝得双眼发直，问他什么说什么。

何煜这才知道，原来顾玉几个接了运河的疏浚，工部负责核算工价，工部哪敢压他们的工价，汪清淮几个就请了平日里帮着结算的几个主事喝花酒，几个主事还不跑得屁颠屁颠的……

他不由感叹。

难怪大家都说汪清淮值得一交，就凭他这一手礼贤下士，就不是一般人能做得出来的。

何煜倒真心萌生出和汪清淮喝两杯的心思。

酒渐渐喝得慢了下来，话却越来越多。

顾玉觉得无聊，又见魏廷瑜喝得已经不知道东南西北了，工部的几个主事更是丑态百出地和身边的女子调笑着，衣衫都快脱尽了，于是把空花生壳往桌上一丢，站了起来："今天就到这里吧！改天我们再聚。"

魏廷瑜傻傻地点头。

汪清淮的管事出面陪着郑兆坤等人继续吃喝玩乐。

顾玉几个出了醉仙楼。

纪咏道："我们家老太爷来京都了。我今天好不容易才溜出来，下次还不知道什么时候才能有机会出来呢！"他提议，"我们不如去赵紫姝那里继续喝酒！"

赵紫姝是京都屈指可数的名伶，住在千佛寺胡同，三进的院落，收拾得整整齐齐，带了几个眉清目秀的徒弟住在那里，请了京都的名厨在家里烧菜，等闲之人进不了门。

何煜精通音律，擅写词话，素来被赵紫姝视为座上宾。他几次邀请纪咏去千佛寺胡同听曲，纪咏都不感兴趣地推了，这次难得他主动提起，何煜当然是连声称好。

汪清淮正想和纪咏拉近关系，也笑着应了。

顾玉是个喜欢玩闹的，彼此又身份相当，见汪清淮都答应了，他自然是顺水推舟了。

纪咏就揽着魏廷瑜的肩膀上了马车。

一行人去了千佛寺胡同。

赵紫姝忙迎了出来，魏廷瑜一下子就看傻了眼。

纤细窈窕的身姿，吹弹欲破的肌肤，清丽如画的眉目，落落大方的笑容，目光流转间却隐隐流露出几分千转百回的妩媚。

魏廷瑜和纪咏等人进了宅子。

绿树掩映着大红的灯笼，给静谧的院落平添了些许的旖旎。

赵紫姝在花厅里设宴招待何煜等人。

而此时景国公府里魏廷珍的院落却灯火通明。明天是大相国寺一年一度的法会，大相国寺的住持会在偏殿亲自宣讲佛法，到时候不仅她们这些信奉佛教的贵妇人会去，那些官宦人家的女眷也会去。

她屋里的丫鬟、媳妇们正在准备明天出行的衣饰。

金嬷嬷望着魏廷珍手中的茜红色绣着十样锦的焦布比甲，奉承道："这件衣裳好看。夫人明天就穿这件衣裳去大相国寺吧！"

魏廷珍没有说话，而是问身边的吕嬷嬷："你觉得呢？"

吕嬷嬷笑道："我看还是穿件素净点的好——这都仲夏了，月白、湖兰，都是极好的颜色。"

魏廷珍"嗯"了一声点了点头，吩咐丫鬟："就那件月白色竹叶纹的杭绸比甲吧！"

丫鬟应声而去。

吕嬷嬷不无得意地看了金嬷嬷一眼。

金嬷嬷心头大恨。自从这老货说什么窦家四小姐八字硬，小小年纪就死了母亲，又没了祖父，夫人就对她另眼相看起来。

早知道这样，自己当初就应该狠狠心，也这样把窦家四小姐说一通。

现在却是悔之晚矣。

夫人处处给她体面，自己这时候和她争，岂不是自讨没趣！

看来只有在明天的大相国寺找回场子了，想到这里，她心气稍顺。

第五十九章　来往·往来·夜宿

魏廷珍此时的心情有点烦躁，没有注意到金嬷嬷的异样。

几个月前，她主动去拜访王映雪，和王映雪说上了话。接着又今天派个嬷嬷送点这去，明天派个嬷嬷送点那去，端午节的时候，更是请了王映雪到三圣庵踏青。王映雪还的礼颇为讲究，和她一起出去踏青的时候更是出手大方，她这才很隐晦地表达要退亲的想法，谁知道王映雪却装作听不懂的样子，完全不接招。

她心急如焚，让金嬷嬷找上了王映雪贴身服侍的胡嬷嬷，想透过胡嬷嬷递话给王映雪。胡嬷嬷回了话过来，说王映雪正愁着亲骨肉的婚事，没有心情也没有精力管窦昭的事。

魏廷珍立刻承诺，只要这件事成了，她负责给窦明说门好亲事，那边却笑而不应。

魏廷珍知道，王映雪这是不见兔子不撒鹰。

她不得不仔细考虑起窦明的亲事来。照理说，窦、王两家都是高门大户，窦明虽是妾生子，但王映雪是扶正了的，勉强也算得上是嫡女，虽然和名门望族的长子长孙联姻有些困难，如果许个一般官宦人家的次子、幼子也不是什么难事。难道王映雪还想让她的女儿做宗妇不成？

魏廷珍派了人去打听窦明的亲事。她这才发现，王映雪自来了京都之后，几乎从不出门应酬，而且没有交到什么体己的人，她想打听窦家的事，竟然找不到能问的人。

魏廷珍不由心生疑窦。

金嬷嬷却道："窦家怎么能和济宁侯府、景国公府这样的簪缨之家相提并论？夫人不认识与他们家相熟的人也是自然。不如我帮您打听一下——我认识一个人，就在窦家的铺子里当差。"

大户人家都是一样，很多事是欺上不瞒下的。

魏廷珍欣然同意。

金嬷嬷去了窦昭的笔墨铺子，找到了铺子里在灶上当差的那个婆子。

那婆子对静安寺胡同那边的事也不大清楚："我们铺子里的账目都要往真定报，七老爷那里，从来不曾到我们铺子里拿过银子，偶尔派了小厮过来买些纸墨之类的，也都是照价给钱的。"说到这里，她想起陈曲水，忙殷勤地道，"要不，您见见我们铺子里的账房先生？他正好从真定过来查账……不过我看他样子虽然挺和善，但应该很精明，我们铺子里的大掌柜和二掌柜见了他都有些发怵；或者是向那红姑打听也成，听说她是看着窦家四小姐长大的，又是个乡下妇人，没见过什么世面，不过，"她说着，压低了声音，"我陪着她出去转的时候，三两银子的头面，她说买就买，连个价都不还一下……她在窦家，肯定是有几分体面的。"

金嬷嬷连连点头。

那婆子便假称了金嬷嬷为姐姐，做了几个菜招待金嬷嬷，请了红姑来作陪。

一坛金华酒下肚，满脸通红的红姑话也多了起来。说起四小姐，红姑眼泪涟涟，把她怎么从小没了母亲、怎么跟着纪氏长大、怎么讨人喜欢、怎么聪明能干……竹筒倒豆子似的全都说了，临了还送了两条聂记的汗巾给金嬷嬷做见面礼。

金嬷嬷满意而去。

红姑忙跑回屋里咕噜噜灌了两杯凉茶，去了陈曲水那里："我这样说能行吗？"

"能行！怎么不能行了？"陈曲水笑吟吟地道，"金嬷嬷隐瞒了身份来找你打听四小姐的事，多半是受了济宁侯府的姑奶奶之托。你这样说，济宁侯府的姑奶奶听了，肯定会对我们家小姐又怜又爱的。"

红姑连连点头，道："我也是这么想的。所以把我们家小姐怎么体贴人、怎么和善、怎么会当家都跟那金嬷嬷说了。"说着，她呵呵笑道，"原来京都的豪门勋贵也和我们真定小户人家一样，会悄悄地打听姑娘家的相貌、人品啊！"

陈曲水笑着颔首："所以，你也别以为京都的这些人都三头六臂似的——他们也和我们一样。"心里却道，定亲之前悄悄地打听那才是相看好不好？像魏廷珍这样，纯属没安好心！

红姑却放下心来，还寻思着要是那金嬷嬷再来，自己是不是把前两天在隔壁铺子里买的那匹秋香色杭绸尺头送给金嬷嬷。

而金嬷嬷呢，传给魏廷珍的话就变成了王映雪怎么逼死了窦昭的母亲却在王行宜起复之后依旧被扶正了，窦昭是怎么被送给了窦家的六太太抚养，寄人篱下，又是怎么讨了长辈的喜欢："……一听就是个工于心计的。我就说，窦家的太夫人怎么会给她出头啊？！"

　　金嬷嬷只要一想到自己在窦家的遭遇，就气不打一处来，巴不得窦昭被魏家退亲。

　　魏廷珍听了直皱眉头："看来，这个王氏不是个好相与的！"

　　"这样岂不是更好！"金嬷嬷笑眯眯地道，"若她没这本事，夫人托她的事，只怕她还办不成！这可不是什么小事。"

　　"不错！"魏廷珍道，"只是那窦明的婚事，怕是要从长计议了！"

　　她之前也不过是说说而已。

　　金嬷嬷笑道："王氏怕我们不守信用，难道我们就不怕那王氏说话不算数？二太太娘家的弟弟不是要说亲吗？您只要放出话去，要为二太太娘家的弟弟保个大媒，王氏听了，还能不动心吗？至于说到时候您想为谁保媒，还不是全凭您喜欢谁，看中了谁！"

　　她所说的二太太是景国公府二爷张继明的妻子石氏。石氏是长兴侯石端兰胞弟的长女，父亲任神机营金事，还有个尚公主做了驸马的胞叔，石氏兄弟又没有分家，石氏的胞弟，也算得上是个金龟婿。

　　魏廷珍笑着点头。

　　王映雪得了信，却急得团团转。她早就被剥夺了主持中馈的权力，哪有这个能力去破坏窦昭的婚事？先前之所以沉默，不过是力所不及而已，至于窦明的婚事，也是死马当成活马医。没想到魏廷珍还真的就帮着窦明找了户好人家。

　　这样的机会可是稍纵即逝的。

　　"怎么办？这可怎么办？"她满脸的急切，"我们说的，魏廷珍都做到了。现在轮到我们兑现了……若是还没有动静，不仅是这件事会黄，我恐怕也会被魏廷珍怀疑。魏廷瑜守孝三年，窦昭就等了他三年，临到要成亲，魏廷珍却要退亲，可见这人的心肠有多狠毒了！"说到这里，她不由停下脚步，"说实在的，我倒希望这桩婚事能成——有这样的一个大姑子，只怕窦昭睡觉都得睁着一只眼睛。"

　　王映雪冷笑了两声，胡嬷嬷不由道："那我们别管这件事好了……"

　　王映雪在窦家根本没有地位，说话也没有人听，魏廷珍的要求她们根本就做不到。

　　"那怎么能行！"王映雪道，"若是魏廷珍知道了，定会以为我们是在逗她玩儿。以她的禀性，肯定不会善罢甘休。如果她当着人说我几句不是，或是说几句明姐儿的不是，明姐儿的婚事就更艰难了！"

　　她不禁有些后悔当初答应了魏廷珍的条件。可心里隐隐又有些明白，能让窦昭退亲，让窦昭栽个大跟头，这诱惑太大了，她根本没有办法拒绝。

　　"现在只好想办法先拖着，"王映雪不禁喃喃地道，"再看事情有没有什么转机了……"她吩咐胡嬷嬷，"如果魏廷珍来问，你只说这件事七老爷不答应，说会让窦家颜面尽失，要她别急，待我再想想其他的办法。"

　　胡嬷嬷应诺，通过金嬷嬷把话传到魏廷珍那里。

　　魏廷珍安心等了两个月，静安寺胡同却始终没有动静，魏廷瑜却已经行了除服礼。

　　当时廷安侯夫人也去参加了祭礼。她望着英俊挺拔的魏廷瑜，颇有些感慨地对魏廷珍道："你家马上就要办喜事了吧？我们家清沅还不知道花落谁家呢！"

　　说者无心，听者却有意。

　　汪清沅年纪不小了，早些年廷安侯夫人怕女儿嫁早了吃苦，现在却急着找婆家。

魏廷珍坐不住了，催着金嬷嬷去找胡嬷嬷。

王映雪只好模棱两可地反问魏廷珍："我只能在七老爷身边敲敲边鼓，如果夫人有什么好主意，教我就是！"

魏廷珍有些傻眼，让金嬷嬷帮着出主意，可连魏廷珍都没有办法，金嬷嬷能有什么办法？

这话却被吕嬷嬷记在了心里，正好红姑派灶上的婆子给金嬷嬷送去了两匹红色的夏布。

吕嬷嬷心中一动，趁机和灶上的婆子搭上了话。

过了两天，她提了壶金华酒去了窦家的笔墨铺子，只说是去探望灶上的婆子。

红姑得了陈曲水的指点，热情地款待吕嬷嬷。酒过两巡，外头有人找红姑，红姑只好抱歉地对吕嬷嬷笑了笑，吩咐灶上的婆子好生招待，自己去了铺子里。

不一会，陈曲水找了过来，见吕嬷嬷和灶上的婆子在喝酒，"咦"了一声，道："红姑呢？怎么等了这么久也不见人影？"

灶上的婆子忙起身道："红姑刚刚出去。"怕陈曲水责怪她在厨房里私下摆席口，把吕嬷嬷介绍给陈曲水，"这位是景国公府世子夫人贴身的嬷嬷，特意来看红姑的。"又指了陈曲水，"这位是我们真定老家的账房先生，是来查账的。"

吕嬷嬷笑着道了万福，并不见惧色。

陈曲水"哦"了一声，转身走了。

半盏茶的工夫，红姑折了回来，却神色凝重地拉了吕嬷嬷到厨房后的退步说话："你可知道济宁侯爷的生庚八字？"

吕嬷嬷一愣，摇头道："我不知道。"

红姑肃然道："你能不能帮我们打听打听？"说着，塞了个荷包给吕嬷嬷。

吕嬷嬷入手一沉，凭着经验掂量，最少也有十两。

她的心也跟着一沉，脸上却不露分毫，笑道："你好歹给我交个底，我才知道怎么办啊！"

红姑犹豫了好一会，才低声道："陈先生，就是你刚才碰到的账房先生，他说认识个龙虎山的真人，顺便给济宁侯爷也算算命。"

生庚八字是能随便告诉别人的吗？算命是谁都能算的吗？要是被扎了小人怎么办？

吕嬷嬷惊出一身的冷汗。她和红姑支吾了几句，匆匆离开了笔墨铺子。

走出鼓楼下大街的时候，却看见个算命的摊子……

吕嬷嬷心中一动：如果窦家四小姐和济宁侯八字不合呢？

她迫不及待地去见了魏廷珍，魏廷珍听了她的话又惊又喜。

八字不合，有的是办法补救。可如果是窦昭的命太硬……那就由不得魏家了。

若说这话的是窦家人，那就更好了！

她好好地把吕嬷嬷夸奖了一番，可待吕嬷嬷喜滋滋地退下之后，她又犯起愁来。这个点子虽好，但王映雪是继母，在京都又没有什么根基，她说出来的话难以让人信服啊！若是窦世枢的太太樊氏能出面就最好不过了。

魏廷珍立刻让金嬷嬷把这话传到了静安寺胡同。王映雪听了差点昏过去，强忍着心头的怒火低声在屋里吼道："她以为她是谁啊？竟然想指使五太太？她是不是得了失心疯？以为窦家的人都是傻瓜？"

胡嬷嬷劝道："魏廷珍不过是想找个说话能让人信服的人罢了。"

"说话让人信服的人……"那窦昭就会被魏家退亲，王映雪仿佛看到了窦世英又悔又恨的样子，她不禁哈哈大笑，笑得胡嬷嬷头皮发麻，她这才收敛了笑意，道，"如果请了我母亲出面，大家应该会相信吧？"

王行宜的夫人，这个头衔在京都还是有些分量的，但在窦昭的事上，王家是王映雪的娘家，窦家的六太太对窦昭的非议都比王许氏说话更具杀伤力。

"可大舅太太那里……"胡嬷嬷担心道，"只怕到时候又会教训您。"

"她什么时候不教训我了？"自从高氏拒绝了王映雪的请求之后，王映雪和高氏的梁子就算是彻底地结下了，她恨恨地道，"上次就是她坏了明姐儿的好事！这次她若是还敢阻拦，我就算拼了一死也要让她从王家滚蛋！"

胡嬷嬷听得胆战心惊，什么话也不敢说。

王映雪去了王家居住的柳叶胡同，王许氏对魏廷珍的话有些怀疑："她真的能做成这门亲事？"

王映雪咬了咬唇："总要试一试。就算是不能成，有了这样的人家说亲，对明姐儿也是件好事。我不想她嫁回真定！"

在真定，很多人都会非议窦明的出身，这让窦明活得很没有尊严，王许氏是明白的。窦明是她抱在怀里长大的，感情不同寻常，虽说王映雪的事让她很恼火，但想到伶俐可人的外孙女，她还是心一软，点头答应了。

魏廷珍就约了王映雪母女明天在大相国寺见面。利用大家都去大相国寺听住持宣讲佛法的机会，当着京都的那些外命妇这么一说，魏家再去退亲，理由就很正当了。

可不知道为什么，明明什么都安排好了，魏廷珍心里却始终觉得有些不踏实。

她打发了金嬷嬷，和吕嬷嬷说着悄悄话。

"你说，那王氏靠得住吗？这样一来，她可就成了众矢之的了。到时候窦家的人会放过她吗？"

吕嬷嬷笑道："夫人，王氏可只有窦家五小姐这一个女儿，她以后可是得靠着女婿吃饭的。"

魏廷珍恍然大悟。王氏这么大年纪了，已经不可能生出儿子来，如果能给女儿找个好女婿，以后不管是纳妾生子还是过继嗣子，她都有了说话的底气，窦家人的责怪对她而言，就只是件不痛不痒的事了。

魏廷珍高兴起来，吩咐吕嬷嬷："还是不要穿那件月白色的比甲了，太素净了，穿那件豆绿色宝瓶花的褙子，看上去也精神一些。"

吕嬷嬷笑着亲自去找了那件衣裳出来搭在了衣架上，然后仔细地检查了明天要用的首饰、鞋袜，听小丫鬟来禀，说张原明今天晚上歇在外院的书房，她服侍魏廷珍歇下，这才退了下去。

至于离景国公府大半个城的千佛寺胡同赵紫姝的宅子里，却正是丝竹不绝，语笑喧阗之时。

容貌妩媚的赵紫姝放下酒盅，两颊染酡，一双眼睛斜着朝纪咏望去，水汪汪的，荡漾着春水般的柔媚。

他们入席后，赵紫姝先敬了何煜三杯，纪咏起哄，赵紫姝三杯一人，已敬过四轮，这是第五轮。

与刚才在醉仙楼的轻快中也透着几分居高临下不同，他们懒散地围坐在水榭中仿曲水流觞的汉白玉沟渠旁，高高的大红瓜型宫灯立在绿树丛中，映照着坐在不远处或抚琴或吹笛的少年伶人身上，为这夜半的宴饮平添了些许靡靡之色。

喝得有些燥热的汪清淮和何煜更是只着中衣，一个依在个眉目清婉的女子膝头，由那女子帮着揉着太阳穴,一个怀里搂着个面带稚气却难掩秀美的女孩子,都露出几分不羁的狂放。

顾玉倒是衣饰整齐,却已脱了鞋,赤脚浸在那九曲十八弯的沟渠里,一边自顾自地喝着酒,一边踢着流水,溅起来的水花打在水面徐徐流过的荷花上,使之顷刻间沉到了渠底,他却嘻嘻笑着,抬起手来,自有殷勤貌美的伶人给他斟酒。

酒入肚肠,又正是仲夏,虽然穿着轻柔凉爽的杭绸直裰,魏廷瑜还是热得汗流浃背。他望了望坐在对岸的汪清淮和何煜,又望了望坐在自己身边的顾玉,一时间不知道是应该学汪清淮和何煜把直裰脱了的好,还是应该学顾玉的样子把脚浸到清澈的渠水里更舒服。

魏廷瑜正犹豫着,耳边传来纪咏的声音:"侯爷,这三杯酒你代我喝了吧?"

纪咏衣襟半敞,支肘靠在旁边的黑漆螺钿镶象牙君子三友的彭牙案几上,一副不胜酒力的样子。

魏廷瑜脑子里轰的一下,舌头都大了:"我,我不能再喝了……"

纪咏脸色一沉。

魏廷瑜再次求助似的朝汪清淮望去,汪清淮也喝得不少了,正闭目养神,享受婢女温柔的按摩,哪里顾得到他?

何煜在心里暗暗叹了口气:你喝了又何妨?不过就是酒醉不醒而已,还正好可以避开纪咏的攻势。窦四小姐怎么就许配给了这样一个人?

"见明,"何煜示意身边的伶人帮他倒酒,"你要是喝不得了,这三杯我代你喝了!"语气豪爽,欲替魏廷瑜解围。

魏廷瑜刚才还腹诽着何煜只怕是个吃喝嫖赌样样精通的家伙,此时却立刻对他心生好感,望过去的眼神充满了感激。

赵紫姝却不依了:"那我也要请人代酒。"眼波流转,落在了顾玉的身上。

顾玉面若桃花,带着几分慵懒之色,目光却清澈如泉。

赵紫姝想到顾玉京都小霸王的传闻,心中微凛,忙将目光移了过去,落在了因为气质平和而让人备感亲切的汪清淮身上:"世子爷,等会您也代我喝一杯吧!"

汪清淮半眯着眼睛,呵呵地笑。

一群人说说笑笑闹了半天,最终汪清淮、何煜和魏廷瑜各喝了三杯。

顾玉冷眼旁观,觉得特没意思,他赤脚站了起来,道:"你们继续,我先回去了!"

赵紫姝不免有些忐忑,汪清淮却是知道他性子的,笑道:"你别管他。"然后喊了贴身的小厮,"送顾公子回去。"

顾玉摆了摆手,道:"不用,我又不是不认识路。"扬长而去。

夏风中,身后隐隐传来汪清淮的嬉笑:"……他还是个孩子。"

顾玉为之气结,本想折回去找场子,可又想到宋墨告诉他"做事要问问是不是自己心甘情愿的,如果是自己心甘情愿的,就什么后果都要自己咽下去,不要后悔自责,怨天尤人;如果不是自己心甘情愿的,不过是跳梁小丑,徒惹人嗤笑"的话,又觉得没这必要,吩咐车夫:"去英国公府。"

马车一路朝着英国公府所在的一条胡同急驰而去,巡夜的官兵看见了,纷纷让路。

半夜三更,顾玉畅通无阻地叩开了英国公府东边的侧门。宋墨已经歇下了,听说顾玉来了,披衣起床,就在自己的内室见了他。

"出了什么事?"宋墨担心道,"你不是和汪清淮去应酬工部的那些主事了吗?"

顾玉挥了挥手,自己给自己倒了杯茶,道:"没什么意思!遇见了何文道的小儿子和工部侍郎纪颂的侄儿，就是那个新科的探花纪见明，大家又跑到赵紫姝那里继续喝。纪家和魏家是姻亲，纪见明自称是济宁侯的舅兄，不要命似的，拼命地灌济宁侯的酒。"说到这里，他不由抱怨道，"那个魏廷瑜也是的，怎么就像个田舍翁般没见过世面似的，纪见明灌他也不敢拒绝，结果被纪见明像耍猴似的戏弄，跟他走在一起都觉得丢脸，天赐哥，这次你一定要告诉我，你为什么要抬举魏廷瑜？我瞧着那魏廷瑜实在是找不出什么出挑的地方……"

宋墨却是脸色微变，道："你说什么？你们带着魏廷瑜去了赵紫姝那里？"

他不禁失声道："是谁提议去赵紫姝那里的？"

"纪见明啊！"顾玉嘟囔道，"大家遇见了，汪大海又想和他套近乎，总不能让我们和那些主事在一个桌上喝酒吧？正好和纪见明一起的何公子与赵紫姝很熟，大家就去了千佛寺胡同。"

汪清淮，表字大海。

宋墨有些意外。

既然和纪见明同行的人与赵紫姝很熟，显然纪见明是知道赵紫姝底细的。一般的人章台走马，都是去青楼楚馆，他却反其道而行之，去了赵紫姝那里。

他到底是什么意思？觉得赵紫姝这种人，就算怎么闹也不打紧？可他知不知道，万一魏廷瑜被传出不好的流言，对窦昭也是一种伤害。

宋墨沉吟道："纪见明，是个怎样的人？"

顾玉道："很聪明，说话风趣，博学多才，开得起玩笑，也很会玩乐……"

宋墨脑海里慢慢勾勒出一副因饱读诗书而少年得志的无忧公子形象。

这样的人，通常行事都不太缜密。

他不由问："汪大海也去了？"

这几个人里，只有汪清淮比较沉着稳健顾大局。

"去了！"顾玉道，"汪大海不仅去了，而且还和赵紫姝很熟悉。赵紫姝一看见汪大海，就叫了两个漂亮的婢女服侍他。"他调侃汪清淮，"汪大海此时恐怕早就乐不思蜀，分不清东南西北了！"又道，"看来那个赵紫姝也是个聪明人，知道做生意要齐全。不过，我不太喜欢那调调，学着那些江南的读书人家，把个院子弄得亭台楼阁，曲径通幽，还摆些什么梅兰竹菊的，事事处处都往清致淡雅上学，弄得和我家后花园一样。你说，我是去寻欢作乐的，结果在那里就像待在自己家里似的，看的还是相似的景致，旁边坐着的还是那些人，让人好生无趣。要不是看在汪大海的面子上，我肯定是不会去的……"

京都有名的风月场所、酒馆茶楼，顾玉基本上都去光顾过。

宋墨默默地听他唠叨，神色却渐渐凝重。

此刻在千佛寺胡同丝竹已停，赵紫姝陪坐在水榭里。

汪清淮望着正推杯换盏、畅快豪饮的纪咏和魏廷瑜，不由笑着摇了摇头，对坐在他旁边的何煜笑道："我不过比你们大五六岁，却不敢像你们这样痛饮了……可见岁月不饶人啊！"

何煜虽然喝得少，但他酒量浅，早就喝得头重脚轻，闻言呵呵地笑着，也不知道听没听清楚汪清淮在说什么。

赵紫姝就抿了嘴笑，道："世子爷，您是有比喝酒更要紧的事在心里，心思自然没办法全放在喝酒上了。"起身用紫砂壶给汪清淮沏了壶茶，"听说您今年不仅接了运河的疏浚，还接了黄河旧道的改造？满京都，有几个能像您这样大手笔的？！我在这里先恭喜您了！"说着，朝汪清淮拱了拱手，"纪大人是新晋的探花郎，正是春风得意的时候；济宁侯刚刚除服，还不知道稼穑艰难。都是无事一身轻的人，怎比得上世子爷？廷安侯府都靠您支撑着。京都的达官显贵提起世子爷，谁人不夸赞一声？就是那顾玉，号称京都小霸王，不也要给世子爷几分颜面吗？我瞧着有阕词倒也应景。"又笑着低声诵道，"少年不识愁滋味，爱上层楼。爱上层楼，为赋新词强说愁。而今识尽愁滋味，欲说还休。欲说还休，却道天凉好个秋！"然后指了指汪清淮，又指了指纪咏和魏廷瑜，"正说的是世子爷、纪大人和侯爷。"

汪清淮哈哈大笑，心中的感慨如被熨斗熨过似的，全都妥妥帖帖的了。

赵紫姝朝着服侍汪清淮的婢女使眼色。

婢女会意，在汪清淮耳边妩媚低语，汪清淮又是一阵大笑，由那婢女扶着，离开了水榭。

赵紫姝松了口气。纪咏曾经跟何煜来过一次，魏廷瑜是第一次来。何煜和汪清淮却是隔三岔五地会来他这里小坐，而且两人还有些不同。何煜多是朋友相聚，把地方定在这里，只要服侍茶酒丝竹，其他的，就随来客自己的意思了；汪清淮则每次都是请人来这里玩乐，自己却从不沾惹，只管付银子。说起来，都不是好服侍的主，却又都是撒起银子来眼睛也不眨一下的豪客。

见安抚好了汪清淮，赵紫姝正想转身和何煜说两句话，回头却看见了纪咏俊朗的面孔。

赵紫姝吓了一大跳，忙换上副笑脸喊了声"纪大人"，却看见纪咏眨了眨眼睛，拽着赵紫姝的衣袖就朝水榭外面走。

赵紫姝脸色大变。

纪咏"嘘"了一声，在水榭外的太湖石旁站定。

"你要是今晚能把济宁侯留在你屋里过一夜，"他低声道，"明天我让人送三千两银票给你。"

赵紫姝顿时心中怦怦乱跳。

天上哪有掉馅饼的事！魏廷瑜是顾玉带来的人，只怕这三千两银子是有命赚没命花！可如果不答应……

赵紫姝骇然地望着纪咏，犹豫不决。

皎洁的月光洒落在湖面，泛起丝丝的银光，倒映在纪咏清澈的眼眸中，让他的目光也如这月色般明亮、清冷，没有一丝的温度。

赵紫姝不由打了个寒战，不禁推托道："只怕济宁侯不喜欢……"

纪咏咧了嘴笑："所以才值三千两银子嘛！"

他的牙齿在月光中雪白雪白的，仿佛能噬人一般。

赵紫姝头皮发麻，不由朝水榭里望去。不知道什么时候，何煜已经醉倒在了案几旁，只有魏廷瑜一个人目光呆滞地傻坐在那里嘿嘿地笑，一看就知道已经喝糊涂了。

寂静无声的夜里，能听到渠水潺潺流淌的声音。

该怎么办？

这显然是针对魏廷瑜的一个阴谋。

答应了纪咏，就得罪了顾玉。

拒绝了纪咏，一样会得罪纪咏。

赵紫姝踌躇不前，耳边传来纪咏的冷笑。

还是先把眼前的局面应付过去了再说。赵紫姝把心一横，走过去扶起了迷迷瞪瞪的魏廷瑜……

水榭中只剩下了纪咏和沉睡的何煜。

纪咏四肢大开地倒在了毡毯上。

深蓝色的天空，月明星稀，明天应该会是个好天气。

等到京都传遍魏廷瑜这些乱七八糟的事情的时候，窦家肯定会大为恼火，到时候窦昭就会一脚把魏廷瑜给蹬了！

我看你魏廷瑜还怎么学别人喝花酒！

想到这里，纪咏心情大好。

一阵倦意袭来。

忙活了大半夜，虽说把魏廷瑜给灌醉了，但他喝得也不少，又心思已了，全身松懈下来，他不禁打了个哈欠，挨着何煜睡着了。

迷迷糊糊的，纪咏被一阵喧闹声吵醒。

或者心里还惦记着魏廷瑜的事成没成，他一个激灵坐了起来。

天空已经泛白，透过半掩半映的绿树，从水榭可以看见影壁。

一群井然有序的青衣护卫簇拥着两个少年站在影壁前。

隔得太远，纪咏看不清楚两个少年的相貌，却能感觉到他们来者不善。

赵紫姝的管事被人粗暴地推搡到了两个少年面前，哆哆嗦嗦地跪下又被拽了起来，诚惶诚恐地领着那群人往赵紫姝居住的屋子方向去了，显然是要去找赵紫姝的麻烦。

昨天的客人里有顾玉和汪清淮，还有自己和何煜，谁这么大的胆子，敢来扫他们的兴？

纪咏生出股不妙之感，他拍了拍何煜的脸："快醒醒，出大事了！"

夏珰赶在宋墨之前"啪"地一下推开了赵紫姝内室的扇门。

昏暗的屋子里弥漫着浓郁的龙涎香。

赵紫姝惊恐地从床上坐了起来。

夏珰忙低下了头。

宋墨一眼就看见了正躺在赵紫姝身边呼呼大睡的魏廷瑜，他脸色铁青，吩咐夏珰："去打盆冷水，把济宁侯弄醒。"

夏珰应声而去。

宋墨身后，闪过顾玉清丽的脸庞。

赵紫姝骇然失色。顾玉的人，找来了……赵紫姝慌乱地穿着衣裳，手指却僵硬发抖，不听使唤。

夏珰已一盆冷水浇在了魏廷瑜头上，魏廷瑜嘟囔着翻了个身，舔了舔嘴唇，继续睡。

宋墨眉眼间骤然多了些许的戾气，他沉声喊着夏珰："再去打几盆冷水来。"

夏珰不敢迟疑，连着朝魏廷瑜头上浇了几盆水。

魏廷瑜"啊"的一声，坐了起来，迷迷糊糊地睁开眼睛，就看见了宋墨。

"宋世子！"他茫然不知所措地眨着眼睛，道，"您怎么在这里？"

"我怎么在这里？"宋墨气极而笑，"我还想问问你，你怎么在这里？"

魏廷瑜下意识地朝周围瞥了一眼。

他惊呼着掀开被子，看见自己赤身裸体……

"这，这……这是怎么一回事？"魏廷瑜呆若木鸡地望着宋墨，声音都变了。

第六十章　对峙·中伤·变卦

宋墨深深地吸了口气，这才压住了心头噌噌往上蹿的怒火，貌似平静地对魏廷瑜说了句"先穿了衣服再说"，转身离开了内室。

魏廷瑜的脑子里一片空白。他慌慌张张地起身找衣服，却不知道被什么给绊了一下，骨碌碌地滚下了床，样子十分狼狈。

可想到宋墨冷凛的表情，没有一个人笑得出来。

赵紫姝更是吓得脸色苍白，一把抓住了魏廷瑜，哆哆嗦嗦地央求道："侯爷，我们，我们没什么的……"

要不是这个人，自己怎么会落得如此境地？魏廷瑜只觉眼前的赵紫姝面目可憎，让他作呕。

他狠狠地瞪了赵紫姝一眼，想也没想地推开人，木然地穿上衣服，出了内室。

宋墨端坐在中堂的太师椅上，举止悠闲地喝着茶。

顾玉坐在他的下首，虽然也端着杯茶，可一双眼睛一会儿看看宋墨，一会儿看看魏廷瑜，满脸的好奇。

看见魏廷瑜出来，宋墨指了指顾玉对面的太师椅，淡淡地道了声"坐"。

魏廷瑜不敢看宋墨，低着头，又羞又惭地坐了下去。

有人给他奉了杯茶，汤色碧绿，清香扑鼻，一看就是上好的碧螺春。

魏廷瑜不由得喃喃地说了声"多谢"，那人恭谨地应了句"不敢当"。

魏廷瑜就听见宋墨喊那人"陈核"，道："你去把侯爷贴身的小厮叫进来。"

陈核微微一愣，恭声应诺，退了下去。

魏廷瑜却是吓了一大跳。

这种事，难道还要嚷得人人都知道不成？脸上不禁红一阵白一阵的，想说点什么，又不知道该说什么好，更有种怕惹怒了宋墨的顾虑，让他如坐针毡，忐忑不安。魏廷瑜的小厮很快就被叫了进来。

宋墨吩咐陈核："你陪着他去内室，看看侯爷还有什么东西落下了没有。"

显然是怕有人拿着魏廷瑜的贴身物件作文章。

这是在给魏廷瑜善后啊！顾玉挑了挑眉。

从前，天赐哥对谁都冷冷淡淡的，顶多只会帮他和天恩收拾残局。他是自己死皮赖脸贴上去的，差点连命都没了，而天恩是天赐哥的胞弟，这个姓魏的凭什么让天赐哥对他这么好？

他望着魏廷瑜的目光闪过一丝寒光，脸上再也没有刚才看好戏的事不关己，而是渐渐变得有些晦涩起来。

魏廷瑜没有注意到顾玉的异样。

他又惊又喜地抬头望着宋墨，喊了声"世子爷"，情不自禁地把自己放在了从属的位置，用上了敬语。

宋墨闻言差点把茶盅给捏碎了。

用得着这样窝窝囊囊的吗？不过是赵紫姝，就算是有了问题又如何？收拾干净不就完了！

这样诚惶诚恐的……

窦昭，窦昭……怎么就摊上了个这样的人？

他心痛难忍。

陈核和魏廷瑜的小厮拖着赵紫姝从内室走了出来。

"世子爷，"陈核低声禀道，"没什么东西落下。"

那小厮看这阵势，多多少少也猜出了点门道，吓得面如土色，不停地点头附和着陈核。

赵紫姝也瑟瑟发抖地跪在宋墨的面前，"咚咚咚"，不停地磕着头。

宋墨却是看也没看赵紫姝一眼，站起身来，轻描淡写地对魏廷瑜道："走吧！"

屋里的人都有些惊讶。

事情就这样完了？

没有责怪？

没有质问？

没有雷霆万钧？

就这样走了？

魏廷瑜有些茫然不知所措。

宋墨已起身朝外走，顾玉目不斜视地紧跟在宋墨的身后。

魏廷瑜莫名地就松了一口气，急急跟着出了厅堂。

走出厅堂的宋墨却脚步一顿。

葳蕤葱郁的大槐树下，站着两个少年。

其中一个衣饰华贵，精神萎靡地揉着太阳穴。另一个虽然蓬着头发，衣服凌乱，面色因宿醉而显得有些苍白，却身姿挺拔，一双眸子炯然有神，散发着自信的光芒，让人无法忽视，更不敢小瞧。

宋墨眼中闪过一丝凌厉至极的针芒。

那个身姿挺拔的少年，应该就是纪见明了！只有他，才有这样的风度气质。

纪咏却在心里冷哼。

宋墨，英国公府世子。

杀人不眨眼、凶残暴虐的勋贵子弟！

就算如此又怎样？敢来坏他的事，一样让他吃不了兜着走！

他直视着宋墨的眼睛。

宋墨负手而立。

一个站在树下，一个站在台阶上，静峙不动。

天空已经变成了浅紫色，大槐树上传来小鸟欢快的啁啾声，台阶旁的小草挂着晶莹剔透的露珠。空气中飘浮着的草木清香，让这仲夏的早晨显得格外清新、宁静。

跟随在顾玉身后的魏廷瑜没有想到顾玉会突然停下脚步，他猝不及防，差点撞到了顾玉的身上。

"出了什么事？"他困惑地抬头问，看见了树下的纪咏和张大了嘴巴的何煜，他的声音打破了庭院的静谧。

纪咏听着扑哧一声笑，道："英国公世子爷这天还没有亮就跑来把济宁侯从赵紫姝的床上拽了起来……难道是来捉奸的？"

一双眼睛却全无笑意。

宋墨指尖微寒。

算计魏廷瑜的，果然是纪见明！他凝视着纪咏，嘴角泛起一个冷冷的笑意："听说探花郎和济宁侯是郎舅，没想到章台走马也会带上济宁侯，探花郎真是好兴致啊！"

宋墨这是在讽刺自己没有兄长之尊吗？

纪咏嘴角微撇，流露出几分玩味，转身摘了几片嫩叶，放在鼻尖嗅了嗅。

一面腹诽：天堂有路你不走，地狱无门你闯进来。原先只是准备让赵紫姝给魏廷瑜安个风流好色之名，你既然不知死活地凑了上去，那就别怪我不客气地把你给拉进来。

一面道："怎么比得上英国公世子爷对济宁侯的拳拳之心，殷殷之情！只是不知道赵紫姝现在怎样了？可别让济宁侯恨水东逝，抱憾终身才好！"

"是吗？"宋墨微笑，遥望着何煜，温声问道，"何公子，你看见什么了？"

何煜的脸色霎时变得有些难看。

不论是亲疏还是远近，他都应该毫不犹豫地站在纪咏这边才是。

可纪咏做的这件事……栽赃陷害不说，还把宋墨给拉了进来。

宋墨是什么人？脾气来了，连自家护院都杀，而且杀完之后还整整齐齐地将尸体码放在院子中央，连他父亲都无可奈何，皇上问起，还得为之包庇隐瞒……为了出口气，把宋墨这样的人拖下水，值得吗？而且，他隐约觉得纪咏的行为有些过分，好像不仅仅是为了出口气这么简单。

何煜犹豫了片刻。

顾玉唇边却露出若有若无的讥讽，高声道："听说纪大人介绍相好的给自己的妹夫，不知道那些每天只知道之乎者也的翰林院的老儒知道了会怎么想？"

纪咏望着顾玉，不屑地道："那也得看是谁说的这话。"

嘲讽顾玉没有资格。

顾玉气得额头冒青筋，却也知道这种场合不是打人就能解决问题的。

他的手紧捏成拳又松开，松开又捏成了拳，如此几次，才觉得心气顺畅了些，笑道："纪大人言之有理，这话的确要看是谁说的。如果是别人，那些大人自然不相信，可如果是我……"他咧了嘴笑道，"我姨母前两天还跟我说，让我以后少和那些只知道吃喝嫖赌的膏粱子弟往来。说起来，我和纪大人一起在醉仙楼里喝过酒，又一起到千佛寺胡同里听过曲……我们也算是相识一场吧？"

纪咏望了望天，无限鄙夷。

眼角的余光却瞥见含笑的宋墨。

他心中凛然。

自己怎么把这个正主子忘了，却和顾玉斗起嘴来？那顾玉不过是宋墨身边的一个跳梁小丑而已，自己和他一般见识，胜之不武。

他微眯了眼睛。

有凌乱的脚步声渐行渐近，众人的目光循声望去。

汪清淮带着两个小厮神色匆忙地走了过来。

"世子，"他先朝着宋墨拱了拱手，又给纪咏行了一礼，"纪大人，"然后道，"全是场误会。赵紫姝不过是见济宁侯醉了，怕他着凉，所以扶济宁侯歇在了自己屋里，并不是大家所想的那样……这是场误会！"

纪咏冷笑。

宋墨已笑着向汪清淮还礼，道："既然是一场误会，那我们就先告辞了——我邀了济宁侯到宣武门外的护城河边遛马，谁知道他却失了约……这才找来的。"

汪清淮装模作样地看了看天色，笑道："太阳还没有升起来，世子此时赶去宣武门还来得及。"

"借世子吉言。"宋墨和汪清淮寒暄两句，和顾玉带着魏廷瑜扬长而去。

事后汪清淮贴身的随从问他："您就不怕得罪了纪大人吗？"

汪清淮苦笑："得罪了纪大人，我不过是多赔些笑脸。可要是让宋墨记恨上了，谁知道他会怎么对付廷安侯府？！"

宋墨并不知道自己的凶名让何煜和汪清淮都有所顾忌。他慢慢地走出千佛寺胡同，和魏廷瑜在千佛寺门前辞别。

魏廷瑜已从最初的震惊中回过神来。他十分感激宋墨，也非常沮丧，问宋墨："纪见明，他为什么要这么做？"

夫妻本是一体。纪咏是窦昭的表兄，败坏了他的名声，于窦昭有什么好处？于窦家有什么好处？于纪咏自己又有什么好处？

这其中可让人思量的东西太多了。魏廷瑜只是对人对事没有太多的想法而已，却并不傻。

宋墨沉默半晌，低声道："我也不知道！"

语气十分怅然。

魏廷瑜眼神一黯，连宋墨都不知道的事……该怎么办？

他不由抓了抓头。如果纪咏把这件事传了出去，母亲知道了，只怕会被他气死。

还有姐姐……最痛恨这些乱七八糟的事了。

想到这里，他顿时心急如焚，很想快点见到姐姐，让姐姐帮他拿个主意。

魏廷瑜看着宋墨和顾玉的马车消失在人群中，立刻坐车去了景国公府。

魏廷珍不在家，她去了大相国寺。

大相国寺里人头攒动，除了来听宣讲的信众，还有提着篮子卖香烛、吃食的小贩。

魏廷珍有护卫开道，好不容易才挤了进去。

宽敞的偏殿已经坐了七八成人，多是珠环翠绕的贵妇。

她的姑子——景国公府的大姑奶奶张氏在前排占了个位置，贴身的丫鬟正站在旁边东张西望。看见魏廷珍进来，她低头和张氏说了几句话，张氏站起来和魏廷珍点了点头，差了丫鬟请魏廷珍过去坐。

魏廷珍点头，并不急着过去，而是一面和自己相熟的妇人打着招呼，一面打量着偏殿里的妇人。

不一会，她就发现了在偏殿南边正和个妇人寒暄的王映雪。魏廷珍松了口气，这才随着丫鬟去了张氏那里。

"嫂嫂怎么这个时候才来？"张氏笑道，"刚才遇到了长兴侯府的太夫人，要不是云阳伯夫人把她请了过去，这个位置就保不住了。"

长兴侯府的太夫人今年刚刚四十出头，年纪并不大，不过是因为丈夫死得早，长子承爵之后长袖善舞，颇得圣心，又有个儿子尚了公主，京都的簪缨之家提起来都颇为看重罢了。

魏廷珍笑着道了谢，和姑子说起长兴侯府的家事来："他们家的十六小姐也到了说人家的时候吧？"

张氏抿了嘴笑，然后朝着四周瞅了瞅，见没人注意到她们两人，这才和魏廷珍耳语："英国公想和他们家联姻……"

魏廷珍虽然有些意外，又觉得两家门当户对，也是情理之中的事。又因为魏廷瑜得了宋墨的抬举参与了运河的疏浚，她觉得自己也和英国公府关系匪浅，自然很关心英国公府的事：“英国公府世子还没有除服吧？这个时候说亲是不是早了点？而且十六小姐好像比英国公府的世子大……”

"你想到哪里去了？"张氏低声笑道，"是英国公想娶石家十六小姐！"

魏廷珍吓了一大跳，道："这么说来，他们两家要联姻了？"

英国公虽说比十六小姐大很多，却是正正经经的国公爷，又在皇上面前说得上话，倒也不失为良配。

"怎么可能？"张氏悄声道，"英国公世子，那是什么人？杀了人眼都不眨一下！石家把闺女嫁过去了，生了女儿没依靠，生了儿子只怕还得看英国公世子高兴不高兴。一个不小心，恐怕就会得罪了英国公世子，石家怎么会做这种吃力不讨好的事？十六小姐是长兴侯太夫人的嫡幼女，也舍不得女儿去受这份罪啊！石家婉言谢绝了英国公。所以长兴侯太夫人愁得不得了，把女儿高嫁，有几家能比英国公府、长兴侯府更显赫的？把女儿低嫁，有了英国公求亲这桩事，嫁给谁家好？听云阳伯夫人的口气，石家原是想把闺女嫁给英国公世子的。这可真是阴差阳错……"

魏廷珍想到了魏廷瑜。如果不是和窦家有了婚约，魏家未必就没有这个机会和石家联姻！

她轻轻地叹了口气。当务之急是解除魏窦两家的婚约，只要婚约解除了，什么样的名门闺秀娶不回来？

魏廷瑜有些心不在焉地和张氏说着家长里短。

偏殿响起几声清越的钟磬之声，大家都安静下来。身披大红袈裟的大相国寺住持红光满面地走了进来。

"多谢诸位施主来大相国寺听讲佛法。"几句开场白说完，大相国寺的住持开始绘声绘色地向众人讲起佛经里那些与人为善的故事，大家听得十分认真。

半个时辰之后，第一场佛法讲完了。住持像往年那样坐下来喝茶，有妇人围上去和住持说话，也有人趁着这机会去上茅房或是和身边的人窃窃私语。

魏廷珍远远地和坐在偏殿南边的王映雪打着招呼："……没想到会在这里遇到了亲家太太！"

偏殿里就有妇人支了耳朵听。王映雪点了点头，然后望了望身边一个穿着打扮颇为朴实、头发花白的老妇人，笑道："我陪了母亲过来听佛法。"

果然请了王许氏出面！

魏廷珍心中大定，笑盈盈地过去给王许氏问安。

王许氏呵呵地笑，颇有长辈架势地拉着魏廷珍的手说了几句话，又叮嘱魏廷珍有空常去家里坐。

王映雪又把身边的另一个妇人引荐给魏廷珍："这是我们府上的五太太。"

窦世枢的太太樊氏？魏廷珍定睛一看，原来就是刚才和王映雪说话的妇人。

她止不住咧着嘴笑了起来。这个王氏，还真会办事！虽然没能让樊氏帮着来唱这出双簧，但能把樊氏牵扯进来，也算是个有手段的了。难怪她能被扶正了。

魏廷珍忙笑着给樊氏行礼。

这幅认亲的场景顿时吸引了很多人的注意。

这正是魏廷珍要的，她的笑容更盛。樊氏矜持地还礼，热情又不失大方地和魏廷珍打招呼，介绍身边的人给她认识："这位是内阁首辅梁大人家的太太，这位是吏部侍郎林大人家的太太，这位是刑部侍郎王大人家的太太……"

内阁首辅？那就是梁继芳的妻子啰！

没想到梁夫人都这么给樊氏面子，也热忱地和她见礼。

魏廷珍不由在心里感慨，像樊氏这样来往的都是些达官显贵的主妇，才是真正的大户人家做派啊！

如果窦昭是窦世枢的女儿就好了。她笑吟吟和那些妇人说了几句话，就照着原来和王映雪商量的，渐渐和王许氏聊了起来："您今天怎么有空来大相国寺？前几天去亲家太太府上拜访，说您有点不舒服，现在好些了吗？是哪里不舒服？要不要我推荐个御医？"

"多谢亲家姑奶奶关心，不过是年纪大了，天气热，一些老毛病，不足挂齿。"王许氏谦虚了几句，然后叹气道，"实不相瞒，我这次来大相国寺，除了听佛法，还请住持给我的一个老物件开开光。"

大家听着都有些好奇。

王许氏就看了神色间有些不自在的女儿一眼，低声道："映雪年纪不小了，膝下却只有一个女儿，我前些日子拿着她父亲的名帖，请了龙虎山的真人帮她算了一卦。龙虎山的真人说，是家中有人八字和她相克的缘故，等那人嫁了就好了，还写了个秘方给映雪。可我还是不放心，就想请大相国寺的住持再为映雪加持，这样，肯定更加有把握了。"

窦五太太樊氏听着脸色微变。窦家即将出嫁的姑娘，只有窦昭。

王氏母女是什么意思？她心中生警，忙笑对王许氏道："您难得出趟门，又逢着大相国寺的法会，如果能请动了住持帮着开光，最吉利不过了。趁着住持大师正歇着，不如我陪您一起去问问吧？"说着，眼睛闪着寒光瞥了王映雪一眼，警告的意味浓厚，又起身要搀扶王许氏往住持身边凑。

王许氏却摆了摆手，谢绝了樊氏的好意："我已经和住持大师约好了。"

她们身边的几位妇人一听，纷纷向王许氏询问生男育女的秘方之事，把樊氏丢在了一旁。

樊氏急得心头火直冒。王映雪仿佛没有看见樊氏的告诫般，红着脸喊了声"娘"，满脸歉意地对林太太等人笑了笑，道："我母亲也不过是死马当成活马医罢了。我这把年纪，还谈什么生儿育女！把长女好生生嫁了，再给次女找个好女婿，也就心满意足了。"旋即嗔怪般地推搡了母亲一下，低声道，"这件事您别插手好不好？"

王许氏的脸立刻拉了下来，不悦道："难道那龙虎山的真人说的没有道理？她出生没两年就克死了自己的生母，接着祖父也去了。刚刚定亲，公公就突然暴病而亡。你和姑爷是因为寓居京都，离得远，这才保住了性命……"

坐在王许氏身边始终没有出声的一位妇人听着就"咦"了一声，道："难道是府上的四小姐不成？我要是没记错，你们家四小姐两岁的时候生母病逝，九岁的时候祖父去世了，"说着，望向了魏廷珍，"和四小姐定亲的是夫人的胞弟吧？"

樊氏差点昏倒。定睛一看，认出那妇人是兵部武选司郎中郑安的太太，素来和王家交好，哪里还不明白那郑太太是受了王家所托，有意和王映雪一唱一和？

樊氏没等魏廷珍开口，已上前一步，站在了魏廷珍的前面，冷冷地对郑太太道："不知道郑太太何出此言？郑太太可能还不知道吧，我们府上的老太爷，晚年的时候喜欢上了《周易》，家里只要有小子、姑娘出世，就要算一卦，还曾经有龙虎山的真人前来拜访，因而我们家几位老爷也都得了这个喜好，喜欢研究《周易》。特别是七老爷，还曾进宫给皇上讲过《周易》，趋吉避凶，最为拿手。若我们家四小姐真如郑太太所言，怎么我们七老爷却从来不曾提及？"

她说着，转身瞥了眼魏廷珍，"我们家四小姐和济宁侯的亲事是从小就定下来的，三年前正式交换了庚帖。老济宁侯为显郑重，还曾请了钦天监的监正亲自为我们家四小姐和济宁侯合过八字，当时钦天监的监正说这段姻缘是'天作之合'，为此老济宁侯高兴之余还送了钦天监的监正一块寿山石。这件事，窦、魏两家的人都知道，郑太太怎么把老济宁侯的病逝扯到我们家四小姐的身上？"

又道，"生老病死，乃人之常情，郑太太和我们家并不时常走动，不知道郑太太是从什么地方听到的这些传言？又或者，是你自己想当然？"眼睛却盯着王许氏，"同是女子，你比我们家四小姐年长许多，按理应称声长辈，难道不知道这样的话对我们家四小姐有何伤害？怎能信口开河！"

郑太太脸上红一阵白一阵的，犹强辩道："难道府上的四小姐不是两岁时生母去世，九岁时祖父去世……"

樊氏愤然打断了郑太太的话："再过几个月就是我们家太夫人的寿辰，四小姐可是从小在太夫人身边长大的！郑太太说话不要太过分！"

她和郑太太针锋相对，指桑骂槐，语言犀利，毫不留情，在场的没有一个不明白她的话中之意，不由得沉默下来，或朝王许氏望去，或朝郑太太、王映雪望去，更多的，却把目光投向了魏廷珍，想知道她会怎么说。

魏廷珍是魏廷瑜的胞姐，有时候她的态度，就代表了田氏的态度，从而会影响到济宁侯的态度。

就连刚才回避此事的王太太，也不禁屏气凝神，竖起了耳朵。

魏廷珍心中一阵得意。

这正是她想要的。窦昭是否真的八字硬克亲人，并不重要。重要的是，只要大家都知道了这件事，她就可以因势利导，让局面变得对魏家更有利。

"这……"魏廷珍适时地佯装出一副为难的样子。

有时候，欲言又止也是一种回答。

有人惋惜摇头，有人若有所思，还有人露出看戏不怕台高的幸灾乐祸。

魏廷珍强忍着才没有笑出来。樊氏以为这样就可以维护窦昭的名声，殊不知，她越是这样，大家就越感兴趣，这个事就变得越受人瞩目。

她正寻思着是以"自从弟弟定亲之后，母亲就病了"还是以"合八字的时候，钦天监的监正也说了，我弟弟的八字好，不管谁嫁了他都会荣华富贵，并不曾留意窦家四小姐是否与长辈的八字不合"来证实郑太太的话，就看见原来守在殿外的贴身丫鬟踮着脚，满头大汗地在找她。

魏廷珍愕然，不免有些分心，想说的话也顿了顿。

丫鬟看到她却面露焦急，悄悄走了过来，语气急促地和她耳语："夫人，大事不好了！济宁侯被窦四小姐的表兄——今年新晋的探花郎纪见明拉去了千佛寺胡同，还在那里留宿了一夜……那纪见明不怀好意，多亏英国公世子爷相救。济宁侯让您快点回去！"

仿佛晴天霹雳，魏廷珍腿一软，要不是那丫鬟眼疾手快扶住了她，她恐怕就要瘫软在地上了。

众人看出魏廷珍的脸色不对，不由神色各异。

而被众多贵夫人注视着的丫鬟却神色慌张，连连小声喊着魏廷珍"夫人"。

魏廷珍一个激灵，回过神来。

弟弟一向老实，怎么就跑到千佛寺胡同去了？还有那个纪见明，既然是窦昭的表兄，怎么会对弟弟不怀好意？弟弟说是英国公府世子爷相救，除了宋墨，还有多少人知道这件事？

疑问一个接着一个，脑子乱糟糟的找不到一个答案，可她知道，此刻有比追究事情原委更重要的事——必须做出一副轻描淡写的样子，不能让这些鬼精鬼精的夫人、太太看出一丝的端倪，否则休想隐瞒住弟弟去了千佛寺胡同的事。

如果是平时，这也就是件不足挂齿的风流韵事。可现在窦、魏两家就要正式下聘了，弟弟的所作所为，等于是给了窦家一耳光。窦家会不会拿此事做文章，从而主动退亲，坏了弟弟的名誉呢？

而且，事情怎么会这么巧？

窦昭的表兄纪见明也在场，会不会这原本就是场阴谋呢？

魏廷珍不敢多想，她只知道，弟弟出了这种事，自己不能再惹怒窦家了，不然被窦家记恨，抓住了弟弟的事大做文章可就糟了。

她立刻就改变了立场，强笑道："郑太太此言差矣！当初钦天监的监正给窦家四小姐和我弟弟合八字的时候，曾说过窦家四小姐多子多福。我父亲病逝时，我母亲还怕委屈了窦四小姐要等三年，迫不及待地想快点把窦四小姐娶进门，嘱咐我去了窦家商量婚期。这件事，真定府的人应该都知道的。"

这么说来，就是王映雪母女和郑太太在诽谤窦家四小姐啰？

满场哗然，众人再看她们三人的目光就有些不齿。

王映雪母女和郑太太难掩错愕，那王映雪更是发蒙。是魏廷珍主动提起来的，事先什么都说好了，她怎么说变就变？！

她母亲怕别人不相信，还特意请了郑太太做托。魏廷珍这样临阵倒戈，大家当不是要把这件事的过错都算在自己的头上？她得罪了窦家又让母亲陷于困境⋯⋯

王映雪恼羞成怒，上前就要和魏廷珍理论，还是王许氏看着女儿不对劲，一把把她给拉了回来，低声呵斥她："你还嫌不够丢脸啊！"

"娘亲！"王映雪十分委屈，霎时眼眶发红。

王许氏阴沉着脸，没等大相国寺的住持开讲，就和郑太太、王映雪勉强跟几个熟人打了声招呼，灰溜溜地走了。

大家笑着围上了樊氏。樊氏不由暗暗叫苦，还好一阵钟声响起，大相国寺的住持又开始宣讲佛法了，众人这才各自回到了各自的座位上，但不时还有两三个人指着樊氏或魏廷珍交头接耳的。

郑太太被这样戏耍了一顿，心里的憋屈就别提了，就算为了丈夫的前程她一直巴结着王家，出了大相国寺她也忍不住阴阳怪气地和王许氏说了句"夫人也太宠着大姑奶奶了"，然后在王许氏满脸的歉意中和王许氏母女分道扬镳。

王许氏能说什么？要怪，也只能怪自己的女儿办事不牢靠。

王映雪恨透了魏廷珍的临时变卦，一上马车就把魏廷珍骂了个狗血淋头。王许氏却大喝一声"闭嘴"，随手抓起一把蒲扇就朝王映雪脸上扔了过去："我看我真是把你给宠得无法无天了！你父亲的脸都让你给丢光了！"

王映雪低下了头，眼泪吧嗒吧嗒地落在了铺在车厢里的草席上。

魏廷珍却趁着大家不注意，也离开了大相国寺。

见到魏廷瑜，她对着魏廷瑜就是劈头盖脸地一阵打。魏廷瑜护着脸，蹲在墙角，任姐姐没有什么杀伤力的拳头落在自己身上。

满屋的丫鬟、媳妇忙退了下去，没有一个人敢劝的。

魏廷珍打累了，踢了魏廷瑜一脚："你给我起来！"脸上像结了冰似的问他到底是怎么一回事。

魏廷瑜哪里还敢隐瞒，把事情的经过一五一十地告诉了魏廷珍。

"你这笨蛋！"魏廷珍忍不住骂道，"我平时是怎么教你的？逢人只说半句话，不可全抛一片心。你倒好，人家让干什么就干什么，还被诓去了千佛寺胡同！要不是英国公世子爷赶到，你准备怎么收场……"

魏廷瑜唯唯诺诺地听着。

姐弟俩一个骂，一个听，心中的疑惑却越来越大。

纪见明为什么要这样对待魏廷瑜呢？

内室响起一阵刻意的咳嗽声。魏廷珍和魏廷瑜不约而同地抬头，看见张原明笑着走了进来。

"佩瑾也在啊！"他的笑容敦厚温暖，语气轻松地对魏廷珍道，"这是怎么了？佩瑾在这里还板着个脸，你又为什么生他的气？"然后朝魏廷瑜使着眼色，"姐夫刚得了一瓶上好的梨花白，和姐夫喝两盅去。"明显地为魏廷瑜解围。

魏廷瑜表字佩瑾。

他十分感激。

如果是往日，他早就随着姐夫跑了。可纪咏的态度始终像悬在他头顶上的一把剑，让他寝食难安，不知道什么时候就会出现状况，让他身陷困境。他又怎么敢离开？

魏廷瑜满眼怯意地看了一眼姐姐。

魏廷珍冷哼了一声。

张原明看着眼前的情景与往常不一样，笑容渐敛，神色一正，肃然地问："出了什么事？"

魏廷珍气得一句话也不想说。

魏廷瑜觑着姐姐的脸色，磕磕巴巴地又将事情的经过说了一遍。

张原明的神色慢慢变得凝重。

他想了想，问魏廷瑜："你是说，顾公子先走了，然后英国公世子和顾公子才来帮你解的围？"

魏廷瑜老老实实地点头。

"顾公子想必是事后才想起来，或者是和英国公世子无意间说起这件事，英国公世子感觉到不对劲，这才赶到千佛寺胡同的。"张原明沉吟着，起身拉了魏廷瑜："走，我们找英国公世子去！"

宋墨不在家。

含笑送走了满腹狐疑的顾玉后，他去了宣武门外的护城河边跑马。

夏瑱躲在护城河边如荫的柳树下乘凉，陈核站在一旁，望着烈日下英姿飒爽的宋墨，不住地用帕子擦着额头的汗，小声道："想跑马，可以去大兴的田庄啊，这里尘土飞扬，又热……"

夏瑱却嘿嘿地笑，扬颌朝不远处的官道点了点，道："你看那个卖果子的小姑娘，已经是第五次路过这里了；还有那个进城的年轻妇人，坐在路边一歇就是一个时辰，望着世子爷眼睛都没有眨一下；那边茶肆里还有几个妇人，一直没有动弹……在大兴的田庄，能看到这样的趣事吗？"他开着玩笑促狭道，"也免得暴殄天物啊！"

陈核不悦地瞪了夏瑱一眼，嘀咕道："你怎么能这样说世子爷……"

他一句话没有说完，宋墨已经纵马跑了过来。

"陈核，"宋墨的脸被晒得通红，大汗淋漓，月白色的杭绸夏衫汗湿后紧紧地贴在了他身上，显露出猿背蜂腰的好身材，"我们去大兴的田庄！"

"现在？"陈核望了望头顶的太阳，睁大了眼睛。

宋墨"嗯"了一声，扬鞭朝宣武门急驰而去。

陈核不由摸了摸头，夏瑽却在心里猜测，世子爷这是要去大兴呢，还是要去真定呢？如果是想把济宁侯的事告诉窦家四小姐，自己要不要提醒提醒世子爷？

窦四小姐那么聪慧的人，济宁侯的品性如何，恐怕早已知晓。有些事，装聋作哑，还能粉饰太平；知道了，就得做个决断。婚事是父母定下来的，难道还能轻易退了不成？

世子爷毕竟太年轻了，未必就懂这些人情世故。

还是窦四小姐通透灵秀，做起事来滴水不漏……便宜了那济宁侯！

第六十一章　询问·上京·亲戚

宋墨的确想去真定。

在他去千佛寺胡同之前，就让人去查了纪咏的底细。

只因怕魏廷瑜那边闹出什么不可收拾的事，没等到负责收集情报的杜唯来报，他就急急地赶去了千佛寺胡同。

回到颐志堂，他便接到了杜唯送来的消息。

自从纪咏三年前出来游历顺道去拜访了自己的姑母窦家六太太纪氏之后，就三番五次地在窦家长住，参加会试之前，更是借住在窦昭祖父晚年静修之所鹤寿堂读书，和窦昭过从甚密。

他的心顿时像翻江倒海，差点没能控制住自己的情绪。

纪咏和魏廷瑜无怨无仇，为什么要陷害魏廷瑜？

窦昭与这件事有没有关系？如果她不知道，纪咏此举有何用意？

如果她知道……或者，她是想和魏家退亲？

宋墨心里像堵了块石头似的，沉甸甸的，仿佛压得他没有办法呼吸。

退亲有千百种方法，为什么要用这种陷害别人的方式来退亲？

宋墨想着窦昭爽朗的笑声、端庄中透着几分妩媚的脸庞，想着她星子般明亮的眸子、入鬓的长眉，心像在油锅上煎似的。

窦昭，到底知不知道这件事？那个如清风朗月般清冷，却又隐约透着几分温暖的女子，那个让他觉得如凌寒盛开的梅花般坚韧美丽的女子，真的会做出这种事来吗？

期盼、怀疑、失望、内疚……一一涌上宋墨的心头，让他心乱如麻，不知道如何是好。

在大兴的田庄又跑了大半个时辰，他的心绪才渐渐平静下来，吩咐陈核："我们去真定！"

从小，大舅就告诉他，如果你对一件事产生了怀疑，与其浪费时间在那里反复地猜测、反复地思量，不如以最快的速度去证实它或是推翻它。

陈核看了夏璁一眼，高声应着"是"，心里却在嘀咕：还真让这家伙猜对了！世子爷来大兴，就是为了找借口去真定。

夏璁却没有半分得意，他朝着陈核笑了笑，心情有些沉重地琢磨着要不要提醒宋墨别插手这件事。

可惜直到到达真定，他都没找到一个合适的机会向面色冷峻的宋墨提及。

宋墨站在了窦家田庄后山的小河旁。

夏天的后山，绿树成荫，流水潺潺，清风生爽。

这个地方，真漂亮。

宋墨凝视着河对岸三株枝繁叶茂的野生桃树，急躁的心慢慢平静下来。

他想起窦昭说的，站在桃树上，可以看到郎家庄庄头的老婆喝醉了酒打丈夫，村头在农闲时做挑货郎贴补家用的父亲，每次走乡串户回来都会给一对女儿买个烧饼解解馋，隔壁一户人家的媳妇常常被婆婆嫌弃，可生死关头，婆婆却四处奔波给媳妇求医问药……可那一次，除了袅袅的炊烟，他什么也没有看见。

宋墨把衣角扎在腰间，爬上了桃树。

郎家庄和窦家庄都如小小的盆景，一一展现在他的面前。

窦昭爬上后山的时候，看到宋墨像上次一样，正背靠着树干站在树杈上眺望山脚的景象。

不知道这家伙身边又发生了什么事？

昨天她收到陈曲水的来信，把这些日子发生的事事无巨细全都告诉了她。

前世两个互相看不顺眼的人今生能走到一起，除了有一个共同的目标，她想不出两人为何会彼此容忍。

窦昭可以很肯定，王映雪和魏廷珍已狼狈为奸，而且她还可以肯定，有了王映雪的加入，她退亲的事将进行得更顺利。

所以她的心情很好。

对宋墨突然提出来要见她也就不以为意了。

她提着裙子，踏着河间的青石过了河，用手挡了射在脸上的阳光，仰头问宋墨："世子看见了什么？"

从前她喊他梅公子，后来喊他世子爷，现在喊他世子。

她从来都不曾在心底真正地害怕过他吧？

不像京都的人，因为自己杀了自家的护卫后还把尸体码放在院子中央的事，在面对他的时候多多少少都有些战战兢兢，窦昭却始终没有质问过他。

宋墨不由扬眉而笑，道："想知道？那就爬上来呗！"

大热天的，谁有精神陪你玩！

窦昭腹诽着，笑道："我今天穿了件白色的挑线裙子，不想把裙子弄脏了。"

宋墨有些傻眼。

这，也可以成为拒绝的理由吗？

他不由哈哈大笑，笑声惊动了随身的护卫，大家纷纷朝宋墨和窦昭瞥了一眼。

陈核不禁感慨，世子爷每次遇到窦四小姐总是那么地高兴。

夏璁却暗暗叹了口气。

宋墨跳下了树。

窦昭问他："你的伤怎样了？"

"没什么大碍了。"宋墨笑着，目光停留在窦昭的眉宇间，仔细打量着她，好像要看清楚她长什么样子似的，表情却渐渐变得严肃，"我来，是有件事想告诉你。"他沉吟着，看到窦昭额间沁出细细的汗，想到树林比这边要凉爽，他一面往树林那边去，一面简明扼要地将纪咏带着魏廷瑜夜宿千佛寺胡同的事告诉了窦昭，至于他拉魏廷瑜合伙做生意之类的事则一字未提，只说是偶尔听到顾玉提起，知道是窦昭未来的夫婿，觉得不对劲，这才赶过去的。

窦昭骇然。

怎么会这样？

自己花了大半年的时间布局，只差最后一步了……纪咏冒出来干什么？

难道像上次一样，自己稍露端倪他就能窥得全貌？

窦昭不知道说什么好。

她虽然想过退亲，却没有想过要伤害魏廷瑜。

伤害别人得到的幸福不是什么真正的幸福。

窦昭强忍着才没有让微蹙的眉头紧锁在一起，但她的神色却渐渐也变得凝重："此事当真？"

宋墨认真地点了点头，道："就在三天前发生的。纪见明并没有否认。"

难怪她不知道，那个时候陈曲水已经启程回真定了。

这还真就是纪咏的行事做派！

窦昭苦笑，真诚地向宋墨道谢："多谢你来告诉我！"

宋墨三天就赶到了真定，而且是亲自来告诉她，可见也意识到了这件事的严重性。

这下可好了！纪咏这么一插手，就算魏廷珍一时看不出来他的用意，大智若愚的张原明多半会猜出几分。

自己要退亲和魏家要退亲毕竟是两码事——前者是她不满意魏廷瑜，后者是魏廷瑜不满意她。

魏廷珍知道后，定会觉得备受羞辱，自己也别想不受瞩目地退亲了。

这个纪咏，真是……成事不足，败事有余！破坏力不是一般地大……这件事，恐怕得从长计议了。

窦昭不由轻轻地叹了口气。

而看着她的表情由最初的惊讶到之后的苦涩、无奈、担心，宋墨却如释重负地松了口气。

窦昭果然不知情，她依旧如他记忆中那样的磊落大方，真诚美好。

宋墨情不自禁地说了声"多谢"，又说了句"对不起"。

他要多谢窦昭在他经历了那么多的阴霾黑暗之后，没有让他失望；他要为自己之前对窦昭的怀疑和猜测向窦昭道歉。

窦昭讶然。

宋墨含笑不提，而是问她："你知道纪咏为什么要这样对待济宁侯吗？"

"纪表哥性情跳脱，"窦昭只好含糊其词地道，"可能是看济宁侯不顺眼吧？"

宋墨听着心中一动。在他看来，纪咏的性格与其说是跳脱，不如说是倨傲恣意。

而且纪咏和窦昭的关系亲密，不可能仅仅因为看魏廷瑜不顺眼就谋划着让窦昭和魏廷瑜退亲。

除非，还有些其他的什么原因。

以窦昭的聪慧睿智，说这种话，明显地是在隐瞒些什么。

他不由道："你想不想和济宁侯退亲？"

窦昭被吓了一大跳，自己表现得这么明显吗？

纪咏知道了，现在宋墨也知道了。

她不禁朝宋墨望去。郁郁葱葱的香樟树下，穿着一身月白色细布夏衫的宋墨低垂着眼睑，有种让人说不清道不明的隐忍。

窦昭只觉得头痛。一个纪咏已经差点闹得魏廷瑜身败名裂，如果再加上一个宋墨……魏廷瑜还不得被吃得连骨头渣子都不剩啊！

她连连摇头："不用，不用！"生怕宋墨也搅了进去。

宋墨淡淡地"哦"了一声，抬起眼睑，又变成了从前那个贵气而冷漠的英国公世子。

窦昭不由抿了嘴笑，道："看你风尘仆仆的，这一路赶过来也辛苦了，时间不早了，让陈核给你弄点吃的，梳洗之后好好睡一个觉，这两天天气还算凉爽。"语气很温和。

宋墨突然有点不想走。

他想了想，道："我明年开年就要除服了，严先生提议让我或娶了廷安侯的嫡女，或尚了万皇后所出的宜景公主……"

窦昭心里一酸。如果蒋氏还活着，或是梅夫人还在，他何至于会和自己说这些？

她仔细地思考起宋墨的婚事来，不过还是颇为意外汪清沅也在宋墨妻子的候选人之中："廷安侯家的汪小姐相貌出众，人品端方，又有汪清淮这样的胞兄，如果夫人还在，自然是桩极好的姻缘。只是她性情柔顺，若是令尊以后的续弦出身显赫，精明能干，你在内务上没有个得力的臂膀，做起事来会很不方便的。"窦昭正色道，"公主很好，不管令尊以后娶谁做续弦，都断然不可能压得过公主去，而且能让你的世子之位更稳，以后承爵也会顺利些。不过，景宜公主不太好，和皇上的关系太过亲密，太子又是元后所出，容易牵扯到皇家内务之中去。最好找一位生母份位较高又长袖善舞的嫔妃所出的公主，我要是没记错的话，辰妃所出的福圆公主，淑妃所出的景泰公主，都与你年龄相当，而且温柔敦厚，你不妨和严先生商量商量，从这两位公主中选一位。"

既然这一世宋墨保住了世子之位没有被逐出家门，她也不希望他掺和到太子和辽王之争中去。

毕竟将来不管是谁继承了大宝都会对英国公府客客气气的，从龙之功虽好，英国公府却未必需要。

宋墨侧身望着河对岸的野桃树，沉默不语。

并不是所有的人都能接受妻子比自己地位高的，窦昭以为宋墨是不想尚公主，想了想，笑道："太宗皇帝的时候，永承伯冯健为永平长公主驸马，他不仅深受皇上信任，做了宗人府右宗人，还曾先后任大同总兵、五军都督府都督，平了妥德之乱，为世人所敬仰；仁宗皇帝时的广恩伯世子董麟，是怀淑长公主的驸马，却因酗酒失言被夺了世子之位，贬为庶民，客死异乡。驸马未必不好，端看你怎么行事了。"又道，"世间之事，从来都是有利有弊的，又因个人际遇不同，利弊各异，就看是利大一些还是弊大一些。"

宋宜春年不过四旬，至少还有十几、二十年好活，一个"孝"字压着，宋墨得用比平常多一倍甚至是两倍的力气才能压制住宋宜春，这样的日子太难过了。

窦昭觉得，与其睡觉都得睁着一只眼，不如尚了公主。反正公卿之家出身的子弟很难成为影响社稷的显赫权臣，不如想办法过得舒服点，自在点。

宋墨微微地笑。

太宗时候的驸马能带兵打仗，成为手握权柄的显贵；而仁宗时候的驸马却只能犬马声色，醉生梦死，做个闲散的清贵。这固然与皇权稳定，皇上不愿意看到勋贵之家掌握实权有关，也与勋贵之家的子弟娇生惯养，文不成武不就，日渐颓废有关。

窦昭饱读史书，怎么会不懂这个道理？她不过是想安慰自己，让自己在父亲的打压之下不至于那么难受罢了。

窦昭，好像总把自己当小孩子一样，每次见面不是哄着就是劝着。

这种感觉很奇怪。

他是英国公府的嫡长孙，自打记事起，耳朵里听到的就是责任、重担、光耀门楣、不忘祖宗之志之类的话，不管是父亲还是母亲，甚至是大舅，都相信他的才能，相信英国公府在他的手里能摆脱"权臣"的烙印，成为"纯臣"，让英国公府成为真正的百年世家，不再受皇权更迭的影响。

窦昭却对自己好像始终有些担心，可你说这种担心是不相信他的能力又不对，她对他决定的事从来不曾置疑过；可你说这种担心是相信，也不对，她对他的事时时保持着一种莫名的警惕，仿佛下一刻他就会陷入泥潭无法自拔般，看他的目光中总带着几分审视。

可不管前者还是后者，宋墨都觉得很有趣，甚至，他隐隐觉得自己常常会在不自觉中利用窦昭的这种心态，或者说些明知会让她担心的话，或者做些明知会让她担心的事……像幼稚的孩童想吸引人的注意力一般，却又乐此不疲。

有时候他也会想，自己怎么会变成这样？完全没有平日的稳健……他就会把这些归结于他们的第一次见面太过惊悚，归结于窦昭的为人太过冷静自制、理智自信，让他可以她的面前不必掩饰什么，也不必伪装什么。

这一刻，宋墨如往常那样，遵循本心，戏谑道："你怎么知道几位公主的事情？连严先生都没有查到什么。我跟严先生说了，若是要尚公主，一定要找个性格温顺的——将来我要纳妾。"

窦昭听着哈哈大笑，用一种挑剔的目光上上下下地打量着他，调侃道："就你这种性子，若是铁了心要纳妾，就算公主性情再刚烈，也未必能阻止你吧？不过，你要小心。南平长公主的驸马年轻的时候眠花宿柳，晚年瘫痪在床，南平长公主就把驸马的妾室全都赐死了，并且派了贴身的嬷嬷每天隔一个时辰就问他，还敢不敢纳妾……"

宋墨笑得不行，道："你怎么知道这么多皇家轶事？"

窦昭笑着反问他："你平时都不读书的吗？"

宋墨再次大笑，笑声像那清越的泉水激荡在林间，惊得一群鸟儿叽叽喳喳啁啾不止。

从后山回来，窦昭立刻去了陈曲水那里，将纪咏设计陷害魏廷瑜夜宿千佛寺胡同的事告诉了陈曲水。

陈曲水大惊失色："纪编修是怎么知道的？宋世子还说了些什么？"

他自认为自己并没有露出丝毫的马脚。

"其他的倒没有说。"窦昭也颇为头痛，但她远在真定，宋墨的话也很简明扼要，以纪咏的行事风格，他们不可能通过宋墨的话找到纪咏的破绽，她另有担心，"纪表哥这么一闹，小事也会变成大事，偏偏少有人能说服他。还有宋世子，亲自跑来给我报信，十之八九是为了报答之前我们对他的救命之恩。他还问我是不是想要退亲，我哪里敢承认！"窦昭苦笑："多半是千佛寺胡同的事让他有所察觉，他要是也像纪表哥那样自作聪明地帮忙，那可就糟糕了——京都是他的地方，天时地利人和，我们根本不可能绕过他，如果他插手，就不会像纪表哥那样只是胡闹一番了！"她沉吟道，"事情的变化已经出乎我们的意料，再任其发展下去，还不知道要出什么事。我寻思着，我们是不是要再去趟京都……"

听说窦昭要去京都，陈曲水立刻反对："不行，如果事情败露，窦家的长辈和魏家的人都会责难小姐的。"然后又羞又惭地道,"都怪我没有把事情办好！"

"陈先生千万别这么说！"窦昭感叹道,"纪表哥加上宋世子,好比那百年难遇的风暴,有几个人能抵挡得住？如果不是和魏家的婚事关系到我的后半生,我肯定会对他们敬而远之,就这样嫁了算了。"可每当她想起刚嫁给魏廷瑜那几年背着人偷偷流下的眼泪,想起那些无人可说的委屈,就觉得周身发寒。

她是决不会再嫁给魏廷瑜的！

窦昭不止一次地感谢老天爷,让她回到了母亲去世之前,让她能看见并记住了母亲的脸,而不是让她重新回到了嫁给了魏廷瑜之后的日子——如果是这样,她现在只怕是在殚精竭虑地想办法与魏廷瑜和离吧？

她说服陈曲水:"你看,我们这样一番行事,那魏廷珍不就跳了出来吗？红姑只能用一次,想要和魏家顺利地退亲,恐怕还是要从内宅上着手,先生只身前往,多有不便。"

陈曲水沉默,他觉得窦昭的话很有道理。又想到再不济,还有宋墨,不由得点了点头。事情万一到了那一步,也就只好对不起魏廷瑜了！

窦昭去向祖母辞行:"六伯母让陈先生带信给我,叫我无论如何也要去趟京都,说是济宁侯府的大姑奶奶,就是那位嫁进景国公府做了世子夫人的,她不止一次地向五伯母提起我,问我怎么还在真定。六伯母的意思,是让我提前进京。"

这本是祖母一直以来的愿望,自然是连声应允。

窦昭给六伯母写了一封信,说祖母催着让她上京。

六伯母闻音知雅,立刻回信,问她上京的日子。

窦昭又拿着六伯母的信去见了二太夫人。二太夫人和窦昭到底在一起生活了十几年,若说没有一点感情,那也太绝对,只不过是因为有时候感情敌不过理智与利益罢了,在没有了利益算计的前提之下,感情就变得温情脉脉起来。

"这就是为什么这女人都不喜欢自己的闺女远嫁！"她拉着窦昭的手,对陪坐在身边的二太太感慨道,"寿姑这么一去,只怕我这辈子也见不着了。"

二太太连声安慰二太夫人:"过两年,寿姑肯定会带着姑爷来给您做寿的。您说是不是？"

窦昭听着却心中一动。宋墨能看出破绽,其他人迟迟早早也能看出破绽。在之前的计策没能奏效的情况之下,只能改弦易辙另谋出路,如果能把水搅浑了,机会肯定比现在多⋯⋯

她也劝着二太夫人:"您不如和我一起去京都吧！我听人说,仁宗皇帝的时候,太后娘娘曾下懿旨,让内阁首辅梁青的母亲进京面圣。那梁青是南昌府人士,南昌府离京都可有千里之遥,真定离京都不过四五天的路程,您何不随我一起去看看五伯父？你已经有些年没有见到五伯父了吧？五伯父如今已是内阁大学士了,公务繁忙,就算想在您跟前尽孝,只怕也走不开⋯⋯"

二太夫人听着不由心动。

"就是,就是！"二太太在一旁凑趣,"您还可以亲眼看着寿姑出嫁。"

二太夫人不禁点了点头。

窦昭忙笑道:"那就这样说定了！我这就给六伯母和父亲写封信去。"

行船走马三分险,有些人一辈子都没有出过家门。年迈的二太夫人到京都,是件大事。

在京都的窦氏三兄弟得到了消息,商量着让窦昭陪二太夫人就住窦世枢府中,六太太暂时也搬到槐树胡同去住,猫儿胡同那边的中馈,交由进门不久的儿媳韩氏打理。

窦世横连连点头,亲自送了纪氏到槐树胡同。

五太太自打嫁进来就没有和二太夫人正经地一起生活过，心里头正在打鼓，纪氏的到来让她喜出望外，客气话说了一大箩。她将正房腾了出来，拉着纪氏一起指派人手粉院子，布置房间，制订菜谱，安排服侍的丫鬟、媳妇、婆子，联系真定那边要随行的名单，忙得团团转。她的两个儿媳郭氏和蔡氏也在一旁帮忙，韩氏也不时过来看看，没几日，就把事情安排妥当了。

庚申年八月四日，窦昭随着二太夫人回到实际上已久别十四年，但在别人眼中却是从来不曾到过的京都。

在窦昭的记忆中，槐树胡同的窦府是座四进三间带耳房的宅子，前院种着石榴后院种着方竹，葡萄架下摆放着石桌石礅，五伯父一家住着还有些挤，却有种让人感觉安宁温馨的烟火之气。

可这一世，她一下马车就发现窦家的宅院比她印象中的扩大了一倍有余。

窦世枢不仅将他家隔壁一座三进三间的宅院买了下来，而且将后面一座两进三间的宅院也买了下来，并将三座宅子打通，重新修缮了一番，成了现在的槐树胡同窦阁老宅第，没有了前世的隐忍、谨慎，多了几分低调的张扬。这可能与前世五伯父在很长一段时间里都被王行宜压制而这一世却在王行宜之前入阁有很大的关系。

窦世枢、窦世横、窦世英等男丁在前，五太太樊氏，六太太纪氏等女眷在后，阖府的丫鬟、媳妇、婆子几乎都出动了，簇拥着窦家众人，早早地就站在了门前等候，独独没有王映雪。

见到二太夫人，窦世枢上前几步就跪在了二太夫人面前，眼眶湿润地喊了一声"娘"。

二太夫人顿时老泪纵横，要携窦世枢起身，窦世枢却执意给二太夫人磕了三个头，额头上立刻沾上了尘土。

窦世横等人忙跟着窦世枢磕头行礼。

二太夫人含泪的眼中满是欣慰和喜悦。

走在二太夫人身后的窦昭看见人群中的窦明犹豫了一下，这才随着个身材细条、皮肤白皙、相貌娟秀的年轻妇人跪了下去。

窦昭认出那妇人是窦政昌的妻子韩氏，她不由多看了两眼。

韩氏和先是自己嫂子后来是自己妯娌的纪令则关系非常不好，以至于后来窦德昌夫妻不得不搬到了京都外城宣北坊永光寺附近的西街居住。

感觉到窦昭的目光，韩氏善意地朝着窦昭点了点头。

窦昭莞尔。

窦明像要证明什么似的，忙挽了韩氏的胳膊，目光示威似的瞥了过来。

窦昭全当没看见，目光落在了韩氏身边的郭氏和蔡氏身上。

郭氏虽然一如记忆中的纤细温婉，却肌肤白嫩，一双乌黑的眸子如小鹿般惹人怜爱，不像自己前世最后一次见郭氏的时候，她神情萎靡，皮肤蜡黄，像个久卧床榻的病人，透着股让人不舒服的消沉。

算算日子，明年那白氏就会进门。

窦昭在心里叹了口气，想起了纪令则。

借着及笄礼，纪令则又和窦昭有了往来。窦昭借口二太夫人请了龙虎山的真人算命，悄悄求那真人为自己和纪令则各算了一卦，说纪令则近两年有一道坎，能跨过去以后就是康庄大道了；如果跨不过去，后半辈子只怕会有些苦受，最好能暂时远离红尘喧嚣，独善其身地吃两年斋。

　　她和纪令则说这些尚有些交浅言深，把信送出去的时候，她自己都苦笑着摇了摇头，谁知道没多久纪家就和韩家推迟了婚期，又过了些日子，传出韩公子病重的消息，窦昭不由得松了口气，就在她以为纪令则可能会守望门寡的时候，纪家和韩家却突然很快就定下了婚期，纪令则以冲喜的形式嫁到了韩家，三个月之后，韩六公子病逝。

　　窦昭听到消息的时候整整一夜没有合眼，提笔写了封信安慰纪令则。

　　之后两人常有书信来往，纪令则始终没有提及她冲喜的事，出于尊重，窦昭也没有问她当时的情况。这次既然来了京都，肯定是要去探望纪令则的，只是不知道她现在是住在纪家还是住在韩家。

　　她忙打住了思绪，待二太夫人等人契阔完毕，才上前给父亲窦世英屈膝行了个福礼。

　　窦世英许久未见窦昭，显得很激动，拉着窦昭的手直问她一路上是否太平，平时在家都做些什么，崔姨奶奶身体可好……絮絮叨叨说个不停，还是窦世横笑着打断了窦世英："孩子刚到，有什么话等会再说，寿姑又不会跑。"自己却问寿姑："累不累？让你六伯母给你做壶柚子茶去去火。"惹得大家哈哈大笑。

　　窦昭忙给窦世横也行了个礼，笑着喊了声"六伯父"，然后挽了六伯母的胳膊，朝窦政昌和窦德昌喊着"十一哥""十二哥"，像是纪氏的女儿，有些不拘小节，却更显亲热，让纪氏心里乐滋滋，揽了窦昭的肩膀笑道："别听你六伯父的，来见见你五伯母。"说着，把她带到了五太太的面前。

　　五太太没等窦昭开口，已拉了窦昭的手笑道："真是闻名不如见面，我们家四小姐长得可真是漂亮！不愧是在太夫人膝下长大的。"最后一句话，却是对着二太夫人说的。

　　二太夫人呵呵笑，高兴地接受了儿媳妇的恭维。

　　窦昭笑着屈膝行礼。

　　五太太招了自己的两个儿媳妇和孙子、孙女："来见见你们的四妹妹、四姑姑。"

　　郭氏和蔡氏带着孩子和窦昭见礼。

　　窦昭示意素心将早已准备好的见面礼拿出来，赏了侄儿侄女。

　　郭氏见窦昭给女儿的是对小小的赤金如意手镯，觉得太贵重了，有些不好意思地连声道谢。蔡氏则仔细地将窦昭赏给自己两个儿子的玉佩打量了几眼，这才笑着道了谢。

　　蔡氏还是和前世一样的势利。窦昭暗暗在心里撇了撇嘴，上前给窦世枢行了礼。

　　窦世枢微微地笑，道："上次见到你的时候，你还是个连话都说不太清楚的小娃娃，一眨眼的工夫就已经长成了大姑娘了，真是岁月不饶人啊！"语气颇为感慨。

　　窦昭见窦世枢已有些发福，两鬓也添了几缕银丝，心中也颇有些怅然。

　　纪氏又向窦昭引见了韩氏。韩氏之前已和她照过面了，又知道纪氏一直待窦昭视若己出，对窦昭像小姑似的，客气中不失亲热，让人心生好感。

　　窦世英就呵斥窦明："你姐姐来了，你也不上前去打个招呼？"

　　窦昭还以为她会闹别扭或是冷着脸，不承想她却笑嘻嘻地上前给窦昭行了个礼，道："谁让我的年纪最小，辈分最低，我排到最后一个。"

　　众人哄堂大笑，倒让窦世英显得有些毛躁。好在窦世英对两个女儿向来都宠爱有加，无奈地笑了笑，教训了她几句"听话"之类的老生常谈，大家这才拥着二太夫人去了正房。

　　窦昭被安排在了西厢房。素兰带着小丫鬟服侍窦昭的梳洗，素心则指挥着媳妇们把从真定带来的窦昭的惯用之物一一摆上。

　　被五太太安排在这边服侍的小丫鬟和粗使的婆子们看了不由咂舌，交头接耳地道："真定来的这位四小姐，排场可真大！"

有小丫鬟道:"这算什么?听说五小姐的排场更大,屋子里除了平常服侍的,还有七八个护卫、两个浆洗的婆子、两个灶上的媳妇、四个针线上的丫鬟……七老爷是所有老爷里最有钱的!"

有小丫鬟听着就算了算账,道:"四小姐只带了四个护卫、四个丫鬟、两个粗使的婆子,的确没有五小姐的排场大。"

进来请窦昭吃饭的郭氏听了不由呵斥道:"都在这里胡说些什么?还不去帮把手!"

小丫鬟们一哄而散,听到动静的素心忙迎了上来,恭谨地行礼,称着"六少奶奶"。

郭氏待人向来和善,柔声问她:"四妹妹梳洗好了没有?"

素心将郭氏让进了厅堂,笑着请她坐下,还没来得及上茶,梳洗一新的窦昭走了出来。

郭氏忙站了起来,道:"四妹妹,二太夫人都到了,就等你去了,就可以开席了。"

窦昭笑着道谢,和郭氏去了摆饭的花厅。

而此时的宋墨,却闭目养神般地盘坐在颐志堂书房的禅椅上,听着顾玉和他的管事乔安算账:"……到时候户部的五万两银子就到账了,银子倒不愁,就是这样吃独食要不要紧?"

乔安显得有些担心。

顾玉冷笑:"这算什么吃独食?比起沈青来,我们可就差得远了。他连雇挑夫的银子都不愿意出,让沿途的卫所帮着他运石料,我们还得亲自招待那些工部的主事喝花酒。"说到这里,他不由抱怨起来,"汪清淮也小心太过了。照我说,我们做的就是这无本的买卖,你就是再客气,没有了这层关系,人家不会把你当个事;你就是再不客气,有了这层关系,他们也只能忍着……"

他一句话没有说完,宋墨突然睁开了眼睛,问道:"魏家有多少银子在我们这里?"

顾玉吓了一跳,定了定神,道:"有两万两的样子。"

宋墨又道:"结算了他们多少银子?"

顾玉撇了撇嘴,道:"张原明的媳妇心挺大的,第一次结算的时候,我照你的吩咐,把他们的本金还给了她,谁知道她却将本金退了回来,说是算在股本里……我想着也没多少,大不了从我的那份里拨点给她就是了,也就没跟你提。这两万两银子,包括了魏家的本金三千两银子。"

宋墨点头,淡淡地道:"把这银子全给我扣下来。我说什么时候给他们,你再什么时候给他们结算。"

顾玉张大了嘴巴,半晌才高声地说了声"好嘞",声音里有掩饰不住的高兴。

宋墨低头喝了口茶,想起那天回来,严先生告诉他关于大相国寺发生的事。

第六十二章 不决·拂袖·再次

王氏母女竟然在大相国寺众贵妇人面前诋毁窦昭的名声。

宋墨之前早就怀疑窦昭与王氏不和，否则不论是什么理由，窦世英也不应该把失去了生母的嫡长女单独安置在老家，自己却带着继室和继室所生的女儿久居京都，却不承想窦昭和王氏的关系竟然差到不顾窦家声誉的地步。

而更让他觉得奇怪的，却是魏廷珍的态度。窦昭是她未来的弟媳，当着那么多人的面，她不仅没有为窦昭辩解，而且在王氏想拖她下水的时候，她还犹豫了片刻，这太不合常理了！

再联想到千佛寺里发生的事……

宋墨派人去查了查窦、魏两家联姻的事，他这才发现，窦昭虽自幼和魏廷瑜定了亲，早年间两家却很少走动，直到何文道为儿子求娶窦昭，这桩婚事才被重新提及，尽管如此，老济宁侯去世之后，魏家还曾提出让窦昭百日之内嫁入魏府，其中的轻视与不屑已是显然而见。

或者，窦家之所以重提窦、魏两家的联姻，是为了婉言拒绝何家的提亲，而魏家之所以答应这门亲事，则是因为早年与窦家有约，无奈之下的形势所迫……

这样，纪咏为什么看魏廷瑜不顺眼，魏廷珍为什么会任由窦昭受辱，张原明知道他摆平了千佛寺胡同之事后，为什么会急急地带魏廷瑜来找他……也就都解释得通了。

王氏母女是心思歹毒，魏廷珍是用心险恶，以至于现在满京都的人都在传，说窦家那位即将嫁入济宁侯府的四小姐，性格乖张、暴烈，没有一点容人之量，还没有出嫁，就和继母撕破了脸……

宋墨不禁觉得有些头痛。

偏偏窦昭一心一意想要嫁到济宁侯府去，不然，略施小计，让窦昭毫发无伤地退了这门亲事，又是件什么大不了的事呢？问题是窦昭，她心里到底怎么想的……

想到这里，他倏地坐直了身子，高声喊着"陈核"，道："你跟严先生说一声，我有事出去几天！"

如果长时间离开颐志堂，宋墨就会让严朝卿想个借口应对宋宜春。

陈核应声而去。

宋墨跋了鞋子，吩咐松萝服侍更衣。他的衣服刚刚穿好，严朝卿便神色匆匆地走了进来。

"世子爷，"他给宋墨行了个礼，神色有些异样地道，"窦家四小姐，一刻钟前，随着窦家的太夫人进了京，如今住在槐树胡同窦家五老爷府里。"

宋墨愣住。

既然是随着长辈上京，不可能说走就走，肯定要有所准备，他们有人在真定，应该早就得了消息才是！

严朝卿面有愧色地低下了头，低声道："窦家的几位夫人甚至是崔姨奶奶曾多次让四小姐进京，四小姐都以各种借口推托。这次窦家的人也对外声称是窦阁老要接了太夫人到京都去享福，我们还以为只是太夫人进京，没有注意……"

最主要的是，他们没有想到宋墨刚从真定回来就又要去真定，因而没有仔细地打听。

宋墨想了想，道："以后有关四小姐的事，就让杜唯直接报到我这里来吧！"

严朝卿一时间满脸涨得通红。

杜唯收集到什么情报，通常都会一式两份。一份给严朝卿，一份给宋墨。这原是蒋氏在时定下的规矩，为着是锻炼宋墨分析情报的能力，之后就成了惯例，蒋氏去世之后也一直没有变过。又因事事有严朝卿帮着把关，这些日子宋墨主要的精力放在了宋宜春那边，杜唯递上的东西也就没有仔细看。

严朝卿嗫嚅地应了一声"是"。

宋墨就解释道："四小姐对我们有救命之恩，这话又不能明说，我们只好暗中留意，看看有什么能帮帮四小姐的。先生负责父亲那边的事务，既繁琐又杂乱，我寻思着，让杜唯也帮着先生分担一部分责任。"

世子爷做事，什么时候需要向他们说明了？

严朝卿心中一震，错愕地望着宋墨，喊了声"世子爷"，欲言又止。宋墨和窦昭走得太近，一点好处也没有。可如果挑明了……就算是窦四小姐退了亲又如何？国公爷会答应让世子爷娶自己喜欢的人吗？

他轻轻地叹了口气，应了声"是"。

宋墨生平第一次，不愿去细想严朝卿那片刻的犹豫。

他让陈核把话传了下去。

很快，杜唯就赶了过来。他说的还是严朝卿那些话，宋墨却依旧仔仔细细地问了个清楚明白，好像这样，心里才能踏实点似的。

而在槐树胡同的花厅，被安排紧挨着太夫人坐下的窦昭心里却暗暗奇怪。

怎么没有看见王映雪？王映雪是病了，还是出了什么事？

用过午膳，窦昭挽着纪氏的胳膊不放。

五太太打趣："这可真像是闺女遇见了娘，无事都要哭三场。"

虽说自己待窦昭有抚养之恩，可到底不是亲生的，窦昭不愿意跟着纪氏来京都，纪氏心里颇有点失落的，现在遇到了窦昭久别重逢，窦昭那么理智的一个孩子，却毫不忌讳地在自己面前撒着娇，怎不让纪氏心疼？！她揽了窦昭的肩膀，笑道："这就是我亲生的。"

窦昭也嘻嘻笑，道："我晚上要和六伯母睡。"

刚刚牙牙学语的十堂兄窦济昌的长子仁哥儿鹦鹉学舌："我晚上要跟六伯母睡。"

众人哄堂大笑。

二太夫人则忙抱了重孙子，满脸宠溺地笑道："好，好，好！今天晚上就让你跟着你四姑姑一起，去你六叔祖母那里歇息。"

仁哥儿听着"哇"的一声哭了起来，到处找自己的乳娘："我不跟四姑姑，我不跟四姑姑……"

"四姑姑"说成了"四嘟嘟"，又惹得大家一阵笑。

窦明却始终板着张脸。站在她身边的韩氏不免劝她："大家正高兴着，你就算是看在二太夫人的面子上，也不能这样由着性子来。"

或许是因为窦世英和六房的关系非常好，六房来了京都，特别是韩氏嫁进来之后，窦明待韩氏特别地亲昵，韩氏刚刚嫁到窦家，能有个小姑子在自己面前凑趣，欢喜之余也带了几分感激，两人一来二去，也就越走越近，关系越来越好。

"我忍不住。"窦明嘟哝着，脸上勉强挤出了些许的笑意。

韩氏暗暗摇头。

窦明时常不自觉地和她说起窦昭，句句都有些尖酸，可在她看来，窦明与其说是对窦昭不满，不如说是嫉妒窦昭，加之又听说了很多当年的秘密，她更觉得窦明可怜了，因而对窦明就有种非同寻常的怜惜与忍让。

晚上，窦昭歇在了纪氏的屋里。两人靠在了床头说着体己话，话题就渐渐地转到了王映雪的身上。纪氏犹豫了片刻，想着就算自己不告诉窦昭，窦昭迟迟早早也会知道，遂把大相国寺发生的事告诉了窦昭："……你父亲勃然大怒，写了信去质问王巡抚。你五伯父也气得够呛，把你五伯母劈头盖脸地数落了一通，责怪你五伯母没能及时阻止王家老太太和王映雪。"说到这里，她苦笑道，"你五伯母满腹的委屈没有地方说，偷偷哭了好几回，你父亲知道了，还专程上门赔了不是。这次太夫人来，你父亲也没有带王映雪过来，说是病了。你五伯母不问，我也不好多问。也不知道是怎么一回事。"

窦昭听了在心里冷笑，道："七太太说我不是的时候，景国公世子夫人是怎么说的？"

纪氏还以为窦昭是怕魏家的人偏听偏信，忙道："你不用担心，景国公世子夫人什么也没有说。虽然有些担心，事后你五伯母亲自去拜访了景国公世子夫人。据你五伯母说，景国公世子夫人说自己当时只是太惊讶了，一时没有反应过来，想找王映雪理论的时候，王映雪母女已经提前走了。不仅没有相信王映雪母女的信口开河，还主动问起你们的婚事，听那口气，这几天就会派人来商量婚期了。"

窦昭含含糊糊地应了一声。

以她对王映雪和魏廷珍的了解，她既奇怪喜欢扮慈母的王映雪为何会如此急躁地攻讦她，又奇怪向来护短的魏廷珍为何会任王映雪在那里胡说八道。

两人之间到底发生了些什么？

纪氏也不便多说这些事，宽慰了窦昭几句，问起留在真定的崔姨奶奶，把这件事岔开了。

窦昭则找了个机会把这件事告诉了素心，并叮嘱她："你立刻去把这件事告诉陈先生，说我会想办法弄清楚七太太和魏廷珍之间到底是怎么一回事，也让他想办法注意一下景国公府的动态，最好是能通过金嬷嬷或是吕嬷嬷问清楚当时大相国寺的情景。"

只要她抓住了王映雪或是魏廷珍的把柄，就可以重新布局。

希望王映雪和魏廷珍能帮她个大忙！

窦昭顿时觉得神清气爽。事情要灵活机变，看来，她来京都还来对了！

纪咏的日子却有些难过。

千佛寺胡同的事，他算计得好好的，却被宋墨搅了局。搅了局不说，他想散播"魏廷瑜夜宿千佛寺，宋世子半夜捉奸"的韵事，不仅被何煜阻止，还不依不饶地追问他："你到底要干什么？"

他到底要干什么？纪咏自己也有些迷惑起来。

按道理，能遇到一个像宋墨这样棋逢对手的人，他应该想办法先收拾宋墨才对。可他却念念不忘如何让那个不堪一击的魏廷瑜出丑，至于他和宋墨的恩怨，反而倒成了次要的——将来如果碰到了，再斗一场就是了；如果碰不到，等他把魏廷瑜摆平了，再腾出手来和宋墨分个胜负也不迟。

他什么时候开始变得如此欺软怕硬起来？

纪咏仰躺在自家后花园大槐树下的竹榻上，望着头顶郁郁葱葱的枝叶发着呆。

子上轻手轻脚地走了过来，低声禀道："公子，翰林院的杨大人前来拜访。"

杨大人是指杨云宵。前些日子，纪咏准备散布魏廷瑜的谣言，时常和杨云宵、陈志骥等人出去喝酒，走得很近。

而此时他听到杨云宵的名字却不耐烦地摆了摆手，吩咐子上："就说我被曾祖父禁足了。过些日子再去他府上拜会。"

子上愁眉苦脸地去回了杨云宵。

子息走了过来，纪咏眉头紧锁，很是烦躁："又有什么事啊？"

子息忙道:"窦家四小姐随着窦家太夫人来了京都……"

"你说什么?"纪咏愕然,继而满心欢喜地一跃而起,"真的吗?四妹妹来了京都?"

子息也不由笑了起来,道:"是真的,姑太太那边已经递了信过来。"

两家是姻亲,二太夫人来京都,按理纪咏的母亲和伯母都应该过去问候一声。同理,纪老太爷来京都的时候,窦世枢和窦世横、窦世英都曾来问过安。

纪咏下了榻,道:"走,我们去看看四妹妹去!"然后也不等子息应答,风一般地出了玉桥胡同。

韩氏得了消息,急得不得了,想了想,去了纪老太爷院子。

纪老太爷正在书房里作画,画上是一只羽毛都已有些零落的老鹰,目光却依旧锐利,利爪紧抓着脚下的山岩,姿态依旧威武,有着"老骥伏枥,志在千里"的雄壮。

听了孙媳的哭诉,纪老太爷放下手中的笔,仔细地打量了几眼自己的画作,这才不急不慢地道:"你说,见明去找窦家四小姐了?"

"是啊!"韩氏擦了擦眼泪,哽咽道,"他一听说窦家四小姐来了京都就跑了出去,拦都拦不住。姑太太也说了,窦家四小姐这次进京,是要和魏家商量成亲之事的。见明这样没有点忌讳地乱跑,要是被魏家的人误会了可就麻烦了!见明最多不过是被御史弹劾,时间一长,大家也就淡忘了。可窦家四小姐怎么办?老太爷,这次说什么您也得管一管了,不然真的要出大事了!"然后道,"您上次说,见明的婚事您有安排,不知道您相中的是哪家的姑娘?脾气好不好?人品怎么样?见明也到了成亲的年纪,如果相看得好,不如今年年底就把见明的亲事办了吧?"

"亲事不急,只要见明有本事,什么样的媳妇娶不到!"纪老太爷呵呵地笑,依旧是一副不以为意的口吻,"见明有我和他伯父、父亲看着,能出什么事?他表妹来了,他又曾在人家家里借读过,去看看也是人之常情,就算是御史,也不能因此而弹劾见明吧?这件事你就别管了。就算你信不过见明,见明的姑母你总该信得过吧?见明和四小姐之间如果有什么异样,不等你发现,只怕姑太太就会找上了门,你不要想当然地捕风捉影,自己坏了自己儿子的名声。"

韩氏脸色通红,纪老太爷就道:"好了,安安心心做你自己的事去,这件事有我呢!"

韩氏只得退了下去。

纪老太爷若无其事,继续画着画,提笔在老鹰爪下的岩石缝里添了几根小草。

纪咏飞快地赶到了槐树胡同。

窦昭正和窦德昌说着话:"令则现在是住在韩家还是纪家?"

窦德昌奇道:"我怎么知道?"

窦昭骇然。与前一世相比,纪令则不过是推迟了婚期,怎么窦德昌就对她一无所知了?难道自己在不经意间改变了纪令则的命理,而且是让它向不好的方向转变?

她顿时冷汗淋漓,面孔发白。

窦德昌不明所以。

正好有小丫鬟来禀,说纪咏来探望纪氏。

窦德昌大喜过望,忙拉了纪咏问:"令则表姐现在住在哪里?"

纪咏莫名其妙,道:"自然是在韩家。你问这个做什么?"

窦德昌忙指了窦昭:"是四妹妹要问的。"

那边窦昭已经定下神来,听说纪咏来了,心里正嘀咕着"正愁找不到个借口去见他,他倒自己跑上门来了",纪咏已愤然道:"韩家太不是东西了!明知那韩六快要死了,还

· 39 ·

派人来催嫁。祖父也是的,前一刻还说要拖到那韩六咽气,后一刻就答应了……"

门口响起一阵咳嗽声,窦昭等人望过去,就看见窦政昌夫妻满脸尴尬地站在那里。

纪咏冷笑,目光直直地望向窦政昌的妻子韩氏。

韩氏红着脸屈膝行礼,喊了声"表哥",喃喃地辩道:"是我们家老太太心疼六哥……"

"打住!"纪咏满面讥讽,"你们家的老太太是二太夫人,她老人家什么时候有那闲心去心疼韩老六了?"

韩氏脸红得仿佛能滴下血,窦政昌则瞪着纪咏,道:"见明,你不要鸡蛋里头挑骨头!"维护着韩氏。

韩氏感激地看了窦政昌一眼。

窦德昌忙在一旁打圆场:"纪表哥,你今天怎么有空来探望我娘?我娘刚刚去了五伯母那里,说是要商量明天陪太夫人去白云观游玩的事,应该很快就会回来了。你先坐会儿!"

因为二太夫人的到来,六房的人平时都在槐树胡同。

纪咏冷哼一声,大大咧咧地坐了下来。

窦昭觉得自己像是在做梦,事情与自己前世知道的全都不相符。

旁边服侍的素心见窦昭脸色很差,忙重新沏了杯热茶,窦昭喝了几口茶,脸色渐渐好转,起身对刚坐下的纪咏道:"纪表哥,我有事问你,能和你单独到院子里说几句话吗?"

因有之前的对话,窦政昌夫妻虽然有些奇怪,却也没往其他方面想。

窦政昌以为窦昭是要问关于纪令则的事,见窦昭和纪咏出了门,低声向窦政昌夫妻解释窦昭找纪咏的缘由。

尽管这样,望着一言不发,乖顺地跟在窦昭身后的纪咏,韩氏还是觉得有些不可思议。

什么时候纪家那个嚣张跋扈的纪见明这么好说话了?窦昭自然不知道韩氏的心情,她在院子里的石榴树下站定,问纪咏:"千佛寺胡同,到底是怎么一回事?"

"咦!"纪咏睁大了眼睛,"你怎么知道的?"随即想到一种可能,顿时心里泛起了酸水,不由道,"没想到你还挺关心魏廷瑜的嘛!派了人时时注意他的动静?既然如此,你还问我干什么?直接去问魏廷瑜好了!看看他怎么说了再来找我质问也不迟!你难道不知道他是什么样的德性?莫非还真的准备嫁给他不成?"

窦昭望着口不择言的纪咏,气得不行,想到那次窦明的事,他指责自己因为窦明是妹妹,所以向着窦明说话,她深深地吸了几口气,缓了缓情绪,道:"这么说来,你破坏济宁侯的名声,还有道理了?"

"我破坏他的名声?"纪咏扬了扬颔,不屑地道,"在京都,他有名声吗?要不是搭上了英国公世子宋墨,你以为满京都的勋贵谁会认识他啊?"

怎么又扯上了宋墨?窦昭蹙眉。

纪咏心中更是不快,兴致冲冲地来看窦昭,结果一句问好的话都没说,两人就先吵上了,而且还是为了那个蟑螂一样的魏廷瑜!

两人都不约而同地沉默下来。

窦昭劝着纪咏:"你以后别这样了。做了好事有好事在,做了坏事也有坏事在,你是宁愿大家都喜欢你还是都恨你。我想,要是人人都恨我,睡觉都会不踏实吧……"

"那他也得有那个本事让我睡不着才行。"纪咏嘟哝道,但到底没有和窦昭继续针锋相对。

窦昭莞尔。

纪咏的心情也跟着好了起来，冲着窦昭"喂"了一声，道，"你跟我说句实话，你来京都干什么的？"

窦昭真心不希望纪咏再插手了，他做事顾前不顾后，动静很大，万一引起宋墨的注意，让宋墨看出端倪继而插手这件事，那就麻烦了。

有些人情债，她没能力还。

窦昭只好道："我仔细想过了，我迟迟早早要嫁人的，不如嫁了魏廷瑜，至少他老实可靠……"

"你找个丈夫，难道老实可靠就行了？"纪咏暴跳如雷，"这样的男人天下一抓一大把，有什么好稀奇的？再说了，魏廷瑜到底是老实可靠还是懦弱无能你睁大了眼睛看一看好不好？！你就是想嫁人，也不一定非要嫁给像魏廷瑜这样的啊！你都不知道，他看到赵紫妹那熊样，眼睛珠子都快掉下来了，连自己的情绪都控制不住，还能干什么……"

世上有几个人能像你纪咏这样强悍？！大多数都是普通人。

窦昭苦笑。

纪咏却把这当成了妥协，他终于忍不住拂袖而去。

迎面碰到了听说纪咏来了，特意赶回来的纪氏。

"见明……"她笑盈盈地和侄儿打着招呼。

纪咏却面无表情地和她擦肩而过。

纪氏摸不着头脑，问神色无奈地站在院子里的窦昭："他这又是怎么了？谁惹着他了？"

纪咏觉得窦昭太让人生气了。她怎么变成了这个样子？！竟然连魏廷瑜那样的人都瞧得上眼！她还是那个曾经敢和自己叫板的窦昭吗？

纪咏既失望又失落地回到了玉桥胡同。

正在书房里给自己的画作题诗的纪老太爷突然停下笔，抬头问服侍了他几十年的随从纪福："见明回来了没有？"

两鬓已有银丝的纪福很是意外，笑道："我这就去看看！"

纪老太爷"嗯"了一声，把最后一句诗题完，仔细地端详了片刻，露出满意的笑容。

纪福折了回来，笑道："见明少爷已经回来了。只是不知道出了什么事，他气呼呼的，谁和他说话也不搭理，独自关了门在屋里生闷气呢！"

"哦！"纪老太爷挑了挑花白的眉毛，笑道，"看样子，窦家的小姑娘挺有主见，没有被他忽悠。"

"窦家好歹也是读书人家，窦四小姐幼承庭训，这点见识还是应该有的。"纪福笑着，给纪老太爷面前快要干涸的砚台里加了几滴清水，挽着袖子帮纪老太爷磨起墨来，"要不然，当初您老人家怎么会答应和窦家结亲家呢！"

纪老太爷摇头，道："你难道还不知道吗？能不被见明牵着鼻子走的人，太少了。窦家的这个小姑娘，不简单啊！"

纪福笑道："再不简单，能比得上您亲自教出来的见明少爷吗？"

纪老太爷闻言微愕，哈哈大笑起来，指着纪福道："你这马屁也拍了几十年了，偶尔也应该歇歇了！"

纪福笑道："瞧您老说的，我可是从不拍马屁的！偏偏您老总是不相信，我也没办法。"

他表情认真，逗得纪老太爷再次哈哈大笑起来，纪福又笑道："您老有好些年都不曾夸过人了，要不要让少夫人请窦家太夫人来家里吃顿便饭？窦家太夫人来了京都，照理我们也应该好好款待一番才是。"

"你心眼倒挺多的。"纪老太爷拿起笔来在砚台里蘸了蘸，道，"肯定是要给窦家太夫人下个帖子的，至于窦家来些什么人，我们就不要管了。"

纪福笑着应诺。

而颐志堂的宋墨听说纪咏怒气冲冲地出了槐树胡同，眉头不由一锁。

窦昭和纪咏刚刚见面就不欢而散，看样子十之八九是为了千佛寺胡同的事。

他吩咐杜唯："去查查到底发生了什么事。"

用过午膳，杜唯来回禀："说是为纪家嫁入韩家的一位小姐起了争执。"

宋墨很意外。

怎么又冒出个韩纪氏来？念头闪过，他听到杜唯道："……今天晌午，窦四小姐去了鼓楼下大街的笔墨铺子。"

应该是陈曲水和段公义等人都跟了过来。

宋墨正思忖间，窦昭已在笔墨铺子的账房里坐定了。

段公义守在了账房的门口，陈曲水则和窦昭说着大相国寺的事："……魏廷珍得了信，立刻改了口风，匆匆忙忙回了景国公府。这件事就这样虎头蛇尾，不了了之了。"

"我就一直奇怪了，七太太怎么突然像得了羊痫疯似的，无缘无故地对我发难？原来是早和魏廷珍商量好了——魏廷珍帮着窦明说门好亲事，她帮着魏家找到退婚的借口。"窦昭冷笑道，"只可惜因为千佛寺胡同事发，魏廷珍才临时改变了主意，倒让七太太栽了个大跟头！"

陈曲水颔首，可惜道："要不是纪编修突然冒了出来，这桩婚事恐怕早就退了！"

是啊！纪咏办事，总是那样地自作主张、直截了当，这也算是典型的好心办了坏事吧！

窦昭苦笑，把和纪咏不欢而散的事告诉了陈曲水："我只盼着他不要再插手这件事，不然会越帮越忙的。"

陈曲水听着窦昭话里有话，不由道："小姐可是有什么主意了吗？"

窦昭点头："那位兵部武选司郑郎中的太太不是被王许氏牵扯进来也出了个大丑吗？想必心中十分不满。如果能从她那里着手，把魏廷珍'引诱'七太太陷害我的事宣扬出去……"

"好主意！"陈曲水没等窦昭把话说完，已是眼睛一亮，道，"这样一来，不管太夫人他们怎么想，两家也不可能结亲了。又因为责任被推到了景国公世子夫人的身上，七太太为了脱罪，肯定会想办法让那位郑太太咬着景国公世子夫人不放的。"

窦昭含笑点头，道："而且我受了这样大的打击，从此心灰意冷，不再嫁人，于情于理，窦家的长辈也不能逼我吧！"

"不错，不错！"陈曲水拊掌。

窦昭嘱咐陈曲水："所以这次千万要防着纪咏和宋墨——纪咏只做他认为对的事；宋墨出手必是雷霆万钧。我只想把婚退了，不想闹出人命案来。"

陈曲水很赞同窦昭的观点："上次是我大意了，以为事情都安排妥当了，就回了真定。这次有小姐坐镇，我亲自出马，定能将这门婚事退了。"

"那就烦请陈先生多多费心了。"

窦昭交代了几句，见时候不早了，回了槐树胡同。

窦世英正在槐树胡同等她，他身上还穿着官服，可见是下了衙之后直接过来的。

窦昭亲自给窦世英沏了杯茶，窦世英目不转睛地望着她，仿佛要把她看个清楚明白，烙在心底似的，让窦昭十分不自在，她只得道："爹爹找我可有什么事？"

"没什么事。"窦世英笑道，"就是我们父女这些日子都没能好好说一句话，我特意来看看你。"然后道，"听说你去铺子里了，那边的生意怎样？顺天府学一直照顾着你的笔墨铺子，看来那个范掌柜还有点真本事。"

窦昭不由暗暗庆幸窦家所有的产业都由三伯父打理。她岔开了话题，说起窦魏两家的婚事："……我觉得太不顺利了，您不如请个师傅帮着好好看看，最好能挑几个好日子选一选。"

婚期如果能延后，对她的计划比较有利。

窦世英听了皱眉，道："你是不是听说了什么？你放心，这件事我会给你做主的。王氏那边，我肯定不会就这样轻轻地揭过。这次她做得太过分了！"

"爹爹也不要听风就是雨的。"窦昭道，"您总得听听七太太是怎么说的才是。说不定这是一场误会呢？"

她还需要王映雪对付魏廷珍呢！王映雪要是出了事，她的计划岂不是又要改变？

"你不用帮她说话。"窦世英目露愤然，"从前的事，都是我的错，她不愿大归，我答应扶正她，保她衣食无忧，也是应该的。可这件事，她做得太让人寒心了……"

面对总是不合时宜的父亲，窦昭有些啼笑皆非。她忙道："爹爹有没有想过，七太太扶正也不是一天两天了，我在真定，她在京都，彼此井水不犯河水，我又要出嫁了，到时候更是一年到头也难得回娘家一趟。她这样做于她自己有什么好处？"

窦世英呆了呆。

窦昭柔声道："您不妨和七太太好好说说，到底是谁让她这么做的？窦明年纪也不小了，您总得给窦明留几分颜面。"

她记得，上一世高明珠就是在这个时候出的事，到了次年开春，王行宜为窦明挑选了个寒门出身的少年举人刘清濯为婿，四年后，刘清濯中了进士。尽管他才华横溢，品行端方，对窦明一直很敬重，但窦明却始终对刘清濯不冷不热的，而且对抚养刘清濯成才的寡母百般挑衅，刘清濯因此痛苦不堪。她重生前，刘清濯正闹着要休妻。

不过，那时候王行宜已经是内阁大学士，而这一世，他只不过是个云南巡抚，不知道有没有机会知道刘清濯这个人？刘清濯有没有可能成为窦明的夫婿？

窦世英听了窦昭的暗示，果然认真地思索起来："这些年来她大门不出二门不迈的……今年却突然说受了景国公世子夫人之邀要去大相国寺听佛法……"他说着，想到了魏廷珍，继而又想起之前魏家待窦昭的态度，脸色忽然变得有些难看起来，在心里琢磨着，难道是魏廷珍……

他顿时坐不住了，心不在焉地和窦昭说了几句话，就起身告辞了。窦昭松了口气，只求纪咏和宋墨两个不要再添乱。

接下来的几天，风平浪静的，她一直陪着太夫人逛京都城。窦明却跑了过来，指着窦昭的鼻子大嚷："你对爹爹说了些什么？爹爹要休了娘亲！这下你得意了？！"

素心冷哼一声，窦明眼底闪过一丝惧意，随后像要掩饰什么般，变得更加趾高气扬："你可别忘了，你马上要嫁人了！继母因你被休，你也一样没脸！到时候我看看魏家还认不认你这媳妇？！"

联姻是为结两姓之好，到了窦家这个层面，是不可能休妻的，最后只能把人圈禁在庵堂里。

窦昭根本不相信窦明的话，但她还是去见了二太夫人，并把窦明的话一五一十地告诉了二太夫人，委屈地道："我这才来了几天，静安寺胡同的门朝哪边开都不知道，这件事就赖到了我的身上，我可不愿意受这样的委屈，您派人护送我回真定吧！我直接从真定嫁就是了。"

"小姑娘家的，什么'嫁'不'嫁'的！"二太夫人宠溺地佯怒呵斥着她，"这件事自有长辈做主，你一个小姑娘家的，以后再也不许说这样的话了！"

窦昭低低地应了一声。

二太夫人命人把窦明叫了来。

第六十三章　应对·出手·谈心

窦明早已不是当年那个遇到二太夫人心里就先有了几分怯意的孩子了。窦世英花了大力气给她请的嬷嬷教会了她怎样扮演一个符合大众期许的名门闺秀的角色。

她跪在二太夫人面前，哭得伤心欲绝："子不言父过。我母亲纵然再不对，我这个做女儿的却不能眼睁睁地看着她受辱。父亲一向怜惜姐姐自幼失恃，姐姐又是跟着崔姨奶奶长大的，我不求姐姐能帮母亲说句好话，可好歹也应该劝劝父亲才是。我是个火爆的脾气，说起话来没个轻重，这是我的不是；可父亲每次见了姐姐回去都要和母亲闹一场，姐姐难道就没有一点责任？姐姐到了京都，既不去拜见母亲，也不去给外祖母请安，"她说着，泪眼婆娑地望向了二太夫人，"老祖宗，从小您就告诉我要守规矩，您说，姐姐这样可合规矩？"

窦昭在旁边听着，心情复杂。王映雪是她的继母，王许氏也就是她的外祖母，按理，她应该去磕头请安。而二太夫人一心一意要打王许氏的脸，自然不会让她去给王许氏和王映雪问安的。如果不是有这样的把握，窦昭也不会跟着二太夫人住到槐树胡同了。可看着窦明懂得了利用崔姨奶奶来激怒二太夫人，懂得了用合不合规矩的话来转移二太夫人的视线，她心里隐隐又有些安心。

至少，窦明知道了怎样用脑子，不再是那个受到打击就只会大嚷大叫或是要躲到王许氏、王映雪怀里的任性孩子了。这，对于她以后要走的路，会轻松很多。

二太夫人果然气势稍弱，没有开口训斥窦明，可碍着身份地位，也不好和一个小辈辩解。

柳嬷嬷见机，笑着上前几步走到了窦明的身边，一面弯了腰去携她，一面道："五小姐这么说可就不对了。您还是在太夫人炕上学会的走路。手心是肉，手背难道就不是肉？太夫人疼爱四小姐，也一样疼爱五小姐。正如五小姐说的，子不言父过，有些事，太夫人是不好跟你们这些小辈说罢了。要不然，你姐姐没去给你外祖母问安，你外祖母为何却毫无怨言？"又道，"五小姐如今也大了，遇事也要多想想才是。"

江山易改，本性难移。以窦明的年纪，虽然懂得这样那样的道理，但让她控制情绪却不容易。她含怒而来，可当窦昭一言不发地转身离去时，她不由在心里暗暗叫了声"糟糕"，苦苦思索之下，这才想了个脱身之计。

柳嬷嬷来携，她略一迟疑，就顺势抽泣着站了起来。

二太夫人想起窦世英给窦家惹的麻烦，顿时有些怏然，失去了管束窦明的欲望。她挥了挥手，对窦明道："你母亲的事，我会跟你爹爹说的，你先回去吧！好好地跟着嬷嬷学规矩，不要再让你的父母为你操心了。"说得窦明好像顽劣不堪似的。

窦明不由咬了咬唇，但想到这么多年以来，她第一次在窦昭面前全身而退，还是忍不住以挑衅的目光瞪了窦昭一眼，这才跟着柳嬷嬷退了下去。

窦昭并不在意窦明对自己的态度，窦明没办法指使窦家的管事、护卫，就像被剪了爪子的猫，再凶狠，也没有杀伤力。

她看出二太夫人的倦意，说了几句客套话，就退了下去。

过了两天，二太夫人才把这件事告诉窦世枢。

窦世枢立刻找了窦世英过来说话。窦世英余怒未消，对着自己十分信赖的堂兄，心里的话像竹筒倒豆子似的，全倒了出来："……王氏虽然糊涂，可那魏家的大姑奶奶更可恨。竟然诱导着王氏羞辱寿姑！他们家到底想干什么？如果不满意这桩婚事，当初就明说好了，何家也是户不错的人家。现在倒好，寿姑苦苦等了魏家三年，眼看着、眼看着魏廷瑜除了服，婚期在即，魏家却生出这样的歪心思来，以至于寿姑左也不是、右也不是，白白让魏家拿捏！"

窦世枢闻言面色凝重："王氏的话可信吗？"

他话里透露出来的怀疑让窦世英脸色通红。窦世英不禁低了头，喃喃地道："我仔细审过王氏身边的人了……她没有说谎。而且，这些日子除了魏家的大姑奶奶，并没有第二个人来家里拜访，王氏被拘在家里好些日子了，不可能突然间想到做这桩事——她也说了，是因为魏家的大姑奶奶答应帮明姐儿说门好亲事，投桃报李，她不好拒绝，这才答应的……"

窦世枢自从入阁之后，公务繁忙，应酬也多，连自家儿女的亲事都全交给了五太太，更不要说是堂弟次女的婚事了。

"明姐儿的婚事怎么了？"他道，"不顺利吗？"

窦世英低声道："就是高不成低不就的，魏家的大姑奶奶说的那户人家，是长兴侯石端兰的侄儿……"

窦世枢眉头微蹙，道："将相本无种。只要孩子有本事，万贯的家业也能赚来；如果孩子品行不端，金山银山也会挥霍一空。我们这样的人家，还是找个会读书的女婿比较好。当初我之所以反对寿姑嫁到济宁侯府去，也是这个道理。"他说完，想了想，道，"我看这样好了，我跟辅之说一声，让他帮着关心关心，给明姐儿找个品行端正、家风清白的读书人家。"

辅之，是他的亲家蔡弼的表字。蔡弼八面玲珑，长袖善舞，号称知己满天下，有他出面帮着做媒，肯定会事半功倍。

窦世英忙向窦世枢道谢，气虽消了一半，却并不准备就这样放过魏家——寿姑这还没有嫁过去呢，魏家就敢打这样的主意，这样是嫁过去了，还不得被魏家吃得连骨头都不剩？

他第一次认真思考起子嗣的事。

而魏廷瑜在张原明带着他匆匆地找宋墨帮着善后时，就知道了姐姐的打算。他把魏廷珍好好地埋怨了一番，又对母亲田氏道："我不愿退亲！窦家四小姐很好。人长得漂亮，又是从小定下来的亲事，断没有随随便便就退亲的道理。"

田氏对这件事本来就心中不安，婚没退成，她反倒松了口气，见儿子不愿意退亲，就更不想勉强了，找了魏廷珍来劝："这件事就这样算了吧！你弟弟他不愿意退亲。"

魏廷珍怒其不争，却被张原明训斥了一顿："窦家五老爷现在贵为阁老，窦家的进士举人也有好几个，以后只会越来越显赫，就算是嫁妆少一点又有什么打紧的？靠着这棵大树，你还怕济宁侯府没有好日子过？你不要鼠目寸光只盯着脚尖过日子！"

"八字相克"这样的借口是用不成了，而且已经引起了窦家五太太的警觉，想从这方面着手退亲是不可能了，而且母亲和弟弟还不领情，魏廷珍也有些讪讪起来。

"可嫁妆也太少了些。"她犹不甘心地嘀咕了两句。

"你怎么在这件事上犯起糊涂来？！"张原明道，"长兴侯家算得上是家大业大了吧？可你看他们家的小姐出阁，公中一例只出三千两银子，多的一分也没有，这还得算上嫁妆和婚宴的开销。你再看年前江南巨贾胡氏嫁女儿，仅陪嫁的压箱银子就有五万两。嫁妆多少，不看门第高低，而是看父母对孩子的疼爱。"

魏廷珍讪讪地不再说什么。

魏廷瑜就寻思着要不要上门给窦世英赔个不是，可一想到姐姐所做的事，他又有点胆怯，这样一来二去的，却等到了窦昭进京的消息。他再也坐不住了，提了上好的茶叶、酒，登门拜访。

窦世英正在气头上，根本没有见魏廷瑜。

魏廷瑜窘然地离开了静安寺胡同。

田氏则劝他："到时候我们重重地备下聘礼，给寿姑一个体面就是了。"

重重地准备聘礼，得有银子才行啊！魏廷瑜想到了顾玉一直没有给他结算的两万两银子，又出了门。

顾玉的小厮却道："我们家公子和廷安侯世子爷去了开封。还请济宁侯过些日子再来找公子吧！"

魏廷瑜又去了两趟，都没有见着人。他没有办法，去了英国公府求宋墨："……还请世子爷帮忙给顾公子递个话。"

宋墨沉默了半晌，道："这么说来，婚期定下了？"

魏廷瑜赧然道："就是这几天的事了。"

宋墨"哦"了一声，道："你放心吧，这件事我会跟顾玉说的。"语气与平时相比明显地有些意兴阑珊。

魏廷瑜不解。

京都早就传开了，英国公想续弦，略有家世的，碍着宋墨不愿将女儿嫁过来；想攀龙附凤的，英国公又瞧不上眼。以至于偌大的京都城，英国公竟然找不到一门合适的亲事。

宋墨顺风顺水的，应该过得很惬意才是，怎么一副无精打采的样子？不过他自己还有一堆的心事，没心情关心这些。魏廷瑜和宋墨闲聊了几句，就起身告辞了。

顾玉的确是去了开封府。

宋墨吩咐自己的账房霍礼："你准备两万两银子，过两天我要用。"

霍礼开始还怕宋墨的收入不足以应付颐志堂的开支，没想到宋墨的办法挺多，颐志堂不仅比从前宽裕，而且还颇有节余。他也知道宋墨有些开销是见不得光的，因而恭谨地道："是准备现银，还是准备银票？"

"准备银票吧！"宋墨落寞地道，"到时候你交给陈核就行了。"

霍礼应声退下。

宋墨望着窗外大朵大朵的凌霄花，心乱如麻。

玉桥胡同的纪咏，也心乱如麻。

自从和窦昭不欢而散后，他翻来覆去总也睡不好。难道就这样眼睁睁地看着窦昭嫁给魏廷瑜那个模样猥琐、才学品行一无可取的家伙不成？

纪咏从床上一跃而起，高声喊着"子上"，道："我要去猫儿胡同探望姑母。"子上正打着哈欠的嘴巴张得大大的，久久没办法合拢，望了望窗外，道："公子，京都有宵禁，是不是等到天明以后再去？"

纪咏这才惊觉得自己失言，他冷哼一声，板着脸掩饰地道："我当然知道现在是半夜三更，我是说明天早上再去猫儿胡同探望姑母。"

可明天早上您要去衙门啊！

可这话子上却不敢说，在心里嘀咕了几声，再也睡不着，好不容易等到天亮，服侍纪咏去了翰林院，刚想找个地方打个盹，纪咏大步走了出来，道："我们去猫儿胡同。"

子上张了张嘴，最后还是什么也没有说，待纪咏坐上马车，他跳上了车辕，吩咐车夫去了猫儿胡同。

六太太刚刚送了窦世横出门，见纪咏一大早地就赶了过来，忙问他："出了什么事？"

"没什么事。"纪咏道，"想着明天要去房师那里，得找本前朝沈溪所著的《轩辕农事》，却怎么也没有找到，我记得好像曾在姑父这里看到过一本，姑母您帮我找找。"

纪氏忙叫了窦政昌、窦德昌兄弟帮着找书。三个人忙活了半天，也没看见那本书的影子。

纪咏嘟哝道："难道是在七叔父家看到的？"

"也有可能。"窦政昌负责对照藏书册，由窦德昌负责找书，他累得瘫坐在禅椅上，道，"四妹妹最喜欢看这类的书，七叔父有时候在旧书摊上淘到了，必定会买下送到真定去。只是不知道你说的那本书现在是在真定还是在静安寺胡同。"

窦政昌忙道："我陪你去吧！"

自从纪令则的事之后，纪咏对自己的外家韩家很瞧不起，连带着对自己的表姐韩氏也没什么好脸色。窦政昌不想韩氏尴尬，借机想缓和与纪咏的关系。

纪咏好像根本不记得这件事了，拉着窦政昌就去了静安寺胡同。

窦世英不在家，王映雪据说身体不适，去了窦家在宛平的田庄小住，高升出面招待了纪咏和窦政昌。

"也没别的什么事，就是来找本书。"窦政昌对窦世英身边这位大总管还是比较客气的。

高升恭敬地把窦政昌和纪咏领到了窦世英藏书的厢房，又安排了两个机敏的小厮在身边服侍。

纪咏在那里胡乱翻了会书，道："我去外面透透气。"显得心浮气躁的。

窦政昌"嗯"了一声，继续低头找书。

纪咏则拉了个小厮问清楚了窦明的住处，大大咧咧地直接闯了进去。窦明正在给自己的琵琶调弦，看见纪咏，吓得跳了起来："你，你怎么跑了进来？"说话间，已连退五六步，贴在了身后的花窗上，高声喊着"来人"。

纪咏"嗤"了一声，脸上满是讥讽之色："我忘了，你看见一男一女在一起就觉得别人是有私情的。"他说着，上上下下地打量着窦明，"怎么？轮到你自己的时候就不是那么一回事了？"

窦明一口气没有提上来，声音被憋在了嗓子眼里。

纪咏就瞥了她一眼，一面起身朝外走，一面吩咐窦明："过来，我有话跟你说。"

他一副纡尊降贵的口吻，气得窦明脸色发白，可一想到莫二姑那双绿豆似的小眼睛，她就心底发寒，咬着嘴唇跟在了纪咏的身后。

纪咏在院子中间站定，这样一来，窦明屋里服侍的人都在他的眼皮子底下，可谁想听清他在说什么却没有办法靠近。

他低声地在窦明耳边说了几句话。

"你说什么？"窦明跳了起来，惊骇地望着纪咏，表情有些呆滞。

"你听的没错。"纪咏冷冷地道，"只要你帮我办成了这件事，你我之间的恩怨就一笔勾销了！不然两笔账一块算，可就不是把人卖到烟花之地这么简单了。"

窦明不由打了个寒战，看着纪咏的目光闪过一丝恨意，狠狠地道："你，你为什么这么做？"声音嘶哑，好像很激动，又像是很害怕。

"你不用知道为什么。"纪咏轻蔑地瞥了窦明一眼，冷冷地道，"你只要把我交代的事做好就行了。"

窦明垂下了眼睑，脸色晦涩难明，纪咏扬长而去。

窦昭很快就知道纪咏和窦明单独碰过面了，她很担心，对陈曲水道："这两个人，一个是水一个是火，是绝对走不到一块的。他们能凑在一起，事情绝对不简单。既然怎么也探听不到纪咏和窦明说了些什么，那就只能紧盯着他们两个人了。"

陈曲水微微颔首。

魏廷瑜再次提了贵重的礼品登门拜访，窦世英依旧没有见他。

魏廷瑜站在窦家花厅的台阶上，一时间不知道该怎么办好。眼看着就要立冬了，婚事再不定下来，那就只有等到明年春天了。

有钱没钱，娶个媳妇回家好过年。今年是他除服后的第一个春节，家里除了他就是母亲，如果窦昭能早点过门，母亲也有个做伴的，正月里走亲访友，也热闹些。

怎样才能让岳父消气呢？魏廷瑜思忖着，身后传来一阵银铃般欢快的笑声。

他回过头去，看见个风姿绰约的女孩子，穿了件桃红色的褙子，油绿色的湘裙，眉目如画，仿佛早春一朵含苞待放的桃花，让他眼睛一亮。

"您是济宁侯吧？"女孩子主动地和他打招呼，"我在家里排行第五。"她的眼睛忽闪忽闪的，让人觉得很聪明，"我父亲为难您，您有没有觉得很委屈？"

原来她是窦家的五小姐。

魏廷瑜连连摇头，窦明却不待他说话，已道："古有三顾茅庐，您这才来第二次，还早着呢！"

魏廷瑜大喜过望，忙道："多谢五小姐指点！"

窦明抿着嘴笑了笑，被一群丫鬟簇拥着和魏廷瑜擦肩而过。

第三次，窦世英终于在花厅里见了他，虽然只说了短短的两句话客气话，但已让魏廷瑜长长地松了口气。

走出窦世英的书房，他又遇见了窦明，一群丫鬟婆子簇拥着她正往书房里去。

窦明朝他眨着眼睛，他拱手作揖，作出感激涕零状。

窦明抿了嘴笑，魏廷瑜讪讪地摸了摸头，两人再次擦肩而过。

魏廷瑜得了窦世英的两句话，觉得这件事已经揭过去了，遂去了景国公府，让魏廷珍帮他请媒人和窦家商量婚期。

魏廷珍知道弟弟刚去了静安寺胡同，忙道："窦大人怎么说？"

魏廷瑜笑道："也没什么——就是说了些'百年修得同船渡，以后的日子还长着，要学会彼此尊重地过日子'之类的话。"

魏廷珍皱眉："没有提嫁妆的事吗？"

"这不是媒人的事吗？"魏廷瑜奇道，"我提，不太合适吧？"

魏廷珍气结。窦昭年纪已经不小了，魏家有退亲的意思，窦世英气也生过了，谱也摆过了，不是应该说些嫁妆什么的，补偿一下魏家吗？

她看着弟弟一副懵懵懂懂的样子，懒得跟他多说，跟母亲田氏商量后，请了廷安侯夫人帮忙，带着官媒去窦家商量成亲的日子，媒人则是廷安侯和景国公府的二爷张继明。

窦世英气得说不出话来了，心里隐隐为长女可惜，怎么就许了这么个不搭调的人家？！又埋怨起赵谷秋过早地为女儿定下了这门亲事。

他对纪氏道："婚期不急，我请了钦天监的人帮着看日子，等那边回了信再说。"

窦昭要出嫁，窦世英一早就请了纪氏帮着主持。

窦家请来说媒的是蔡骢的太太，媒人是杨森和蔡骢，杨森和窦世枢的私交很好。

纪氏和蔡太太商量："我们家七老爷的意思，是想等钦天监的日子算出来了再说。"

"这样也好。"蔡太太和丈夫一样，也是个热衷于权势之人，窦家有喜事，她很乐于两边递话。

魏家就等着窦家选定日子，这一等就等到了立冬。

魏廷瑜急起来，魏廷珍则恍然大悟：敢情人家根本就没忘记当初的事！她顿时恼羞成怒，道："他们不是让我们等着吗？我们等着好了！"

然后就是腊八。

窦昭的计策奏了效。满京都的人都在传魏家不满意窦家这门亲事，要退亲，窦家四小姐来京都快半年了，婚期都还没有定下来，就是证明。

而当事人通常都是最后一个听到消息的。

窦家知道这个消息的时候，正值春节。五太太一口气堵在嗓子眼里憋得差点闭过气去。大风大雪的，她站在垂花门门前一直等到酉时，才等到了大年夜就进宫陪皇上共庆佳节，初一一大早还要上朝给皇上恭贺新春，然后主持了一系列打春牛等庆典的窦世枢。

疲惫不堪的窦世枢揉了揉太阳穴，道："明天一早我就请了七弟过来说话。"

五太太心中稍安，二太夫人却不屑地道："他那个性子，说了等于没说。"

五太太和窦世英并没有太多的接触，闻言心弦又绷了起来。

她请二太夫人拿主意，二太夫人叹气，道："要是别的事，还能和寿姑商量商量，这件事，只能让他们自己拿主意了。"

可若是任满京都的人这样说，窦家还有什么脸面可言？总得做点事挽回一下窦家的声誉吧？！五太太默然。

天寒地冻的，窦昭和窦世英却自得其乐地在窦世英的书房里烤红薯吃。

红彤彤的火光映在窦昭的脸上，平日爽朗的面庞此时显得有些忧郁。

窦世英用火钳拨了拨银霜炭，笑道："怎么了？兴冲冲地跟着我跑了回来，又快快不乐的，是不是觉得家里不好玩？你也别怪明姐儿，她就是这个性子。你就当是陪我好了。"

因有二太夫人在，大年三十，他们在槐树胡同吃的年夜饭，又一起守了岁，听了京都九九八十一寺的报春钟声之后，这才打道回府。窦明打着哈欠说太累，径直回房歇息去了，把窦昭撇在了垂花门门口。窦世英就拉了窦昭到书房里烤红薯，还美其名曰"你小的时候，我常常和你在书房里烤红薯"。

也不知道是自己的记忆出了问题还是他的记忆出了问题，窦昭在心里暗暗嘀咕着，长长地叹了口气，道："我在想我们家和魏家的婚事……"

窦世英拿着火钳的手一僵，表情也多了几分凝重，道："你都听说了些什么？"这件事传得沸沸扬扬，女儿不可能完全不知道，但如果说槐树胡同的人把什么都跟窦昭说了，以五嫂治家之严，那也是不可能的。

窦昭正色地望着窦世英："我听说魏家要退亲………"

"胡说八道！"没等她的话说完，窦世英已沉着脸呵斥一声，"是谁告诉你的？前几天魏家还请了廷安侯夫人来商量婚期，不过是没有挑到好日子，这事就一直拖了下来……"

"爹爹何必骗我？"窦昭冷静地道，"七太太去了哪里？就算是生病，这大过年的，也应该接回来吃顿团圆饭才是。王家前些日子来送年节礼，派来的人怎么问也没问七太太一声？爹爹不要以为我还是个七八岁不懂事的孩子。"

窦世英哑然，窦昭趁机道："我也不想嫁入魏家！"

窦世英大惊失色："那怎么能行！我不过是气魏家对你不敬而已，魏家又没有大错，就算是有些异样的心思，那也是景国公世子夫人从中捣乱，与魏家有何关系？济宁侯又三番两次地来家里道歉……你不要听那些妇人怂恿，两家结亲，哪怕是得意亲家，也会为了嫁妆聘礼之类的事有些不快，哪有一说不拢就退亲的道理！你不要胡思乱想，这些都是爹爹的事，你到时候只管高高兴兴地嫁过去就行了。对了，你出嫁的时候，是喜欢让十一背你上轿还是十二背你上轿。"又后悔，"如果你有个亲兄弟就好了。"

窦昭才不会被窦世英乱了思绪，她笑道："人家蔡大人年过四旬还给十嫂添了个弟弟，您现在给我添个弟弟也不迟啊！"然后道，"爹爹也不要岔开话题，我是真心不想嫁到魏家去。"

窦世英听着急了起来。

窦昭忙道："爹爹您少安毋躁，听我把话说完。"

窦世英微愣，窦昭已道："我仔细想过我和魏家的亲事，总觉得和他们家没有缘分——早些年，老济宁侯在世时，魏家对我们家冷冷淡淡的，我们家也没有把这婚约当个事，直到我十三岁，两家的婚事也没有个说法。后来，何家来提亲，我们家不想卷入何家兄弟的纠纷中去，这才拿了魏家的婚约做借口，魏家碍于情面，勉强答应了，结果老济宁侯又去世了。好不容易等到济宁侯除了服，我也守了三年，如今拨云见日，终于到了要商量婚期的时候，却又传出魏家要退亲的谣言，这一波三折的……我就想起您从前说过的话：命里有时终需有，命里无时不强求。或许，我就算是嫁到了魏家，日子也会过得很艰难。既是如此，又何必非要强求？毁了自己的一生！要知道，说出这话的可是魏家的大姑奶奶，济宁侯府又一向唯这位大姑奶奶马首是瞻的！"

窦世英知道女儿说的是实话，可退亲……他还是犹豫道："话虽如此，可这日子也是人过出来的，嫁到谁家没有个矛盾的？魏家的大姑奶奶是有些不靠谱，可她毕竟是嫁出去的姑奶奶，济宁侯是独子，又已经承了爵，没有手足阋墙、妯娌之争，比起那些人口繁杂的高门大户，已经是一个天上一个地下了。你要往好里想才是。"

两世为人，窦昭当然不会天真地认为仅凭自己的一席话就能打动父亲，让他出面帮自己和魏家退亲，要不然，自己又何必以柔克刚，要从魏廷珍身上下手呢？

在父亲和长辈们的眼里，魏廷瑜就算不成材、好色、甚至是没有成亲就整出个庶长子来，这些都不算是什么大错，要紧的是对与窦家结亲重视不重视，对自己这个结发妻子敬重不敬重，所以只要魏廷瑜表现出浪子回头的诚意，低眉顺目地上门道歉，给足了窦家面子，这门亲事就还得将就。

　　这也是为什么窦昭怕纪咏插手。

　　纪咏看重个人的感受，他的计策往往以人为根本。这是帝王之术，也是臣子之术。因为不管是前者还是后者，都可以翻手为云覆手为雨，立刻改变格局，所以他能算无遗策。可这婚姻之中，女子的感受，从来都不是阻碍联姻的重要因素，她对魏廷瑜的反感不会起到任何的作用。

　　窦昭暗暗摇头。纪咏虽然只和窦明说了一句话，可以纪咏的能力，以窦明对他的忌惮，只怕这一句话就足以改变窦明的态度。

　　他到底要窦明干什么呢？

　　纪咏擅用人心，自己应该从这方面去想才是。

　　那窦明最渴望的又是什么呢？

　　打倒自己？！

　　窦昭心中一震：难道……纪咏让窦明去引诱魏廷瑜不成？

　　她暗叫一声糟糕。如果真是这样，魏廷珍也承受不了这个丑闻，窦魏两家只可能联手把这桩丑事压下去，尽早安排她和魏廷瑜的婚事……

　　这个混蛋，就没有一刻安静的时候！

　　窦昭要窦世英给她许诺："魏廷珍如果不亲自登门道歉，您无论如何也不能答应把我嫁过去。抬头嫁女儿，低头娶媳妇。这个时候他们魏家都不低头，我要是嫁过去了，还能有好日子过？"

　　只要女儿不吵着要退亲什么的，窦世英都好说，何况窦昭和他想到一起去了。

　　他连连点头，笑道："你以为爹爹是小孩子，什么也不懂啊！"

　　就算是懂，恐怕也懂得有限吧？

　　窦昭嘻嘻地笑，和父亲吃着红薯，陪着他聊了会天，直到一夜未眠的父亲神色间露出些许的疲倦，她这才起身告辞。

　　窦世英送她到了大门口，叮嘱她注意添减衣裳，让她没事就回来玩。窦昭眼眶一湿，强露出个笑脸和父亲挥手作别。

　　马车拐到了鼓楼下大街，陈曲水上了马车，窦昭把自己的担心告诉了他。陈曲水瞠目结舌，半晌才道："不，不会吧？五小姐应该也没这么糊涂吧？一旦事发，她恐怕处境堪忧……"

　　"她要是能控制住自己的脾气，就不是现在的窦明了。"窦昭道，"你一定要安排得力的人紧紧地盯着她，别让她和魏廷瑜闹出私相授受的丑闻来，否则这件事会变得更麻烦——不仅退不了婚，还会搭上窦明的名声，我们又得为纪咏收拾烂摊子。"

　　"我知道了。"陈曲水郑重地点了点头。

　　窦昭问他："那边的事进行得如何了？"

　　她从来都不是个把希望寄托在别人身上的人，之所以和父亲谈心，是希望做个铺垫，事到临头，父亲不要太慌乱。

　　窦昭还有其他的安排，这才是她能退婚的保障。

　　陈曲水笑道："进行得很顺利。五太太应该很快就会知道了。"

　　窦昭微微点头。

　　只有让窦家下不了台，窦家才可能会一怒之下和魏家解除婚约。

　　汪家和华家说亲的时候，她让陈曲水收买了汪清淮身边的一个婆子帮着传话。汪清淮果然派了体己的人去蔚州仔细地打探了华家长子的底细，发现华家的长子虽然在女色上很干净，脾气却十分暴虐，动辄就打伤、打残人，甚至连自己的乳娘，一言不合都被打得瘫痪在床。

他怎么会同意自己的胞妹嫁给这样一个人？以汪清淮在汪家的影响力，这件事自然也就黄了。

到时候只要窦家摆出魏家不上门赔礼道歉，窦家不就会轻易允诺婚事的姿态，以魏廷珍的脾气，肯定不会轻易低头。两家僵持之中，窦昭再通过金嬷嬷或是吕嬷嬷把汪家拒绝了华家求亲的事在魏廷珍耳边嘟哝几句，一边是高傲不好相处的窦家，一边是向来和魏家交好的汪家，魏廷珍肯定会打汪清沅的主意。只要魏廷珍动了心，她肯定就会有所举动。

窦昭再安排人把这件事告诉五太太……窦家受了这样的羞辱，肯定会和魏家退亲的。这样一来，从头到尾都是魏廷珍在觊觎汪清沅，就算是消息传开来，对汪清沅也没有什么伤害，自己也达到了退亲的目的。

至于说魏家和汪家之后会怎样，就看廷安侯夫人怎么打算了。汪清沅已过了说亲的最好时机，不是没人来廷安侯府登门求娶，而是廷安侯很疼爱这个女儿，想给她找个品行端正，相貌出众的。

甲之蜜糖，乙之砒霜。对于性格好强的窦昭来说，魏廷瑜不是良配，但也许对于温柔敦厚的汪清沅来说，他会是个好丈夫。上一世，汪清沅不就差点嫁给了魏廷瑜？就算这世有所变化，至少汪清沅不用嫁给华家的长子，也能少些遗憾。

窦昭思忖着，回了槐树胡同。

第六十四章　教训·慌乱·直击

二太夫人由六太太纪氏陪着，正和五伯父的两个儿媳妇郭氏、蔡氏及窦政昌的媳妇韩氏一起打叶子牌。看见窦昭进来，六太太忙起身笑着朝着她直招手："快过来，帮你伯祖母看看牌。"

二太夫人的眼神不好，打牌的时候必须得有个人站在她身后悄声地帮她报牌，然后在关键的时候帮她打几把。

窦昭知道这几年纪氏的眼神也不太好了，想必像这样帮二太夫人看牌，对纪氏也是件吃力的事。

她笑盈盈地坐到了二太夫人身边。二太夫人就和窦昭有一搭没一搭地说着话，郭氏几个则在旁边听着。

"见到你父亲了？"

"见到了。"

"怎么没在家里多待一会儿？"

"翰林院里的几个后辈来拜访父亲，邀了父亲一起去静安寺听住持讲经，我就先回来了。"

二太夫人点点头，窦昭忙指了桌上的牌："伯祖母，孔乙己。"然后帮二太夫人抽了一张"孔"，一张"己"丢在了牌桌上。

蔡氏则乖巧地在二太夫人面前凑趣："还是四妹妹眼明手快，我们想讨老祖宗一个巧都讨不着了。"

二太夫人呵呵地笑，大家的注意力终于放回到了牌桌上。

待到要用晚膳的时候，窦昭已经帮二太夫人赢了十几两银子。

蔡氏挽了窦昭的胳膊："没想到四妹妹还是个高手，帮着老祖宗把我们的银子都赢了去。"

"就你皮！"不过几天的工夫，二太夫人就喜欢上了这个活泼的孙媳妇，说起话来既亲昵又随和。

纪氏和韩氏都笑了起来，郭氏不由得眼神一黯。

五太太走了进来："娘，您看晚膳摆在什么地方好？"

二太夫人住进槐树胡同之后，不管多忙，五太太都坚持晨昏定省，服侍二太夫人用膳，恪守媳妇的本分，让二太夫人非常满意，也因此对五太太十分宽和，免了五太太服侍用膳，五太太却十分坚持，最后改为了只服侍晚膳。为此，二太夫人不止一次地叮嘱窦世枢，要对五太太好一点。

五太太今天的脸色有点难看，笑容也很勉强，窦昭猜她正为魏家要退亲的谣言烦恼。她虽不是窦家宗妇，但在窦氏家族里，窦世枢的官做得最大，妻凭夫贵的同时，也要承担责任和义务——这件事就落在了她的头上。

窦昭就找了一个机会吩咐素心："你去和纪公子说一声，我有话跟他说，让他有空就过来一趟。"心里不免感慨，在真定的时候，虽然上面有很多的长辈，但她和祖母住在西窦，有什么事大家都来禀了她，她一言九鼎，什么事都能自己说了算数；来了京都，虽然上面的长辈少了，但她却住进了槐树胡同，有什么事大家或禀了窦世枢，或禀了五太太，再不济，也会禀了六太太，没她什么事，就算想见见陈先生，也很不方便，更不要说见纪咏了。

说起来，还是真定好啊！

或许正是这个原因，纪咏过了五六天才来见她。

这个时候，五太太已经听说了魏廷珍相中延安侯府小姐的消息，气得正和六太太关了门一起想对策。

纪咏大大咧咧地坐在了炕边的太师椅上，问窦昭："你找我干什么？不会是想跟我说要和魏廷瑜退亲吧？"语气里带着几分嘲讽。

看样子，纪咏对自己坚持嫁给魏廷瑜始终耿耿于怀。

窦昭问他："你让窦明帮你干什么？"

纪咏微微一愣，道："你知道了？"然后有些好奇地道，"你是怎么知道的？窦明被你捉住了小辫子？"又叹道，"我就知道窦明靠不住，没想到她这么快就露馅了！她都对你说了些什么……"

窦昭静静地盯着他的眼睛，不说话。纪咏被她看得有些不自在起来，大声地道："好了，好了，你这么看着我干什么？不就是想知道我让窦明干了些什么吗？我告诉你就是了。我看着魏廷瑜那小子没什么定力，就让窦明哄魏廷瑜陪她去逛大相国寺……"

说来说去，还是要造成窦明和魏廷瑜私相授受的假象。

窦昭不由闭上了眼睛，好一会才平复了情绪，问他："然后呢？"

· 53 ·

"什么？"纪咏有片刻的狐疑，但很快就反应过来，笑道："不过是想看看魏廷瑜会不会上当罢了……"

窦昭望着他的眼睛，打断了他的话："我以为，你会尊重我的决定。"

纪咏的声音戛然而止，脸上不以为意的嬉笑渐渐散去，露出些许的凝重。

"或者，你是不相信我的判断？"窦昭继续道，"所以我不管做出什么样的决定，只要你认为是错的，你都会想办法帮我去纠正，直到我按照你的意愿行事为止。"

不是这样的！纪咏下意识地想去反驳，可话到了嘴边，他又觉得不管自己怎样辩解，好像都显得不够铿锵有力似的。

"纪表哥。"窦昭真诚地凝望着他，"我希望你能对我多一点信心，不要再插手我的婚事了。如果我需要你帮忙，自然会向你求助的。"她说着，嘴角微翘地朝着纪咏笑了笑。

纪咏笑不出来。

生平第一次，他觉得好像有块大石压在他的心上般，让他喘不过气来。

外面突然传来了阵喧哗声。这里是窦家的内院，怎么会有这样的响动？窦昭眉头微蹙。

素心慌慌张张地跑了进来，也顾不得纪咏在旁边，急急地道："不好了，五小姐要和济宁侯去同游大相国寺，被高总管发现，堵在了大门口。"

虽然知道有可能发生这种事，可事到临头，亲耳听见，还是让窦昭脸色一变。

窦明是有意闹出这么大动静的吧？如果她和魏廷瑜去同游大相国寺，不仅她的名声完了，就是窦家的名声也完了，二太夫人是绝不会放过她的；可她要是没能和魏廷瑜同游大相国寺，又没办法向纪咏交代。只有这样最好——既堵住了纪咏的嘴，又不至于把事情闹到不可收拾的地步，让自己成为众矢之的。

她看了纪咏一眼。

纪咏的脸色非常之难看。他认为浅薄无知的窦明，认为只要一吓唬就会乖乖就范的窦明，却在关键的时候摆了他一道，而且还是完全遵照他的要求行事，让他挑不出任何的不是。

窦昭吩咐素心："我们去看看！"把纪咏一个人留在了花厅。

早春的午后，透过玻璃窗洒落在花厅里的阳光虽然让人感觉到温煦暖人，可风吹在身上却依旧带着几分刺骨的寒意。纪咏凝视着阳光里乱舞的尘埃，失魂落魄地离开了窦家。

没几日，他就得到了消息，魏家再次请了媒人到窦家商量婚期。躺在床上不想起来的纪咏不由狠狠地骂了一句。

纪老太爷笑眯眯地走了进来，宠溺地道："听说你不舒服？我看你精神挺好的。是谁惹我们家见明不高兴了？要不要曾祖父帮你打他。"一副哄小孩的口吻。

纪咏觉得很烦，他看了曾祖父一眼，懒懒地道："您今天怎么没有和堂兄他们一起出去玩啊？"言下之意是让纪老太爷哪里好玩哪里玩去。

纪老太爷嘿嘿笑着坐在了纪咏身边，道："听说窦家和魏家已经开始商量婚期了，看样子，你的计策没什么用啊！"

纪咏骇然，腾地一下坐了起来，睁大了眼睛望着纪老太爷。

纪老太爷笑得更欢畅了："你想坏了济宁侯的名声，从而让窦家对济宁侯不满和魏家退亲，结果却把英国公世子给牵扯进来了，济宁侯的名声没有坏成，还和宋墨结了梁子。然后你又教唆着窦明诓了济宁侯同游大相国寺，结果窦明没有出门事情就败露了，窦家不仅没有和魏家退亲，而且彼此冰释前嫌地坐了下来商定婚期……见明，你现在有什么打算啊?"他语气中带着几分戏谑,颇有些幸灾乐祸的味道。

纪咏的脸色一下子变得铁青。

纪老太爷就道:"我说见明啊,你小时候披着块布就从屋檐上跳了下去,说是要学鸟飞;后来烧了半边祖屋,说是要炼长生不老丹;再后来,你说要做佞臣,这样就能在三十岁以前拜相入阁,给纪家一个交代了……这些事,这些话虽然都荒诞不经,但好歹总有个理由。你看看你现在,人家窦家四小姐已经说得很明白了,想嫁到魏家去,可你倒好,非要把人家的亲事给拆散了,你倒说说看,你这到底是为了哪一桩?"

仿佛听见了老师出题,纪咏立刻进入了战备状态:"既然所有的事您老人家都知道了,那您说说看,魏廷瑜这种人,配得上四妹妹吗?四妹妹要是嫁给了魏廷瑜,还不是一朵鲜花插在了牛粪上!这好比是狼毫配了青花瓷的笔杆,看着好看,用起来却不好用。"

"就算是这样又如何?"纪老太爷脸上的笑意渐渐收了起来,时时带着几分好奇而神采奕奕的眸子因为平添了些许的肃然而显露出几分锋芒,"我记得有一次我带着你和敏哥儿、讷哥儿去龙虎山拜访天一教的教尊,路上看见一妇人带着个失去双腿的三四岁女童向我们乞讨,敏哥儿和讷哥儿都露出怜悯之意,将自己的压岁钱赏了那妇人,只有你,扭头就跳上了马车,占了个最好的位置,还道:天下乞讨的人多着呢,难道仅仅因为她是个妇人,仅仅因为她带的女童失去了双腿,我就应该救济她们不成?这天下巧妇伴拙夫的事多着呢,难道仅仅因为窦家四小姐是你的表妹,你就应该拔刀相助不成?"

纪咏闻言,额头上渐渐冒出豆大的汗珠!

此时的槐树胡同,已经乱了好几天了。

五太太领着长媳郭氏遣了窦明身边服侍的,反反复复地讯问窦明,魏廷瑜为何要邀她同游大相国寺;六太太则领着儿媳韩氏照顾着气昏了的二太夫人;蔡氏主持着家里的大局,一会儿指使丫鬟给坐在书房相对无言的六老爷和七老爷奉茶送点心,一会儿指使贴身的嬷嬷去打探把自己关在厢房里谁叩门也不开的窦昭怎样了,一会儿指使小厮去大门口看看五老爷从衙门里回来了没有……虽然忙得团团转,却面色红润满脸光泽,显得神采奕奕,十分精神。

很快,大门口传来一阵喧嚣。

蔡氏贴身的嬷嬷忙道:"十奶奶,老爷回来了!"

蔡氏点头,正了正衣襟,快步迎了上去。

窦世枢神色严肃,不怒自威,问蔡氏:"寿姑怎样了?"

窦世横和窦世英可以请了假在家里处理这件事,他却不能丢下公事不管。

蔡氏闻言神色一黯,轻声地道:"谁敲也不开门……"

窦世枢皱眉,道:"这可不行!你怎么也要劝她吃点东西。再这样下去,身体吃不消的。"又问,"魏家的媒人来,怎么说?"

窦昭谁也不理,自己有什么办法?蔡氏在心里嘀咕着,脸上却谦和恭敬地道:"说三月初二是好日子。七叔心里虽然很难过,但也没说什么。"

说话间,两人已经进了正院,就看见郭氏扶着面带倦色的五太太从东厢房里走了出来。看见窦世枢,五太太微微一愣,和郭氏上前给窦世枢行了礼,道:"老爷怎么这么早就下了衙?"

窦世枢叹了口气,苦笑道:"我哪里有心思坐在那里听他们摆龙门阵,找了个由头就回来了。"然后看了看关着窦明的东厢房,"明姐儿怎么说?"

五太太没有作声,郭氏和蔡氏会意,屈膝行礼退了下去。

五太太这才低声道："说是之前济宁侯来家里赔礼道歉时，她遇到了，就帮着说了两句好话。这次窦家一直不允诺婚期，济宁侯急得不得了，就邀了她在大相国寺里碰头，想让她帮着探探消息。我查过了，她没有说谎，两人之间应该没什么……"

窦世枢冷哼一声，刻薄地道："我看是还没来得及有些什么吧！"

五太太不敢吱声。丈夫最恨这种事，他自己也克己自律，不仅没有通房侍妾之类的，就是在她怀孕的时候，也是睡在书房里由小厮们服侍着。

窦世枢这样发泄了几句，心情好多了，对五太太道："我们先去看看寿姑。"

五太太应诺，和窦世枢往窦昭住的西厢房去。

西厢房的窗棂几不可见地动了动，素兰利索地转身跑回了内室，急急地道："小姐，五老爷和五太太过来了。"

窦昭忙将口中的酥饼咽下，喝了口水，拿帕子擦了擦嘴角，这才道："除了五老爷和五太太，还有谁？"

"就他们两位。"素兰说着，素心已把炕桌上的糕点麻利地收进了旁边的高柜里，转身帮窦昭拍了拍衣襟，又拿了个大迎枕放在窦昭的身后。

窦昭刚刚"虚弱"地躺下，外面就传来叩门声："寿姑，我是你五伯母啊！我和你五伯父来看看你。"

素心用指尖沾了点温热的茶水涂在窦昭的眼角，这才高声应了句"来了"，示意素兰去开门。

素兰会意，迎了五太太进来，窦世枢不好进侄女的内室，站在门外。

窦昭正有气无力地由素心扶着下炕，五太太三步并作两步上前扶了窦昭，忙道："快躺下，快躺下。又没有旁的人。"

"让五伯父和五伯母担心了。"窦昭气若游丝地道，"我没什么事，过几天就好了。"

五太太望着她有些苍白的面孔，不由在心里暗暗摇头：这孩子，命运也太不济了。婚事一波三折的，到现在也没有个定数。

"还说没什么，人都瘦得只剩一把骨头了。"五太太心疼地道，就要搀她到炕上坐下。

窦世枢还站在门外，窦昭自然不能坐下，她强打起精神般地给窦世枢行了个礼，还没有说话，眼泪先扑簌簌地落下："五伯父，我不想嫁到魏家去，求您给我做主！"

五太太不禁叹了口气。

窦世枢沉默半晌才道："你年纪也不小了，先前有何家求娶不成之事，现在若是又和魏家退了亲，以后只怕姻缘上会有些艰难。你五伯母已经问过明姐儿了，那济宁侯不过是想求明姐儿帮着在你父亲面前说几句好话，又怕你父亲烦他，这才约了明姐儿在外面说话，并不是像别人传的那样，和明姐儿游什么大相国寺。瓜田李下的，我也知道你心里难过。不过我向你保证，他们两人再也不会如此了。明姐儿我会让你五伯母好好管教的，你只管安心嫁过去就是了……"

窦昭就知道会这样。"五伯父，我不会嫁到魏家去的。"她的语气斩钉截铁毅然决然，再次道，"我丢不起这个脸！魏家要娶也可以，让他们抬着我的牌位进门好了。"

窦世枢和五太太默然。

远在城东的英国公府颐志堂里，宋墨披着件猞猁狲毛氅，坐在窗边的书案前认真地看着手中的纸笺。

初春的余晖照在他的身上，让他的面庞仿佛玉琢冰雕般莹润，又透着几分清冷，显露出高华的气质，以至于站在他面前的杜唯眼角的余光忍不住被吸引着飘了过去。

"这样说来，济宁侯的婚期定在了三月初二啰？"

宋墨清越的声音回荡在书房里，让杜唯心神凛然，忙收敛了心思，恭谨地应了声"是"，道："魏家已经开始修缮新房了。"

窦昭去年秋天就到了京都，魏家这个时候才开始修缮新房，早干什么去了？

宋墨抿了抿嘴，朝杜唯挥了挥手，杜唯忙躬身行礼，退了下去。

宋墨重新拿起桌上的纸笺，发起愣来。

窦昭的婚事，很奇怪。他刚把魏廷瑜夜宿千佛寺胡同的事压下去，大相国寺的事就被传得无人不知无人不晓，他警告了张原明几句，魏廷瑜立刻醒悟过来，亲自到静安寺胡同赔礼道歉，好不容易窦家的态度有所缓和，京都又传出魏家相中了廷安侯家的嫡幼女的消息。而且连魏廷珍说了些什么、去了汪家几次、都带了些什么礼品、廷安侯夫人见魏廷珍的时候穿的什么衣服、招待魏廷珍的时候上的什么茶……都被传得有鼻子有眼的。

这还不是让人最惊悚的，最惊悚的是他派了杜唯去调查这件事，竟然发现那些传闻全都是真实的！

窦家和魏家的关系再次降到了冰点，窦昭和魏廷瑜的婚事再次搁浅。

接着异峰突起。窦明突然和魏廷瑜搅到了一起……魏家被迫向窦家低头，再次遣了媒人去商量婚期，这一次窦家为了掩盖窦明和魏廷瑜的丑闻，很快就答应了婚期。

事情到了这个地步，刚烈的窦昭又怎么会答应嫁入魏家？

仿佛有双无形的手，一直在暗中操控着窦昭的婚事，让窦魏两家的关系不断地恶化，最后甚至一度走到了退亲的边缘。

这个人是谁？他为什么要这么做？窦昭是否觉察到了？还有纪咏，他在这其中又扮演了个什么样的角色？

宋墨只要一想到这些，就觉得自己像被架在火炉上烤似的，片刻都不能安生。

不知道窦昭现在怎样了，事情到了这个地步，窦家如果愿意为窦昭出头，就应该退婚而不是答应什么鬼婚期才是！

宋墨好像看到了躲在无人的角落里悄悄哭泣的窦昭，他的心像被刀剜了一块似的。

"陈核，陈核！"宋墨站起来高声喊着自己的乳兄。

陈核小跑着进了书房。

"你去趟鼓楼下大街窦家的笔墨铺子，就说我要见四小姐。"

陈核愕然，但很快就恢复了平静，应声而去。

宋墨在书房里来回地踱着步，说不清自己的心情是激愤还是悲伤。

既然窦家不管窦昭，那他来管好了。只要窦昭答应，他就帮窦昭退了这门亲事。他可不会像纪咏那样上蹿下跳的，尽做些不靠谱的事。

魏家要退亲的谣言还得继续散播，这样就可以遮盖窦明和魏廷瑜的丑事。只要无损窦家的声誉，窦家就会在退亲的事上保持沉默，这样一来，就少了一层阻力，然后再来和魏廷珍谈条件。看她是想为魏廷瑜谋个好差事，还是为魏廷瑜结门好亲事，或者两者兼而有之，总有一样能让魏廷珍心动。

魏家要退亲，窦昭不肯嫁，这门亲事自然也就黄了。

宋墨琢磨着得跟顾玉说一声，让他在丰台大营、金吾卫之类的皇家亲卫里给魏廷瑜腾个好点的位置，至于亲事，托父亲的福，京都有哪些适龄待嫁的小姐他几乎全都知道了。

公主、郡主娶不到，嫁妆丰厚、品貌端庄的伯侯千金，由他保媒，却不是什么难事……

宋墨越想越觉得可行。

而纪咏却眼神茫然——从什么时候开始，他对窦昭变得如此与众不同！

他明明知道窦昭要嫁给魏廷瑜，他还设计让魏廷瑜上了赵紫姝的床，想以此让窦昭从此对魏廷瑜不屑一顾；他明明知道窦昭对窦明有心结，还让窦明与魏廷瑜私相授受，想以此让窦昭从此无法忍受和魏廷瑜在一起……

窦昭说，他不尊重她的决定。那是因为他认为窦昭的决定是错误的。可他明明知道窦昭聪明又能干，为什么会怀疑她的决定呢？

纪咏站在那里，额上的汗珠越来越多，纪老太爷却嘿嘿地笑了几声，捻着胡须优哉游哉地走出了纪咏的内室。

纪咏陷入沉思中。

韩家老六快死了，家里人还是应韩家的要求把令则堂姐嫁了过去，他知道后也不过是嗤之以鼻地冷哼了一声。因为他觉得，每个人都应该为自己所做的选择承担后果。既然令则堂姐明明知道嫁过去就意味着守寡，却还是嫁了过去，这就是她的选择，其他的人不应该干涉。

窦昭从小就和魏廷瑜定了亲，她想嫁给魏廷瑜，这是天经地义的事，他有什么可指责她的？他又凭什么觉得她的选择是错的？

因为魏廷瑜和别人喝花酒吗？他自己不也参加了吗？！

因为魏廷瑜看赵紫姝的眼神色眯眯的？他自己不也在千佛寺胡同过了一夜吗？！

因为魏廷瑜竟然上了窦明的当？嗯……这点很重要，如果换成是自己，就绝不可能做出这种事来，这可是踩了窦昭的底线，窦昭是绝不会原谅他的！这次窦昭不就无论如何也不肯嫁给魏廷瑜了吗？！

纪咏想到这里，有点小小的得意，可下一刻钟，他又觉得泄气。

这还不是因为魏廷瑜不了解窦家的事吗？自己到底对魏廷瑜有什么不满的？就算魏廷瑜再不好，关自己什么事？

从小祖父就告诉自己，看事情不要只看表面，要多问一声为什么。只有知道了缘由，才知道想要的到底是什么，才能知道事情的实质到底是什么，才能知道如何把握住这个人的心思，让这个人甘为自己所用。

自己到底想要干什么？纪咏摒弃那些杂念，第一次认真地问自己。

他想让窦昭讨厌魏廷瑜，他想让窦昭和魏廷瑜退亲，他想永远和窦昭像现在这样，吵吵闹闹，斗嘴嬉笑，只要是和窦昭在一起，就算她对自己讥讽冷嘲，就算她对自己睁眼说瞎话，就算她对自己鄙视敷衍，他都觉得有趣，他都甘之如饴。

纪咏大叫一声，抬头却发现曾祖父不见了，他拨腿就朝曾祖父的书房跑去。

纪老太爷正跷着腿躺在醉翁椅上看书，看见纪咏进来，忙将书塞进了一旁的花瓶里。

纪咏忍不住小小地鄙夷了一下：曾祖父又在看那些坊间私印的刻本了。

纪老太爷忙肃容咳了一声，道："怎么？想通了？知道自己到底想干什么了？"

纪咏点头，道："我要窦昭退婚！"

纪老太爷强忍着才没翻白眼："敢情你原来干的那些事都不是想让窦昭退亲啊？"

纪咏正色道："我原来只是想让窦昭讨厌魏廷瑜，现在我知道我错了，我不应该管那个该死的魏廷瑜干了些什么，我应该和魏廷瑜交好，利诱他退亲。"他的脑子快速地转了起来，"熙来攘往，皆为名利。我曾经去过济宁侯府，破破烂烂的，不成样子。海上生意利润最大，风险也大，我应该让他合伙走船，让他血本无归，然后趁机帮他保媒，给他介绍一个陪嫁丰厚，又愿意帮他东山再起的岳父，他肯定会退亲……"

纪老太爷不耐烦地掏了掏耳朵，纪咏愕然："难道不行？"

自己的这个重孙，终于有点少年人的影子了。

"行，行，行！"纪老太爷笑眯眯地道，"然后呢？"

"什么然后？"

"我是说，窦家和魏家退亲之后呢？"

纪咏摸了摸脑袋。

果然是金无足赤，人无完人啊！纪老太爷叹了口气，道："窦昭小小年纪，总不能因为被退了亲就守在家里再也不嫁人吧？就算如此，你呢？等你哪天成了亲，总不能像现在这样，天天地往窦家跑，想什么时候见窦昭就什么时候见窦昭吧？"

纪咏瞪大了眼睛，不以为意地道："那我娶她好了！"

语音一落，他脑子里轰隆隆顿如雷鸣，这，才是自己真正的心意吗？

他望着纪老太爷，眼睛瞪得更大了。

纪老太爷哈哈大笑："总算开窍了，不然前头白折腾了。现在该知道怎么做了吧？"

"还要做什么？"纪咏还沉浸在刚才的震惊里，没有反应过来。

"笨蛋！"纪老爷抽出本书狠狠地拍了拍重孙的脑袋，"你想娶，别人就一定要嫁吗？何况窦家和魏家还有婚约在身，岂是说退就能退的！你平时不是自诩天资聪明，无人能及吗？怎么到这个时候却成了榆木脑袋？"

纪咏的脑子终于恢复了正常，忙道："以窦昭的脾气，现在肯定是不愿意嫁给魏廷瑜的了。窦家现在要窦昭嫁，不过是怕把窦明的事牵扯出来，坏了窦家的清誉，只要魏廷瑜自愿退婚，窦家能给外人一个交代，这婚事自然也就黄了。我这就去找魏廷瑜，想办法让他先把婚期拖一拖。京都天天不知道发生多少事，过些日子又会有新鲜事给大家议论。到时候再退亲也不迟……"

纪老太爷恨不得拿把斧子把纪咏的脑袋劈开，道："魏廷瑜是个什么东西？你都能设计他，别人难道就不能设计他？他同不同意退婚有什么用？我从小是怎么教你的？擒贼先擒王。不要管那些细枝末节的事，要抓住能影响大局的关键人事。你好好反省反省这次的事，先是没明白自己真正的心意就动手；动手之后，又没有看清楚谁是能影响事件进程的人；现在呢，脑子还像糨糊似的——你既然设计那魏廷瑜和窦明勾搭上了，窦昭也不想嫁给魏廷瑜了，窦家为了掩盖窦明的事才勉强认了这门亲事，魏家怕窦家追究魏廷瑜的失德，只好请了媒人匆匆定了个日子，万事齐全，只欠东风，你不因势利导，却要四处找借力……真是朽木不可雕也！"说着，纪老太爷腾一下站了起来，狠狠地瞪了纪咏一眼，道："走，看我怎么帮你摆平这件事！"然后又抱怨道："你给我学着点！"

纪咏张口结舌。

纪老太爷不以为意："大丈夫快意恩仇，该出手的时候就出手。像你这样，又想夺人妻又不敢出手，最后只会两不着实。你要好好地记往这次的教训。庙堂之上亦如此。你到底想干什么？谋福天下，还是只求自身？脸皮要厚，心要黑，才能成就大事！一味地清高，那是翰林院的学士；一味地逢迎，那是六部的小吏；要胸怀天下指点江山，不拘泥于一城一府的得失……"

纪咏小鸡啄米似的点着头。

纪老太爷扬眉吐气，第一次觉得自己有了身为长者的尊荣。

看样子，有些事还真就不能太讲究。窦昭虽然和魏家定过亲，可她能管得住纪咏，那就是良配！

念头闪过，纪老太爷乐得胡子都翘了起来。

有窦昭看着纪咏，纪咏以后就会像正常的人一样生儿育女，谋求仕途了吧？

纪老太爷带着纪咏，去见了窦世枢。

窦昭很快就觉察到事情有了变化。

首先是强颜欢笑的五伯母。她的笑容变得真诚愉悦起来，不仅不再追问窦明的事，而且开始主持槐树胡同的中馈，还有心情偶尔和身边服侍的丫鬟、媳妇们打趣几句。

其次是二太夫人。她的病很快好了起来，每次去给二太夫人请安，二太太看着自己的目光都充满了慈爱和宠溺，还常拉着她的手上下打量着对柳嬷嬷等人道："寿姑太素净了些，得添几件像样的首饰才是。"然后就会让柳嬷嬷抱了她的镜奁来，或打赏一支金簪子，或打赏一串碧玉手串，对自己有种异乎寻常的喜欢。

再就是六太太，前两天还困惑地问她："你知道发生了什么事吗？窦明被送回了静安寺胡同看管。魏家来商量聘礼，你五伯母竟然说你年纪还小，婚礼的事，等过些日子再说。我问你五伯母发生了什么事，你五伯母支支吾吾，什么也不肯跟我说。让我只管安心等着喝喜酒就是了。"

这两天却像变了个人，魂不守舍不说，好像有点怕面对她似的，看见她了也不像从前那样亲亲热热地挽着她说话了，而是躲着她，甚至连目光都不敢和她直视……

整个槐树胡同就像狂风骤雨过后重新收拾一新了似的，大家又恢复了从前的安静从容，悠闲地做着自己的事。

在什么情况之下，六伯母会觉得无颜面对自己呢？目前看来，只有自己的婚事了！

自己嚷着要和魏家退亲，六伯母是赞同的。虽然五伯父和父亲都希望自己能嫁过去，但这件事还没有做最后的决定，而且这件事也不是六伯母能做主的，她不可能为了这件事就觉得愧对自己。

那是什么事呢？

不知道为什么，她脑海里突然浮现出纪咏的影子。

他亲手导演了窦明和魏廷瑜的私相授受，之后就再也没有出现在她的面前。

这不合理啊！

难道……窦昭的心怦怦乱跳起来。

不，不可能！纪家对纪咏寄予了很大的希望，不可能让他娶自己这样一个有"瑕疵"的女子为妻。而纪咏如果没有得到纪家的支持，根本不可能打动窦家。

六伯母又一向认为只有像邬善那样待自己真挚赤诚，品德才学都有可取之处的人才是自己的良配。纪咏虽才华横溢，却性格跳脱，没有个定性，谁嫁给他都会很辛苦，不是丈夫的好人选……

窦昭高声喊着："素心，你去帮我仔细查查，五伯父这两天都见了些什么人？说了些什么话？"

如果自己猜得对了，这件事肯定得到了窦家上上下下的认同。要不然，五伯母也不会如释重负，二太夫人也不会每次都用那种赞赏的目光打量自己了。

窦昭眉头紧锁。

第六十五章　对策·变化·愿望

过了二月二，风吹在身上已没有了寒意。花树冒出嫩芽，青草从地上冒了出来，迎春花蓬勃地恣意怒放，花开得满枝漫坡，整个天空都跟着明亮起来。

窦昭穿了月白色的杭绸小袄、青色的八幅湘裙，安静地坐在后花园八角凉亭的美人靠上，宁静得如一泓潺潺流淌于山涧间的清泉。

纪家老太爷亲自出面，以支持五伯父的心腹——吏部验封清吏司郎中方洲——出任浙江布政司布政使为条件，和五伯父达成了默契。

只等和魏家退亲，就为她和纪咏定亲。

纪家怎么会突然看中了她？而且还是在她"罗敷有夫"之时！这件事如果传了出去，纪家还怎么立足江南？也难怪知道这件事的人都秘而不宣！

窦昭从不妄自菲薄，也从不盲目自大。

论人品，相比那些贤名远播的孝女、烈女，她名声不显；论出身，她生母早逝；论相貌，她离倾城倾国还差得远；论门第，窦家虽然借着五伯父的入阁成为了北直隶排得上号的名门望族之一，可五伯父毕竟刚刚入阁，根基尚浅，江南百年世家林立，纪氏也是其中一族，纪老太爷不可能是为了家族利益要再与窦家联姻，何况纪家和窦家已经是姻亲了，娶了纪家姑娘的六伯父和五伯父是同胞兄弟，比起她这个快要出五服的堂侄女要亲得多，纪家根本不必多此一举……

想来想去，只有一个可能——纪家希望通过她来约束纪咏。

窦昭思忖着，目光就落在了不远处的贴梗海棠上，大红的花儿开了一树，艳丽如霞，灼灼如火。

纪咏知道纪老太爷的真正意图吗？他又是怎么想的呢？窦昭觉得自己应该和纪咏见上一面。

只是还没等她吩咐素心，陈曲水就拿了账册来见她。

"世子想见您一面。"他一面拨弄着算盘，一面道，"听那口气，好像知道您不愿嫁给济宁侯的事了。"

窦昭不禁头痛，魏家的事还没有解决，纪咏便搅和了进来，现在又冒出个宋墨……

她道："您跟世子说，我的婚事自有长辈们做主，请他不要插手。"

陈曲水很是迟疑，窦昭把纪老太爷来访的意图告诉了他。

陈曲水大惊失色："怎么会这样？"

相比魏家，纪家这门亲事可谓是门当户对了。

"我要退婚，却默许宋墨出手，这算是怎么一回事？"窦昭道，"何况宋墨的为人您也清楚，他不出手则已，若是出了手，一准能成。可之后呢？只怕我前脚刚和魏家退了亲，纪家后脚就会来提亲——纪家可不比魏家，他们能在庙堂上助五伯父一臂之力，若这门亲事定了下来，可就没那么容易退了。我要是抵死不嫁，不要说二太夫人、五伯父了，就是父亲、崔姨奶奶和六伯母，只怕也不会由着我任性，再闹下去，大家说不定会以为我疯魔了。事情到了那个地步，就是个死局了。难道我还真的嫁给纪表哥不成？那还不如嫁给济宁侯。至少济宁侯好糊弄，若是嫁给纪表哥，那睡觉只怕都得睁着一只眼睛。我这辈子就想舒舒服服地过过小日子，寿终正寝地驾鹤西去，没打算辅佐丈夫入阁拜相，名垂青史，我可没这本事。"

陈曲水忍不住笑了起来："我一把年纪了都没要死要活的，小姐年纪轻轻，说起话来却老气横秋的。不过，小姐的话不无道理。纪见明虽然才高八斗，可也性情倨傲，不好相处。而且纪家嫡支六房，旁支十三房，加上依附他们的姻亲，加起来有百来户人家，嫁给纪见明，还就真不如嫁到济宁侯府去。"

或者是人生经历的原因，能理解她独善其身想法的人，只有陈曲水。得到了他的肯定，窦昭心情大好。

她道："我看这件事还得从魏家入手——只要魏家不同意退婚，窦家就不可能和纪家议亲。到时候纪家肯定会引诱魏家退亲的，只要我们抓住了魏纪两家的把柄，我们就占了大义，五伯父就休想把我嫁到纪家去。"

陈曲水沉吟道："您的意思是，指责纪家破坏您的姻缘……这样一来，就算是五老爷想和纪家联姻，也背不起这狼狈为奸、迫害侄女的名声！"

"不错。"窦昭笑道，"魏家背信忘义，纪家恃强凌弱，我就能以此为借口，从此古佛青灯，再也不论婚嫁。看在我名下有西窦一半财产的分上，我相信二太夫人会说服五伯父把我留在家里的。"

陈曲水却担心道："如果纪家和魏家就这样拖下去呢？济宁侯年纪不小了，家中又没有主持中馈的人，魏家不可能一直这样耗下去，最多今年秋天，这桩婚事就得有个着落了。"

窦昭笑道："那您觉得纪家会这样和魏家耗下去吗？"

陈曲水不解："拖着只可能对纪家有利，毕竟他们是不占道理的一方。"

"纪家的人要是这么想，就不会做出这种夺人妻室的事来了。"窦昭冷笑，"纪见明长成这样，您以为纪家的人没有一点责任？"

陈曲水苦笑。

窦昭道："您帮我邀请济宁侯到家里一见吧！"

"是这里还是静安寺胡同？"

"自然是静安寺胡同。"窦昭道，"这里毕竟是五伯母主持中馈，行事多有不便。"又道，"您顺便给宋墨透个口风，说我们这边已经有了对策。免得他掺和进来，让事情变得更复杂。"

十六岁的小姑娘无缘无故说要终身不嫁，听到的要么觉得是笑话，要么觉得她还不懂事，总会以自己的方法、方式劝她嫁人。宋墨要是也存了这样的心思，说不定会亲自给她介绍一门亲事。

陈曲水点头。

两人又商量了一些细节，窦昭送他至垂花门，转回身却迎面碰见了正要离开的纪咏。

"纪表哥！"窦昭和他打招呼，他脸色通红，支吾着应了一声，目不斜视，昂首阔步地和她擦肩而过。

窦昭又好气又好笑，问送纪咏的小厮："纪表哥来做什么？"

小厮笑道："五老爷今年难得休沐，纪编修特意过来给五老爷问安，说了些学问上的事。"

窦昭"嗯"了一声，回了正院。纪氏正和五太太说着什么，脸色有些不好看，看见她进来，两人齐齐打住了话题，不约而同地朝着她笑道："回来了！"

窦昭笑盈盈地上前给两位伯母行了礼，挽了六伯母的胳膊。

六伯母身子微僵，五伯母却笑道："你看，你们这样站着，就像一对亲母女。"

六伯母没有作声。

窦昭嘻嘻地笑，趁管事进来请五伯母示下之机，她拉着六伯母进了西厢房，端出自己做的桃酥招待六伯母。

六伯母神情显得有些黯淡，她拿着桃酥，轻轻地拍了拍窦昭的手，低声道："寿姑，若是六伯母有做得不对的地方，你一定要原谅我。"

窦昭明白。

一边是她，一边是娘家的长辈，六伯母夹在中间很为难。

如果纪咏不堪还好说，至少六伯母有反对的理由。偏偏纪咏少年及第，是世人眼中前途无量的探花郎，六伯母的那些顾忌，根本不是什么理由。

她笑着靠在了六伯母的肩头，嘻笑道："儿不嫌母丑。您放心好了，就算您把说好了留给我的金项链给了十一嫂，我也不会怪您的。"

"你这孩子！"纪氏抚着窦昭的头发，心中更是酸楚，暗暗下了决心，若是纪咏敢有丝毫慢怠窦昭的地方，她就是和嫂嫂撕破了脸，也不能让窦昭受委屈。

她不由喃喃地道："你别担心，你会过得很好的。"

窦昭鼻子一酸，差点落下泪来。

魏廷瑜知道窦昭要见他，忙赶着做了件京都时下最流行的青竹色杭绸镶挖云纹的直裰，去了静安寺胡同。

这是重生后，窦昭第一次正眼打量魏廷瑜：年轻的脸庞，唇边还可见细细的绒毛，正襟危坐，显得十分拘谨，让她感觉既熟悉又陌生。

"喝茶！"窦昭指了指茶几上的碧螺春。

"多谢！"魏廷瑜红着脸喃喃地道，端起茶盅来喝了一口，或许是因为太紧张而喝得太猛，他一下子被茶水呛着了，咳嗽起来。

窦昭忙让素心递了块帕子给他，魏廷瑜窘然地道谢，神色到底比刚才轻松了些。

窦昭就道："你想退亲吗？"

"没有，没有！"魏廷瑜闻言连连摆手，神色慌乱，"我从来没有这样想过……"

窦昭道："我也相信你和我妹妹没有什么……"

"四小姐！"她的话还没有说完，魏廷瑜已是满脸的震惊。

自从被人发现他和窦明约了在大相国寺见面，姐姐一句话也没有说，"啪"就给了他一耳光，母亲更是哭个不停，就是向来待他如手足的姐夫，也目露失望之色，汪清海就更过分了，幸灾乐祸地问他："是姐姐长得好看些还是妹妹长得好看些？"

只有窦昭，相信他和窦明没有私情。

"我和令妹，真的没什么！"他激动地道，"当初是令妹让人带话给我，说有急事找我，是关于我和你的婚事，让我悄悄去大相国寺，她的丫鬟在那里等我……"

窦昭是真的相信，窦明又不是傻瓜。

"你不用解释，"窦昭道，"我相信你的话。"

"多谢四小姐！"魏廷瑜满脸的感激。

"只是发生了这么多的事，我身心俱疲，家里的长辈们心中不快，"窦昭道，"我们的婚事，是不是过些日子再说？大家都能喘口气，也趁着这个机会好好想想以后的事。"

魏廷瑜愕然，窦昭这是什么意思？说相信他，却又要把婚期往后拖一拖……花厅的窗扇四开，仲春的姹紫嫣红映入眼帘，魏廷瑜却满心困惑。

看见魏廷瑜的样子，窦昭只能叹气。前世今生，他就很少有动脑筋的时候。

窦昭只好道："大家现在的心情都不好，这个时候商量婚期，只怕没有什么好言语。好在只是口头上定了个日子，没有正式下请帖，不如把婚期往后拖一拖，等到两家人都心平气和的时候再说也不迟。"

的确，母亲请了姐姐回去商量布置新房的事，姐姐就为了博古架上是摆一对天青色汝窑花觚还是摆一对时新的粉彩梅瓶发起脾气来，还说婚期定得太急，来不及准备，然后又抱怨他不应该和窦明定下大相国寺之约，要不然魏家和窦家早就退了亲，她也可以帮他求娶汪家的汪清沅了。以至于现在她不得不出尔反尔，和窦家坐下来重新商定婚期，不仅和汪家的婚事再无可能，还枉费她千方百计地找人把自己去廷安侯家的事泄露出去……

想到这些，魏廷瑜长长地舒了口气。他虽然不想退婚，但姐姐总是这样挑三拣四的，他也很无奈。把婚期往后拖一拖也好，这样一来，也免得姐姐整天烦躁不安，拿他说事。

魏廷瑜笑着点头应"好"。

窦昭见他一副没心没肺的样子，忍不住摇头，想嘱咐他几句"与其整天无所事事，不如请个师傅在家里指导教习骑射，皇上向来注重秋围，如果在秋围的猎狩中能取个好名次，就可以进金吾卫、丰台大营了，令堂也不必整日替你担心了"之类的话，又想到前一世她鼓励魏廷瑜参加秋围，却被魏廷珍讥笑，说什么"我弟弟好歹也是个侯爷，总不能和那些连世子资格都没有的人一起争金吾卫、旗手卫的小旗、总旗吧"，魏廷瑜听了他姐姐的话，果然就这样玩了大半辈子。

她把临到嘴边的话又咽了下去，吩咐素兰送了他出门。

素兰却回来禀道："我把侯爷送到了垂花门，正犹豫着要不要去厨房里看看午膳好了没有，却看见侯爷跟着个婆子折回来。我忙躲到了树后，待他们走远了，才派了个小丫鬟跟过去，那小丫鬟说，侯爷跟着那婆子进了五小姐的院子。"

窦昭抿了抿嘴，没有作声。她是真心相信魏廷瑜没有打窦明的主意，可她也真心相信，魏廷瑜不可能忍心拒绝窦明的眼泪。

可有些事，还真的要靠自己的机缘造化，别人为他再着急也急不来。

回到槐树胡同，五伯母正领着两个儿媳妇送客。窦昭定睛一看，送的竟然是蔡弼的太太——五伯母的亲家、十堂嫂的母亲。

她忙上前屈膝行礼打招呼，蔡太太上前一步就携了她的手："哎哟，四小姐这也太客气了。"一面说，还一面笑盈盈地打量着她，十分热情。

窦昭不动声色，和蔡太太寒暄了两句，和五伯母及两位堂嫂一起送走了蔡太太。

郭氏悄悄地对她道："母亲请了蔡太太过来商量和魏家退亲的事。"

窦昭愕然。

父亲知不知道这件事？她想起前几天自己和父亲说，要找魏廷瑜问两句话，父亲还劝她，说什么"心里有事，说开了也好"之类的话，怎么不过几天的工夫，情况就全变了呢？

窦昭想问父亲，但父亲好像很忙，连着几天都在宫里值夜，她都没找到人。

而蔡太太则频繁往来于窦魏两家之间。

窦昭很快就探到了消息。

魏家一开始不同意退婚，蔡太太找到了魏廷珍，魏廷珍说了一大堆话，不外乎是"窦家早干什么去了？把魏廷瑜拖了这几年，婚事也被耽搁了，现在才说退婚，魏家的颜面往哪里搁？"

五太太错愕，随即冷笑，对蔡太太道："不就是想敲我们窦家一笔吗？济宁侯的事我们家还没有和她理论，她反倒和我们家摆起谱来了！既然如此，那这件事就先放一放，等到大家的气都消了再说。"

蔡太太笑着应了。

宋墨那边得了消息，知道窦魏两家暂时不举行婚礼，婚期待定，觉得窦家还是看重窦昭的，不由松了一口气，加上得了窦昭的话，知道她自有主意，遂把心思放回了自己的事上。他既然已经除了服，就得为自己谋个差事了。这样父亲就算是想再陷害他，也没那么容易了。

皇上之前虽然提过让他去旗手卫或是丰台大营，这两处都是京都勋贵子弟想去的好地方。可对他来说，旗手卫的事太琐碎了，丰台大营要住营，都不适合他现在的情况。最好是去金吾卫，既是天子近卫，有什么事又可以随时走得开。

宋墨怕父亲知道他真正的意图，没找三公主，也没找顾玉，而是找到了汪渊，让他帮着在服侍皇上的时候给皇上递了个话，就说自己已经除服了，想递了折子进宫叩谢之前祭祀自己母亲时皇上的赏赐。

皇上随口就问了一句："英国公续弦了没有？"

"没有。"汪渊笑道："英国公府如今就三个男丁，只怕是连只母蚊子也没有。"

皇上哈哈大笑，下了朝，召宋墨去说话，赏了他一个金吾卫前卫右指挥使不说，还给他赐了表字"砚堂"，并道："你父亲只有你们兄弟两人，你母亲又早逝，你虽未及冠，但我还是赐你一个表字，你要争气，撑起英国公府的门庭才是。"

消息传出来，宋宜春脸色铁青。他防着顾玉，防着三公主，甚至连宁德长公主那边也早有安排，没想到一向桀骜不驯的宋墨却走了阉党的路子，他忍不住鄙视道："我看他迟早要做佞臣！"

就算是做佞臣，那也是以后的事，陶器重忍不住在心里嘀咕，现在是世子爷打了您一个措手不及，顺利地入了仕，接下来只怕要对付世子爷就更困难了。他不由道："国公爷，您看，现在是不是应该考虑世子爷的婚事了？我听人说，自从有了皇上的这句话，那些有女儿待字闺中的人家，就常常邀了世子爷去家里做客……昨天，世子爷就是在长兴侯家喝的酒……"

如果没有汪渊之事，宋宜春肯定会对这种说法嗤之以鼻，可现在，陶器重的话音未落，他已勃然大怒。他自认与石崇兰私交甚密，石家却拒绝了他的求娶。现在竟然还打起了宋墨的主意……石家，真是不要脸！

宋宜春不禁道："还有哪些人家请他去喝了酒的？"

陶器重报出了一大串的名字。

宋宜春倒吸了口冷气，由恼变惊："你快去打听打听，这几家的小姐都是什么品性？"

不能给宋墨娶庶女，这样面子上过不去；更不能娶嫡长女，那样内宅的事就完全掌握在了宋墨的手里。最好是看上去父兄都十分能干，但本人却性情懦弱，没有什么主见的……宋宜春在心里琢磨着。

另一边，顾玉却问宋墨："你到底有什么打算？"

不知怎的，宋墨突然就想起了窦昭的话。

也许，窦昭是对的。他既然对未来的妻子没有太多的期许，就以门第为重吧！

宋墨道："除了景宜公主，还有哪位娘娘的公主在适婚的年纪？"

· 65 ·

顾玉错愕地望着宋墨："你，你不会是想尚公主吧？"

宋墨看着有趣，调侃道："如果公主不行，郡主也可以啊！"

顾玉张了张嘴，半天也没有说出话来。

宋墨笑着揽了顾玉的肩膀："好了，好了，和你开玩笑的。我刚到金吾卫，有些事还没有理顺，现在不急着说这个，先看看我父亲的反应再说。"然后问起金吾卫都指挥使高远华来："听说他是你的表姐夫，这个人如何？"

顾玉撇了撇嘴，道："什么表姐夫，都不知道拐过几个弯了！不过，他这个人挺会钻营的，上次在会昌伯家喝酒，听沈青说，他差点拜了汪渊做干爹……"

窦家要晾着魏家，魏廷珍恨窦明搅了她和汪夫人的交情，也不搭理窦家，转眼间就到了四月底，要送端午节的节礼了。

田氏有些为难了——这节礼送还是不送呢？

"自然是要送的。"魏廷瑜一句话没有说完，就被魏廷珍瞪了一眼，道，"都要退婚了，有什么好送的！倒是汪家那边，听说汪夫人受了风寒，有些不好，你应该去看看才是。"

这段时间魏廷珍的火气特别大，他不敢多说，乖乖地去廷安侯家探病。好在两家常来常往，廷安侯家也没有放在心上。

魏廷瑜出了汪家的大门，在街上应景般地买了些雄黄酒、茶叶、粽子之类的，送到了静安寺胡同。

窦昭陪着二太夫人去了三圣庵游玩，窦世英奉诏进宫筵讲，都不在家。

"五小姐呢？"他来送礼，总得知会窦家的主人一声吧！

高升有些意外，但还是笑道："五小姐和太太去了柳叶胡同。"

魏廷瑜微愕。他听窦明说，因为她母亲不满意窦昭进京后没去给她的外祖母问安，在外祖母面前抱怨了几句，外祖母心中不满，当着外人的面说了几句窦昭的不是，惹怒了她父亲，她母亲如今被送到了窦家在宛平的田庄了。

"岳母——她老人家回来了？"他问高升。

魏廷瑜毕竟是窦家的姑爷，知道这些也有可能。高升没有多想，道："王大人在云南又立了大功，皇上为表嘉奖，荫封了王家的大舅爷为世袭的千户，王家大摆宴席，王家老夫人特意派人来请太太过去庆贺，老爷就接了七太太回来。"

原来如此。魏廷瑜"哦"了一声，让随从把礼单交给了高升，路上又反复地叮嘱随从不要把这件事告诉魏廷珍，这才回了济宁侯府。

窦明和王映雪回来，看见堆放在厅堂里的礼品，随口问了一句："是谁送的？"

高升恭谨地道："是大姑爷济宁侯。"想想又觉得这样的回答对魏廷瑜不够尊敬，补充道，"是大姑爷亲自送来的。"

王映雪听了微愕。她今天回柳叶胡同，除了恭贺大哥荫封世袭的千户之外，最主要的是母亲给她带信，说父亲托大嫂高氏的父亲——翰林院学士高远征给窦明说了门亲事，要她去商量。

男方姓刘，名碧，字清濯，今年二十二岁，是个举人，比窦明大八岁不说，而且自幼丧父，家境贫寒，全靠舅舅资助才学业有续。

高老先生虽然口口声声称这个刘清濯才学出众，品行端方，以后必定前程无量，可这种事谁又说得清楚？父亲当年还是少年及第呢，结果怎样？母亲跟着父亲半生跌宕，子女差点都没能保住。好不容易父亲东山再起，做了封疆大吏，夫妻子女却是一南一北天各一方，几年也见不到一面……她想想都替母亲难过，又怎么舍得让明姐儿去过这种日子？何况像父亲这样能念着发妻的辛苦，富贵之后不忘糟糠之妻的又有几个？那些十年寒窗苦的举人一旦金榜题名，哪个不是争先恐后地先纳个小妾？难道让明姐儿年轻的时候供那姓刘的读书，等到那刘清濯得志了，明姐儿姿容已老，然后眼睁睁地看着刘清濯逍遥快活不成？

这门亲事王映雪没一处满意的，可看到母亲那满心欢喜的样子，她又不好意思直言反对，只得含含糊糊地说了句"明姐儿的婚事得先和她父亲商量才行"，暂且搪塞过去了。

想到这里，她不禁埋怨起大嫂高氏。不就是她娘家的老爷子帮着明姐儿提了门亲事吗？她却像是自己要娶媳妇似的，把那刘清濯夸成了一朵花，哄得母亲喜笑颜开，要不是自己用话挡着，母亲恨不得自己当场就写了明姐儿的八字才好，至于那么热心吗？！

此时看到魏廷瑜送来的东西，又听说是魏廷瑜亲自送来的，她心里不由得窝了一肚子火，半晌才道："我们家的这位大姑爷，倒是有心！"窦明却冷哼了一声，转身穿过中堂，回了自己的院子。

王映雪不解，急急地跟了过去。"你这是怎么了？"她望着板了脸坐在镜台前卸妆的女儿，"是不是你大姐又欺负你了？你跟我说说，到底是怎么一回事？我找你父亲给你做主去！"

"您找父亲有什么用？"窦明冷笑着把牙梳丢在了镜台上，"您只会同父亲争吵，哪一次把话说清楚了、把事件办妥当了的？"

王映雪脸上红一阵白一阵的，窦明看了又有些不忍，语气缓了下来，道："外祖母和您说了些什么？我看着您从外祖母屋里出来，脸色不大好？是不是外祖母又教训您了？她老人家年纪大了，说您什么您听着就是了，别往心里去。您难得回来一趟，我让周嬷嬷帮您捶捶腿吧？田庄的丫鬟会不会服侍人？要不要我送您两个丫鬟带去田庄？"

一句句话，直暖到了王映雪的心底，她连连摇头，道："不用，不用！你父亲虽然冷酷无情，在钱财衣食上却从不曾克扣于我，我在田庄也挺好的。"说到这里，她语气微顿，道，"说起来，你也不小了，过几天我就要回田庄去了，你的事我也帮不上什么忙。你二舅母家的檀哥儿，待你比待自己还好，这次我们去柳叶胡同喝酒，你也看见了，只要你多看两眼的东西，他立刻为你取了来……"

"娘亲，您别说了！"窦明的声音骤然间变得无比地尖锐，"我是不会嫁给王檀的！"

"你这孩子！"王映雪不由皱眉，"王檀虽然比你小一岁，可对你却没话说。再说了，你要是嫁到了你外祖母家，难道你舅舅、舅母还能亏待了你不成……"

"啊"的一声，猝不及防地，窦明捂着耳朵尖叫起来："我不嫁给王檀！我不要嫁给王檀！"

王映雪吓了一大跳，忙上前搂住了窦明，急急地道："你小声点，你小声点，小心让人听见了！"

窦明才不管这些呢，她大声嚷着："我才不嫁到二舅母家呢！二舅舅看见了二舅母，就像老鼠见到了猫似的；王檀整天只知道玩乐，既不好好读书，也不好好习武，别人拿了个破青铜器哄他，说是商周的古物，他就傻兮兮地付银子，当冤大头，还到处夸耀说他捡了便宜……"她说着，声音低了下来，神色也渐渐变得有些失落起来，"我要嫁，就嫁个好人家——公公威严，婆婆慈爱，还有疼爱晚辈的祖父、祖母，相公敦厚老实，小叔活泼可爱，小姑温柔善良，一家人亲亲热热、和和睦睦地过日子，没有姨娘，没有庶子庶女，没有整天盯着我钱袋子的三亲六眷，我走出去，别人会说，这是谁谁谁家的媳妇，会用一种和善友好的目光望着我,和我打招呼,而不是在我背后窃窃私语,说这是谁谁家的女儿……"

王映雪掩面痛哭。是不是因为这样,所以女儿从小就喜欢跟着王楠玩,还说,要做高氏的女儿。那时,她以为是因为女儿从小在外祖母家长大,所以才格外亲近自己的舅母,现在才知道,原来女儿是羡慕那样的出身……

王映雪很快知道了大相国寺的事,她惊愕地问周嬷嬷:"这么说来,四小姐就是为这件事不吃不喝地闹绝食了?那四小姐现在怎样了?五太太没有出面管管吗?"

具体的情况周嬷嬷也不知道,更加不好评判,道:"前些日子老爷还兴致勃勃地准备给大小姐添箱,这几天却没了动静,我也只是听到一些风声,四小姐住槐树胡同,有时候也会过来,看上去却与平时没什么两样,也不知道是真是假。"

如果是女方主动退亲,就要把当初小定的东西加倍地还回去。

王映雪沉吟道:"当初魏家送来的东西还在吗?"

周嬷嬷明白她的意思,低声道:"还在!也没有人提过这东西的事。"

那就是窦昭觉得被窦明打了脸,哭哭啼啼地想要找回面子啰!

王映雪冷笑,道:"你看着好了,过些日子老爷又会兴致勃勃地准备嫁女儿了。"随后想到窦明怎么会和那魏廷瑜搭上话,眉头紧紧地锁了起来,"明姐儿也是,掺和窦昭的事做什么?这不是没事找事吗?!你怎么也不拦着她一点?"

周嬷嬷只能苦笑,事前一点儿征兆都没有,等她知道的时候,已经闹腾起来,她怎么防患于未然啊?!

晚上窦世英回来,见魏家送了节礼,吩咐高升,加倍还了回去。

魏廷珍知道了得意地对田氏道:"我早就说过,窦家哪里舍得和我们家退亲,他们就是想吓唬吓唬我们。"

田氏听着松了一口气。退婚毕竟不是什么好事,再议亲事,对方肯定会仔细地打听退婚的缘由,一个不好,婚事就告吹了,甚至有可能传出什么身有暗疾之类的流言蜚语,到时候就更不好再议亲了。

魏廷瑜在一旁不敢作声。

魏廷珍吩咐济宁侯府的人:"不用理他们。"

济宁侯府的人待窦家的人不免就有些怠慢。

王映雪听说后心中一动,她问周嬷嬷:"那天大姑爷去了大相国寺没有?"

"应该是去了吧?"周嬷嬷也不敢肯定。

当时她们这些窦明身边服侍的全被叫去问话,差点被人牙子卖了。如果没去,五太太又怎么会如此生气呢?

王映雪就对周嬷嬷道:"你派个丫鬟去给大姑爷送个口信,就说五小姐有事找他。"

周嬷嬷骇然。

王映雪笑道:"你想到哪里去了?是我要见见他,又不想让他知道。"

周嬷嬷隐隐觉得有些不妥,但王映雪已面露不快,她只得还是照王映雪的吩咐给魏廷瑜递了句话过去。

不过半个时辰,魏廷瑜就赶了过来。

王映雪暗暗点头,吩咐周嬷嬷:"人我已经见着了,你找个借口打发他走吧!"

周嬷嬷如释重负。

魏廷瑜又莫明其妙地回了济宁侯府。

王映雪去了窦明那里。窦明正歪在炕上看书,见母亲闯了进来,她抬了抬眼睑,道:"您来干什么?不是说这几天外祖母找您有事吗?"又低下头去看书。

王映雪一把抽了窦明手中的书,道:"你可知道你父亲这些日子为何不管我的进出?"她把王行宜找高远征为窦明说了门亲的事告诉了窦明,"……那刘家倒是清清白白的,可你得想清楚了,这可是你的终身大事,一个不慎,你姐姐就是那高高在上的侯夫人,你就是那乡间劳作的农妇!"

窦明毕竟还年轻,闻言满脸涨得通红,一本书被她翻来覆去地卷成了筒。

王映雪也不作声,静静地坐在那里看着她。

窦明憋了半天才沉沉地道:"我不想嫁给那刘清濯,可我也不愿意嫁给王檀。"

王映雪笑了起来,道:"傻孩子,谁让你嫁给檀哥儿了?你看你姐姐,什么都不放在心上,什么都不看在眼里,知道了大相国寺的事下不了台,只好一哭二闹三上吊,最后还是想着要嫁入济宁侯府。我这些年来被你父亲禁足,不知道外面的事。可我知道,若是你姐姐都觉得好的人,你五伯母、六伯母都觉得好的事,肯定不会错。"

窦明困惑地道:"娘亲,您到底要说什么?"

王映雪微微一笑,笑容里有种说不出来的味道,把刚才魏廷瑜赶来的事告诉了窦明,道:"你姐姐不是觉得你泼了她的面子,哭着喊着不愿嫁到济宁侯府去吗?那你嫁过去好了!"

第六十六章　筹谋·结善·黄雀

窦明跳了起来:"您疯了?"她一双眼睛瞪得大大的,满脸不敢置信地望着王映雪。

王映雪冷笑:"你看我像疯了的样子吗?"然后把自己借她之名请魏廷瑜过府的事告诉了她,"你若不是仗着他随叫随到,敢约了他去大相国寺吗?"

窦明尖叫起来:"有你这样做母亲的吗?你是不是看不得我好?你竟然唆使着我干这种事?!"又想到自己被纪咏威胁,却是谁也不敢说,一时间又是害怕又是委屈,声音更加尖锐,"你什么也不知道!你什么也不知道!整天就只知道盯着脚尖过日子,我的事你从来都不管……"

女儿的话刺痛了王映雪,她的眼泪一下子涌了出来:"我怎么就整天只知道盯着脚尖过日子了?若不是为了你,我会忍气吞声地留在窦家吗?如果不是为了你,我会去试探那济宁侯吗?如果不是为了你,我现在会这样被人指责吗?这么多年了,你总是责怪我不像别的母亲那样能给你尊荣,可你想过没有,要不是我,你能在窦家站得稳脚吗?要不是我,你能成为窦家的嫡女吗?我让你嫁给济宁侯怎么了?

"婚姻本是为结两姓之好。现在你姐姐哭着喊着不愿嫁,难道我们还不能捡个漏吗?

"你怪我说话难听,你去找跟你说话不难听的去啊!

"你大舅母说话倒不难听，可你看她给你说的这门亲事——刘清濯两岁就死了爹，一个寡母，依靠着自己娘家的兄弟把他拉扯大，现在不过是个举人，以后还要考进士，还要铨选，还要应酬上司打点下属，你是不是准备把自己的嫁妆全部倒贴进去啊？要是只贴补那个寡母，我没话说，你可别忘了，他还有个舅舅，一家人眼睁睁地等着这个外甥飞黄腾达，好报当初的养育之恩呢！

"你外祖母说话倒不难听，可她想把你嫁给檀哥儿，凭着你的嫁妆，只要不让檀哥儿拿了银子去赌大小，你和檀哥儿看着楠哥儿的眼色，可以一辈子吃喝不愁。

"你二舅母说话也不难听，可人家每次见到我都问我：明姐儿的姐姐得了西窦的一半财产，你膝下又没有儿子，与其留给庶子或是嗣子，不如留给明姐儿，我听说寿姑名下每年有五万两银子的出息，明姐儿出嫁，姑爷怎么也要给她准备十万两银子的陪嫁吧？她那是告诉我，你的嫁妆若是少于十万两，她可不答应这门亲事……"

"您，您别说了！"窦明伏在床上，大声地哭了起来，"您别说了！"

王映雪看着伤心欲绝的女儿，又有点后悔自己刚才的话说得太重了。她不由走过去坐到了床边，轻轻地抚着女儿顺滑的青丝，低声道："明姐儿，我是你母亲，我不为你好，能为谁好？他若是对你一点情意都没有，我也不会打这主意、说这话。你要相信我，娘亲这辈子看错了你父亲，是我……是我太看重他，还没有行事，先偏了心，自然就落了下乘。可这一次，我不会看错的。我自有办法让你妥妥当当地嫁过去，风风光光地做济宁侯府的宗妇！"

"不，我不要！"窦明抬起头来，泪水斑驳，"我不要姐姐看不上的东西……"

"傻孩子，你姐姐是什么人？她要看不上济宁侯，早就收拾他了，还用得着这样弯弯绕绕的吗？那庞昆白到今天走路还要人扶呢！"王映雪又怜又爱地望着窦明，"可你看现在，济宁侯和你私下在大相国寺相见她竟然都忍了下去，可见她有多看重济宁侯了。"

窦明一下子呆了。她想起前些日子家里的小厮们传得沸沸扬扬的魏廷瑜夜宿千佛寺胡同的事……还有，魏家实际上是相中了廷安侯家的嫡幼女……姐姐都忍了……

女儿那带着几丝恍然的表情让王映雪心中一定。她放缓了声音，柔声地道："我是你的生母，难道还会害你不成？你不是想嫁个好人家吗？济宁侯太夫人温柔敦厚，济宁侯相貌堂堂、人品端正，唯一的姐姐嫁给了景国公府的世子爷，你嫁过去就是济宁侯府的侯夫人了，走到哪里不是昂首挺胸的？这不正如了你的意吗？你还有什么不满足的？"

窦明好像又听见了那早就被她深深地埋在了心底的郎八小姐的尖叫声："你不过是个妾生子罢了，竟然还敢在这里冒充大小姐，不要脸！"

仿佛魔怔了般，她问王映雪："您准备怎么办？"

是啊，她准备怎么办？王映雪在女儿面前自信满满地拍了胸，待走出窦明的内室，她又有些茫然无措起来。

代嫁，说起来容易，做起来却是困难重重。先不说窦世英答应还是不答应，就是想瞒过窦昭，也不大容易。何况还有窦昭出阁时肯定会来观礼的赵家舅太太，来帮忙的五太太和六太太，被请来当全福人的蔡太太，来吃喜酒的姻亲……不要说她现在被剥夺了主持中馈的权力，就算她是正正经经的窦家七太太，做起来也不容易。

想到这里，她一时间头痛欲裂。

首先，她得留在静安寺胡同。

父亲不是托高家给明姐儿许了门亲事吗？自己这个做母亲的肯定得相看相看。关系到女儿，窦世英向来好说话。就用这个做借口好了！

出嫁的时候要辞别父母，可以借口再不走就过了吉时，让窦明匆匆给窦世英磕个头就走，当着那么多的宾客，窦世英就算是发现了，猝不及防，手心手背都是肉，也断然不会在那种场合下发作的。

再就是窦昭。

代嫁，唯一的机会就是在梳妆打扮好了之后，等花轿来的这一刻。到时候洞房里除了五太太、六太太、赵家舅太太之外，还有全福人和陪嫁的丫鬟。

陪嫁的丫鬟好说——到时候窦昭肯定会回静安寺胡同出嫁，这边全是她的人，窦昭的贴身丫鬟又是第一次遇到这样的事，拿了什么风俗、礼仪的当借口，略施小计，就能把那些丫鬟支开。

五太太那里，就说有客人要见她好了，想办法把她拖在花厅。

麻烦的就是六太太和赵家舅太太，她们定会寸步不离地守在窦昭的身边……

王映雪沉思道。

如果全福人蔡太太能帮自己一把就好了！到时候就可以找借口把六太太和赵家舅太太支开。

还有窦昭……出嫁前要喝莲子百合羹……煮碗加了蒙汗药的莲子百合羹……灶上有她的人，哄了高升媳妇端进去就行了……

王映雪躺在床上翻来覆去想了半天，觉得这件事也不是完全不可行，可若真的依计行事，却又有很多的漏洞，让她一时也下不了决心。

正好柳叶胡同那边带信来，说是高氏明天请了那刘清濯到家里吃饭，让她带着窦明过去看一眼。

王映雪的心情一下子烦躁起来，懒懒地答了声"知道了"，又去了窦明的屋里。

窦明正抱着把琵琶坐在临窗的绣墩上发着呆。王映雪轻脚轻手地走了过去，低声道："你大舅母让我们明天过去吃饭，说是到时候那刘清濯也会去，让你看一眼……"

窦明抱着琵琶的手指节发白，王映雪就叹了口气，道："这件事，你自己拿主意。我总是站在你这一边的。纵然是刀山火海，娘也会帮你担着的。"

窦明没有作声，王映雪走了出去。

不一会儿，她身后传来铮铮乱响的琵琶声。

窦世英回到家里，听王映雪说高家给窦明介绍了门亲事，男方不过二十二岁，已经中了举，心里十分满意，吩咐高升拿了三百两银子给窦明置装，并让王映雪给窦明带话："男才女貌，男子只有才学过人，才能顶立门户，相貌家世，都不是最要紧的。"

窦明垂着眼睑应了，却翻来覆去一夜未眠。她知道，自己这一答应，亲事就算是定了下来，自己的前程也就定了，再无反悔的可能。

刘清濯中等的个子，体态健壮，相貌憨厚，穿了件崭新的宝蓝色杭绸直裰，乍眼看上去，像个乡下进城谋生的小子，没有半点读书人的斯文儒雅。

窦明很是失望，王映雪更是拉着窦明就离开了花厅后的屏风，借口这件事还要和窦家的人商量，用过午膳就匆匆回了静安寺胡同。

窦明没等王映雪开口就把自己关进了书房。

王映雪在屋里冷笑。凭什么她的明姐儿就要许配给这样的人？王楠娶的高明珠就明眸皓齿的讨人喜欢？

她绞着帕子想心事。蔡太太既是五太太的亲家，主持中馈多年，丈夫贵为翰林院学士，交游广博，官都官宦人家多半都和她相熟，她本人又是个长袖善舞八面玲珑的人，在京都的官宦世家里颇有威望。而自己不过是窦家一个名不见经传的妇人，既不能帮蔡弼升官发财，又不能给她长脸，她凭什么帮自己呢？

王映雪想到了京都关于蔡弼势利的传言，不由怦然心动：这世上没有买不到的东西，就看你出多少价钱了……王映雪的目光不由落在了窦世英给她帮着窦明置装的三百两银子的银票上……

京都一进入五月，天气就变得早晚凉爽中午炎热。

蔡太太笑盈盈地送长兴侯府太夫人上了马车，这才用帕子擦了擦满是汗珠的额头，转身吩咐儿媳妇丁氏："我们也回府吧！"

她敛了笑容，神色间露出几分疲惫，丁氏忙上前扶了婆婆，体贴地道："天气这么热，长兴侯太夫人要给病逝的老侯爷做法事，不过是偶尔遇见了您，问了您一声万明寺的哪位师父经诵得好，您就陪着过来了——我们家和长兴侯家又没有什么来往，您又何必如此地礼遇他们家？"说着，接过丫鬟手中的团扇，使劲地朝着蔡太太扇了扇，"娘，您的年纪也大了，宝善跟我说过好几次了，让我好好照顾您，有什么事，您只管吩咐我就是了。"

宝善是蔡弼的长子。

丁氏看了簇拥在身边的丫鬟、婆子们一眼，丫鬟、婆子们都很有眼色地散开了，蔡太太这才道："什么事都要未雨绸缪才是。现在没有来往，你敢说以后就没有来往？我这次陪太夫人来万明寺，不就有了来往？！眼光不要这么短浅！"然后压低了声音道，"长兴侯在任上胡作非为，不知道有多少人弹劾，他却能巍然不动，这岂是一般人能做到的？结交石家的人，只有好处没有坏处。前人栽树，后人乘凉，我这也是为了你们好。"又道，"你还记得从前和我们家过往甚密的翰林院掌院学士林观澜老先生不？林大人三年前病逝，他的孙子在江南犯了事，结果林家一封信写到江南巡抚陶泽宇手里，林家少爷不仅没事，还揣着陶泽宇送的一千两银票的程仪回了京都。你道这是为什么？不过是因为当年陶泽宇刚刚入选庶吉士，陶老太太随儿子来京都寓居，说一口带着福建腔的京都话，被人轻蔑，那林太夫人曾经出头为她说了几句话而已。"然后叮嘱丁氏，"你要记住了，与人方便，即是与己方便。就算是不能帮人，也万万不能得罪人。我今天带来你来，也是想让你和长兴侯家结个善缘。"

"娘亲的话我记住了！"丁氏连连点头，亲自搬了靠在车辕上的脚凳，服侍蔡太太上马车。

蔡太太一只脚刚刚踏上脚凳，停靠在旁边的一辆马车里突然有人伸手撩开了车帘，一位珠环翠绕的妇人探出头来笑道："蔡太太？您是蔡太太吧？"

婆媳俩回过头去。丁氏满脸的困惑，想不起自己在哪里见过这妇人，蔡太太却略一思忖，笑道："是窦家七太太吧？我就说，长得这样标致，我怎么能不记得呢？"说着，收了脚，在马车旁站定。

果然是很势利，王映雪腹诽道，这要是打招呼的是五太太，她恐怕早就屁颠屁颠地跑了过来吧？

王映雪抛开心中的那点不快，笑着下了马车，迎上前去和蔡太太婆媳见了礼，彼此寒暄了几句，王映雪见气氛很好，亲热地挽了蔡太太的胳膊。

蔡太太和丁氏都有些意外，王映雪已笑吟吟地道："蔡太太，相请不如偶遇。我本想着这几天去府上拜会，没想到会在这里遇到您，我也就不客气了——有件事想求您帮忙……"示意她到旁边说话。

这种事丁氏见得多了，不以为意地笑着带着丫鬟、婆子们退到了一旁。

王映雪请蔡太太到自己的马车里坐，蔡太太想了想，笑着跟王映雪上了马车。

丁氏在外面等了大约一个时辰，其间不时隐隐听到马车里有哭声传出来，蔡太太贴身嬷嬷有些担心地问丁氏："不会有什么事吧？"

丁氏笑道："就算有什么事，窦家还有五太太，怎么也轮不到我们出头啊！"随后猜测道，"可能是受了什么委屈，想请五太太帮她出面，又不好直接跟五太太说，就想让娘帮着传个话吧！"

那嬷嬷想想，觉得丁氏的话很有道理，神色松懈下来，悠闲地站在那里等着。

又过了大约一刻钟的工夫，蔡太太下了王映雪的马车，王映雪要送，被蔡太太拦住了，道："七太太先回去吧，这件事我仔细考虑考虑再给你答复。"王映雪忙道："多谢蔡太太了！"眼睛红肿，神色哀婉。

丁氏想着"也不知道七太太找婆婆有什么事"，上前搀了蔡太太。蔡太太的脸色紧绷，看上去有些凝重，她一上车就吩咐马车夫："快回去！"

丁氏吓了一大跳，急急地问："娘，怎么了？"

蔡太太好像没有听见她说了些什么似的，神色恍惚，帕子在手里揉成一团又展开，展开又揉成了一团。

丁氏知道这是婆婆遇到了大难题，气都不敢喘，静静地坐在一旁。

马车一路疾行，很快就回到蔡家住的纸马胡同，蔡太太却坐在车里不动。

外头的婆子久等不见人下车，撩了帘子正要说话，却被丁氏一个眼神拦在了外面。

太阳渐渐偏西，胡同里吹起了凉爽的风，马车里却燥热难耐，丁氏觉得背心都要被汗水湿透了，拿起团扇帮蔡太太扇了几下，自己也可以趁机解解暑，蔡太太却突然回过神，低声问她："你说，若是我们有个机会赚一万两银子，我们做，还是不做？"

丁氏大惊失色，道："只怕风险也不小吧？"

蔡太太颔首，欲言又止，丁氏也顾不上闷热，移过去挨着蔡太太坐下，悄声道："与窦家的事有关？"

蔡太太和丁氏耳语了几句，丁氏吓得脸色发白，手中的团扇"啪"一声落在了脚下，引得外面跟车的婆子匆匆撩了帘子，急声地问："怎么了？"被丁氏呵斥一声，又退了下去。

"娘，您有什么主意？"丁氏声音有点打战，"只怕事后会和槐树胡同那边有嫌隙！"

"我也这么想。"蔡太太道，"虽说可以糊弄过去，可出了这么大的事，起码我一个敷衍失责的名声是逃不脱的。槐树胡同的人嘴上不说，心里肯定会怀疑。何况你妹子还在他们家……我算来算去，这个事都不好办！"

婆婆说的是"不好办"，而不是"不能办"，丁氏立刻看穿了蔡太太的心思——既想着那一万两银子，又不想得罪槐树胡同那边。

她沉吟道："要不，我们就当没这事？"

"糊涂！"蔡太太呵斥道，"她既然把话说出来了，还许了我算是王家欠我一个人情，就已经下了决心，我们这边走不通，她肯定还会想其他的辙，绝不会善罢甘休的。到时候不管成不成，都会闹出轩然大波来。我们事先知道了，竟然不知会槐树胡同那边一声，你说，窦家的人会怎么想？"

"那您的意思是？"丁氏隐隐有点明白婆婆的打算。

蔡太太悄声道："这个事，我寻思着还是得跟窦家说。那一万两银票呢，我们也接过来。到时候把银票往五太太面前一递，只说是形势所迫，不接下来没办法交代……五太

· 73 ·

太说起来也是个爽快人，人家七太太都出了一万两银子了，她总不能一点表示都没有吧？我们既做了好人，又能名正言顺地赚笔银子。至于七太太那里，五太太既然知道了，断然没有把我们交出去和七太太对质的道理，五太太也不可能任由七太太行事，我们到时听五太太的安排就是了。"

丁氏忙奉承道："姜还是老的辣！我一听这事就慌了神，没想到娘这么快就有了主意……"

"行了，行了，"蔡太太道，"我们这就去槐树胡同。"脸上却因媳妇的话不由自主地露出了笑容。

丁氏却道："娘，这么大的事，您看要不要先和爹爹商量？而且过几天就是仁哥儿的生辰了，我看与其这个时候去，还不如等几天再去——窦家七太太做得出这样的事，想必也不是个简单的角色。"言下之意，是怕王映雪派了人注意他们家的动向。

"你说得有道理。"蔡太太欣慰地拍了拍媳妇的手，"不过，这种事还是别让你爹爹知道的好，有什么变化，我们可以推说你爹爹不知道，有个退路。"然后由丁氏服侍着下了马车。

王映雪派去注意蔡家的人连着几天都回来报说没什么动静，蔡太太又派了儿媳丁氏把那一万两银票拿走了，王映雪这才觉得悬着的心落下了一半，开始安排灶上的婆子，心腹的丫鬟、媳妇。

窦世英连着两天都被留宿宫中，对家里的事全然不知。

等到了窦世枢的长孙窦启仁生辰那天，蔡太太穿戴一新，去了槐树胡同。吃了长寿面，赏了仁哥儿贺礼，蔡太太拉着五太太去了五太太的内室说话。

五太太看着桌上的那一万两见票即兑、没有记号的银票，又惊又急，半晌才缓过神来，气得额上青筋直冒，恨不得唾那王映雪一脸的唾沫才好，想骂两句，话到了嘴边，又怕被蔡太太看笑话，硬生生地忍了下去，还要感激涕零地向蔡太太道谢："……要不是亲家，我们窦家可就成了全京都的笑柄了！就是我这个做伯母的，只怕也难逃其责。您可真是救了我们全家啊！"

蔡太太既然做了好事，自然是要做到底的，别人才会从心底真正地感激。她忙握了五太太的手，宽慰五太太道："谁家还没有个坑坑坎坎的，好在这事还没有旁人知道，我们也一家人不说两家话，我有什么帮得上忙的，您尽管吩咐就是。"

这么大的事，自然是要通知老爷和两位小叔，与她蔡太太有何干系？念头一闪而过，五太太心中一滞。

等一等！王映雪想换亲……也就是说，想让窦明嫁给魏廷瑜……而他们正想让窦昭和魏家退亲，魏廷珍却不知天高地厚地想要挟窦家……还有那王映雪，自己把她当妯娌，她却没有把自己、把窦家放在眼里。先是不顾身份诋毁小姑，让人觉得窦家兄弟不和；又想出这等狠辣的主意，置窦家的声誉于不顾。自己若是就让她这样为所欲为，岂不是让人小瞧了自己？！想到这里，五太太嘴角紧抿，眼底闪过一丝寒光。

窦家之所以没有大张旗鼓地退亲，是因为退亲的理由实在是说不出口；魏家之所以敢和窦家叫板，也是算准了窦家不敢和他们硬碰硬——同是伤风败俗的一对男女，男子认错，那是浪子回头；女人认错，那是不知廉耻——窦家就是吃了男女有别的亏！

既然魏家不同意退婚，那就不退好了，反正事后有替罪羊，有何不可？

五太太的笑意更深了，她倾着身子，低声对蔡太太道："这件事，恐怕还得麻烦蔡太太……"

窦世枢望着书案上的羊脂玉卧虎镇纸，没有吱声。

二十几年的夫妻，五太太早已摸清楚了丈夫的脾气，她轻手轻脚地给窦世枢续了杯茶，坐到了书案旁的太师椅上。

窦世枢又沉默了一会，道："可这妄冒为婚……"打起官司来，这婚事就会无效。窦家是想和纪家结亲，可也犯不着为此和魏家结下死仇，成为京都的笑柄。

五太太自然是明白丈夫心意的，笑道："虽然换了人，可王氏是窦、赵两家都同意，立了文书扶正了的，明姐儿也是嫡女。婚姻本为两姓之好，明姐儿代寿姑嫁过去，并不是嫡庶不分，身份上配得起魏家。法理不外乎人情，不告不究，只要魏家认了这门亲事，难道衙门里的人还非得硬生生地棒打鸳鸯不成？再说了，既然是代嫁，明姐儿心里应该清楚吧？之前寿姑又嚷着不愿意嫁到魏家去，一个愿打，一个愿挨，这又是七太太的主意，我们虽然待这两个孩子好，可毕竟是伯父伯母，隔着一层，婚姻大事，只能在旁边敲敲边鼓，却不能越俎代庖。明姐儿得偿所愿，寿姑是个聪明的，想必两个孩子都能够体谅我们的难处。

"而且寿姑和见明也算得上是青梅竹马，见明学识渊博，前程远大，纪家老太爷亲自前来求娶，对她如此看重，她还有什么不满意的？"

纪家看中窦昭，就是因为窦昭能管得住纪咏。如果窦昭心怀怨怼地嫁了过去，纪咏说不定会因此和槐树胡同这边疏远起来，窦家之所以甘愿冒着背信弃义的名声和纪家结亲，就是看中了纪咏的前程，纪咏要是和槐树胡同这边有了嫌隙，纪窦两家结亲还有什么必要？

窦世枢缓缓地道："那就得想个办法让魏家认了这门亲事，不然那魏廷瑜觉得受了蒙骗，拜了天地，掀了盖头就闹腾起来虽然麻烦，可若是那魏廷瑜装傻充愣，等洞房花烛之后，三天回门的时候再闹腾起来，明姐儿岂不是白白吃亏？"

五太太听着掩袖而笑，道："可见老爷也不是什么事都知道，什么事都手到擒来的。这件事，老爷还得求了我才行！"语气轻快，带着几分调侃。

窦世枢很是意外，想起早年间房师曾贻芬被迫致仕，自己前程不明，被困于侍郎之位，常常像现在这样呆呆地坐在书房里，妻子就会进来给自己倒杯茶，语气轻快地和自己商量着家中的琐事，偶尔还会借着自己的话打趣自己两句，自己就会生出"知足常乐"的念头，心中的郁气也就跟着渐渐散去，心境变得平和起来。可自从房师重掌权柄之后，自己整日忙忙碌碌，已经很久没有这样和妻子说过话了。

他突然起了促狭之心，笑着朝妻子拱手作揖，佯做出一副恭敬的样子，道："愿闻其详！"

五太太呵呵地笑，好半天才收住了笑容，正色道："这事既然是王氏的主意，明姐儿就算是吃亏，难道还能赖到我们身上来不成？"又道，"何况这事又不是我们一家之事，纪家的人是不是也应该出把力才对？"

窦世枢若有所思，五太太就道："我们把人送过去了，能不能把人留下来，能不能让魏家承认这门亲事，那就是纪家的事了。凭什么我们劳心费力，纪家的人却只用等在一旁摘桃子？他们也应该拿出点诚意来才是！"

窦世枢目光闪烁，五太太知道丈夫这是已经同意了自己的主意，遂笑道："这件事老爷就装作不知道吧，我去跟纪家的老太爷交涉好了。若是谈不拢，再请老爷出面也不迟。"

"那就这样吧！"窦世枢道，"最终得利的，终归是他们纪家。"

五太太想到了窦昭名下那西窦的一半产业，重重地点了点头。

纪咏从翰林院回来，听说窦家五太太和曾祖父在书房里说了半天的话，刚刚才走，他心里一急，径直闯进了纪老太爷的书房。

纪老太爷正和纪福说着话，见状不由哈哈大笑，道："你担心什么？"

纪咏不以为意地道："五太太过来干什么？"

纪老太爷佯装无奈地摇头，笑着叹道："别人都说'嫁出去的女儿泼出去的水'，你倒好，这媳妇还不知道在哪里呢，你就先维护起你媳妇的娘家人来。"

纪咏才不上当，冷哼道："五太太不可能无缘无故地来见您，是不是窦昭她……"他生平第一次生出种近乡情怯之感，生怕听到五太太带来什么坏消息。

纪老太爷这次是真的叹气了，道："夫妻之道，亦如上兵之道，你要沉得住气才行。"然后把五太太的来意告诉了纪咏。

就是纪咏，也被吓了一跳，道："那王氏不会这么愚蠢吧？窦明又不是嫁不出去了，犯得着这样作践自己吗？"

纪老太爷却笑道："窦家四小姐和窦家七太太十几年来不见面，可见积怨已深，多半是赌了一口气。"并不想理会窦家这些乱七八糟的事，而是道，"你说说看，你是怎么想的？"

"这么好的机会不把握，那就是傻瓜了！"纪咏说着，想到曾祖父说起这件事的口吻，仿佛把这次求亲当成了他的另一场试炼，他觉得很不舒服，但还是道，"这有什么难的？窦家不就是怕背这个责任吗？到时候我们出手就是了。"

"窦昭出嫁，窦家表哥和表弟肯定是要去送嫁的。到时候把魏廷瑜灌醉了，让他稀里糊涂地进洞房，第二天一大早，新房里一有声音就让陪嫁的嬷嬷们冲进去，先发制人地追究魏廷瑜的过错——他又不是不认识新娘子，明明知道新娘子换了人，却还是和新娘子洞房，居心何在？然后把窦家的人叫过来，把这门亲事认了。"说到这里，他想到上次窦明竟然摆了自己一道的事，冷哼了一声，"如果那魏廷瑜不认，不是还有窦明吗？她既然敢做出这种事来，就应该有被退亲的准备才是。到时候我们只要嚷着要和魏家去见官，魏家难道还真的和窦家打官司不成？只要魏家不闹腾，这件事也就成了。"

纪老太爷道："如果魏廷珍闹起来呢？事情闹大了，归根到底还是对窦家不利。"

纪咏笑道："这还不好办？到时候给魏家一些赔偿就是了。"

纪老太爷欣然点头。

此时窦昭也正和陈曲水说着话。

"……高家给窦明说了门亲事，她去相看之后，不是和父亲商量，不是去找五太太，却千方百计打探到了蔡太太的行踪，想办法和蔡太太见了一面。而蔡太太呢，先老老实实地在家里待了好几天，才因为仁哥儿的生辰去了槐树胡同。"她沉思道，"我总觉得这里面有文章……"

在京都，她的人甚至不能堂而皇之地出现在窦家，对于很多事情的掌控也就没有了从前的力度。

她问陈曲水："七太太那边有什么动静？"

陈曲水道："七太太好像奉了七老爷之命，在准备小姐出阁之事。"

不对啊！王映雪早就被夺了主持中馈的权力，就算是父亲不知道槐树胡同这边正帮她出面和魏家解除婚约，也不可能让王映雪准备她出阁的事。就算是上一世，王映雪占尽了天时地利人和，但在她出阁的时候，父亲还是请了六伯母来给她讲体己话，没道理这一世父亲反其道而行啊！

但也有可能父亲又变卦了。想到这些，窦昭心头一动。上一世，高氏发现高明珠之死与窦明有关，勃然大怒，跑到静安寺胡同来和王映雪大吵了一顿。

父亲又急又气，托了五伯母和六伯母帮着窦明找婆家。那个时候她和魏廷瑜的婚期已经定了下来，魏廷瑜带了人来送聘礼，不知怎的，被窦明看见了，窦明突然改变了主意，要嫁给魏廷瑜，王映雪竟然就听她的，和父亲说要让窦明嫁给魏廷瑜，父亲当时非常生气，却没有一口回绝王映雪，她十分担心，跑到父亲面前哭了一场，父亲这才明明白白地拒绝了王映雪。

她也因此而一直防备着王映雪和窦明，从下聘到出嫁，为了避免自己吃了不干净的东西拉肚子或是得了其他什么病不能上花轿，让甘露给自己煮了整整一篮子白壳鸡蛋，出嫁前，自己始终没有碰过家里的任何吃食……

第六十七章　冷笑·答应·婚礼

窦昭不由冷笑。

没想到时至今日，王映雪竟然还有这样的胆量！从前倒是自己小瞧了她。

她问陈曲水："如果七太太想让窦明代我嫁入济宁侯府，她会做些什么？"

"不会吧？"陈曲水非常震惊，半晌都没有合拢嘴。

"这世上只有想不到的，没有做不到的。"窦昭神色有些冷漠，"您就照着我说的话去查吧，应该会有所收获。"

陈曲水虽然觉得不可思议，但出于对窦昭的信任，他没再多问，抱着账本离开了槐树胡同。

窦昭呆呆地望着窗外郁郁葱葱的老槐树，好半天才回过神来。

或者是因为有了明确的方向，不过两天工夫，陈曲水那边很快就有消息传过来。

父亲根本不知道槐树胡同帮她和魏家退婚的事，但因为两家的婚期拖了又拖，改了又改，她的婚妆也早就准备停当，并没有让谁筹备她出阁的事。而王映雪这些日子不仅把自己的丫鬟、婆子安排到了灶上和正院当差，而且还频频地帮着窦明置办衣裳首饰，美其名曰是因为窦明及笄了，以后要常出去走动，不能让窦明失了颜面。但那些衣裳首饰数量之多，做工之精美，连父亲都觉得太奢华，还因此而说了王映雪几句。王映雪不仅没有像从前那样有所收敛，反而和父亲大吵了一架，指责父亲对窦明苛刻。父亲向来在钱财上待人不薄，加上这些日子常常奉诏进宫筵讲，要好好准备讲习，耐不住她吵闹，索性关门不理；高升尽管忠心耿耿，精明能干，但到底只是家里的管事，也不好拦着，王映雪泼水般地使着银子，家里进进出出的不是银楼的人，就是京都赫赫有名的绸缎铺子的大掌柜，窦明的婚事还没有影子，京都的人已经在猜测窦家五小姐的陪嫁有多少了。

而五伯母则在仁哥儿生辰的第二天就去了玉桥胡同——她没有去拜见纪咏的伯母或是母亲，而是去拜见了纪咏的曾祖父。从玉桥胡同出来后，她又立刻去了纸马胡同，和蔡太太密谈了很久，留在蔡家用了晚膳才回打道回府。

窦昭陷入沉思。看样子，槐树胡同已经打定了主意让窦明代自己嫁入济宁侯府了——这样既可以解除了自己和魏家的婚约，还可以打击一下魏家，顺便让王映雪来背这个黑锅，这么好的机会，五伯母不可能放任不用！

代自己出嫁并不难，难在出嫁之后。

窦明不清楚后果，王映雪不可能不清楚。上一世，她是窦家正经的七太太，父亲是强势的内阁大学士，她有这个底气去承担换亲的后果。这一世，她自顾不暇，凭什么让窦明代自己出嫁呢？

窦昭耳边突然响起那天素兰对自己说的话：“我把侯爷送到了垂花门，正犹豫着要不要去厨房里看看午膳好了没有，却看见侯爷跟着个婆子折了回来。我忙躲到了树后，待他们走远了，才派了个小丫鬟跟过去，那小丫鬟说，侯爷跟着那婆子进了五小姐的院子。”

或者，还有什么事是自己不知道的？

窦昭的手紧紧地攥成了拳。

上一世，知道王映雪想让窦明代替自己嫁给魏廷瑜时，那种孤单无助的感觉又漫过她的心头。

你们既然想代嫁，那就让你们嫁好了！我倒要看看，你窦明怎么咽下我曾经吃过的苦？！你王映雪怎么收拾这场烂摊子？！槐树胡同又凭什么逼我嫁到纪家去？！

打定了主意，窦昭深深地吸了口气，吩咐素心："你去问陈先生一声，上次那笔钱的去向查清楚了没有？如果实在是查不清楚，就请窦家的大掌柜帮着查一查吧！"

这是窦昭和陈曲水约定好的，如果她有什么事找陈曲水，陈曲水就以此为借口登门拜访。

素心应声而去。

下午陈曲水就过来了。

窦昭低声道："能联系上严先生吗？"

陈曲水有些意外。

窦昭道："我想让严先生帮我安排一户人家离开北直隶，不知道严先生对哪里最熟悉？"

陈曲水神色一震，正色道："小姐，您这是……"

窦昭正是要和他商量这件事，自然也不会瞒他，低声道："宋砚堂这个人有多厉害，您是知道的。我原想，他欠着我们一个人情，这人情能不用就不用，最好能留在紧要关头防身保命。可现在看来，却是留不住了——王映雪的计划虽然漏洞百出，可若是槐树胡同和纪家联手帮她从中调停，说不定这件事就真让她办成了。如果是这样，自然最好。可若是她失手了呢？您可别忘了，到时候我舅母肯定会来京都送我出阁的。"

"这么大的事，我们不能全指望别人。"

"所以我们得有两手准备才行。"

"王映雪的计划成功了，窦家和纪家议亲的时候，我就有借口不嫁了——王映雪让窦明代替我嫁入了魏家，槐树胡同的人不管，又有什么资格再插手管我的婚姻大事？父亲那里，我自有办法让他答应我留在家里，我们就可以回真定去了。

"王映雪的计划万一被识破，情急之下，窦家有可能不得不让我嫁入魏家。那时候我们就只能背水一战。让段护卫等人护了我的周全，然后我们再和窦家讲条件，逼着他们答应我从此不再嫁人。"

说到这里，窦昭不免有些唏嘘。事情到了那个地步，她就和窦家撕破了脸，恐怕将来还需要花很多的精力、付出很大的代价来修补和窦家众人的关系，要知道，西窦那一半的财产，是以陪嫁的形式划到她名下的，东窦完全有理由一直帮她打理着那一半的财产，直到她出嫁才拿出来。

她现在所谓的自在，不过是水中花、镜中月，却是较不得真的。

陈曲水当然明白这其中的缘由，他不由道："那您有什么打算？"

窦昭道："我准备让槐树胡同的马车夫出来作证，窦家之所以让窦明代我嫁到济宁侯府，是因为窦家已经和纪家说好，等窦明出嫁之后，窦家就会正式和纪家结亲，然后再拿出纪家送给窦家的纪见明的庚帖为证。"

难怪小姐说要让严朝卿帮着安置户人家，那马车夫如果出面为窦昭作证，不要说在窦家待下去了，就是能不能活命还得两说。

陈曲水动容："小姐是怎么说动那马车夫的？小姐又是怎么拿到纪见明的庚帖的？"又觉得槐树胡同行事有些鲁莽，"……您和魏家还没有解除婚约，他们就敢接受纪见明的庚帖？"

窦昭微微一笑，道："纪见明的生庚八字，只怕还要请陈先生费费心。倒是纪家老太爷的笔迹，我曾在纪表哥的一本书上见到过。老人家写的是馆阁体，虽然字迹清秀娟丽，却并不难模仿。"

陈曲水骇然，失声道："那、那个马车夫……"

"自然是我让他说什么他就会说什么了！"窦昭不以为意地道，"只要他说的是事实，至于他是不是真的在无意间听到过五伯母和蔡太太之间的对话又有什么要紧的？"

陈曲水抹了抹额头上的汗。

从槐树胡同出来，第二天，他去拜访了严朝卿。

听说窦昭让他帮着安顿一户人家，他什么也没有问，只是道："是北直隶的人吗？安排到天津行吗？如果太远，口音、生活习惯多有不同，反而更容易让人发现。天津离京都比较近，有个什么事，我们也便于及时处理。"

陈曲水也是做人幕僚的，自然听得清楚他的言下之意，忙道："我们小姐没别的意思，就是这人帮过我们小姐一个忙，所以想保全这家人而已。"

严朝卿笑道："我明白了，会把人安置好的。"

陈曲水连连道谢，约好了联系的方式，起身告辞。

严朝卿的贴身随从则道："先生，这件事要不要跟世子爷说？"

"不用了。"严朝卿道，"世子爷陪着皇上去了避暑行宫，这种小事，不用惊动世子爷。何况……我还欠人家一份人情呢！"

随从笑着点头。

严朝卿闭目沉默，寻思找谁帮那户人家安排户籍。

窦昭静等着看好戏。

没几日，郭氏就悄悄告诉她："娘在之前七叔父请钦天监挑的几个日子里又选了几个，请了蔡太太过来，说是让魏家要么在这几个日子里选一个日子成亲，要么就立刻退亲。不然，就要去问廷安侯夫人是什么意思，明明知道魏家和窦家有婚约，还像闺女嫁不出去似的，非要往魏家栽？既然如此，早干什么去了？

"这次魏家肯定再也不敢使什么坏了,明姐儿的事,你也不要放在心上了。嫁过去了,好好和济宁侯过日子就是了。"把之前窦昭的所作所为都当成一场闹剧。
　　这恐怕也是很多人的感觉吧?窦昭但笑不语。
　　廷安侯夫人也是个十分要强的,如果听到这话,只怕要气疯了。魏家和汪家可以说是患难之交,汪家在魏家最困难的时候都不曾怠慢过魏家,要是真的被蔡太太这么一问,恐怕魏、汪两家就要绝交了。
　　魏廷瑜也好,田氏也好,甚至魏廷珍,肯定都不愿意看到这样的局面。
　　窦昭问素心:"那个马车夫愿意作证吗?"
　　素心笑道:"一边是欠下来的赌债,一边是重新开始做人的机会,他是个聪明人,自然知道应该选什么!"
　　窦昭点头。

　　魏廷珍气得暴跳如雷,窦家竟然敢威胁她!
　　她直奔廷安侯府,对媒人廷安侯夫人道:"成亲哪有女方家定日子的道理?我看这几个日子都平常,不如请了钦天监重新选几个日子。"
　　廷安侯夫人则委婉地道:"男方请女方定日子本为了图个亲热,何况我看钦天监选的这几个日子都不错。你父亲已经去了好几年了,你母亲孤孤单单的一个人,想必也盼着早一点抱孙子。有些事,我看差不多就行了。"又半是认真半是玩笑地道,"现在满京都的人都说你看上了我们家清沅,连你来家里做客我用什么茶招待你,都说得一清二楚。还好我是济宁侯的媒人,这要是搁在平日,我们家可真是跳进黄河也洗不清了。"
　　汪魏两家本是世交,走得也亲近,魏廷珍到他们家来串门,甚至是京都有传闻说魏廷珍相中了她的女儿汪清沅,廷安侯夫人都没有放在心上,只当是那些吃饱了饭没事做的人闲得发慌。直到窦家托了蔡太太来商量窦魏两家退亲的事,她才有所警觉,差了人一打听,这才惊觉传言的蹊跷,想着窦家肯定不会自己给自己抹黑,再联想到魏廷珍每次来家里都要拐弯抹角地问起清沅的婚事,觉得这件事就算是传言,这传言也有几分道理,不禁勃然大怒,本想推了魏家的媒人之事,又怕别人说她是"心虚",偏偏窦魏两家的婚事又一直这么拖着,急得她吃不好睡不着,寻思着女儿年纪本来就有些偏大,若是婚事再被这件事影响可怎么办?这才催着魏廷珍快点把魏廷瑜的婚事办了。
　　魏廷珍不知道廷安侯夫人是否知道这件事是自己传出去的,闻言不免脸上红一阵白一阵的,廷安侯夫人就随手指了个最近的日子,道:"七月半一过,天气就凉爽了,我看就定在八月初四好了。新媳妇进了门,正好过中秋节。一家人团团圆圆,你父亲的在天之灵,看着也会跟着高兴的。"
　　魏廷珍还想往后拖一拖,廷安侯夫人却道:"我年纪大了,又得帮着清沅准备出嫁的事,如果和窦家的婚事你们还要商量,我看,不如请了你们府上二太太帮着两边传话如何?"
　　魏廷珍知道这是廷安侯夫人在告诫自己,虽然心中有些无奈,但还是道:"那我就回去跟母亲说说,请她老人家拿个主意吧!"
　　"如此也好。"廷安侯夫人笑着端了茶,相比从前,态度冷淡了很多。
　　魏廷珍憋着一口气去了济宁侯府,正巧碰到了蔡太太。
　　蔡太太正和田氏说着话:"……是与不是,您老人家总得拿个主意,这样一声不吭也不是个办法。窦家又不是非要和贵府结亲不可,不过是先人有了约定,不好随意失信而已。魏家认还是不认这门亲事,您总得给个说法吧?如果还认这门亲事,窦家四小姐已经等了贵府的侯爷四年了,您看是不是要把成亲的日子定下来了?如果不认这门亲事,"说着,敲了敲放在茶几上的一叠厚厚的礼单,"既然您不同意,那当初贵府送过去的聘礼什么的,窦家就不用还了,可窦家送给贵府的礼,得双倍奉还才是。若是有些东西已挪作他用没办法回来了,折成银子也行啊!"

看见魏廷珍走了进来,蔡太太"哎呀"一声打住了话题,笑着迎上前来屈膝行了个礼,道:"大姑奶奶回来得正好!您是个明白人,贵府和窦家的亲事怎样,您好歹也拿句话——现在窦阁老还不知道汪家的事,什么事都好商量,时间一长,可就瞒不住了。窦阁老要是知道了,这门亲事可就由不得五太太了,说退那就是要退的……"

田氏如释重负,急急地喊了声"珍儿",魏廷珍安抚似的先冲着田氏笑了笑,这才脸色一沉,不悦道:"这是谁在嚼舌根呢?"

"是谁在嚼舌根我们不知道。"蔡太太满脸是笑,说出来的话却能把人刺个窟窿,"济宁侯给窦家五小姐写的纸条还在五太太手里,原本念着两家是姻亲,不提也罢,可两家既然要退亲了,也就没有什么顾虑了……"

魏廷珍当时觉得这种事传出去了吃亏的是女方,算准了窦家不会声张,又气魏廷瑜行事鲁莽,狠狠地打了魏廷瑜一巴掌,具体的事哪还有心情细问?此时闻听魏廷瑜竟然还有纸条落在窦家五太太的手里,被气得两眼发花,只是没等她缓过神来,心疼儿子的田氏却声音急促地道:"我看婚期就定在八月初四好了……"

"娘亲!"魏廷珍又气又急,不由冲着母亲大喊了一声,却看见母亲脸色煞白,温和的眼睛里盛满了惊恐,她顿时一愣。

田氏已道:"珍儿,你不要多说,这件事我做主了,日子就定在八月初四。"说着,朝蔡太太歉意地点了点头,道,"还烦请蔡太太帮我们在亲家太太面前美言几句。"

蔡太太见达到了目的,喜上心头,看到面色阴沉地站在一旁的魏廷珍,想到魏廷珍屡屡坏事,得理不饶人地道:"太夫人好说,只是不知道贵府的大姑奶奶怎么说?贵府的大姑奶奶可是个能干人,不仅能当景国公府的家,贵府的事她也是能说了算的。可别我刚刚回去禀了窦家五太太,贵府的大姑奶奶又改变了主意,让我白跑一趟……"

"你!"魏廷珍听着又羞又恼,张嘴要反驳蔡太太几句,想息事宁人的田氏拦在她之前道,"自家的弟弟,哪有不关心的道理?之前的事,也是有缘由的。现在既然定下来了,从前的事就不要再提了。我们即日就会请了媒人上门正式下帖子。"

蔡太太笑吟吟地夸了田氏几句"宽容大度,性情敦厚,窦家四小姐能嫁进来,是她的福气"之类的话,看也没看魏廷珍一眼,起身告辞。

魏廷珍跺着脚:"娘……"

"你不要多说。"田氏不为所动,"这件事就这样决定了。"

魏廷珍气得去找魏廷瑜,上前就拧住了比自己还要高半个头的魏廷瑜的耳朵:"你这笨蛋,到底给窦家五小姐写了些什么?"

魏廷瑜咧着嘴:"姐,你胡说些什么?我什么时候给窦家五小姐写东西了……你快松手,拧得痛死了。"

魏廷珍错愕,正色地道:"你真的没给窦家五小姐写什么纸条之类的?"

魏廷瑜发誓说没有。

弟弟从来不对她说谎,魏廷珍这才知道自己和母亲上了当。她气得咬牙切齿,在心里把蔡太太骂了个狗血淋头,琢磨着要想个什么办法让那蔡太太出个丑才是,谁知道窦家的动作却出乎意料的快——第二天,就送来了窦昭的嫁妆单子。

田庄、房屋、铺面、家具、香料、首饰、衣裳、药材……密密麻麻地写了一本小册子，怎么算也有两万两银子的样子。"

魏廷珍大惊失色，田氏若有所思地瞥了女儿一眼。

魏廷瑜表现得更直接，道："姐姐，你以后别再说窦昭了。不管怎么说，她以后就是你的弟媳了，我以后让她什么都听你的就是了。"

魏廷珍脸上红一阵白一阵的。

回到景国公府，张原明也说她："我早跟你说过，看事情不要总看表面，这桩婚事要是因为你被拆散了，你不会觉得后悔吗？"

魏廷珍不甘心地嘟哝了两句，谁也听不清楚她到底说了些什么，可接下来她却再也没对魏廷瑜的婚事指手画脚了。

请媒人，下请帖，预定喜棚、安排账房……婚事有条不紊地进行着，转眼间就到了七月底。

接到请帖的亲朋好友陆陆续续地送来了贺礼。其中顾玉和汪清淮送了五百两银子的礼金，把魏廷瑜舅舅的二百两礼金和魏廷珍的四百两礼金都压了下去，宋墨更是在五百两银子的礼金之外，另送了一座鸡翅木底座镶螺钿的四季花开十二扇屏风，一对羊脂玉的福禄寿禧，一对天然玛瑙双鹿，一对珐琅彩松竹梅花瓶，单这几件东西就超过一千两银子，让账房的人不由啧啧称赞，私底下纷纷议论："难怪有人说英国公世子爷性子虽冷，为人却十分豪爽。你看这礼送的……"

礼金是要对等地还礼的，可送出去的礼品在还礼的时候却可以斟酌着增减，显然宋墨没准备让魏廷瑜还礼。

魏廷瑜没有想到宋墨会送如此重的礼，有些诚惶诚恐。

田氏反复地叮嘱魏廷瑜："以后宋世子的事，你要上心才是。"

魏廷瑜不住地点头，张原明却眉头微蹙。

与魏廷瑜的交情相比，宋砚堂的礼，太贵重了。他想提醒小舅子一声，可看见魏廷珍拿着那对天然玛瑙的双鹿不住地赞叹"真漂亮"的时候，他把到了嘴边的话还是咽了下去——这个时候说这种话，只会煞风景。

八月初一，魏家开始搭喜棚，试灶，迎接来贺的亲友。

窦昭则回了静安寺胡同，她将在这里出嫁。

五太太说项，静安寺胡同暂时由王映雪出面主持中馈。

下午，窦昭的舅母赵太太带着女儿赵璋如风尘仆仆地赶到了京都，段公义等人也悄然无声地住进了静安寺胡同。

窦昭见了舅母和表姐，自有一番契阔，又有五太太、六太太给舅母和表姐接风洗尘，一时间倒比那外院来送恭贺的还要热闹几分。

晚上，舅母和窦昭同榻而卧说着体己话。她细细地问着魏家逢年过节都给窦家送些什么节礼，请谁做的媒人，迎妆的时候都会送些什么东西过来……林林总总的，问了个详细。对于魏家的安排，舅母大致上是满意的，就是觉得魏家节气时送的礼有些小气，叮嘱她："你不要小看这些琐事，可见他们家平时过日子有些吝啬，大面上却做得十分漂亮，是个讲究虚名的人家。你在家里大手大脚惯了的，嫁过去之后凡事都要留个心眼，什么事都不要强出头，也不要拿主意，他们家喝粥你就喝粥，他们家吃面你就跟着吃面，千万不要拿了自己的陪嫁来贴补嚼用，你是好心，说不定你婆婆还嫌你娇生惯养吃不得苦，过日子不懂得节俭，想吃什么，想穿什么，都忍着点。也不要随便就拿了自己的陪嫁出来给夫家做面子，要知道，这种事有一就有二……"

窦昭不由感叹，姜还是老的辣。

只是这次舅母却看错了。魏廷瑜倒是个十分豪爽的，但实在是囊中羞涩，拿不出那么多的银子。

上一世，魏家娶她的时候抬了三十六抬的聘礼，她嫁过去才知道，那些多是田氏的陪嫁。这一世可能因为魏廷瑜和汪清淮、顾玉一起做生意，聘礼就置办得齐整多了。

窦昭没准备嫁过去，自然也不会去和舅母解释些什么，想到舅母千里迢迢地来送自己出阁，她心虚不已，舅母说什么，她都点头笑盈盈地答"是"，哪里还敢多说一句话？

好不容易等舅母说完了话，丫鬟服侍舅母去洗漱，赵璋如嘟着嘴抱怨："你比我还小几岁，都要出阁了，我的婚事还不知道在哪里呢！我真不想留在家里！"

合适的上门女婿不好招。窦昭听了一头汗，却无计可施，上一世，她真不知道赵璋如到底嫁给了谁。

好在赵璋如性情开朗，有感而发地说了几句，就把这件事抛到了脑后，拉着她嚷着要去看她的嫁妆。

窦昭让甘露掌了灯，打开库房给她看，她拿着柄金镶玉的玉如意啧啧称赞："这错金花纹可真漂亮。"

门口传来舅母的声音："那是你祖母的陪嫁，你姑姑出嫁的时候，又送给了你姑姑。"

赵璋如朝着窦昭眨了眨眼睛，忙做出一副乖巧的样子挽了母亲的胳膊，甜甜地喊了一声"娘"，解释道："我就是好奇，来看看……"

舅母并没有生气，而是拿起那柄玉如意看了半晌，对窦昭道："你的嫁妆单子我看过了，窦家这点气度还是有的，你母亲的东西他们都保存得很好，一件没落地全都上了礼单。"

窦昭冷笑。她一早就吩咐人把母亲的陪嫁和窦家公中的陪嫁分别写了礼单，到时候她母亲的东西若是少了一件，窦、纪、魏三家都别想脱干系！

窦昭将那柄玉如意送给赵璋如，对舅母道："算是让三表姐沾沾我的喜气。我让他们把这柄如意从礼单上撤下来就是了。"

上一世她殚精竭虑才嫁了魏廷瑜，这一世不想嫁人，却桃花不断，难道这种事也讲究无欲则刚？

赵璋如的婚事不顺，是舅母的一块心病，舅母闻言不再推辞，让赵璋如给窦昭道谢，并道："我补一柄如意给你吧！"

"不用，不用！"窦昭笑道，"难得表姐能看中我的东西，以后我看中了表姐的东西，表姐可不能小气就是了。"

赵璋如咯咯地笑，道："这么说来，我可就占大便宜了！"

两姐妹说说笑笑的，闹成了一团。舅母在旁边看着，也不禁露出了欣慰的笑容。

翌日，舅母带着赵璋如去槐树胡同给二太夫人请安。

素心悄悄告诉窦昭："二太夫人差了马骏家的过来给蔡太太打下手。"

窦昭忍俊不禁。马骏家的，就是上次跟着柳嬷嬷去王家寒碜王许氏的那位媳妇子，据说口齿伶俐，连市井长大的庞玉楼都在她面前讨不了好。魏家发现新娘子换了人，肯定会和窦家理论，让马骏家的跟着蔡太太一起去送亲，打的是什么主意，已是不言而喻。

第二天下午，魏家来催妆。

一百二十抬嫁妆塞得满满的，打头的和田玉福禄寿三星翁，高有尺余，在阳光下显得更加润泽通透，引得行人纷纷驻足观看。

到了正日子的那天，因二太夫人是孀居，不能来观礼，窦昭由六伯母陪着，一大早去槐树胡同给二太夫人辞别。

二太夫人笑盈盈地和她坐着说了会闲话，既没有离别的伤感也没有叮嘱她些什么。待她临走的时候才像突然想起什么似的，让柳嬷嬷拿了对比翼双飞的玉佩给窦昭做了添箱。

看样子，大家都知道今天嫁过去的是窦明了。窦昭越发镇定了，回到静安寺胡同，沐浴，梳洗。

王许氏带着高氏、庞氏和王楠等人过来喝喜酒。窦昭借口已经梳妆，没有出去拜见，高氏倒不以为忤，带了高明珠进屋来恭贺她。

窦明陪在一旁，情绪低落。窦昭不由凝视了她一眼，这才发现窦明也洗漱过了，乌黑的青丝梳得整整齐齐，不见一丝的凌乱。

我嫁人，你也嫁人，我堂堂正正地坐在内室接受别人的祝贺，你却偷偷摸摸见不得光。两相对比，你心里难道就没有一点感触？

窦昭在心里问窦明。

窦明却是看也没看窦昭一眼，陪着高氏出了房门。

太阳落山，光线渐渐地暗了下来，大红的灯笼挂了起来，静安寺胡同灯火通明，人声鼎沸，笑语喧阗。

窦昭已经装扮整齐。蔡太太端了盏莲子百合羹进来，窦昭一调羹一口，没几口那盏莲子百合羹就见了底。

舅母呵呵直笑，对陪坐在旁的六伯母笑道："真是个傻孩子，别人都只是害羞地吃两口，只有你，全吃完了。"又道，"还好姑爷家离这里不远，不然我看你怎么办！"

新娘子上了轿，花轿不到夫家就不能落地，所以新娘子一般在出嫁的前几天就开始减食，到了出嫁的那天，只能吃两个鸡蛋充饥。

六伯母也呵呵地笑，拿了帕子出来帮她擦着嘴角，宠溺地道："少吃两口，小心落了妆。"然后问随嫁过去的素心，"我给你的荷包你带好了没有？等拜了天地进了新房，可不能像在家里似的由着性子胡吃乱喝的。那里面装着几块点心，饿了就拿出来填填肚子。"

窦昭嘻嘻笑着应"是"。

六伯母就对舅母道："你看她笑的，等会可怎么哭得出来！"

舅母和六伯母相视而笑，窦昭的眼泪却扑簌簌地落了下来。因为窦明代她出嫁，所以被隐瞒的，恰恰是她最亲近的两位长辈。

舅母忙将她揽在了怀里，哄着她："别哭，别哭，这是喜事，哭什么哭？"

窦政昌的媳妇韩氏出现在房门口："娘，玉桥胡同的两位太太都到了，五伯母说让您过去陪着坐会儿。"

六伯母匆匆将帕子塞给了窦昭，道："快别哭了，等会到了那边姑爷家的人还要看新娘子，可别到时候花着张脸。"然后跟着韩氏去了花厅。

蔡太太打发素心："你去看看小姐要带的东西都带了没有。"

大多数东西要随着嫁妆走，可新婚之夜要用的一些常用的物件却多是由贴身的丫鬟随身带过去的。

素心笑道："小姐让我留在家里，三天回门之后，再跟着一起过去。"

蔡太太一愣，显然没有想到会出这样的纰漏，但她很快就想到了对策，低声对素心道："等会舅太太有话要跟小姐说，你先跟我出来。"

看来情况有变,她们安排了舅母跟自己说体己话。窦昭暗暗递了个眼色给素心,素心这才跟着蔡太太出了门。马骏家的顺手把赵璋如也拉了出去。

　　舅母这才笑着坐到了窦昭的身边:"本来这话应该由你母亲跟你说……"说着,眼神微黯,轻轻地叹了口气,随后又很快打起精神来,贴着她悄声说起新婚之夜的事来。

　　窦昭听着听着,脑袋有些昏沉沉的,她知道是那莲子百合羹发挥作用了。

　　窦昭强打起精神,好不容易等舅母讲完了,蔡太太笑吟吟地走了进来:"舅太太出来喝杯茶,也等我们四小姐喘口气,想个明白。"

　　舅母不疑有他,含笑跟着蔡太太出了门。

　　窦昭已是上眼皮和下眼皮直打架,她索性和衣躺在了床上。有人在她耳边喊着"寿姑",声音时大时小,时远时近。窦昭知道是那些人不放心,来试探她了。

　　段公义就藏在厅堂的横梁上。

　　她懒得理会,沉沉地睡着了。

　　窦昭是被人摇醒的。

　　她惺忪地张开眼睛,看见了父亲铁青的面孔。

　　"寿姑,寿姑,你怎么样?"窦世英摇着女儿。

　　窦昭眨了眨眼睛,这才发现舅母、表姐、素心、五伯母,还有柳嬷嬷等人都围在她的床边,满脸担忧地望着她。

　　屋里灯烛明亮,四周静悄悄的,既没有丝竹声,也没有鼓乐声。

　　想必窦明已经嫁过去了,窦昭思忖着,轻轻地摇了摇头,道:"我没事!"声音嘶哑,头像灌了铅似的,有些难受。

　　没想到这药还挺厉害的。窦昭想着,就看见屋里的人齐齐松了口气。

第六十八章　拜堂·轻快·出头

　　窦昭挣扎着想坐起来。素心一个箭步上前扶了她,又手脚麻利地拿了个大迎枕放在她的身后。

　　窦昭倚在了床头,这才发现六伯母不在室内。难道六伯母知道了这件事与纪家有关?所以无颜见她?

　　窦昭思忖着,舅母已含泪上前,坐在了床边,帮她掖了掖薄被,低声道:"你刚才昏睡了过去,我们怎么叫都不醒。现在好些了没有?想不想吃点什么?"说话间,赵璋如接过丫鬟手中的热茶递给了舅母,舅母道:"你喝口热茶润润喉咙。"

　　窦昭点了点头,喝了几口热茶,感觉好多了。

　　屋子里静悄悄的,众人你望着我,我望着你,虽然神色各异,但都是一副不知道该说什么好的样子。

窦昭也不知道自己此时应该有什么反应才是正常的，她只好问："我怎么会昏睡过去？"

舅母的眼泪忍不住落下来，却忙转过身去用帕子擦了擦，赵璋如等人则垂下了眼睑。

五太太看着，强笑了两声，息事宁人般地上前道："没什么，没什么！可能是因为这些日子你心里太紧张了，一不小心就睡着了……"

"住口！"向来温和的父亲却突然暴喝一声，打断了五太太的话，然后指着门口，毫不客气地道，"出去，出去！你们都给我出去！"

窦昭惊讶地望着父亲。

五太太很是尴尬，喃喃地喊了声"七叔"，道："您听我说，这完全是个误会……"

父亲却闭了闭眼睛，仿佛在强压着心头的怒火，声音也低沉了几分，道："你们别逼着我说些难听的话！"

五太太又羞又愧，还欲再说什么，父亲却腾一下站了起来，指着大门，额头冒着青筋地大吼道："你们都没有长耳朵吗？我说了，你们都给我出去……"一句话没有说完，人却突然朝后倒去。

"爹爹！"窦昭大惊失色，从床上一跃而起，扑到了父亲的身边。

舅母也慌了神，顾不得男女有别，一面上前就掐了窦世英的人中，一面冲着赵璋如喊道："快，快去请大夫！"

赵璋如"哦"了一声，慌慌张张地跑了出去。

五伯母等人一下子全围了过来，有的喊着"七老爷"，有的问着"这是怎么了"，还有的大声地叫着"快，快把七老爷抬到床上去"，屋里乱成了一团。

济宁侯府，正爆竹声声，锣鼓喧天。

特意请了假从避暑行宫赶回来的宋墨有些漫不经心地坐在厅堂里喝着茶，听着顾玉和汪清淮聒噪，眼角的余光却一直注意着厅堂外的动静。

"来了，来了，"有人喊道，"花轿进了门！"

厅堂里的人哗啦啦地走了一半。

宋墨人虽没有动，目光却情不自禁地朝外望去。

顾玉正说得起劲，见宋墨根本没听，不由得伸出手来在宋墨的面前晃了晃，不满地喊着："天赐哥！"

宋墨转过头来，笑道："我们也看看新娘子去。"

"有什么好看的？"顾玉嘟囔着，"盖着盖头，什么也看不见。你要是真想看，等过几天，让济宁侯请我们到家里饮酒就是了。"他们是魏廷瑜的好朋友，可以请新娘子出来拜见。顾玉继续着刚才的话题，"……这件事我看最好把沈青那小子拉着一起干。不过，他这些日子和董其走得很近，董其这家伙不是什么好鸟，说不定打草惊蛇，董其会怂恿着沈青中途截和。天赐哥，你现在已出了孝期，就算是让人知道你和我们合伙做生意应该也不打紧吧？如果董其知道这生意有你一股，他肯定不敢乱来……"

宋墨这个时候哪里耐烦听他说这些，起身就走："你去不去看热闹？你不去，我自己去了？"

汪清淮虽然和宋墨一起做生意，可多半的时间都是和顾玉打交道，和宋墨接触得不多，想着宋墨到底只是个十五六岁的少年，突然起了好奇之心也是常理，遂揽了顾玉的肩膀笑道："我也想去看看，这件事不如找个清静的时候再坐下来好好商量商量。"

二票对一票。

顾玉悻悻地随他们去了厅堂。

灯火通明的大厅，挤满了看热闹的人。

红光满面的魏廷瑜望着身着大红色凤冠霞帔的新娘子，眼角眉梢都流露着无法掩饰的喜悦。他谨遵司仪的唱喝，一叩首，拜天地；二叩首，拜父母；三叩首，夫妻对拜。

站在观礼人群外围的宋墨，望着被全福人扶着的新娘子，却露出愕然的表情。

窦昭，好像矮了一截似的……而且，她的动作有些僵硬，没有半点平时的飒爽。

他想到之前传出窦昭不愿意嫁给魏廷瑜的消息……之后又很匆忙地决定了婚期，难道窦昭是被迫的？

念头闪过，他又觉得自己有些多心。窦昭手下既有谋士又有侠客，如果是被迫的，别人不知道，以他的消息网，不可能毫无察觉。

或者是因为做了新娘子，有些紧张吧？

宋墨思忖着，可随着新娘子的举动，那种不对劲的感觉却越来越强烈。

自己为什么会有这种感觉呢？

宋墨眉头紧锁，目光紧紧地盯在了新娘子的身上。

倏地，他神色一紧。

新娘子每次跪拜，都要抓住全福人的手才能站起来，好像腿脚不方便似的。

宋墨拽下顾玉腰间的荷包就朝新娘子扔去。

"喂！"顾玉捂住了腰。

荷包已打在了新娘子的大红色裙裳上，厚厚的高底鞋从新娘子的裙摆下一闪而过。

宋墨的脸色顿时变得很难看。

她，不是窦昭。

那窦昭呢？她到哪里去了？

宋墨霎时心慌如鼓擂。

她身边有陈曲水，有段公义，谁能动得了她？

宋墨片刻也待不下去了，他拨开挡在他前面的人就要朝里闯进去，却被顾玉一把抓住："天赐哥，你这是怎么了？怎么满头都是汗啊？"

宋墨不由抹了抹自己的额头，摊开手，手上全是水渍。那水渍，好像一瓢冷水淋在了他的头上，让他醒过神来：魏廷瑜娶谁，关他屁事，他冲上去干什么？

宋墨不住地告诉自己，千万不要慌张，千万不要急躁，一切都等找到了窦昭再说。

他不动声色地笑了笑，出了济宁侯府的正厅："没事，就是觉得有些闷热。"

仲秋的夜晚，清凉如水，天赐哥竟然会觉得闷热？既然如此，刚才干吗直往人群里钻啊？顾玉在心里嘀咕着。

宋墨笑道："你先在这里看热闹，我出去转一圈，透透气就回来。"

顾玉点头。

宋墨看见站在厅堂廊柱旁的纪咏。

纪咏正巧也望过来。

两人四目相对，没有谁回避。

宋砚堂竟然会来参加魏廷瑜的婚礼，难怪当初会帮魏廷瑜收拾烂摊子。看样子，两人的关系很不错啊！

纪咏嘴角微泛起一丝讽刺的笑意。

没想到纪见明这种目下无尘的人也会来给人送嫁！

宋墨面无表情。

静安寺胡同窦家，张灯结彩，随处可见大红的喜字。

窦昭坐在床头，静静地凝视着昏迷不醒的父亲，低声地问素心："我父亲知道窦明代嫁与槐树胡同有关了？"

在她的劝说之下，舅母由表姐扶着回了客房歇息，五太太等人则被她晾在了厅堂，内室只剩下她和素心。

"嗯。"素心点头，悄声道，"您吃了莲子百合羹，五太太进来拉了舅太太和表小姐去看热闹，不一会，您昏睡了过去，魏家的花轿却到了，七太太带着五小姐从后门进来，由蔡太太帮着换了嫁衣，戴了凤冠，直到接亲的人喊'再不走，就要误了吉时'了，蔡太太才放了魏家的全福人进来。

"五小姐低着头，由蔡太太扶着，匆匆去了厅堂。

"七老爷发现穿着嫁衣的竟然是五小姐，又惊又骇，半晌才反应过来，可蔡太太口里嚷着'快，快，快，再不走就要误了拜堂的时辰'，五小姐给七老爷刚刚行了个福礼，就被蔡太太等人簇拥着出了花厅，七老爷追了出去，却被七太太拦住，而且外面还噼里啪啦放了好大一阵爆竹，把七老爷的声音给盖住了。

"等七老爷赶过去的时候，花轿已经出了静安寺胡同。

"七老爷当时就发作起来，当着众人的面扇了七太太一耳光，质问五太太到底要干什么。

"五太太连忙辩解，喊了大少爷进来，让大少爷立刻赶到济宁侯府去，阻止五小姐和济宁侯拜堂。

"七老爷听了，更加生气起来，说，要不是有五太太帮忙，五小姐怎么可能代四小姐出嫁？别把别人都当傻瓜。还问五太太，这是五老爷的主意还是她自己的主意。

"舅太太和表小姐之前被安排在了厅堂后的小厅里，正等着您去辞别，见'您'走得匆忙，还颇有些嗔怪蔡太太考虑得不周全。等听到动静赶出来，这才知道五小姐代您上了花轿……舅太太拉着七太太要找王家的人理论，要不是表小姐当时大叫了一声'寿姑呢'，只怕大家还在厅堂里争吵。"

所以父亲才会对五伯母那样气恼。

窦昭不由得长长地叹了口气。

大堂兄，他从小跟着五伯父，还不是槐树胡同怎么说他就怎么做！恐怕五伯母让他赶过去是为了坐实换亲的事而不是为自己出头吧？

窦昭沉默了片刻，道："你看见六伯母了吗？"

"没有。"素心摇头，"六太太自从被十一少奶奶叫过去之后，就一直没有出现过。"

看来，她们是用纪家绊住了六伯母。窦明最后是否能成功地代她嫁给魏廷瑜，就看明天窦明会不会被魏家的人承认了。可不管怎样，她都有借口再也不嫁人了。

宋墨慢慢地走出了厅堂。

纪咏转身离去。

一阵夜风吹来，廊前贴着大红喜字的灯笼随风摆动，灯光朦胧，映着满地的大红色鞭炮屑，有种曲散人尽的寂寥。

他负手伫立半晌，吩咐陈核："你去看看陪四小姐嫁过来的人都安置在哪里？把贴身的丫鬟给我找来。"

陈核应声而去。

墙角的太湖石旁植着几株玉簪花，皎洁的花朵，在月光下显得格外的晶莹剔透，宋墨却看着心烦，忍不住来来回回地在廊下踱着步。

陈核带着了个身材细条的丫鬟过来。

宋墨看着面生。

陈核训练有素地用宋墨能听得到别人却听着有些含糊的声音低声禀道："世子爷，陪四小姐嫁过来的人都在正房后面的厢房里歇着。四小姐身边的大丫鬟素心和素绢被留在了静安寺胡同，说是要帮着善后，等四小姐三日回门的时候再跟着一起过来；甘露被济宁侯府请来的全福人廷安侯夫人叫去问话了，素兰则跑出去看热闹了。我等了半天也没有等到甘露和素兰，就把四小姐身边一个叫作闻香的陪嫁丫鬟叫了过来……"

宋墨是知道素心素兰两姐妹的。当初他在田庄之所以吃了大亏，就是因为没有算到素心素兰两姐妹都会武技，而且身手还都不错。之后和窦昭寥寥几次的见面，窦昭身边不是带着素心就是带着素兰。

听说素兰跑出去看热闹了，他不由得目光一沉：素兰是不知道新娘子被换了人，还是被人寻了个理由拘了起来呢？

被陈核叫来的丫鬟却吓得瑟瑟发抖，头也不敢抬一下。她刚才出来向济宁侯府的人要茶水，却被眼前这小厮模样的人强掳了过来，她的手腕到现在还隐隐作痛。

想到此时风高月黑，此地僻静无人，面对两个男子，什么不好的念头都冒了出来。

还没等宋墨开口，她已"扑通"一声跪在了宋墨的面前，磕着头抽泣道："公子饶命，公子饶命！我什么也不知道。我只是窦家的一个二等丫鬟，四小姐上京之后，才由五太太拨给了四小姐使唤，平日也只是服侍四小姐的茶水……我什么也不知道啊……"

宋墨看了陈核一眼，陈核窘得满脸通红，道："我把那个领头的媳妇叫过来……"

他实在不知道宋墨要问什么，以为只要是个陪嫁的丫鬟就行了，还特意挑了个看上去比较伶俐的，谁知道还是会错意了。

"不用了。"宋墨没有理会那个磕头求饶的丫鬟，一面大步朝仪门走去，一边淡淡地道，"既然这件事涉及了槐树胡同，再找人询问，只会打草惊蛇。你传我的话，让夏琏带了朱义诚几个立刻赶往槐树胡同，听我的号令行事。"

陈核应"是"，心头却是一震。朱义诚几个，是从福建过来的顶尖高手，从前都曾在定国公麾下效力，那个朱义诚，还曾奉定国公之命带公子上过沙场，算是公子的半个师父，亦是对公子最为赤胆忠心的人之一。听公子这口气，竟然要亲自去槐树胡同。

难道窦家四小姐出了什么事？他望着宋墨因为隐隐透着几分戾气而显得有些凛冽的面孔，强压住了心底想看一眼喜堂的欲望，快步出了济宁侯府。

宋墨长吐了一口气，上了马车，吩咐车夫："去槐树胡同。"

静安寺胡同的上房，窦世英慢慢地睁开了眼睛。

"寿姑！"他艰难地喊了声女儿，"我，我对不起你！"眼角立即有水光闪动。

"看您说的。"窦昭笑道，"我本来就不想嫁到魏家去，是您非要我嫁不可。现在我和窦明都得偿所愿了，您有什么对不起我的？您不要多想了，好好休息，窦明那边有五伯父做主，济宁侯又是个性情绵柔的人，窦明既然和他拜过天地了，他断然不会亏待窦明的。您不用担心。"

窦世英根本不相信，在他的印象中，窦昭向来待人大方宽厚，他认为窦昭这是在安慰他。

他更加伤心。

可又能怎样？手心手背都是肉。他能把窦明要回来然后把窦昭再嫁过去吗？那窦明还有活路吗？

可他要是就这样认了，窦昭所受的委屈又该怎么办？

窦世英不敢再多看窦昭一眼，扭过头去，眼泪无声地从眼角滑落。

窦昭暗暗叹气。父亲不喜欢与人争执，总觉得自己忍让一些，就能避免起冲突，却不知道越是这样，事情却越如一团理不清的乱麻，大家都觉得受了委屈，怨气更重，彼此之间的关系越紧张，时间长了，还会爆发出来。

她挑了挑灯芯，屋子里变得更加明亮。

窦昭喊了一直守在外面的高升进来："你陪着父亲说说话吧！"

父亲和王映雪不亲近，两个女儿和他也不贴心，现在最能宽慰他的，可能只有高升这个忠仆了。

高升恭敬地应诺。

窦昭出了内室。

"寿姑！"五太太神色尴尬地迎了上来。

窦昭轻轻地瞥了她一眼，道："五伯母有这工夫守在这里等父亲醒过来，还不如想办法让魏家认下这门亲事吧！我们西窦的两姐妹，一个被您拆了姻缘，一个被您不明不白地错嫁到了魏家，如今都像在油锅上煎似的，您总得救一个吧？"

五太太脸色涨得通红，道："这原是你继母的主意……"

"您能做出这种事，也算是有几分胆量，"窦昭冷笑着打断了五太太的话，"我敬您是个巾帼不让须眉的女豪杰，您别让我瞧轻了。"

一句话把五太太堵在了那里，让柳嬷嬷都连连后退了几步。窦昭看也没看厅堂里的女眷们一眼，神色肃穆地离开了正房。外面守着的仆妇纷纷低下头来，让出一条道来。

直到回到居住的东厢房，听到素心"啪"的一声关上了房门，窦昭的眼角眉梢这才活了起来。

她问素心："七太太呢？"神色惬意。

素心低声笑道："被七老爷关在了后罩房。"

窦昭笑着点了点头。她早就决定不管父亲的家事，王映雪的结局如何，都与她无关。她现在如释重负，觉得空气中都透着几分清新。

窦昭去了舅母的房间。舅母还没有睡，正躺在那里暗暗伤心，赵璋如笨嘴拙舌地在一旁安慰着母亲。看见窦昭，她长长地松了口气，忙把床头的位置让给了窦昭。

"你可怎么办啊！"舅母拉着窦昭的手，低声地哭了起来。

窦昭鼻子一酸，也落下泪来。她是愧疚自己对舅母的隐瞒。

窦昭想了想，决定把事情的真相告诉舅母。

舅母听得目瞪口呆，赵璋如却唯恐天下不乱似的朝着窦昭伸出了大拇指。舅母不忍心责怪窦昭，呵斥着女儿："你再这么胡闹，小心我告诉你爹爹罚你跪祠堂！"又不禁问窦昭，"你说的是真的吗？你是因为不想嫁入魏家，所以才任他们安排明姐儿代嫁的？你不是为了安慰我，所以才骗我的吧？"眼中全是怀疑。

事发突然，舅母来不及多想。等回到房里，她再回头仔细地思索这件事，也看出几分端倪来了。只是她猜不透五太太为何会如此行事。

窦昭干脆把纪家的事告诉了舅母，舅母半天都没回过神来。

赵璋如则在一旁嘀咕："我为什么就遇不到这样的好事？"

舅母"啪"地把女儿的头拍了一下，正色道："你做得对！纪家明知道你有婚约却依旧前来求娶，其心不正，就算那纪见明再好，我们也不能和他们家结亲。"说到这里，她想起了纪氏，想问问窦昭纪氏是否知情，又觉得就算问了又能如何——一边是娘家，一边是夫家，纪氏也很为难，想到窦昭小小年纪，却过着前有狼后有虎的艰难日子，避过了这个还有那个，自责起自己和丈夫都没能庇护这个苦命的外甥女，心里霎时难过起来，红着眼睛道："你以后可怎么办啊？"

"嫁人有什么好？"窦昭希望舅母不要这么伤心，"您看我母亲……"她笑嘻嘻地道，"您和舅舅不是帮我争取到了西窦一半的产业吗？您还怕我没有饭吃啊？婚姻大事，我慢慢地挑个满意的就是了。"

舅母想想，也觉得有道理。反正窦昭不愁吃穿，不必非要嫁给世家子弟，只要人品好，能和窦昭情投意合，也是桩良缘。

从舅母屋里出来，窦昭觉得脚步都轻快了很多。她笑道："我要好好睡一觉。五伯母肯定安排了人把济宁侯灌得酩酊大醉，明天早上才是关键，我要养足了精神和他们周旋。"

素心抿了嘴笑，服侍窦昭歇下。

窦昭太高兴，翻来覆去地睡不着。一会儿想着几个侄儿、侄孙中谁最忠厚老实，不妨偶尔抱过来和她做个伴，她定会吸取葳哥儿和蕤哥儿的教训，温声细语地陪着他，照顾他的生活起居，陪着他读书写字，把他养成个孝顺的好孩子。

一会儿想，为什么窦家有那么多的儿子，若是能在屋里养几个姑娘那该多好啊！春天的时候领着她们去踏青，夏天的时候去游湖，秋天的时候去登山，冬天的时候躲在炕上讲古，等到她们出嫁的时候，还可以拿了重金给她们添箱，等到她们生儿育女了，又会带了一群小丫头小小子回来看她。

一会儿又想，这样一来只怕会厚此薄彼，生出事端来。还不如拿笔银子出来奖励那些在窦家族学里学业有成的子弟，或是置办个田庄，安置那些孤寡老人或是失怙失恃的幼儿……不知道朝廷对这方面有没有什么限制？回到真定，得和陈先生商量商量才是。

西窦的一半银子她虽然拿不到手，但她若是用在窦家子弟的身上，想必窦家没有人敢出这个头拦她。

只要运用得当，她可以在窦家活得很自由！

窦昭沉浸在对未来的美好憧憬之中，静安寺胡同的仆妇们则因为窦昭清醒之后不仅没有大吵大闹，而且在王映雪被关押，静安寺胡同没有主持大局之人的情况下，先是安抚好了父亲，然后又劝慰了自己的舅母，并通过自己的言行举止表明了对五太太等人的态度，很快就掌控了局面，让她们顿时有了主心骨，齐齐舒了口气，恢复了之前的从容。在窦昭歇下后，仆妇们各司其职——给厅堂里的女眷重新沏了新茶，领着粗使的婆子打扫着满地的鞭炮屑，安排值夜的人，清点筵席用的碗碟……家里渐渐变得井然有序起来。灶上的婆子甚至派了小丫鬟来问柳嬷嬷："天色不早了，不知各位太太、奶奶们都喜欢用些什么夜宵？"

柳嬷嬷想起窦昭那张端穆的面孔，明明知道天塌下来了自有高个子顶着，这件事与她没太大的关系，心里却莫名地发紧，哪有心情吃什么夜宵，只想快点回去把这件事禀了二太夫人，请二太夫人拿个主意，但因五太太在场，她少不得请五太太示下。

事情完全出乎五太太的意料。

按理说，出了这样的大事，窦昭就算不寻死觅活的，也应该哭闹一番才是，可她却连一滴眼泪也没有落，不仅很快就接受了窦明代嫁的事，还立刻想出了应对之法，胸有成竹，好像早有准备似的。

但她立刻否定了这种想法。这件事只有她和蔡太太、二太夫人知道，她们决不可能告诉窦昭。

也就是说，窦昭天生有种临危不惧的冷静啰？

还有窦世英。次女代长女嫁了，一时肯定接受不了，他气愤之余肯定会有些过激的举动，可没想到他竟然这么快就看出了其中的蹊跷，还会如此激愤，气得昏了过去。

赵太太也比她以为的要理智得多。

听闻窦明代窦昭上了花轿，她揪了王许氏的衣襟就要去告官，让王许氏狼狈不堪，但她除了在最初事发的时候显得很愤懑，之后的举止就渐渐有了分寸，显然是不想在窦明嫁入魏家的事还没有最后定论之前把事情闹大了，把窦昭推到了风口浪尖上。

五太太隐隐觉得这件事做得有些不妥当，恐怕不会如自己当初想的那样顺利……

那自己就更不能离开静安寺胡同了，万一事情有变，自己也能及时应对……

五太太琢磨着，要不要把纪家的事告诉窦昭。对一个心高气傲的聪明人来说，推心置腹永远比隐瞒算计有效果。

她用商量的口吻对柳嬷嬷道："纪家和王家的女眷好像都没有走，这边又没个主事的人，我们总不能就这样撒手不管吧？我们还是留下来吧！纪家和王家那边，也要派人去打个招呼才行。"

纪家来观礼的女眷都被安置在隔壁院子的厢房，自纪氏被叫过去之后，就没有出现。

王许氏却是因为被赵太太那么一闹，受了惊吓，五太太只得让人把王许氏送到旁边的耳房歇息，又派人去太医院请太医，在太医没来之前，高氏等人不敢挪动王许氏，也留了下来。

五太太和自己这样说话，不过是看在自己是服侍二太夫人的分上。这一点，柳嬷嬷分得很清楚的，她哪里敢拿乔，忙恭维五太太考虑得周到。正在此时，一个小丫鬟却神色慌张地跑了进来。

"不好了！"她一面草草地给五太太行了个礼，一面禀道，"不知道为什么，六太太和纪家的人说着说着，突然哭了起来！"

这小丫鬟是五太太派去隔壁厢房打探消息的。五太太不由和柳嬷嬷交换了一个眼神，看样子，六太太是知道窦明代窦昭嫁入魏家的事了。

五太太想了想，道："我们还是去劝劝吧！"

有时候，掩耳盗铃虽然好笑，可总得把耳朵捂上才是。

她带着柳嬷嬷沿着抄手游廊去了隔壁的厢房，半路上，她们遇到了纪氏。纪氏眼睛红红的，脸绷得紧紧的，脸色非常难看。五太太笑着喊了声"六弟妹"，纪氏却看也没看她一眼，和她擦肩而过，径直去了窦昭歇息的东厢房。

"素心，你出去，我有话要跟你们小姐说。"纪氏利落地打发了素心，泪盈于睫地一把拉住了听到动静起身来的窦昭的手，哽咽道，"寿姑，你跟我说句实话，若是让你嫁给见明，你愿意吗？"

窦昭愣住，纪氏见了，眼泪直往下落："寿姑，这件事都怪六伯母。我知道我们家老太爷相中了你，原以为会怂恿着窦家和魏家退亲，虽说见明不是良配，可是你愿意，我自会帮你在我嫂嫂面前说话，以你的聪慧，讨她喜欢一点也不难。但我没想到他们会做出代嫁的事来……你若是愿意嫁给见明，这件事也就罢了，你若是不愿意，六伯母这就去找你六伯父，就算是明姐儿进了魏家的大门，我们有婚书在手，这门亲事就不算数！"

窦昭眼眶一热，伏在了纪氏的肩头，泪水很快打湿了纪氏的衣裳。

"六伯母，我不想嫁到魏家去，也不想嫁到纪家去。"她哽咽道，"我就想留在家里，做个自由自在的姑奶奶。"

遇到这样的事，窦昭不这么说还能怎么说？！

纪氏小声地哭了起来。

一时间，屋里颇有些愁云惨雾的感觉。

顾玉无聊地坐在济宁侯府的喜棚里，看见了纪咏，他正和窦家大少爷窦文昌一起灌着魏廷瑜的酒。

新人拜堂的时候，送亲的人要回避，等拜过堂了，送亲的人就作为贵宾安排在酒宴的上席喝喜酒。

魏廷瑜杯到酒尽。

顾玉不由低声鄙视了句"傻帽"，对坐在身边扭头和隔壁桌上应酬的汪清淮道："怎么窦家的舅兄都是一个德性，见着姑爷就灌酒？以后谁娶他们家的闺女可倒八辈子霉了！"

汪清淮喝得有点多，呵呵地笑了两声。

顾玉伸了脖子到处张望："天赐哥跑哪里去了？这新娘子都进了洞房，他怎么还没有回来？不会是回家去了吧？"又觉得宋墨不是这样的性格，叫了随身的小厮，"去找找。"

小厮应声而去。

宋墨望着星星点点只亮了几盏灯的槐树胡同，脸色比夜色还要黑。

"槐树胡同没有人？"他再次确认。

"除了几个下人，窦家的人都去了静安寺胡同。"朱义诚很肯定地道，"今天窦家四小姐出阁，窦家的五太太带着儿媳妇和孙子、孙女昨天就去了静安寺胡同，到现在也没有回来，只有窦阁老和几个仆妇在家。"

难道窦昭还在静安寺胡同？

宋墨心急如焚，脑子飞快地转着。

魏家要是想另娶，和窦家退亲就行了，何必李代桃僵？可见新娘子换了人，魏家也不知情。

窦家世代官宦，窦元吉又贵为阁老，不可能不知道妄冒为婚的后果，嫁去魏家的人定是和窦昭身份相当……

他想到窦昭还有个妹妹。

嫁过去的人，难道是窦昭的妹妹？

可为什么呢？婚姻本为两姓之好。窦家和魏家一文一武，属于不同的圈子，而且魏家无权无势，窦家根本没有必要为了维系两家的婚姻而做出这种让人知道后会贻笑大方的事。

念头闪过，宋墨顿时目露寒光。

避暑行宫不比紫禁城威武庄严，皇上也没有了在宫中的肃穆，不仅常和嫔妃、年幼的皇子们嬉戏，而且常召了他们这些随行的金吾卫表演骑射，其中又因他和董其都出身显赫，不时被皇上叫去召对。

就在三天前，兵部递了折子，请吏部为王行宜考功。

皇上当时还笑着说了句"这王又省也是个人才"，让汪渊将折子转给了内阁首辅梁继芳。

难道这件事是王氏在从中捣鬼？

宋墨心里像被撒了把辣椒面似的，火辣辣，烧得痛。

混蛋！他妈的全是一帮混蛋！

代嫁这种事，是一个人能办成的吗？

宋墨又想到窦昭出嫁前的那些流言蜚语，想到窦昭让他不要插手，说她自有主张，是不是那个时候，窦昭就已经有所察觉了呢？

窦昭冰雪聪明，如果瞧不上魏廷瑜，早就退亲了，又何必三番五次地和魏家闹腾呢？

她一心一意想嫁到魏家去，他们却硬生生地拆散了她的姻缘！

是王家和窦家联手，还是王家主导，窦家睁一只眼闭一只眼？

魏廷瑜，是不是早就和窦昭的妹妹有了私情？

成亲是一生只有一次的事，否则哪个女子愿意偷偷摸摸地嫁人？

或者，根本不是偷偷摸摸，而是堂而皇之、光明正大地出嫁！

宋墨的马鞭划过长空，尖啸着打在了墙上，一角墙砖化为齑粉簌簌落下，留下了一道深深的印记。

他们不过是欺负窦昭自幼失恃，没有人为她当家作主罢了！

"夏珰！"宋墨低声道，"你带着几个人去鼓楼下大街的铺子里看看陈先生他们在不在，如果在，就带了他们去静安寺胡同，如果不在，你立刻赶往静安寺胡同。朱义诚，你们随我走。"

夏珰等人无声地抱拳，身影如幽灵般消失在茫茫的夜色中。

窦昭好不容易才安抚好纪氏，耳边已传来四更的梆子声。

她不由抬头望天，弯弯的弦月挂在天空，几颗星子闪闪发光。

明天应该是个好天气，适合处理窦明的事。

窦昭在心里道，却看见素心急匆匆地走了过来。

"小姐，段护卫刚才发了个暗号，说是有人闯了进来，让我们躲在屋里不要出来。"

窦昭愕然，道："我父亲不过是个五品的小官而已，大早朝都没有他的份，怎么会有人打窦家的主意？要去，也应该去槐树胡同才是啊！"

第六十九章　愤懑·惨绿·次日

纪咏站在台阶上，冷冷地看着汪清海扶着已喝得酩酊大醉的魏廷瑜朝新房走去——天下间只怕再没有比这个魏廷瑜更愚蠢的人了吧！

拜了天地进了新房掀了盖头，窦明低头坐在大红龙凤花烛照不到的幔帐边，马骏家的在外面急急地喊着"侯爷快去喜棚敬酒，外面的人在催"，他竟然没有仔细看一眼新娘子就匆匆喝了交杯酒，又跑了出去。

人算不如天算。等到他发现新娘子换了人时，看他还有什么脸面嚷出来！

有魏家的仆妇笑盈盈地走了过来，恭敬地给纪咏行礼："表舅爷，花厅里准备了醒酒汤，要不要奴婢给您端一碗过来？"

新人进了新房，新娘子娘家的人就应该打道回府，第二天再到新郎家吃认亲酒。

魏家的仆妇是在提醒纪咏，应该打道回府了。

纪咏没有理会。

那妇人不由在心里打鼓。怎么这窦家的人一个赛一个地奇怪——新娘子进了门，却是由娘家的全福人帮着打点，陪嫁过来的贴身丫鬟、媳妇全被安排在东厢房里歇息，魏家安排的全福人也被打发到了前面去吃喜酒……现在新人进了门，新舅爷却站在这里不动，难道还要听房不成？妇人在心里嘀咕着。

还好新娘子大方，魏家的亲眷朋友过来看新媳妇的时候，只是低着头抿着嘴笑，模样儿标致，齐齐整整，脸上既无麻子，身上也无缺陷，不然她还以为新娘子有什么不妥之处呢！

正想着，就听见新房那边一阵哄笑，几位在新房里打趣新娘子的远房亲戚一股脑地出了新房，其中一位按辈分侯爷也得称一声"曾叔祖母"的老太太由自己的媳妇扶着，一面往外走，还一面打趣道："也不怪侯爷急着见新人，这样惹人喜欢的小媳妇，我要是侯爷，也要往外赶人了！"

众人又是一阵笑，惊得那为了图个喜庆养在院子里的锦鸡一阵扑腾。

蔡太太团团地给魏家女客行着福礼："明天让侯爷好好地给诸位长辈磕头。"陪着一群因为受到恭维而显得神情愉悦的女眷往院子外面去。

纪咏看见马骏家的从新房里朝外探头探脑的，见那些女眷都走远了，她"哐当"一声，关上了新房的门。

他微微地笑，随着那仆妇离开了上房。

迎面碰到满头大汗的窦文昌。

"纪大人，我找了您半天了。"他擦着额头的汗，"时间不早了，我们该回去了。明天还要安排人来喝认亲酒……"

窦昭出嫁，安排他背新娘子。

五伯母嘱咐他一定要把新郎倌灌醉了，至于为什么，醉到什么程度，一律没说。他及冠后就跟在五伯父身边，帮五伯父办了很多没头没尾的事，已经养成了只听吩咐、不问缘由的习惯，这次亦然，看着魏廷瑜喝得舌头都大了，他没有再勉强，谁知道跟着过来看热闹的纪咏却半路跳了出来，不依不饶地硬把魏廷瑜灌得差点趴到桌子下，要不是汪清海帮着挡了几杯，又不悦地提起今天是魏廷瑜的大喜之日，要不然，魏廷瑜喝得只怕连新房都回不去了。

此时他们要回去了，纪咏又不知道到哪里去了。

纪咏是探花郎，同为读书人的窦文昌就不敢勉强他。听找人的小厮说他去了新房那边，他只好亲自来请。

纪咏出奇地温和，说说笑笑地和窦文昌离开了济宁侯府，却让窦文昌心中纳闷不已，什么时候纪家的这位表弟这么好说话了？

天空隐隐发白，窦家七老爷宅第所在的静安寺胡同并不是条僻静的小巷，蒙着面、穿着黑色短褐的两拨人都有所顾忌，刀光剑影你来我往之际均尽量避免发出太大的响动，引起巡街官兵的注意。

段公义不禁腹诽：京都还真他妈的是藏龙卧虎，不知道是什么人派来的，竟有这样的身手！只有千日做贼的，哪有千日防贼的？这次若是不能把这帮人彻底折服了，就算是这次击退了他们，恐怕过些日子还要杀个回马枪。

　　朱义诚也在腹诽：这窦家是什么人，竟养得起这样的护卫！不知道和世子爷有什么恩怨？这次已经是打草惊蛇了，以后只怕更难对付，不如就此分个胜负高下，也免得心中留下惧意，以后再动起手来畏手畏脚的。

　　两人俱起了心要让对方服输，不由加大了攻击的力度。

　　宋墨却趁着这机会悄无声息地闯进了内院。

　　窦昭平时住在槐树胡同，回静安寺胡同出嫁，自然会住在上房。

　　他往上院走去。

　　一路上虽然寂静无声，地面却打扫得干干净净，厢房里大多数都没有点烛火，看得出来，内宅的管理仍旧井然有序。

　　若是窦明代窦昭嫁过去了，窦家怎么会这样平静？就算窦家七老爷默认了此事，窦昭的舅母呢？怎么也没有作声？

　　宋墨心急如焚。

　　上院静悄悄的，回形的抄手游廊下挂着的大红灯笼将上房照得红彤彤一片，只有上房的东稍间和东厢房的北间点着灯。

　　宋墨犹豫了片刻，叩了叩东厢房北间的窗棂，没有人回应。

　　他贴在上房的东稍间听动静，里面隐约传来男子的声音："……寿姑从小就懂事……只能委屈她了……当初只怪我识人不清……她这样一而再、再而三地做出这等伤人之事，我就算是纳房妾室，生个儿子，那母子只怕也会让她给逼得无立锥之地，我又何必再害个人！难道说还真让我把孩子给寿姑带不成？不如就留了寿姑在家吧！明姐儿这样不明不白地嫁了过去，只怕以后的日子也不好过，寿姑的心就是再宽，也不可能没有芥蒂，她们两姐妹……这辈子再难有好好说话的那一天了……寿姑既然留在了家里，我在的时候还好说，我若不在了，明姐儿恐怕休想再从家里拿一两银子……除了陪嫁的两万银子的嫁妆，你再给明姐儿准备五万两银子，或是给她置些田产，或是给她置些铺面，或是帮她搭上江南的巨贾入股做生意，这也就是我最后能帮她的了……以后家里的产业，再也与她无关了……"

　　宋墨一听就知道说话的人是窦世英。

　　他被气得心口发疼。

　　敢情你什么都知道！你不是去安抚失嫁的窦昭，却在这里心疼代窦昭嫁过去的那个女儿……那窦昭受的苦谁来心疼？说得好听，把窦昭留在家里招婿，窦家的产业全都留给窦昭，可有骨气的男人，有谁愿意入赘？只怕还不如魏廷瑜！

　　而且听窦七老爷的这口气，一点也不担心魏家不认账，窦家平静无波，像什么事也没有发生似的，可见代嫁这件事是窦魏两家都知道的，只瞒着窦昭……或者，窦昭也是知道的！

　　宋墨脑海里浮现出魏廷瑜拜天地时那张喜不自禁的面孔，他忍不住低声骂了句"竖子！"

　　窦昭就是再能干，全家人都同意了，胳膊还能拧得过大腿不成？就算是强行拧了过来，还挡得住魏廷瑜和明姐儿的你情我愿不成？就算是挡住了魏廷瑜和明姐儿，这强扭的瓜，有意思吗？窦昭又怎么会稀罕？

　　他攥着拳头，全身的血液像烧开了的沸水似的，咕噜噜冒着泡儿在他的四肢百骸里乱窜，心里止不住的怒气滔天，大步朝外走。周边的空气好像都感觉到了他的怒意，纷纷避让，发出几不可闻的尖啸声。

窦昭边和素心说着话边走了进来。

宋墨愣住。

素心立刻感觉到了院子里有人，她一把将窦昭拽到了自己的身后，刚想大喝一声"谁"，抬头看见在鱼肚白的天空下眼里闪烁着戾气的宋墨。

她心中一紧，声音不由自主地低了下去，踌躇着喊了一声"世子爷"。

窦昭也看见了宋墨。折腾了一夜，她已经很疲惫了，又自认对宋墨有救命之恩，宋墨不会对她怎样，并没有像从前那样仔细地观察宋墨一番就从素心的身后走了出来。

"你怎么来了？"她小声地道，"你那边出了什么事？"

宋墨直直地望着窦昭。她的头发有些凌乱，眼中隐约有几丝血丝，神情疲惫，像朵隔夜的花，没有了水分，失去了光彩。

他上前几步，紧紧地抓住了窦昭的胳膊，愤然道："窦昭，我娶你！"

窦昭根本不敢相信自己听到了什么，她眨了眨眼睛，显得有些茫然。

从鼓楼下大街赶过来的夏璁望着段公义，也显得有些茫然，片刻之后才回过神来，低声吼了句"住手"。

打斗的双方跳出了圈子，左右对峙而立，然后纷纷朝他望了过来。

"误会，误会！"夏璁疾步走了过去，"这是场误会！"他忙给对方引荐彼此，"这位是窦府的段护卫，这位是颐志堂的朱护卫。"

段公义忙客气地道："我说是谁，这么好的身手，原来是英国公世子爷麾下！失敬，失敬！"

朱义诚连忙还礼，口称"不敢"，道："段护卫拳法了得，是在下生平第一次见到，受教了！"心里却暗暗奇怪，既然认识窦家的人，世子爷为何还要夜闯窦府啊？

那边段公义已经和夏璁搭上了话："你们怎么会在这里？这到底是怎么一回事？"

夏璁忙道："我们家世子爷说四小姐可能出了什么事，所以让我们过来看看……"

"我们家四小姐出了事？"段公义不解道，"我们家四小姐能出什么事？！"

今天是四小姐出阁的日子，难道世子爷心里难受，找了个借口到四小姐的闺阁里怅惘伤怀一番不成？

夏璁暗忖，觉得自己好像问了个很蠢的问题，不免有些尴尬。

段公义知道宋墨和窦昭之间有些不涉及男女之情但又不为人知的秘密，他自然不会追问下去，解围般地转移了话题，道："相请不如偶遇，眼看着天快要亮了，胡同口卖豆浆的应该已经出摊了，夏老弟，我请客，我们去喝碗豆浆如何？"

夏璁也觉得这里不关自己的事了，有几分意动。

朱义诚不赞同，沉声道："如果世子爷出来了……"

"留两个人在这里看着就行了呗！"段公义向来豪爽，跟陈晓风说了一声，拉着夏璁和朱义诚就往静安寺方向去。

朱义诚自然不肯，连声推辞。

夏璁却和他耳语："没事，有窦家的护卫在！我们两家有过命的交情。世子爷一时半会不会出来的，难得段护卫盛情相邀，我们怎么也得去应个卯，不然就太不给面子了。"

刚刚还兵戎相见的两帮人说说笑笑地往胡同口去了。

陈核和陈晓风各领着两个人站在巷子里寒暄。

愤然间脱口而出的话，显得那么突兀，让面对窦昭目光的宋墨心如鼓擂，怦怦乱跳。

热血渐渐冷却，思绪渐渐平复，冷静与理智重新回到了他的身体里，让他不由细细地反省自己刚才的冲动……却越想越觉得娶窦昭这个主意很妙！

至少，他的出身比魏廷瑜更显贵，他的人才比魏廷瑜更出众，在京都的那些名门贵妇眼中，是比魏廷瑜更受欢迎的金龟婿。

还有什么反击，比得上嫁给一个处处都远胜前任未婚夫的丈夫！

这门亲事，足以堵住那些对窦昭不怀好意的冷嘲热讽和流言蜚语！

宋墨顿时兴奋起来。他抓着窦昭胳膊的手更紧了："窦昭，你嫁给我吧！我会好好待你，给那些胆敢小瞧你的人一个好看，让他们都后悔怠慢了你！"

让自己来成就窦昭的尊荣吧！

胳膊上隐隐的疼痛让窦昭很快回过神来，她不由朝素心望去——素心眼睛瞪得大大的，满脸震惊，窦昭这才敢肯定刚才听到的不是自己的幻觉。

看样子，宋墨已经知道代嫁的事了。她不由问道："你是怎么知道新娘子不是我的？"

窦昭派了素兰去那边打探消息，若是魏廷瑜在拜堂的时候就发现新娘子换了人，她肯定一早就得了消息，窦家也不可能这样平静。

宋墨把事情的经过说了一遍。

窦昭心里五味杂陈，不知道是什么滋味。宋墨不过只见过自己几次，魏廷瑜却是自己的未婚夫……她和窦明一个高一个矮，模样更是没有半点相似之处，宋墨仅凭着几个动作就看出了新娘子不是自己，而魏廷瑜，这个时候应该已经进了新房吧……

她一时语凝，宋墨却催她："你觉得如何？"

窦昭不禁有些啼笑皆非之感。

"你以为这是在过家家啊？"她笑着轻声呵斥他，"魏廷瑜娶了我妹妹，我就得寻个身份比他更显贵、地位比他更煊赫、相貌比他更英俊、能力比他更出众的人嫁了不成？我有自己的日子要过，和他们赌什么气啊？"

宋墨张了张嘴，半晌都没有说话。

窦昭，真的这么想？觉得自己比魏廷瑜身份更显贵，地位更煊赫，相貌更英俊，能力更出众……

这想法也太肤浅了！他在心里小小地鄙视了自己一番。

可这鄙视里也带着淡淡的喜悦，让他微醺。

宋墨忙把这感觉压在了心底，有些欲盖弥彰地道："那你有什么主意？"想到刚才无意间听到的话，又不好当着窦昭的面说窦世英的不是，只好提醒窦昭，"你难道还真的准备留在家里招婿不成？"

窦昭有片刻的犹豫。既然宋墨上一世敢弑父杀弟，这一世敢和父亲分庭抗礼，显然骨子里也不是个循规蹈矩之人。

"我是准备留在家里没错！"她坦然地道，"但也没有想过要招婿。"她笑着自我打趣道，"我准备永远留在窦家，做个讨人嫌的姑奶奶！"

"那怎么能行？！"宋墨想也没想就出言反对，"你若是留在窦家，令尊在世的时候还好说，若是令尊不在了，你怎么办？就算是同胞的兄弟，中间还隔着个弟媳妇，何况你只有个妹妹，这妹妹、妹夫又靠不住……"然后想起围绕着窦昭出嫁前后所发生的事，想到这件事只有王氏从中得到了利益，有些怀疑这幕后的推手可能是王氏，加上知道窦昭和王氏不和，就更不赞成窦昭留在窦家了。

他把王行宜得到皇上赏识的事告诉了窦昭："……你不要小看皇上的只言片语，朝廷大小官员上万人，能在皇上心里留下姓名的人少之又少，我若是王行宜，定会拿这件事大做文章，想办法更进一步。王氏既然能让窦明代你嫁到魏家去，就有可能将你胡乱地许人。在你的婚姻大事上，她占着大义，你想反抗她，只能借助天时地利人和，可这天时地利人和也是最不可捉摸、最可遇不可求的，你千万不可马虎大意，着了她的道！"又道，"我看你们与其被动应付，不如主动出手，反而能打她个措手不及，让她对你有所忌惮！"

他语气诚恳，眉宇间隐隐透着几分担忧，让窦昭心中暗暗感激，更感念舅舅、舅母为自己所做的一切。

她想了想，道："我们去屋里说话吧？"宋墨大大方方地应了一声"好"。

素心听得满头大汗，这要是突然有人闯进来可怎么解释啊？而且是在五小姐刚刚代四小姐嫁到了魏家还不知道怎么收场的时候！可若是就这样站在院子里说话更容易被人发现……

两害相权取其轻，素心把心一横，帮窦昭和宋墨撩了暖帘，又沏了壶上好的铁观音送了进去。

窦昭委婉地把当年母亲的死告诉了宋墨："……如果不是如此，我怎么能有银子开铺子？你不必担心，她动不了我，反倒是这件事之后，她只怕是再难在窦家立足，窦家碍着情面虽然不会休了她，但她也休想再插手家中的大小事务。"

至于西窦到底有多少银子，她本着谦虚低调的想法没有说，窦家的打算，她也没有说。

毕竟那只是个互惠的口头约定，只要没有白纸黑字写下来，就有变卦的可能，她不能把没有落定的事到处嚷嚷，若是情况有了变化，自己岂不是造谣生事？

宋墨以前就隐约感觉到窦昭应该有笔能自由支配的银子，他一直以为那银子是窦昭生母的陪嫁，却没想到是这么一回事！难怪她事事都只能靠自己！

他偶尔想起自己的遭遇，觉得天底下大抵没有比自己更悲怆的人了，没想到窦昭的际遇比他还不如！王氏之所以处心积虑地把亲生女儿嫁给魏廷瑜，是因为两人私相授受吧？

宋墨怅然地沉默了半晌，低声道："你不出嫁，那笔银子就得由东窦的人管着，肯定会引起窦家其他人的觊觎，就算是留在家里，只怕以后的日子也难有太平的时候。何况令尊怎么想的……他老人家未必就愿意看着你孤独终老。万一令尊坚持要你招婿，你怎么办？就算你招了个老老实实和你过日子的夫婿，令尊正值春秋，万一又诞下子嗣，你该怎么办？万一令尊、令舅舅都去世了，你弟弟却联手东窦要和你重新分产，甚至是不惜对薄公堂，你又怎么办？"

赘婿很难在科举上有所建树，也就意味着窦昭到时候得不到来自朝堂的支持。

他想想都觉得窦昭的前路满地荆棘。

窦昭又何尝不知道这些！可总不能因为未来艰难就坐以待毙吧？但相比这些有可能遇到的困难，已经知道的婚姻之苦更却让她是避之不及。

或者，这就是人生。从来没有十全十美的时候，你只能从中选择一种你认为能忍受的苦难！

两人各怀心思，屋子里一时陷入了寂静。直到外面响起了早起的丫鬟、婆子的走动声，两人这才惊觉天已经亮了。

宋墨不由道："我说的事，你不妨仔细考虑考虑。"

他表情严肃认真，可以看得出来，是经过了深思熟虑的，这让窦昭不得不郑重对待。

不要说她已经有了对付窦、纪两家的计策，就算是没有，用一个谎言去掩盖另一个谎言，只会让事情变得越来越糟糕，甚至是一发不可收拾！

她含蓄地道："这件事，还是让我自己来解决吧！"

"可是……"宋墨还试图说服窦昭，但窦昭觉得，争论没有发生的事，永远不可能分出对错、得到结论，不如就此打住，让他死心更好。

她暗暗咬了咬牙，言简意赅地道："世子，我是不可能嫁给你的！"

"怎么不可能……"宋墨一句话没有说完，已是脸色大变。

不错。

自己的婚姻，并不由自己做主。自己有什么资格在窦昭面前大放厥词？

他的面色霎时间苍白到了极点，眼中也流露出几分羞愧之色。

"对，对不起！"宋墨第一次因为无法履行自己的承诺而向别人赔不是，而且还是在自己向来看重的窦昭面前，这让他有种无地自容的感觉，"是我把事情想得太简单了。"

窦昭顿时后悔自己的话说得太直接。"没事，没事。"她急急地道，"我就是觉得……"觉得什么呢？得找个让宋墨觉得不那么受伤害的说法才行！什么说法能让他不受伤害？当然是实话实说……窦昭略一迟疑，就有了决断："你说要娶我，我十分感激。只是发生了这种事，我已经决定不再嫁人了！"

是不想嫁给自己，还是不想嫁人呢？

少年的宋墨，此时敏感到了极点。他在心里反复思量，生平第一次，不敢开口问个究竟，只能微微地点头，轻描淡写地笑着说"知道了"，却难掩满脸的挫败。

窦昭看着有些心痛，忍不住解释道："嫁了人，不仅要服侍丈夫管束小妾，而且还要教养儿女，可这种事却未必能天道酬勤，我实在是没有把握能做好，索性逃避不为，自私地推卸责任罢了。七太太安排明姐儿嫁到魏家去，我早有察觉，不过是顺水推舟，正好趁着这个机会可以名正言顺地不嫁人，倒不是不想嫁给你！"

真的吗？宋墨很怀疑。

他若是要打发一个人，总会先温言细语地安抚一番。

"我知道了！"他突然有些失落，又有抑制不住的伤感从心底涌起，"那，你有什么事就跟我说一声吧，京都我比你熟悉，行事也比你方便……"望着渐渐透着白光的窗棂，他神色漠然地起身告辞。

窦昭仿佛又看见了那个拒人于千里之外的锦衣卫都指挥使，可望着宋墨笔挺却让人感觉到脆弱的背影，她还是狠狠心，什么也没有说。

魏廷瑜在宿醉的头痛中醒过来，还没有睁开眼睛，就听到有个温柔的声音问自己："侯爷，您醒了？"淡淡的木樨香扑鼻而来，柔软的身子轻轻地扶了自己，温热瓷碗凑到了嘴边："侯爷，您喝点醒酒汤，会舒服一点的。"

他懒得睁开眼睛，迷迷糊糊地就着瓷碗咕噜噜喝了醒酒汤，倒头准备再睡会，心里想着这婢女是谁啊，怎么声音这么陌生，不过挺好听的，身子软软的，香香的，动作又轻柔，比平时服侍自己的小厮可强多了……念头一闪而过，他猛地想起自己昨天已经成亲了，不由大叫一声，坐了起来，睁开眼睛却看见了正坐在床边收拾汤碗还没来得及起身的窦明。

"五小姐？！"魏廷瑜眼睛瞪得如铜铃，"你，你怎么会在这里？"他无比慌乱地打量着四周，心里却害怕着自己昨天不会是做错了什么事吧？入目却全是大红的喜帐喜烛时，他这才敢确定自己的确身处自家的新房，心中稍安，不由长长地舒了口气，就听见窦明柔柔地笑着问他:"侯爷您这是怎么了?莫非做了噩梦?"说着,掩袖而笑,一双大大的杏眼如春水般漾着柔情蜜意,让魏廷瑜看得一呆,半晌都没有回过神来。

代嫁的窦明正是患得患失之时,先前见魏廷瑜对自己避如蛇蝎,不禁心痛如绞,但想起自己决定代嫁的时候就下定了决心,不管会遭遇什么样的困境,都不后悔,不埋怨,不向娘家的人诉苦——反正她所谓的娘家人也不过是被她抢了丈夫,恐怕以后老死都不会往来的姐姐,及一群不待见她的堂兄表嫂,为了娘亲能在窦家好过些,为了自己的颜面,无论如何也要争这一口气,好好地和魏廷瑜过下去。

窦明遂装出一副不在意的样子,强忍了心中的难受,笑盈盈地和魏廷瑜说笑,那魏廷瑜竟和从前一样,又看自己看呆了。她唇角的笑意更深了,母亲说得有道理,男人你只要哄着他,十个里头有九个都会昏头转向的。

她索性将身段放得更低了,娇笑着问他:"侯爷可有哪里不舒服?要不要妾身再给您做碗醒酒汤来?"

魏廷瑜一个激灵,清醒过来,他目露警惕地道:"你,你怎么在这里?你姐姐呢?"

窦明闻言眨了眨眼睛,眼泪不一会儿就扑簌簌地落了下来:"昨天,昨天是我代姐姐和侯爷拜的天地,入的新房。"说着,脸颊浮起两朵红云,犹如那春日的桃花般娇嫩艳丽。

魏廷瑜却再也无心欣赏,他满头大汗,失声惊呼:"怎么会这样?你姐姐呢?出了什么事?"

侯府的上房,按制是七梁五间。马骏家的已经在内室外的宴息室里守了一夜了,此时听到动静,知道东窗事发,济宁侯要追究责任了。

睡了一夜的小妻子,又是个美娇娘,自然比她这糊了半截的妇人更受人待见,她怎么会傻傻地贸然闯进去呢?给陪嫁过来的几个丫鬟递了个眼色,自有小丫鬟进去拉了内室服侍的一齐退出了新房。

马骏家的把耳朵贴在内室的门扇上偷听,内室就传来窦明嘤嘤的哭声。

"能有什么事?侯爷难道还不明白姐姐的心思吗?我当初约侯爷到大相国寺里见面,就是因为家里人多口杂,怕有心人在姐姐面前嚼舌根,让姐姐嫉妒。谁知道这件事还是让姐姐知道了,她不愿意嫁过来,寻死觅活地要五伯母帮着她退亲。"

"退亲就退亲呗,偏生您姐姐不答应,非说窦家耽误了你的婚事,要窦家补偿你们家。想我北楼窦家世代官宦,子嗣众多,五伯父贵为当朝阁老,若是答应了补偿你们家,族中子弟以后再遇到这样的事,岂不都要跟着学?到时我五伯父的体面何在?"

这件事的确是姐姐不应该!

"这,这……"魏廷瑜抹着额头的汗,很是理亏。

窦明擦着眼泪的手微微一顿,眼角的余光就瞥了过来。她抿了嘴偷笑,旋即却哭得更大声了:"我五伯母怎么能答应?我姐姐又无论如何都不肯嫁,到了该上花轿的时辰,也不知怎的,我姐姐突然昏迷不醒,你们家的花轿却已经到了门口,家里慌成了一团……家里的人就责怪我,说都是我惹的祸,我一气之下就换了姐姐的嫁衣……"说到这里,她胡乱抹了把脸,挺直了身子,倔强地道,"虽然我们已经拜过天地了,可您昨晚醉得厉害,什么也没有做,我们之间仍旧是清清白白的,您若是心里还惦记着我姐姐,趁着天色尚早,我们还没有祭拜祖先,您把我送回去。若是我姐姐愿随您来,就只当没有这事的,我绞了头发去做姑子就是了;若是我姐姐不愿意随您来,您有婚书在手,又请的是廷安侯做媒人,请他帮您或是向窦家要人,或是要窦家赔您银两都可以。您看着办就是,妾身全都听侯爷的!"说完,紧紧地抿着嘴,一副任君处置的样子,眼泪却雨点似的无声落下。

魏廷瑜见到她一个娇娇小小海棠花似的人儿,心里明明害怕,却强露出壮士一去不复返的毅然决然，心里早就软得化成了一摊水，哪里还有心思去仔细思索窦明的话？只是本能地觉得，如果把窦明送了回去，她恐怕就没有了活路；事情闹大了，窦家丢脸，他们魏家一样会被人指指点点，跟窦家打官司是不行的……可他没过门的妻子是窦昭啊！

他脑海里浮现出那张明媚灿烂如五月天的面庞，心里又是一阵踌躇。

自己的话都说到这个分上了，魏廷瑜还在那里犹豫不决，窦明看着不由咬牙切齿，腾地一下站了起来，铿锵有力地道："我也不让侯爷为难！"然后低头就朝着一旁的大红色落地柱撞了过去。

"五小姐！"魏廷瑜大惊失色，从床上一跃而起，一个箭步上前就抱住了窦明的腰，"有话好说，有话好说！万万不可以去寻死！"

"我不寻死，难道还活着给人笑话吗？"窦明挣扎还着要去撞柱子。

"别这样，别这样！"魏廷瑜急得不得了。

马骏家的"嘭"的一声就破门而入。

"小姐，姑爷，这是怎么了？"没想到五小姐还有这样的手段！有了五小姐，这差事已经成了一大半！她忍不住在心里称赞着窦明，面上却佯做出副惊骇的神色，"有什么话好好说，有什么话好好说！这可是新婚的第二天，马上就会有人来请你们去祭灶、认亲，这要是闹开了，"她对窦明道，"太夫人肯定会觉得您刁钻任性，刚进门就不尊敬夫婿，"又对魏廷瑜道，"堂前教子，枕边教妻。我们家小姐纵然有不对的地方，您也不能像今天这样闹得尽人皆知，我们小姐以后毕竟是要主持府上中馈的，您都不敬重我们家小姐，府上的那些老人又怎么会敬服我们家小姐？说一千道一万，都是杀敌一千自损八百的事！还请侯爷息怒，有什么话，好好跟我们家小姐说，我们家小姐幼承庭训，书读了一大摞，什么道理不懂？可不是那不知好歹的人，侯爷的好，自然会放在心上。"一面说，一面去拦窦明。

魏廷瑜早被窦明吓着，见有人来劝，神色一松，长透了口气。

窦明就趁机扑到了马骏家的怀里，大哭起来："侯爷要送我回去，我还不如一头撞死在这里。早知道如此，我就不应该代姐姐嫁过来！要怪，都怪我心太软，怕侯爷出丑，却忘了侯爷心里只有我姐姐……"

听说窦明是为他才嫁过来的，魏廷瑜顿时愧疚不已，忙道："不是，不是！"至于到底是什么"不是"，他也说不出来。

窦明干脆放声大哭起来。

马骏家的心中暗赞了一声"这话说得妙"，面上却立刻换了副横眉怒目的样子，一面揽着窦明的肩膀帮她擦着眼泪，一边大声喝道："这就是侯爷的不是了！成亲之前，侯爷又不是不认识我们家五小姐，怎么？现在拜了天地，掀了盖头，喝了交杯酒，入了洞房，就不承认了？早干什么去了？天下间哪有这样便宜的事？"她说着，把窦明扶到一旁的太师椅上坐下，三步并作两步，上前拽了魏廷瑜的胳膊，"走，我们去顺天府请青天大老爷给我们评评理去！看这道理到底在哪一边！"

推推搡搡的，非要和魏廷瑜去顺天府不可。

窦明掩着面，哭得更是伤心欲绝。

魏廷瑜只觉得一个头两个大，心里明白代嫁不是这么简单的事，肯定是得了窦家长辈的同意，自己好像吃了个暗亏，可马骏家的说的话又句句在理。他一时间急得大汗淋漓，觉得这媳妇子行事太大胆了，他找不到一句反驳的话，急得说不出一句话来，要不是看她是窦家的人，自己如果动了手，恐怕有些不妥，要不然，他早就一脚把马骏家的踹到门外去了，哪里还会容忍她这样嚣张？

他的脸色变得铁青，时刻关注着魏廷瑜的窦明自然看了出来，她顾不得哭了，忙上前拦了马骏家的："要怪就怪我的命不好，与侯爷何干？你快快放手！"
　　五太太是想认下这门亲事的，过了眼前的坎，济宁侯还是窦家的五姑爷，自己不过是太夫人屋里的一个媳妇子，怎么敢给窦家五姑爷脸色看！马骏家的立刻松了手，抱着窦明就大号了起来："我可怜的五小姐啊！您怎么那么傻？魏家丢脸就丢脸，与您何干？您这样急巴巴地跳出来，人家哪里领您的情，只会觉得您麻烦……"
　　这媳妇子可真会说话！窦明恨不得打赏她几个上等的封红才好。
　　她和马骏家的抱头痛哭。
　　魏廷瑜傻了眼，左也不是，右也不是。
　　屋里乱成了一锅粥，早有田氏身边得力的嬷嬷奉田氏之命过来探听新人虚实的，听到动静急急地跑去给田氏报信了。

第七十章　将错·就错·打草

　　天空微微发白，窦昭站在廊庑下，宋墨看不清楚她的表情。但她站立的姿势，宛如凌寒的梅，傲然而独立，却始终透着几分孤傲，又仿佛沉静的隐隐青山，安详宁静地凝视着他。
　　往事如走马灯般，一幅幅浮现在他的脑海里。
　　初见时的惊才绝艳，再见时的宽厚大度；危难时星夜兼程的援手相救，伤心时春风化雨的默默关怀；还有菊田劳作后一夜无梦的好眠，站在野桃树上眺望远村的豁然开朗，都如这秋日清晨的微风，轻轻地吹拂在他的心间。
　　窦昭的美好，从来都是润物细无声的，会让人在不经意间忽略，也会让人在不经意间感受到。
　　宋墨突然间激动起来。
　　此时，窦昭在想什么呢？他是否也在不经意间忽略了什么呢？
　　宋墨转回身，大步朝窦昭走去。
　　窦昭的脸庞，渐渐在他的视野中清晰起来：乌黑的发丝，洁白的面容，入鬓的长眉。还有那红润如花般的嘴唇，含笑的眼眉，都渐渐变得生动起来。
　　"窦昭，"他睁大了眼睛，目不转睛地凝视着她，"如果我们有缘，能结为夫妻吗？"
　　天边的鱼肚白不知道什么时候变成了淡淡的紫色，好像是那躲在云层后的瑰丽的霞光，有些迫不及待地露出些许的锋芒。
　　宋墨的脸庞，在晨曦中透着莹润的光泽，如上好的美玉，乌黑的眸子闪闪发亮，如夜空的星子。
　　窦昭望着眼前早已褪去了青涩，不知道什么时候已经比自己高出一个头的昳丽少年，不禁有片刻的恍惚。

他们有缘，能结为夫妻吗？

不能吧？

不管是前世还是今生，他们都不是一路人。他注定会是众人瞩目的焦点，纵然有落魄之时，也会以另一种形式彰显着自己的存在；她则喜欢莳花弄草，想象自己是一株花树，随着四季更替，春生夏长，秋收冬藏。

一个是峰顶的云，一个是林间的树，从来都只能遥遥相望的。

可在这秋日的清曦中，在这少年充满期待的璀璨目光下，她又有些不忍心那样直白地拒绝他。

她略一思忖，笑道："如果能结为夫妻，自然就是有缘！"

只是他们恐怕永远都不可能有这样的缘分吧！

可宋墨的面孔，却在这一瞬间骤然亮了起来，浅浅的笑意在他的眼底流淌。

他深深地凝视了窦昭片刻，一言不发，转身大步地离开了正院。

窦昭望着他沉稳矫健的步伐，莫名地，心里生出几分不安来。

难道自己说错了什么？窦昭仔细地回忆着刚才两人的对话。

静安寺报晓的钟鼓声悠扬，空气中还透着仲秋的凉意，朝霞却已悄然地铺染了半个天空。

宋墨带着连他自己都感觉有些莫名的雀跃出了窦家的宅院。

在秋日的早晨喝了碗热豆浆，从腹中一直暖到了四肢百骸的段公义、夏珰等人正聚在窦家宅院旁的小巷里低声地谈笑着，神情十分轻松惬意，如久别重逢的老友。

听到动静，几个人均露出戒备之色，循声望去，见是宋墨，神色又都放松下来。

"世子爷！"众人恭敬地行礼。

朱义诚忍不住用眼角的余光瞥了夏珰一眼，心里暗自思忖：难怪师父说身手只是敲门砖，要想在簪缨之家站稳脚跟，还得要学会揣摩上意。夏珰说世子爷一时半会儿不会出现，他们果然就等了快半个时辰。

宋墨笑着颔首，目光却落在了段公义和陈晓风的身上："既然随着四小姐来了京都，怎么也不到一条胡同去坐坐？我和严先生前几天还说起你们，不知道你们这些日子都在忙些什么？"

这样的礼遇，不要说是护卫，就是京都御林军的教头，不，甚至是那些百户、千户也是没有的。朱义诚不由对段公义和陈晓风刮目相看，段公义和陈晓风更是受宠若惊地赶忙躬身行礼，口中连称"不敢"。

虽然昨天一大清早就去了静安寺胡同，晚上又在济宁侯府喝了不少的酒，快天亮才回到家里，纪咏却睡得十分香甜，但在京都钟鼓楼报晓的第一声钟声敲响时，他就醒了。

精神抖擞地梳洗了一番，他直接去了静安寺胡同，窦文昌正和五太太商量着双朝贺红喝认亲酒的事。

昨天五太太又是忙着问候气病了的王许氏，又是忙着应付王家的两妯娌，又是忙着安抚纪氏，还担心着魏家那边的动静，寻思着今天到魏家去让谁主事好，到现在还没有合眼。

听说纪咏来了，五太太大慰。纪咏有张仪苏秦之才，有他跟着过去，魏家想不认这门亲事，恐怕没那么容易。而且纪咏这样看重窦昭，以后窦家的人有什么事求到他的面前，想必他也绝不会推辞。

她热情地招待纪咏："用过早膳了没有？我们还没有用早膳，你不如先和我们一起用了早膳，再和经纬一起去济宁侯府也不迟！"

经纬是窦文昌的表字。

他闻言不由微愕。纪咏不过是姻亲，因为走得亲热，喊了表弟，却不是窦家正经的亲戚——去喝认亲酒的，多是新娘子的同宗兄弟、嫂子、侄儿。

只是五太太既然已经开了口，他自然不会傻得跳出来说纪咏去了不合适。

纪咏也不客气，坐下来和五太太、窦文昌一起用了早膳，五太太留了窦文昌说话。

"昨天嫁过去的是明姐儿而不是寿姑！"她低声地道，"辞别父母的时候我们才发现，那时候已经晚了，只好将错就错。见明一向和你七叔父亲厚，我特意请了他出面帮着寿姑出头，你过去，有什么事看见明的眼色行事。既然已经洞房花烛了，断然没有让明姐儿吃亏的道理。"又暗示窦文昌，这件事是王氏的责任，"……七太太不开口，我们也不好贸然行事。

五太太知道窦文昌是个实在人，怕他露出什么马脚，所以昨天一直瞒着他，今天才交了底。

窦文昌非常震惊，又满心的困惑。就算是这样，五伯母是嫂子，大是大非面前，怎么能由着七太太胡作非为呢？

只是他和窦世枢情同父子，这样的话说出去不免对五太太不敬，他还是把困惑压在了心底，恭声应诺，和五太太一起出了厅堂。

纪咏正站在西边的抄手游廊上，嘴角含着几丝玩味的笑意。窦文昌狐疑地走了过去，发现站在纪咏的位置可以隐约听见女人号啕大哭的声音。

七叔父家人口简单，他有些奇怪是谁在哭，纪咏已道："大堂兄，我们先跟七叔父打声招呼，就去济宁侯府吧？"

窦文昌只好跟上。

纪咏却在心里冷笑，王家的人这个时候知道大哭，早干什么去了？

不过一夜的工夫，窦世英像苍老了十岁似的。他无力地躺在床上，没有理睬五太太，只是对帮着善后的窦文昌和纪咏满怀歉意地说了几句"麻烦你们了"的话。

出了这种事，谁心里也不好过，何况是做父亲的！窦文昌能理解窦世英的心情，沉默地点了点头，面色凝重地请窦世英放心。

纪咏却十分恭和地说了几句"请七叔父放心，这件事我们会处理好的"的宽慰话，这才和窦文昌去了济宁侯府。

田氏已经得了信，一口气没有喘上来，差点昏了过去，等她一顺过气来就急急地吩咐贴身的嬷嬷快去找魏廷珍，然后失声痛哭起来："怎么会出这种事？这要是让人知道了，我们魏家的脸面可往哪里搁啊？"

被田氏派去打探动静的是田氏身边最得力的罗嬷嬷。"太夫人小声点！"她忙掏了帕子给田氏擦着眼泪，"如今这事儿知道的人还不多，您这一哭，岂不是哭得大家都知道了？如今侯爷和窦家小姐虽然没有祭祖，却已入了洞房，是顺势认下这门亲事还是和窦家说个明白，您总得等大姑奶奶来了再说，可不能现在就弄得尽人皆知啊！"

田氏一听，忙止住了哭声，哽咽道："珍儿说得对，这窦家的确不是什么好人家，偏生都怪我优柔寡断，害了瑜儿。"说着，又哭了起来，"早知道这样，我就应该同意珍儿的主意和窦家退婚的，也好过娶了个不明不白的媳妇进门。"

现在哪里是说这些的时候？好在罗嬷嬷服侍了田氏几十年，知道她的性情，也不急，温声地提醒她："上房那边，您看是不是派个人去管管丫鬟、婆子的嘴？我看窦家的人也不想把事情张扬出去的样子。还有几位老亲戚那边，出了这样的事，祭灶、拜祖先、认亲的事恐怕都要暂时放一放了，得有个交代才行。"

田氏连连点头，对罗嬷嬷道："这件事就交给你了，在大姑奶奶来之前，千万不要让人起疑。"

罗嬷嬷恭声应"是"，退了下去。

家有喜事，都是姑爷舅爷坐上席。更何况张原明这个出身显赫，对魏家多有帮衬的姑爷。他早早起床，用过了早膳，穿戴一新地等着魏廷珍梳妆。

魏家去请魏廷珍的人当着张原明的面，哪里敢提新娘子换了人？只说是田氏有要紧的事和魏廷珍商量，让魏廷珍快过去。

张原明听了就打趣魏廷珍："岳母多半是早上起来，觉得昨天和你商量好的见面礼太轻了，今天想再给新媳妇添几件，找了你帮着挑首饰。我看你也得水涨船高才行——你可是做姑奶奶的，可别出手太寒碜，让新进门的弟媳妇嫌弃你小气，到时候你回娘家不安排饭给你吃。"

"她敢！"魏廷珍原本心里就一直不痛快，闻言不由挑了挑眉，霸道地道，"她想当济宁侯府的家，也得有那个本事才行。"

张原明知道妻子生性好强，倒也不奇怪她会如此说，又调侃了魏廷珍几句，把魏廷珍逗得笑起来，两口子这才说说笑笑地带着孩子们一起去了济宁侯府。

魏廷珍一家到达济宁侯府的时候，纪咏和窦文昌已经到了。她看见窦家的马车，不免有些奇怪，道："窦家的人怎么这么早就来了？"

按礼，窦家的人要等窦家的人上门三催四请，这才会"勉为其难"地过来，那个时候，新娘子通常已经开箱给婆家的人送了见面礼。这才刚到卯时，新人还没有开始祭灶，窦家的人来得的确有点早。

去给魏廷珍报信的嬷嬷哪里敢多说一句，含含糊糊的，半天也没有听清楚说的是什么，倒是张原明笑道："人家来得晚了，你嫌人家不够恭敬；人家来得早了，你又嫌人家不够矜持。你这人，真是不好伺候！"惹得魏廷珍忍俊不禁，捶了丈夫一下："你这人，就没句好话的时候。"因弟弟娶了个让她很不满意的弟媳而积在心头的郁意却因此而烟消云散，一时间容光焕发，笑容满面，显得精神了不少。

得了信的总管早已恭候多时，请了张原明去陪窦家来认亲的男客，那嬷嬷则带着魏廷珍和孩子们去了田氏孀居的西跨院。

不一会，西跨院那边就隐约传来几声喧哗。花厅里的张原明有些错愕，想不出这一大早的，又是舅弟大喜的日子，有什么事值得这样闹腾。

坐在张原明对面的窦文昌和纪咏却心里明白，东窗事发了。好在两个人一个行事持重，一个机智过人，都不动声色，继续和张原明寒暄着。

张原明当然也只能装没听见，笑着把话题转移到了近日朝中都在议论的云南孟连宣抚司刀氏作乱的事上来："……多亏王大人，不然云南百姓又要受那战乱之苦。"

他所称的"王大人"，正是王行宜，既是窦家的姻亲，又是新娘子名义上的外祖父。

这个人看着木讷，原来并不傻。纪咏听着窦文昌和张原明客气，在心里嘀咕着，就看见一个小厮急急地走到了张原明的身边，低声和他耳语了几句，张原明顿时傻了眼，半晌才回过神来，再看窦文昌和纪咏的神色，就显得有些怪异起来。

窦文昌不免有些心虚，说起话来就没有了刚才的流利，纪咏却笑得更加欢畅了，和张原明说起云南的乡土人情来，反让张原明不知道说什么好，顿时有些坐立不安。

外面一阵喧哗声，并伴随着杂乱的脚步声渐行渐近，显然是魏廷珍知道了真相，来找窦家的人算账了！看来一番唇枪舌剑是免不了的了！

五太太曾嘱咐过窦文昌，无论如何也不能让魏家把窦明送回来，可这种没脸没皮硬往人家家里塞人的事，窦文昌还真没有做过，而且与他的性情背道而驰，他羞愧之下顿时紧张起来。

毕竟是夫妻，张原明一下子就从喧哗声里分辨出了魏廷珍的声音。

他不由暗暗皱眉，这都什么时候了还闹腾？不管有理没理，都让人看笑话！

他也顾不得窦家的人在场，吩咐贴身的小厮："你去跟夫人说一声，就说时辰不早了，让她快点去请新人祭了灶，禀了祖先，我也好和窦家舅爷好好地喝几盅酒。"

暗示她有什么事等窦家的人走了再说。

小厮应声而去。

没想到这个张原明还是个知道顾全大局的人。

可通常顾全大局的人都容易妥协。

纪咏眼睛一亮。

只是还没有等到那小厮走到门口，要等过了中秋节才会被拆换下来收纳进库房的湘妃竹帘被甩得"哐当"一声响，魏廷珍气势汹汹地领着几个贴身的婆子冲了进来。

"喝什么酒？祭什么灶？凭他们窦家的这些下贱坯子，也配！"她劈头盖脸地指着窦文昌和纪咏就是一通骂，"你们窦家的姑娘是不是嫁不出去了？非要栽到我们家？妹代姐嫁，亏你们想得出来！还是诗书传世的礼仪之家，我看比那倚门卖笑的也强不到哪里去！别以为我们魏家人丁单薄就好欺负！我们祖上跟着太宗皇帝开疆辟土打江山的时候，你们家还不知道在哪里吃糠咽菜给人放牛喂马呢！想摆布我们魏家，你们还没那资格！我告诉你们，"她说着，扬了扬手中的婚书，"你们不把四小姐送过来，我们魏家和你们没完！"

言下之意，她有婚书在手，逼急了，大不了打官司，我们魏家也不是好惹的。

张原明已听得瞠目结舌，片刻后才反应过来，忙拉了个跟着魏廷珍一起进来的嬷嬷询问，那嬷嬷不敢隐瞒，把窦明代窦昭嫁进来的事告诉了张原明。

秋高气爽的天气，张原明却满身是汗。

窦家五小姐既然已经和魏廷瑜洞房花烛，怎么还会把窦家四小姐嫁过来？而且魏廷瑜和窦家五小姐已拜过了天地，就算是能退回去，魏廷瑜一个薄情寡义的名声是逃不脱的了，到时候略微好一点的人家，谁敢和济宁侯府结亲？还不如就此认下这门亲事，让窦家欠魏家一个人情，正好和窦家讨价还价一番。而且窦家五小姐是王行宜的嫡亲外孙女，肯定比待四小姐这假外孙女好，说不定魏家以后还能得到王家相助呢！

他忙拦了魏廷珍："你小心点，别闹得大家都知道了……"

"知道就知道，正好让大家都看看窦家是什么东西！"魏廷珍气得暴跳如雷。

窦家竟然敢这样羞辱魏家！她定要给窦家好看！不仅要把窦家五小姐退回去，让窦家白白地吃顿亏不说，还要逼着窦家把四小姐嫁进来，等她折磨够了，再把人给休了，让他们窦家赔了夫人又折兵，成为京都的笑柄！

纪咏本是心思百转之人，魏廷珍的这点小计谋，哪里瞒得过他？他见窦文昌气得只知道发抖，在心里把窦文昌小小地鄙视了一番，这才慢条斯理地道："那我们就到顺天府的大堂上见吧！"一副全然不在乎的样子！

魏廷珍见状怒不可遏，冷笑道："别以为你们家出了个阁老，官府衙门就成了你们家开的，你以为那些御史是做什么的？顺天府大堂是吧？那我们就在那里见好了！到时候可别怪我们魏家不讲情面！"

纪咏轻蔑地瞥了魏廷珍一眼，道："我若是没有记错，夫人是景国公府的世子夫人吧？不知道什么时候离开了景国公府大归了娘家？要不然，怎么口口声声地说什么'我们魏家'？"

"你……"魏廷珍气得差点翻白眼，张原明却一把抓住了魏廷珍："等等！"他低声道，"你看这架势，窦家肯定是有备而来，这件事要从长计议！"

魏廷珍一愣，张原明已上前一步，笑着给窦文昌和纪咏行了个礼，道："内人这也是急糊涂了。不过，你们窦家妄冒为婚，这也是事实……"

"既然如此，掀开盖头的时候济宁侯怎么不把人送回窦家？窦家五小姐一个养在深闺的千金小姐，大门不出，二门不迈，怎么就在窦家长辈都不知道的情况下，这么大的胆子代姐姐嫁到魏家来？"纪咏不屑地道，"我听说前些日子济宁侯约了窦家五小姐在大相国寺私会，被窦家五太太发现了，为此，窦家要退亲，是你们魏家不同意，窦家这才勉强和魏家商定了婚期。我看，是谁家妄冒为婚，还要斟酌一番才是。怎么济宁侯明明见过自己家的小姨子，却和小姨子入了洞房？双朝贺红，济宁侯还不知道在哪里，魏家出了嫁的大姑奶奶却先闹起来，还说什么让窦家把四小姐送过来，莫非济宁侯想学舜帝，娥皇、女英共侍一夫？那也得看看侯爷有没有登高一呼的本事才是！"

纪咏的口才谁人能及？

张原明听得满头大汗，窦文昌也回过神来，忙道："是啊！我们家的长辈事先都不知道明姐儿代嫁之事，辞别父母的时候才发现的，当时在喜堂的人都茫然失措，七叔父更是脸色铁青地要把明姐儿拦下来，可你们魏家的全福人拉了明姐儿就走，等外院的人得了消息，你们家的花轿已经走出了好几条胡同。你们若是不相信，可以问当时的接亲人！因为这件事，七叔父和王家的老太太都气病了，几位婶婶也是一夜没有合眼，天没有亮就打发我们过来，就是想问个究竟！"

"一派胡言！颠倒是非！"魏廷珍气得直哆嗦，"你们家长辈都不知道？是谁给五小姐梳的头？是谁给她穿的嫁衣？是谁……"

现在纠缠于这些细枝末节做什么？得摸清楚窦家到底是什么打算，魏家应该怎么应对才是。

张原明死死地拽住了魏廷珍，打断了妻子的话，道："纪大人好口才，只是事实胜于雄辩……"

他的话还没有说完，一个小丫鬟就神色惶恐地跑了进来："不好了，不好了！新娘子投缳自缢了！"

"啊！"张原明等人呆若木鸡，所有的声音都戛然而止，花厅里一片死寂，只有纪咏，目光微闪，在心里道：这个窦明，总算有点可取之处了！

他冷冷地道："我看，我们还是听景国公世子夫人的话，顺天府的大堂上见吧！"打破了屋子里的寂静。

窦文昌看了纪咏一眼，推了那个来报信的小丫鬟一把，急急地道："新娘子在哪里？快带我去！"

小丫鬟"哦"了一声，忙带着窦文昌出了花厅。

张原明这才缓过神来，急切地道："救人要紧！"也跟着窦文昌出了花厅。

魏廷珍脸色煞白，狠狠地瞪了纪咏一眼，纪咏却鄙夷地一笑，慢条斯理地走了出去。

宋墨坐在书房的紫檀木镶着卷云纹的大书案前，望着窗外花开繁茂如三尺积雪的西府海棠，表情凝重。

冷静下来之后，他仔细地回想着窦昭的话，她是想告诉他，他们没有缘分吧？

她的话，总是很有道理。

就在六天前，他得知父亲为自己正式向廷安侯的幼女提亲，廷安侯既没有答应，也没有拒绝。

他得到消息，廷安侯回府后立刻找了长子汪清淮商量，汪清淮却是极为同意这门亲事的，廷安侯不免有些意动。

宋墨推开窗。窗外绿竹荫荫，梅树古劲，滇花妩媚，西番莲藤蔓缠绕的花棚下，武夷正得意洋洋地和几个小厮吹牛。

宋墨嘴角不由微翘：娶谁为妻都可以，他却不会任由父亲摆布！

第二天，他开始出现在这次随皇上一起去避暑行宫、对他一直都很有好感的宁妃面前。

宁妃是景福公主的生母，景福公主今年春天及的笄。

三天前，也就是在他请假来参加窦昭婚礼的前一天，奉旨去避暑行宫召对出来，汪渊笑吟吟地对他说了一声"恭喜"，并悄声道："宁妃娘娘这两天一直在皇上面前说您的好话。"

他联想到刚才皇上问的那些话，心知肚明，笑着塞了一张银票过去。若是不出他的意料，廷安侯这几天就会给父亲回音了，宫里也应该很快就会召父亲去问话。

他，真的和窦昭没有缘分吗？宋墨在西府海棠下略一驻足，去了严朝卿的住处。

这世上还没有他下定决心而做不成的事！

严朝卿亲自沏了大红袍招待宋墨，一边执了紫砂壶将茶分倒在紫砂小茶盅里，一边笑道："世子爷什么时候启程？"

宋墨只请了两天的假。

"我用过午膳就启程。"宋墨悠然地喝了口茶，道，"我想娶窦昭，有些事要嘱咐先生。"

严朝卿大吃一惊，手一颤，茶壶里的热茶就倒在了他自己的大腿上。他"啊"的一声惊叫着跳了起来，热水已快速地渗过丝绸直裰浸湿了他的裤子，他急着想脱下直裰，想到宋墨就坐在眼前，显得有些不恭，只好拎着直裰的下摆往内室跑，高声叫着小厮进来服侍，引得守在门外不明所以的陈核等人都冲了进来，屋子里顿时乱成了一团。

宋墨哈哈大笑起来。他不过是说了句想娶窦昭，就让严朝卿如此失态，若是他真的娶了窦昭，还不知道会惊掉多少人的下巴。

窦昭，好像总是有这种本事，让人过目不忘，惊艳不已。

半晌，严朝卿才换了件衣裳从内室出来。

宋墨问他："怎样？烫得严不严重？要不要请个大夫瞧瞧？"

"没事。"严朝卿道，"不过就是红了块皮。"他的思绪还沉浸在刚才的震惊中，人显得有些恍然，待小厮将榻上收拾干净，他这才缓过气来，重新坐下，神色严肃地问宋墨，"四小姐出了什么事？"

今天是八月初五，应该是窦昭双朝贺红的日子。

"新娘子被换了人。"宋墨把打探来的消息告诉了严朝卿，至于他夜探静安寺胡同，和窦昭说了些什么，却一字未提，严朝卿也一字未问。但这个消息却让严朝卿的脑子转得飞快。

一直以来，他都在为宋墨的婚事担心。

如今宋墨掌控着颐志堂，宋宜春是正经的英国公，掌控着英国公府。宋墨虽是世子，却表现得锋芒毕露，和英国公势均力敌，打了个平手。而英国公续弦之事不顺利，英国公府没有主持中馈的人。这个时候，宋墨的夫人如果能主持中馈，就可以代表英国公府在外行走，并且可以过问还没有成年的宋翰的日常起居，打破英国公对宋翰的控制，虽然不指望兄弟之间的关系会因此像从前那样亲密，但至少可以减少宋翰站在宋墨对立面的可能，使得宋墨的地位更加稳固；还可以出入禁宫和各府的内院，通过那些嫔妃和夫人们为宋墨造势，让英国公忌惮，不敢随意行事。

与之相反。

如果是英国公的续弦夫人主持了英国公府的中馈，就有可能在嫔妃和各府的夫人们面前造谣生事，坏了宋墨的名声；使得宋翰和宋墨之间的联系更加困难，万一宋翰在英国公的支持下对世子之位起了心，事情不仅会变得更复杂，一个不好，宋墨还有可能背上不孝的名声，形势将会对宋墨很不利。万一那位夫人再生下男嗣，有了娘家的支持，兄弟阋墙，就算最终宋墨能胜，也是伤敌一千自损八百的事，英国公府因此伤了根基，从此没落下去，也不是没有可能的……

严朝卿又和廖碧峰这些幕僚不同。他不仅受蒋家的知遇之恩，而且还是看着宋墨长大的，除了主仆之义，还有亦师亦父的舐犊之情，他不仅希望宋墨的夫人能有主持英国公府中馈的能力，还希望她能和宋墨琴瑟和鸣。

听说窦昭的妹妹代窦昭嫁入了济宁侯府，他不由眼睛一亮。

他素来欣赏窦昭的冰雪聪慧，机智果敢。

少年老成的宋墨每次遇到了窦昭都显得要比平时活泼，总有说不完的话。

他曾不止一次地遗憾窦昭早早地和别人定了亲。如果宋墨娶了窦昭，应该会过得很美满吧？而且，宋墨有了窦昭相扶持，控制英国公府岂不是指日可待！

严朝卿很兴奋，忍不住喜上眉梢，脑子转得更快了。

"窦家五太太也好，窦家七太太也好，都是内宅妇人，或者会因为一时的恩怨生出龌龊。可换亲却是大事，窦元吉不可能不知道，"或者是因为心情激动，他说话的声音很急促，"就算是事前不知道，事后也能及时补救。从他行事的做派来看，他不可能为了些许的小事就纵容自己的夫人做出这等有损窦家颜面的事来，可见他是知道窦氏姊妹易嫁之事的。这就有些不合情理了。世子若是要娶四小姐，首先要弄清楚窦元吉为何要这么做，我们才能对症下药。其次是济宁侯府那边，若是济宁侯府认下这门亲事还好说，若是不认，我们得想个办法帮窦家一把才行，要立刻派人时刻关注那边的动静。再就是四小姐的婚事，到底掌握在谁的手里？四小姐被羞辱，舅母赵太太是什么态度？能不能想办法通过赵太太的态度影响到四小姐的婚事……"说到这里，他不由神色微凝，道，"最要紧的是，怎么让国公爷答应帮您上门求娶……"他敲着额头，想了好几个理由，都被他自己一一否定，想到廷安侯近几日会答应宋墨的婚事，宫里也有可能随时会下旨赐婚，他立刻头大如斗，道，"不管怎么说，这件事必须得快！怕就怕窦家为了掩饰这件事，对四小姐另有安排……"又道，"我总觉得代嫁之事不简单……"他突然想起窦昭求他的事，"还有件事，因为四小姐没有具体的交代，我也就一直没跟世子说……"他把窦昭求他帮忙安排给一户人家脱籍的事道出，"因是四小姐自己的事，我也没有去查这户人家到底是怎么回事，现在看来，只怕和四小姐退亲有些联系……"

宋墨的眼底溢满笑意。

放弃和皇家联姻，走一条更艰难的路，这是他的选择，却不是与他生死相关、荣辱与共的身边人的选择。

他以为自己会需要花很多精力去说服严朝卿等人，还有可能要用到窦昭对他们的救命之恩来压制严朝卿，因而他一开口就用了种命令而非商量的口吻和严朝卿说这件事。没想到，严朝卿对窦昭的印象这样好。

莫名地，宋墨心里充满了暖意，就像回到了母亲在世时上下一心、其乐融融的时候。

他支肘倾身，低声道："先生和我想到一块去了。不过，我还有几件事想请先生去办，这才是当务之急。"

严朝卿正色地道："世子请吩咐！"

宋墨沉吟道："四小姐被退了亲，是桩丑闻吧？"

严朝卿一愣。

"我父亲肯定会听闻。"宋墨用一种充满了暗示性的语气道，"四小姐是嫡长女，自幼失恃，唯一的舅舅虽然贵为两榜进士，却一直在西北为官；父亲续娶的是云南巡抚王又省的女儿，四小姐却从小在真定跟着妾室出身的祖母长大；虽然有一个贵为当朝阁老的伯父，可不仅快要出五服了，而且现在还被换了亲……我父亲一定很感兴趣，特别是在传出宁妃正要为景福公主物色驸马的时候。"

"不错！"严朝卿情不自禁地拊掌，"只要想办法知道窦家对四小姐有什么打算即可！"

宋墨此时不禁要感谢那天无意间听到的壁角。

"不管窦元吉对四小姐是什么打算，出嫁和招婿，以窦家七老爷此时的心情，只要父亲态度诚恳，窦家七老爷肯定不会拒绝。"他悠悠地道，想起母亲去世前父亲的言行，心里又生出淡淡的伤感来。

此时的魏廷瑜，正木然地坐在宴息室临窗的大炕上，耳边响起的，不是窦家嬷嬷和丫鬟们哭天抢地的号啕，就是姐姐声音尖厉的数落，还有窦家少爷窦文昌愤然的斥责。

事情怎么会变成这样？他不过是听说姐姐和窦家的人争执起来，想仔细地想想这件事该怎么办，刚在书房里喝了杯茶，窦明就上了吊。

还好窦家的嬷嬷觉得不对劲及时推门而入……

魏廷瑜简直头痛欲裂！

第七十一章　承认·惊蛇·三天

此时在济宁侯正房内室里的马骏家的却是满头大汗。

她做梦也没有想到窦明会上吊。若是五小姐在她的手里出了什么事，她可怎么向二太夫人和五太太交代啊！

望着虽然清醒过来，可痴痴呆呆像失了魂似的窦明，马骏家的不由害怕起来，脸色苍白地冲着身边那一群惊慌失措的丫鬟、婆子急急地高声喝道："都傻兮兮地站在这里做什么？还不快去看看大夫怎么还没有来？要是小姐有个三长两短，你们也都别想活了！"

有丫鬟"哦"了一声，匆匆出了内室。

窦明突然眨了眨眼睛，眼神渐渐有了些许的光彩，马骏家的不禁又惊又喜，俯身喊着"五小姐"，声音中已带着几分哽咽。

窦明坐了起来，马骏家的忙亲手拿了个大迎枕放在窦明的身后。

窦明却把被子一掀,趿了鞋子就要起身。

"我的好小姐,"马骏家的声音柔和,透着几分哀求,"您现在身子骨还弱着,有什么事,吩咐奴婢就是了,何必自己动手……"

窦明一言不发地推开了马骏家的,趿着鞋子,摇摇晃晃地朝外走。

"五小姐,五小姐……"马骏家的焦急地跟在窦明身后,想劝她躺回床上休息,又见她一副"谁也别想挡住我"的模样,听到外面的争吵声,想到临行时五太太的暗示,她脚步一滞,任由窦明撩帘而出。

窦明望着目含悲愤的窦文昌,微微一愣,眼角的余光却发现了神色悠闲地坐在角落里喝茶的纪咏,她不由恨得咬牙切齿。

他来干什么?看戏不怕台高的家伙!总有一天,她要让他好瞧!

她冲着正喋喋不休的魏廷珍就大喊了一声"不要吵了"。

大家这才发现不知道什么时候窦明已出了内室,羸弱地含泪依在内室的门扇上,屋子里的声音戛然而止,静得落针可闻。

"你们不要吵了!"窦明轻轻地喘着气,纤弱得好像风吹过来就会倒下似的,眼泪扑簌簌地落下,"你们不要再吵了。昨天晚上,侯爷喝醉了,我只是照顾了侯爷一夜,什么事也没有发生!代姐姐嫁过来,是我的主意,有什么事,自有我自己承担!"她说着,目光落在了窦文昌的身上,"大堂兄,我让窦家、让您颜面尽失,是我的不对。您不要为我和魏家的人争执了,要杀要剐,随他们魏家发落!"她望向魏廷珍,一双杏眼如百年寒冰,凉飕飕地刺骨。

魏廷珍一愣,魏廷瑜则睁大了眼睛,"腾"一下站了起来。

"一人做事一人当!"窦明冷笑,嘴角噙着一丝轻蔑,"你们想怎样?尽管说就是了,用不着在这里羞辱我们窦家!"

思及窦明的自缢未遂可能会让窦家的态度变得极其强硬,张原明本打算先让妻子和窦家胡搅蛮缠一阵以后再和窦家理论,借此挽回些许颓势,因而一直沉默不语地作壁上观,此时见状不由轻轻地"咦"了一声,看窦明的目光就显得有些重视,就连纪咏,听着也直了直身子。

魏廷珍气得想跳脚。

你们窦家闹出姐妹易嫁之事,竟然还有道理了?!还让我看着办?你以为我不敢把你怎样啊!

魏廷珍毫不客气地指着窦明就骂了起来:"你以为你是个什么东西?一人做事一人当,你当得起吗?你凭什么当?别以为我不知道,你娘也就是个扶正的小妾,要不是你外祖父得势,别说和我们魏家结亲了,就是想踏进我们济宁侯府,你也没那资格!还随我处置?你要是真的想死,就趁着别人都不在的时候死啊!这个时候闹腾,别以为我是傻瓜……"

窦明一言不发,朝着身边的落地柱撞去,"嘭嘭嘭"的声音像擂鼓,敲在众人的心里。

"五小姐!"没等众人反应过来,魏廷瑜已经冲了过去,一把就拦腰抱住了窦明,"你别这样!"他大声地道,"我相信你!我相信你!"说着,眼眶湿漉漉的,一副要哭出来的样子。

魏廷珍愕然,随后气急败坏地大骂:"你这笨蛋,这是女人们惯用的小伎俩,你,你还不快快放开她!你放心好了,她不会死的,她死不了,她还等着做济宁侯府的侯夫人呢!放眼整个京都,有谁像她这么年纪轻轻的就成了侯夫人?她心里正得意着呢……"

就算是这样又怎么了？魏廷瑜想起自己第一次和窦明说话时，窦明笑语殷殷地告诉自己"我母亲是小妾扶正的，我姐姐和我的关系不好"时那看似轻描淡写眼底却难掩感伤的目光；想起她歪着脑袋笑着对自己说"你要好好讨好我爹爹，不然别想娶到我姐姐"时那看似欢快而眉宇间却好像藏着几分忧伤的表情；想起自己被岳父冷落，悻悻地走出书房时窦明从郁郁葱葱的花树后露出的带着几分狡黠的笑颜……还有，她站出来大声告诉所有的人，他们之间什么也没有时的毅然决然；她说代嫁是她的主意时的悲愤，都让他的心里顿时像被挖去了一块似的，痛不可抑。

"姐姐！"他大喝一声，打断了魏廷珍的话，"她就是再不好，也没有说谎！"想起小时候，看着隔壁长兴侯家灯火通明的宅第，姐姐给他买了一大根糖葫芦，抱着不谙世事的他，指着长兴侯府道"以后，我要嫁个显赫的夫婿，要比他们家的院子还要大，比他们家的灯还要多，让全京都的人都拍你的马屁，再也不受别人的冷落"，他的声音就更大了，身体站得更直了，"她想嫁入济宁侯府，有什么不对？人往高处走，水往低处流。我们既然已经拜堂成亲，已经洞房花烛，就是夫妻了，您，您就别再骂她了……"一副要认下这门婚事的模样，却在魏廷珍怒火熊熊的目光中慢慢露出几分怯意，声音也低了下去。

熟知小舅子性情的张原明还好，窦文昌和纪咏都露出不可思议的表情，纪咏更是在心里骂了一句：这窦明还真有点狗屎运，这样就能把个魏廷瑜给笼络住了。还好窦昭没有嫁给魏廷瑜，不然天天对着这脑子像糨糊似的魏廷瑜，这日子可怎么过啊？！

念头闪过，他又有些小小的得意。

等窦昭知道自己帮她退了亲，肯定会很高兴的吧！

等到曾祖父去帮自己提亲，她会是怎样一副表情呢？惊讶，愤然，还是气呼呼地把自己叫去教训一顿，问自己到底有没有插手过她们姐妹易嫁之事。

想到这些，他又觉得有些小小的奇怪。

婚姻大事，为什么他从没想过窦昭会害羞呢？

或许，这就是他觉得窦昭好的地方吧？从不扭扭捏捏，要什么、不要什么，清清楚楚，明明白白，而不是像他的那些堂姐表妹，总是说一半话藏一半话，就是向来以才智敏捷、落落大方而成为堂姐表妹间翘楚的纪令则，好像也有这毛病。

他看着窦明委顿在地，拽着魏廷瑜的衣角嘤嘤地哭了起来，觉得心情前所未有地舒畅。

宋宜春的心情却非常糟糕。

昨天东平伯周少川家娶媳妇，会昌伯沈大贵笑嘻嘻地恭喜他："你们家砚堂可真能干，在避暑行宫天天被皇上召见，据说阁老们集议的时候，你们家砚堂就坐在丽正殿继续给皇上抄录《域州形势叙》，砚堂的学业精进如斯，可喜可贺啊！"又羡慕道，"如此殊荣，也只有你们府上了！"

英国公府是好是坏，关他沈大贵什么事？！

宋宜春有些气闷。照这样下去，再过几年，他只怕是再也没办法压制宋墨了。

他吩咐小厮："请陶先生过来叙话。"

小厮应声而去。

他坐在临窗的大炕上望着窗外油绿色的叶子间缀着点点繁星般嫩黄色小花的桂花树，有些心不在焉。

自从和宋墨反目之后，宋宜春就将英国公府东路的樨香院修整一新，搬了过去，和颐志堂一东一西，成对峙之势。

陶器重却觉得这样不好。

宋宜春是堂堂正正的英国公，是英国公府的主人，这样让出上院，给人一种示弱于宋墨之感。劝了几次，宋宜春却铁了心非要在梨香院住下。

陶器重暗暗摇头，却也知道不能再在这件事上多说什么了。

梨香院之所以叫这个名字，是因为院子里种满了桂花树。中秋节临近，梨香院中桂花盛开，远远地就能闻到馥郁的桂花香，待走近了，香味变得更浓烈，反而让人有种气闷之感。

陶器重走进书房的时候，看见宋宜春正在检查宋翰的功课。

宋宜春很喜欢读书，年轻的时候曾参加科举，还中了秀才，于制艺上颇有造诣，后来被老英国公训斥，让他不要与士子争名，免得引来是非，这才没有继续科考，但却请了大儒在家里教自己读书，学问上有自己的独到之处，指点宋翰的课业绰绰有余。

看见陶器重，他丢下了次子的功课，感叹道："毕竟是……没有什么天赋，不如宋墨良多！"

既然如此，为何又要和长子闹成今日的局面呢？陶器重在心里嘀咕着，却依旧恭谨地行礼，遵守着幕僚应有的分寸。

好在宋宜春也没有让他评判的意思，像是觉得自己刚才说的话有些不妥当，他很快转移了话题，对陶器重道："我看廷安侯府那边，我们得积极点——明天你就去趟廷安侯府，打探一下汪家的意思。"说着，叹了口气。

这就是家里没有个主持中馈之人的坏处。女人之间好说话，说错了也有个转圜的余地。让幕僚过去，生硬刻板不说，话一旦被拒绝就不好再提起，他自己续弦之事一直不顺，也与此有一定的关系。

陶器重笑着应诺，和宋宜春提起聘礼的事来："……汪家这些年来多行商贾之事，国公爷拿定了主意，我也好和廷安侯府的人说话。"

宋宜春略有些不悦地道："这关系到英国公府的体面，我难道还会亏待自己的儿媳妇不成？"

陶器重要的就是这句话，连声告罪，和宋宜春商量了个大致的数目，正要退下，常护卫求见。宋宜春示意他暂时不要走，让小厮领了常护卫进来。

常护卫给宋宜春和陶器重恭谨地行了礼，低声道："颐志堂的严朝卿带着一大堆礼品去了宁德长公主府上。"

宋宜春目光一凝。他和三驸马石崇兰私交很好，而宋墨因为他的母亲——英国公府老夫人陆氏，甚得陆家上上下下的喜爱。听说宋墨和他有了罅隙，陆复礼和陆知礼还曾专程到家里来问究竟。他虽然搪塞了过去，却不好当着陆家的人再说宋墨的不是，宋墨也心知肚明，有什么事要求太后娘娘或是皇后娘娘，就会请嫁到陆家的宁德长公主帮着递话。

这次宋墨又有什么事求宁德长公主呢？

宋宜春思忖着。

陶器重站了起来，恭身向他行礼，道："国公爷，我去查查严朝卿到长公主府上有何用意！"

宋宜春颔首，陶器重和常护卫退了下去。

屋子恢复了静谧。

宋宜春的目光重新落在了宋翰的课业本上，他不由眉头紧锁，把课业本狠狠地丢在了炕角。

顾玉则拉了汪清淮喝酒，要支取一部分修缮黄河故道的款项。没人比汪清淮更清楚勋贵之家那种看似鲜花着锦，实则捉襟见肘的窘迫，这也是他咬着牙和六部官员打交道的原因，何况顾玉手面向来很大，曾经有一夜赌输半条街的事。

"行啊！"他没有片刻的犹豫，立刻道，"一万两银子够不够？"

在汪清淮看来，现在已是秋季，再过两个月就要立冬了，各府的庄头、大掌柜就要回府拢账了，一万两银子，让顾玉支撑到立冬，绰绰有余。

谁知道顾玉却摇了摇头，道："有没有办法调五万两银子？"

汪清淮大吃一惊，顾玉不是用商量的口吻问他"能不能调五万两银子"，而是用一种势在必得的口气要他想办法调五万两银子。

汪清淮第一个念头就是万皇后要银子使，可他立刻就打消了这个念头。

盐课提举司提举解锦城是万皇后的人，万皇后缺银子，自有解锦城帮着操心，怎么会找顾玉？但也有可能是顾玉主动帮忙……

他脑子飞快地转着。如果他能通过顾玉搭上万皇后这条线……

汪清淮笑道："整个黄河故道的修缮也不过压了九万两银子，你有什么急事，要这么多银子？那边恐怕是抽调不出来，可我手里还有些体己银子，家父那里，也能凑一些，就是得想个好理由才是，不然家父还以为我要忽悠他呢！"

顾玉何尝不知，想了想，道："要不，我和天赐哥都退出吧！但当着外面的人还是说我们在合伙，工部和户部那边，我也像从前一样帮着催款。"

汪清淮骇然。

明年五月，黄河旧道的修缮就完成了，最少也有十二万两银子的进账，之前顾玉和宋墨共投了六万两银子，现在就要五万两银子，连本钱都没有收回来，而且之后的收益也都归他一人所有……这好比是毒蛇啮指，壮士断腕。

顾玉和宋墨到底遇到了什么事，竟然被逼到如此的境地？

他之所以能在文、武官员面前都吃得开，就是深谙凡事留一线的道理。不要说英国公有意和汪家结成亲家，宋墨有可能会成为他的妹夫，而顾玉是万皇后的嫡亲外甥，就算是一般的官员，他也不能就这样拆了伙。如果他真这么做了，虽然在理，却少了些人情味，对方不免会心生不虞，甚至有可能再也不和他打交道，也就更谈不上日后有什么好事的时候顺便提携他一把了。

只是不知道这次是顾玉的事还是宋墨的事。

若是顾玉的事，以宋墨的精明厉害肯定能毫不犹豫地帮着顾玉，他还有什么好犹豫？若是宋墨的事，恐怕十之八九和英国公有关系……那就要仔细地打听一番。

"这怎么能行！"汪清淮斩钉截铁地拒绝了，"不过就是五万两银子，哪就为难至此？我在保大坊那边还有幢宅子，怎么也值个一两万两银子，"说到这时，他故作尴尬地笑了笑，道，"不过，大家都知道我在做生意，如果知道我要卖私宅，恐怕会怀疑我囊中羞涩，我还压着几笔款子没给人结算呢！最好是找个牙人悄悄地卖了，只是那样可能最多就只能卖个万把两银子了……"

顾玉明明知道他这么说是在卖自己人情，但还是觉得汪清淮这人挺仗义的。他想了想，道："世子，我跟你说件事，可你谁也不能告诉。"

终于说到了正事上！汪清淮心中一喜，却不动声色地端容道："我们打交道也不是一天两天了，我是什么人，你还不知道吗？"

顾玉笑道："我自然信得过世子，只是这件事还没有定下来，万一走漏了风声，会惹来麻烦，最好还是慎重点。"然后压低了声音道："宁妃看上了天赐哥，皇上也有这个意思，还找了天赐哥去问话，估计这两天就会有旨意下来。因为不知道会把婚期定在哪一天，天赐哥怕到时候手忙脚乱的，想事先多准备些银子……"

仿佛一声惊雷在汪清淮的耳边炸响，让他的声音都变了："你说的可是真的？砚堂要尚公主？"

"嗯！"顾玉笑道，"英国公府声名煊赫，景宜公主也到了适婚的年纪，我姨母根本就没往这上面想，听说是宁妃娘娘求了皇上，后悔不已，不过最后天赐哥是尚景宜公主还是尚景福公主现在还说不好，反正尚公主是肯定的了。"又揶揄道，"现在天赐哥烦得不得了——我姨母这个人最护短了，他怕会尚了景宜公主，还让我进宫去在姨母面前帮他嘀咕几声，还许了事成之后在什刹海给我买幢宅子……"

汪清淮哪里还坐得住！

"既然如此，那我就快点帮砚堂把银子凑齐了。"

他草草地和顾玉吃了顿饭就赶回了家，拉着个小厮就问："侯爷呢？"

小厮忙道："侯爷正和英国公府的陶先生说话呢！"

汪清淮听了急得满头是汗，匆匆去了廷安侯会客的书房，叫了在书房外面服侍的小厮："快进去通禀一声，说我有急事，请侯爷无论如何也要出来见我一面，我就在后面的小书房等他老人家。"

小厮应声而去。

汪清淮在小书房里焦急地等着父亲，不一会，廷安侯满面笑容地走了进来。

"大海，什么事这么急？"他很是满意地道，"英国公府再来我们家提亲了，许了两万两银子的聘礼，足见对你妹妹的重视了，我寻思着，我们也不能让你妹妹被宋家的人小看，准备给你妹妹准备四万两银子的陪嫁，正想找你商量这件事呢……"

"爹爹，"汪清淮焦急地打断了父亲的话，把屋里服侍的小厮全都打发了出去，甚至吩咐他们"等会再上茶"，低声把刚才听到的消息告诉了廷安侯，"您和英国公府谈得怎样了？有没有答应？"

"不会吧！"廷安侯听得两眼发呆，半晌才道，"宋砚堂可是英国公府的世子，怎么可能会去尚公主？早年间还有可能，这几年谁家愿意去尚公主啊？"

"您可别忘了，宋氏父子之间，可是不怎么和睦的！"汪清淮提醒父亲，廷安侯恍然大悟。

汪清淮忙道："你答应宋家了吗？"廷安侯窘然。

汪清淮思索片刻，道："前两天五军都督府右军都督戴天仪家不是差了媒人来向小妹提亲吗？您回书房后就说您不知道娘亲已经答应了戴家的媒人，这件事就此作罢，等过几天，圣旨下来，宋家自然知道是怎么回事了。我们则赶在圣旨下来之前和戴家把亲事定下来，如果再有什么流言蜚语，也能把自己给择出来。"

如果不是因为英国公突然向汪家提亲，汪家和戴家早就把婚事定下来了。廷安侯点了点头，去了会客的书房。

"你说，廷安侯原本都答应了，结果世子一回来，这件事就变了卦？"宋宜春睁大了眼睛瞪着陶器重，满脸的不敢置信。

"是！"这么简单的一件事都没有办成，陶器重颇有些无颜再见江东父老的羞愧，低声道，"我已经派人去打听是怎么一回事了，这两天就应该有消息回来。"

"要快！"宋宜春脸色阴沉，"只怕事情没有那么简单！"

陶器重心情复杂地低头应"是"。

在避暑行宫宋墨分配到的厢房里，顾玉正躺在临窗的大炕上一边啃着苹果，一边打量着屋里的陈设，啧啧道："看样子皇上是真的打算招你做女婿了，你看你这厢房，坐南朝北，宽敞明亮，只怕姚时中也没你住得好。"

　　皇上在避暑行宫，首辅梁继芳奉命辅佐太子监国，户部尚书兼谨身殿大学士姚时中陪皇上在避暑行宫处理政事。

　　坐在书案前练字的宋墨就笑了笑。他的字与那些两榜进士出身的内阁学士相比，自然不能相提并论，可胜在布局磊落，气势俊伟，皇上非常喜欢，这些日子常常把他叫去抄录佛经或是游记，他闲暇的时候就在屋里练字。

　　"天赐哥，你真的不想娶汪大海的妹妹？"顾玉嘴里含着苹果，口齿不清地道，"汪家的人都长得不错，那汪大海的妹妹应该也差不到哪里去。你可别弄巧成拙，到时候真的尚了景宜！景宜漂亮归漂亮，可那脾气，好像天下的人都得围着她转似的。景福虽然好一些，可不管是模样还是性情，都平常得很。"说着，他扑到了宋墨的书案前，暧昧地朝他眨着眼睛，"要不要我帮你想想办法，让你尚了淑妃娘娘的景泰或是辰妃娘娘的福圆？景泰长得多漂亮啊，景宜和她一比，那就是金银和美玉，可是景福和她一比，那简直就是木头和宝石！福圆虽然没有景泰和景宜漂亮，可她的脾气好啊！她很小的时候辰妃娘娘就亲自教她读《女诫》，你若是尚了她，说不定以后也会有永承伯冯健的福气。你怎么就看中了景福？难怪宁妃娘娘这次宁愿得罪我姨母也要让景福嫁给你……"

　　永承伯冯健尚了太宗皇帝的姐姐永平公主，永平公主贤惠大度，与冯健成亲之后，不仅孝顺公婆，和睦妯娌，而且对冯健所纳的妾室也照顾有加，冯健仅庶出的子女就有二十几个，永平公主因此曾被太宗皇帝嘉赏，成为皇家典范，被传为一时佳话。

　　宋墨听着有些恍惚。

　　是啊，自己怎么就瞧中了景福公主？

　　窦昭也曾说过，让他或是尚福圆公主或是尚景泰公主。

　　可当他知道景福公主比自己小两岁的时候，突然就决定了尚景福公主。或者在自己的心里，景福公主比自己小，他们不会那么快就成亲。至少，自己不会在窦昭出嫁之前娶妻……

　　窦昭，不知道在干什么？

　　今天，是窦明三朝回门的日子。

　　窦昭正和舅母、璋如表姐一起听素兰说着济宁侯府里发生的事。

　　"……大爷可真厉害，一见济宁侯认下了五小姐，立刻就向魏家索要婚书。"素兰喝了一口茶，继续道，"景国公世子夫人还不答应，结果被景公国世子爷给拦住了，大爷、景国公世子爷、纪大人，还有廷安侯、景国公府的二爷一起去了济宁侯的书房，商量着重立婚书的事，把景国公世子夫人丢在了厅堂。景国公世子夫人当时就发作了，寻了个鸡毛掸子，劈头盖脸地朝济宁侯就是一通乱抽乱打，把五小姐都看蒙了。济宁侯却是哼也不敢哼一声，抱着头任由景国公世子夫人抽打。五小姐想上前劝阻，也挨了好几下。后来认亲的时候，五小姐手背上的红印子还没有消呢！"说到这里，她抿着嘴笑了笑，"我瞧着景国公世子夫人的样子不像是失手才打在了五小姐的身上，倒像是成心的。"

　　那语气，怎么听都带着几分幸灾乐祸。

　　赵璋如咯咯直笑，给窦昭续茶的素心就瞪了素兰一眼，素兰忙正襟危坐。

　　窦昭和舅母看着也都忍不住笑了起来，舅母更是柔声地道："难得素兰一片赤子之心，不必过于苛求。"

素心只好恭声应是，素兰就朝姐姐使了个得意的眼神，然后肃然道："我原本准备昨天晚上就回来给您报个信的，可魏府的那些粗使婆子却奉了景国公世子夫人之命把我们都给看管了起来，我怕魏家的人起了疑心，牵扯到小姐身上，就和那些陪嫁的丫鬟一起在魏家歇了，今天一早随五小姐回来的。甘露怕我们都回来了，小姐的陪嫁有个闪失，就和流云她们留在了济宁侯府，到时候再随着小姐的陪嫁一起回来。"

窦昭微微点头。

虽然发生了姐妹易嫁的事，但魏窦两家该有的礼数却是一样不缺。

天刚亮就派了窦文昌去接了窦明回门。

五太太怕舅母尴尬，请了舅母去槐树胡同小住，却被舅母拒绝了："我们家寿姑又没有做错什么，凭什么要给明姐儿让地方？她都不觉得害臊，我有什么可脸红的！"

一句话把五太太给顶了回去，五太太不免有些窘然。

六太太却不想让窦昭为难，出来打圆场："既然如此，那就请舅太太去陪陪寿姑吧？她身边有个陪着说体己话的人，心里也好过些。"

赵太太就领着女儿来了窦昭屋里。

五太太、六太太等窦家在京都的女眷则盛装出席，招待窦明这个新出炉的姑奶奶。

窦明的大舅舅王知柄没来，王家的女眷则是跟着窦明的小舅舅王知杓一起过来的。

舅母就称赞素兰："难得你小小年纪却口齿伶俐，条理清楚，说得明明白白。"让随身的嬷嬷赏了素兰二两银子。

素兰欢天喜地接了银子，谢了又谢，和姐姐一起退了下去，让窦昭和舅母、表姐说体己话。

虽说事情到了这个地步舅母也觉得和魏家的婚事不必挽回，可听说魏廷瑜这么快就认下了窦明，舅母心里还是有些不舒服。

她长长地叹了口气，道："寿姑，你以后有什么打算？"

窦昭觉得这个时候自己若是说出"再也不嫁人了"之类的话，舅母肯定会认为自己是受了刺激死了心，定会难受、自责的。

"先回真定吧！"她笑道，"然后睁大了眼睛，再找个好人家！"

舅母见她还挺乐观的，把悬着的心放下了一半。

顾玉见宋墨有些出神，不由伸手在他的眼前晃了晃。

"天赐哥，回神了，回神了！"他嬉笑道，"你不会是想新娘子了吧？"

宋墨弹了顾玉一个凿栗，笑道："胡说些什么呢？"耳根却突然间有些发热，他掩饰般地随手拿起个苹果塞到了顾玉的手里，"吃你的苹果，少废话！"

顾玉觉得自己好像猜中了宋墨的心情。他笑得像只小狐狸，拿着苹果重新倒在了临窗的大炕上，道："天赐哥，你成亲的时候，让我去帮你接亲吧！到时候我肯定会护着你，不让他们灌你酒的……"

宋墨心里却在想窦昭的事。

昨天窦、魏两家重新写了婚书，魏家立刻请了自家的两位证婚人廷安侯和张继明重新在婚书上做了保，今天新人认过亲，喝了回门酒，窦家就应该会去请杨森和蔡弼过来在婚书上做保，然后再拿到顺天府去存档。这样一来，窦家姐妹易嫁的事很快就会被传出去了。

眼看着就要到八月十五了，皇上肯定不会在避暑行宫过中秋节的。皇上一旦回宫，他和景福的婚事就要提到明面上，到时候自己可就真的弄巧成拙了！

无论如何，他也得在中秋节之前把事情办妥才行！

宋墨没有理会顾玉的唠叨，高声喊了陈核："你回府一趟，看看严先生可有什么话递给我。"

纪咏亲自去请了杨森过府。

杨森不免有些叹惜："可怜了窦家四小姐，都要出嫁了，却得了这样的怪病。"

纪咏笑道："不过是脸上长了癣罢了。也不是不能医，不过是有些麻烦而已。济宁侯府也太小心了点，正好五小姐还没有说亲，窦家就答应了这门亲事。"

言下之意是指魏家嫌弃窦昭，逼着窦家把窦明嫁到了济宁侯府。杨森还没什么，而深知其中蹊跷，又一心想讨好窦世枢的蔡弼自然不会放过这个机会，笑道："要怪就怪窦家四小姐的嫁妆太丰厚。"

暗指魏家是看中了窦家的嫁妆，明知窦昭有疾还不愿意和窦家退婚。纪咏不由眼皮一跳，高看了蔡弼两眼，杨森则不以为然地摇了摇头，连叹了几声"世风日下"，这才由纪咏服侍着上了轿子。

陶器重的消息，比宋宜春想象的来得要早。用过晚膳，陶器重就面色凝重地求见宋宜春。

"世子爷恐怕要尚公主了！"他沉声道，"消息是从廷安侯府传出来的，这个时候京都有头有脸的勋贵之家只怕都已经知道了。"

宋宜春差点打翻了手边的茶盅："你说什么？"他脸色大变，"消息可靠吗？"说话间想到儿子的神出鬼没，没等陶器重回答，心里倒先相信了几分。

"消息可靠。"陶器重道，"是廷安侯世子爷亲口对我说的——想必是为了给我们府上一个交代。而且他还说，皇后娘娘和宁妃娘娘都看中了世子爷，宁妃娘娘已向皇上开了口，皇上也有此意，不过因为皇后娘娘想让世子爷尚景宜公主，这件事就拖了下来。可世子爷尚公主的事，却是铁板上钉钉的了。"

宋宜春颓然地坐在了太师椅上。

"怎么会这样？"他喃喃地道，"这些年尚公主的都是那些落魄的世家子弟，宋墨却是英国公府的世子……宁妃娘娘怎么会瞧中他……"

"应该是世子爷的主意吧！"陶器重苦涩地道，"世子爷若是尚了公主，就无人可动摇他的世子之位了……您应该让二爷和世子爷多多走动的……世子爷若是破釜沉舟……"杀伤力是很惊人的！

"不行，不行！"宋宜春急得团团转，"不能让他尚了公主……"他吩咐陶器重，"上次东平伯不是说他有个女儿和宋墨同岁吗？就她好了！你明天一早就去东平伯家提亲……"

"侯爷，"陶器重只好再次低声提醒宋宜春，"世子爷要尚公主的事，京都的勋贵之家应该都知道了。"谁还敢在这个时候和宋家定亲！

宋宜春呆住了："难道就没有其他的办法了？我们就只能眼睁睁地看着宋墨尚公主？"

陶器重没有说话。

第七十二章　入耳·殷勤·说媒

英国公府旁边的顺天府学胡同，是因为顺天府的府学落址于此而得名的，剪子巷里也因此挨挨挤挤的全是卖各种小食的摊子和铺面，其中有家叫卯记的馄饨铺子，馄饨做得皮薄馅大，配上小鱼小虾，汤汁又十分鲜美，甚合陶器重这个江南人的口味。他偶尔会去卯记吃一碗馄饨，再和同是江南老乡的卯记铺子的老板闲聊几句，思乡的愁绪顿时就会烟消云散，心中畅快不少。

从樨香院出来，已是灯火初上之时。陶器重略一犹豫，去了卯记馄饨铺子。

铺子里的生意照例很好，座无虚席，昏黄的灯光下，嘈杂的说话声，氤氲的腾腾热气，让人的面孔都模糊起来。但卯记铺子的老板还是一眼就认出了陶器重，他笑着边用围裙擦着手边走了过来："陶先生，还是照老规矩，我在后门给您支张桌子吧？"

陶器重笑着说了声"多谢"。

卯记的老板亲自去收拾了桌子，端了碗馄饨放在了陶器重的面前。

陶器重喝了口汤，邻座传来两个男子低声的议论。

"……真的？那窦家可是读书人，怎么就会答应了姐妹易嫁的事？"

"我骗你做什么？窦家四小姐和五小姐是同父异母的。据说当时来不及准备，用四小姐的陪嫁嫁的五小姐。现在五小姐代四小姐嫁到济宁侯侯府做了侯夫人，四小姐自然要把陪嫁要回来了。还是我去帮着抬的嫁妆，我还不知道！"

"我听说窦家嫁女儿有两万两银子的陪嫁。把嫁妆要回来，那济宁侯岂不是亏了？"

"亏什么亏啊？！两万两银子，那是公中给的。四小姐不过是把她自己生母留给她的东西要了回来。我看满打满算，也就一两千两银子的样子。而五小姐的外祖父是云南巡抚王又省，就是那个走哪里就一路胜仗打到哪里的王又省，你知道吧？现在四小姐把自己生母留给自己的东西要了回来，五小姐的生母和王家肯定都会给她一大笔添箱银子的。算起来，济宁侯府还赚了呢！"

听到这里，陶器重忍不住扭头望过去。说话的是两个穿着粗布短褐的男子，身材魁梧，皮肤黝黑，两个人面相虽然一个忠厚，一个机敏，但双手都满是茧子，指甲缝里也残留着污物，一看就是靠体力活谋生的人。

他不由朝着两人拱了拱手，喊了声"两位仁兄"，道："你们说的，可是北直隶窦家？窦文华窦大人府上？"

窦世枢因任文华殿大学士，又在吏部为堂官多年，得他照顾的人不在少数，士林中为表示尊敬，多称他窦文华而不称其字号。

两个说话的男子见陶器重一副文士打扮，知道遇到了读书人，忙站了起来，躬身还礼，连称"不敢"，道："正是刑部尚书兼文华殿大学士窦阁老家。"

陶器重见两人穿着粗陋，谈吐举止却颇知规矩，想到刚才的话，知道两人是惯接豪门大户外活的人，态度又和蔼了不少，笑道："寒夜无事，听两位仁兄说得有趣，不免有些失态，还请两位不要放在心上。"

"哪里，哪里！"两人忙恭声道，那个面相机敏的更是道，"听先生口气，和那窦家熟识。不知道先生想知道什么？我们定会知无不言，言无不尽的。"

那面相忠厚的却面露不妥之色，踢了那面相机敏的一脚，偏偏那面相机敏的却装作不知道似的，殷勤地请陶器重同桌而坐。

陶器重看得明白，笑道："还是你们到我这边来坐吧！我这边清静点。"

面相忠厚的那个有些犹豫，面相机敏的那个听了却喜出望外，端着还没有吃完的半碗馄饨就坐到了陶器重的身边。面相忠厚的那个眼底流露出几分无奈，只好也跟着坐了过去。

陶器重就笑道："我们坐在一起，老板正好空出张桌子来，也好招待别人，多赚几文钱。"

面相机敏的那个就连声称"是"，面相忠厚的那个闻言表情也跟着松懈下来。

陶器重大多数时候和那面相忠厚的说话："你说你帮窦家那位四小姐搬的嫁妆，到底是怎么一回事？"

那人就老老实实地道："出了件这样的事，大家颜面上总归是有些过不去，新娘子回门认了亲之后，窦家就趁着天黑把四小姐生母留给四小姐做陪嫁的东西搬了回去。因人手不够，我又常帮着窦家做些粗重的活，就把我叫去搭了把手，除了工钱，还每人赏了一两银子。这不，我刚刚忙完活，就请我这兄弟到这里来吃碗馄饨。"

卯记的馄饨虽然便宜，但对他们这些做苦力的人来说，能像这样吃碗馄饨，也算得上是件享受的事了。

陶器重点了点头，笑着问起姐妹易嫁的事来。

那面相机敏的倒是问一句能说出十句来，可他不过是听面相忠厚之人的转述，想说却说不出什么来；那面相忠厚之人倒是知道得不少，可像铜油灯芯，你拨一下他亮一下，你不拨就不亮。陶器重帮两人付了馄饨钱，又请铺子的老板上了一壶老白干，四碟下酒的菜，在馄饨铺子后门和二人慢慢喝到了二更鼓，这才各自散去。

风一吹，陶器重这才感觉到有些上头，他扶着墙慢悠悠地进了英国公府旁的巷子。侧门守值的看见陶器重，忙迎上来扶了他，奉承道："陶先生，您老这是去哪里了？怎么也没让小厮跟着？这黑灯瞎火的，要是磕着哪里碰着哪里了可怎么得了？国公爷的事还不得乱了套啊！"

陶器重呵呵地笑，赏了守值的一小块碎银子："给你买酒喝！"

守值的乐得眼睛眯成了一道缝，不停地道谢，态度更加殷勤了："我扶着您老回屋吧？刚才国公爷还差了人来问您去哪里了。您以后要是想一个人出门，可以跟我们说一声，万一国公爷找您，我们也有个地方寻去……"

不知道国公爷找他有什么事？若真的很急，应该会派了人四处找他，知道他回了府，会再派人来找他的。

陶器重此时脑子有点晕，迷迷糊糊地"嗯"了一声，回屋歇下了。

半夜突然惊醒，想起了这件事。

自己后来到底去见了国公爷没有？他模模糊糊地想不清楚了，靠在床头揉着自己的太阳穴，叫了小厮倒杯茶给自己，问道："国公爷可曾派人来找过我？"

"没有。"小厮笑道，"不过二爷曾亲自来找过您。"说到这里，他语气微顿，低声道，"好像是国公爷发了二爷一顿脾气，二爷还差点因此挨了板子，二爷来找您，想让您在国公爷面前帮他说几句好话。"

陶器重听着长长地叹了口气。

果真是不如宋墨良多啊！若是真的让宋墨尚了公主，以宋墨的本事，国公爷和二爷以后恐怕就只能看着宋墨的眼色过日子了！

念头一闪而过，他立刻记起了卯记馄饨铺子里的事来。

他当初不就是觉得窦家这件四小姐的事挺有意思的吗？

陶器重一跃而起，吩咐小厮："快，快服侍我穿衣服，我要见国公爷！"

小厮一愣，陶器重这才惊觉自己太激动了，道："你先下去吧！有事我会吩咐你的。"

他不过是道听途说，有些事，还是得去求证一番更好，免得在国公爷面前出了错。

小厮应声退下。

陶器重在屋子里一直转到天色发白，这才又叫了小厮服侍他梳洗了一番，连早膳都没有用，就一个人出了英国公府。

宋宜春想到宋翰的功课，就气得胸口隐隐作痛，偏偏这种痛却是他自己种的因，连个抱怨的地方都没有，昨天想找陶器重过来下盘棋，谁知道他出府去了。今天一大早宋宜春考校宋翰的功课，昨天让他背的文章虽然全背了下来，却磕磕巴巴，让他又是一顿恼怒，想找陶器重说说话，派了小厮去请，结果陶器重又出去了，他一时不禁火冒三丈。

这个陶器重，到底要干什么？明明知道自己找他，却不照面，难道他是认为一旦宋墨尚了公主，自己就会被宋墨压得死死的，成了英国公府的摆设，所以开始对自己三心二意起来不成？

宋宜春气得额头青筋直冒，朝着小厮就是一阵怒吼："还不快给我去找！哪怕把京都掘地三尺也要给我把人找回来！"

小厮慌慌张张地应"是"，转身却和陶器重撞了个正着。

陶器重"哎哟"一声捂了胸口，却看也没看那小厮一眼，推开小厮就大步上前给宋宜春行了个礼。

"国公爷，世子爷的婚事，我有个好人选！"他含笑地望着宋宜春。

窦世英站在上房的台阶上，望着进进出出搬着东西的仆妇，心里沉甸甸的：谷秋留给女儿的东西是要了回来，可女儿的姻缘又在哪里呢？他想到窦明那掩饰不住喜悦的笑容，目光微沉，去了东厢房。

厅堂有点凌乱，赵璋如正蹲在从济宁侯府要回来的两口箱子面前和窦昭说着话："……姑母的这箱子肯定和我们家的是一组。我们家的那个上面雕的是八百罗汉，你们家的这个雕的是彭祖拜寿，却都是紫檀木镶着牙边的。"

窦昭闻言抿了嘴笑，指了旁边一扇小小的炕屏："这个也是紫檀木做的，镶着螺钿。"

"哪里？哪里？"赵璋如凑了过去。

窦昭就指给她看。两个过了适嫁年纪的大姑娘，她们的同龄人在这个年纪大都已经为人妻为人母了，此时却仍像不谙世事的孩子般嬉笑着。

窦世英只觉得心如刀剜。

舅母不知道什么时候走了过来，望着两个娇美如花的女孩子，轻轻喊了声"大姑爷"，道："您有什么打算？"

有什么打算？只能想办法再给窦昭找个更好一点的婆家了！万一找不到，就留在家里招婿。总之不能再让窦昭受委屈了！

可这话说起来容易，做起来却难。先不要说窦昭的年纪摆在那里，又有几个人比得上魏廷瑜是世袭的已承了爵的侯爷？招婿，要是那么容易，璋如怎么到现在还待字闺中？

窦世英不由神色尴尬。

早就注意到窦世英的赵璋如忙拉了拦窦昭的衣襟。窦昭微微一愣，看见在舅母锐利的目光下满脸窘迫的父亲，暗暗叹了口气，上前帮父亲解围："您什么时候来的？怎么也不打声招呼？"又招呼舅母："夜晚有寒气，大家进屋来喝杯热茶吧？"然后上前挽了舅母的胳膊，笑道："我和表姐刚才淘了几件有趣的东西，想必是娘亲出嫁的时候外祖母送给娘亲的，我们正想找您问问呢！"笑盈盈地把舅母拉进了临时当作宴息室的北间。

赵璋如就笑吟吟地撩着帘子候着窦世英，窦世英心生感激，朝着赵璋如和善地笑了笑，进了北间的宴息室，听着女儿和赵太太、赵璋如笑呵呵地说了半天的话，心不在焉地喝了几杯茶，看着天色不早，东西都收拾得差不多了，就起身告辞了。

窦世英一夜未眠，第二天早上起来，去见窦昭，道："我已经和王家的人商量过了，让王氏或回真定老家服侍二太夫人，或去家庙里清修些日子，你不如就留在京都吧，家里还缺个主持中馈的人。"

这样也好说人家！

窦昭原也没打算这么快就回真定，她总要把自己的事处置好了再回去。

"好啊！"窦昭笑道，"舅母说还是年轻的时候跟着舅舅来过一次京都，我正想留舅母和璋如表姐在家里多住些日子，把京都一些有名的地方都游历一番。"

窦世英闻言不由松了口气，说起京都的名胜古迹来。

有小厮在外面探头探脑地等了良久，直到窦世英的话告一段落，这才小心翼翼地进来禀道："七老爷，翰林院的徐志骥徐大人派人给您送了张请帖，想请您今天晚上到醉仙楼喝酒，请您务必光临。"

窦世英一听就知道徐志骥多半是有事要求自己。他向来奉行"与人方便即是与己方便"，可这个时候，他哪有心情和徐志骥去什么醉仙楼喝酒！

他想了想，道："你去跟送信的人说，我家中有些琐事，不便去醉仙楼饮酒，多谢他的好意。若是他另有要事相商，请他不妨到家里来喝杯茶！"

小厮应声而去。窦世英继续和窦昭说着之前的话题："……你有没有特别想去的地方？我让高升陪你们一起去。"

如果不是有窦昭的舅母，孤男寡女的不方便，过两天是休沐，他就陪着女儿一起去了。

窦昭说了几个地方，又觉得不妥，笑道："哎呀，这事也不急。等我和表姐商量好了再说。"

窦世英见她心情不错，心里也跟着高兴起来，道："我记得你最喜欢印石了，小时候到我书房里见着了就不愿意松手，非要抱回自己屋里藏着不行。过几天我陪你去玉宝轩看看，在京都，他们家的古玩玉器做得很有些特色，比我们家积芬阁的货色还要好……"小心翼翼地哄着窦昭高兴。

窦昭那时候心里有气，专找了父亲喜欢的东西占为己有，哪里是真心的喜欢？现在想起来倒觉得有些好笑。不过，机会难得，能跟着父亲去玉宝轩见识一番也不错。她笑着问父亲："不是说我们家积芬阁是天下第一吗？怎么那玉宝轩的东西比我们家的还要好？"

"我们家的积芬阁胜在品种齐全，高中低档的都有，各大州府都有分店，若是在南京分店看中了什么要送到杭州，积芬阁还可以帮着代送，因而名气大。可若是论东西好坏，却比不上玉宝轩的精致……"窦世英正细细地向窦昭解释，那小厮又闯了进来，禀道："七老爷，徐大人的随从来回话，问今天下午来拜访您可不可以。"

窦世英不由"咦"了一声，喃喃地道："什么事啊？这么急！"

窦昭忙道："爹爹，您有事就去忙您的吧！我正好去舅母那里坐坐，问问舅母和表姐想去哪里玩。"

窦世英也不勉强，回了书房。

用过午膳，徐志骥带了个年约五旬的青衣文士来。

窦世英见那文士衣饰光鲜，腰间垂了一块通体无瑕的和田玉玉佩，面色红润，小指甲蓄了寸余，一副养尊处优的老儒士模样，不由暗暗奇怪，不动声色地请两人坐下。

没等小厮上茶，徐志骥先告了个罪，道："没得万元兄同意，就冒昧前来，实在是急火攻心，还请万元兄多多谅解。"

徐志骥所求，恐怕与这青衣文士有关。

窦世英思忖着，笑道："你我同在翰林院为官，本就应相扶相济，志骥兄言重了。"

两人寒暄了几句，徐志骥把那青衣文士介绍给窦世英："这是我的同乡，姓陶，名持，字器重，如今在英国公府上做幕僚。早年我来京都参加科举，曾受过陶兄的恩惠。如今陶兄有事相求，我位卑言微，只好来求万元兄帮忙。"说着，起身朝着窦世英长揖，"还请万元兄无论如何也伸手相助。"

那青衣文士见状，也忙起身给窦世英行礼。

"快快请起！"窦世英忙扶了两人，道，"志骥兄，你是知道我脾气的，大家同在京都游宦，能认识已经是缘分，只要我能帮忙的，我义不容辞。"

徐志骥正因为知道，所以才敢带了人冒昧前来。

他赧然地把事情的经过讲了一遍。

原来，这陶器重有个行商的内侄，年前在北直隶的保定府卷入一宗盗窃案，陶器重想请窦世英帮忙给保定府的人打声招呼。

窦世英知道，他们是想他扯着窦世枢的虎皮做大旗——窦世枢是刑部尚书。

陶器重生怕窦世英不愿意帮忙，忙道："我那内侄向来忠厚老实，家有余资，不可能做出盗窃案来。若是能还他一个清白，定当重谢。"

这种事多了去了，窦世英不可能为了几个银子助纣为虐，何况那徐志骥乃是两榜进士出身，又在翰林院为官，怎么都能想办法找到人给保定知府打个招呼，既然找到自己这里来，恐怕这所谓的盗窃案不是那么简单的，因而笑道："说什么谢不谢，我先去问问，若是能帮得上忙自然最好。"

陶器重连忙起身道谢，感慨道："我原想请英国公打个招呼，没想到英国公却说堂官不便结交外臣，颇多顾忌。还是我辈读书人好，走到哪里都能遇到相帮相扶之人。"

既说明了他的主翁为何不帮他周旋，又奉承了徐志骥和窦世英。

徐志骥忙咳了一声。

平时说话挺妥帖的一个人，怎么这个时候却犯了这样的错？既然是求窦世英，好好巴结窦世英就是了，提他做什么？

陶器重也觉察到自己失言了，忙转移了话题，说起京都近日来的一些逸闻趣事来，一时间气氛倒也很是融洽。

茶过几巡，徐志骥见窦世英眉宇间流露出几分倦意，就朝着陶器重使了个眼色，又说了几句闲话，起身告辞。

窦世英客气地将两人送出了书房，仆妇们正在将贴着双喜的大红灯笼收起来，陶器重就笑道："不知道府上是什么喜事？早知道这样，就应该提前几天来拜访才是。"

窦世英不免有些不自在，简短地道："是小女出嫁！"

"哦！"陶器重却很感兴趣，道，"不知道令媛嫁到了哪户人家？"

窦世英神色间更不自然了，偏偏徐志骥是来喝过喜酒的，想到陶器重在英国公府做幕僚，即便不认识济宁侯也应该听说过，说不定还能因此拉近彼此的关系，笑着道："窦大人府上的娇客乃开国功臣济宁侯之后，长得一表人才，还没有及冠就袭了爵……"

现在姐妹易嫁的事还没有传出去，窦世英生怕徐志骧再继续说下去到时候惹人笑话，忙说了句"志骧兄夸奖了"，打断了徐志骧的话。

徐志骧见窦世英一副不愿意多说的样子，想着多半是这个女婿不怎么讨窦世英的喜欢，笑着顺势而下，打住了话题。谁知道陶器重却略带几分谄媚地道："窦大人真是好福气！次女都嫁得如此好，进门就是侯夫人，想必大姑爷也是卓尔不群。不知道大姑爷是哪家的公子？"

窦世英为之气结。

小女，是指我女儿，不是指小女儿好不好？这个陶器重，到底是不是读书人？

可人家问到脸上来了，他总不能不说话吧，否则岂不是让人怀疑这其中有什么蹊跷！他只好道："我膝下空虚，想把长女留在家里，一时还没有许配人家。"

那陶器重一听，两眼发光，忙道："那窦大人是想把令嫒留在家里招婿呢，还是准备遇好人家就嫁出去呢？"

窦世英听着这话中有话，不由得心头一跳，寻思着莫非这陶器重有适合的人选不成？

他缓缓地道："正是没有拿定主意，所以才一直没有给长女说亲……"

陶器重听着兴奋地道："窦大人，我想给令嫒做个媒，不知道窦大人意下如何？"笑容十分殷勤。

窦世英有片刻的心动，但他很快就抑制住了这种感觉。

这陶器重谈吐儒雅，相貌周正，看似谦谦如玉的读书人，却不时流露出几分谄媚之态，可见人品不怎么样。此时他分明是为了巴结自己才提出要给女儿做媒的，谁知道他看中的人家是怎样的德性？总不能因为寿姑年纪大了，就随随便便地把她给嫁了吧？

他呵呵地笑了几声，把这件事给搪塞过去了。

陶器重见状也没有多说，和徐志骧一起告辞。

窦世英回书房里看了会书，小厮却跑进来道："七爷，刚才和徐大人一起来拜访您的陶先生又折了回来，说是有要紧的事见您，请您无论如何也见他一面。"

他心中虽然不悦，但到底为人性情温和，还是见了陶器重。

陶器重一见到窦世英就长揖到底，满脸羞愧地道："窦大人，人要脸树要皮，当着徐大人的面，我实在是说不出口。我那内侄，并不是偷了别人的东西，而是因在保定府开银楼，和常叫了铺里师傅去打首饰的保定知府家的一位小妾有染，那保定知府有所察觉却寻不到证据，就胡乱找了个理由把他投了大狱。我在英国公府做幕僚，和英国公也算得上是宾主尽欢了，这件事，也曾求过国公爷，当时以为不过是场误会，国公爷还特意派人给保定知府送了张名帖过去，我们这才知道是怎么一回事。只是那保定知府已经把话说到了这个份上，国公爷也不好出面说情了。我没有办法，这才求到窦大人名下。

"他犯下了这等腥臊之事，我们也无颜给他求情。只是他上有六旬老母，下有几个嗷嗷待哺的孩子，若他出事，这老母幼子只怕就没了生路，这才斗胆请窦大人出面，留他一条性命……"说完，陶器重再次一揖到底。

这还差不多！

窦世英思忖着，只要能留下一条命，这陶器重再从中周旋，两三年也就放出来了。

既然知道这是私怨，他就更慎重了，斟酌道："我帮你问问再说。"

陶器重感激涕零，忙道："我说要给贵府的大小姐保媒，却是真的。男方就是我的主翁英国公府的世子爷，今年十六岁，长得一表人才不说，骑射六艺，样样精通，生下来刚刚足月就承皇恩，封了世袭四品金事，五岁承世子爵位，如今在金吾卫前卫任指挥使，

· 125 ·

正经的三品武官。家中又只有一个胞弟，几房远亲，清静得很。若不是定国公府出了事，蒋夫人又去世，世子的婚事怎么会拖到现在……"

定国公的事，人人皆知。士林中多认为定国公死得很冤枉，不仅不认为他是个罪人，反而把定国公和关公相提并论，觉得他是曾贻芬和叶世培博弈的牺牲品。

宋墨是定国公的嫡亲外甥，无疑出身显赫。

窦世英立刻就动心了，窦昭若是能嫁出去自然比留在家里好。

他忍不住道："此事当真？"

"怎敢骗窦大人！"陶器重端容，严肃地道，"我在英国公府十几年，在国公爷面前也是说得上话的人，断然不敢在这种事上口出妄语。"

虽说很多大户人家的公子小姐都是由家中信赖的仆妇牵的媒，可陶器重一副十拿九稳的样子，好像只要他一提，这件事就准成似的，反让窦世英生出狐疑来。

既然那英国公世子这么好，怎么会相中寿姑？

倒不是他妄自菲薄。而是勋贵和文官，本就是两个不同的圈子。英国公府名声煊赫，就连他这样不怎么出去交际应酬的人都知道，而他不过是个从四品的翰林，堂兄虽然贵为内阁，却根基尚浅，两家又没有可以互相帮衬的地方，像英国公府这种屹立百年的簪缨之家，未必就看在眼里。

陶器重像看出了窦世英的心思似的，笑道："实不相瞒，英国公府自蒋夫人病逝后，就一直没有主持中馈的人，国公爷无意续弦，就想为世子找个能当家理事的人，最好是能大世子爷几岁，持重大方，贤淑明理，温柔敦厚。谁知道选来选去，都没有合适的人家。我听说贵府未出阁的是长女，是您准备留在家中防老的女儿，想必十分精明能干，这才起了保媒之心。若贵府未出阁的是次女，我还未必敢说这样的话……"

窦世英释然，情不自禁地道："不是我这个做父亲的自夸，我这个女儿，的确是十分能干。家里大大小小的事，没有她拿不住的……"

陶器重表面上十分认真，心里却不以为然地听着。既然如此能干，怎么被妹妹换了亲却吭都不敢吭一声？就算是能干，想必也是那种只会低头应诺，寡言木讷之辈。

他好不容易等到窦世英把女儿夸奖完了，这才笑道："刚才徐大人在此，我不好说给贵府的小姐保的是哪家的媒，英国公那里，我也要去吹吹风，过两天再来听窦大人的音讯。"

窦世英满意地点头，这才是保媒的样子嘛！两家都是有头有脸的，婚事能成自然是皆大欢喜，若是婚事不成，岂不让人耻笑？特别是窦昭，姐妹易嫁的事瞒不了多久，如果与宋家的婚事再不成，那可就真成了京都的笑柄。成了笑柄还好说，忍一忍，过些日子也就过去了，如果传出窦昭有什么暗疾或缺陷之类的流言，那可就糟糕了。

他亲自送了陶器重出门，并道："令侄的事，陶先生不必担心。那保定知府和我二堂兄是同科，年前到京都述职，还曾在我五堂兄家里落脚。不过是个小妾罢了，说起来也是他治家不严，想必他心里也清楚，不然也不会寻了个由头将令侄投狱的。"言下之意，你如果能帮我女儿保了这门亲事，你侄儿的事，包在我身上了。

陶器重再三作揖，这才离开了静安寺胡同。

窦世英却兴奋得有些坐不住。

如果寿姑能嫁给英国公世子爷，就不用留在家里招婿了。上次委屈了寿姑，这次寿姑出嫁，得多帮她准备点嫁妆才是，想必明姐儿心里也明白，不会和她姐争这些的。

他高声叫了高升进来，吩咐他："你再给大小姐准备一份嫁妆，照着原来的翻一番。"话一说出口，又觉得不妥，让别人看了，还以为他喜欢窦昭不喜欢明姐儿，让明姐儿脸上不好看，忙道，"算了，你还是照着两万两银子给大小姐置办嫁妆，其他的，我悄悄地给她。"

高升愕然，这才几天，怎么大小姐就要出嫁了？可别是老爷为了赌一口气，随便把四小姐给嫁了吧？

他不禁道："老爷，大姑爷是谁家的公子？您可派了体己的人去打听过大姑爷的底细？那媒人的话通常都是不可信的！"

窦世英一愣，道："是啊！怎么把这桩事给忘了？！"

或者是因为他太急于补偿窦昭了吧！

窦世英失笑，把陶器重要为窦昭保媒的事告诉了高升，并问他："……你觉得怎样？"

高升觉得这门亲事来得太突兀了，可看着窦世英正在兴头上，他却不好泼冷水，又怕这门亲事真是千载难逢的良缘，若是因他的一句话搅黄了，他可就是万死也难辞其咎了。

"若是能成，还有什么比这更好的亲事了！"他含蓄道，"不过，还是应该去打听打听，以后四小姐嫁过去了，也不至于摸瞎，什么也不知道。"

"那是自然。"窦世英连连点头，想到自己最信任的人就是高升了，笑道，"那这件事就交给你了。"反复地叮嘱他，"一定得打听清楚了。"还道，"这件事你办好了，我赏你们家小子一个出身。"

高升素来敬重窦昭，就算是窦世英不吩咐，他也会去打听一番，何况窦世英还赏了他儿子一个出身！高升喜出望外，连声道谢，跪下来给窦世英磕了三个头，这才退了下去。

窦世英的心情十分矛盾。

既怕高升打听到的消息对英国公世子不利，从而让窦昭的婚事没有了着落，又怕高升打听到的消息正如陶器重所说的那样好，英国公却又看不上窦昭……

他在书房里练着字，忐忑不安地等着高升的消息。

没想到高升掌灯时分就赶了回来。

"老爷，我打听到一件事。"他的脸色苍白，让窦世英心中隐隐觉得不妙，"我听人说，英国公世子的脾气十分暴戾。因为和国公爷发生口角，竟然就把听命于国公爷的护卫全都杀了。不仅如此，还将那些被杀护卫的尸体整整齐齐地码放在了院子中间，等国公爷回府。京都的勋贵之家提起此事，都会胆战心寒……"

"你说什么？"窦世英跳了起来。

难怪那陶器重会给寿姑保媒，原来那英国公世子性情不好，没有人敢和他们家结亲！这不是把寿姑往火坑里推吗？好你个陶持，竟然敢糊弄我！

他气得浑身发抖，见屋里的小厮都被他打发走了，脸色铁青地朝高升吼道："那个陶持的拜帖呢？他的那个内侄叫什么名字来着？你帮我磨墨，我要给保定知府写封信，他还想保他内侄一条性命？！我要让他的内侄流放三千里……不，流放到九边，说不定正中了他的下怀，到时候请了英国公府出面，三年的刑期说不定过得比在外面还舒服，我要让他把狱底坐穿……"

高升从来没有看见过窦世英这样的愤怒，唯唯诺诺地不敢作声，偏偏有小厮不灵光——也许是太灵光了——跑进来禀道："七老爷，槐树胡同的五太太过来了，说有事和您商量！"

第七十三章　决裂·进退·入目

和五太太同来的，还有纪咏。

他直奔窦昭居住的东厢房。

窦昭正和赵璋如盘坐在内室临窗的大炕上商量着这几天到哪里去玩，听说纪咏来了，她不由眉角一挑，冷笑道："我正要找他，他倒好，自己跑过来了！"然后吩咐丫鬟，"请纪表哥到厅堂里奉茶。"

丫鬟应声而去，赵璋如却奇道："你这是怎么了？生这么大的气？那纪见明哪里得罪你了？"

"一句两句的说不清楚。"因涉及纪咏的私德，窦昭自然不会把事情的经过告诉赵璋如，敷衍她道，"等我闲下来了再和你细说。你在这里等我，我马上就回来。"

赵璋如点头，嘱咐她："那你小心点！"

"又不是要去打架。"窦昭笑着去了厅堂。

坐在太师椅上喝茶的纪咏眉宇间透着几分得意，他放下茶盏，拿起搁在案上的纸笺朝着窦昭扬了扬，言简意赅地道："窦明的婚书！"

也就是说，从今天起，窦明就正式是魏廷瑜的妻子了。

窦昭不由道："是你帮着办的？"

"当然！"纪咏毫不隐晦地道，"要不是我亲自走了趟顺天府，你以为窦明的婚书这么容易拿到手？"

纪家有意娶她过门，她之前不敢肯定纪咏是否知道这件事，可此时看到纪咏手中的婚书，听到纪咏所说的话，她哪里还不明白？

想到纪咏所做的一切，窦昭不由冷笑，讥讽道："不知道您是我们家的什么人？我的堂兄、侄儿们竟然都不知道衙门的大门朝哪边开？竟然要请了您出面才能把窦明的婚书办出来？多谢您了，纪大人！"

想到窦昭和魏廷瑜以后再也没有了关系，纪咏心里就有种说不出来的舒畅，拿着刚刚办出来的窦明的婚书就兴冲冲地来见窦昭，虽然猜到窦昭可能会因此不高兴，却万万没想到窦昭会如此不留情面，他一口气堵在了嗓子眼里，差点闭过气去。

"要不是这件事与你有关，我才懒得管呢！"纪咏半晌才缓过气来，勃然大怒地道，"要不是我，魏家怎么可能认下窦明？要不是我，你和魏廷瑜的婚书怎么会突然不见了？要不是我，窦魏两家的证婚人怎么会那么快就到场……"

窦昭毫不客气地打断了他的话，道："要不是你，我们姐妹又怎么会易嫁？！"

纪咏愕然，狐疑地道："你知道了？"

"你这样上蹿下跳的，我就算是不想知道，也不得不知道了。"窦昭冷冷地望着他。

纪咏恼羞成怒："什么上蹿下跳的？我又不是猴子！要不是你，我会管这些狗屁倒灶的事？你倒是一心想嫁给魏廷瑜啊，可魏廷瑜呢？又不是不认识你们姐妹，竟然和窦明拜了堂入了洞房；看见窦明哭天抢地，立刻抱着她说什么'既然已经拜堂成亲，就是夫妻了'，他姐姐不认这个弟媳，他倒先跳出来认了这个媳妇；我们忙着更换婚书，他却在新房里安慰新娘子，他何曾把你放在心上？我就是再不济，也不会像他这样怠慢你，不会像他这样羞辱你，更不会像他这样弃你于不顾……"

"所以你就可以夺人妻室？！"窦昭望着他，目光如月辉般清冷。

纪咏一哽，窦昭已道："我从前问过你，你为什么不相信我的决定。现在，我依旧要问你一句，你凭什么不问我一声，就代替我做决定？你觉得魏廷瑜配不上我，就引他夜宿千佛寺胡同，坏他的名声；你想让我厌恶魏廷瑜，就让窦明邀他同游大相国寺；你想娶我，就让我们姐妹易嫁……从头到尾，你可曾想我的心情？你可曾问我的意愿？这就是你待我的好？如果这就是你待我的好，我宁愿不要！"

"你……"纪咏顿时脸色煞白。

如果自己就这样轻易地放过纪咏，他以后恐怕会做出更过分的事来！

"你觉得魏廷瑜配不上我，他却从来不曾勉强我做过什么。"窦昭的神色凛然，"你觉得你比他好，却让我的人生变得乱七八糟。你说你不会怠慢我，你说你不会羞辱我，你说你不会弃我于不顾……可你看看我现在，在自家长辈的默许隐瞒下，被自己的妹妹换了亲，还只能强颜欢笑，安抚了父亲再安慰舅母，这不是怠慢？这不是羞辱？这不是弃我于不顾？那什么才是怠慢？什么才是羞辱？什么才是弃我于不顾？你觉得魏廷瑜比不上你，可他却在和窦明拜过堂之后，不顾亲眷的反对，认下了窦明这个妻子，保全了窦明的尊严；你觉得自己比魏廷瑜强，可你却只知道陷害、引诱，在暗中使手段，让我成为别人的笑柄，成为别人茶余饭后的谈资，你到底有哪里比魏廷瑜强？！

"纪见明，我今生绝不会嫁给夺人妻室之人。

"从今天开始，我的事，都不用你管！你走你的阳关道，我过我的独木桥，我们老死不相往来！"

窦昭说完，转身离开了厅堂。

夺人妻室之人！从今天开始……你走你的阳关道，我过我的独木桥……老死不相往来……

纪咏呆呆地望着晃动的暖帘，窦昭清脆悦耳的声音如黄钟大吕，不停地回响在他的耳边。

窦世英望着五太太一开一合的嘴唇，半晌都没有回过神来。

纪老太爷想为纪咏求娶寿姑？在窦明莫名其妙地代替窦昭嫁到了魏家之后？

窦世英不禁道："五哥知道这件事吗？"

他的声音有些尖锐，可一向认为窦世英性情温和的五太太却没有在意，笑道："是纪老太爷亲自来求娶，你五哥怎么会不知道？你五哥的意思是，家里刚刚发生了这样的事，见明和寿姑说起来也算得上表兄妹，又是一块长大的，若是有人往那不好的地方想，不仅明姐儿会被传得不堪，就是寿姑和见明也会被人指指点点的。济宁侯还好说，最多脸上不好看，见明却还年轻，前途远大，如果引得御史弹劾就麻烦了。不如两家先悄悄地交换了庚帖，等到明年开春的时候再定婚期……"

窦世英想到槐树胡同进退有度的仆妇；想到自己在窦明代嫁后责怪五嫂时五嫂那仿佛胸有成竹般的镇定；想到陶器重那带着几分谄媚的笑容；想到高升跟他提起宋墨时惊恐的神情……他嘴角微抽。

难道自己看上去就这样软弱可欺？一个两个的都来忽悠自己！

从知道宋墨名声之后就一直被他压在心底的怒火此时像被泼了油似的，熊熊地燃烧了起来。

"你还想干什么？"他激动地站了起来，白净的面孔因愤怒而变得通红，温和的眸子里满是愤懑,"我只有两个女儿!你难道还嫌害得她们不够?"

五太太闻言脸上火辣辣的,强辩道:"七叔怎么能这么说话?当时我没有拦住明姐儿,是我不对。我这不是想补偿补偿寿姑吗?而且见明比那魏廷瑜出众多了,小小年纪就已是两榜进士,将来拜相入阁,也未可知。又是纪老太爷亲自来提的亲,对寿姑可以说是格外看重,您还有什么不满意的……"

"够了!"五太太不说还好,越说窦世英更加恼火,嗤笑道,"说来说去,不就是想和纪家联姻,想拉拢纪见明吗?吏部验封清吏司郎中方洲凭什么成为浙江布政司布政使?王映雪凭什么把窦明嫁到了济宁侯府?别以为我什么都不知道!我告诉你,我是要嫁女儿,不是要卖女儿!"他说着,指了门口,"五嫂,您主持槐树胡同的中馈,是个大忙人,天色不早了,我就不留您了!"

五太太从来没有看见过窦世英发这么大的火。她呆滞了半天缓过神来,这才意识到,窦家和纪家联姻的事,窦世英不同意!那可怎么办好?

她忙道:"七叔,您别意气用事!这件事,您还是仔细考虑考虑。见明这样的良配,过了这个村,可就没这个店了……"

窦世英却再也不想听到她的声音,鬓角隐隐冒着青筋,高声喊着高升"送客"。

五太太看着窦世英正在气头上,想着再说什么只怕他也听不进去,决定等窦世英气消了再说,遂也不等窦世英催第二遍,起身告辞了。

窦世英却像全身的筋都被抽了似的,瘫软在了临窗的大炕上。

纪咏不知道自己是怎么离开静安寺胡同的。

等他回过神来的时候,他已站在静安寺门前。熙熙攘攘的人群不时从他身边穿过,偶尔还会有人撞上了他的肩膀,连声地说着"借过,借过"。

子上帮纪咏应着话,子息寸步不离地跟在纪咏的身边。

有马车突然在纪咏的面前停了下来。

"纪见明!"何煜从马车上跳了下去,朝纪咏直奔而来,照着他的面门就是一拳。

猝不及防,纪咏被打得一个趔趄,跌倒在地。

子息和子上惊呼着冲了过去,却被早有准备的何家护卫拦住。

清醒过来的纪咏只觉得眼睛酸酸的,鼻子有热热的液体流了出来。

他一面本能地擦着鼻子,一面喝道:"你发什么疯?"

"我发什么疯?"何煜欹上前,朝着纪咏又是一拳,"你忘记你曾经对我说过什么吗?"

纪咏侧身,避过了何煜的拳头,却被何煜压在了身下。

他心里正窝着团火,也懒得问何煜自己到底答应过他什么,挣扎着和何煜打成了一团。

不过几息的工夫,看热闹的人就在纪咏和何煜身边围成了圈。

何家的护卫驱赶着人群:"看什么看?没看过打架啊?"

有妇人笑道:"没见过这么俊俏的公子打架!"惹得看热闹的人一阵哄笑。

何家的护卫脸上虽然有些挂不住,可驱赶人群的架势却没有了刚才的跋扈。

纪家的护卫见何家的护卫不过是站在旁边看着,并不上前帮忙,知道是得了何煜的嘱咐,纪咏和何煜又是常来常往的朋友,一时也摸不清楚情况,不敢轻易上前插手,只得任两个人没有杀伤力的人你一拳我一脚地扭作了一团。

几个回合下来,两人都没了力气,坐在地上喘着粗气。

纪咏问何煜:"你他妈的到底为什么打我?"

何煜瞪着纪咏:"你不是说窦家四小姐一定会嫁给魏廷瑜的吗?怎么济宁侯成了窦

家的二姑爷？听说还是你去顺天府帮着办的婚书？"

看样子窦家姐妹易嫁之事已经传开了。

提起这事纪咏就火大，他冷笑："你问我干什么？你去问魏廷瑜去啊？他要是不承认这门亲事，难道我还能强迫他不成？"

何煜没有说话。

纪咏摇摇晃晃地站了起来，有些失魂落魄地朝着自己的马车走去。

何煜追了上来，揽他的肩膀，道："算了！我就是觉得气闷。我们去喝酒吧？"

纪咏点头，接过子息递过来的帕子，胡乱地擦了擦鼻子，道："你没有把我给打破相吧？我明天还要去衙门当差……"

何煜目光闪烁："男子汉大丈夫，脸上有点伤痕，更显得伟岸！"

纪咏"呸"了一声，道："那我让你更伟岸点，你觉得如何？"

何煜嘿嘿地笑，道："我是成了亲的人，就不必再拘泥于这些小事了。你不还得找老婆吗？"

"老婆……"纪咏喃喃地道，有些失神。

窦昭，从此再也不会理睬他了吧？想一想，他都觉得心痛难忍。

事情怎么会变成这样呢？他只不过是想让她过得更好而已，她为什么总觉得自己多管闲事呢？

纪咏突然间有点茫然。

搭着他的肩膀往前走的何煜见纪咏有些失落，突起促狭之心，朝着纪咏挤了挤眼睛，道："要不要我给你做个媒？我有个小姨妹，模样、品行、才学，都很不错，哪天去我家，我指给你看看，你若是觉得满意，我让我父亲跟你父亲说去……"

纪咏回过神来，拍掉他搭在自己肩膀上的手，没好气地道："你管好你自己的事就行了，瞎操哪门子的心！"

"我这也不算是瞎操心吧？"何煜不以为然，"你也老大不小了，小心我儿子都抱上了，你还是孤家寡人一个。不过，我觉得魏廷瑜那家伙忒不是个东西，就算是窦家四小姐不成，也不用娶了窦家五小姐啊！这让窦家四小姐以后怎么做人？！你说，我们要不要去会会那魏廷瑜……"

两人勾肩搭背，渐行渐远。何、纪两家的护卫沉默地跟在两人的身后，一起离开了静安寺胡同。

宋墨坐在莹莹的羊角宫灯下，摩挲着手中的小纸片，表情有些异样。

陶器重既然已去静安寺胡同拜访窦七爷，想必窦家很快就会派人去打探他的底细。

这算不算是弄巧成拙呢？从前为了震慑父亲而有意留下来的凶名，如今却成了他和窦昭之间的障碍！

不过，事情不是没有办法解决的。

窦昭身上不也有很多的传闻？！到时候就看他怎么向窦七爷解释了。

想到这里，宋墨提了两瓶御赐的甘露白，去了金吾卫都指挥使邵文极那里，谁知广恩伯世子董其也在那里。

宋墨大大方方地把酒递给了邵文极的小厮，笑道："原想着今夜不用当差，想和邵大人喝两杯，又怕邵大人舍不得，索性我自己带了酒过来。正好董大人也在，邵大人就赏个脸，和我们一起喝两盅吧？"

宋墨是什么人？又一向对他这个上司恭敬有加，邵文极疯了才会泼宋墨的面子。

宋墨都表现得如此大方，董其自然也不能畏手畏脚的。

两人笑着应好，分宾主在炕上坐了。

宋墨发现炕几上放着一个锦盒，想必那董其是来给邵文极送礼的。

同为勋贵之家的世子，董其和宋墨虽然性子一热一冷，却都是一样的会做人，在金吾卫谨守上下级关系，极得同僚们的赞赏。

宋墨只当没看见。相比其他人，他和董其给上司送礼就显得大方多了——因为身份的原因，他们送礼是结交朋友；别人送礼，那是巴结上司⋯⋯

因是在别宫，小厮虽然很快就上了几个菜，也不过是花生米、炒豌豆等凉菜，还不如英国公府或是会昌伯府仆妇的下酒菜，可在别宫，这已经是非常奢侈了。

宋墨十分给面子地主动给邵文极和董其倒酒。

邵文极最欣赏宋墨的就是这点。

"你来得正好，我和尽云正说着这几天的差事。"他不由笑着对宋墨道，"皇上已经决定十二日回宫，你这几天就和尽云负责皇上身边的守卫好了。"

尽云，是董其的表字。

董其恭敬地向邵文极行礼："谨遵大人吩咐。"眉眼间却难掩喜色。

显然他送礼给邵文极所求正为此事。

宋墨却是哭笑不得。

皇上如果回宫，御前亲军十二卫会一路沿途守卫，因人数众多，又分属不同的卫所，十二卫的都指挥使会事先在一起定下路上当值的人，还会派了人在皇上所经之地巡视一遍。

巡视这差事肯定没有近身服侍皇上露脸，可自己想悄无声息地回一趟京都，让邵文极派自己去巡视最好不过了。却没有想到会被董其连累，让邵文极误会自己也是为此而来。

如今看来这条路是走不通了，特别是邵文极把自己和董其分配在了一起，董其肯定会特别注意自己的。

宋墨只能不动声色地笑着向邵文极道谢，问起这几天都有哪几个人会和自己一样在御前当值。

此时的宋宜春却像困兽般地在屋里打着转："我就说这件事行不通！你看窦家，立刻派了人来打探宋墨的底细。偏偏这件事知道的人太多，我们就是想隐瞒也不行。这件婚事只怕没影了！"他焦虑地道，"如果窦家不同意这门亲事，还有没有其他的人选？"

相比得罪了皇上来，宋墨尚了公主，掌握了英国公府实权，让他成为摆设，又变得微不足道起来。他要赶快把宋墨的婚事定下来，等到皇上回了京都就没办法了。

坐在旁边太师椅上喝茶的陶器重却笑道："我前脚走，窦家立刻派人打听世子爷的事，这恰恰说明窦府很想嫁女儿。国公爷少安毋躁，这件事我早就预料到了，我明天一早就去一趟静安寺胡同！"

宋宜春也懒得问他有什么主意了，只是催着他："快点把这件事办妥！"

陶器重笑着应诺，出了书房，第二天一大早，像去好友家串门似的，提了十二色礼盒，去了静安寺胡同。

听说陶器重拜访，窦世英冷笑："他还有脸来见我？让他滚！"

窦世英待人向来温和，少有这样尖锐的时候，小厮吓得脸色发白，忙去了大门口。

听闻得窦世英的反应这样激烈，陶器重有些意外，但时间紧迫，他来不及也找不到像窦昭这样符合宋宜春要求的说亲人选了，他还是塞了五两银子给那小厮，哀求道："麻烦小哥再去通禀一声，就说人言可畏，为了内侄的性命我也不敢欺骗窦大人。"

窦世英治下宽和，那小厮想了又想，看在五两银子的分上，又去禀了窦世英。

"人言可畏！"窦世英把这句话咀嚼了几遍，越想越觉得这句话有深意，沉声吩咐小厮，"让他进来说话。"

小厮忙将陶器重请到了书房，陶器重满脸羞愧，进门就连声告罪，道："都怪我没有说清楚。我们家世子爷文韬武略，在京都勋贵之家是少有的出类拔萃，九岁的时候随着皇上到怀来秋围，皇上考校骑射，世子爷就因骑马第二，射箭第五，在勋贵子弟中排名第一，皇上因此还赏了一座位于大兴的田庄给世子爷。从此以后，京都不知道多少达官贵人盯着我们家世子爷，还常拿了世子爷做榜样教训那些不学无术的子弟，偏偏国公爷待世子爷期望很高，功课又重，世子爷很少在外面走动，这话就越发传得离谱了。

"我回去后跟国公爷提起贵府的小姐，国公爷也差人去打听了一番，我还担心国公爷会因此责备我行事轻率，谁知道英国公却很高兴，还说，不受天磨非好汉，不遭人妒是庸才。可见贵府的小姐定是十分出众。还特意嘱咐我，让我来探探大人的口气，能不能这两天安排个时间和大人见上一面，也好把这件婚事定下来。

"若真如京都所传的那样，我们国公爷岂会纵容世子爷草菅人命？"

"是真是假，是流言还是诽谤，窦大人见了我们家国公爷一问便知。

"这天下间难道还有苦主帮事主喊冤的事不成？"

陶器重的话让窦世英进退两难。幕僚多有张仪之能，若他所言不实，自己答应了这门亲事，就会害了窦昭一辈子；若是他所言属实，自己错过了这门亲事，到哪里再给窦昭寻一门这样好的亲事？

窦世英在书房里来来回回地踱了一个上午，这才叫了高升进来。

"英国公世子除了你说的杀人之事，那陶器重所言可还有其他不实之处？"他郑重地问高升。

"没有！"高升摇头，"大家都说，英国公世子颜如宋玉，貌比潘安，文武双全。"

"哦！"窦世英更加不愿意就这样轻易地放弃了，他想了想，决定亲自去趟避暑行宫："眼见为实，耳听为虚。一个人到底怎样，要看过了才知道！"

高升极为赞同，觉得窦世英这样做才是对窦昭好，忙殷勤地道："我这就去趟槐树胡同。"

没有宣召想要进出行宫，以窦世英的品阶，那是根本不可能的事，只能求助于窦世枢。

"不用了！"窦世英的神色骤然间冷了下来，在槐树胡同那些人的眼里，窦昭就是个物件，没有了何家有魏家，没有了魏家有纪家，总想着如何卖个好价钱，从来不曾体会、顾及窦昭的感受——就算养只猫啊狗啊的，时间长了，也有感情，何况窦昭和魏廷瑜从小就定了亲，他们却任由窦明代窦昭嫁到了济宁侯府……

相比英国公府，自然是纪家能让窦家得到更多的实惠。若是让槐树胡同知道了宋家的事，还不知道会打什么主意！这一次，谁也别想左右窦昭的婚事，他要自己拿主意！

窦世英低声叮嘱高升："四小姐的事，你千万不能跟槐树胡同的人说。"想想，又道，"谁也不能说！"

高升连连点头。八字都没有一撇的事，他自然不会到处去嚷嚷，何况四小姐刚刚被五小姐抢了夫家，就是说得再好听，明眼人一看就知道是怎么一回事。若是四小姐和宋家的婚事不成，又传了出去，四小姐以后可怎么做人？最好还是像七老爷说的那样，等两家正式下了聘，再说给那些想看四小姐笑话的人听，为四小姐正名，那才是正经。

他向窦世英保证："就是我那浑家，我也不会说的。"

窦世英颇为满意地"嗯"了一声。

高升忙套了马车，亲自赶车送窦世英去了位于西苑太液池旁的避暑行宫。

窦世英有个同科在行人司任司正，这次正好陪着皇上来了避暑行宫，他决定通过这个同科把宋墨给引出来，他不动声色地把人瞧一瞧。

高升就把马车停在了避暑行宫侧门对面的小树林旁，拿了窦世英的名帖请人去给这个同科递话，窦世英则坐在马车里等。

秋日下午的阳光，暖洋洋的，一半照在了树梢，一半照在了车上。自从发现姐妹易嫁之事后就一直没有怎么好好睡觉的窦世英困顿地闭上了眼睛。

或许有大半个时辰，或许只是一会儿，他迷迷糊糊间听到一阵疾驰的马蹄声。

这是靠近避暑行宫的地方，任何的响动都会让人警觉。窦世英撩了车帘朝外望，看见几个穿着五军营衣饰的人簇拥着个穿金吾卫衣饰的人正朝这边驰来。他不由"咦"了一声，探出身来。

五军营驻扎在城外，负责京都的拱卫，而金吾卫却是皇上的贴身禁卫，两卫虽都是亲卫，却有云泥之分，可五军营的人却自有自己的骄傲，并不是金吾卫能随意指挥得动的，更不要说这样簇拥着金吾卫的人，显然这金吾卫的人是奉了上谕行事，才会让五军营的人护卫。

避暑行宫侧门前孤零零地停了辆马车，不打眼都不行。

骑在马上的宋墨和其他的人都不由瞥了一眼，宋墨差点从马背上摔下来。

竟然是窦家七老爷！他来这里做什么？

窦家五老爷是跟着梁继芬留在禁宫的。

要不要上前打个招呼？别的不说，他若是要找什么人自己肯定比他要方便！

难道他是……来相看自己的？念头一闪而过，他心中却骤生警惕。

念头一起，他想到自己马上就要和窦世英的马车擦身而过，毫不犹豫地拽下腰间的玉佩用暗劲捏成了几块，朝拉着窦家马车的马弹去。

马受了惊，嘶鸣着冲了出来。窦世英被突如其来的冲击力甩到了车厢里，摔得一阵蒙头蒙脑，心里却明镜似的。

这次可麻烦了！皇上的亲卫向来跋扈，就是六部侍郎也不放在眼里，何况他这个小小的从四品翰林！何况他还是在通往避暑行宫的必经之路上，若是论起长短来，他一个"窥伺禁宫"的罪名是跑不掉的！

茫然不知所措中，他听到一个清澈如水的声音急急地大声嚷着："快！快把马车给拉住！里面有人！"

一阵哗啦啦的声音，马车在男子高亢的"吁"声中停了下来，窦世英昏头昏脑地想要坐起来。车帘一撩，有人探头："先生，您怎么样？"然后伸手扶了他。

那声音，如泉水般的舒缓悦耳。窦世英不由抬头，就看见了一张清风朗月般映丽的面孔，特别是一双眼睛，仿佛凝聚了星辰的精华，皎皎不输月色。

他定睛一看，这才发现眼前的人是个不过十六七岁的少年，笑容和煦，神色稳重，举止优雅，既有世家子弟的从容，又有功勋贵胄的气度，让人一见难忘。

书上所谓的"貌比潘安，颜如宋玉"，就是指这样的少年吧？

窦世英暗忖，在少年的帮助下了马车，他这才发现马车只不过是向前跑了一小段路，并没有什么大碍。

窦世英松了口气的同时，又担心怎样向这些天子近卫解释自己为何在此逗留，就听见那几个五军营的人围了过来，纷纷笑着称那少年"宋大人"，赞道："早就听说世子爷的马术了得，这次可算是长了见识。不说别的，单就这手勒马的功夫，就够我们学一辈子的了。"

原来是这少年救了自己！窦世英含笑望了过去，却是心中一动。

姓宋……世子……十六七岁的年纪……貌比潘安，颜如宋玉……在金吾卫当差……难道他就是那个英国公世子爷宋砚堂宋墨不成？

他望向那少年的目光一下子变得火热。

宋墨心中连喊"侥幸"。

皇上多年未骑射了，见到近卫军的马上英姿，顿时起意，每日早上到校场和他们遛马。

谁敢让皇上骑马？可谁又挡得住皇上？

汪渊就想了个主意，给每个贴身护卫皇上的近卫身边都配个拉马的小厮，再派个骑射极其高明之人帮皇上牵马，这样就可以控制皇上的坐骑了。

皇上见大家都是如此，倒也没有拒绝，每天早上由人牵着马和他们一起遛马。

他想办法在皇上最喜欢的一条马鞭上做了个"记号"，结果皇上像往常一样正要扬鞭催马，马鞭却断了，所有的人都傻了眼。

皇上雷霆震怒。宋墨趁机把断了的马鞭捡了起来，汪渊则满脸笑容地跪在了皇上面前："可见这老物件也是念旧的，知道鞠躬尽瘁，死而后已。老奴恭喜皇上，贺喜皇上，外有良将，内有忠臣，天下太平，玉宇澄清……"

一帮子亲卫也缓过神来，纷纷赞扬这马鞭"尽忠职守"。皇上被逗得哈哈大笑，雷霆怒气随之烟消云散。

宋墨趁机道："请皇上容微臣将之拿去工造坊修补一番吧，以后挂在皇上的书房，也可警示后人。"

皇上点头，随手指了几个五军营的人护送他去工造坊。

他这才得了这个差事。

因出宫的时辰有限，窦世英又请了病假没有上衙，每日只窝在家中，他正担心严先生能不能给他找到一个和窦世英偶遇的机会，没想到刚刚出了行宫就遇到了窦世英。

难道这是天意不成？他心里莫名地一阵激动，言辞间更加谦虚："诸位兄弟谬赞，实不敢当。"然后略带几分关切地问窦世英："先生您怎样？可曾受伤？要不要帮着请个大夫瞧瞧？"又道，"此处乃是通往皇上避暑行宫之地，平日里偶做停留倒无妨，这些日子皇上却在此驻跸，先生若是无事，最好不要靠近此处。"

眼前这个和气谦逊的少年就是传言中那个杀人如麻的英国公世子？

窦世英不由睁大眼睛，旁边有人不满了，道："你这个酸儒，这位是英国公世子爷——金吾卫前卫右指挥使宋大人，就是他救了你的性命，你还不快快道谢，在这里磨叽什么？看你一副读书人的样子，怎这样不知礼数……"

宋墨冷汗直冒。让窦七爷向他道谢？

他忙朝着那人呵斥了一句，道："小事而已，不足挂齿，何必放在心上！"然后又温和地对窦世英道："我们都是有皇命在身的，既然先生没事，那我们就先走了。"

有些事，要适可而止。

他说完，一跃上了马背。

窦世英却福至心灵，忙道："宋大人，等一等！我是来这里寻人的，宋大人既然是天子近臣，不知可否代我通传一声？"

宋墨笑道："此时却不便。我安排个人帮您去说一声吧？"然后叫了那个被自己呵斥过的军士，"烦请这位兄弟带这位先生去找我的随从，让他帮着通传一声。"又低声对那人道，"他找的人在行人司当差，你可要将功补过，别再乱嚷嚷了！"

宋墨此时不由又庆幸自己和五军营的人关系都很不错，又带了这个行事有些鲁莽的家伙来。

窦世英要打听自己，没有比他更好的人选了。

特别是在自己暗示他"将功补过"之后。

宋墨嘴角含笑，纵马而去。

林子里留下了一串清脆的马蹄声，还有窦世英略带几分小心翼翼的试探："看样子，校尉和宋世子很熟啊……"

第七十四章　迅雷·不及·补救

窦世英回到静安寺胡同的时候，已是华灯初上。他高声叫着高升，兴奋地道："你可知道怎么找到陶器重？"

高升一听就知道是窦昭的婚事有谱了，不由得喜笑颜开，忙道："他没有留下住址，不过，他既然在英国公府当差，我去英国公府找他就是了。"

像英国公府这样显赫的公卿之家，大管事、幕僚都收入不菲，除了在府中有单独的厢房和小厮服侍外，大多数都会在外面另买宅院安置家眷。

窦世英连连点头，感慨道："我今天见到英国公世子了。果然如那陶器重所说，不遭人妒是庸才。那宋砚堂不仅长得一表人才，而且骑射弓马了得，人品端正，甚得皇上的器重。身世显赫，却谦和有礼，和上司、同僚的关系都很好。当得上'谦谦君子，温润如玉'。"

说到这里，他想到宋墨那张形容昳丽的面孔，又想到窦昭比宋墨还要大一岁，这女子操持家务，生儿育女，通常比男子要老得快，不禁又有些后悔起来："就是不知道他们俩的脾气是否相投，我只顾着打听他的学业、差事，倒忘了问他家里有没有通房，于女色上是否放纵了，你等会儿去英国公府，不妨打听打听！"

可转头一想，又觉得宋家还没有来提亲，自己却问这问那的，一副急巴巴要嫁女儿的样子，让宋家知道了，恐怕会瞧不起窦昭，忙改口道："算了，通房之类的事就不要打听了，等宋家正式来提亲之后再说。"说完，觉得这样去找陶器重也显得有些过于急切了，索性道，"还是别去找陶器重了，宋家要是真的在意这门亲事，自然会再差了他来说项。"

可如果宋家觉得窦昭可有可无呢？一时间，窦世英患得患失，一副不知道如何是好的样子。

外面传来一阵笑语殷殷的喧哗声，窦世英不解地望着高升。

高升忙笑道："应该是四小姐和舅太太、表小姐去白云观游玩回来了。我这就去看看四小姐那边有什么吩咐。"话还没有说完，他眼睛一亮，道，"七老爷，不是还有舅太太吗？"

"对啊！我怎么没有想到！"窦世英闻言精神一振。

舅母娘不在是不在，若是在，窦昭的婚事怎么也要和她商量。与其一个人在这里伤脑筋，不如请了舅母娘一起帮着拿个主意。务必要让窦昭体体面面地嫁出去。

窦世英出了正房，高升紧跟在他的身后。

她们买了很多的东西，七八个小厮捧着东西往东厢房鱼贯而去。窦昭不知道正和赵璋如说什么，眼睛弯弯如月，面颊微红，像个吃了糖的小孩子，笑得十分开怀。

窦世英有片刻呆滞。这是寿姑吗？他从来没有看见过笑得如此灿烂的女儿！

窦世英心中微痛。不过是出去游玩了一番，就这样快活，可见她平常的日子过得多拘谨了。

他不由暗下决心。

无论如何，他也要让女儿嫁个像宋砚堂那样的少年！大不了多给点陪嫁。

英国公府再富贵，难道还会和钱过不去不成？

窦世英深深地吸了口气，笑着走了过去。

窦昭已经知道五太太过来给纪咏说媒，被父亲很生硬地拒绝了。

她很高兴。看见父亲走过来，没等父亲开口，她先笑盈盈地喊了声"爹爹"，然后从荷包里掏出块石头递给窦世英："这是我和表姐在白云观淘的，只花了五十文。"是枚黄褐色相间的寿山石。石头润泽细腻，厚重纯朴，可惜左上角有道深深的裂纹，影响了它的品相。

窦昭指了那道裂纹，笑道："我和表姐都觉得，可以雕只斜着的葫芦或是尊卧佛。"去疵剔瑕地加以雕琢，就是枚上好的寿山石印章了，身价也会翻好几倍。

窦世英擅长金石篆刻，他笑着点头，把石头拿在手里摩挲了半晌，道："雕只玉蝉歇在石头上也可以。"

窦昭嘻嘻笑，道："送给您的，您想雕什么都可以！"

窦世英又惊又喜，连声说着"多谢"。

舅母和赵璋如在一旁掩了嘴笑，气氛顿时变得很欢快。

窦昭请了父亲去厅堂里坐。

男女有别，舅母和赵璋如借口太累，回了客房。

窦昭给父亲奉了茶，笑吟吟地和父亲并肩坐了，趁机问窦世英："昨天五伯母是不是来给我做媒？"

窦世英一口茶呛在了嗓子里，失声道："你怎么知道的？"

"我听别人说的。"窦昭也不说是谁，只道："爹爹，我现在还不想嫁人，您别胡乱地把我许配人！我还想在家里多待几年。您看璋如表姐，跟着舅母走了好多的地方，我也想像璋如表姐那样，到处走走看看。不想这么早就嫁人！如果有人来给我说媒，您一定要告诉我！"

窦世英觉得自己能理解窦昭的心情。

窦昭的婚姻大事，就是因为有东窦插手，才会变成今天这个样子的。

窦明小的时候，窦昭还曾照顾过她，她却做出如此薄情寡义的事来，也难怪窦昭伤心，一是暂时不想再谈婚嫁之事，二是怕自己急匆匆地把她随便嫁了，以后的日子更艰难。

"放心，放心！"窦世英忙向窦昭保证，"我肯定不会把你的终身大事当儿戏的。"

如果男方是他亲自相看过，不但品貌出众，而且才干非凡，想必窦昭也会愿意的。

他很想把英国公世子的事告诉窦昭，但想到这事儿八字还没有一撇，若是让窦昭空欢喜一场，岂不是让她更难堪？

窦世英忍了又忍，这才把话压在了心底，草草地和窦昭闲聊了几句话就回了书房。

他让人悄悄请了舅母过来，把陶器重做媒的事告诉了舅母。陶器重是英国公府的幕僚，为了巴结窦世英给窦昭做媒，也就不足为奇了，她只是怀疑窦世英的眼光："您真的去相看过了？"

"这么大的事，我还会骗您不成？"窦世英像怕被人听见传到了槐树胡同去似的，屋里没人服侍也压低了三分声音，"我还特意去拜访了我的同科，他说常看见宋砚堂在皇上身边服侍，待人一向彬彬有礼、谦和恭谨，虽然性子有点冷，但从不谈人是非，是个十分懂得进退，知晓分寸的少年显贵。"又道，"外面还不是把我们寿姑传得十分不堪，可你我都知道，这件事与寿姑有何关系？所以说，谣言止于智者，是句再明白不过的话了。"

人的心一偏，就常常会在不经意间为其说好话，为其开脱。

舅母还是有些不放心，道："量媒量媒，这说媒也要看看说媒的人是怎样的品行，那陶器重若是再来家里说项，您让我也见见。"

窦世英点头应诺，愁道："也不知道那陶器重什么时候再来，五堂兄既然看中了纪家，肯定会想办法让我应允的，这件事不但要快，还得瞒着槐树胡同……"

他的话还没有说完，有小厮进来禀道："老爷，纪家的老太爷派人来给您下请帖，请您明天去玉桥胡同听戏。还说，翰林院的几位老大人都去，让您务必光临！"

窦世英和舅母不由交换了一个眼神，又有小厮进来禀道："老爷，那位曾和徐大人一起来拜访您的陶先生又来了……"

"快请陶先生进来！"小厮的话音未落，窦世英和舅母已不约而同地急声应道。

"怎样？怎样？"宋宜春在书房里把京都有可能答应宋家婚事的人家重新梳理了一遍，不是找不到和窦家一样合适的人家，只是他们前面在窦家花了很多的时间，再想改弦易辙，只怕是来不及了。

听说陶器重求见，他也顾不得什么，亲自迎了上去。看见旁边还有服侍的人，满面春风的陶器重给宋宜春行了个礼，意味深长地说了句"恭喜国公爷"。

宋宜春顿时像六月天里喝了碗冰绿豆汤，全身舒坦，不由长长地松了口气。

"先生辛苦了！"他喜不自禁地拊掌，叫小厮把自己珍藏的太平猴魁沏一壶来。

这是对陶器重的一种奖励。

陶器重心头舒畅，在窦世英面前扮了半天趋炎附势之人，现在终于可以挺直腰杆说话了。

宋宜春忙遣了屋里服侍的，和陶器重密谈。

"窦大人的意思，交换庚帖之类的事不宜宣扬，下定却一定要热热闹闹的，而且在下定的同时把婚书写了，婚期定下来。"陶器重轻声地道："我想，窦家多半是想在姐妹易嫁之事传出去之前把窦家四小姐的婚事定了，这样一来，对外也好有个交代，免得落人口实。这倒正好和我们想到一块去了。"

宋宜春不住地颔首，觉得这简直是桩"天赐良缘"，道："我已得了信，皇上十二日会回宫，我们必须得在此之前下聘。若是别人家，肯定会觉得太急，可窦家既然想消弭姐妹易嫁产生的流言蜚语，肯定会答应。等到皇上回宫，木已成舟，皇上难道还能夺臣之婿不成？若是皇上问起，皇上在避暑行宫，我在禁宫，什么风声也没有听到，皇上难道还能治我个不敬之罪不成？不外是让皇上心里有些不痛快，到时候我们多在皇后娘娘面前走动走动，甚至是求了辽王出面帮着说项，这件事也就不了了之了——反正皇上的意思是要把宋墨尚了景福公主，打了宁妃的脸，想必皇后娘娘也不会太放在心上。"然后嘱咐陶器重，"事不宜迟，你这就把和窦家定亲的事宜都不动声色地安排好，我明天一早亲自去窦家拜访。窦大人看到我们如此有诚意，应该会很痛快地应了这门亲事才是。"

陶器重起身，笑道："我这就去给窦家下帖子。"

英国公宋宜春突然拜访静安寺胡同，这让一直把注意力放在槐树胡同的陈曲水也感觉到了一丝不同寻常。

这是发生在静安寺胡同的事，窦昭应该比他更清楚才是。

他急急地来见窦昭，窦昭却和舅母、表姐一起去了鼓楼街买东西。

等他赶到鼓楼街的时候，窦昭她们却已回了静安寺胡同。

陈曲水又赶回了静安寺胡同。

一进门，他遇到了高升，高升满脸笑容地和他打招呼："陈先生来得可真巧，四小姐刚回来，正和老爷说话呢！怎么，铺子里有急事啊？"

"也算不上是什么急事。"陈曲水敷衍着他，"有桩买卖，有些拿不准，想请四小姐给拿个主意。"

高升热情地道："要不要我帮忙？"

相比窦家的产业，窦昭那间小小的笔墨铺子根本就不值一提。

"要问过小姐之后才知道。"陈曲水搪塞他。

高升却不疑有他，笑着点头，亲自把他迎到了账房里坐下，吩咐小厮："老爷和四小姐说完了话，你就立刻帮陈先生通禀一声。"异乎寻常的殷勤，让陈曲水心里直打鼓。好不容易等到窦昭和窦世英说完了话，已到了晚膳的时候。

窦昭在花厅见了陈曲水，陈曲水将宋宜春来拜访窦世英的事告诉了窦昭，并道："小姐可知道英国公来见七老爷是为何事？"

他们和宋墨的关系始终见不得光，如果被英国公知道了，事情会变成怎样，谁也无法预料！

窦昭愕然："你说什么？英国公来拜访我父亲？"

陈曲水点头："我已经查过了，好像是英国公府的幕僚陶器重通过七老爷在翰林院的同僚徐志骥搭的桥，可具体是为什么，时间紧迫，还没有查到。"

窦昭额头却冒出细细的汗珠。

英国公和父亲是没有任何交集的两个人。

天下这么大，自己无名无声，正常的情况下，英国公是怎么也不可能注意到自己的。

如果说他们之间有联系，那就是宋墨了。

英国公若是知道当初搭救宋墨的是自己，他有的是办法对付自己，绝不会一副彬彬有礼的样子来静安寺胡同登门拜访。也就是说，英国公十之八九是不知道自己和宋墨之间有什么关联的。

那他为什么要拜访父亲？窦昭脑海里浮现出宋墨那双如夜空般幽静的眸子。

那天，他知道窦明代自己嫁给了魏廷瑜，冲动地对她说，"窦昭，我娶你"。

她把这当成了少年的激愤，并没有放在心上，而且算定了他不可能说服英国公同意他娶自己。所以，她笃定地告诉他，"如果能结为夫妻，自然是有缘"。

难道英国公登门，是为了帮宋墨提亲？

姐妹易嫁之后，父亲最大的希望就给自己找户不比济宁侯府差的人家嫁出去，可宋墨又是怎样让宋宜春同意他娶自己的呢？

她想到之前自己曾建议宋墨尚公主的事。就算他有意把消息透露给宋宜春，他又是怎么不动声色地让自己出现在宋宜春的视线范围内的呢？又是怎么让宋宜春觉得自己是合意的儿媳妇的呢？

宋墨，再一次展示了他强悍的能力。

窦昭掏出帕子擦了擦自己的额头，她吩咐素心："快，想办法打听清楚英国公来见我父亲是为什么事！"

素心应声而去。

陈曲水也焦急得像热锅上的蚂蚁，窦昭向来细心，所以他把主要的精力都放在槐树胡同，谁知道这次窦昭却也疏忽大意了！

他不是窦昭，窦昭也不可能把自己和宋墨的对话全都告诉陈曲水，陈曲水到此时也没有往窦昭的婚事上想，而是在那里喃喃地道："我知道陶器重是去求徐志骧帮忙，后来徐志骧领他来见七老爷，我也只当是寻常的引见，虽然派了人注意，却没仔细地去查。"他后悔道，"早知如此，我就应该早点告诉小姐了。"

窦昭心里比他更急，但还是安慰陈曲水："事情已经发生了，急也没用。当务之急是要查清楚英国公的来意！"

"我何尝不知？"陈曲水苦笑，"只是事关重大，我没办法静下心来。"又因为天色已晚，他不方便久留，只得满腹忧虑地离开了静安寺胡同。

直到亥时，素心却满脸羞愧地折了回来。

"小姐，"她不安地道，"我什么也没有查到……陶器重是撇了徐大人单独见的老爷，英国公和老爷说话的时候，把屋子里服侍的都遣了出去，是高总管亲自帮着斟的茶……高总管的口风十分紧，就是高升家的，也是一头雾水，一问三不知。"

窦昭眉头紧锁，道："不可能一点异样都没有。你再仔细想想，有没有什么不合常理的地方。比如说，英国公走后，高总管都做了些什么？陶器重见过父亲之后，父亲可曾招了谁去问话？或是去了什么地方？"

"我想起来了！"她的提醒让素心眼睛一亮，"陶器重来见过七老爷之后，七老爷曾和高总管出去过一趟，是高总管亲自驾的车，至于去了哪里，就没人知道了。再就是前几天七老爷不是曾嘱咐高总管把家里所有贴着大红喜字，或是披红挂绿的东西都给收起来吗？刚才我去找高总管的时候，却发现高总管正在指使着小厮清点那些灯笼、幔帐、香烛之类的东西……"

窦昭听着脸色大变，知道自己猜得八九不离十，她没等素心的话说完，已急切地道："你快去找陈先生，一是让陈先生帮着查查我爹当时和高升去了哪里，二是让他想办法给宋砚堂带个信，说我有要紧的事见他！"

两家毕竟没有正式下聘，希望这一切都还来得及！素兰肃然应"是"，找了个借口去了鼓楼下大街的笔墨铺子。

窦昭一夜都没有睡着。第二天，她无心出门，舅母还以为她累着了，只吩咐她好生休息，倒是赵璋如，笑她还不如自己体力好，陪着她在屋里说闲话。

窦昭有一搭没一搭地应着，直到下午，陈曲水才过来，他的脸色很不好看。

"前几天高总管赶车送七老爷去了趟避暑行宫，据说是去见了位在行人司当差的同科。"陈曲水神色凝重地道，"世子那里，我已经托了严先生帮着递个信过去，严先生说，皇上这两天就要移驾禁宫了，世子肯定会很忙，但如果世子得了信，肯定会想办法来见小姐的，让小姐少安毋躁。"

事情怎么会这么巧？

窦昭觉得自己额头上的汗好像更多了。

难道父亲是去见宋墨的？她骇然地想。

如果父亲真是去见宋墨的……自己这算不算是搬起石头砸了自己的脚呢？

窦昭后悔不已。当初就应该清清楚楚、明明白白地告诉宋墨自己不想嫁人，不应该含含糊糊、模棱两可的。

陈曲水则眉头紧锁，总觉得严朝卿说出那句"少安毋躁"时的笑容颇有些意味深长，仿佛有什么事要发生，严朝卿却瞒着自己似的。

他不由沉吟道："两天前，纪家老太爷给七老爷下了帖子，请七老爷去玉桥胡同喝酒听戏，结果七老爷却连招呼都没有打一声，就去了城外南郊的万明寺，让大家一阵好找。您看，七老爷避着纪家，会不会与英国公有什么关系啊？"

她也不知道自己是怎么了。

先有邬善，后有何煜、纪咏，现在宋墨也来插一脚！

前世也是想找个爱护自己的人都不能！

窦昭叹了口气，正寻思着该怎么把自己的猜测告诉陈曲水，外面突然传来一阵喧嚣的锣鼓声。

舅母和璋如表姐联袂而来，两人都一副喜不自禁的模样，特别是赵璋如，不顾陈曲水在场，笑嘻嘻地拉了窦昭的手，道："寿姑的那柄玉如意果真是有喜气的。"语气中带着几分调侃。

窦昭愕然，舅母呵呵笑着呵斥了表姐两句，和蔼地道："你别听你表姐胡说八道，她这是妒忌你。"

窦昭心中顿时涌起一股不妙之感。

她不由朝陈曲水望去，陈曲水也正好朝她望来。两人的目光碰在一起，都在彼此的眸中看到了深深的担忧。

舅母已笑着上前拉了窦昭的手："寿姑，恭喜你了，英国公亲自上门为其长子——英国公府的世子宋砚堂提亲，你父亲亲自去相看过了，那男孩子人品相貌都十分出众。你父亲已经应允下来，英国公府现在来下聘了！"

"您说什么？"窦昭倒吸了口冷气。

陈曲水张了张嘴，呆呆地望着窦昭，半天都没有回过神来。

五太太的轿子还没有走到静安寺，就听到前方传来一阵噼里啪啦的爆竹声，随后鼓乐齐鸣，喧阗震天。

她不禁笑着撩了轿帘问随轿的婆子："是谁家在办喜事呢？"

婆子忙笑道："奴婢这就去问一声？"

"不用了。"五太太道，"我就是随口问一问，去七老爷家要紧。"

纪家老太爷特意为七叔设宴，七叔却连句话也没有，就这样失了约，让纪窦两家都很没有面子。丈夫特意让她过来问一声是怎么回事。

她既然吩咐去窦世英家要紧，轿夫赶紧加快脚步，很快就到了静安寺胡同，却被里三层外三层的人群给堵在了胡同口。

五太太不悦地再次撩了轿帘，沉声道："是怎么一回事？"

随轿的婆子一路小跑过来："五太太，说是静安寺胡同窦翰林家的大小姐定亲，大家都围在窦府门口看热闹！"

"你说什么？"五太太大大惊失色，急促地道，"你可问清楚了，到底是哪个窦翰林？"

· 141 ·

静安寺胡同，除了七老爷这个翰林，还有哪家翰林啊？婆子在心里嘀咕着，却不敢多言，明知道是哪家，还是跑过去又打听了一遍。

"怎么会这样？"五太太闻言颓然地瘫坐在轿子里，只觉得胸口像堵了块大石块似的，让她喘不过气来。

被这个消息惊呆了的，还有二太夫人。她顾不上自己年事已高，即刻就要起身去静安寺胡同问个究竟，却被神色疲惫的五太太给拦住了："这件事，还是等老爷回来了再作计较吧，要紧的是，怎么给纪家一个交代？"

英国公府可不是济宁侯府，既然已经下了聘，就算是他们想反悔，也得看英国公府答应不答应！而方洲已做了浙江布政使，这份人情该怎么还？拿什么还？五太太想想都觉得心乱如麻，不禁埋怨道："七叔这是怎么了？就算是不答应纪家的婚事，也应该好好跟老爷商量才是，怎么能就这样贸然地答应了英国公府的提亲？那英国公府是什么人家？那可是太祖的养子，恩宠几朝的煊赫世家！他们家的世子，什么样的名门闺秀娶不着，竟然要和窦家结亲，还偏要娶了刚刚闹出姐妹易嫁的寿姑！只怕这世子有什么不妥之处……这岂不是害了寿姑！"又道，"七叔家里要是有个正经的妇人帮着主持中馈，也不至于乱成这个样子！"

二太夫人不住地点头，吩咐柳嬷嬷："去打听打听那英国公府的世子到底是个怎样的人。"

柳嬷嬷应声退下。

二太夫人和五太太商量："纪家那边，要不要让老六媳妇过去递个话？"

这可不是寻常的婚事，凭着几个妇人在那里说合就行了的，这可是两家人商定下来的事，其中还不知道有多少弯弯绕绕，六弟妹一介女流，窦家怎能把她推上前？就算是有这心，六弟妹也未必拿得起！

五太太不想让婆婆担心，笑道："就算是要请六弟妹出面，也要先让老爷知道才好。"

儿媳妇敬重儿子，没有哪个婆婆不高兴的。二太夫人连连点头，和五太太一起等到了窦世枢回来。

窦世枢闻讯半天都没有回过神来。"七弟，真的和英国公府结了亲？"他不敢相信地又问了一遍。

五太太点头："我虽然没有进去，但宋家的聘礼一字排开摆在正院里，正门四开，任由左邻右舍的观看，一百二十四抬聘礼，我断然不会看错。"

窦世枢坐不住了，道："我这就去趟静安寺胡同。"

五太太当初没进去，就是要配合丈夫行事，丈夫没有拿定主意之前，她是什么话也不会说、什么事都不会做的。

两人一起去了静安寺胡同。因已是黄昏时分，窦家已关了大门，可一百二十四抬的聘礼，加上英国公府的名头，还是让窦家的邻里兴奋不已，议论纷纷，以至于静安寺胡同里莫名地弥漫着股热闹喜庆的味道。

五太太眉头微蹙，窦世枢却不动声色地进了门。

大红色的龙凤喜盒整整齐齐地摆在正院的中间，听到通禀迎出来的窦世英眉宇间透着几分毅然决然，上前和他见礼。

窦世枢不由在心里长长地叹了口气，知道这件事再无转圜的余地，不免心里有些淡淡的失落，道："宋家的事，你可打听清楚了？"

窦世英接下宋家聘礼的时候，就已经做好了被窦世枢责备一番的准备，此时窦世枢却心平气和地关心着寿姑的未来，反而让他微微一愣，心中生出些许的愧疚来，不由低声道："打听过了……人我也相看过了……配得上寿姑……"

窦世枢不再多说什么，问了问两家结亲的进程。当他知道窦世英已经写下了婚书，并定下了八月二十四日的婚期时，不禁瞥了五太太一眼，五太太顿时脸涨得通红。

窦世英则喃喃地解释道："婚期是定得有点急，可趁着舅太太在京都，早点把寿姑的事了了也好……"

窦世枢颔首，笑着吩咐妻子："既然寿姑出阁在即，你就去看看她吧！"又对窦世英道，"有什么要你五嫂帮忙的，你只管开口。"

我哪儿还敢要你们帮忙啊？！窦世英在心里嘀咕着，嘴里却连连应诺。

五太太去了窦昭那里，窦世枢就说起赵思来："……他由上峰陕西布政司推荐，不日就要升任湖广布政司参议了。这对他来说是个好机会。那湖广布政使李大人背上长了个疖子，久治不愈，疼得夜不能寐，到了今年夏天，已是恶臭难掩，精神也一日不如一日。"

他虽已调任刑部尚书，可到底在吏部经营了二十几年，如今又贵为内阁学士，这些事怎么能瞒过他的耳朵？

窦世英知道，这是窦世枢在向他示好，算是弥补之前对窦昭姐妹的伤害。他虽然觉得愤然，可事关舅兄的前程却由不得他自私任性。

窦世英朝着窦世枢拱手，道："舅兄的事，还要仰仗五哥多多关照。"

"赵家和我们家是几辈子的交情，我和睿甫也是故交，七弟这话就太见外了。"

两人之后又议了会儿朝政，窦世枢夫妻这才打道回府。车上，五太太对窦世枢道："六弟妹得了消息也过去了，我过去的时候，她正坐在寿姑的内室里哭呢！听那口气，仿佛英国公府的世子的脾气有些不好……"

没等她把话说完，窦世枢已摆了摆手，道："现在说这些有什么用？你到时候只管高高兴兴地去吃喜酒就是了。"然后道："等会你先回去，我还要去趟玉桥胡同。"

五太太迟疑道："这么晚了……"

"这种事，越早处置越好。"窦世枢冷静地道，"拖来拖去，只会让纪家认为我们在敷衍他们——我们要拿出诚意来才行。"

五太太还有点不放心，道："方大人的事……"

窦世枢摆了摆手，道："我自有主张！"

五太太不再问什么，在家门口下了马车，恭送马车驶出了槐树胡同，这才转身回了府。

纪老太爷半闭着眼睛躺在醉翁椅上，正琢磨着窦世英的不告失约。自己请窦世英，不过是想和窦世英结交，可他却生硬地拒绝了自己的邀请。这就只有一个可能——那就是窦家把纪家的意思转告给了他，而他十分不满意这桩婚事！

见明一表人才，又有功名在身，少年得志，不管从哪方面来看都是乘龙快婿的最佳人选，窦万元还有什么不满意的？

不如明天再给他下张请帖，他要是还不到，自己就亲自去静安寺胡同拜访他。

人怕对面。难道他好意思当着自己的面拒绝这门亲事吗？

想到这里，他高声问随身服侍的小厮："十六少爷回来了没有？"

纪咏在家排行十六。

纪老太爷感觉自己好像有好几天没看见纪咏了。

小厮忙道："小的这就去请十六少爷。"

纪老太爷"嗯"了一声，有小厮进来禀道："老太爷，槐树胡同的窦阁老过来了。"

纪老太爷很是意外，连声让小厮请窦世枢到花厅里坐，自己换了件见客的衣裳，去了花厅。

窦世枢开门见山就说明了来意，并满脸愧色地道："说来说去，这件事都是我的错，我没有想到五侄女出嫁之后，七弟怕四侄女嫁不出去，没有知会我们一声，就匆匆忙忙地和英国公府结了亲……"

纵然老到如纪老太爷，也忍不住露出惊讶的表情："怎么会这样？"

儿女的婚姻大事又不是买青菜萝卜，能说买就买的。

这英国公府又是从哪里冒出来的？英国公府可不是济宁侯府，那可是真正的簪缨之家，世受皇恩，长兴不衰的显赫之家。不要说他一个小小的窦万元了，就是他们纪家，也不可能指使得动英国公府和自己演戏！

纪老太爷不由沉声道："你可打听清楚了，真是英国公府？"

窦世枢没有想到纪老太爷会有如此一问，但他想到聘礼中既有用脸盆大小的整块寿山石雕刻而成的年年有余，也有灿若云霞的缂丝和蜀绣，那英国公府又怎能是假冒的？

他委婉地道："今天下午宋家抬了一百二十四抬的聘礼去静安寺胡同下聘，我这才知道。赶过去的时候，已经迟了。两家不仅写了婚书，连婚期都定在了八月二十四日。"

纪老太爷不由哂笑。自己真是越老越不经事了，竟然说出这样的话来。

他望着眼前脸上满是真诚歉疚的窦世枢，脑袋飞快地转了起来。

"见明的伯父在工部这么多年，一直想把宜兴的水路好好修一修，可若是私人出资，不免有欺世盗名之嫌，还是由官府主持，我们纪家尾随的好……"

为官一任，造福一方。可若能造福家乡，却更能万古流芳，让子孙受益。

宜兴不过是个小小的县城，怎么会在皇上的眼里？何况朝廷这两年接连着疏浚了运河和黄河旧道。

窦世枢暗暗苦笑，这是纪家在向自己要补偿了。欠债还钱，天经地义。他能不答应吗？

"这是好事。"窦世枢笑道，"纪老大人还有什么要我帮忙的，只管开口！"

纪老太爷满意地送走了窦世枢。

纪咏回来了。他笑容满面，兴致高昂，纪老太爷见了心中一滞，不知道说什么好，一时间语塞。

倒是纪咏，笑着问纪老太爷："您找我有什么事？"一副你再不说我就走了的样子。

纪老太爷想了想，反问道："你去做什么了？这几天忙出忙进的，都没看见你的影子。"

纪咏笑道："没什么事，就是和朋友出去小酌了几杯。"然后打了哈欠，道，"有什么事明天再说吧，我困得不行了。"

说完，也不管纪老太爷想说什么，径直出了纪老太爷的房间，让纪老太爷气得吹胡子瞪眼的。

纪咏却在心里偷乐。和何煜一起打了魏廷瑜一顿闷棍，他感觉心情好多了。

第七十五章　困惑·相约·路口

此时的窦明，正在给魏廷瑜清洁伤口。因为做不惯这些，她的手有点重。刚开始的时候魏廷瑜还能忍着，后来不由"嘶"了一声侧过脸去。

窦明动作一僵，眼角就有水光闪动。

魏廷瑜忙道："你歇歇，还是我自己来吧！"说完，接过她手中的帕子，自己胡乱地擦了擦。

送魏廷瑜回来的汪清海望着魏廷瑜青肿的面颊，脸色阴沉："你再想想，一点线索也没有吗？"

自汪清海和东平伯周少川的幼女成亲后，汪清淮就开始把手里的一些庶务交给汪清海打理。汪清海这些日子一直待在开封督促黄河旧道修缮的石料供应。因魏廷瑜成亲，他特意从开封赶回来，却又遇到了姐妹易嫁之事。

这是魏廷瑜的家务事，汪清海自然不好说什么，估摸着这几天魏廷瑜应该闲了下来，这才约了魏廷瑜到萃华楼小聚。魏廷瑜心事重重，几杯酒下肚，不待汪清海开口，就先说起心事来。

"……窦家在北直隶也是数得着的人家，我做梦也没有想到会发生这种事……当时心慌意乱，掀了盖头，看也没敢看一眼，就跑了出去敬酒……回去的时候醉得什么都不知道了……后来明姐儿又是哭又是闹又是寻死觅活的，乱成了一团，我也没来得及多想，脑子一热，就应了这门亲事。"他说着，端起面前的酒盅一饮而尽，又拿起酒壶给自己斟了一杯，"三朝回门的时候，我臊得不行，睁开眼睛就在想，若是遇到了四小姐，该说些什么……谁知道四小姐却避开了我们……"

"木已成舟，再说这些做什么？"汪清海劝他，"既然已经下了这门亲事，你就应该好好地和窦氏过日子才是！你这样三心二意的，既害了自己，也害了窦氏，更让那四小姐心里总是扎着根刺！"

"我知道。"魏廷瑜闷闷地道，"我就是在想四小姐说过的话。"

汪清海不禁"咦"了一声，道："四小姐和你说过什么话？"

魏廷瑜道："当时明姐儿不是约了我去大相国寺吗？后来被窦家的人发现了，要和我们家退亲。当时四小姐曾约我去静安寺胡同，她说，相信我和明姐儿没什么。还说，大家的心情都不好，把婚期往后拖一拖。"他说着，眼中流露出几分迷惑，"可明姐儿却说，四小姐因我应了她的大相国寺之约，所以心生妒忌，死活也不愿意嫁给我……"

汪清海暗暗摇头。他第一次见到窦明，就觉得窦明有双太过于灵活的眼睛，这样的人，通常都有很多小心思。

如今看来，窦明在姐妹易嫁这件事上，显然不像她自己所说的那样无辜。

可他能说什么？宁拆十座庙，不拆一桩婚。

他只好拿了好话劝魏廷瑜："我有次听母亲偶然说起，也提到过窦家四小姐当时发脾气不愿意嫁给你。可能这其中还发生了些我们不知道的事。可不管怎样，事情都已经过去了，你再追究，只会让彼此更难堪而已。你不如就当自己做了回负心人好了……"他见气氛沉闷，开玩笑地道，"这男人，谁还不做几回负心人啊！"

魏廷瑜听了不仅没有笑，反而有些坐立不安起来。借口要上茅厕，离开了雅间。

等他久候不见人影，吩咐小厮去找的时候，却在茅厕旁看见了被打得鼻青脸肿、瘫软在地的魏廷瑜……

魏廷瑜见汪清海问当时的情景，颇有些羞愤地摇了摇头，道："那些人一句话也没有说，拿了个袋子套就住我的头，朝着我就是一阵乱棍……"说到这里，他语气微顿，然后大声道，"我想起来了，那袋子是绸子做的，很光滑……"

"用绸子做的？"汪清海沉吟道，"出手的人应该非富即贵才是……是什么人，要对你下手？"他问魏廷瑜，"你仔细想想，是不是得罪过谁？"

魏廷瑜非常认真地想了想，再次摇头。

在一旁听着的窦明却突然脸色发白，她想到了纪咏。

只有纪咏，才可能干这种事！

只有纪咏，才可能找魏廷瑜的麻烦！

她不由打了个寒战，紧紧地拽住了魏廷瑜的衣襟："侯爷，您，您以后还是少出去吧？若是要出去，也要多带几个护院才好——那些人有心算计无心，您太吃亏了！"

魏廷瑜点头，笑着安慰她："没事。我以后注意些就是了。"

正说着，派人去请的御医赶了过来。窦明回避到了旁边的耳房，汪清海帮着魏廷瑜让御医诊了脉看了伤，御医说只是些皮外伤，吃几服活血化瘀的方子，很快就会好了，他又吩咐魏廷瑜的贴身小厮跟着大夫去拿药，叮嘱了魏廷瑜几句，说："好好养伤，萃华楼那边，我再去问问，看能不能问出些什么。"

被人打了闷棍，毕竟不是件什么好事，而且对方有备而来，汪清海和魏廷瑜都没有报官，只派了贴身的护卫去找萃华楼掌柜、跑堂的问话。

魏廷瑜歉意地朝汪清海道谢。

汪清海笑着捶了他的肩膀一下，道："我们兄弟俩，说这些做什么！"然后起身告辞。

魏廷瑜一直送他到了大门口。

汪清海回了延安侯府，径直去了汪清淮的书房，汪清淮正和顾玉在一起说话。上次顾玉向他借银子，待他的银子凑齐了，顾玉又说宋墨在广东的铺子有笔数额不小的进项，暂时不缺银子了。

钱虽然没有借出去，但汪清淮为人仗义，办事果断，有魄力，却给顾玉留下了深刻的印象，他对汪清淮渐渐少了几分敷衍，多了几分亲近。他这次来找汪清淮，是知道汪渊靠在江南贩丝赚了大钱，想约了汪清淮做丝绸生意。

顾玉那京都小霸王的名声谁人不知，谁人不晓？他这两年虽然不怎么欺行霸市了，可京都的三教九流，谁敢不给这位公子面子？

汪清海没有隐瞒，当着顾玉就把魏廷瑜被打了闷棍的事告诉了汪清淮，并向哥哥求助："……您派两个人帮我查查是怎么一回事呗？"

汪清淮直皱眉。敢打济宁侯的闷棍，对方十之八九也不是什么善茬！顾玉却来了兴趣，道："这件事你求你哥有什么用？你求我啊！"

汪清海没想到顾玉这么好说话，大喜过望，连连给顾玉作揖道谢。

顾玉拉了汪清海就走，汪清淮头大如斗，这位爷没事都能找出事来，何况这次有凭有据地帮魏廷瑜出头。他忙拦住汪清海："不要勉强！有些事还是先问清楚了的好。"暗示弟弟不要把事情搞得不可收拾。

汪清海颔首，没来得及说话，就被顾玉拉走了。

打了人的纪咏高高兴兴地回到了屋里，洗漱了一番，习惯性地看了几页书，按平日的生活习惯，就应该睡觉了，他明天一早还要去衙门当差。可不知道为什么，喜悦却仿如沙漏里的细沙般慢慢流走，心就像被掏空了似的，空荡荡的，没有个着落，哪里还有半点的睡意？

"纪见明，我今生绝不会嫁给夺人妻室之人。"

"从今天开始，我的事，都不用你管！你走你的阳关道，我过我的独木桥，我们老死不相往来！"

窦昭那冰冷的面孔又浮现在他的脑海。

他真的做错了吗？

君子善谋，小人善意。物竞天择，适者生存。这又有什么错？

或者，窦昭是因为心里还惦记着魏廷瑜，所以要为他鸣不平？

纪咏辗转反侧，像前几日一样，夜不能寐。

自认识窦昭之后发生的事，一幕幕，像走马灯似的，在他的脑海里兜兜转转。

昏黄的灯光给宋墨的身影镀上了一层金箔。

他放下笔，问陈核："四小姐要见我？"

世子爷和窦家四小姐定了亲！从此以后，窦家四小姐就是自己的主母了！陈核自听到这个消息到现在，还觉得自己如坠云里雾里，仿佛在做梦似的，没有一点真实感。

他低下头，轻轻地应了声"是"。

世子爷想干什么都能干成。

表面上看来，窦家四小姐和世子爷八竿子也打不到一块儿去，国公爷怎么突然会向窦家求亲？这其中要是没有世子爷的推波助澜，打死他，他也不相信！

可世子爷到底干了些什么呢？他到现在也还是迷迷瞪瞪的没个头绪！

宋墨道："你去跟四小姐说一声，明天我就要回宫了，恐怕要到晚上或是后天才能去见她。她若是有什么急事，可以先给我带个信，或是找严先生也行。严先生那里，我已经打了招呼！"

他的神色依旧有些冷峻，可说话时流露出来的无比耐心，却让陈核心神微震。

世子爷从前只对蒋夫人，对二爷，对国公爷才会这样说话。但自从世子爷和国公爷闹翻了之后，世子爷就再也没有用这种语气和人说过话了。

陈核心头一凛，恭敬地行礼，退了下去。

宋墨低下头去，继续练着字，嘴角却几不可察地微微翘了起来。

得了回信的窦昭却有些失神。

要今天晚上或是明天早上才能见到宋墨吗？事情拖得越久，就越不容易解决。父亲已急不可待地宣布了她的婚讯，好像这样做，就能洗脱她之前所受的羞辱似的。

想到这里，她不由苦笑。

还真让宋墨说对了，站在他的肩膀上，她还真就变得尊荣起来。

八月十二日，皇上从西苑的避暑行宫移驾紫禁城。

回宫的队伍前有旗手卫开道，后有金吾卫压阵，不过短短的几十里地，却浩浩荡荡，旌旗招展，前面的人进了宫门，后面的还没有出避暑行宫，惹得远远围观的百姓们兴奋地指指点点，议论不休。

宋墨交了差事正准备出宫，却被汪渊的干儿子汪格请去了慈宁宫。

景福公主的生母宁妃娘娘也在，她笑盈盈地坐在太后娘娘的下首。见宋墨进来，起身在太后娘娘身边耳语了几句，太后娘娘笑吟吟地点头，看他的目光十分慈祥。

"英国公身体可好？"太后娘娘招了宋墨过去，亲切地和他拉起家常来。

平日里看宁妃娘娘温温吞吞的，行事也没个主意，没想到关键的时候却这样果断，刚进宫就求到了太后娘娘这里。看来，自己还是小瞧了这些宫里的嫔妃！

宋墨暗暗想着，恭谨地笑答着太后娘娘的问话。

不一会儿，皇后娘娘和淑妃娘娘联袂而来。看见宋墨，皇后娘娘笑着朝宋墨点了点头，淑妃娘娘却很是惊讶，看宁妃娘娘的目光闪过一丝嘲讽。

宋墨可不想站在这里被人惦记，何况他也不可能再和这些人扯上什么关系。他微笑着行礼，寒暄了几句，起身告辞，回了英国公府。

严朝卿却告诉他："国公爷一早就递了折子，现在去了宫里求见皇上。"

宋墨笑道："他进宫应该是想把我和窦家定亲的事告诉皇上。"不然等皇上的圣旨下来了，他却已和窦昭订了婚，那圣旨岂不成了一桩笑话——若是宋家因此和窦家退亲，皇家不免要落得个逼臣另娶的名声；若是宋家不和窦家退亲，那皇家的尊严又何在？

皇上回宫，刚刚安顿下来，听说宋宜春求见，想到他以后可能会和自己成为亲家，把太子的折子都放到了一旁，先见了宋宜春。可他万万没有想到，宋宜春急巴巴地来求见，却是为了多给宋墨请几天假。

"这么说来，你和窦家已经过了婚书，并且把成亲的日子定在了这个月的二十四啰？"皇上斜倚在大炕上，看似像因酒色过度而浑浊的眸子里却闪过一丝精光，语气显得很轻快，"那你岂不是和窦元吉做了亲家？这个窦元吉，在朕的面前却是一丝的口风也没有漏！"

宋宜春忙道："怎敢为臣的家事扰了皇上的清静？"

皇上不再说什么，挥了挥手，宋宜春恭敬地退了下去。皇上的脸沉了下来。

汪格满脸笑容地走了进来："皇上，太后娘娘请您过去说话。"又道，"皇后娘娘和宁妃娘娘、淑妃娘娘都在。"

在旁边服侍的汪渊不由狠狠地瞪了汪格一眼。

汪格微愕，皇上已狠狠地将手上的奏折扔在了书案上。

宋宜春却是擦了擦汗，这才打道回府。听说宋墨回来了，他吩咐小厮把宋墨叫来，如果宋墨知道自己为他定下了一门怎样的亲事，表情一定很精彩。宋宜春不由露出一个得意的微笑。

小厮回来却道："世子爷出去了。"

仿佛喝了酒，正微醺着轻飘飘的像踩在云层里，却被人当头一棒，从云层中跌落了下来。宋宜春喝道："一群笨蛋！世子爷去了哪里？"

小厮打了个哆嗦，诚惶诚恐地道："小的也不知道！颐志堂那边的人只说世子爷去见朋友了，到底是谁，小的也没敢问……"他喃喃地道，身子不由缩了起来，一副准备挨打的样子。

宋宜春气得胸口一起一伏，想了想，最终还是没有和这小厮计较。

而宋墨此时却一闪身躲进了旁边花树的阴影里，待两个巡夜的婆子低声说笑着走了过去，他这才从花树下拾起颗小石子，"咚"地一声打在了窦昭的窗棂上。

窦昭的内室还点着灯，却半晌也没有动静。宋墨并不着急，每隔几息就扔一颗石子过去。

窦昭正靠在床头看书，全神贯注之下哪里会注意这些？倒是在一旁做针线的素心心中一动，不动声色地将窗扇打开了一道缝，看见了站在树影下的宋墨。

"小姐，世子爷来了。"她低声地道。

窦昭吓了一大跳。皇上刚刚回宫，各卫所还要换防，她以为明天早上才能见到宋墨。

"请他屋里说话吧！"窦昭说着，换了身衣裳，去了没有点灯的厅堂。

素心给宋墨开了门，宋墨递给素心两匣子点心，道："宫里的豌豆黄。"

素心低头看了窦昭一眼。

四小姐为什么要见世子爷，没有谁比她和陈先生更清楚的了。她接点心的手不禁有些颤抖……忙屈膝行礼，讷讷地道谢，奉了茶，退了下去。

宋墨问窦昭："你找我有什么急事？"

窦昭一时不知道该怎么说才好。

宋墨也不问，安静地坐在那里等她开口。

皎洁的月光透过窗棂照进来，疏疏如雪。

"对不起。"窦昭愧疚地道，"当初你问我愿不愿嫁给你的时候，我知道令尊绝不会顺着你的意思给你娶妻的，所以才会说，如果能结为夫妻，自然就是有缘……"

聪明的宋墨，闻音知雅。他脑子里一片空白，脸色顿时煞白。

窦昭有点不敢看他，低了头，喃喃地道："这件事，都是我的不好。对不起……"

"我知道了！"宋墨回过神来，木然地轻声道，"你别担心，这件事，我会处理好的。"

他的声音非常轻淡，仿佛飘在弦月周围的云彩，眨眼就会散去，却又让人感觉到一种莫名的坚定，不用太大的声音，不用太多的表情，就能让你相信，他答应的事，就一定能做到，让人觉得踏实。

"对不起！"窦昭再次向宋墨道歉，可不知道为什么，她的心却隐隐作痛，眼泪刹那间涌满了眼眶。她忙闭上了眼睛，好不容易才没让眼泪落下来。

"没事。"宋墨根本没有看她，而是望着窗外的月亮，低声道，"是我当时没有想明白……"

或者是，他根本没有往这方面想！

宋墨不由自嘲地撇了撇嘴。

如果她再和自己退亲，这名声传了出去，以后恐怕就很难再找到婆家。

她那么聪明，怎么会想不到呢？只怕是另有打算吧？

自己却自以为是地闯了进来，像个傻瓜似的。

好在窦昭还算信任自己，把事情交给了自己来处理。

这算不算是另一种安慰呢？宋墨不无嘲讽地想着，脑海里突然浮现出纪咏的影子。

他微微一愣，或者，这就是窦家允许窦昭姐妹易嫁的原因？

但转瞬间，他就把这个念头压在了心底，他的自尊心不允许他继续往下想下去，这会让他看起来像个跳梁小丑。

宋墨心里又苦又涩，如同坐在针毡上，他站起身来："那我先走了！"

窦昭知道自己伤了宋墨。有些事情，除非她勉强自己，否则就没有办法避免伤害别人。

可有时候，言不由衷却比据实以告伤害更大。特别是面对别人的真诚时，则变成了一种伪善。

"对不起！我只是不想嫁人而已。"窦昭站了起来，急急地解释，声音显得干巴巴的，再也没有了平时的轻快，"我送送你吧！"

是吗？

宋墨抿了抿嘴，道："免得被人看见，落人口实。"说着，他大步向前，打开了大门。

皎洁的月光射进来，他的身影挺拔而清瘦，稳健却孤单，有种遗世独立的寂寥。

窦昭站在屋檐下，望着宋墨渐行渐远，想着那两匣子点心，心里非常难受。

今日一别，以宋墨的骄傲，他们恐怕再无相见之日！

他会用什么办法解除他们之间的婚约呢？

利用尚公主的机会，还是和宋宜春的矛盾？

别人又会怎么说他呢？在他已经背负了一个肆意杀戮的名声之后？

"宋砚堂！"窦昭忍不住轻声地喊住了他，"我明天一早就会身体不适。你……什么也别做……"

这算什么？打一巴掌，再给他的一颗甜枣？

宋墨情不自禁地转身，笑道："你那主意只怕不大好使——我父亲现在急需给我找个有毛病的妻子呢！"

他微笑着调侃自己，声音是那么温和，也是那么虚伪，可至少能让自己看起来不那么狼狈吧！

窦昭却笑不出来。两世为人，只有宋墨会把她的话放在心上。

她不由上前几步，悄声道："你父亲既然愿意拿出两万两银子作为聘礼，想必不愿和你撕破脸。我身有恶疾，若是传了出去，他不可能视若无睹，"说到这里，她不由挑了挑眉，"就算他想视若无睹，我也会让他没办法视若无睹的！"

窦昭的表情严肃、认真，宋墨毫不怀疑她的决心。

可这样一来，纪家的长辈会怎么说呢？

窦昭强大的自信，让宋墨有片刻的默然。他想到了田庄里的初次见面，想到她遣人千里驰援的救命之恩，想到她刚才愧疚的目光……

宋墨心中一冷。

她从来都自有主张！自己不过是杞人忧天罢了。

宋墨觉得自己应该感觉到欣慰才是，可奇怪的是，他心里反而有种淡淡的失落。

可他脑子里乱糟糟的，只想快点离开这里。他忽视着心里的各种情绪，笑着朝窦昭点头，再次转身离开。

前面就是窦家正院的滴水檐如意门了，走过去，他和窦昭就再也没有什么联系了。帮窦昭解除了和自己的婚约，也就还了她的救命之恩了。

从此，两人形同陌路，连做个点头之交都会让彼此不自在吧？两个人，真的要走到那一步吗？

宋墨脚步一滞，情不自禁地回头瞥了窦昭一眼。

窦昭站在屋檐下，月光和屋檐的阴影把她的脸分成了两部分。

月光下，圆润白皙的下巴，洁白如玉，也像玉一样散发着莹莹的光泽。

屋檐的阴影中，她的一双明眸幽深如泉，在黑暗中静静地注视着他，仿佛他这一转身就是经年，从此以后再难见！

宋墨的心无端端一沉，想起她刚才的话来。

"我只是不想嫁人而已！"

真是这样的吗？

宋墨不由转回身大步朝窦昭走去。

他不应该是个遇到困难就逃避的人。如果这是伤口，他宁愿让那伤口更深点，以后再慢慢愈合，也不愿意让那困惑在心里长成一根永远的刺。

"窦昭，"宋墨在她面前站定，"你是不想嫁给我，还是仅仅不想出嫁？"

这是第一个人，如此清晰明了地问自己的本心。窦昭很诚恳地道："我不想出嫁。"她望着月下他犹带几分苍白的面孔，又道，"不管是谁！"

宋墨的眼睛却骤然亮了起来，晃得窦昭两眼发花。

"为什么呢？"他问，"你为什么不想出嫁？难道仅仅是因为怕出嫁以后太辛苦吗？那你这些年主持着西窦的中馈，难道就不辛苦？你以后要在侄儿间夹缝求生，难道就不辛苦？你到底为什么不想嫁人？我所知道的窦家四小姐，并不是个畏难的人！"

辛苦吗？

辛苦。

可这样的辛苦，相比和子女离心离德的骨肉分离之苦，又算得了什么呢？

窦昭想起前世的林林总总，眼里闪过一丝茫然，心底更多的，却是酸楚。

这次别离，她和宋墨，可能从此再也没有机会相见。

有些话，还是说明白的好。窦昭不愿让宋墨心中留下遗憾或是伤痛。就像前世的她自己所经历过的那样，因为和母亲生死相隔，又无从了解当年的缘由，不经意间，她总会去猜测母亲的死，总会去想这件事和自己有没有关系。如果让宋墨就这样走了，以后的岁月里，他想起这件事，肯定会和自己当年一样，终身对此耿耿于怀。

她问宋墨："你从小开始习武，觉得苦吗？"

宋墨有些意外，想了想，但还是很真诚地道："不觉得苦！"

"可我们看着你们冬练三九，夏练三伏，却觉得很苦。"窦昭又问，"你为什么不觉得苦呢？"

宋墨思忖道："可能是因为我觉得'一分耕耘，一分收获'，所以不觉得苦吧？"

"你小小年纪就开始管理颐志堂，你觉得苦吗？"

宋墨笑道："我是英国公府的世子，管理颐志堂，本是我分内的事，我怎么会觉得苦呢？"

窦昭道："那你和令尊反目之后却处处占上风，一定觉得很得意吧？"

宋墨一愣，窦昭没等他回答，已道："我听陈先生说，自国公爷把二爷拘在了上房里读书，你就很少见到二爷，你心里，苦不苦？"

宋墨睁大眼睛，却若有所思，隐隐有些明白她的心思。

"所以我主持中馈不觉得苦。"窦昭笑望着他，"水来土掩，兵来将挡。来来去去不过是那些事，纵然出了错，想办法补救就是了。和东府的众人玩平衡之术也不苦，他们是我的血亲，我何尝不是他们的血亲？他们能敬我一尺，我就能敬他们一丈。纵然他们也许会有负于我，也不过是一时的伤心，只怪自己识人不清罢了。"她侧过头去，望着地上斑驳的树影，轻声道，"我小时候，总觉得自己无父无母，又无手足兄弟，孤单寂寞。长大以后，就特别希望有个人做伴，特别希望那个人能在所有的人都抛弃了我之后，还一如既往地待我好。因而我明明知道他有这样那样的毛病，可我还是愿意和他过下去。"她说到这里，朝着宋墨微微地笑了笑，"何况我也不是没有毛病的人，我在忍别人，说不定别人也在忍我呢？但是有个人在身边，总好过自己一个人孤孤单单的吧？"

她说的，应该是魏廷瑜吧？月色下，她的笑容显得如此苍白而单薄，像一双无形的手，紧紧地揪住了宋墨的心，让他觉得有些透不过气来。

"可骨肉之情却不同，"窦昭喃喃地道，"血肉相连，同声同气……无论怎样，也没有办法割舍。"孩子的面孔早已在窦昭的记忆中模糊，铭记在心的，却是那些给她悲痛和欢笑的感觉，"他痛你就痛，他喜你就喜，感同身受，不管你走到哪里，不管你在什么地方，只要你还记得，你就不可能放下。"

宋墨非常震惊。

窦昭，她在害怕！

她竟然害怕嫁人！

是什么原因，会让她如此想呢？

是她生母的死，还是窦明的代嫁？

或者是，纪家从中扮演的角色？

他记得，窦昭和纪咏是从小一起长大的！

这样的窦昭，让他非常心痛。他想起窦昭身边的陈曲水、段公义、素心……是不是因为这样，所以她身边才会高手如云呢？

他甚至想起了父亲对自己的无情。宋墨仿佛又回到了那个冰冷的夜晚，回到了那个温暖如春、催人入眠，可闭上眼睛就是黄泉的夜晚！

他忍不住抓住了窦昭的手，道："你既然知道自己若是身患恶疾，我父亲为了颜面，肯定会退亲的，你没有见到我之前，为什么不用这个计策？"

宋墨的表情很严肃，让窦昭有些错愕。

"是不是因为你觉得，这件事交给我，我一定会给你一个交代呢？"宋墨凝声道。

窦昭不由点了点头。

她的确是这么想的。没有人比她更清楚宋墨的本事，宋墨既然能在短短的几天之间诓了宋宜春为他求娶自己，肯定就有办法让她全身而退地解除婚约。

窦昭的回答，让宋墨的眼底闪过一丝异样的光彩。

"那你能不能像从前那样，再相信我一次？"他认真地凝视着窦昭，"你不如嫁给我！我就是再不济，也能护了你的周全！"

窦昭愕然，自己已经把话说到这个分上了，宋墨竟然还想和她成亲？

她当然不会自恋到觉得宋墨是看上了自己。

窦昭可还记得，前世宋墨身边都是些什么样的女子！

他那时离经叛道，桀骜恣睢，又没有长辈约束，那些人都不能讨了他的欢心让他娶进门去。而自己……先不说自己比宋墨要大一岁，就自己那因为阅尽千帆而变得显然有些沉闷的性子，除了看账本、当家理事，就只会侍弄庄稼花草，不要说和什么风趣诙谐搭上边，就是温良娴静也远远谈不上。

她不禁脱口道："为什么？"

为什么？宋墨有片刻的沉思。

是啊！为什么呢？窦昭的遭遇虽然令人痛惜，可她并不是个软弱的人。恰恰相反，她因此反而变得更坚韧，更果断，更刚毅。他有什么好担心的呢？

仲秋的夜风吹过来，树叶沙沙作响，透着几分入骨的凉意。可因为身边的窦昭，因为有这样一个人和自己说着体己话，那入骨的凉意也变得可以忽略不计了。

"你不是说有个人在身边，总好过自己一个人孤孤单单的？"他笑道，"与其让我父亲左右我的婚姻，不如娶了你，至少我们之间还有话可说，不如互相做个伴好了。"

"啊？！"窦昭杏目圆瞪，想到了宋氏父子的反目。一时间，她好像又看到了那个纵然前呼后拥，表情也是落寞，身影也是寂寥的宋墨。

实际上，两人的情况是何其地相似啊……窦昭心里涌动着淡淡的悲伤。

屋檐下，大红灯笼的光红彤彤地映在地上，院子里响起不知名的虫鸣。

宋墨低声道："窦昭，你不妨仔细地想想我说的话。与其在窦家这样苦苦地挣扎，不如去颐志堂。至少，陈曲水、段公义他们能光明正大地跟在你身边。"

窦昭默然。

宋墨告辞："我等你的消息！"

窦昭一夜未眠。

或许是前世宋墨给她留下了太深刻的印象。

没有谁的能力像宋墨这样让她放心了，但也没有谁家像英国公府这样让她忌惮了。

但宋墨的话也有道理。

与其这样在窦家苦苦挣扎，不知道什么时候才能够出头，还不如嫁到英国公府去，她也可以不用像现在这样藏着掖着了。

嫁，还是不嫁呢？宋墨说等她的消息，是指等她放出风声说自己有恶疾，他再伺机行事，解除两人的婚约呢，还是等她一个答复同意两人的婚约呢？

窦昭觉得自己好像站在一个路口前：嫁到英国公府，是可以看见的艰难；留在窦家，是可以预见到的困顿。

难道自己就没有第三条路可走了吗？窦昭第一次恍恍惚惚地拿不定主意。只盼着这时光能从此凝滞在这一刻，让她有了主意再日升月落就好。

而宋墨站在书房的月亮窗前，不禁长长地透了口气。已经是第三天了，窦家什么动静也没有。既没有传出窦昭有恶疾的事，也没有为抬头嫁女儿而为难宋家。粉刷屋子，布置新房，下请帖，设立账房……婚事的各项事宜都顺利地进行着。

接到请帖的窦明则急匆匆地去了静安寺胡同。

"我姐姐，真的和英国公府世子爷宋砚堂定了亲？"她满脸不敢置信地问着窦世英。

"这还有假？！"解决了长女的婚事的窦世英不仅心情很好，而且精神焕发，一下子好像年轻了十岁似的，想到次女对长女所做的事，他叮嘱窦明，"你到时候给你姐姐添箱，一定要送份大礼。你和济宁侯要记得一起回来喝喜酒！"

窦明心中不悦，可想到这些日子父亲正恼怒自己，哪里还敢发作？不仅如此，还抱了窦世英的胳膊撒着娇："您别总是济宁侯、济宁侯的叫，他可是您的二女婿！人家表字佩瑭。"

窦世英没有像往常那样和她嘻嘻哈哈，而是胡乱地点了点头，正色地对她道："你如今已经嫁为人妻了，就应该站有站相，坐有坐相才是。怎么能动不动就拉着我的衣袖撒娇？"

窦明嘟了嘟嘴，俏皮地笑道："我这不是想爹爹了吗！"

窦世英面对这样的女儿，摇着头叹了口气，表情微松。窦明就问窦世英："那英国公府怎么会瞧中了姐姐的？我听说那世子爷比姐姐还小一岁，而且杀戮成性，连自家的护卫都不放过……"

"休要胡说！"窦世英面带愠色地呵斥道，"自家的姐姐，你怎么可能像那些市井妇人般，听风就是雨，以讹传讹！"又道，"这件事我亲自去问过英国公，英国公也说没有此事，你是寿姑的妹妹，别让我再听到这样的话！"

窦明不以为然，还欲说什么，高升进来禀道："老爷，翰林院的蔡大人、徐大人过来了。"

窦世英脸色微霁，教训了窦明几句"以后再不可如此"之类的话，整了整衣襟，这才去了花厅。

窦明不由跺了跺脚，转身去了拘禁王映雪的厢房。

第七十六章 众人·一一·奔走

　　王映雪主导了窦昭姐妹易嫁之事，王家就是再心痛这个女儿，也没有办法庇护她了。因而当窦家提出让王映雪明年春天随二太夫人一起回真定时，王家只得点头同意。王映雪也因此搬到了正院的后罩房居住，由高升的媳妇亲自"服侍"着，闲杂人等一律不准靠近，对外只说是王映雪积劳成疾，需要静养，她跟着二太夫人回真定"养病"也就顺理成章了。

　　所以当窦明看到倚在窗棂旁痴痴望着窗外的王映雪时，并没有激动地上前抱着她号啕大哭，或是要为母亲抱不平去找窦家的长辈求情，而是眼眶微湿，欲言又止。

　　王映雪知道，女儿一向不大瞧得起她，觉得她连主持中馈的权力都被窦家剥夺了，是个彻头彻尾的失败者。可她并不以为忤。自己的女儿，有什么好计较的？她已经做了自己能做的，给了女儿自己能给的。

　　王映雪微微地笑，招呼窦明到炕上坐，让小丫鬟洗些水果来款待窦明。

　　窦明望着新上市的、济宁侯府也买了几斤给田氏和她尝鲜的秋梨，沉默了半晌，才低声地道："姐姐她，许配给了英国公府，您可知道？"

　　"我已经听说了。"王映雪帮窦明削着梨子，冷笑道，"你父亲巴不得天下的人都知道窦昭要出嫁了，我就是不想知道也挡不住那仆妇在我耳边絮叨！"又道，"英国公府虽然显赫，可济宁侯府也不差，你好好过你的日子就是了。娘能帮你的，就只有这些。以后的日子，全得靠你自己了。你没事多多和你外祖母家走动——有了你外祖父给你撑腰，就是你那大姑姐也不敢怠慢你。闲暇的时候就来看看你爹爹——你爹爹在钱财上向来不曾亏待过你，有他大贴小补，你大可以把自己陪嫁的收益攒起来。有了这两桩，魏家的人就不能动你分毫。至于窦家，可从来没有把你当闺女，你和他们客客气气的就是了。"

　　窦明不由皱眉。母亲大概以为英国公府和济宁侯府差不多吧？就算是两家有什么差别，也不过是爵位的高低，俸禄的多寡而已。

　　她从前没有嫁到济宁侯府的时候，也是这么认为的。等她嫁到济宁侯府之后才发现，原来侯府未必比伯府有钱，伯府又未必比世袭锦衣金事有权。到现在她还没有摸清楚这些门路。

　　不像官宦之家，几品就是几品，同进士就算是再努力，也比不得两榜进士升迁之路顺畅，一听说出身就知道这人以后会有怎样的前程。

　　勋贵之家的事，乱得很！

　　"济宁侯府怎么能和英国公府相提并论？"窦明不悦地道，"你看姐姐的聘礼，足足有两万两银子。爹爹说了，男一担，女一头，怎么也得给姐姐一万两银子的压箱钱……"

　　王映雪不以为然，冷笑道："你姐姐有多少银子，你还不知道？多一万两少一万两与她有什么要紧？英国公府既然比济宁侯府更显赫，济宁侯府当初都嫌窦昭的出身不好，你代她嫁入魏家之后，英国公府还能瞧中你姐姐，而且这么快就定下了婚期，你不觉得有点奇怪吗？我看那英国公府只怕也是金玉其外，败絮其中。说不定，这下聘的东西都是从老祖宗留下的一些东西里七拼八凑出来的，为的就是诓你爹爹的银子！你等着瞧好了，以后还有的是窦昭哭、你爹爹后悔的时候！"

窦明想到关于宋墨的那些传言，不由得默然。

王映雪察言观色，知道自己猜得八九不离十，语气微缓，道："你别以为娘是傻瓜，我知道窦家在算计我，我何尝不是在算计窦家？"

窦明愕然。

王映雪将削好的梨子递给窦明，窦明心不在焉地接了过去，王映雪低头又挑了个梨子，一边削着梨子，一边道："自从我知道你五伯父和你外祖父争夺阁老之位的时候我就想明白了，窦家为了算计你外祖父，什么手段都使得出来。蔡太太答应帮忙，我就猜着你五伯母多半已经知情，可就算是这样又如何？我还不是顺顺利利地把你嫁到了济宁侯府！他们难道还能休了我不成？

"回真定就回真定，我早就不想待在京都了。与其做个有名无实的翰林院侍读学士的太太，还不如回乡下的田庄，逍遥自在，无拘无束。你和窦昭都嫁了出去，你爹爹不可能就这样看着家业中断，不管你爹爹抬了谁做姨娘生了儿子，难道他还敢不认我这个嫡母不成？我有什么好怕的！"

王映雪说起来一副不以为意的口吻，可眉宇间流露出来的强烈的不甘却暴露出她真实的想法。窦明看着心中一酸，低下头去木然地吃着梨子。

王映雪见女儿不感兴趣，又想到自己马上就要回真定了，以后很难再见到已经出阁的女儿，现在能见一次是一次，遂打住了话头，问窦明："侯爷待你可好？"

窦明面孔微红，强作淡然地点了点头，简单地说了句"尚可"。

王映雪会意地笑了起来，眼角眉梢尽是褶子，看上去比外祖母的气色还差，窦明不由侧过脸去。

若要做名臣，先要有名气。

入夏的时候，纪咏因伯父的推荐，得到了翰林院掌院学士余励的赏识，和余励及几个翰林院的大儒一起，编撰将由皇上作序刊行的《文华大训》。

翰林院的衙门虽然宽敞，却因年代久远，房前的槐树亭亭如盖，将整个厢房都笼罩其中，使得整个翰林院的厢房一年四季都阴森森的，透着股潮湿的味道，即使是这秋高气爽的季节也不例外。

写书自然是由那些大儒动笔，纪咏不过是帮着查找典籍，尽管如此，书成之后，他的名字还是会出现在卷首小小的角落里，这让翰林院里那些不知道熬了多少年的状元、榜眼、探花和庶吉士又是羡慕又是妒忌。

蔡固元请同僚喝酒的时候就有意地撇下了纪咏。"家乡知府的幕僚来京都办事，特意前来拜会。"他斜睨了一眼抱着一堆书从旁边走过的纪咏，大声地道，"盛情难却，只得勉为其难。诸位大人下衙之后若是没有什么要紧的事，不如和我一同去醉仙楼凑个热闹如何？"

醉仙楼，是京都有名的销金窟，不免有人意动。

若是平时，纪咏为了恶心蔡固元也会装作听不懂的样子跟着前去，然后和蔡固元唇枪舌剑一番，直到把蔡固元气得说不出话来或是拂袖而去才会善罢甘休。蔡固元就是摸清楚了纪咏的脾气，所以特意邀请了梁继芬的长子梁吾恩。

梁吾恩口吃，最不喜欢那些口齿过于伶俐，得理不饶人的人。而且梁吾恩的口吃是因为当年梁夫人为了给梁继芬凑赶考的银子没有及时给梁吾恩医治，梁吾恩又是几个孩子里面读书最好的，梁吾恩虽然中了进士，却因口吃不能入仕，梁继芬因此对这个长子非常内疚，家中事务都由这个长子做主，公务上的事，也常找长子商量，梁吾恩俨然是梁继芬的谋士。

梁继芬行事低调，做首辅的时间还不长，知道这件事的人并不多。可只要是知道这件事的，无不想办法走梁吾恩的路子，并且个个都能得偿所愿。

最重要的是，梁吾恩最大的喜好就是装作落魄的文士……

这次，他定要给纪咏好看！想到这里，蔡固元的声音就更大了："从前去醉仙楼，都是朋友请客，这次却是别人请客，酒喝在嘴里别有一番滋味，几位大人就不要同我客气了！"

一副吃白食的穷酸模样，也是纪咏瞧不起蔡固元的主要原因之一。

蔡固元算准了纪咏要上当，谁知道纪咏却步履匆匆地和他擦肩而过，不仅没有搭他的话，而且面无表情，好像根本没有听见他在说什么似的。

蔡固元的嘴巴半天也没有合拢。

纪咏心里却乱糟糟的。自从三天前他被曾祖父叫到书房，被告知窦昭已经和英国公世子宋砚堂定亲之后，他的脑子就一片空白，人如玩偶，让干什么就干什么，到现在也没有缓过气来。

窦昭要嫁的人，怎么会是宋砚堂？宋砚堂身世显赫，根本和他们不是一路人，怎么会突然和窦昭定了亲？窦昭，又是怎么想的呢？

他当时就要跳起来去静安寺胡同问个究竟，却被曾祖父拦住了。

"见明，你应该把这也看作是对你的试炼才对。"曾祖父神色端肃，布衣道袍，有着风轻云淡的出尘脱俗，"这件事我们为什么会失败？可有补救的方法？如果没有，应该怎样利用这次机会让家族得到最大的利益？如果有，有哪些方法可用？而不是像你现在这样，急巴巴地跑去窦家质问！我问你，你这样去窦家质问，又能得到什么好处？"

他不知道能得到什么好处，就是觉得心像被挖走了一块似的，火辣辣地痛。他要去问个明白，为什么比女人还漂亮矫情的宋墨可以，他就不可以？

纪咏一言不发，推开纪老太爷就朝外走，却被纪老太爷身边的随从架了回去。

纪老太爷冷冷地望着他，语气中有着掩饰不住的失望："你们守着十六少爷，没有我的话，谁也不准放他出来。"又道，"你已经失败，就算不能接受失败的后果，也应该保持失败者的风度才是。"

书房的门"啪"的一声闭上，他捧着头，颓然地坐在了书房里的小杌子上。

纪咏能出书房，得益于他参加了《文华大训》的编撰——他总不能不去衙门里当差吧？

可他心里却总是空荡荡的，觉得做什么事都提不起精神。

他和窦昭为什么会走到今天这个地步呢？到底是哪里出了错？是他太固执，还是窦昭太偏执？

纪咏坐在皇史宬宽敞明亮的无梁殿中，心不在焉地翻阅着太宗皇帝的起居录，和窦昭相识以来的点点滴滴像一幅幅画似的一张张在他的脑海里翻过。

有她揶揄自己"小心考个同进士回来"时的调侃；有她失望地对自己说着"我不希望你像窦明一样"时的惋惜；还有她痛斥自己"老死不相往来"时的愤怒……可每当他想起来的时候，却是温暖的，愉悦的，是生机盎然充满了无限乐趣的。不像在曾祖父的书房，所有的情绪都有个能被左右的算计，所有的算计都有个能预料的结果，生活仿佛被固定成形，每天重复着同样的事情。

这一刻，纪咏前所未有地想见到窦昭。他想知道窦昭是会雷霆震怒，还是会眨着寒星般的眸子冷冰冰地打量着他……

纪咏合上了起居录，对守在一旁的内侍笑道："我突然觉得头昏得厉害，公公能不能给我找个地方让我躺一躺，然后再倒杯饴糖水来……"

皇宫的内侍，岂是一个小小的七品编修能指使的！那内侍翻了个白眼，阴阳怪气地道："既然编修大人身体不适，那就下回再来借阅这太宗皇帝的起居录吧？"

纪咏在借阅录上签了名字，出了皇史宬，直奔静安寺胡同。

窦昭坐在临窗的大炕上，拿着给祖母做的一个缂丝抹额，半晌都没有动上一针。端着秋梨、甜瓜走进来的素心见了，不由在心底长长地叹了口气。

窦昭和宋墨说话的时候，她就站在廊庑下的落地柱旁。小姐不想嫁人，可世子爷待小姐真心诚意，小姐心里想必也明白。小姐一定是怕嫁过去之后世子爷像当年老爷待去世的赵太太一样，中途变了卦，所以才会这样患得患失举棋不定吧？

世子爷虽然比小姐年纪要小，行事却素来稳当，几次到真定拜访小姐，都是变着法子去的，没让任何人察觉，小姐要是嫁了过去，别的不敢说，有了英国公府这样的夫家撑腰，名下的嫁妆肯定是能拿回来的。以后就算是和世子爷过不到一块儿去，找个安静的田庄住下来，也总比像现在这样应付完了这个还要应付那个的日子强——那时候，世子爷就是小姐的夫婿了，小姐只用应付好世子爷就行了。

她在心里叹了口气，笑着收了窦昭的针线，道："您已经做了好几天针线了，仔细眼睛，不如歇会，吃点水果再做也不迟，现在离过年还早着呢！"

窦昭"哦"了一声，回过神来，不免有些赧然。说的是要给祖母做条抹额过年，这几天却不过只缝了几针，多数的时候都用来发呆了。

可她望着眼前的水果，又开始走神。那天晚上，宋墨那句"至少，陈曲水、段公义他们能光明正大地跟在你身边"，说到了她的心坎上。

上一世，那些被人当作礼物送给他的女子尚且能想跟着他就跟着他，想另嫁就另嫁，以自己和他的交情，何愁不能随心所欲地过日子！

嫁给宋墨，至少不用像嫁给别人那样需要在丈夫面前低眉顺眼。只要想一想，就让她心动！

可若是自己真的嫁给了宋墨，宋宜春对宋墨莫明其妙的谋害，英国公府的秘密，四年之后的宫变，都如一道道天堑，横在她的面前。

她能迈得过去吗？她有这个能力帮宋墨迈过去吗？就算是她最终能渡过难关，又将会付出怎样的代价呢？

若不嫁给宋墨，和纪家婚事不成，窦家失诺，必定得付出很大的代价来赔偿纪家。东窦不可能就这样善罢甘休，肯定会对她打压遏制甚至是算计。

她虽然不怕，可想到以后很长一段时间内都要过这种日子，不免会让人觉得厌倦。

现在，宋墨给了她一个摆脱这一切的机会，她要不要走这一步呢？

窦昭左右为难。

想到上一世，她前有狼后有虎，闭着眼睛嫁给了魏廷瑜，当时却没有这么多的犹豫不决。

这一世，有了选择，反而不知道如何决断才好。是不是选择越多，人越容易迷茫呢？或者是，她的能力还做不到审时度势，高屋建瓴？

窦昭问素心："陈先生没有来找我吗？"

"没有！"素心给窦昭端了杯香气缭绕的云雾茶。她希望窦昭能和陈大叔商量商量，也免得小姐一个人在这里冥思苦想不得其解，但不知道为什么，陈先生却一直没有来找小姐。

窦昭道："你去请陈先生过府一趟。"素心欢欣地点头。

有小丫鬟进来禀道："四小姐，纪大人求见！"

窦昭很是意外，道："是哪位纪大人求见？"

自她的婚事定下来之后，父亲的身体很快就康复了，每天精神抖擞地去衙门当差，下了衙，就乐呵呵地亲自登门，给那些和他私交甚密的朋友或是上峰派送请帖，很晚才回来。

小丫鬟笑道："自然是表少爷了！"又自作聪明地道，"玉桥胡同肯定是接到了老爷的请帖，表少爷知道您要出嫁了，特意来恭贺您的。"

窦昭不由暗暗点头。纪咏知道自己要出嫁了，不是寻思着怎样让宋墨出丑，一洗前耻，而是来找自己，不管是为什么，总归是比从前理智了很多。

她吩咐小丫鬟："请纪表哥到花厅里奉茶。"

小丫鬟应声而去。

素心担心道："小姐，要不要跟六太太说一声？"

她怕纪咏闹腾起来，把纪家曾经想求娶窦昭的事说了出来，若是有人发现窦昭那时候还没有退亲，联系到窦氏姐妹易嫁，说不定会认为小姐是始作俑者，那可就麻烦了！

"不用。"六伯母觉得自己一次比一次嫁得差，已经够伤心的了，窦昭不想再为这种事去打扰六伯母，她淡然地道，"这里是静安寺胡同，若是她们觉得槐树胡同的饭比静安寺胡同的饭好吃，那就去槐树胡同当差好了。"

素心知道窦昭这是动了真火。她不禁心中一凛，恭声应"是"，然后服侍窦昭换了件衣服，陪着她去了花厅。

纪咏见到她就抱怨："你怎么磨磨蹭蹭的？我还有事呢！"

那些争吵、伤人的话，好像从来都没有发生过似的，窦昭顿时有种回到了真定的时候：纪咏在西窦借读，戏弄那些出家人；她对退掉魏家的婚事胸有成竹，闲暇时和纪咏斗嘴谈笑。两人都觉得生活非常美好，对未来充满了憧憬……窦昭猝然间眼眶有点湿润。

她问纪咏："你找我有什么事？"

纪咏道："你是不是准备嫁给宋墨？"

窦昭想了想，道："我跟你说实话，你能不能不要只按照自己的喜好做事？"

纪咏道："难道我看着你做错了，也要任你错下去吗？"

"子非鱼，焉知鱼之乐？"窦昭道，"我没有向你求助，你就不应该随意插手。"

纪咏低头思考了半天，睁大了眼睛凝视着窦昭的眸子："是不是这样，你才生气的？"

"是！"窦昭没有回避，坦然地迎着他的目光，"我可能没有你厉害，可你也应该尊重我的选择。不仅是我，就是你的那些好友、同窗、同科、同僚，甚至是家人也一样。每个人都有每个人的喜好，这些喜好，又是和每个人的经历分不开的，你可以不理会那些和你爱好不同的人，却不能嘲讽别人。"

"我们说你就说你，你又扯上一堆无关紧要的人做什么？"纪咏无意听窦昭说教，道，"我不插手你的事就是了。"又忍不住讥讽道，"我等着看你掉到坑底爬不出来的时候，看你向不向我求救！"

这样的孩子气，让窦昭忍不住笑了起来。

纪咏虎了脸，窦昭忙正襟危坐，认真地道："我还没有决定嫁不嫁宋墨。不过，的确有点心动。"

纪咏气结，道："那小子除了出身，一无是处。你是不知道……"他把关于宋墨滥杀无辜的事告诉窦昭，"……而且他不仅结交内宦，还跟云阳伯家的顾玉狼狈为奸，倒买倒卖，整天和工部、吏部的那些胥吏打交道，没有一点正形。这样一个人，你是嫁还是不嫁，你可要考虑清楚才是！"最后还是忍不住道，"你要是不想嫁给她，我有办法让宋家退亲，而且不会让你名誉受损！"

"多谢！"窦昭真诚地向他道谢，道，"我若是想和宋家退亲，一定找你商量。"

说了等于没说。纪咏拂袖而去，等走出了窦家，他这才觉察到自己好像该问的都没有问，该说的都没有说，反而啰啰唆唆说了一通废话。

可他的心情却好了起来。

难道是因为窦昭认同了自己的做法？纪咏站在静安寺门前，望着静安寺门前那两尊丈余高的石狮子，不由小声嘀咕。

自己做事，什么时候需要别人的肯定才会觉得是正确的？这件事，他得仔细想想才是！窦昭的话就未必全都是对的。

纪咏陷入了沉思之中。

此时的陈曲水，正坐在他昔日的好友吴志鹏家中。

吴志鹏比他年长五岁，和他是举人同科。因家道殷实，吴志鹏虽然屡考屡败，但家里还是一直供着他，直到他五十一岁的时候才中了进士。只是他已无心仕途，两个儿子也先后中了进士，他索性在家里做起了老太爷。陈曲水当年家道中落，来京都就是投靠的他。

看见陈曲水，吴志鹏十分感慨，唏嘘道："你既然还活着，为何不来找我？我听说定国公杀了张楷祭城，还以为你也跟着遇难了。"又道，"早知道这样，我就不应该把你引荐给张楷——当初叶公对你也很赏识，你若留在了叶府，就算举业无望，谋个州府的学正、训导却不在话下。也是你运气不好，没想到你离开叶府没多久，叶公就入阁做了大学士！"

他所说的叶公，是前内阁大臣叶世培。

"这件事怎能怪您？"提起当年的事，陈曲水有些不好意思，"要怪只怪我当初年轻气盛，听说张楷镇守福建，一心一意想着去抗倭，到了张楷府上却又处处流露出曾受叶公赏识的傲气，引起张楷的反感，不仅没有受到重用，反而被张楷排挤。这些年来，每每思及此事，都觉得愧对志鹏兄的厚爱，更是无颜来见志鹏兄。"

"你我是多年好友，说这些就太见外了。"吴志鹏一面说着，一面打量着陈曲水，只见他的衣饰虽然说不上多华美，却简洁大方，用料讲究，腰间一块和田玉的玉佩，光泽细腻，通体莹白，不是凡品，思忖着他这几年应该过得不错，突然找上门来，想必不是为了银两的事，倒也没有绕弯子，直言道，"你来找我，可是遇到了什么为难的事？"

他是京都人士，乐善好施，两个儿子一个在湖广荆州府任知府，一个在浙江桐乡县任县令，父子三进士，同科同年不少，朋友更是如过江之鲫，等闲事到他手里，也难不倒他。许多外地的朋友来京都若是遇到个什么棘手的事，都喜欢找他帮忙。

陈曲水既然来见吴志鹏，早就做好了求人的打算，因而也不隐瞒，把自己怎样从福建回到了老家，又怎样认识了窦昭，怎样得了窦昭的赏识，做窦昭的幕僚之事，窦昭又怎样被易嫁，怎样与英国公府的世子宋砚堂定了亲等等，一一向吴志鹏叙来。

北楼窦氏，吴志鹏没有交往可也听说过。他闻言不由大吃一惊，道："窦大人怎得如此糊涂！就算如此，也不能随随便便把女儿嫁了才是！"又道，"你既在窦家为幕僚，想必已打听过英国公府世子的事了——那英国公府世子又不是得了失心疯，怎么可能无缘无故地就把自家护卫全杀了？还是在丧母之后不久，可见是府里出了见不得人的事，杀人灭口来着。窦家怎么舍得把女儿嫁到宋家去？"又道，"我看你不如趁此机会请辞算了。我虽是个田舍翁，却也不缺你一口吃食，若是觉得住在我这里不自在，我把你引荐到姚时中姚阁老府上去做西席好了——姚阁老是湖广荆州府人氏，家乡正在我儿治下，我平日和姚阁老家的大总管也走得很近，他们府上正好缺个西席，不过是教几个蒙学的少爷，事情少，束脩丰厚，这点薄面姚家还是会给我的。"

陈曲水十分感激。他虽然知道宋墨杀人的内情，却事关重大，是宋墨的私事，不好对吴志鹏提及，只道："窦家四小姐对我有知遇之恩，若是窦家四小姐嫁得好，我还可以趁机请辞，现在却不好说这样的话。"他委婉地拒绝了吴志鹏的好意。

"你啊！"吴志鹏摇头，半是惋惜，半是钦佩地道，"还是当年那个脾气，一点也没有改。"

陈曲水赧然地笑了笑，道："我来找志鹏兄，正是为了英国公府世子爷的事！"

"哦？"吴志鹏不解地望着他。

陈曲水笑道："三人成虎。我也觉得英国公府世子杀护卫的事很是蹊跷，想请您帮我找英国公府世子的乳娘打听打听世子小时候的事。"

"这事好办。"吴志鹏笑道，"像英国公府这样有权有势的勋贵，乳娘多从奶子府里选的，到大兴、宛平一问便知。只是不知道你要问些什么？"

陈曲水一听就知道自己找对了人。

奶子府多从大兴、宛平两县挑选奶口之人。宋墨的乳娘是谁，他早就打听清楚了。只是他身份敏感，身边的人也都和宋墨的属下熟悉，怕派了人去打听会引起宋墨的注意，误以为是窦昭的意思，反而让宋墨猜疑，那就得不偿失了。

思来想去，他只好请吴志鹏帮助出面。

"常言说得好，三岁看老。我就想问问，世子出生的那些年可发生过什么不同寻常的事没有？世子出生之后，蒋夫人待世子如何？英国公待世子又如何？为何世子小小年纪就被送到蒋家去习武？莫非是世子太顽皮，不得不送给定国公管教？世子待身边的人如何……"

"你等等，"吴志鹏听着不由失笑，打断了他的话，"这哪是打听点事啊？你这分明是在盘问人家的家底嘛！我现在年纪大了，你跟我说这些我也记不住，得，我把吴升找来，你有什么事，亲自交代他好了！"

吴升是吴志鹏贴身的随从，为人机敏，办事稳当，吴家有什么大事，都由他出面。陈曲水自然是知道这个人的，忙连声道谢。

"你现在怎么变得这么婆婆妈妈的？"吴志鹏笑骂道，"你若是再这样，就给我滚出去！"

陈曲水又是一阵告罪，神色间却多了几分随意，少了几分客气。

把要打听的事交代给吴升之后，吴志鹏道："你还记得肖书琴不？他如今在长兴侯府上做幕僚。你离开京都后，他倒是常来我这里坐坐。难得你来家里，不如把他叫来，我们一起喝两盅如何？"

肖书琴是当年陈曲水在京都做幕僚时认识的，算起来大家已经有二十几年没见面了。

听说他在长兴侯府上做幕僚，陈曲水心中一动，抚掌称好，催了吴志鹏去请人。

吴志鹏吩咐下去，和陈曲水说起肖书琴的事来："………他没你这天分，在长兴侯府混了七八年，也不过是平时帮着代笔写悼词、请帖之类的，却始终挤不到长兴侯身边去，也就是混日子吧！"

陈曲水笑道："公卿之家不比官宦人家，官宦人家还能谋个出身，那公卿之家自己有时候都谋不到一个差事，更不要说帮幕僚谋个出身了。可见书琴兄实在是厌倦了在官宦人家做幕僚，准备在长兴侯府养老了。"

吴志鹏想了想，笑道："你这话也有道理。我看他倒是整天无所事事，清闲得很。"

陈曲水就顺着这个话题打听起京都的勋贵人家来，最后话题还是转回到了英国公宋宜春的身上："……听说他有秀才的功名，而且刚过而立之年就掌管了五军都督府的前军大印？可见这人还是颇有些才情的！"

文官遣将，武官调兵。兵部尚书虽是文官，可调动兵马却要通过五军都督府，由皇上钦点的五位掌管虎符的掌印都督才是皇上真正的心腹。

"会做两首歪诗倒是真的。"吴志鹏对宋宜春的评价并不高，"能做掌印都督，还是看在他性情绵柔，英国公府世代忠贞的分上。"

"哦！"陈曲水笑道，"此话怎讲？"十分感兴趣的样子。

吴志鹏想到陈曲水有可能随着窦家四小姐去英国公府，也就不难理解陈曲水的好奇了。他笑道："这就得从英国公府的出身说起了……"

两人一边喝茶，一边摆着龙门阵，待到肖书琴过来，茶水已换过了数道。多年好友暮年得见，激动契阔之余，谁还顾得上去说英国公府的事？

陈曲水喝了个酩酊大醉，在吴府睡到了日上三竿才起床。宿醉让他头痛欲裂，嘴里又苦又涩，正揉着太阳穴，吴志鹏满脸笑容地走了进来："曲水，春林他们知道你还活着，都激动得不得了，正朝着这边赶过来，梁柱更是在醉仙楼订了雅间，要为你接风洗尘。你快快梳洗一番，春林他们就快要到了。"

陈曲水苦笑。

盛情难却，当天晚上，几个人在醉仙楼又喝得大醉。

第二天醒来，陈曲水正要告辞，去打听消息的吴升回来了。

陈曲水灌了两杯冷茶，在客房里和吴升说话。直到夕阳西下，吴升才从客房出来。

吴志鹏也不问他们到底说了什么，和赶过来的肖书琴热情地招待他用了晚膳，在陈曲水再三请辞之下，这才派了轿子将陈曲水送到了鼓楼下大街的笔墨铺子。

素兰已经在这里等了一天了。看到陈曲水，她不由气鼓鼓地娇嗔道："陈大叔真是的！去哪里也不跟人留个话，让小姐好等！"

陈曲水这才惊觉到今天已经是八月十六了，离窦昭出嫁，不过还有八天了。他连声道歉："不知道小姐找我有什么事？"

"我也不知道。"素兰笑道，"反正很急。昨天就曾派我来过一趟，结果大叔您不在。"

陈曲水也顾不得天色已晚，换了身衣裳就随着素兰去了静安寺胡同。

第七十七章　相告·猜测·探访

在大门口，陈曲水和素兰遇到了刚从外面回来，酒意醺然的窦世英。他看着捧着账本的陈曲水，很是惊讶，不由抬头望了望天色。

此时天色已暗，四周都挂起了灯笼。陈曲水忙道："四小姐突然吩咐下来，要我把这半年的账目都整理出来，一直忙到现在才来回禀四小姐……"

窦世英点了点头，拍了拍陈曲水的肩膀，有些口齿不清地赞道："很好！很好！你们好好服侍四小姐，我不会亏待你们的！"一副很满意的样子。

素兰在心里小声嘀咕，七老爷又不知道在谁家喝多了酒说酒话，他们要是指望七老爷来褒奖，早就喝西北风去了。

陈曲水恭谨地道谢，和迎出来的高升一起，将窦世英送回了房，这才随着素兰去了花厅。

窦昭已得了信，穿戴整齐在花厅等陈曲水，素兰上了茶点，悄声地退出去守在了门外。

陈曲水拱手告了声罪，道："一直觉得无颜再见江东父老，从前的朋友偶有联系，也是有事相求。如今我已近耳顺的年纪，倒比从前行事通透了些，这两天就去拜访了一下老朋友，让小姐担心了。"

窦昭并不是那种事事都要求下属给自己报备的人，笑着问了问他访友的情况，两人就转入了正题。

"我这次去见老朋友，也是有用意的。"陈曲水沉吟道，"英国公府波诡云谲，想必小姐也能看得出来。从前这些都与我们关系不大，纵然有所变化，也无关小姐的生死。可现在却不一样了，小姐和世子爷定了亲，我们会在京都落脚，有些事就要未雨绸缪，早作打算，不能全倚仗世子爷。"他想到窦昭和宋墨两人私交甚密，宋墨又言出必行，杀伐果断，担心窦昭不能公正地看待宋墨，语气微顿，解释道，"世子爷的为人、品性，我们都是知道的，可有些事，就怕世子爷也没有办法，那时我们就被动了。所以我的意思，我们一方面要多结交些朋友，比如说和崔十三有来往的那些官员、我从前的那些旧友……一旦英国公府有什么变动，我们有后手，有底牌，就算不能帮到世子爷，至少也能保住您的性命，不让您深陷其中！"

窦昭非常惊奇，陈曲水完全是一副她嫁过去之后如何如何的口吻。

"这么说来，您是赞成我嫁过去的啰？"她问陈曲水。

陈曲水婉转地道："世子爷虽然强悍，可您嫁给世子爷，也有几桩好处。一是英国公府的招牌够硬，您这次拒绝纪家的提亲，五老爷恐怕要花很大力气弥补和纪家的关系，东窦的人嘴里不说，心里却始终会有芥蒂。您如果留在家里，我们以后肯定很长一段时间都是要和东窦斗智斗勇的，谁胜谁负还说不定，可您如果嫁到了英国公府，东窦的人心里就算再不高兴，有英国公府这顶大伞，他们也只能选择和您冰释前嫌，不费吹灰之力就能修补和东窦的关系。而且东窦为了自己的利益，会始终对您尊重有加，这对您来说，未必不是件好事。

"二是我们和世子爷彼此都知根知底，小姐嫁过去，不必担心有人压制您，就算您提出分室而居，想必世子爷也不会觉得惊世骇俗。

"三是可以让世子爷帮您把您名下的陪嫁都要回来，这样我们就能培养自己的大掌柜，最多十年，就可以完全从窦家剥离出来，"说到这里，他不由眉飞色舞，豪情满怀，"小姐，这样一来，我们就可以再也不用仰仗窦家的鼻息过日子了！才能自己当家作主！"

窦昭何尝不知？

可他们得迈得过四年之后的宫变这个坎儿才行！英国公府得屹立不倒才行！

偏偏这种还没有发生的事又不能跟陈曲水说。窦昭想了想，试探道："覆巢之下，安有完卵？勋贵之家，多靠皇恩，雷霆雨露，变化莫测。嫁到英国公府去，就和英国公府绑在了一起。如果英国公府像定国公府一样，我们就是有再多的算计，只怕也无济于事。我心里还是有点不踏实。"

陈曲水道："小姐可知我去会旧友，还有一层用意是什么？"他说着，微微一笑，"我怀疑世子爷不是英国公亲生的！"

"这不可能！"窦昭惊呼，打翻了手边的茶盅，茶水很快流过桌面滴落到地上铺着的青石砖上，发出"滴滴答答"的声音。

如果宋墨不是宋宜春亲生的，前世，他怎么可能那样理直气壮地弑父杀弟？

陈曲水笑着帮窦昭扶起了茶盅，狡黠地笑道："您看，连您都没想到的事，世子爷又怎么会想到？可天下的事往往就是这么出乎人意料！"

窦昭不得不承认陈曲水的话有道理，她心神震荡，不能思考。

"据段公义说，世子爷身手高超，可他却被手无缚鸡之力的英国公打得半死，说到底，不过是占了父子名分，出乎世子爷的意料罢了。"陈曲水道，"不识庐山真面目，只缘身在此山中。可我们却不一样——我们都是局外人，看事情能更清楚，更明白。小姐担心的事，我也曾仔细琢磨过，"他身子微倾，目光灼灼地望着窦昭，"这就好比是个局，如果我们能揭穿这个局，就能知道英国公为什么要这样对待世子爷，以世子爷的才情、手段，又何愁对付不了英国公……内患既消，外患何愁？！英国公府又怎么会轰然倒下？！"他说着，身子往后一倾，靠了太师椅的椅背上，豪情壮志地扬眉笑道，"小姐，是男人都想'醒掌天下权，醉卧美人膝'。这世上能帮世子爷开枝散叶的女子多了，可您只要有了这份投名状，您的后半辈子，就可以在英国公府横着走了！岂不比窝在窦家和那些妇孺争来斗去要强得多？"

窦昭此时已经冷静下来，她忍不住泼陈曲水的冷水："可是查出世子爷不是英国公的亲生儿子，等着我们的，恐怕是被杀人灭口吧？"

陈曲水呵呵地笑，道："英国公要杀世子爷，我思来想去，只有两种可能。一是世子爷并非英国公的骨肉，二是世子爷有什么事威胁到了英国公的生死。

"我听说您和世子爷定了亲之后，就去打听了一些事，之后又去找了老友，请他帮着查了查世子爷的事。

"世子爷的乳娘是从奶子府挑选的，宛平县人士，在世子爷三岁的时候她出的府，如今活得好好的，遇人就喜欢显摆自己曾经做过英国公府世子的乳娘。据她说，世子爷出生前十天她就到了英国公府，蒋夫人生产时用的稳婆，是皇后娘娘推荐的，曾经帮皇后娘娘接过生，不仅去世的英国公府陆太夫人在产房陪着，而且去世的定国公府梅太夫人也在场，老国公爷则在院子里面等着。世子爷洗过澡，是由两位太夫人亲自抱到产房的门口，给老国公爷和英国公瞧的。之后梅太夫人应陆太夫人之邀，亲自坐镇上院指挥仆妇给蒋夫人坐的月子，陆太夫人则和乳娘并一群丫鬟、婆子一起照顾世子爷，老国公爷除了上朝，其他的时间都在家里抱孙子……世子被换的可能性几乎没有。"

窦昭根本不相信宋墨非宋宜春之子，但陈曲水这种严谨的做派还是让她心生佩服。她沉吟道："那您是怀疑世子爷有什么事威胁到了英国公的生死啰？"

陈曲水点头，正色地道："不是有什么事威胁到了宋宜春的生死，就是有什么事侵害了英国公的根本利益，让英国公宁愿杀子，也不愿意让步。"

窦昭情不自禁地锁紧了眉头。

"时间太紧迫了，"陈曲水叹气道，"不然世子爷在明我们在暗，不动声色地把事情查个水落石出，那时小姐再进府，就安全多了！"

事情真的这么简单吗？窦昭非常犹豫。

陈曲水劝道："小姐，有句俗话说，富贵险中求。是指谋求的事收获越大，风险就会越大。好在我们知道英国公府的底细，您嫁过去，总比嫁到别的人家，等成了亲才发现那户人家'金玉其外，败絮其中'要好。况且我们已经有了准备，对嫁过去会遇到些什么事心里都有个打算，好生筹划一番，最少也有七八成的把握渡过难关，您还有什么好犹豫的？要知道这世上既没有天上掉馅饼，也没有坐享其成的好事。"他见气氛严肃，窦昭的脸绷得紧紧的，他有意调节气氛，开玩笑道，"除非是世子犯了谋逆之罪，否则我保证让您全身而退，不伤分毫，小姐还有什么不放心的？"

窦昭闻言表情有些怪异，可宋墨以后就是会犯谋逆之罪啊！

陈曲水见状一愣，道："怎么了？难道我说的不对？"

或者是窦昭发现了什么，没有告诉他！

"没事，"窦昭悻悻地道，"这件事我还得仔细想想才是！"

听了陈曲水的一席话，她的心绪更乱了。

到底要不要嫁过去？时光能不能就此停止，让她想好了再运转？

送走了陈曲水，窦昭握着拳头在院子里站定，发泄般地尖叫了一声，引得刚刚梳洗完毕正准备上床歇息的窦世英悚然失色，趿着鞋子就跑了出来："怎么了？怎么了？"

"没事！"窦昭耷拉着肩膀，蔫蔫地道，"刚才看到一道黑影，吓了一大跳，定睛一看，才发现是只猫。"

窦世英松了口气，有些神秘地对窦昭招手："来，爹爹有话跟你说。"

窦昭随窦世英进了西梢间的书房。

窦世英塞给窦昭一张契纸："有朋友邀我在京都开银楼，我入了五万两银子的股本，用的是高兴的名字。你悄悄地收起来，谁也别告诉。"他说着，流露出些许的得意，"若是银楼不赚钱，你就抽股，好歹也能收回三四万两银子，给自己置办几件衣裳首饰。"

看样子，父亲准备把高兴给自己用了！

可犯得着这样吗？就为了把这笔银子洗白了，然后白白损失一二万两银子？

想到父亲从来不知道柴米油盐贵，窦昭强忍着才没有说出什么不敬的话来。

"是哪位朋友邀您一起开银楼？"她果断地把契纸收进了衣袖里，问父亲，"除了您，还有哪几位股东？都各是做什么的？您占总本金的多少成？银楼由谁管事？"连珠炮似的，一口气问了七八个问题，把窦世英问得愣在了那里，想了半天才道："是郭颜约的我，除了我，还有翰林院的两个同僚赵培杰和陈宋明，再就是日盛银楼的东家张之琪，一共五个人，我入股五万两，占三分之一，张之琪占三分之一，郭颜等三人占三分之一。银楼由张之琪打点，我们每年分红就行了。"

窦昭骇然，父亲竟然要和日盛银楼的张之琪合伙做生意！是命运原本就是这样安排的呢，还是因为她改变了自己的命运从而让父亲有机会认识了张之琪呢？

前世她和父亲说不上几句话，根本不知道家里到底有些什么生意，没有办法判断。但在前世，日盛银楼最初不过是大同一家名不见经传的小银楼，张之琪接手之后，将妹妹嫁给了大同总兵府的一位坐营官为续弦，从此开始做大同总兵府的生意。没几年就成了大同的首富，又在京都开了间小小的分店。辽王登基后，他一跃成为内阁首辅石均圭的座上宾，开始总揽九边的军饷，一时间风头无两，先后在保定、济南、武昌、杭州、淞江等地开设分店，成为名震大江南北的巨贾，两个儿子一个走捐监在通政司做了个小吏，另一个参加科举谋了两榜进士的出身，做了吏部给事中。

京都的人都在传，说张之琪之所以能有今天，是因为辽王起事的时候，他将全部的身家二十万两银子都捐给了辽王，以助辽王成事。石均圭，不过是奉命行事罢了……

窦昭问窦世英："高兴什么时候来？"

"我已经让人给他带信了。"窦世英说着，走到旁边的大书桌前，从暗格里拿出个红漆描金玉簪花的匣子递给了窦昭，"这是高兴一家人的身契，你收好了。"

窦昭没有和他客气，把匣子和那张契纸收在了一起。

回到屋里，她翻来覆去地睡不着。

前世，宫中惊变，皇上的亲卫军却反应迟缓，等到辽王射杀了太子，逼皇上写下了禅让书，在金吾卫的簇拥之下带着禅让书登上了午门，接到太子求救信的五军营和神机营这才赶到朝阳门，却被五城兵马司拦在了大门外……

种种迹象都表明，辽王起事，并非临时起意。

而现在离宫变只有四年的时间了，按道理，辽王应该早已开始部署了才是。

张之琪选择在这个时候来京都开分店，是巧合呢，还是早已投靠了辽王，此次来京为辽王打前站？

窦昭想到日盛银楼的另外几个股东。

郭颜是已经去世了的内阁首辅曾贻芬的女婿，从前在翰林院任侍讲学士，曾贻芬去世之前，他外放陕西按察使，三年后，升至陕西巡抚，节制陕西都司、行都司七十六个卫所，二十一万大军。辽王登基后，他任兵部尚书，英武殿大学士。

赵培杰，此时在翰林院任职，兼詹事府少詹事，东宫属臣。太子死后，他自缢于家中。

陈宋明，行人司司正，天子近臣，辽王宫变，是由他执笔写的禅让书。辽王登基后，他升迁国子监祭酒，可没过几个月，就投河自杀了。

事情有这么巧吗？她越想越心惊。

那父亲呢？如果这是有预谋的，他们又瞧中了父亲什么呢？

前世，她只管和魏廷珍较劲，哪里注意到这些！

听到伯父们和父亲升迁，也只恨老天不长眼，在心里冷哼数声，派个管事送上一份贺礼了事。

那窦家有没有参与辽王的谋逆呢？

窦昭坐立难安，她很想找个人商量商量，陈先生和宋墨都是好人选，可自己又怎么跟他们说辽王四年之后会造反呢？

窦昭靠在床头，揉着太阳穴。

宋墨也靠在床头，揉着太阳穴。

"这么晚，你冲进颐志堂来把我叫醒，到底有什么事啊？"他无奈地望着在他床前像困兽般走来走去的顾玉，"你有话直说行不行？我这几天都在宫里当值，好不容易轮休，正想睡个好觉。要不，你先去客房歇息，有什么话，我们明天再说？"

宋墨说着，打了个哈欠。

皇上的头痛病又犯了，吃了太医院的药不仅不见好，还开始胡言乱语，差点把侍寝的刘美人掐死。皇后娘娘怕事情传出去有损皇上的威严，把殿前服侍的全都换成了皇上比较信任的人，太医院的诸位太医也都被拘在了乾清宫，直到今天早上皇上清醒过来，金吾卫这才开始正常地换防。他已经有两天一夜没有合眼了。

"你还睡得着？"顾玉气呼呼地坐在了床前的太师椅上，端起刚才小厮奉上的茶喝了一口，又"扑"一下吐了出来，大声喝道："是哪个狗东西沏的茶？茶早泡得没有了香味！你们平时就是这样服侍人的？来个还能喘气的，快给爷换一盅！"

松萝惶恐地跑了进来。都说顾公子不好伺候，可他和顾公子接触了几次，觉得顾公子人挺和善的。没想到今天顾公子说变脸就变脸，把人骂了个狗血淋头，这要是让世子爷听在了心里,他还不得赶紧给别人挪地方啊!

他脸色煞白地捧着茶盅出了内室,情不自禁地尝了口茶。上好的碧螺春,是顾公子的最爱,冷热适宜,汤色清雅,茶香四溢,和平时没有什么两样啊!

松萝有些茫然不知所措,就听见世子爷温声笑道:"你这是发哪门子脾气?有话就好好说,对那些下人发脾气做什么?胜之不武!"

顾玉听了,脸色更难看了,道:"天赐哥,你就是太宽厚了,才会把这些下人纵得没大没小的。"他说到这里,话锋一转,"我问你,宋伯父是不是真的为你和窦家定了亲?"

"嗯!"宋墨点头。

顾玉腾一下子站了起来,激动地道:"天赐哥,你知道不知道那窦家的四小姐原是魏佩瑾的未婚妻!是……"他想说是魏廷瑜不要了的,想到窦家四小姐现在已经是宋墨的未婚妻了,硬生生地把这句话给咽了下去,换了个说法道,"她们姐妹易嫁,谁知道这其中有什么蹊跷?伯父乱来,你怎么也跟着认了?"他说着,上前去拉宋墨,"天赐哥,走,我们进宫去找皇后娘娘去,把这件事告诉娘娘,让娘娘帮你做主!"又抱怨道,"你为什么不早点告诉我?我要是早些知道了,怎么也要把这件事给搅黄了!你还不如尚了景宜,至少有我在,景宜就是再骄纵,也不敢把你怎么样……"一副非常后悔的样子。

宋墨苦笑。他也想早点把自己的婚事告诉顾玉,可他还不知道这桩婚事最后能不能成,怎么告诉顾玉啊?

还有八天就是婚期,静安寺胡同那边却依旧没有任何动静。他是不是可以这么想:窦昭虽然不想嫁人,可自己的求娶还是让她犹豫不决?

这么一想,宋墨顿时像被吹起的风帆,精神焕发。

他挣开了顾玉的手,笑道:"你可曾见过窦四小姐?"

顾玉一愣,道:"没有!"

"你这些日子一直和魏佩瑾混在一起,成亲之前,可曾听那魏佩瑾说过窦四小姐的一句不是?或是曾提起要退亲?"宋墨问他。

顾玉愕然,道:"也没有!"

"你啊!不要总是听风就是雨。"宋墨笑道,"姐妹易嫁,你以为是小孩子玩家家酒?想娶姐姐就娶姐姐,想娶妹妹就娶妹妹?"说到这里,宋墨的表情骤然间变得十分冷峻,"这里面的事复杂得很,不是你想的那么简单。"

顾玉若有所思,宋墨却又笑道:"好了,我们别说这件事了,我的婚事,我自有主张。倒是你,开封那边的事现在怎样了?我这边有个买卖,不知道你感兴趣不?"

顾玉忙收敛了心思,兴致勃勃地道:"既然天赐哥觉得不错,想必也应该值得一试!是什么生意?"

颐志堂的内室,宋墨和顾玉坐在灯下说话,颐志堂西边的一个小跨院里,廖碧峰则在灯下写着字。

窦四小姐……幕僚陈曲水……大兴田庄……三公主府……定亲……

笔尖凝滞在最后一笔,他哂然一笑,放下了笔。

虽然进府没两年,可世子爷是什么人,他自认还是看明白了。若是世子爷不同意这门亲事,又怎么可能这样安静?

没有成亲之前就已经认识,就在窦四小姐出嫁的那天发生了姐妹易嫁之事……这门亲事,只怕没那么简单?国公爷这次十之八九又上了世子爷的当。

不过,世子爷也的确是厉害。这么大的事,一直都很镇定从容,把大家都瞒得死死的。

想到这里,廖碧峰拿起自己写的宣纸,仔细地端详起来。

严朝卿，应该是知道的吧？要不然，他当时也不会那样敷衍自己了。既然世子爷能为窦四小姐花这么多心思，想必对窦四小姐十分爱慕，看样子，自己得要仔细想想该怎么和这位新夫人相处了。

第二天天刚刚亮，顾玉就出了英国公府，吩咐车夫："去静安寺胡同！"然后跳上了马车。

车夫不敢怠慢，一路急驰，不过半个时辰的工夫，就到了静安寺胡同口。顾玉跳下车来，见胡同口有个卖豆花的，因是清晨，只坐了两三个挑夫模样的汉子。他把身边的人打发去了静安寺胡同，自己找了个干净点的板凳坐下，叫了碗豆花，慢悠悠地吃了起来。

不一会，豆花摊子就热闹起来。摊主忙时偷闲地和两个站在摊子前喝豆花的妇人打着招呼："刘大嫂，今天怎么是您和王大嫂一起去买菜？家里来了客人？"

"是啊！"其中一个穿着丁香色比甲的妇人笑道，"今天我们府上请全福人，要整几桌酒席。"

按礼，家中娶媳妇嫁女儿，得提前几天将帮忙的全福人、梳头的人等都请到家里喝顿酒，以示谢意。

摊主一边手脚不停，一边笑着和那妇人闲话："你们家五小姐出阁的时候可真热闹！据说是请的翰林院翰林太太做的全福人，不知道这次四小姐出阁，请的是哪位太太做全福人？"

"自然也是翰林院的翰林太太了，"那太太笑道，"不过这次是请的赵大人家的太太——赵大人和我们家大人是同科。"

"这有钱人家就是不一样，"旁边有人接话道，"一个月之内连嫁两个女儿，怎么着也得四五万两银子吧？"

两个妇人含笑不语，就有人跟着起哄："刘大嫂，你就给我们说说呗！听说窦老爷这次嫁女儿，给静安寺捐了一千两银子的香油钱，是吗？"

那妇人笑道："我怎么知道？我不过是灶上服侍的。这些事，得问我们府上的管事。"

又有人道："这些日子怎么没见你们高管事？"

那妇人道："我出门前还和高管事打招呼来着……"

顾玉丢了块碎银子，悄然离开了豆花摊子，找到了停在静安寺侧门的马车，上前就扒了那车夫的衣裳："借我穿会。"也不管那车夫只穿了件单薄的中衣满脸尴尬地坐在车辕上，径直去了窦府的后门，在两个贴身护卫的帮忙下翻进了窦家的后院，又很快找到了窦昭歇息的东厢房。

窦昭几乎一夜未眠，直到天色微白才合眼，此时正睡着回笼觉，不仅厢房，整个上屋房的丫鬟、婆子走起路来都蹑手蹑脚的，大气也不敢吭一下。

顾玉掏出怀表看了一眼，已初三刻。

这个时候还没有起床，可见是个好逸恶劳的！顾玉冷哼了一声，把怀表揣回了怀中，继续一动不动地躲在厢房后的石榴树后。

太阳渐渐升了起来，东厢房也开始有了动静。

素心端了碗燕窝粥服侍窦昭用了，笑着帮窦昭掖了掖被角，道："您要不要再睡会？离午膳还有一个多时辰呢！"

窦昭如坐针毡，哪里还睡得着，吩咐素心："你去把高总管请来，我有话要问他。"

素心应声而去，把高升请了过来，窦昭就问他："父亲素来知道自己不擅长打理庶务，这些事通常不是托了三伯父，就是交给了你，那日盛银楼又名不见经传，从没人听说过，父亲就算是想悄悄地送点东西给我，大可以借口给禅寺的菩萨镀个金身之类的，把这笔银子从账面上走了，怎会想到入股日盛银楼？你怎么也不劝一劝？"

高升低眉顺眼地笑道："那日盛银楼的张掌柜三番五次地找到老爷，老爷说他倒是个做事的人，又是通过颜大人找到我们家里来的，不看僧面看佛面，总得拿些银子打发了他。正好遇到小姐的事，老爷就投了大笔的银子进去。不过，那张掌柜也对老爷拍了胸脯的，说最多三五年，一准把日盛银楼给做起来，虽不敢说让老爷把股本全收回来，但绝不会让老爷亏了股本。"

窦昭听出高升也是赞成的口吻，想到此人白衣出身，竟然敢用全副身家性命去赌辽王，可见也是个枭雄人物，让父亲和高升臣服自然是不在话下。

她对高升道："日盛银楼的另两位股东，是父亲的同僚，父亲一口气拿出五万两银子，若是传了出去，树大招风，只怕还会有人找上门来求父亲入股做生意。今日不好推了郭大人，明天就不好推了赵大人，否则反而会得罪人。家里虽有五万两银子，可我想，父亲不可能一口气就真的搬了五万两银子给那张掌柜，多半是哪家银楼担保，用的银票。"说到这里，她看了高升一眼。

高升忙道："小姐英明。是常和我们家打交道的通德银楼担的保，说好了十五天之内到账。原本老爷想等日盛银楼的事落定了再告诉小姐，没想到老爷刚拿到入股的契约就跟小姐说了……"

窦昭额头冒汗。要不是父亲今天喝得有点多，要不是她自己一反常态地吼了那一嗓子，父亲只怕还会在心里暗自得意，等到银子到了日盛银楼的账上才会跟自己说吧？

她道："那你跟通德银楼的说一声，这笔银子暂时不要划到日盛银楼去。然后再去跟张掌柜解释一番，就说家里连着两件喜事，家里的姑爷都出身显赫，场面上的事一分也不能省，现在银子不够使，要等年底盘了账才知道明年春天有没有银子给他。跟他说清楚了，窦家公中嫁女儿，例来只有两千两银子，我和窦明的嫁妆，都是父亲的私房钱。窦家虽然有钱，钱却在公中，父亲若是想动用自己名下的银子，还得通过三伯父。"

张之琪如果只是机缘巧合找到了父亲，遇到父亲这种一口气拿出五万两银子不当一回事的人，定会反复地派人来说服父亲继续投银子给他；若谋定而动，他的目的肯定是为辽王结交群臣，父亲没有银子给他，他正好可以趁机多拉几个股东进来。

到时候自己就可以判断这个张之琪的用意了。

高升没有怀疑。很多老爷、少爷都是不管庶务的，根本不知道家里到底有多少银子可用，胸脯一拍，就在外面欠下大笔的银子，而家里却一时拿不出来的事很常见。他只是觉得窦昭这样，辜负了窦世英的一片好意，颇有些犹豫。

窦昭却是怕窦世英碍于情面执意要给日盛银楼投银子，道："这件事你暂时不要和我爹爹说，我要看看那日盛银楼到底是怎么一回事了再说。若是日盛银楼的人以为是你从中刁难他们，为难你，你什么也不要说，直接把人领到我这里来，我自有应对。"旋即想到高升最忠于父亲，如果父亲发了话，他肯定是遵照父亲的意志行事，又道，"到了年底，正是各省官员到京都述职的时候，崔十三搭上了一个大主顾，说好了今年借三万两银子给那人的，三月份就还，十分的利。那笔银子你先借我使使。"

她知道高升转身就会把这件事告诉父亲，而父亲对她们姐妹向来宽厚，知道了不仅不会责怪他们，说不定还会问她是不是银子不够使，让高升送笔银子给她。

高升不由抹额。四小姐，竟然放印子钱！而且一放就是上万两地放！这，这胆子也太大了些！难怪陈先生他们都住在鼓楼下大街的笔墨铺子里。

窦昭又反复地叮嘱高升："日盛银楼的人如果来求你，你一定要告诉我。"

高升再三保证，这才退了下去。

趴窗棂上偷听的顾玉，肺都要气炸了。这个女人，不仅背着父亲插手家中的庶务，而且还放印子钱，真是胆大包天，见钱眼开！

天赐哥怎么能娶个这样的女人？！不行，他得把这件事告诉天赐哥才是！

难怪宋伯父急巴巴地给天赐哥定了这门亲事。原来自己还想，若是这女人长得不错，性格木讷些就木讷些，等生了儿子，自己帮着看着点就是了。现在看来，却是个搅祸精！三万两银子，听她那口气，好像三十两银子似的，一副不知道柴米油盐贵的样子，哪里是能当家理事、主持中馈的人？

顾玉也不看窦昭长什么样子，转身就离开了上院，急奔英国公府，宋墨却奉召进了宫。

他急得直跳脚，要去宫里找宋墨，陈核却拉住了顾玉，悄声道："是皇后娘娘身边的吕公公亲自来宣的世子爷。"

难道是皇上的病又犯了？顾玉怕进宫碰到了景宜公主拉着他哭个没完没了，反会惹得姨母把他也给教训一顿。

他想了想，去了廷安侯府。汪清淮正拿着宋家送来的喜帖和父亲说着话："不是说宋墨在尚公主吗？怎么突然和北楼窦家结了亲？而且这婚期定得这样急？帖子到这个时候才送过来……"

听说顾玉来了，廷安侯回了屋，汪清淮忙将顾玉迎了进来。

顾玉一眼看见炕桌上的喜帖，道："你也知道了这件事？"

汪清淮点头，亲自给顾玉斟了杯茶，笑道："听你这口吻，你也是接到喜帖才知道的。"然后抱怨道，"砚堂也真是，成亲也不早点跟我们说一声，我想给他准备一份大礼时间上都来不及了，恐怕只能多送点礼金了。"

顾玉冷笑："礼金你暂时别送，我先问问天赐哥了再说。"

汪清淮不动声色地刺探道："怎么，砚堂还不知道吗？"

天赐哥怎么会不知道？不过是不知道那窦家四小姐是这样一个人罢了。

"我去找天赐哥，他奉召进了宫。"顾玉含含糊糊地道，"我还没有遇见他。"

汪清淮笑着点头，心里却明白，这桩婚事只怕是英国公的意思，宋墨根本就不知道。没想到他们父子之间的罅隙这么大，还好没有把妹妹嫁到宋家去，不然还不得连骨头都被吃下去！

他笑道："我妹妹九月初四出嫁，到时候你和砚堂也来喝杯喜酒吧！"

第七十八章　执意·连轴·出宫

顾玉听闻不由嘀咕："怎么一个两个的都要成亲了？"

汪清淮呵呵地笑，调侃道："你年纪也不小了，要不要我帮你做个媒人？"

"不用了，不用了！"顾玉红着脸，落荒而逃。

待出了富贵坊，望着喧嚣的马路，他蓦然生出份寂寥之感来。别人的婚事都有长辈帮着关心，他呢？虽然顶着皇后娘娘外甥的这个头衔，却是没娘疼没爹爱的。

顾玉想起家里的那些糟心事，宋墨又进了宫，他站在熙熙攘攘的街头，不知何去何从。

两个贴身的护卫不由交换一个眼神，其中一个谄笑着上前，低低地喊了声"公子"，道："您看，我们去哪里好？"

顾玉回过神来，又恢复了略带几分跋扈的倨傲，却犹豫道："我们，去宫里吧？"话音落下，仿佛有了主意，肃声道："我们去宫里。我要去看看皇后娘娘。"

皇上每次犯病，都是姨母一个人在旁边照顾，那些嫔妃刚开始还在皇上病榻前献殷勤，后来发现皇上醒来之后什么也不记得了，而且一个不小心，说不定就会触怒皇上，有性命之忧，就开始装聋作哑，姨母又担心像前几年的端午节那样，几位皇子、公主看见皇上犯病的样子被吓得半死，只好一个人强撑着。

这个时候，姨母肯定需要有人在她身边安慰她吧？可惜辽王在辽东，景宜公主又是个没眼色的，一对亲生的儿女全都指望不上。出了这种事，姨母把天赐哥叫进宫去，可见对天赐哥很赏识，这对天赐哥虽然是个苦差事，可也是难得的造化，以天赐哥的聪明，肯定能把握住这次机会的。

只是不知道太子有没有察觉到皇上病了，顾玉脑海里浮现出太子那文弱的样子，心中一片茫然。

太子这个人，好像路人似的，总是没有什么存在感。不像辽王，英俊挺拔，磊落豪爽，明快果断，让人一看就生出几分好感。飞鹰走马，骑射弓箭，都是把好手，和天赐哥有得一比。可惜早早就自请去了藩地，否则京都也不至于如此寂寞了。

他叹着气，摇摇晃晃地进了东直门。

窦昭听说家里请全福人和梳头的吃酒，不由大吃一惊，道："今天初几？"

素兰心直口快地道："什么初几？今天都十八号了！"

窦昭吓一大跳："怎么日子过得这么快？"

捧着对霁红花瓶进来的甘露听着笑道："可不是？我的东西还都没有收拾好呢，这眼看就要到小姐出阁的日子了。"又道，"当初就不应该把那些陪嫁的东西从箱笼里拿出来的，刚刚入了库，又要重新装箱笼。"

正说着，舅母和六伯母联袂而来，身后还跟着小尾巴赵璋如。舅母闻言问甘露："还有多少东西没有收拾？我让彭嬷嬷给你搭把手！"

甘露哪里敢动用舅太太的贴身嬷嬷，忙道："马上就收拾完了。"又怕舅太太不信，笑道，"我这不是想在小姐面前邀邀功吗？"大家哈哈大笑。

窦昭上前给舅母、六伯母和赵璋如见了礼，大家在宴息室里坐下喝茶。窦昭问道："六伯母您怎么过来了？"

韩氏进门快三年了，前两天被诊出有了喜脉，纪氏很紧张，这几天都在家里照顾韩氏。

"今天不是请全福人和梳头的吗？"纪氏笑道，"你父亲带信给我，让我过来陪赵太太坐坐。"

或许是姐妹易嫁之事触犯了窦世英的底线，窦昭发现，从媒人到全福人，全是请的他自己的好友及好友的太太，不仅没有让槐树胡同的人插手，还像防着槐树胡同的人似的，都是些与槐树胡同那边不太熟悉的人。

窦昭这几天心浮气躁的，根本没有注意到婚礼的事。听说全福人是赵太太，陌生得很，她笑着问道："是哪位赵太太？"

舅母笑道："詹事府少詹事赵培杰赵大人的太太。"好像怕窦昭认生害怕似的，旋即解释道，"人我见过，很和善，行事也爽快，是个利索人。"

窦昭眉头微蹙——这么巧？

她还想细问，有丫鬟进来禀道："六太太，舅太太，赵太太过来了。"

大家打住话题，六伯母和舅母去了花厅，赵璋如则留下来和窦昭一起用午膳。趁着丫鬟摆箸的机会，她悄声地问窦昭："你想不想去看看赵太太长什么样？"

都二十出头的人，还像个孩子似的，面对天真烂漫的表姐，窦昭不知道自己应该羡慕她还是担心她！

她打趣赵璋如："小心被舅母逮个正着。"

赵璋如顿时泄了气，问她："我们是不是不能去香山看红叶了？"

窦昭看着满脸失望的赵璋如，心中不忍，道："去！怎么不去！我们等会跟舅母说一声，明天去香山看红叶好了。"

赵璋如眼睛一亮，窦昭抿了嘴笑。

去香山看看红叶也好，把这些烦恼事全都抛开，免得天天闷在家里胡思乱想。

和赵璋如在香山走了一遭，窦昭心情果然开朗了许多，晚上回去，倒头就睡，再睁开眼睛的时候，已是日上三竿。

素心进来服侍她梳洗，禀道："高总管已经派人来问过两次您醒了没有。"

窦昭忙道："快请他进来。"

素心应声而去。

窦昭匆匆喝了杯热茶，去了厅堂。高升苦笑道："那张掌柜昨天亲自来见我，还要请我去醉仙楼饮酒，并承诺事成之后，给我三千两银子——他还以为我是有意刁难他呢！"

窦昭不由笑道："那你怎么说？"

"我自然是照着小姐吩咐说的。"高升向来以自己的忠心耿耿为荣，此时为难张之琪，心里总有些不安，"张掌柜就问我，年前能不能抽出一万两银子，或是八千两银也行。我只好一口咬定要等年关拢了账才知道。张掌柜很失望地走了。"

窦昭点头，接下来就看张之琪会有些什么举动了。

高升犹豫了片刻，红着脸道："老爷说，让您别放印子钱了，若是缺银子，到我这里来走账就是了。"

想来是觉得窦昭私底下嘱咐了他一通，他转身就把这件事告诉了窦世英，有些不好意思。

窦昭笑道："爹爹有多少私房钱？给了我，他用什么？"

高升想到窦昭开口就是三万两银子，比起窦世英来毫不逊色，不敢搭腔了。

窦昭尊重高升对父亲的忠诚，笑着起身送了送他。

之后张之琪又连着来找过高升两趟，见高升言辞恳切，又打听了高升的为人，知道他不是刁难自己，倒也心平气和，和高升约好过了春节再聚，高升松了口气，忙不迭地应了。

窦昭就吩咐陈曲水留意张之琪的行踪。不出她所料，张之琪开始广泛地接触那些品阶不高，却是天子或太子近臣的官员。

窦昭的心情一下子沉重起来。她和父亲长谈，希望父亲能从日盛银楼撤股，父亲不同意："人无信不立。我既然答应了，就不能失信。"因见窦昭的表情前所未有的凝重和严肃，他又觉得心中忐忑，有几分心虚地道，"要不，等你嫁了，再派高兴去把股份撤回来？"

那岂不是和张之琪撕破了脸？

窦昭不悦道:"若是张之琪说没有银子怎么办?"

窦世英不以为意地道:"亏了就亏了呗!做生意哪有不亏的?"

窦昭为之气结。这不是亏不亏的问题,而是会不会因此被视为辽王同党的问题。前世,是因为有宋墨毫不犹豫地射杀了太子,辽王才能顺利地逼皇上禅让。这一世,她好不容易让宋墨摆脱了被辽王当作刽子手的命运,辽王起事的时候,谁能像宋墨那样宁愿背负杀主的罪名,不惜遗臭万年地射杀太子?

太子不死,皇上岂能乖乖就范?

可上一世,辽王也的确登基为帝。

他们还是远离辽王,安安稳稳地过些小日子的好,何苦蹚这摊浑水?辽王登基之后,那些没有参与谋逆的臣子只要不像梁继芳那样撞柱而亡的,辽王为了稳定大局,还不是一样重用。

"爹爹既然没准备收回那五万两银子,又何苦把那契纸给我?"窦昭逼窦世英表态,"莫非爹爹想让我背这个空名不成?我不管,您许了日盛银楼的股本给我,这股本就是我的了。我现在要退股!那日盛银楼休想从中剥落我一分银子!"

窦昭自幼丧母,从小在真定乡下长大,懂事,又体贴人,窦世英原本就觉得自己对这个女儿亏欠良多,在窦昭面前有些心虚,此时窦昭杏眼圆睁,脸上像挂了一层寒霜似的,立刻让窦世英额头冒汗,道:"要不,我再给你五万两银子?"

"我缺那五万两银子吗?"窦昭盯着父亲,"我就是不喜欢您这样事事都无所谓,谁想占您的便宜便占。那郭颜家是山西的大地主,家里良田万顷,凭什么您一个人就拿五万银子出来,他就和赵大人、陈大人一起凑份子……"

"不是,不是!"女儿一心一意维护他,窦世英自然很感动,忙道,"是我想多给你点银子,主动提出来拿出五万两银子的……"

窦昭心中一动,嘴上却道:"五万两银子是小数目吗?就算是您主动提出来的,郭颜若是真心待您,也不应该让您一个人挑大梁。谁敢保证日盛银楼就一定赚钱?您这次说什么都没有用,我铁了心要退股!您不去跟张掌柜说,我让高升去说!"

窦世英焦头烂额。

窦昭毫不退让,窦世英拔腿就跑:"皇上已经回宫,我怕皇上哪天想起来了,叫我进宫召对,我要回书房去看看书才行,免得殿前失仪。"

窦昭却跟着窦世英去了书房,然后吩咐小厮:"请高总管过来!"窦世英躲在次间里看书,只当没有听见。

窦昭吩咐高升:"你这就去见张掌柜,就说你写信去真定要银子,家里管庶务的三伯父知道父亲要入股日盛银楼,怕影响窦家和通德银楼的交情,写了信来劝父亲。父亲思量再三,决定不入股日盛银楼了。只是之前曾经许了张掌柜五万两银子,若是张掌柜开银楼资金不足,可由郭大人担保,我们窦家借一笔款子给他,不要利息,随他什么时候还。"

这借口倒好,两边都不得罪。

四小姐真是个天生做生意的料,只可惜是位小姐,这要是位少爷,西窦还有什么好担心!

高升不敢表态,往窦世英那边瞅。窦世英把头埋在书堆后面,高升知道窦世英这是默许了,忙笑着应"是"。

这样一来,若是辽王的事成了,就算是结了一场善缘。若是辽王的事败了,可以说成是借银子给郭颜——凭窦家和曾阁老的交情,就算皇上要清算,也罪不至死,还能在士林中站得住脚,保全了父亲的名声,以图来日。

窦昭看了眼默不作声的父亲，有意高声吩咐高升："你这次去张掌柜那里，把崔十三和田富贵也一起带过去，把凡是父亲用了印用了章的文书都收回来，不可遗漏了一张。要小心那张掌柜翻脸不认人。"

高升忠厚有余，精明不足。

怎么能把别人当贼防？何况是自己失诺在先！窦世英抬起头来，正想插嘴说两句，看见窦昭一个冷眼扫了过来，他喃喃地低声念了几句连自己都不知道说的什么，又低下了头去。

高升自家知道自家的事，听说窦昭派了人和他一起去，又朝窦世英望去，见窦世英装聋作哑，他不由长长吁了口气，恭谨地应诺，退了下去。

窦昭笑着吩咐小厮好生服侍父亲读书，又让丫鬟洗了盘水果进来，亲手接过来放在了父亲的书案上，这才转身回了屋。

窦世英立刻泄了气般地瘫坐在了太师椅上。

窦昭回到自己的厢房，素绢笑盈盈地迎了上来，笑道："小姐，外院的送了信来，说真定的高管事已经到了宛平，明天一早就能到京都了。"

窦昭却像在油锅上煎似的。父亲的入股文书不知道能不能要回来，还有三天就是她和宋墨的婚期，何去何从，她到现在还没有拿定主意。

拒绝，机会难得！

接受，以后怎么办？

她辗转反侧了一整夜，第二天起来的时候眼圈有些发青，小丫鬟却进来禀道："真定的高管事来了！"

和高兴同来的，还有宋为民和宋炎叔侄俩。

"四小姐如今要出阁了，我也应该辞馆了。"宋先生笑着和窦世英辞别，"这些年来承蒙窦大人照顾，老朽不胜感激。只是这天下没有不散的筵席，等来日有缘，再和窦大人相聚。"

窦世英挽留再三，见宋先生执意要走，留宋先生喝了窦昭的喜酒再走。宋先生欣然应允，和宋炎在客房住下。

高兴膝下只有两个儿子，大的十四岁，叫高嘉，小的十岁，叫高赞。听说窦世英把他们一家赏给了窦昭，想着以后又能和段公义等人一起当差，他高兴得几夜都没有睡好，只顾着和老婆儿子憧憬跟着窦昭去英国公府后的荣华富贵了。

他领着老婆儿子先去给窦世英磕了头，然后去见了窦昭，窦昭嘱咐两句以后要好好当差之类的话，崔十三和田富贵来了。素心就朝着高兴使眼色，高兴忙起身告退。

窦昭在书房见了两人，崔十三道："……张掌柜听说老爷没办法入股，倒也没有勉强。说开银楼的银子他自己再想办法，倒不至于要借老爷的银子。然后说自己之所以想和老爷及几位大人合伙做生意，主要是仰慕几位大人学识渊博，想结交一番，做生意倒是其次。问老爷能不能再考虑考虑，或者像郭大人那样，只入一小股，好歹不枉相识一场，给他的银楼撑个场子！"

他的话音刚落，一直想在窦昭面前表现一番而苦于没有机会的田富贵忙道："四小姐，我看那张掌柜忒不是个东西——嘴上说得像抹了蜜似的，可十三爷向他要老爷的入股文书的时候，他却推三阻四的，就是拖着不肯给。我看那意思，老爷不占那么大的股份可以，若是想退股，却是万万不可的。"

果如自己所料，窦昭眉头微蹙。

父亲不过是个普通的翰林院翰林，而且性格绵和，仕途上也没什么特别值得关注的

· 173 ·

地方，对方如此不依不饶，十之八九是项公舞剑，意在五伯父窦世枢。

这件事只怕还得从五伯父那里入手。

她吩咐崔十三：“你悄悄去找槐树胡同的大总管，就说父亲派了你这个差事，你拿不下来，请他出面帮你把父亲的入股文书拿回来。至于具体怎么做，你们这两年常和那些官员打交道，应该很有经验才是！”

崔十三眼睛一亮，连连点头。

田富贵看窦昭的目光立时就带着几分崇拜。

难怪人家都说人从书里乖。四小姐足不出户，却对这些门道门儿清——东家交代下来的事你要是办不好，那你以后就别想在府上立足了。他们去找槐树胡同的大总管，说明来意，送上银子，槐树胡同的大总管想着是给七老爷收拾烂摊子，说不定能卖七老爷一个面子，他们又懂规矩，肯出银子，定会十分乐意扯着五老爷的虎皮做大旗，威胁利诱那姓张的一通的。

窦昭却想着张之琪既然能和槐树胡同搭上关系，自然乐于丢开父亲了。至于他能不能劝五伯父入股，以她对五伯父的了解，五伯父首辅的位置还没有到手，他肯定不会在这个时候节外生枝，授人以柄的。

"你们快点把这件事办妥了。"她吩咐崔十三和田富贵，"免得夜长梦多。拿到契书之后，立刻送到我这里来。为了避免他们伪造父亲的笔迹和印章，我还得劝父亲停用那枚用在契书上的印章。"

两人拱手应是，表姐赵璋如跑了进来："寿姑，寿姑，"她激动地道，根本没有注意到书房里的崔十三和田富贵，崔十三和田富贵避之不及，连忙低下了头，站到了一旁，"宋家来人了，送了你出阁的章程过来。我帮你偷偷地瞥了一眼，他们明天卯时过来催妆，抬了三十六抬的催妆盒子过来。我娘亲正和六太太商量着派谁去送妆呢！"她说着，眼睛骨碌碌转着坐到了窦昭的身边，低声道，"你准备派谁去安妆？你让她悄悄把我带过去瞧瞧热闹呗！"

按礼，女方会派人和男方交接嫁妆，布置新房。交接嫁妆的时候，得有女方的长辈在场；布置新房，通常是熟悉女方生活习惯的人就行了，有可能是嫂子，也有可能是乳娘，甚至是贴身的丫鬟。

当初窦明嫁的时候，是素心去布置的新房。也不知道窦明用得习不习惯，窦昭不无嘲讽地想着，示意崔十三和田富贵退下，笑道："你不准备去认亲了？"

双朝贺红，女方的兄弟嫂子，未出阁的姐妹会去男方家喝认亲酒。

"也是哦！"赵璋如摸着下巴道，"双朝贺红的时候我若再去喝认亲酒，被宋家的人认出来那可就糟糕了——与其装作丫鬟偷偷摸摸地去英国公府瞧瞧，还不如双朝贺红的时候让你带着我好好地逛逛英国公府。"她说着，又兴奋起来，"寿姑，我听人家说，英国公府占了一整条胡同，从正门走到正厅，得两刻钟的工夫，若是到垂花门，得坐油车。可他们家只有三个人，你嫁过去了，会不会害怕？"

窦昭哭笑不得，好不容易把赵璋如哄走，她犹豫了半响，吩咐素心："我想见见世子，你让陈先生安排一下。"

素心抿了抿嘴，应声出了静安寺胡同。

宋墨正要向万皇后辞行："……我请了五天的假。五天之后就会回金吾卫当值。若是娘娘有什么吩咐，我随时进宫听候。"

尽管保养得当，但连着几天担惊受怕，万皇后疲惫不堪，露出了比实际年纪还要苍老的憔悴。她温声道："你眼看着就要成亲了，还把你拖在宫里……"眉宇间露出些许的歉意，"皇上的病情已经稳定下来了，这几天应该不会有什么事的。你快回去吧！好好当你的新郎官去！"说到最后，展颜笑了起来，端庄的脸庞就平添了几分飞扬，显得精神了不少。

宋墨恭声应诺，退了下去。

顾玉正无聊地逗着宫女玩，见宋墨出来，丢下宫女，急急地跑了过去："怎么样？我姨母怎么说？有没有说要赏赐你？"

宋墨轻轻地拍了拍他的头："你一天到晚就只知道赏赐！就不能好好安慰安慰皇后娘娘啊？！"

顾玉嘟哝道："有太子陪着姨母，我就不在那里晃悠了。"这几天宋墨一直很忙，他也常被皇后娘娘差着干这干那，两人一直没有机会私下说话，窦昭的事，已经快成了他的一块心病，见宋墨能出宫了，他忙道："你等我一会，我去跟姨母说一声，和你一块儿出宫——你成亲，我怎么也得去喝喜酒吧？"一面说，一面往后殿跑，还反复叮嘱宋墨，"你一定要等我啊！我有要紧的事跟你说！"

宋墨微微地笑。

苹果不脆，李子发酸，对顾玉而言都是很要紧的事。

这里可是坤宁宫啊！他和皇后娘娘可没有什么血缘关系！

宋墨笑着塞了块碎银子给身边的宫女，客气地道："麻烦这位姐姐，等会跟顾公子说一声，我在西直门等他。"

宫女立刻羞得脸色通红，磕磕巴巴地道："世子爷不必客气，奴婢一定帮世子爷把话带到。"

宋墨出了坤宁宫，在西直门遇到了神枢营的副将马友明和他的一群下属。马友明不待宋墨和他打招呼，"啪"的一掌就拍在了宋墨的肩膀上，震得宋墨肩膀一歪。

"世子，你要成亲了，怎么也不招呼兄弟们去给你帮忙？"他不满地道，"太不够意思了！"

马友明的下属也跟着起哄。

"世子爷，我们神枢营的兄弟可不比金吾卫的兄弟差！"

"世子爷，卑职们虽是武官，可也读过几年私塾，帮您迎亲，绝不会失了礼仪的。您就放心好了！"

"就是！"有人接口道，"世子爷，到时候我们选了个顶顶一样高的兄弟穿了神枢营的官服去给您迎亲，保证比旗手卫站得还威风！"

他们七嘴八舌的，西直门口四个当值的旗手卫不干了，忍不住辩道："我们旗手卫怎么了？我们旗手卫的都指挥使大人是前军都督府出来的，在国公爷麾下当过差，世子爷要仪仗，怎么也轮不到你们神枢营的这帮人啊！"

"你们也就是绣花枕头，外面好看罢了，能和我们神枢营的相比吗？"

"得了，你们神枢营的走出去杀气腾腾的。知道的，说是帮世子爷迎亲呢，不知道的，还以为是去寻仇的。可别坏了世子爷的好事！"

一帮子人丢下了宋墨这个正主子，自顾自地吵了起来。

宋墨啼笑皆非。早就知道这是群唯恐天下不乱的家伙！他又不是皇子，又不是亲王，凭什么用皇家仪仗？他又不是嫌御史没事干了！

宋墨只当没看见、没听见，他朝着马友明拱了拱手，和他寒暄："马大哥什么时候进的宫？怎么也不去我那里坐坐？"

"你们金吾卫衙门的门槛太高，我怕摔跤。"马友明嘿嘿地抱怨了几句，这才道，"王老大被梁阁老叫来问话，我和几个兄弟随行。"然后连声向他道着"恭喜"："祝世子和世子夫人琴瑟和鸣，白头偕老。"

马友明嘴里所说的王老大，是神枢营都指挥使王旭。

宋墨忙道了谢，马友明就说起宋墨的婚礼来："……之前可是什么风声也没有听到。昨天突然接到喜帖，吓了我一大跳，还以为是谁在开玩笑呢！正好会昌伯世子来找王老大，我问他，这才知道这喜帖没错。瞧这日子，明天应该就要送妆了，不知道世子请了哪几位大人去催妆？"说到底，还是对自己仓促之间接到喜帖，感觉受到了怠慢，始终有些耿耿于怀。

宋墨苦笑。

陆家一听到消息就派人来质问父亲这婚事是怎么一回事，父亲支支吾吾了半晌才把这件事给圆过去，或者是怕人再质疑他，他索性到了这两天才差人广派喜帖。

如果这桩婚事是铁板钉钉的，他自然不会让父亲如此轻怠自己的婚礼。怕就怕窦昭到时候执意不肯嫁给自己——此时他越是高调，到时候他就越不好收场。

宋墨在心里暗暗叹了口气，只得道："我十二日随圣驾回宫，到今天只在家里睡了三个时辰，眼看着就要到成亲的日子了，邵大人还只放了我五天的假。如今婚事准备得怎样了，我可是两眼抹黑，什么也不知道！"

马友明觉得宋墨犯不在在这件事上说谎，顿时释然，旋即又想起什么来，揽了宋墨的肩膀，把宋墨拉到了一旁的大槐树下，悄声道："听说皇上身体不适，可有此事？"神色已变得很是凝重。

宋墨考虑到马友明这个人看上去大大咧咧，实则嘴严心活，是个值得一交的人，遂委婉地道："皇上是旧疾复发，如今已经大好，没什么事了。"

马友明闻言一喜，又狠狠地拍了拍宋墨的肩膀，道："世子，够意思！我承了你这份情！"

他的出身也不差，不然就算是身手高超，也不可能年纪轻轻就坐到了神枢营副将的位置。可若是和宋墨这样世受皇恩宠信的顶级勋贵相比，就差了一大截的距离。宋墨能说这番话，对他来说如同拨开乌云见明月，让他的前路明亮不少，不亚于提携之恩。

宋墨这次有了准备，倒没被他拍得歪肩，可也不能让他见面就来这一套。宋墨佯装疼痛难忍的样子摸着肩膀，笑道："你射箭输了我，也不至于把我的肩膀废了才解气啊！瞧这手劲，我半边身子都麻了。"

马友明哈哈大笑，宋墨趁机道："马大哥，等我回家之后，看看家里是怎样安排催妆接亲之事的。恐怕到时候还要麻烦马大哥帮我去镇镇场子。"

若是和窦昭的亲事能成，有神枢营的副将马友明和他在金吾卫的几位同僚帮着去接亲，那场面自然要威武得多。

马友明看他说得真诚，也不客气，笑道："我这几天正好闲着没事，你就是不请我，我也要去凑个热闹的。"

他的话音刚落，就有一个穿着四品衣饰的内侍领着两个捧着东西的小内侍匆匆地走了过来。看见眼前的情景，三个人俱是一愣，宋墨却认出来者是太子身边的大太监崔义俊。

他笑着和崔义俊打招呼，崔义俊回过神来，忙道："哎呀我的世子爷，奴婢奉了太子之命，正要去找您。还好您没出宫，您要是出了宫，我这还不得追到国公府上去啊！"说着，朝着两个小内侍挥了挥手，对宋墨笑道，"太子殿下知道后天是您大喜的日子，特意吩咐奴婢送来了两件殿下赏赐的贺礼。"

宋墨连声道谢，接过匣子，把马友明引荐给了崔义俊，就要随着崔义俊去给太子谢恩。

崔义俊知道这马友明是有本事的，几次在秋围上夺过名次，加上是宋墨引荐的，对马友明倒也客气，点了点头，问了个好。

马友明素来瞧不起这些阉奴，但见人家客客气气的，自然也不能失了礼数。

两人见过了礼，崔义俊笑道："太子殿下交代过，让世子爷不必去谢恩了。若是那天得闲，太子殿下就去叨扰世子爷一杯喜酒；若是不得闲，等哪天有了空，请世子爷和世子夫人一起到宫里来喝杯茶，世子夫人正好来给太子妃请个安。"说罢，上前几步，和宋墨低语道，"皇上正留了太子殿下一起用晚膳。"

皇上的病情并不稳定。

宋墨朝他明了地笑了笑，道："有劳公公了。"塞了两个封红给他。

"不客气，不客气！"崔义俊还真没和宋墨客气，收了封红，掏出个瘪瘪的荷包递给了宋墨，"世子爷，过两天就是您大喜的日子，奴婢还要侍候主子，只怕没空去道贺了，这是奴婢的一点心意，还请世子爷不要嫌弃。"

马友明强忍着才没有露出不屑的表情来，宋墨却是面色如常，笑着接了荷包，说着些"若是得空，一定要去喝杯喜酒"的话，顾玉气喘吁吁地跑了过来，远远地就喊着"天赐哥"。

崔义俊一看是顾玉这个混世魔王，脸色微变，匆匆地给顾玉行了个礼，领着两个小内侍一溜烟地跑了。

顾玉奇道："这个崔便宜是不是又干了什么好事？怎么见着我就跑？"

崔义俊喜欢占小便宜，勋贵世家的子弟都知道，大家私底下都喜欢喊他"崔便宜"。

宋墨息事宁人地将荷包塞进了衣袖，问顾玉："皇后娘娘准你出宫了吗？"

顾玉点头："让我到时候和你一起回宫。"

宋墨吩咐顾玉和马友明打招呼，顾玉不情不愿地喊了声"马大人"。

或许是因为在宫里，马友明要维持形象，或许是宋墨之前的话让他有些心不在焉，他这次倒没有捉弄顾玉，笑着朝顾玉微微颔首，很是客气。顾玉心中有事，懒得理会马友明，拉着宋墨出了宫。

英国公府的马车早得了信，在宫门外候着。顾玉率先跳上了马车，等宋墨坐定，他就迫不及待地将自己翻墙听到的事告诉了宋墨。

窦昭，竟然还放印子钱！难怪那陈曲水对庙堂之事那么熟悉了，想必和那些低层的官员来往甚密。

窦昭，为什么要这样？

还有那个日盛银楼，她为什么不看好它的前景？宁愿不要五万两银子的私房钱，也执意要窦七老爷退股呢？

这一刻，宋墨突然想见到窦昭，把心中的困惑都问个清楚，哪里还顾得上和顾玉说什么，不由得陷入了沉思。

把要说的话说了出来，堵在顾玉胸口的大石头落了地，他如释重负，想着这件事宋墨肯定会拿个主意的，也不管宋墨怎样行事了，跟着宋墨回了英国公府。

宋墨的伯父宋茂春、叔叔宋逢春和宋同春，正和宋宜春说说笑笑地议着明天催妆的事，听说宋墨回来了，宋茂春对宋宜春道："天赐肯定也有些朋友，除了钦儿和铎儿，不如让天赐请几个朋友跟着一起去催妆，这样也热闹些。"好像驱逐宋墨出族的事从来都不曾发生过似的，语气十分亲昵。

· 177 ·

宋逢春听着有些不高兴了，道："我们均儿今年也不小了，正好和诸位兄长一起去长长见识，不如让他也跟着一起去催妆吧？"

英国公府办喜事，京都的王公大臣都会来道贺，正是让小字辈们在那些大人面前露露脸、混个脸熟的时候，凭什么单单把他的儿子落下？老大已经讨了二哥不少好处了！

宋茂春也打的是同样的主意，他笑道："均儿年纪还小……"

这种老生常谈，宋宜春根本不想听，他觉得宋茂春的主意不错，正好让大家看看，他们父子并无什么不和之事。

他吩咐吕正："请世子过来说话。"

吕正应声而去，不一会，又折了回来，禀道："世子爷说，顾公子正在府上做客，他一时走不开，等顾公子走了，他立刻来见您。"

第七十九章　约定・过问・催妆

宋宜春顿时气得脸色铁青。那顾玉一年三百六十五天，少说有三百六十天都在宋家晃悠，用得着对他这样客气吗？他算哪门子客人！

可当着宋茂春等人，宋宜春不能发作。若是和宋墨顶了起来，宋墨坚持不来见他，他难道还能把他绑了来不成？那时候就更没脸了！

宋茂春几人自然也看出来了，他们都没有想到宋墨会这样强势，宋茂春更是知道自己说错了话，忙道："既然天赐有客人，那就等客人走了再说。"然后转移话题，说起其他的事来，"英国公府有好些年没有办喜事了，我看这'四到底'席，就请了春芳斋的人来办好了。上次会昌伯家世子娶媳妇的时候，就是请的春芳斋，大家都说好……"

"四到底"席，是指在客人上桌之前，先摆上四种鲜果或面鲜之类的点心，让客人看；待客人上了席，立刻将摆放的点心撤下，重新摆上四样干果、四样点心、四样鲜果、四样冷菜。这是大户人家办喜事才有的，而且越是大户人家，为了显示自家的富足和气派，越是讲究这"四到底"席。

宋同春忙接口道："我也觉得请外面的人来置办好，上次东平伯家娶媳妇，也是请外面的人做的'四到底'席——现在京都时兴这个！"

话题就转到了宋墨婚礼的酒席上面去了，总算是把这件事给圆了过去。

另一边的顾玉却问宋墨："你不去见伯父，能行吗？"

"有什么不能行的？"宋墨由贴身的小厮服侍着换了件衣裳，笑道，"你难道不是客人吗？"

顾玉呵呵地笑，但很快又皱了眉头，吞吞吐吐地道："天赐哥，我，我问过姨母了，你成亲，赏些什么给你，姨母说，皇上还没有好利索，这个时候，不合适……"

"皇后娘娘的顾虑是对的。"宋墨想到皇上犯病时的情景，也心有余悸，正色地叮嘱顾玉，"你这些日子也要收敛些，小心让御史弹劾——你今年都十五了，到了该当差的年纪，要是太闹腾，皇后娘娘也不好帮着你说话，你弟弟只比你小三岁，你多耽搁一年，他就多一年的机会。你可不能再像从前那样任性了。"

这是肺腑之言，顾玉不禁动容。

宋墨拿了本法帖丢给顾玉："我们又不用参加科举，学问好坏不能考量，可这字写得好不好却是一眼就能看出来的，而且不管是皇上还是太子，都喜好书法，你把字练好了，只有好处没有坏处。"又道，"你也不要明日复明日了，从现在开始，你就每天给我写三千个字。"然后不由分说，喊了武夷进来服侍顾玉练字。

顾玉乖乖受教，坐下来练字。宋墨在旁边看了一会儿，见他很认真，赞许地点了点头，道："我出去一会，马上就回来，你好生在家里练字，我回来的时候你要把今天的三千个字写完才行！"

顾玉愕然，抬头想要问宋墨去哪里，宋墨已经出了宴息室。

虽然已是黄昏，但静安寺胡同的窦宅却十分热闹，仆妇们人人脸上带着笑，穿梭如织，或帮着挂贴了双喜的大红灯笼，或帮着扶梯子，或拿着帕子擦拭着座椅，或给茶几上的米兰系着红绳，一派喜气洋洋。

王映雪透过半开的窗户望着外面繁忙喜庆的景象，不由冷冷地哼了一声，"啪"的一声关了窗扇，恨恨地说了句："也不过如此！"

胡嬷嬷低头做着针线，一句话也没有说。

她知道王映雪为何怒火中烧。当初五小姐顶着四小姐的名头嫁到济宁侯府之后，四小姐把她的陪嫁都要了回来，也不知道高升是有意的还是无意的，这其中还包括了二太夫人、五太太和六太太等窦家女眷给四小姐的添箱。当时周妈妈问了一句，立刻被素兰顶了回去："添箱不是陪嫁吗？既然添箱是陪嫁，自然是要搬回去的。"

周妈妈无话可说，只好看着素兰指挥丫鬟婆子把东西给搬了回来，锁进了四小姐的库房。

而五小姐既然成了礼，二太夫人和五太太等女眷若是讲究些，应该补上一份添箱给五小姐才是。可大家都装聋作哑，没有一个人提这件事，七老爷又正在气头上，七太太又被禁足，五小姐是新娘子，难道还能自己要不成？这件事也就只好不了了之了。

谁承想这次四小姐出嫁，二太夫人和五太太等女眷竟然又送了份添箱礼过来。而且比上次送的还要贵重，这怎么能不让七太太怒气难平？

可就算这样又如何？七老爷铁了心要把七太太拘在这里，七太太也只能眼睁睁地看着素兰笑眯眯地把那些东西收进了库房。

王映雪问胡嬷嬷："五小姐什么时候过来？"

"说是明天一早过来。"胡嬷嬷道，"七老爷专程让高升去了趟济宁侯府。"

王映雪忍不住抱怨道："他是怕明姐儿不到吗？明姐儿现在已经是济宁侯府的侯夫人了，家里不知道有多少事等着她去决断，就算是来得晚些，又有什么打紧的？何况她们姐妹以后都在京都，有的是机会见面，用得着急于这一时吗？"

胡嬷嬷怎好评论？

窦昭却避开了仆妇，和宋墨在后花园太湖石山房说话。夕阳照耀着宋墨挺拔的身姿，柔和了他的身影，让他有种说不出来的优雅。

"你找我有什么事？"他笑着问窦昭。

窦昭望着眼前如约前来的男孩子。他的头发还湿漉漉的，晚风吹来，她甚至能闻到他身上的榆荚香，他显然是听说她要见他，洗漱了一番就匆匆赶了过来。

这让她有种被尊重、被珍视的感觉。女人终其一生，所求的不就是如此吗？

窦昭失笑，眼角的余光瞥见夕阳刚刚落山的天空。橘红色的晚霞，仿佛燃烧的火焰，铺天盖地地涌动在云层里，好像要抓住最后的机会，纵然明知最后仍会被黑暗吞噬，也要尽其所能地肆意燃烧，把这大地渲染成自己的颜色。

窦昭突然间有种豁然开朗的感觉。

上一世，她早就厌倦了汲汲营营只为生存而生活的态度，所以在如梦醒般的今生，她极力地避免重蹈覆辙，甚至是选择了和从前不一样的生活方式，她的生命里也出现了上一次没有出现的人和事，好像一切都朝着她所期望的方向在发展。

可现在平心静气地仔细想想，实际上她的生活并没有发生根本的改变：没有了继母的威胁，却有东窦在一旁虎视眈眈；没有了魏廷瑜，却有何煜、纪咏甚至是宋墨；没有了济宁侯府的劳心劳力，却将面对窦家几房的纷争……不管是前世还是今生，她都只是想着怎样避免让自己受到更大的伤害，却从不曾认真地思索，自己到底要的是什么。

她想见宋墨。

可直到她见到宋墨的那一瞬间，她还没有想好自己要跟宋墨说些什么。

或者，在她的心底，隐隐希望由宋墨来做选择。这样，以后有什么不顺心的时候，她就可以安慰自己，自己当初也曾努力过，不过是时不我待罢了。

说到底，她还是前世那个懦弱的，为了生存而不得不挺直了脊背，努力地笑着面对困苦的小姑娘！

她，从来不曾长大。

天高任鸟飞，海阔任鱼跃。心若不自由，到哪里都是一样！

窦昭上前一步，走出了山房，迎着晚霞，和宋墨并肩而立。

"宋砚堂，"她侧过头去，笑望着宋墨，金色的夕阳让他的目光显得加更温暖，"我想跟你说，我恐怕不是个好妻子……"她抿了嘴笑，笑容比那燃烧的云层还要耀眼，有种海阔天空的豁达，"但我会努力，做你的好伙伴的。"

发生了什么事，宋墨并不知道，他却能感觉到从前的窦昭，好像一颗宝石，虽然熠熠生辉，让人惊艳，却总觉得过于镇定从容，掩饰了她的光芒。可这一刻，她却如同在火中淬炼过一般，闪烁出咄咄逼人的光彩，明亮，璀璨，美得惊心动魄！

宋墨凝视着窦昭，嘴角轻轻漾起一丝笑意，然后慢慢地，爬上了他的眼角眉梢，弥漫在他的眼底，流淌在他的心田……

"好！"他听见自己清楚地回答窦昭，语气里透着不容错识的雀跃。

宋墨脚步轻快地离开了静安寺胡同，回到了英国公府。

顾玉还只写了三分之一的字，他不由抱怨："天赐哥，您怎么这个时候才回来？"

宋墨笑着摸了摸他的脑袋，转身吩咐陈核："把严先生、廖先生、夏珰、朱义诚几个都请到书房来。"

陈核应声而去。

宋墨换了身衣裳，在临窗的大炕上坐下，喝了口热茶，表情中略带着几分舒畅。

顾玉见这阵势，哪里还坐得住？丢下没有写完的字，一屁股坐到了宋墨的对面："天赐哥，是什么茶？这么好喝？"

宋墨让人给顾玉沏了一杯，道："还不快去写字！"

顾玉嘻嘻笑，坐在那里不动，呷了口茶，自顾自地皱着眉头道："这不就是我上个月从宫里给你顺来的毛尖吗？"

宋墨顺势敲了他一下，笑道："喝茶要讲意境的，像你这样，牛嚼牡丹，喝什么都一样！"

他的话音刚落，严朝卿几个走了进来。宋墨打住了话题，等严朝卿几个坐下，小厮上了茶，这才笑道："明天就是催妆的日子，我想和几位商量商量，看找谁帮着催妆好？"

大户人家办红白事，最难处理的是亲疏关系。姑爷、舅爷坐上席，那这上峰、同僚又坐哪里呢？所以除了必须请几个信得过的人成立账房之外，还要请几个善于应酬，熟知红白事礼仪的人成立一个礼房，主持、安排、打点红白事期间的礼仪性事务。否则得罪了人可能还不知道，甚至到了临要坐席了，受了怠慢的姑爷、舅爷拂袖而去，好好的一桩喜事，变成了一桩闹剧！

更何况像英国公府这样的人家，来宾不是王公就是贵戚，事先不商量好怎么行事，怠慢了哪位来宾可比姑爷、舅爷拂袖而去更麻烦。像马友明，就因为接到喜帖的时间比较仓促，觉得受了怠慢而心生不悦。

严朝卿听了宋墨的话，不由得精神一振。

自宋窦两家结亲以来，这还是宋墨第一次过问自己的婚事。按道理，这桩婚事是宋墨处心积虑谋来的，他又不是任人摆布的人，应该很关心婚礼的事才是。可他表现得却有点漫不经心，这种漫不经心，还不是为了麻痹英国公的那种外松内紧，而是诸事都听任英国公的安排，真正地放任英国公当家作主。

严朝卿感觉到窦昭和宋墨两人之间多半发生了些什么不愉快的事。

从前他觉得宋墨和窦昭交往太频繁了并没有什么好处，一是因为窦昭当时和魏廷瑜有婚约，二来是宋墨对窦昭的关心已超越一般的人，他怕宋墨一时冲动，做出什么有失德行的事来。现在窦昭和魏廷瑜解除了婚约，宋墨又到了适婚的年纪，而且以窦昭的能力，完全可以主持中馈，他觉得没有比窦昭更适合宋墨的女子了。

严朝卿既担心宋宜春发现自己上了当，中途生变，又怕宋墨和窦昭两人因误会而劳燕分飞，想抽空和宋墨说说，却偏偏找不到合适的机会，他患得患失，这些日子都没有睡个好觉。此时宋墨一扫往日的漠不关心，恢复了从前运筹帷幄的冷静自制，他怎能不高兴？看样子，两人之间已是柳暗花明了！

严朝卿松了口气，笑道："世子爷可有什么主意？"

宋墨就道："婚礼都要请些什么人帮忙？"

严朝卿就细细地解释了一番什么是全福人，什么是娶亲老爷，什么是傧相。宋墨听得很认真，等严朝卿说完之后，他把遇见马友明的事告诉了严朝卿等人，然后问道："父亲请了谁做全福人？"

严朝卿把宋墨婚礼的诸事都交给了廖碧峰，廖碧峰闻言忙道："请的是长兴侯夫人。"

宋墨微微蹙眉，长兴侯夫人虽然身份尊贵，但是没有公公，称不上全福之人。他想了想，道："全福人，就请陆舅爷那边的大奶奶。礼房的不用管了，父亲不会自乱阵脚的。娶亲老爷就请马友明、董其、沈青、汪清淮、张续明、陆湛、顾玉，"他说着，语气微顿，"再叫上天恩好了。提金银水壶的，请陆湛的长子陆圭，傧相的请汪清淮的夫人和张续明的夫人好了。"三下两下决定了仪程。

廖碧峰倒吸了口凉气。

陆湛是陆复礼的长孙，请陆湛的妻子做全福人、儿子提金银水壶还说得过去，毕竟陆家是国公爷的外家，而陆家又是几代同堂，大奶奶更是儿女双全，素有贤名。可这娶亲老爷，全是显贵之后不说，其中世子就有三位，傧相汪清淮的夫人是超一品的外命妇，张续明的夫人更是宁德长公主的外孙女……这阵容，直逼皇子娶亲了！不，就是皇子娶亲也没有这么隆重的。

他不由擦了擦额头的汗。看样子，世子对未来的世子夫人不是一般的重视啊！

严朝卿却神色复杂地瞥了宋墨一眼。

世子爷，长大了！知道夫妻一体，知道窦昭的尊荣就是他的体面，他的体面，才能成就窦昭的荣耀。夫人的在天之灵看见了，应该也可以安心了。

想到这里，严朝卿心中一酸，眼眶不由一湿。

顾玉的脸色却很难看。自己不是说了吗？那个窦家四小姐并非良配，天赐哥为什么不听他的？为了给她做面子，竟然连和董其的恩怨都暂时放到了一边，天赐哥也太……太把这个窦家四小姐当回事了吧！那个窦家四小姐到底知道不知道天赐哥为她做了些什么啊？

想到这些，他就替宋墨委屈，忍不住道："天赐哥，我们还是别请董其了。他这个人阴险狡猾，自己没本事，却处处看你不顺眼……"

宋墨笑着打断了他的话："那董其不是常常标榜自己对我很敬佩吗？这次就请他来帮着跑跑腿好了。这么多人看着，想必他不会自食其言的。那些迎娶途中的事，反正有汪大海在，出不了什么岔子。"至于董其心里怎么想……又有什么关系！

宋墨一说，顾玉就想通了其中的关节。能寒碜寒碜董其，让他给宋墨锦上添花，顾玉立刻高兴起来，挤眉弄眼地道："我去给董其送请帖。"一副唯恐天下不乱的样子。

宋墨见转移了顾玉的视线，微微一笑，请严朝卿给马友明几位写请帖。

廖碧峰则去了礼房，把宋墨请的人告诉礼房的人知晓。

严朝卿呵呵地笑，先写好了给董其的请帖，交给了顾玉。

顾玉兴冲冲地出了英国公府。望着外面黑漆漆的胡同，他顿时有些后悔，自己应该再和天赐哥说说的，旋即又想，如果天赐哥娶的不是窦家四小姐，这样豪华热闹的婚礼，该多有意思啊！

顾玉叹着气，连可以捉弄董其的喜悦都少了几分。

明天就是催妆的日子，礼房早就把婚礼的相关事宜都准备好了，突然接到廖碧峰递过来的话，说宋墨已请了几位至交好友帮着娶亲，把从前的安排全部都推翻了，礼房立刻人仰马翻，乱成了一团。

自有机灵的拿了廖碧峰写的单子去见英国公。

宋宜春等人还没有散，正由丫鬟、婆子服侍着吃夜宵。宋茂春、宋逢春和宋同春都笑眯眯地奉承着宋宜春——通过一番讨价还价，宋茂春和宋同春两人的老婆得了傧相之职，宋逢春的儿子得到了提金银水壶的差事，好处共沾，大家都很满意。

听到管事的禀告，宋茂春等人一片嘘声。宋家的人，除了宋翰，宋墨竟然一个也不用！这分明是在打宋宜春的脸嘛！

宋宜春半个饺子噎在了喉咙里，脸色涨得通红，若不是陪坐在旁边的陶器重发现得早，朝着他的背心就是一掌，他只怕当场就闭过气去。

"这个孽障！"他一边咳着，一边骂着宋墨。

陶器重忙朝着那管事使了个眼色，递了杯茶过去，让宋宜春顺顺气，宋宜春好不容易才停了下来。陶器重这才温声劝道："世子爷请的人除了陆舅爷，都是有官身的，其中三位，还是世子，国公爷不宜和世子爷对着来，这样一来，就会把世子爷请的人全都得罪了。而且世子爷还可以说是您的意思。您想想，这京都一共有几家到如今还声威煊赫的勋贵之家？还请国公爷三思！"

宋宜春的脸涨得有些发紫起来，不甘地道："难道就由着那孽障胡来不成？长兴侯府那边,我怎么交代?"语气却有些软了下去,宋茂春和宋同春不由交换了一个眼神。

陶器重道:"还好外亲里只有一个长兴侯,到时候随便找个理由搪塞过去就行了。我就是担心,世子爷一下子请了这么多声名显赫之人,而且向来对世子爷不怎么服气的董其也在其中……"

这哪里是在娶亲,这分明是在向他示威!宋宜春暴跳如雷。

可除了暴跳如雷,他也没有其他的办法。正如陶器重所说,他要是拒绝了宋墨的要求,他就把这单子上的人全都得罪光了,到时候他岂不是成了个万人嫌!

那管事是成了精的人物,一看就知道该怎么处理了,不声不响地回了礼房,吩咐礼房的人照单子行事。

陶器重连夜赶往长兴侯府,向长兴侯夫人赔礼。

宋宜春却像有块大石头压在心上,躺在床上哼哼唧唧的,不是骂丫鬟就是踢小厮,一直折腾到天亮。直到他安排来催妆的人全都到了,一夜未眠的陶器重挨着个儿地赔礼,借口是董其等人非要来凑热闹,宋宜春推托不过,只得答应下来等等,费尽口舌地解释了一番,又请了那些人去花厅里坐席,送上谢礼,这才把那些人安抚好了,宋宜春这才起床梳洗了一番,无精打采地出现在了厅堂。

汪清淮等人早已经到了,正由宋墨和严朝卿陪着喝茶。金灿灿的五梁冠、六梁冠,大红色的官服,五彩斑斓的补子,把个花厅映得金碧辉煌,让一脚踏进门的宋宜春不由得眼角微抽,脸色一沉。

"父亲!"宋墨微笑着起身向宋宜春行礼,从容优雅,丰姿无双。

不管什么时候都是这样一副翩翩佳公子的样子,却一肚子坏水,把他压得抬不起头来!宋宜春愤恨不已,眼看着汪清淮等人纷纷上前跟他打招呼,他又不得不摆出一副和蔼可亲的模样,和汪清淮等人寒暄。

然后宋宜春发现,这群人里独独少了董其。

宋宜春强忍着才没有笑出声来。宋墨啊宋墨,你还太嫩了点!那董其是什么人?广恩伯精心培养的继承人岂会随随便便地给人做面子?

好事成双!七个人,要么添一个人,要么减一个人。添一个人,眼看着就到了吉时,你昨天不是硬气得很,我的人一个不要吗?我今天也没有人给你;减一个,你昨天连夜把这些人请来,我看你减谁好?

一时间,宋宜春露出春风和煦的笑容。

宋墨并没有注意到这些,他的目光落在了自从进了花厅之后,就一直没有吭声的宋翰身上。

宋翰一直小心翼翼地注意着哥哥,见宋墨朝他望过来,他顿时眼圈一红,可怜兮兮地喊了声"哥哥",然后畏惧地瞥了眼正满脸笑容和陆湛说着话的宋宜春,仿佛在说,不是我不想念哥哥,而是害怕被父亲责罚,才不得不和哥哥疏远的。

宋墨眼神微黯。自己一母同胞的弟弟,竟然长成了这样一副畏畏缩缩的模样。

三岁的时候,受了委屈就眼泪汪汪,会让人觉得可爱;十岁的时候,受了委屈就眼泪汪汪,会让人觉得单纯;可现在,他已经十三岁了……

他上次见到宋翰,还是春节祭祖的时候。那时候宋翰还只齐自己的胸口。不过大半年没见,宋翰的身高已经窜至自己的肩膀,好像比自己十三岁的时候还要高一点。只是瘦得厉害,面色又青又白,像缺吃少穿似的,精神也不大好。夹在自己和父亲之间,想必他也很难受。

宋墨不再看宋翰。

有时候，太过关心，也是一剂毒药。不如就这样远远地看着，有事的时候伸把援助之手，恐怕对他更好。

宋墨笑着走到了父亲的身边。那笑容，温和而明媚，看不出一丝的阴霾。

外面传来一阵急促的脚步声，有小厮气喘吁吁地跑了进来："广恩伯世子爷到了！"

宋宜春一愣，朝宋墨望去。宋墨神色依旧，连那笑容都没有多露一点，如同戴着个完美无缺的面具，就算你知道有问题，可也找不出任何的错来。他不由在心里暗暗地骂了一句。

一身大红色官服的董其已笑着走了进来："抱歉，抱歉！"他向屋里的人团团抱拳，"兄弟们，我来晚了！新提携了个赶车的，谁知道他却不识抬举，事先不做功课，等我上了马车也不出声，转了半天都没有找到地方，我才知道他不认识路。要不是我把他一脚给踢了下去，又当场悬赏十两银子雇了个会赶车的，只怕现在还在安定门大街上转悠呢！"他说着，笑着和宋墨啧啧道："宋大，你们家可真大，占了整整一条胡同，也不怪我的马车夫连门都没有找到。"

是吗？

汪清淮等人但笑不语，只有顾玉，阴阳怪气地笑道："我还以为你在哪个旮旯胡同里转悠呢，原来是在安定门大街上。不过，你的脾气可真好，只是一脚把那马车夫踹了下去，要是我，几马鞭抽死了完事。广恩伯家还是门风纯厚啊！"

董其呵呵地笑，却目闪寒光，心里恨不得把那宋墨咬一口。拿了自己做面子，也不怕架不住，没这个福气！可恨自己还不能不来，不然以后同在金吾卫当差，同僚们问起来，还以为是他拿乔，白白成全了宋墨宽怀大度的好名声。

他上前给宋宜春行了个礼，笑道，"家父知道我来世叔家吃喜酒，特意嘱咐我带了份贺礼过来。还说，世叔忙完了砚堂的婚事，不妨到家里去喝杯茶。父亲直到今日还珍藏着当年世叔送的金桂酒呢！"

宋宜春闻言眉头几不可见地挑了挑，客气地道："替我多谢你父亲了。"然后转过头去问陶器重，"离吉时还有多久？"一句多的应酬都没有。

宋墨目光微凝。他知道宋家和董家有些过节，但具体是什么过节，又是怎样结下的怨，却从不曾听人说过。天下之事，合久必分，分久必合。他们这些世家的交情也一样。他又觉得只要自己够强悍，董家就拿他没办法。若是自己没能力支应起这个门户，就算是把脸伸给董家打，董家也未必会放过宋家。一切用实力说话，因而并没有把这件事放在心上。

父亲是个看重名声的，所以才会站在这里和他的朋友寒暄。广恩伯让董其带了这样一通话给父亲，已给了父亲台阶下，按道理，父亲应该顺势而下，和董家了结了这桩恩怨才是上策，可看父亲的样子，却是铁了心不准备和广恩伯打交道，怨气很重。难道是自己把这件事想得太简单了？

宋墨又想到广恩伯好像和大舅也有点罅隙，他不由看了董其一眼。董其的神色很平静，显然父亲的态度在他的意料之中。

看来自己应该派人好好打听打听这件事了！他正思忖着，陶器重去看了看漏钟，笑着回来禀道："还有半个时辰才到吉时。"

汪清淮闻弦歌知雅意，笑着对沈青等人道："那我们就一起过去吧？"

沈青难得有这样出风头的机会，特意穿了件缂丝的飞鱼服，金光灿灿，像块活动的锦缎。他闻言跃跃欲试，催着众人："可别误了宋大的吉时！"率先出了花厅。

一行人浩浩荡荡地往静安寺胡同去了。

官服有时候是最好的身份证明。路上的行人皆驻足观看，发出羡慕的赞叹声。

沈青不免得意洋洋，觉得这才是人过的日子。他左右瞧了瞧，和他看上去差不多大的就只有顾玉和宋翰了。

顾玉……向来和他不对盘，就不用考虑了。

他小声问着宋翰："你定亲了没有？等你成亲的时候，我也来帮你接亲好了！你觉得如何？"

宋翰一直都有些心不在焉，木然地点了点头。

沈青有些不高兴。心想宋大那么牛的人遇到自己都是和和气气的，你个毛都没长齐的小家伙，竟然敢对自己爱理不理的。果真是阎王好见，小鬼难缠！

一时间也没有了和宋翰说话的兴致，转头和张续明嘀咕起家长里短来。

不过三刻钟的工夫，他们就到了静安寺胡同口。早就守在那里的高兴带着几个小厮噼里啪啦地放起鞭炮来，引来了无数的人看热闹。

宋家那摆放着整猪、整羊的大红漆金催妆盒子，在众人好奇的目光中，迎着震天响的鞭炮声和漫天飞舞的红色鞭炮屑被抬进了窦家的大门。

窦家的礼房唱礼，高升指挥着小厮们收拾着宋家送来的催妆盒子，汪清淮等人则由窦家司礼的人领着，给站在正房台阶上的窦世英行礼。

窦世英望着这些身份显赫，或穿着超一品御赐蟒服，或穿着正三品武将衣饰来催妆的年轻人，很满意地点了点头，

以女婿身份陪着窦世英一起站在台阶上的魏廷瑜看着这一张张熟悉的面孔，却有些发呆——这些人怎么聚到了一起？

直到汪清淮等人过来拜见窦世英，魏廷瑜这才回过神来，朝着汪清淮喊了声"汪大哥"，奇道："怎么是你们来催的妆？"

"宋老大发了话，我们能不来吗？"沈青昂首挺胸，得意洋洋地享受着窦家仆妇们那又敬又畏又羡的眼神，抢在了汪清淮之前答道，随后又露出诧异的神色，"你，你怎么在这里？"他困惑地望了眼窦世英身边的魏廷瑜。

汪清淮却是知道魏廷瑜和窦家关系的，笑道："济宁侯是窦家的二女婿。"

"哎哟，"沈青的眼睛珠子都快掉下来了，"那岂不和宋大做了连襟？"说到这里，他像发现了什么似的，兴奋地大喝道，"佩瑾，你以后得尊宋大为哥哥！"

窦家观礼的来宾和仆妇们都望了过来，甚至有不明白的人当场就低声打听起原因来。

魏廷瑜脸色通红，眉宇间闪过一丝愧色。大家只当是他年长，以后却要尊称宋墨作兄长，不好意思，并没有在意，只有沈青，觉得这件事很有意思，笑道："偏偏宋大身份比你还要显赫，不然以你的爵位，窦家四小姐若是嫁的又是个普通人，倒可以压着名分和窦家的大姑爷各论各的，谁知道你却遇到了宋大。佩瑾，你太倒霉了！"

汪清淮考虑到窦世英在场，忙拉了沈青一把，歉意地向窦世英揖了揖，道："我们和济宁侯都很熟悉，平日里口无遮拦惯了，还请世叔不要放在心上！"

今天是送妆的好日子，窦世英当然不会和这帮年轻人计较。何况这个沈青的话也有道理，大家现在都知道他给窦昭找了门好亲事了吧？

他笑着吩咐高升请汪清淮等人去花厅坐席，以示答谢。

汪清淮生怕沈青再节外生枝，拉着沈青就走。

而奉了王映雪之命出来打探消息的小丫鬟见状，一溜烟地跑回了后罩房。

回娘家参加窦昭婚礼的窦明没有和五太太等人坐在一起，却待在母亲王映雪的后罩房里。看见母亲焦急不安地等着小丫鬟来回话，她不禁道："娘，英国公府派什么人来催

妆与我们有什么关系？您不要总拿姐姐和我比了！以后我和姐姐各过各的，她就是再好，与我也无关。您就别转了，转得我眼都花了！"

王映雪觉得女儿这样又是要面子又放不下的，最容易吃亏了。她毫不客气地道："既然如此，那你坐在我这里听什么？我吩咐小丫鬟的时候你怎么不拦着啊？"

"您……"窦明又气又恼，咬着牙不说话。

王映雪就道："别把书上学到的那一套拿到这里来用。我当年就是太把你爹爹当回事了，事事都顾忌着名声，怕被你爹嫌弃，才会心慈手软的。要不然，哪里轮得到你姐姐在家里耀武扬威？就这样，现在我还不是顺顺利利地把你嫁到了济宁侯府？！"

窦明没有说话，心里却道：可你的下半生也完了！连基本的体面都没了！人活在世上，别人都不把你当回事了，活着还有什么意思？

这样值得吗？

第八十章 嫁妆·差错·子嗣

王映雪见女儿一副不以为然的样子，教训她道："你怎么也不用脑子想想？英国公府用什么样的仪式迎娶窦昭，进门就会怎么对待窦昭——这女儿在婆家时被不被看重，在娘家的地位就会截然不同。被婆家看重的女儿，才能在关键的时候帮衬娘家；不被婆家看重的女儿，只有娘家帮婆家的分，没有婆家帮娘家的时候。

"婚姻本为结两姓之好。你不能维系两姓之好，娘家的人还帮你做什么？

"你那大姑子那么厉害，你进门还没有一个月，她就怂恿着你婆婆让你主持中馈，而账面上又没有多少银子，她分明就是要诈你的陪嫁使。没有娘家的帮衬，你斗得过你大姑子吗？你难道准备就这样认输，然后任你大姑子予取予求不成？"

窦明不由道："那您说怎么办好？"她就是为了这件事来找母亲，想让母亲帮她出个主意的。

"我现在不是被禁足了吗？"王映雪冷笑道："你就去找你五伯母，当着众亲戚的面装作什么也不懂的样子，问她该怎么办。"

"可她要是让我就接手主持中馈呢？"窦明很是意外，"她们只要名声，哪里管我过得好不好？"

王映雪现在最大的希望就是把久被窦家人洗脑，而和自己日渐疏远的女儿拉回到自己的身边来，不然她可就真没有出头之日了！

"你傻啊！"王映雪道，"你就照你五伯母的话去做好了！不过你要记住了，你以后要常去槐树胡同向你五伯母请教治家之道。你去的时候，反反复复地都穿那几件衣裳，打发起下人来，也要显得畏畏缩缩的……"

窦明是个聪明人，一听就明白过来，她不禁若有所思。王映雪眼底闪过一丝欣慰。

不一会，那小丫鬟来回话，她鹦鹉学舌的一通话让王映雪和窦明脸色大变。

"你说什么？"王映雪更是失态地站了起来，"侯爷要喊四姑爷作哥哥？"

　　小丫鬟有点木讷，要不然，也不会被管事的打发来服侍王映雪了。她点着头，很认真地道："那位沈世子是这么说的，还说侯爷倒霉，遇到了四姑爷，要不然，就可以压着四姑爷各论各的了。老爷听了，还笑了起来。还有老爷的几个同僚，也都跟着笑了起来……"

　　王映雪的心里顿时像泼了热油似的。

　　"蠢货！"她狠狠地瞪了那小丫鬟一眼，"谁让你说得这么详细了？"

　　小丫鬟委屈地低下了头：不是您说的，让我一五一十，把看到的、听到的全都详细地告诉您吗？

　　窦明也有些心浮气躁起来，她问那小丫鬟："沈世子这样说的时候，侯爷怎么说？"

　　小丫鬟小声道："侯爷没有作声。"也就是说，魏廷瑜也承认了。

　　母女二人都没有作声，脸色很难看。胡嬷嬷见状想打个圆场，笑道："你这小丫鬟，尽胡说！四姑爷来接亲，除了胞弟和表哥，其他的人不是世子就是什么副将的，又不是卖大白菜，顺手就是一棵，哪来的这么多世子和副将？你是不是听错了？"

　　谁知道那小丫鬟却听不懂胡嬷嬷的话，忙辩道："不是我说的，是侯爷向老爷引荐的时候这么说的。而且他们不是穿着飞鱼服就是穿着蟒服，可威风了！一路上大家都在偷看！小红姐还说，要是有人敢冒犯穿这些衣服的，是要杀头的。可见都是真的了！"

　　王映雪和窦明的脸色阴得可以滴雨，胡嬷嬷也绷不住了，呵斥那小丫鬟："你不说话，没人当你是哑巴！"

　　小丫鬟被吓得都不知道手脚该怎么放了。

　　窦明顿觉无趣，对那小丫鬟挥了挥手："你退下去吧！"

　　小丫鬟如蒙大赦，飞快地跑了。

　　王映雪也从打击中恢复过来，问窦明："世子的身份怎么会比侯爷显赫？"

　　窦明忍不住道："您既然把我嫁到了济宁侯府，难道就没有打听清楚到底是怎么一回事？"

　　王映雪有些不自在，道："我没有想到你姐姐会嫁个什么世子。凭她的条件，最多也就是嫁个寒门小户的读书人家，说不定你父亲脑子一热，还会把她留在家里招婿……"

　　窦明不由气结，只好把公卿之家的关系跟王映雪说了一遍。

　　王映雪有些傻眼："也就是说，他们全凭皇上的恩典过日子了？"

　　窦明点了点头，道："所以大家都参加秋围，想凭着秋围一举成名，得到皇上的青睐，以后就可以平步青云了！"

　　王映雪立刻来了精神，道："这也就是和士子要参加科举一样。既然有个谋出身的路子，就不怕！侯爷的弓马骑射都是很好的，大不了让你五伯父想个办法，帮侯爷在皇上面前露露脸，谋个出身。"说到这里，她再次叮嘱女儿，"你要多去槐树胡同走动走动才是。特别是你十堂嫂蔡氏，她娘家如此的贪婪，可见她也不是什么好东西，你不妨从她那里下手。"

　　窦明颔首，道："我也是这么想的！"

　　而她的十堂哥窦济昌此时却在花厅陪着宋家来催妆的那些人饮酒。他相貌英俊，气质儒雅，谈吐风趣，很容易就获得了汪清淮等人的好感。

　　马友明笑着和身边的张续明道："窦家的人都有一副好相貌，那窦家四小姐长得肯定也不赖！砚堂倒是个有福的。"

　　张续明呵呵笑着没有出声。

一直支着耳朵听的顾玉则腹诽：长得漂亮有什么用？这位窦家的四小姐厉害着呢！连印子钱都敢放！以后还不知道会怎样祸害天赐哥呢。

倒是在一旁的陆湛闻言笑道："窦家四小姐应该长得不错——当初窦阁老在吏部选铨的时候，吏部就评价窦阁老'仪姿丰俊'！"

只是他的话音刚落，对面坐着的沈青就发出一阵惊呼："窦家竟然上了芙蓉燕窝、鸡茸鱼翅、扒熊掌这些东西……"

宋家来催妆的几个人面色如锅底，窦济昌等人却笑容明亮。

董其更是如坐针毡，想着自己长这么大还没有这么丢脸过，不就是几个珍肴吗？用得着这样大惊小怪的？他恨不得一巴掌扇在沈青这个暴发户的脸上，不由自主地就狠狠瞪了眼沈青。

沈青话音刚落，就知道自己说错了话。待看到大家的表情时，更是一阵瑟缩，小声地辩道："我不是没吃过，是没想到窦家嫁女儿会这么大的手笔……"

真是越描越黑！汪清淮忙对窦济昌笑道："这几年很少有人家会做这正宗的'燕翅席'了！"

窦济昌很有风度地笑道："请的是醉仙楼的师傅，也不知道做得好不好，大家尝尝，看和平时有什么不同。若是做得不好，正好有个由头扣他们的工钱！"

汪清淮和马友明等人哈哈大笑，把这一茬给揭了过去。

可到底是被沈青泄了气，等妆的时候，他们倒也收敛了几分。

下午酉时，窦昭的嫁妆出了窦家的大门。

头一抬是尺高的檀香木寿禄福三翁，接下来是各式的金银锡器、绫罗绸缎，大到樟木雕花箱子，小到梳头用的黄杨木、湘妃竹、蜀竹做的梳子，应有尽有，对于富贵出身的汪清淮等人来说，不足为奇。奇就奇在其中有一抬，是满满的两盒子银票，各用一对尺余长的赤金灵芝如意压着，看得人两眼发直。

"我的天！"马友明不由道，"还好这窦家四小姐是嫁去英国公府，这要是嫁到别人家，只怕这嫁妆前脚进门，后脚就有贼摸进去！"他说着，不由朝汪清淮感慨，"窦家的胆子可真大！"

沉稳的汪清淮也不禁有些变色。他虽然在天天和银子打交道，可这一口气拿出一抬的银票……而且就这样赤裸裸地出现在陪嫁的队伍里，还是让他感觉到很震惊。

"最少有四万两银票！"他忍不住看了一眼，道，"一水儿全是十两一张的通德银楼的银票！窦家肯定是通德银楼屈指可数的大主顾，不然通德银楼不可能专门为了窦家印这么多十两一张的银票，这最少也得印几个月。"

汪清淮天天和钱打交道，对这些比较敏感。

通德银楼，是北直隶最大的银楼，是前朝留下来的为数不多的老字号，童叟无欺，实力雄厚。

能让通德银楼折腰……

沈青听着不由打了个寒战，道："不，不会吧？这么多的银子？怎么，怎么花得完？"随即天马行空地想道，"你说，我要是向宋大借点银子使使，他会不会拒绝我啊？"

没有人理他。

顾玉阴着张脸，窦家拿这么多银子嫁女儿，这个女儿肯定有问题！

董其却是脑子里一片空白。他只知道，宋墨找了个十分有力的妻族，他和宋墨的差距，更远了。

张续明则想到宋墨请了自己的妻子做傧相，看样子，有些事自己得嘱咐妻子一声。

只有陆湛，笑容可掬。看样子表叔在砚堂的婚事上还是用了心的，他回去说给祖父听，祖父一定很高兴！

宋翰满脸的木然，看不出来在想什么。

窦世枢下了衙，原准备去赴个约的，临上轿，想到今天是窦昭送妆的日子，吩咐随从："饭局你就帮我推了，我要去静安寺胡同看看。"

看样子阁老对四小姐还有些内疚啊！随从连声应是，吩咐轿夫把窦世枢送到静安寺胡同。

可轿子走到静安寺的时候就进不去了，随从满头大汗地解释："遇到四小姐发妆了！"

窦世枢"嗯"了一声，撩了帘子看，就听见四周的人群嗡嗡地议论不停："整整一抬银票！用四柄赤金如意压着，那如意，金灿灿的，有一尺多长，分量足足的，能把眼睛都要晃瞎了……那银票，张张都是一样的，没有十万两，也有五万两……我活了这么大岁数，还是第一次看到这样嫁女儿的！窦家不愧是当朝首富！"

直接把事情夸大了数倍。

窦世枢听了，差点跳起来，他忙吩咐随从："快去打听一下到底是怎么一回事。"

随从不敢怠慢，不一会儿工夫，就擦着汗跑了回来，把事情的经过说了一遍。

窦世枢忍不住当着随从就发作起来："老七这是要做什么？生怕人家不知道窦家有钱？陪嫁了整整一抬的银票，他当窦家是什么？暴发户？还是不知道稼穑的庸碌之辈？他就不怕被强盗盯上？他就不怕被御史弹劾？他这是炫富呢，还是在败家呢？"他越说越气，呵斥轿夫："还不快去七老爷府上！"

随从们这才清醒过来，唯唯诺诺地应着，抬着窦世枢匆匆往窦世英家里去。还好看热闹的人群已经散了大半，不然他们只怕挤都挤不进去。

窦世枢坐在轿子里，心情很复杂。世人多不知道窦氏分为东、西两窦。看见窦世英有钱，多半会觉得他比窦世英的官位更高，理应更有钱。而窦世英只是个清贫的翰林，有钱，自然是祖上传下来的，他却是内阁大学士，他肯定更有钱，这件事只怕是想说清楚也不容易！

皇上肯定会过问此事，他到时候该怎么说呢？

窦世枢不由抚了抚额。

也怪自己太大意了。明明知道七弟有补偿寿姑的意思，也没有找个人留意一下。这么多银票，而且全是崭新的，通德银楼就是要印制，也要花好几个月的工夫，难道他之前早有准备？

那他到底是什么时候开始准备的？难道他算准了会发生姐妹易嫁不成？那当初他到底知不知道自己和纪家的协议呢？

他只觉得头大如斗，遇到窦世英，就毫不客气地把心中的疑问都问了出来。

事情却比窦世枢想象的简单多了。

"这些银票，是我原来为明姐儿准备的。"窦世英老老实实地道，"您也知道，寿姑得了西窦一半的产业，明姐儿和她相比，嫁妆太寒酸了。我就想，寿姑是个大度的孩子，我多给明姐儿准备点嫁妆，想必她不会说什么。谁知道明姐儿却代寿姑嫁到了济宁侯府……我不能因为寿姑向来宽宏大度就让她受委屈，要不然，谁还愿意让着别人？谁还愿意吃亏？这世上要是谁都不愿意退一步，还成什么样子了？！我就把原先给明姐儿准备的银票给了寿姑做陪嫁……"

话传到本就因为那一抬银票而有些目光发直的王映雪耳朵里，她当场就吐了口血，昏了过去。窦明更是脸色煞白，望着屋里慌成一团的丫鬟、婆子，悄声走出了拘禁母亲的后罩房，找到了正在上房外面徘徊的魏廷瑜，神色怏怏地道："侯爷，时辰不早了，我们是不是要回府了？不然母亲又该担心了。"

她觉得自己就像个笑话，走到哪里都好像有人对着她指指点点的。魏廷瑜显得有些心神不宁，他"哦"了一声，望了眼上房，这才转身要和窦明离开正院。

窦明正担心魏廷瑜也听到了父亲的话，对她生出怨怼之心来，因而比平时更注意魏廷瑜的举动。见状不由笑道："侯爷在看什么呢？"语气娇滴滴的，隐约带着几分讨好。

"没，没什么！"魏廷瑜有些不自然地答道，很快就恢复了镇定，笑着转移了话题，"你听说没有，沈青闹了个大笑话……"他把刚才发生在花厅里的事告诉窦明。

窦明认真地听着，好像非常感兴趣一样，问道："沈青是什么人？"脚步却一缓，停在了刚才魏廷瑜站的位置，扭头望去。

魏廷瑜笑道："他是已故沈皇后的侄儿。是外戚封的侯。皇上是个念旧的人，皇后娘娘又是个贤淑敦厚的，他们家才能平平安安地到现在……"

窦明已经听不到他在说什么了。从她站的位置望过去，正好可以看见窦昭居住的东厢房。

事情一旦做好了决定，心就有了着落。以后不过是兵来将挡，水来土掩地闯过去罢了。

窦昭睡了一个好觉，早上起来，红光满面，精神焕发。她的情绪，也感染了周边的人，素心和素兰收拾起东西来手脚都轻快了不少。

窦昭请了陈曲水和段公义、陈晓风过来说话。

"以后恐怕难得再回真定了。家中的护卫，还要烦请三位问一问，若是有愿意跟着到京都来的，就把家里的事安排好了，等到十月份搬到京都来；若是想留在真定的，真定的崔姨奶奶那边也要有人照顾；若是另有打算的，也不强求，送份丰厚的程仪，算是答谢他们这几年的辛苦。"然后她很正式地邀请了陈曲水、段公义和陈晓风三人，"你们是我的主心骨，没有你们，也就没有我的今天。虽说世子爷那边现在正乱着，可乱世出英豪，也是个机会。我希望三位能和我一起过去。"

陈曲水来之前就已猜到，窦昭这个时候把他们叫过来，不是请他们一起跟着去英国公府，就是商量着回真定的事。三个人虽然在路上的时候就已商量好了和窦昭共同进退，但都觉得能去英国公府更好，至少他们的上头没有那么多的"管头"，日子相对要好过些。至于说风险，这走路说不定还会无故跌一跤，干什么事没有风险？何况这风险向来是和富贵共存的。此时几人自然有着得偿所愿的喜悦，纷纷表示愿意跟着窦昭去英国公府。

四个人就过去之后的一些细节商量了半天，眼看着到了用午膳的时候，送嫁的舅母和六伯母及小尾巴赵璋如过来找窦昭说话，三个人这才起身告辞，神色间却都难掩兴奋。

窦昭出嫁，有些事自然要交代一番，六伯母和舅母看见陈曲水等人都没有在意，赵璋如则趴在窦昭的肩膀上笑道："看样子大家都觉得跟着去英国公府是件好事啊！"

舅母朝着赵璋如的脑袋轻轻地拍了一下，道："这两天大家都忙着寿姑的事，你要是到处乱跑，小心我以后去哪里都不会再带着你了！"

赵璋如连声求饶，惹得从昨天起就忙着指挥仆妇装陪嫁盒子因而很是疲惫的舅母和六伯母都忍不住笑了起来。

用过了午膳，六伯母问了问窦昭对新房有没有什么特别的要求，就带着素心一起去了英国公府交接嫁妆，布置新房。舅母因是贵客，留在了静安寺胡同。

发了妆，五伯母带着窦家的一群女眷过来，却没有看见窦明。窦昭也不想看见她，请了五伯母等人到厅堂里坐，素绢等人端了茶点招待她们，表现得既不亲近，也不冷淡，十分客气，反而让人觉有些不自在。

十堂嫂蔡氏就绘声绘色地讲起了沈青的事，大家哈哈笑了一回，气氛渐渐活络起来。

素兰最喜欢赵璋如的豪爽，没有架子，悄声请教她："您看我们要不要多带点鱼翅、燕窝、鲍鱼、竹荪之类的干货过去啊？上次我在济宁侯府的时候，看见他们家鸡丝拌粉皮都当成一碗压桌的冷荤……"

这话恰被冷落在旁的六堂嫂郭氏听见，她不由低低地"哎哟"了一声，悄声问素兰："不是说济宁侯府是开国元勋吗？怎么侯爷成亲，酒席还这么简单？"

"就是。"素兰小声嘀咕道，"我还特意跑去看了看，核桃粘、花生粘都作了四干果上了桌，更不要说是整条整条的鱼，整刀整刀的肉了，连个鱼唇、干贝都没有见着。"

郭氏也向来喜欢素兰的快言快语，就笑着点了点素兰的额头，嗔道："就你眼神儿好！"

素兰抿了嘴嘻嘻地笑，引起了五太太的注意。她看着在人群中高谈阔论的蔡氏，笑着高声问郭氏："和表小姐说什么呢？说得这么高兴！也说出来让我们笑笑！"

大家的目光一下子都聚集到了郭氏的身上，郭氏被看得心里发慌，脸色绯红地喃喃道："没，没说什么！"

真是个扶不上墙的！五太太不由叹气。

赵璋如就决定寒碜寒碜五太太，笑道："我们在说济宁侯府的酒宴，全是猪肉和鸡肉，连鱼和干货都没有。他们家真是小气！"又道，"我看明姐儿来喝喜酒，穿的好像也是从前陪嫁的衣服。这正是换季的时候，他们家不会连这个也省了吧？倒比我们家还不如了！"

一席话说得大家语凝，正好五太太的贴身嬷嬷走进来，就显得响动很大了。五太太不由得脸色一沉，道："出了什么事？慌慌张张的！"

那贴身的嬷嬷本就神色紧张，闻言就更加慌乱了，口不择言地道："五太太，不好了，不好了，七老爷给四小姐陪送了整整一抬银票做嫁妆……"

屋里顿时一片死寂，随后像炸了锅似的，嗡嗡地议论起来，也没有人顾得上去追究她的言词失当了。

"到底是怎么一回事？"五太太皱着眉，"你慢慢地说！"

那些银票，是窦世英早就准备好的，因怕被人知道被贼惦记上，德通银楼送来之后，就藏在高升的床底下，高升的媳妇因此好几天都没有下床，临到了发妆的时候才让人抬了出来，又临时加了抬药材，就这样凑足了一百二十六抬的嫁妆，抬出了窦家。

窦家的人没注意，宋家的人以为是怕被贼惦记，等到窦世枢质问窦世英，消息才像风似的立刻吹遍了静安寺胡同的每个犄角旮旯。

窦昭气得都不知道说什么好了！她向五太太等人告了声罪，疾步出了厅堂，自然也就没有看见五太太阴沉的目光，蔡氏若有所思的表情和赵璋如兴奋的眼神、郭氏满脸的羡慕。

窦世枢、窦世横、窦世英三人鼎立而坐，沉默不语。

窦世英现在也有点后悔了，他一下子给了窦昭那么多的银票，会不会像五哥所说的，有人把主意打到窦昭的身上去？甚至是把窦昭绑架了？或者是若干年之后把窦昭的子女给绑架了？或者是故意引得窦昭的儿子学坏？

窦世枢在窦世横来之前就已经把窦世英教训了一顿，窦世横见窦世枢训斥得窦世英讷讷无言，不敢作声，他决定不再在这件事上发表意见。反正事情已经做了，就算是把银票收回来，也没办法消弭这件事所造成的影响了，多想无益，遇事再说吧。他总不能在这个节骨眼上还帮着五哥说话吧？不然五哥岂不是更起劲了？

窦世枢是已经不知道说什么好了。你说窦世英没脑子吧，他可也是堂堂正正的两榜进士出身，学问一流，是翰林院出了名的谦逊君子；你说他有脑子吧，他偏偏干出了这种常人想都想象不到的事来！自己该怎么帮着善后？难道说这银票都是假的不成？得，那这消息恐怕得传得更邪乎！他简直头痛欲裂。

窦世英见了，就迟疑道："要不，我让三哥帮我卖几间铺子，再给寿姑添六万两银票？这样一来，也免得寿姑白白地背了这个名声……"

"你给我闭嘴！"窦世枢再也没办法维系兄长的尊严，维系阁老的风度，大声地喝道，"祖宗留下来的基业，你怎么敢动变卖的心思？！"说到这里，他突然想到窦世英没有儿子，顿时觉得自己好像有点能猜到窦世英的心情，他不由得神色一肃，道，"寿姑和明姐儿都已经长大了，子嗣之事，刻不容缓。我今晚就和母亲商量，给你物色一个正经人家的姑娘。这件事就这么说定了，你反对也没有用！我不能眼睁睁地看着你就这样把家产败光，落得个晚景凄凉！我死了，没脸去见我爹，去见祖父，见叔祖父！"

窦世横也觉得这未尝不是个解决窦世英乱花钱的办法，和窦世枢一起劝窦世英："七弟，你这些年日子过得乱糟糟的，王氏回了真定之后，静安寺胡同是得有个人帮着照顾你的生活起居、主持家中的中馈。你若是有中意的，也可以跟五嫂说，只要家世清白，人品端正，我们一样热热闹闹地帮你把人抬进门。"

一向软弱的窦世英此时却表露出芦苇般的柔韧。他低了头，喃喃地道："我，我不纳妾，反正我不纳妾……"就像个孩子说"我不吃青菜"一样。

两人面面相觑，都涌起股哭笑不得的无力感。

窦世英见两人一脸的无奈，想到刚才六哥对着他劈头盖脸就是一通教训，可等到五哥数落自己时，六哥反而不作声了。

六哥向来都是帮着他的。他胆子不由大了起来，那个早就藏在心里的念头止不住地冒了出来。

"要不，就把六哥家的芷哥儿过继给我算了！"窦世英大声道，"反正六哥有两个儿子，寿姑从小跟着六嫂长大的，和惠哥儿、芷哥儿都情同手足……"

"你胡说些什么？"窦世横勃然变色。把窦德昌过继给窦世英，那就意味着窦德昌可能会和窦昭、窦明两姐妹分享西窦的另外一半财产。

这，可不是笔小数目。

窦昭得了西窦的一半财产，大家能忍受，很大一部分原因是窦昭是窦世英的嫡长女，这财产不分给窦昭，也与东窦的人无关，而且赵谷秋又几乎是在窦家长大的，赵谷秋的死，他们都有责任。可现在大家同为东窦的子孙，他的儿子却继承了西窦那么一大笔银子，就算他们几兄弟间不眼红，几个妯娌间能心平气和吗？现在有母亲当家，伯祖父留下来的那三房尚且偶尔冒出几分不满来，他的儿子再成为西窦的嗣子，只怕东窦就会分化成两支了！

"我觉得五哥说得对，让母亲或者是大嫂帮你挑个清白人家的好姑娘为妾。"他说着，站了起来，看了窦世枢一眼，"明天就是寿姑出嫁的日子，你还让我帮你管着礼房，我先回去了。关于子嗣的事，就这么说定了！你不要三心二意，胡思乱想了，芷哥儿年纪已经大了，不适合做嗣子，而且我也舍不得，也不会让他去做嗣子的。"

窦世枢何需窦世横提醒！"你六哥说得对，芷哥儿年纪大了些，不合适。"他立刻道，"你正当盛年，还是正经纳个妾室的好。"

窦世横为表决心，"啪"的一声拉开了门，迎面却看见正作叩门姿势的窦昭。两人只隔着一扇门的距离，他吓了一大跳，失声道："寿姑，你怎么在这里？"旋即想到刚才谈话的内容，也不知道窦昭听到了没有，脸上有些发烧，掩饰道："寿姑，你找你爹爹有什么事啊？我们已经说完话了。明天是正期，三姑六眷、亲戚朋友都要过来了，我一大早就要过来帮着招待来宾。你也要梳妆，也该早点歇了。"然后大步地走了。

窦世枢自然不能当着侄女的面讨论什么纳妾的事，笑着和窦昭寒暄了两句，也起身告辞了。

书房里只剩下了颓然的窦世英。

莫名地，窦昭泪盈于睫。刚才的争执，她都听见了。从前她怨父亲不关心自己，怨自己不讨父亲喜欢，可不管是前世还是今生，父亲给予她的，远比她想象的多得多。

有什么东西，像潮水漫过海滩般，冲平了窦昭心中的沟壑，让她的心绪变得前所未有地妥帖、平静。

她坐到了父亲的对面，支了肘，笑盈盈地问父亲："您想不想和我下盘棋？"

窦世英眼睛一亮，很快又黯淡下去，低声道："寿姑，我自作主张，给你陪了一抬银票……你五伯父说，会给你惹来祸事……"

"陪送了就陪送了呗！"窦昭不以为意地笑道，"我马上要嫁到英国公府去了，您不是说，英国公府是我朝屈指可数的显赫之家，那世子宋砚堂能力出众，人品端方吗？他们要是连我的嫁妆都保不住，又怎么能当得起'屈指可数'这个名头呢？"

窦世英释怀，眼睛笑成了一道缝。

寿姑从来都是这样体贴人，什么为难的事到了她手里都变得简单起来。

他挽了衣袖，豪气地喊着小厮："给我们把棋具拿过来！"窦昭抿了嘴笑。

宋宜春觉得那四柄金灿灿的如意就像四张大嘴，正嘲讽地冲着他狰狞大笑。

到底发生了什么事？不是说窦家四小姐是个娘不疼爹不爱的吗？怎么突然冒出这么一大笔陪嫁？

压箱钱，压箱钱，不是应该压在箱笼里悄悄地带过来的吗？怎么会有人把压箱钱这样厚颜无耻地用抬盒抬过来？还唯恐别人不知道似的，用尺长的赤金如意压着……

今天怎么就不刮大风？把这满箱的银票都刮跑了，让宋墨跟在后面哭着喊着也追不上！让宋墨也心疼肉疼一回！

他不禁朝陶器重望去，陶器重满面的茫然，也不知道发生了什么事。

而宋墨的心正如宋宜春所希望的那样，正一抽一抽的。

他这个岳父……可真是人不可貌相啊！这样的事，也能做得出来。

他是怕自己欺负窦昭，有意给宋家一个下马威呢，还是钱多得已经和他们不在一个档次上了，四万两如同他们眼中的四百两、四千两的价值是一样的呢？

可以预见，未来的京都很长一段时间都会议论他的婚事，而接下来更长一段时间里，他主要的人手恐怕都得用来防贼吧？

宋墨瞥了一眼被银票刺激得情绪高亢的观礼宾客，不由暗暗地叹了口气。

严朝卿悄无声息地走了过来，低声道："世子爷，怎么办？"

"怎么办？"宋墨见廖碧峰到现在还神情有些呆滞，叹了口气，道，"该怎么办就怎么办呗！难道我们英国公府连这四万两银票也没办法维护周全？"

严朝卿这才恢复了平常心。他不是没见过这么多银票，在定国公麾下当差的时候，他就是负责内务的，甚至见过一百万两白花花的军饷，但窦家是世代耕书的读书人家，这般高调的行径，实在是太出乎他的意料了。

严朝卿忙叫了夏璁过来：“你派人守在这里，小心丢了东西，让人笑话！”

按礼，新娘子陪嫁过来的东西，要先摆放在新房的院子里给人观看。

夏璁恭声应是。

宋墨转身朝书房走去。他想到刚才众人精彩的表情，特别是父亲张大了嘴巴，仿佛见了鬼般的表情，面对别人羡慕的恭喜又不得不强挤出比哭还难看的笑容时，他的心情无端端就变得快慰非常。

他和窦昭还没有举行婚礼，就发生了这样有趣的事。也许，以后还会有更多的惊喜等着他呢！

想到这些，宋墨情不自禁地笑了起来。

不管宋家的气氛是如何的怪异，窦家的气氛是如何的凝重，窦昭出嫁的日子都如期而至。

天刚刚亮，忙得几乎一夜未眠的高升就指使小厮打开了大门，茶房、点心房、礼房、账房，很快都忙了起来。

窦昭被素兰推醒：“小姐，小姐，您快起来，已经卯时了。”她打了一个哈欠，不紧不慢地道：“吉时定在戌初，你急什么？梳洗穿衣最多不过两个时辰，用过了午膳再说。”

请来给她梳头的是从前在宫里给过贵人们梳头的退役宫女，早早就被窦家的轿子请了过来，闻言笑道："我给那么多新娘子梳过头，却从来没有遇到过像小姐这样沉得住气的，难怪小姐能嫁到英国公府去，可见小姐天生就是个有福气，要做贵人的！"眼睛却止不住地往她身上瞅。

看来是那一抬银票起的作用！消息可传得真快啊！

窦昭不动声色，让人赏了梳头婆子两个上等的封红，躺在床上看了会儿书，这才起身穿衣。

第八十一章　识破·出阁·进门

此时窦家的亲眷都到了，外面喧嚣忙碌，新娘子的屋里反而没什么人。

窦昭悠闲地用了早膳，纪咏过来了，他问窦昭："你真的准备嫁给宋墨啊？"

窦昭这次很认真地点了点头，道："我觉得他人还不错！"

纪咏顿时气不打一处来，瞪着眼睛说了句"懒得理你了"，甩着袖子走了。

窦昭莞尔。

纪咏，至少没有不分青红皂白地整治宋墨一顿。当然，她不认为宋墨就会吃亏，可纪咏能尊重她的决定，她还是很高兴的。

赵璋如跑了进来："寿姑，我以后可以去看你吗？"她显得有些伤感。

窦昭想起两人小的时候，一起蹲在树下看蚂蚁的情景。

"当然！"她揽了表姐的肩膀，眼眶湿润地道，"你不是说要好好逛逛英国公府吗？我听人说，英国公府的后花园是仿江南的园林建造而成，引了太液池的水蓄了个湖，夏天的时候可以划船，冬天的时候可以滑冰，春秋的时候可以垂钓，你要是不亲眼去看看，多可惜啊！"

赵璋如笑道："你又骗我！春天的时候鱼才绿豆那么点大，怎么钓得起来？"眼泪却忍不住扑簌簌落下，窦昭顿时心中一酸，也哭了起来。一时间屋里尽是她们姐妹俩的哭泣声，倒有了点出阁的气氛。

好不容易两人才止住了眼泪，窦昭把自己没有用过的两套赤金头面送给了赵璋如。赵璋如不要，道："你出嫁，我应该为你添箱才是，哪能要你的东西？"

"你不是亲手给我绣了马面裙吗？"窦昭执意要送给她，"我也想送点东西给你做个念想。"

以后窦昭就是别人家的媳妇了，端别人的碗，受别人的管，哪能像在自己家，想干什么就干什么？赵璋如想着，抱着装了头面的红漆描金匣子，又哭了起来。

"我的小祖宗，"进来和窦昭话别的舅母看了不由啼笑皆非，"新娘子没哭，你倒哭个没完了！知道的，是你舍不得你表妹；不知道的，还以为是你要出嫁呢！快别哭了，让素绢服侍你洗个脸，高高兴兴地帮你表妹招待客人去！"

赵璋如破涕为笑，小声嘀咕道："若是我能出嫁就好了。"

舅母没有听清楚，嗔道："你又嘀咕什么呢？"

"没什么，没什么。"赵璋如脸色微红。

窦昭却听了一个一清二楚。她不由得心中一动，没想到表姐这么想嫁人，自己能不能给她做个大媒呢？也别管什么前世不前世了，自己今生改变的事情多的是，也不差这一桩。

赵璋如一面由着素绢服侍着重新梳头洗脸，一面听母亲嘱咐窦昭过门之后都应该注意些什么——上次窦昭准备嫁到魏家的时候，舅母虽然跟窦昭讲了新婚之夜的事，但却没时间告诉她这些交际应酬上的诀窍，正后悔自己的疏忽，没想到窦昭会再嫁一次，倒弥补了她这个遗憾。

英国公府波诡云谲，宋宜春不是寻常意义上的公公，宋墨也不是寻常意义上的丈夫，估计舅母说的这些，她全然都用不上，但窦昭还是笑盈盈地听着，不时地点点头，十分乖巧听话的样子。

舅母大为满意，讲了足足一个时辰，续了四五杯茶，这才意犹未尽地停了下来。

素心已经在屋里进进出出三四趟了。

窦昭不动声色地起身帮舅母去沏茶，素心忙跟了过去。

"出了什么事？"窦昭悄声道。

素心急急地道："老爷和太太吵起来了！"

窦昭一愣。

昨天下午，王映雪不知道为什么突然吐了一口血，昏了过去。胡嬷嬷忙去禀窦世英，偏偏遇到窦世枢正闭门教训窦世英，高升自然不能让人闯进去，又怕冲撞了窦昭的喜事，自作主张，悄悄请了个大夫从后门带了进来。大夫看了之后说，是怒火攻心，开了几服药，摇着头说，心病还得心药医，若是王映雪不放宽心，只怕病情不仅难以痊愈，而且容易久病成疾，绵缠病榻。

高升一听急了起来，这么大的事，他怎么能做主？

他过来请窦世英示下，结果窦世英正兴致颇高地和窦昭下棋。高升怕坏了窦世英的情绪，就一直忍着，直到两人下完了棋，一起宵了夜，又在后花园散了半天的步消食，窦昭回了房，高升才把这件事禀了窦世英。

窦世英忙过去探望王映雪。

也不知道是哪个丫鬟、婆子触怒了王映雪，也或是王映雪病了，窦世英却不见踪影，王映雪正在训斥身边服侍的撒气，就是那胡嬷嬷也没有能够幸免。

窦世英是最重情分的，身边的丫鬟、小厮跟着他时间长了，出嫁、外放出去做事，他都会有重赏，脾气又好，因而最受仆妇们感念，只要是窦世英的事，大家都争先恐后地帮他做好，对他也是真心的爱戴，又因为这些人都是高升精心挑选的，在窦世英的心里，家里这些丫鬟、婆子都是稳重可靠，十分贴心的。

见王映雪教训得没有道理，他心里先就不高兴了几分，但想到明天就是窦昭出嫁的日子，他强忍着不悦进去问了几声病情。王映雪被窦世英劝了几句，心情渐渐平静下来，窦世英这才回屋歇了。

今天早上窦昭听说此事，隐约想到了那两盒子银票。如果王映雪听说原是给窦明准备的那两盒子银票，结果却被她亲手送给了自己，不气得吐血才怪呢！

窦昭不禁道："那两人为什么吵起来了呢？"

素心低声道："听太太身边服侍的人说，今天一早，老爷去探望太太，太太当着老爷抱怨，说五小姐嫁到济宁侯府还没有一个月，济宁侯府的姑奶奶就怂恿着济宁侯府的太夫人要五小姐主持中馈，账面上却没有银子，说五小姐如今日子艰难，要老爷想想办法，不能让五小姐拿自己的嫁妆钱去补贴魏家。老爷当时没有说什么就出去待客去了。刚才七太太直喊心口疼，又是要去请大夫，又是要把老爷叫来交代遗言，胡嬷嬷不敢怠慢，找了老爷过去，太太就又说起这件事来。老爷就生气了，说今天是您大喜的日子，她就不能消停点。还说，嫁出去的女儿泼出去的水，她怎么能教唆着女儿不孝顺婆婆……太太听了，就闹得越发不可收拾了，五太太等人听到动静，已经赶了过去。"

窦昭冷笑。

父亲是读圣贤书长大的，窦家有嫁出去的女儿，有娶进来的媳妇，怎么对待别人家的闺女，就得怎么对待嫁出去的女儿，怎么会容忍嫁出去的女儿做出这种有违孝悌之事呢？不管是前世还是今生，王映雪好像都很浮躁，处心积虑地嫁了父亲，却从来不曾把父亲的脾气摸清楚，过得并不如意。

不过，这与她无关。王映雪的事，自有她的亲生女儿窦明去操心。

她盼咐素心："跟我们的人都说一声，不要到后院去探头探脑的，小心被父亲发现，让我去管这件事。"最后一句，她语气里带着几分调侃。

素心却觉得这不是没有可能的，连声应"是"，退了下去。

只是她们这样交头接耳地说了一大通话，舅母怎么可能不注意到？等素心走了，舅母就问她发生了些什么事。

窦昭也没有瞒着舅母，把听来的消息告诉了舅母，舅母不由讽刺地道："自己都拎不清，怎么教养得好女儿？"遂不再理会这件事，问起六伯母来："她是不是也去那边劝架了？怎么这个时候还没有过来？"

窦昭想到昨天晚上听到的那通话，猜测六伯父一家是不是为了避嫌，决定不来参加她的婚礼了？

她念头刚起，就看见素兰跑了进来："四小姐，四小姐，六太太来了，十二爷的脚崴了，不能背您上轿了！"她十分沮丧。

舅母和赵璋如却是大吃一惊，异口同声地道："脚崴了？崴得怎么样了？严重不严重？"

"不知道。"素兰赧然，她一听说窦德昌不能背窦昭上轿就急了，根本没有问清楚就跑了过来，"十二爷拄着拐杖呢！"

窦昭忙站了起来，道："我去看看！"

舅母和赵璋如各自应了一声，道："我们一起过去看看！"

一行人去了花厅。

窦家的亲戚朋友正围着六太太和窦德昌问着伤势。

看见窦昭，六太太眼神微黯，歉疚地拉着窦昭叹了口气，窦德昌则有些不自在地别过脸去。

窦昭见窦德昌并没有上夹板之类的，松了口气，舅母就问起窦德昌的伤势来。

六太太含含糊糊地只说是洗澡的时候不小心跌伤的，窦昭则一声不响地朝着窦德昌受伤的那只脚就踹了一脚。

"你要干吗？"窦德昌跳了起来，连连后退了几好步，步履敏捷。

窦昭就似笑非笑地望着窦德昌，又瞥了窦德昌受伤的那只脚一眼，窦德昌这才惊觉自己刚才情急之下没用拐杖却连退了好几步，他顿时面红如霞。

"你这孩子！"看到这一幕的六太太望着窦昭，心情复杂地叹了口气，不知道说什么好。

窦昭挽了六太太的胳膊，笑盈盈地道："我可不管那些乱七八糟的事，您就像我母亲一样，十一哥、十二哥待我像嫡亲的妹妹一样，不管是吃的用的，从来都是先让着我，我现在要出阁了，十一哥要照顾嫂子，我就不勉强他了，十二哥却得亲自把我背出门才行！"一席话说得六太太、舅母等人眼泪汪汪的。

窦德昌更是丢了拐杖，豪气地道："我就说不用这劳什子玩意，平白让四妹妹笑话了我一回。"然后拍了拍胸口，对窦昭道，"放心，哥哥保证稳稳当当地把你送上花轿！"

一席话说得窦昭眼睛酸涩起来。

窦昭挽着六伯母的胳膊，和舅母、赵璋如等人一起回了厢房，没有理会王映雪的闹腾——今天是窦昭出阁的日子，新娘子为尊，自然也没有人来打扰她们。

安安静静地用过午膳，全福人赵太太过来了。大家见过礼，赵太太开始指挥着丫鬟们服侍窦昭梳洗、穿衣，为出嫁做准备。

赵璋如的两个姐姐出嫁时她都曾全程参与，此时很有经验地指挥甘露检查窦昭要带过去的贴身用品，舅母和六伯母则坐在堂厅里喝茶。

"五太太这个时候还没有过来，看来那边闹得挺大！"舅母悄声地和六伯母道。

六伯母和舅母颇为投缘，乐于和舅母说这些家长里短。"这些年来七叔虽然在钱财上从未曾亏待过她，但也没有个知冷知热的。"她低声道，"她如今年纪大了，不比年轻的时候，觉得还有大把的时间可以等到七叔回心转意，膝下又没有儿子，想到以后的事，不免会心浮气躁，失了方寸。要不然，也不会想出姐妹易嫁的昏招来！"又道，"我婆婆原定九月初六启程回真定，谁知道出了明姐儿代嫁的事，寿姑又很快和宋家定下了婚期，就把行程推迟到了十月初十。眼看着她就要跟着我婆婆一起回真定了，今天又是寿姑的好日子，就算是七叔心里再不高兴，也会忍一忍的，她此时不闹更待何时？"

舅母微微颔首，道："不知道王家会不会来人？"

按礼，王家也是窦昭的外家，这样的亲戚关系，略亲热些的，都会提前几天就来道贺，还会来家里吃吃喝喝好几天地凑热闹。王家倒是一早就将贺礼送了过来，却借口王许氏身体抱恙，一直没派人过来吃便席，就是昨天送妆，也没有王家人出现。

纪氏素来觉得王映雪之所以行事越来越荒诞，王家的纵容要负主要的责任。又因庞昆白曾经打过窦昭的主意，她对王家非常厌恶，闻言不由冷笑："不来更好，大喜的日子，也免得让寿姑心里不舒服。"

两人说着话，窦世英走了进来。他头发凌乱，衣服皱巴巴的，脸色难看，显得很是狼狈，问舅母和纪氏："寿姑呢？"

舅母和纪氏不由交换了一个眼神，笑道："姑爷找寿姑可有什么事？她正在内室梳妆呢！"

"那就好，那就好！"听到女儿没被打扰，窦世英松了口气似的，道："烦请两位在这里陪陪寿姑，我已经嘱咐了高升，闲杂人等一律不许进上院。"

两人笑着应了，窦世英这才放心地走了。

奉了舅母之命去打探消息的素兰立刻就跳了出来："舅太太，六太太，"她忙道，"七老爷来得太快了，我没来得及赶回来报信……"

"这事也不怪你！"舅母急声打断了她的话，道，"那边到底发生了什么事？怎么你们家老爷这么快就脱了身？怎么不见五太太过来？"

"七太太哭闹不休，五太太过去劝也劝不住，老爷就发脾气了，把大爷叫了去，让大爷去把王家的大爷请来，说要让王家的大爷把七太太领回去，谁劝也不松口，还逼着大爷，说：你要是觉得我这个七叔指使不动你，你就明说，我也好换个人去给王家的人报信。大爷见五太太连眼皮子也没有抬一下，只好去了王家。"素兰口齿清楚伶俐地道，"七太太一听，就要寻死，五太太忙上前去拦七太太，却差点被七太太把脸给划花了，五太太气得够呛，说这个时候到贺的客人应该都到了，让老爷快去待客，免得有人猜疑，坏了这喜庆的气氛。至于七太太，暂时拘在屋里，等四小姐出了门再说。正说着，有小丫鬟过来禀报，说五小姐和济宁侯爷过来了。五太太就吩咐贴身的嬷嬷去请了五小姐过来，还对老爷说，母女连心，此时七太太精神不好，不如让五小姐劝劝七太太。老爷就过来了，五太太则留在了后罩房里等五小姐。"

舅母和纪氏恍然大悟，继而又低声讨论起来："不知道王家会怎么处理这件事？"

"不管怎么说，她这次可丢脸丢到家了，以后在晚辈面前也抬不起头来了！"

"没想到姑爷这泥人儿一般的性子也有雷霆万钧的时候！"

"越是平时温和的，犯起倔来就越不容易劝和！"

内室传来赵璋如欢喜的声音："寿姑，你穿上这凤冠霞帔可真气派！我现在就可以想象你做世子夫人之后穿上礼服时的情景了。"

看样子窦昭已经换好了嫁衣，舅母和纪氏不约而同地打住了话题，笑盈盈地去了内室。身材高挑的窦昭穿上正红的嫁衣坐在临窗的大炕上，明艳照人，舅母和纪氏都忍不住热泪盈眶。

五太太神色疲倦地和蔡氏走了进来。"寿姑，你今天真漂亮！"她强露出个笑容，拉着窦昭问长问短，蔡氏也在一旁插科打诨，调节着气氛。

窦昭微笑着听着，舅母和纪氏也不说话，任由五太太在那里唱着独角戏，都没有问及王映雪。

很快就到了吉时，窦昭由赵太太象征性地梳了三下头，喝了莲子百合羹，天色就渐渐暗了下来。

窦家的一些亲眷也都陆陆续续聚集在了窦昭的房间，大家都夸着新娘子雍容华贵，一看就天生是个做夫人的命。

远处隐约有噼里啪啦的鞭炮声传来，不知道谁扯着嗓子吼了一句："花轿到了，花轿到了！"

窦昭屋子很多女眷都争先恐后地跑出去看热闹，舅母和纪氏留在屋里，急急地帮着窦昭做最后的打点。

窦昭的心情非常平静，有种从真定搬到静安寺胡同小住时的镇定，惹得舅母不住地笑道："这可真是皇帝不急，急死太监。"纪氏不由得"扑哧"一声笑了出来，心底的伤感突然间烟消云散，窦昭也忍不住笑了起来。

有小丫鬟跑了进来，兴奋地道："四姑爷好大方啊，赏的全是八分一个的银锞子，撒了整整两箩筐的满天星。"

舅母等人不由微微地笑，就是不怎么满意宋墨的六伯母，此时也觉得宋家对窦昭还是很看重的，心情好了很多。

素心则打赏了那个小丫鬟一个封红。

外面传来喜相逢的鼓乐声，又有小丫鬟兴高采烈地跑了进来："四姑爷领着花轿进了门。"

素心依例打赏了小丫鬟一个封红。

舅母和纪氏紧张地嘱咐窦昭："快坐好了！"

又有小丫鬟跑进来报信："四姑爷家的娶亲太太过来了。"然后从素心手里接了个封红。

赵太太忙迎了出去，和陆家的大奶奶笑吟吟地寒暄了几句，就进了内室，和舅母等人客气了几句，赵太太和陆大奶奶扶着窦昭去了花厅。

宋家接亲的，窦家送亲的，带着两家的鼓乐挤满了花厅内外，花厅里嘈杂喧嚣。

窦昭一眼就看见了穿着一身大红色吉服的宋墨。那鲜艳夺目的颜色，映衬着他初雪般洁白无瑕的面庞，又仿佛倒映进了他的眼睛里，让他的眸子如骄阳般的明亮。

窦昭一愣。

这样的宋墨，她既熟悉又陌生。熟悉的，是他一如既往的含蓄笑容；陌生的，却是他那夺目的丰姿。如鹤立鸡群，让身边的人都黯然失色！

宋墨，好像比平时看上去更耀眼。

正厅里已响起了赵太太的声音："该辞别父母了！"

她忙收敛了思绪，恭恭敬敬地给重新梳洗一番，看上去衣饰整齐、面色温和的父亲磕三个头。

窦世英望着女儿，神色复杂，有点不合规矩地亲手将窦昭携了起来，刚轻声说了句"往之女家，以顺为正"，声音突然一哽，有些说不下去了，眼角也开始有水光闪烁，不舍之情昭然若揭。

大家都没有想到。女儿出嫁，通常都是做母亲的舍不得，做父亲的像窦世英这样依依不舍的，他们还从来没有遇到过。

一时间花厅里寂静无声。

窦昭的眼泪忍不住扑簌簌落下。她想到了母亲的死，想到了小时候父亲看到自己搜刮他的珍藏时的宠溺笑容，想到了父亲早生的华发……

"爹爹！"她跪在了父亲的面前，无声地哭了起来。

"快起来，快起来！"窦世英笨拙地为女儿擦拭着脸上的泪珠，"今天是你的好日子，可别把妆哭花了……英国公府离家里这么近，逢年过节的时候你都能回来……"

可她却不再是窦家的女儿了！那些好的坏的，那些生命中曾经拥有的和失去的，她以为她都会毫不犹豫地抛在脑后，可此时，却都变成了她心中永难割舍的刻骨记忆。

"爹爹！"窦昭泣不成声，容易被感动的赵璋如和郭氏跟着小声哭泣起来。

宋墨很是震惊地望着眼前的一幕，眼底却闪过一丝的羡慕。

大喜的仪式变成了一场生离死别，充满了悲伤。

一心惦记着不要耽搁了吉时的陆大奶奶和赵太太最先反应过来，赵太太忙掏了帕子给窦昭擦拭眼泪，陆大奶奶则及时地将盖头拿了出来，笑着道："新人要上轿了，新人要上轿了！"

众人回过神来，纪氏忙喊了窦德昌："还不快背了你四妹妹上轿！"

陆大奶奶忙将盖头盖在了窦昭的头上，引着窦昭趴在了窦德昌的背上。

在噼里啪啦此起彼伏的鞭炮声中，窦昭上了花轿。

从头到尾，窦明都没有出现。

从头到尾，窦昭都没有注意到远远地站在花厅廊庑下的魏廷瑜。

此时的英国公府，宾客盈门，人声鼎沸。宋宜春站在正厅，虽然心中不痛快，但他还是强打起精神和前来观礼的亲朋好友们寒暄着，脸都快笑僵了。

他抽空低声问随着他应酬的回事处的管事李宪："陶先生还没有回来？"

窦家四小姐怎么会突然多出一抬银票的陪嫁来，不用宋宜春吩咐，陶器重就主动去打听消息了。只是从昨天到今天也没有个准信过来，宋宜春心中十分不安，总觉得自己好像疏忽了什么，偏偏又想不出来自己到底哪里疏忽了，这让他觉得自己仿佛站在悬崖边，很不踏实。

李宪忙道："陶先生还没有回来。不过，小的已经让人在陶先生屋里等陶先生了，陶先生一回来，就让他立刻来见您。"

宋宜春微微颔首，看见须发皆白的陆复礼走了过来。他重新调整了一下自己的情绪，笑容和煦地迎了上去喊了声"二舅"，行了个礼。

陆复礼虽然排行老二，可他上面的那个兄长八岁的时候就夭折了，他实际上是陆家的长子。听说宋宜春给宋墨娶了个财力十分雄厚的妻子，陆复礼并没有像嫡长孙陆湛以为的那样非常满意。

他把宋宜春叫到了外面僻静的廊庑下，低声地问他："窦家四小姐的为人如何，你可曾亲自去打听过？"

宋宜春有些不耐烦，这已经是陆复礼第三次这么问他了。第一次是陆家听说他为宋墨求娶窦家四小姐为妻，特意过来询问详情的时候；第二次是他去给陆家送喜帖的时候。

"二舅，"宋宜春微愠地道，"砚堂是我儿子，我难道还会害他不成？"

陆复礼闻言皱了皱眉，道："莫非你认为我这个做舅舅的管得太宽了？我是看着偌大个英国公府却没个主持中馈的人，怕你一时糊涂选错了人……"

不悦之情流露在宋宜春眼角眉梢。

陆复礼不由在心里暗暗叹了口气，想到宋宜春也是要娶儿媳妇做公公的人了，自己不能总把他当孩子似的盯着不放，遂把没有说完的话咽了下去，说起自己的一些担忧来："乾清宫、坤宁宫和慈宁宫都没有消息过来吗？"

从前英国公府的世子或是嫡长子、嫡长孙娶妻，宫里都会有赏赐下来的。

"没有！"说到这些，宋宜春也有些不安，低声道，"听说皇上身体不太好，宫里怕是没有心情管这些吧？"心里却在猜测，难道皇帝恼火他突然给宋墨说了门亲事，趁着这个机会给他个下马威不成？

陆复礼道："你可猜到为什么？"

"我怎好随意揣摩上意？"宋宜春的话说得十分冠冕堂皇，让陆复礼心里很不好受。

等到窦家的四小姐进了门，宋家和陆家恐怕就走得更远了，早知道这样，就应该从自己的孙女中挑一个嫁到宋家来的。

陆复礼喟然长叹，回了正厅。

宋宜春却不想再强颜欢笑地和那些宾客寒暄了，他吩咐李宪："等花轿来了，你再去叫我。"然后回了樨香院。

谁知道他刚刚躺下，宋墨就带着花轿回来了。他一边嘟哝着，一边去了正堂。

花轿跨过钱粮盆，宋墨射了轿帘，新娘子抱着宝瓶下了轿子，大家这才发现新娘子的个子颇为高挑。

女子以恭顺为美德，个子高挑的自然不如个子小巧的让人觉得温柔顺和。

马友明等人不由睁大了眼睛，沈青更是小声地和张续明议论："宋大掀了盖头，不会被吓一大跳吧？"

闹洞房，那是些寒门小户才做的事。他们只有等到新娘子三朝回门之后，借着通家之好的名头到英国公府，才有机会可能见到新娘子的真容。

张续明却不急，他的妻子是傧相，等回了家就可以问妻子了。

听到议论的宋宜春微笑不语，觉得心里好受了些。

拜过天地，新人由傧相汪清淮的夫人和张续明的夫人搀着，进了新房。

此时女方送亲的人已被安排到其他的地方歇息去了，只有女方的全福人跟了过来，和男方的全福人一起，随着新人进了新房。

压襟、撒帐、挑了盖头，宋墨和窦昭这才重新相见。

宋墨不由松了口气。女方送妆，男方是一定要谢亲的。可这谢亲的仪式有的是在送妆那日，男方随着催妆的人一起去女方家，然后给岳父、岳母叩首，表示"谢亲迎妆"。也有的是安排在出嫁的那天，喜轿进了门，新郎由媒人陪着，直奔正堂，给岳父、岳母叩首。催妆那天谢过亲的，娶亲的那天就不用再谢亲了，两礼不能并行。又因前者男方是随催妆的人一起去的女方家，会带上大量的礼品，成亲的那天便可以抬了花轿就走，看上去既体面又干脆，京都人家娶媳妇，多会采取前者。而他特意选择成亲那天去谢亲，就是为了亲眼看着窦昭上轿……他可不想自以为是，再犯魏廷瑜曾犯过的错！

窦昭，终于顺顺利利地和自己拜堂成了亲！

可还没有等他的心落定，赵太太突然大喊着"高升啦！高升啦！"

宋墨一愣，他知道岳父最体己的管事叫高升，可他成亲，与高升有何关系？

宋墨就看见赵太太眼疾手快地一把夺过他拿在手里的红盖头。他不禁朝窦昭望去，窦昭忍俊不禁，别过脸去。

赵太太是让宋墨别坐下……

宋墨一脸的茫然，赵太太和陆大奶奶看了，也都跟着笑了起来。

陆大奶奶就走到了宋墨身边，悄声解释道："你要把盖头坐在臀下！"

"哦！"宋墨回过神来，伸手就要将赵太太手中的盖头拿过来，"我不知道还有这规矩……"

赵太太出乎宋墨意料地手一扬，让他落了个空。

"这可不行！"赵太太笑道，"您刚才没有坐，现在可不能坐了！"

陆大奶奶也笑道："这不过是个彩头罢了——若是新郎倌把盖头坐在了臀下，婚后就能压新娘子一头了！"

宋墨不由讪笑："那，那就不坐吧！"

屋里的人听了都笑了起来。

陆大奶奶望着长眉入鬓，英气逼人却明艳照人的窦昭，不禁有些唏嘘。

英雄难过美人关！宋家表叔那样冷清的一个人，见了新娘子，竟然说出这样可笑的一番话来！

她嘱咐宋墨："快从弟妹头上摘朵绒花插在高处。"

宋墨却要问个缘由，好像生怕窦昭吃了亏似的。

窦昭却有点傻眼，她做梦也没有想到，宋墨会有这么傻的时候……

窦昭低下头去，只当什么也没有看见！

陆大奶奶却是又好气又好笑，瞥了窦昭一眼，道："是夫妻好合，早生贵子的意思！"

宋墨这才面色微赧地从窦昭头上摘了朵绒花，又问陆大奶奶："插到哪里？"

"随便插到哪里都行！"陆大奶奶吸取了教训，笑道，"插于上方生子，插于下方生女。"

宋墨望着糊了双喜字暗纹银花的白色墙壁，不由暗忖：怎样才算是上方？怎样才能算是下方呢？若是想要儿女双全，又应该插在哪里呢？一时间很是犹豫，踌躇不前。

汪清淮的夫人可看出点端倪来了，她小声提醒宋墨："不如插到喜神的方位。"

放喜神的方位是风水先生算过的，是对新人最吉利的方位。

宋墨恍然大悟，朝着汪少夫人投去一个感激的眼神，将绒花插在了正中的位置。

陆大奶奶顿时有种如释重负的感觉——照宋墨这么磨叽下去，就有可能会耽搁敬酒。

她忙将准备好的交杯酒递给两人，这次宋墨什么也没有问，爽快地和窦昭喝了交杯酒，吃了子孙饺子，然后宋墨去了前面的正堂敬酒，窦昭朝着喜神的方向盘腿坐在炕上。

婚礼的仪式就算是完成了。

陆大奶奶代表宋家把赵太太送到了窦家送亲的人歇息的花厅坐席，汪少夫人和张三奶奶则领着屋里服侍的丫鬟、媳妇们退了下去。

新房里静悄悄的，只听见灯花噼里啪啦的轻响，和着外院隐隐传来的喧嚣声，却让新房更显得静谧了。

窦昭听到有仆妇在外面小声地说话："大小姐，您可不能进去！世子爷吩咐过了，若是要看新娘子，明天认亲，自然就能见着了。"

"你胡说八道。"有小女孩声音尖锐地嚷道，"三堂哥才不会说这种话呢！你要是敢再拦着我，我就要去告诉二伯父！"

"大小姐若是不相信，可以去问世子爷！"那仆妇的声音不紧不慢，温声道，"奴婢怎么敢当着大小姐说谎？"

小女孩不满地尖叫着，有人过来把小女孩拉走了，四周又恢复了宁静。

窦昭不由想起自己前世的那场婚礼。从下轿的那一刻起，就乱糟糟的到处是人，她心里又慌又乱，掀了盖头，她正不知道如何是好，却听到了魏廷珍严厉中带着几分挑剔的声音……魏廷瑜去敬酒之后，魏家的三姑六婆当着她的面对她好好地品头论足了一番才散去。

她原以为成亲都是这样，虽不悦，但也没太放在心上。后来见得多了才知道，有些人家遵循古礼，认亲之前，新娘子得一个人待在新房里。

她觉得这样的婚礼才够庄重，心里隐隐有些羡慕，没想到宋墨却无意间给了她这样一个婚礼。这，算不算是个良好的开端呢？

不知道那个小女孩是宋家的什么人？

那个仆妇的从容给窦昭留下了深刻的印象，这样的人，日后倒也可以用用！

她思忖着，就听见房门"吱呀"一声响，素兰雀跃地闪了进来。

第八十二章　新婚·喜愁·双朝

"你怎么一个人跑过来了？"窦昭奇道。

为了方便照顾她，她带进府的几个贴身丫鬟素心、素兰、甘露和素绢都歇在隔壁的耳房。

素兰笑嘻嘻地跑到了窦昭的身边，道："世子爷身边的陈核刚刚过来问屋里的人散了没有。他说若是散了，就让我们进来服侍您先歇了。还说，我们在家里是怎么服侍您的，现在就怎么服侍您，让我们派个人仔细守着龙凤喜烛就行了。若是没有散，就让我们等会儿……姐姐就让我进来问您一声，您是现在先歇了，还是吃点东西垫垫肚子再说？"然后怕窦昭担心似的，又道，"陈核过来的时候，还带了个叫武夷的小厮，说我们刚刚进府，人生地不熟的，有什么事，吩咐武夷去办就行了。我瞧着那个武夷挺机敏的，想来有什么事也不会胡说八道。"

新娘子没等新郎倌回房就自己歇下了，这可是大不敬的行为，若是被夫家的人知道了，会落得个没有人教养之名，教训一顿都算是轻的，就是把新娘子的娘家人叫来羞辱一番，新娘子的娘家人也只能听着。

宋墨考虑得很周到。

窦昭笑道："我还是等世子爷回房吧！"

宋墨这样看重她，她也应该尊重宋墨才是。

素兰笑着点头，道："那我陪您说说话吧？"

"天天在一起，还没有说够啊？"窦昭笑道，"你们快点歇了吧，留下甘露值夜就可以了，明天还有你们忙的时候！"然后问道，"明天给宋家众人的见面礼可都准备好了？"

"准备好了。"素兰笑道，"早就准备好了。姐姐还让我们包了很多封红，双喜纹的是八钱银子一份的，落地纹的是四钱银子一份的。到时候小姐也可以打赏那些仆妇。"

窦昭满意地点了点头。

素兰给窦昭上了杯热茶，退了下去。

窦昭就细细地打量起新房来。

新房是五间带着耳房的正房，东边的稍间做了内室，次间是宴息室，耳房打通做了洗漱之处。西边看不到，应该是书房之类的地方了。

公公还健在，这里肯定不是英国公府的上院。

进门的时候轿子七弯八拐的，也不知道是在颐志堂还是另辟了院子做的新房？

墙面是重新糊过的，挂的帷帐是大红色柿蒂纹的杭绸，照他们说亲到成亲的时间来看，重新修缮肯定是来不及的，再看那屋顶，全镶着绘有蓝绿色八宝图案的承尘，地面铺的镜砖能看得到人的影子，做新房的这间屋子肯定也不是随便挑的一间。

窦昭的目光被内室和宴息室之间镶着五彩琉璃的隔扇吸引了。一共六扇，十八个格子，全是蓝色烧珐琅琉璃，用珠贝各镶了一幅玉兰花图案。色泽明亮却又不失柔和，款式新颖又不失稳重，让她颇感兴趣，不由倾了身子仔细地瞧。

不知道是谁的手艺？梅岭素花萼短阔，端钝尖；建瓯素花瓣向上兜卷；蒲扇素捧瓣如蒲扇……细致入微，称得上巧夺天工了！

她想起自己留在了真定的那一园子花草，还有祖母。原以为很快就能回去，没想到却一拖就是两年，如果能有机会回去向祖母拜别就好了。

还有素心和素兰，被自己的事这么一耽搁，婚事也都跟着拖了下来。窦昭又想到去年年终赵良璧进京时，素心进来上茶，他那灼灼的眼神，还有素心通红的耳朵。

她不由抚了抚额头，就听见外面有沉稳的脚步声，随后传来仆妇恭谨的声音："世子爷，您回房了！"

宋墨淡淡地"嗯"了一声。

窦昭忙正襟危坐。

门"吱呀"一声打开，面色微酡的宋墨带着几分酒意走了进来。

"世子！"窦昭笑着和他打招呼。

她是新娘子，没有洞房之前，脚不能沾地。

宋墨见窦昭还着大妆坐在楠木床上，很是意外。

窦昭就笑着解释："我等世子回来！"

尽管两人的成亲带着几分权宜之计的味道，但窦昭能尊重这场婚礼，宋墨微微有些动容。

他指了指窦昭身上金碧辉煌却又十分沉重的凤冠霞帔，道："现在能不能换下来了？"

窦昭笑道："可以啊！"

宋墨就松了口气，笑道："那你快让人来给你卸妆吧，我看着都替你累。"

窦昭抿嘴微笑，喊了素心和素兰进来，宋墨就避到了西次间去了。

等窦昭盥洗一番，重新梳了个简单的髻，抹了香脂，换上了件簇新的桃红色中衣，素兰几个退了下去，甘露则留了下来，把被褥铺在了宴息室临窗的大炕上。

宋墨也换了件湖色的杭绸道袍走了进来，看见甘露收拾铺盖，他不动声色地吩咐甘露："你下去歇了吧！这里不用你值夜。"

甘露茫然地朝窦昭望去。

既然和宋墨成了亲，就得尊重宋墨的生活习惯。

窦昭微微颔首，甘露忙屈膝行礼，退了下去。

宋墨就坐在了甘露铺好的铺盖上，笑道："我们也歇了吧！明天一大早就要起来祭灶、拜祭祖先、认亲，还要设宴招待亲戚朋友，你可别到时候哈欠连天的！"说完，就脱鞋上了炕。

"你，你准备睡这里？"窦昭愕然。

宋墨笑道："我要是睡别处，你明天恐怕要被人议论纷纷了。说不定还会惊动岳父呢！"

他想到窦世英送给窦昭的那一抬银票，还有窦昭辞别父亲时依依不舍的情景，语气不由得柔和了几分。

窦昭面色赤红。

直到成亲的前两天，她才决定嫁给宋墨。发生了太多的事，时间又太匆忙，有些事窦昭没有来得及细想。

等拜过了天地，安安静静地独坐在新房的时候，她才想到洞房花烛夜……心里顿时觉得十分别扭，可也知道，她既然做了宋墨的妻子，就应该承担相应的责任和义务，索性把心一横，不去多想，该怎样就怎样吧！

可她万万没有想到，宋墨竟然没打算和她圆房，这让她松了一口气的同时，也有些忐忑。

宋墨好像知道她心里在想什么似的，镇定地指了指他带进来的一个红漆描金的小匣子，笑道："这是严先生帮我弄的，用鸡血掺了些药材抹上去的，一般人根本没办法分辨真伪……你放心好了，别人不会知道的……"一团红云却从他的面颊烧到了耳根，暴露了他心中的羞涩。

窦昭惊讶地望着宋墨，目光明亮得如同夏日的炙阳，好像要把他的五脏六腑都要看个透彻明白似的。

宋墨窘然，侧身躺下。

"快睡吧！"他喃喃地道，闭上了眼睛，"明天还要早起！"

窦昭站在床边，望着躬身侧躺背对自己的宋墨，神色复杂，半响，才轻声地道："怎么能让你睡这里呢？还是我睡在这里，你到床上去睡好了……"

甘露用的是细布被褥，只铺了床厚点的棉褥；她用的是绸缎，铺了好几层棉褥，非常柔软。

"没事。"宋墨道，"从前跟着大舅，还睡过马棚。我不讲究这些的，你快去睡吧！"

窦昭站了好一会儿，才轻手轻脚地在楠木床上躺下。

屋子里灯火通明，落针可闻，隐隐能听到响起了三更的梆子声，窦昭却怎么也睡不着。

现在能这样，以后呢？那宋墨的嫡子呢？可让她和宋墨同床共枕……前世的过往在她脑海里闪过，她还真鼓不起这个勇气！

窸窸窣窣地，她又翻了个身。

"睡不着？"以为已经睡着了的宋墨突然问道，打破了满屋的沉静。

看见宋墨并不像他表现出来的那样对这件事无动于衷，窦昭心里好受多了。

她讷讷道："那以后……"

"以后的事以后再说吧！"宋墨不以为意地笑道，"你不是说过吗？你可能不是个好妻子，但肯定会做个好伙伴的。我现在需要的，是个好伙伴！"

是因为这样，所以宋墨才会选择新婚之夜歇在外间吗？

窦昭不敢多想。她想自私点，先慰藉自己的心情，可不知道为什么，却越发地睡不着了。

宋墨就和她聊天："我们家共分三路，中路是正厅，后面是上房，花园在东路，日常的起居在西路……我们的新房在西路的颐志堂，是我从前居住的院子，因为时间紧凑，只能随意地粉一粉，你若是觉得不好，等到了明年夏天，再请工匠来修整一番好了……自从母亲去世后，父亲就搬到了东路那边的樨香院……二弟住在樨香院旁边的鹿鸣轩，从前是祖父的画室，因养了几只鹿而得名，不过，自祖父去世后，父亲就把鹿鸣轩的鹿送到了京郊的田庄里饲养，十几年下来，竟然繁衍了上百头，反而成了家里的一项收益。至于上房，就这样空了下来……"

他絮絮叨叨的，让窦昭渐渐安静下来。

她把刚才有个小女孩在新房门外大喊大叫的事告诉了宋墨，道："她称你为三堂兄，又称公公为二伯父，难道是三叔或四叔的孩子？"

　　"应该是三叔的女儿宋锦！"宋墨想也没想，道，"宋家人丁不旺，她又是我们这一辈中唯一的女孩子，不管是长辈还是我们这些堂兄弟，都很让着她，平日里只觉得她有些娇气，却不曾想竟然变得如此跋扈。"他语气微愠，丝毫没有怀疑窦昭所说的话，"明天她若是为难你，你什么也不要说，只管微笑就行了，自有我出面。"接着向窦昭介绍起家里的一些亲戚来。

　　这些情况她在决定嫁给宋墨之后，第一时间找来了陈曲水询问，早就知道了。但宋墨那句"你什么也不要说，自有我出面"，却让窦昭心中微滞。

　　两世为人，除了宋墨，还曾有谁对她说过类似的话？窦昭整个人仿佛从半空中落到了地上，觉得特别地踏实。

　　在宋墨清越如泉水的声音中，窦昭沉沉睡去。

　　那边的人儿半天也没有动静，宋墨不由支了身子望过去，看到窦昭嘴角含笑，正睡得香甜，他不由也跟着笑了起来。

　　他重新躺下，心情却前所未有地安宁。就好像回到了从前，不管走到哪里，都会有个温暖的所在，始终在那里等着他，让他不再那么孤单、寂寞……

　　几家欢喜几家愁。

　　窦昭和宋墨倒是安安心心地歇了，忙碌了一天的宋宜春此时却面沉如水地坐在书房的太师椅上，听着陶器重禀报这两天打听来的消息。

　　"……窦家四小姐是在真定乡下长大的不假，和王又省的女儿势同水火也不假，窦家五小姐夺了窦家四小姐的未婚夫，这也是窦、魏两家上上下下都知道的事。可没想到的是，因为姐妹易嫁，窦家七老爷把原本准备给窦家五小姐陪嫁的银票临时补偿给了窦家四小姐……"说到这里，陶器重不由蹙了蹙眉，低声道，"听说窦家七太太为了这件事要死要活的，四小姐出阁的时候都没有出现。而且窦家七老爷为了这件事不但和窦家七太太吵了起来，还叫了王家的人去主持公道，就是窦阁老，也被惊动了。我回来的时候，王家的人和窦阁老都还在静安寺胡同。我看那窦家四小姐前脚出阁，后脚娘家就会闹腾起来！到时候只怕会成为世子爷的笑柄。"

　　宋宜春不悦。他希望给宋墨添添堵，可不想让英国公府因此被抹黑。

　　宋宜春想了想，道："你让手下的人盯紧点。要是那边真的闹腾起来，就让那窦氏暂时别回门了。"这样一来，大家就都会知道窦氏娘家出了事，正好可以消弭一下那一抬银票所造成的震撼。

　　陶器重连连点头，和宋宜春商量："……我想去真定一趟，看看能不能打听出点别的消息。"他觉得，窦世英就算银子多得花不完，也不可能随随便便地把一抬银票送给女儿做陪嫁，这其中肯定有什么蹊跷。

　　宋宜春很满意陶器重的慎重，同意了，接着问起宋翰来："他这些日子功课如何？"

　　受宋宜春之托，陶器重介绍了一位在翰林院任职的老乡每隔十天就过来指点一下宋翰的功课。

　　"杜大人说，二爷很勤奋，照此下去，再过两三年，就可以下场应试了。"

　　宋宜春听了很不满意。谁都知道功勋子弟是不会去参加科举的，那老头却偏偏拿科举说事，这不是糊弄他吗？

　　他想起宋墨读书那会，不管是哪个大儒教宋墨，都说宋墨天资聪慧，生在英国公府可惜了。

宋宜春顿时有些恼怒，嗡声嗡气地对陶器重道："天色不早了，先生先下去歇了吧！"

陶器重毕竟和宋宜春宾主二十几年，知道宋宜春这是不高兴了，不禁在心里暗暗叹了口气，神色黯然地退了下去。

宋宜春根本没有注意到这些细节，而是在那里全神贯注地想窦家的事。

如果窦家七老爷真的和太太闹翻了，不如趁着这个机会勒令儿媳妇和娘家一刀两断，这样一来，宋墨今后就不可能得到窦家的帮助了。

他越想越觉得这主意好。

不过，让谁去跟儿媳妇说好呢？总不能让他一个做公公的亲自去劝儿媳妇吧？而且，这个事还不能惊动宋墨。以宋墨的聪明，恐怕一听就知道自己打什么主意，到时候打草惊蛇不说，说不定还会让宋墨抓住机会，和窦家走得更近了。

他这才深深地体会到，身边没有个能办事的女人，真是太麻烦了！

宋宜春脑海中闪过蒋氏那娟丽的面庞，他不由打了个寒战，狠狠地甩了甩头，仿佛这样，就能把蒋氏从记忆中驱走似的。

而隔着英国公府两个坊的济宁侯府，虽然已过三更，田氏居住的偏院却依旧点着灯，几个服侍田氏的婆子站在院子中间，都有些不安地看着站在廊庑下的魏廷珍的丫鬟。

"这都什么时辰了，大姑奶奶有什么事不能明天再说，非要这个时候问清楚的？"有婆子不满地小声嘀咕。

"就是！"她的话引来了她们几个老姐妹的同仇敌忾，另一个婆子也不快地小声道，"还把侯爷和夫人也叫了去。大姑奶奶也不想想，就算侯爷有什么不对，可也到底是支应门庭的人了，又娶了夫人，怎么也应该给侯爷留几分面子，这样当着夫人的面教训侯爷，算是怎么一回事啊？！我看，这件事我们得提醒提醒太夫人，不然这日子一长，夫人肯定会对侯爷有所轻怠的！"

想起刚才内室里传出来的魏廷珍姐弟含糊不清的争执声，几个婆子不约而同地点头。

而此时被几个婆子议论的魏廷珍正杏眼圆瞪地怒视着一言不发的窦明，那模样，恨不得一口把窦明吞了才解恨似的。

"你是哑巴啊？！"她目露寒光地盯着嘴巴抿成了一条缝的窦明，低声喝道，"我们家又没有人怪你，不过是问你几句话，你倒觉得我像是你的仇人似的，对我不理不睬不说，连自己的婆婆也不放在眼里。你代你姐姐嫁了过来，我们可有谁说过你的一句不是？谁知道你却是个不知好歹的，不要说恭谦温顺了，就是连做人最基本的礼仪、素养都没有！这就是你们北楼窦氏养出来的好闺女不成？明天我倒要去问问窦阁老的夫人，看是谁教你这么对待婆婆的……"

魏廷瑜看着神情恍惚的窦明，忍不住再次和姐姐起了争执："姐姐，您就不能少说两句？我不是早就跟您说明白了，那一抬银票原是岳父给明姐儿准备的，明姐儿没用上，总不能让通德银楼白印一回吧？岳父就把那一抬银票给了窦四小姐……您在这里胡搅蛮缠些什么？哪有像您这样说话的？"

田氏大喝："瑜儿，你胡说些什么呢？"

魏廷珍则冷笑道："怎么？现在娶了老婆，就事事都听老婆的，就不把姐姐放在眼里了？"她振振有词地道，"那银票原是给明姐儿，既然窦昭能把她的陪嫁要回去，明姐儿凭什么不能把原本就是准备给明姐儿的陪嫁要回来？就算不能要回来，同样是女儿，你岳父也应该给明姐儿准备一份才是！"

· 207 ·

窦昭出嫁，她作为姻亲，也去吃喜酒了。当她听到那一抬银票的时候，一口气堵在胸口，差点闭过气去，席也坐不下去了，立刻差了个丫鬟去找窦明，结果找了半天也没有找到，她一路心神不宁地回了济宁侯府，到三更鼓才在母亲的屋里等到了来给母亲晨昏定省的窦明。

只是她的话还没有说完，一脸呆滞的窦明就晃晃悠悠、失魂落魄地径直走了出去，那模样，像个游魂似的，吓了魏廷珍和田氏一大跳。

窦明觉得很累！她不知道为什么本属于自己的一抬银票会变成了窦昭的。

母亲一直在哭，谁劝也不听。父亲执意要把母亲送回王家，谁劝也不改口。大舅舅只好把父亲请到了书房里说话，最后却讪讪然地派人去给外祖父送信⋯⋯

事情怎么会变成这样的？

魏廷珍知道后，逼着她回娘家和父亲把那抬银票要回来，她的婆婆听说了还不住地点头，说什么"理应如此"。要不是魏廷瑜帮她说了几句话，魏廷珍只怕早就下令让那粗使的婆子把她押回窦家了！

念头闪过，她想到了魏廷瑜。

是啊，魏廷瑜呢？窦明睁大了眼睛四处张望，就看见了匆匆追出来的魏廷瑜。

她哇地一声哭了出来，一头扑在了魏廷瑜的怀里，却听见魏廷瑜磕磕巴巴地道："你也别怪姐姐，她是为了我们好！你想想，就算是那抬银票要了回来，难道我姐姐还能分半分银子去不成？还不全都是你的⋯⋯"

窦明张大了嘴巴望着丈夫，脸颊还挂着晶莹的泪珠。

疲惫了一天的汪少夫人正坐在镜台前卸妆，就看见喝得已有七八分醉意的丈夫脚步不稳地走了进来。

她忙站起身来，扶丈夫在临窗的大炕上歇下，又亲手斟了杯热茶，这才准备继续卸妆。谁知道却被丈夫一把拽住，笑着问起新娘子的事来。

不管怎么说，宋墨都差点成了他的妹夫！

汪少夫人忍不住就笑了起来，把宋墨在新房里怎么犯傻的事略带几分夸张地讲给汪清淮听。

汪清淮猛地坐了起来，一身酒意霎时醒了六七分，原来有些朦胧的眸子也立刻变得犀利锋锐起来："你说什么？宋砚堂，竟然由着女方的全福人摆布？"

这是一种尊重女方的做法。

汪少夫人吓了一大跳，道："怎么了？我可没有编派宋世子，您要是不相信，可以去问张三爷，当时张三夫人也在场，还有陆大奶奶，她也在场。"

汪清淮没有作声，而是坐在那里发起呆来。

汪少夫人看着十分惶恐，好一会儿才小心翼翼地轻声问汪清淮："您，您怎么了？"

汪清淮苦笑一声，道："这个宋砚堂，真是厉害！还好妹妹没有嫁过去，否则只怕是不死也要脱层皮！"说着，不禁长长地叹了口气，感慨道，"以后谁要是把闺女嫁到宋家给宋砚堂做继母，谁就是个二货！"

汪少夫人不明白，汪清淮却道："这些事已经过去了，不明白也没什么打紧的。只是有件事我要嘱咐你，你要么不和那窦氏来往，若是和那窦氏来往，一定要打起精神来，千万不要得罪了她！"

汪少夫人更迷惑了，可她向来对丈夫的话奉若圭臬，见丈夫歇下，也不多问，把丈夫的话记在了心里。

汪清淮闭着眼睛，却怎么也睡不着。

宋砚堂，胆子可真大！不仅把皇上、皇后都涮了，更是挖了个坑让自家的老爹跳了下去，连他们汪家也不能幸免，入彀做了他宋砚堂的"帮手"。

而看英国公今天的样子，好像还没有发觉似的。这还是因为有个"孝"字，让英国公占了大义，若是没有这个"孝"字，英国公会有怎样的下场……

他不由得心中一寒。

只是不知道窦氏姐妹易嫁，与宋墨有没有关系？不然事情怎么会这么巧呢？

汪清淮能有今天，得益于他一向善于抓住机会。

试想一个尚不及弱冠的家伙，就有胆子并且能做成这样一件事，等再过几年，他行事更老练、心智更坚定了之后，又会是怎样一番光景？

汪清淮想明白了这其中的关键之后，决定利用妻子曾经在宋墨的婚礼上担任过窦昭傧相的身份去参加宋家的认亲筵。

汪少夫人愕然，道："这，这不大好吧？"

妻子个性柔和，但并不是个有主见有头脑的女子，好在不管想不想得明白，她都事事唯他马首是瞻，倒不用汪清淮什么事都要向妻子解释一番。

"有什么不好的？"他笑道，"这红白喜事不就图个热闹吗？宋家人丁不旺，那么大个正厅，却没几个亲戚，怎么看着也有些冷清。窦氏进门，我们去凑个热闹，砚堂难道还会觉得我们太聒噪了不成？再说了，砚堂这两年拉扯着我做了两笔大买卖，你也是知道的，都是大手笔，这关系无论如何也不能断了。窦氏虽然出身名门，可到底是官宦之女，又从小在真定长大，对京都肯定不熟，你这个时候和她多走动走动，我也好和砚堂常来常往，以后有什么买卖，我也能分一杯羹嘛！总之，是有百利而无一害的事。"

汪少夫人不由掩袖而笑，道："世子爷什么时候变得像个商贾了？句句话不离买卖！昨晚上还跟我说，若是和窦氏来往就姿态低一些，若是不来往就不要再打交道。可不过一个晚上，世子爷就改变主意了。不仅把妾身给推了过去，自己也要去给宋世子凑热闹了……"

汪清淮和妻子感情很好，因而并不介意汪少夫人时不时地拿他开开玩笑。可听到妻子这番话，他还是忍不住在心里嘀咕：谁愿意拿自己去给别人做面子啊？可他这不是惹不起，又不敢躲吗？

他亲自去库房里选了套非常名贵的赤金镶红宝石头面首饰作为给窦昭的见面礼。

汪少夫人见这阵势，更就不敢马虎了，穿着件真红色的通袖袄，梳了牡丹髻，戴了点翠的珠花，手上更金银珐琅地戴了五六对手镯。

汪清淮直皱眉，道："人家是去看你呢，还是去看新娘子？"

"哦！"汪少夫人闻言，忙去换了件淡绿色的十样锦妆花褙子，戴了全套的珍珠头面，待汪清淮点了头，这才和汪清淮上了马车，直奔英国公府而去。

在大门口，他们遇到了张续明夫妻。汪清淮一愣，但很快就满脸笑容地迎了上去。

张续明看到汪清淮，显然也很意外，竟然傻兮兮地问了句"你们怎么也来了"。

他和宋家还沾着亲，汪清淮和宋家却是打屁也不沾大腿的。

汪清淮笑道："我这不是想看看砚堂的新娘子嘛！"张续明哈哈大笑，和汪清淮一起往花厅去。

汪少夫人见张三奶奶的面色不好，关心地和她寒暄："昨天累着了吧？"

张三奶奶摇了摇头，想到汪少夫人是个嘴紧的，不由低声抱怨："你说我一个做平

·209·

辈的，上面还有外祖母和我爹娘哥嫂，随意打发窦氏一对金簪或是两朵翠花就是了，季贤却非要我把前几日才新添的一支金步摇做见面礼，还赌气说什么'不就是南边来的新样子，京都的银楼还都不会打吗？花了多少银子，我翻倍给你！'气得我到现在手还发着抖呢！你说，我是那小气的人吗？我这不是怕把我外祖母和爹娘哥嫂给压住了吗？"

汪少夫人吓了一大跳。那支金步摇她也曾听说过，说是镶了各色的宝石，不仅贵重，而且罕有，整个京都仅此一支。前两天宣宁侯家娶媳妇，东平伯世子夫人还半真半假地向张三奶奶讨那支金步摇去做个样子，被张三奶奶笑嘻嘻地挡了回去。没想到转眼就被张三爷逼着拿出来做了见面礼。

她不禁想到自己手中的那套头面——相比之下，好像也没有那么名贵了。

"这都是些礼尚往来的事，你现在拿出来了，新娘子以后还是要照着还回去的。"汪少夫人是个息事宁人的性子，劝着张三奶奶，"何况新娘子的陪嫁丰厚，等闲的东西只怕也瞧不上眼，张三爷这不是要面子吗？"一席话说得张三奶奶心头的郁气消散了不少。

等进了花厅，她发现陆家亲眷早就都到齐了，少不得要上前拜见，为汪少夫人引荐，一来二去的，时间飞逝，等到她逗着陆圭问他昨天得了多少封红的时候，一早就去祠堂祭祖的宋宜春和宋墨夫妻进了花厅。

陆大奶奶忙招呼大家坐下。

宋家三亲六眷的目光都落在了窦昭的身上。

窦昭穿着真红色纻丝通袖衫，乌黑的青丝绾了个牡丹髻，插了支金凤步摇。那支金凤步摇的眼睛是用红宝石做的，口中衔了颗菩提子大小的红宝石，红宝石下又缀了三串黄豆米大小的红宝石，如烈烈火焰般璀璨夺目，让人望之就难以移目。可偏偏窦昭生了双比这金步摇还要明亮生辉的眼睛，硬生生地把那红宝石的光彩压了下去，让人无法不注意到她雪白的肌肤，入鬓的长眉，高挺的鼻子，红润的嘴唇，还有耳上的明月珰，指上的白玉环，腰间的翡翠禁步……她身姿笔挺，眉宇间透着几分飒爽的英姿，步履稳重而不失轻盈，身姿婀娜而不失优雅，和形容昳丽的宋墨并肩而立，如星月辉映，有着不分伯仲的光彩。

陆复礼的夫人忍不住在心里喝了声彩，低声对身边的宁德长公主叹道："这窦氏，倒让我想起蒋夫人来。"

宁德长公主嘴角噙笑，道："当初蒋夫人可没有窦氏这份沉稳，国公爷也没有砚堂漂亮！"

围坐在两人身边的妇人们不由笑了起来，更有妇人赞道："真是一对璧人！好多年都没有看到过这样般配的小两口了！"

陆老太太和宁德长公主不由微笑着颔首。

宋茂春的妻子王氏和宋逢春的妻子李氏不禁交换了个眼神。

没想到新进门的窦氏不仅陪嫁丰厚，而且人也长得如此漂亮，现在只能盼着她不要太过于精明能干了！

想到这里，两人不由齐齐地叹了口气。

那边窦昭只看见满花厅的人，她不由暗暗奇怪：不是说宋家没什么亲戚吗？怎么来了这么多人？

想归想，她还是认真地照着陆大奶奶的指点，和宋墨先给宋宜春磕了头敬了茶，然后又对着宋宜春身边的代表蒋氏的空太师椅磕了头。宋宜春除了自己赏了他们两个封红外，还代蒋氏赏了窦昭一套金头面，七八件珠玉饰物，件件珠光宝气，做工精美，一看就不是凡品。

宋墨小声解释："那是宋家的传家宝。"

窦昭朝着他笑了笑，带着陆大奶奶拜见宋家的那些亲戚，把脑海中的名字和面前的人一个个对上号，并没有注意到宋墨眼中一闪而逝的寒光。

宋家还有几件珠宝，诸如七彩宝石的项圈、黄豆米大小的金刚钻戒指、鸽子蛋大小的祖母绿坠子等，那才是真正的稀世奇珍，是宋家也视为至宝的传家之物，父亲却没有拿出来。

他到底想要干什么？宋墨心里充满了愤怒，抬眼却看见了窦昭含笑的面庞。

莫名地，他的心就安宁下来。不就是几件珠宝吗？既然老祖宗能弄了来，难道他就不能弄了来？

宋墨的心情渐渐平和下来，和窦昭一起给长辈们行礼。

窦昭却看见了人群中的汪清淮。她眨了眨眼睛，还以为自己看错了人。

他怎么在这里？前世，她可从来没有听说过汪家和宋家有什么亲戚关系！难道是因为宋家当时破落了？

窦昭正在心里嘀咕着，宋茂春把一个高高瘦瘦的男孩子带到了她的面前。

"天恩，快给你嫂嫂行礼。"

窦昭顿时睁大了眼睛。

宋翰！这就是上一世被宋墨砍了四肢流血不止而亡的宋翰？！

他的五官和宋墨有五六分相似，特别是脸形和鼻子，和宋宜春如一个模子里印出来的，只是他目光闪烁，精神萎靡，看上去像没有睡醒似的，和神采奕奕的宋墨相比，一个地上，一个天上，不仔细看，还真看不出两人是亲兄弟。

她情不自禁地回头望了宋墨一眼。

宋墨正凝视着宋翰，目光中带着几分悲伤、几分黯然、几分无奈、几分自嘲。

原来亲密无间的两兄弟，却被自己亲生父亲人为地隔离开，渐行渐远，这世上还有比这更让人觉得悲痛的事吗？

窦昭轻轻地握了宋墨的手，宋墨的表情柔和了不少。

宋翰低头给窦昭行礼，小声地喊着"嫂嫂"。

窦昭将事先准备好的文房四宝送给了宋翰，宋翰低声道着谢，躲到了一旁宋同春的身后。那畏畏缩缩的样子，哪里像英国公府的二爷。

窦昭暗暗摇头。

就看见一个比女孩子还要标致、让人难辨雌雄的少年贵公子走上前来。

"天赐哥！"他直视着窦昭，显得有些无礼，"这位就是嫂嫂吧？"他给窦昭行礼，"我是顾玉。"

窦昭在心底喟然长叹。

上一世的云阳伯顾玉，她怎么会不认识！万太后的外甥，皇上的表弟，始终和宋墨在一起的死党。就算宋墨被万人唾弃的时候，他也是依旧坚定不移地站在宋墨身边的人。

· 211 ·

第八十三章 认亲·窘然·提醒

不论是非曲直，顾玉对宋墨的情谊都值得窦昭尊敬。

她恭敬地给顾玉屈膝行礼，示意素心将那套备用的文房四宝送给顾玉做见面礼。

顾玉很是意外。

窦昭既然嫁给了天赐哥，就是天赐哥的妻子了。他就是对窦昭有再多的不满，也不会当着众人的面给窦昭使绊子，那不是让窦昭丢脸，那是打天赐哥的脸。这个道理他还是懂得的。但他实在是看不惯窦昭明明只是个乡下姑娘，此时却在宋家众人面前仪态端方，像个天生的贵夫人般的模样。

他站出来，只是想早点和窦昭见过礼之后就走，没想到窦昭竟然这样地礼遇他。

无事献殷勤，一定没有什么好事！顾玉在心里嘀咕，见大家都看着他们，他只好打消了立刻就走的念头，彬彬有礼地给窦昭还了礼，笑着接过窦昭的见面礼，高高兴兴地喊了声"嫂嫂"，然后退到了一旁。

窦昭莫明其妙。

顾玉刚刚站出来的时候还对她气势汹汹的，怎么一会儿工夫就变得文质彬彬了？

前世的云阳伯顾玉，那可是个脾气来了连皇上的面子也不给的主，她可没那么自大，认为自己一个恭敬的福礼就会让顾玉对她有所改变！

只是这件事既无前兆也无缘由，窦昭就是想破了脑袋只怕也弄不明白，她索性不再多想，转而笑着和宋墨的几个堂兄弟见了礼。

据陈曲水给她的资料，宋墨的大堂兄宋钦和二堂兄宋铎都是宋墨的大堂伯宋茂春所出。

宋钦比宋墨大七岁，妻子谭氏，岳父是五城兵马司东城副指挥使。他今年四月已过了府试，但六月的院试却落了第，正在家闭门苦读，准备参加明年六月的院试。

宋铎比宋墨大四岁，如今正跟着哥哥宋钦读书。

宋墨排行第三，宋翰排行第四，排行第五的宋均，是宋墨的三堂叔宋逢春的儿子，比宋墨小七岁。排行第六的是宋墨四堂叔宋同春的儿子宋钥。

宋均和宋钥都还在总角之年。

窦昭送给他们的见面礼是钱褡裢，里面还各装了两张十两的银票。

两个小家伙高兴极了，"三嫂"喊得震天响，惹得坐在西厅的女眷们不时朝这边张望。

汪清淮就从角落里蹦了出来。

宋墨看见他难掩惊讶，很明显没有想到汪清淮会出现在这里，宋茂春更是不知道如何介绍好。好在汪清淮早有准备，佯作出一副苦恼的样子搔着头道："砚堂，我原本带了内人来想给你凑个热闹，没想到你们家有这么多的亲戚……"

他干笑了数声，十分窘然，宋墨脸上却闪过一丝感激，笑道："承蒙世兄看得起，等会还请留下来喝杯薄酒。"

"一定，一定。"汪清淮尴尬地笑着，心里却松了口气。

窦昭却目露异色。前世汪清淮被人称颂"谦逊有礼"，这一世，他却不请自来，一个人的性格会发生这么大的转变吗？

她不动声色地给汪清淮敬过茶，随着陆大奶奶去了西厅。

因定国公府遇难，宋墨的外家没人来参加他们的婚礼，宋宜春又没有姐妹，宋宜春的外家就成了座上宾。

窦昭被陆大奶奶带着，先拜见了宁德长公主和陆老夫人。

两位老人家都慈眉善目的，说起话来也十分和蔼可亲，一看就是那种读过书，性情淡泊，心胸开阔的人，窦昭很喜欢。

之后她又拜见了陆家的众位亲戚。

陆复礼有两个儿子，一个出生没多久就夭折了，一个是陆湛的父亲陆晨，陆晨也只得了陆湛这一个儿子，所以陆湛今年虽然只有二十五岁，儿子陆圭却已经十岁了，女儿陆琪也有八岁了。

宁德长公主这支也不过比陆复礼那支强一点。

宁德长公主有一儿一女，儿子陆时，生了两个儿子，一个叫陆涵，一个叫陆沁，都已娶妻生子。女儿是嫁给了永恩伯的侄儿，生了一儿一女，儿子冯绍，女儿冯绘也就是张续明的妻子张三奶奶。

这次陆家的人全到了，包括冯绘的父母和兄嫂。

刚才给陆时他们敬茶的时候，陆涵、陆沁和冯绍都打趣了宋墨几句，看得出来，宋墨和陆家的关系很好。

年长的就敬茶，收红包，收下见面礼；年幼的就见礼，送红包，奉上见面礼。

张三奶奶不仅出手大方，送了支嵌宝金步摇给窦昭，还拉着窦昭的手，让她有空的时候去景国公府做客，还道："……我公公喜欢养菊花，我们府里的菊花在京都也算小有名气。虽然过了秋桂飘香的季节，可正是冬菊盛开的时候。"

窦昭抿了嘴笑，心中却感慨万分。

前世，她就是因为去给魏廷珍捧场，参加景国公府的菊宴受了风寒而病逝的。想不到今生竟然又得到了邀请！

而且，她前世和这位景国公府的三奶奶可没少打交道。这位张三奶奶的眼睛一直长在头顶上的，每次见她都只是勉强用鼻子"嗯"一声，算是打过了招呼。

再世为人，她却待自己如此热情。

包括汪清淮夫妻。

前一世，这可都是魏廷瑜千叮万嘱，无论如何也不能得罪的人……这算不算是三十年河东，三十年河西呢？

宋家这边除了宋墨的伯母和两位婶婶，就只有宋钦的妻子谭氏和谭氏身边一个十二岁的小姑娘了。

宋墨的伯母四十来岁，长得胖胖墩墩的，看上去人很憨厚。三婶中等个子，人长得很漂亮，可惜颧骨有些高，给人尖酸刻薄的印象。四婶打扮得花枝招展，看上去不过二十出头的样子，目光不是落在窦昭发间的金凤步摇上，就是落在她腰间的翡翠禁步上。

谭氏不过十七八岁，模样儿秀丽，人很腼腆。跟在她身边的小姑娘长得和宋家三太太很像，有双明亮的大眼睛，看人的时候骨碌碌直转，一看就不是个安生的主儿。她不待陆大奶奶介绍就朝窦昭喊着"三嫂"，大声地抱怨道："昨天晚上我去看您，可您的丫鬟把我拦在了外面，还说是奉了我三堂哥之命——我三堂哥从前从来不这样，肯定是您的那个丫鬟假传圣旨……"

花厅里一时间落针可闻。

这个小姑娘肯定就是宋墨那个唯一的堂妹宋锦了。

"真有此事？"窦昭笑道，"我的丫鬟刚刚过来，还没有开始当差，要等下午她们都到齐了，我才知道是谁拦的你。你少安毋躁，等我问过她们了，让她们给你赔礼道歉。你说好不好？"

言下之意，是指宋锦说谎！

宋锦脸涨得通红。

窦昭暗暗冷笑，抬眼却看见宋墨正朝着她瞪眼睛，她不由得在心里喊声"糟糕"。昨天晚上宋墨嘱咐过她，让她什么也不要说，他自会帮她出面的，她怎么把这件事给忘了？

一个人孤独惯了，就会忘记身边还有个人。她讪讪地笑，退后几步，站在了宋墨的身后。

宋墨面色微霁，然后笑着问宋锦："你昨天和谁一起来的？怎么去了新房？"

宋锦立刻嘴巴一扁，委屈地道："我和爹爹、娘亲、弟弟一起来喝堂哥的喜酒，大家都说堂哥娶了个有钱的嫂嫂，我就想看看嘛……"

她撒着娇，宋墨却看也没看宋锦一眼，而是温和对三婶道："三婶，我的婚礼，是请了钦天监的监正合的八字，婚礼从陈设到礼数，都是问的卦的。三婶主持中馈多年，这些讲究应该都懂才是，怎么让锦儿乱跑？我看，锦儿身边服侍的人应该要换一换才好。锦儿今年也有十二岁了，到了说亲的年纪，若是传出什么流言蜚语可就不好了！"

宋三太太满头大汗，窘迫地连声称"是"，上前就要打宋锦："我让你胡说八道……"

宋锦抱着头就哭了起来。

宋墨一把抓住了宋三太太扬起来的胳膊，目光清冷地盯着宋三太太："三婶，今天可是我的好日子……"

"是三婶不好，是三婶不好！"宋三太太连声道歉，低声喝着宋锦，"你要是再哭，我就把你丢到湖里去喂鱼。"宋锦吓得也不敢哭了。

汪少夫人忙上前打圆场："窦家妹妹，你可还记得我？我昨天给你当了傧相的。今天冒昧打扰，向你讨杯茶喝。"

窦昭也懒得去管那个宋锦，笑着上前屈膝行礼，喊着"安姐姐"。

汪少夫人奇道："你怎知道我娘家姓安？"

露馅了！

窦昭正要解释，一旁的宋墨已笑道："是我昨天晚上跟拙荆提起的——汪世兄和我情同手足，昨天多谢嫂嫂相帮！"

宋墨知道窦昭身边既有幕僚又有护卫，想知道些什么事，并不困难。他心里甚至有些高兴，如果不是看重，窦昭又何必去打听他身边的人和事呢？

汪少夫人喜笑颜开，客气道："一点小事，不足挂齿！"拿了见面礼给窦昭。

窦昭给汪少夫人敬了茶，两人寒暄了几句。

陆老夫人和宁德长公主就交换了个眼神，呵呵低声笑道："先还怕英国公乱点鸳鸯谱，如今看来，是我们多心了。"

宁德长公主笑着点头，和陆老夫人商量："您看，过两天我们是不是请他们两口子到家里用个便饭？"

"这是当然。"陆老夫人笑道，"我还有些话要嘱咐窦氏呢！"

眼看着已到了晌午，亲也认了，宋宜春吩咐开席。

宋墨去陪窦家来认亲的窦济昌和窦德昌等坐了，陆老夫人则拉着窦昭，让她坐在了自己的身边。

大家说说笑笑的，仿佛刚才的事从来没有发生。

只有宋宜春，神色恍惚。自己的这个儿媳妇，似乎不像他以为的那样温顺啊！

用过午膳，认亲的仪式也就结束了。宋墨亲自将窦济昌等窦家家眷送到了大门口，宋家的三亲六眷则移到了东跨院的花园里。

宁德长公主和陆老夫人由陆晨的妻子、陆时的妻子陪着，在花厅旁的暖阁里打叶子牌，张三奶奶的母亲冯绘则领着陆涵的妻子、陆沁的妻子和宋家的女眷、云阳伯顾家的女眷一起，在花厅里打马吊。至于陆晨、陆时等人，则由宋宜春和宋墨陪着，在花园里听戏。顾玉拉了汪清淮、冯绍等人，在山房里赌钱。

窦昭跟在陆大奶奶身后，服侍着宁德长公主和陆老夫人，汪少夫人就坐在长公主身边喝着茶。窦昭随手帮着陆老夫人打了几手牌，陆老夫人不由笑道："看不出来，砚堂的媳妇还是个高手！"

陆家的大太太和二太太嬉笑地望着她，神情友善。

窦昭笑道："我娘家叔伯兄弟多，平日里聚在一起，也常打叶子牌，时间长了，多多少少也懂了点。"

陆老夫人点头，来了兴趣，笑着问起窦昭在娘家的生活起居来。

若说今天来的亲戚里有谁最关心宋墨，恐怕就是陆家的人了。窦昭也不隐瞒，拣了些自己在真定的趣事讲给两位老人家听，一时间暖阁里欢声笑语，十分热闹。

冯绘笑道："看不出来，砚堂的新媳妇还是个口齿伶俐的，刚进门，就逗得伯母和我娘笑得合不拢嘴。我看啊，这以后砚堂的媳妇恐怕和表舅母一样，总能得伯母和我娘的喜欢……"一面说，还一面瞥了陆涵的妻子陆二奶奶和陆沁的妻子陆三奶奶一眼。

她说的表舅母，是指宋墨的母亲蒋蕙荪。

两人笑笑没有说话。

宋大太太和宋三太太闻言就交换了个眼神，不约而同地借口要上茅厕，却凑在了花厅旁的太湖石假山后面说话。

"今天一早是你去验的元帕，"宋三太太精明地道，"他们两人如何？"

这本是婆婆的事，窦昭没有婆婆，宋宜春又不好亲自过问，就请了宋大太太帮着查验元帕。

"两人昨天圆了房。"宋大太太说这话的时候，语气中隐隐透着几分沮丧，"我问过颐志堂的小丫鬟了，都说砚堂歇在新房里。"说到这里，她像想起了什么似的，道，"你也是的，安排谁不好，偏要安排锦儿去试探他们，要是让砚堂起了疑心，迁怒于锦儿可怎生是好？我看你得找个机会跟那窦氏解释解释才好！"

"我何尝不知道？"宋三太太闻言一肚子怨气，"可三爷非要我安排锦儿去试探他们，还说，若是丫鬟，谁有这个胆量？要是弄巧成拙可就糟糕了！现在倒好，锦儿被砚堂给惦记上了……若是锦儿有个什么三长两短的，我非和三爷拼命不可！"

宋大太太忙劝道："这倒不至于。砚堂虽然待人冷淡，却不是那斤斤计较的人，你跟锦儿嘱咐一声，让她以后可别乱跑就是了。"

宋三太太点头，讪讪辩道："这也是大伯说的，说二伯不喜欢砚堂，想好好栽培天恩……所以三爷才打定了主意谁劝也不回头！"

明明是老三夫妻自己想讨好二叔，却非要说是受了他们家大爷的指使！宋大太太听了非常不满，可她向来不动声色，这次也只当没有听见。

那宋三太太就道："我看那窦氏十分大方，说话、行事，没有一点新娘子的羞涩、胆怯……家里不会又出个蒋氏吧？"

"我们没这么倒霉吧?"宋大太太犹豫道,眼底闪过一丝阴郁,"就算是这样,我们好歹也是她的长辈,不像蒋氏在的时候……"抬眼却看见宋三太太朝她眨了眨眼睛,她立刻转了口风:"……你这件衣裳是哪里做的?挺好看的!瞧这襕边,应该是南边来的新式样子吧?"她的话音未落,宋三太太已笑盈盈地朝她身后道:"四弟妹,你怎么也出来了?"

原来是她来了!宋大太太在心里冷笑,却笑着转过身去和宋四太太打着招呼:"这会儿谁的手气最好?"

宋四太太暗暗撇嘴,就知道这两个人一起不见了准没什么好事,果然躲在这里说悄悄话。

"好像是陆家二奶奶手气最好。"宋四太太笑道,"我这会子工夫就输了四五两银子了,出来透口气,看能不能转转手气。"

"这个陆二奶奶,我们每次和她玩牌她都是赢家,这次她要是再赢了,得让她请客才是……"宋大太太说着,妯娌三人笑语殷殷地进了花厅。

用过晚膳,家里的亲戚陆陆续续地告辞。

陆老夫人、宁德长公主、汪少夫人都热情地邀请窦昭过几天到家里做客,窦昭笑吟吟地应了,把几个人一直送到了垂花门,目送她们的马车出了英国公府,这才折了回去。

顾玉几个赌得兴起,连晚膳也没有用,宋墨不放心,去了山房那边。

窦昭想了想,径直往颐志堂去了,素心就有些担心地道:"您不去给国公爷请个安吗?"

"我没有婆婆,世子又不在,国公爷那里,我就不去了。"窦昭笑道,"若是国公爷要叫我立规矩,自然会派了婆子过来说的。"

只听说过婆婆叫媳妇立规矩的,还没有听说过公公叫媳妇立规矩的,素心在心里暗忖着,和窦昭回了屋。

因初来乍到,又不懂英国公府的规矩,窦昭不回来,素兰她们不敢乱动,已经在屋里枯坐了一天,见到窦昭,个个不由喜出望外,素兰更是拉着窦昭的衣袖道:"小姐,您给我们分派点事做吧?"

窦昭不由笑了起来。

知道宋墨被顾玉拉着赌博去了,她梳洗一番,换了件家常的墨绿色夹衫,倚在楠木床的床头看书。

素心抱了床崭新的大红色鸳鸯戏水的绫罗铺盖进来,一声不响地铺在了宴息室的大炕上。

窦昭翻着书页的手不由得一顿。那套绫罗铺盖,可是她的陪嫁,看样子,素心她们都知道自己昨天晚上没有和宋墨圆房了。她不禁轻轻地叹了口气。

宋墨回了屋。窦昭起身服侍他梳洗,宋墨摆了摆手,笑道:"不用!你看你的书好了,我平时也不要人服侍的。"

是吗?窦昭抿了嘴笑,侧耳倾听,不一会儿,盥洗室里传来"哐当"铜盆落地的声音。

她起身去了盥洗室,宋墨正狼狈地在那里拧着衣袖。

窦昭吩咐素心去重新打盆水来,自己则给宋墨找了件换洗的衣裳,轻巧无声地走了过去。

"来,把湿衣裳换下来,"她帮宋墨解着衣带,"天气越来越冷了,你小心着了凉!"

"不用了！"宋墨笑道，"我自己来就行了！"语气镇定而从容，带着他一贯的优雅。

窦昭抬头望着宋墨，却发现他的耳朵通红。她笑着后退了一步，道："那好，我帮你把湿衣裳拿出去。"

"不用了！"宋墨笑道，"让丫鬟来收拾就行了。"

"没事。"窦昭笑道，"我打发她去给你打水了！"

宋墨"哦"了一声，在窦昭的注视下，系着简单蝴蝶结的衣带原本略一用劲就可以松开了，却不知怎地，被他越拉越紧，最后打成了个死结。

"我来帮你吧！"窦昭笑着上前。

"不用了！"宋墨笑道，"很快就好！"额头上却冒出细细的汗来。

这样的宋墨，就像个在大人面前逞强的孩子似的，让她觉得非常可爱。

窦昭强忍着，告诫自己千万不要露出异样的表情来。

"别乱动！"她低声喝道，语气却出乎意料地非常柔和，"我来帮你解。"

宋墨非常尴尬，可落在他衣带上的手指不仅白皙细嫩，而且还修长灵活，很快就把他弄得乱七八糟的衣带解开了。

他窘然地笑，手脚都不知道该怎么放才好。窦昭仿佛没有看见，泰然自若地帮宋墨脱了衣裳，兑好了温水让他洗漱。

宋墨拿着帕子，喃喃地说着"多谢"。

"不用客气。"窦昭笑着走了出去。

宋墨松了口气，窦昭却探头进来，笑道："两人在一起，不就是为了让彼此觉得更舒适，更愉悦吗？"

宋墨愕然，继而若有所思。

窦昭一边转身离开了盥洗室，一边高声笑道："你洗完了澡叫我，我帮你洗头。"声音清脆悦耳，不知道怎么，让宋墨想起了小时候养的那只黄鹂鸟。

他不由微笑，高声道："我习惯洗澡之前洗头。"

"那好吧！"窦昭眉眼弯弯地又走了进来，"我帮你洗头。"

宋墨坐在了一旁的小杌子上。

宋墨从盥洗室里出来，窦昭正和素心将一床宝蓝色并蒂莲花的绫被铺在内室临窗的大炕上。

听到动静，窦昭抬起头来，笑道："我晚上习惯了有丫鬟值夜，你不如就睡在内室吧？"然后用一种调侃的语气道，"总不能让你半夜起来给我端茶倒水吧？"

"有何不可？"宋墨挑了挑眉，含笑坐到了临窗的大炕上，"你不是说，两人住在一起，要让彼此觉得更舒适、更愉悦吗？"已经恢复了原来的从容不迫。

窦昭不禁莞尔，宋墨，适应得可真快！这桩婚事决定得太匆忙，不仅是她，就是他，也没有准备好。可她把他的铺盖从宴息室里移到了内室，他不动声色地接受了，这应该可以算是个良好的开端吧？

素心将温着茶水的小木桶放在了靠墙的长几上，轻手轻脚地退了下去，并带上了内室隔扇的门。屋子里立刻安静下来，远处的更鼓声清晰可闻。

宋墨问窦昭："宁德长公主和陆老夫人都和你说了些什么？"

今天他们一个跟在宋宜春身后招待男宾，一个随着陆大奶奶招待女眷，虽然彼此都知道对方在什么地方，却连个说话的机会也没有。

认亲的女眷中，以宁德长公主为贵，以陆老夫人为尊，如果窦昭能得到宁德长公主或是陆老夫人的认同，对她以后和勋贵之家打交道及亲戚之间的走动大有裨益。

"也没有说什么特别的话。"窦昭笑着，"都是些家长里短。"她能察觉到宋墨对陆家的重视，遂把宁德长公主和陆老夫人邀请她到家里做客的事告诉了宋墨，"……说到时候会给我下帖子的。"

宋墨心情舒畅。宁德长公主和陆老夫人都是那种看上去和蔼可亲实际上骨子里却拒人于千里之外的人，想得到她们的认同并不是件简单的事，能被两位主动开口邀请到家里做客，那就更不容易了。

"看来两位老人家很喜欢你啊！"宋墨笑着，想起了母亲在世的时候，也曾得到过两位老人家的喜爱，不由黯然神伤。

如果母亲还活着，该有多好啊！想当初，母亲还夸奖过窦昭冰雪聪慧，若是母亲知道自己娶了窦昭，也会如宁德长公主和陆老夫人一样的喜欢窦昭吧？

他又想起那天在葡萄架下，母亲问他："你在真定遇到的小姑娘有多大？"他却脱口而出，道："人家已经定了亲……"

之后的很多个夜晚，他都曾悄悄地问自己，怎么会突如其来地脱口说出那样一句不合时宜的话来？

可他还没有找到答案，三舅就去世了。接下来，是一阵兵荒马乱。

他的那点小心思变得微不足道，不知道什么时候就被抛到了脑后。此刻想起来……难道那个时候，自己就对窦昭有了异样的心思不成？念头闪过，宋墨吓了一大跳。

他情不自禁地抬眼打量窦昭。

窦昭穿了件月牙色的绫缎中衣，靠在紫红色漳绒大迎枕上，漆黑的青丝整整齐齐地绾着个髻，那髻却乌压压的一大把，显得既浓密又丰厚，一看就知道她有把好头发。

如果散开来，不知道会是怎样一番光景？宋墨脑海里就浮现出窦昭披散着一头乌黑亮泽的长发躺在床上的画面：黑的是她的青丝，白的是她的脸庞，紫红的是她的枕头……那色彩丰靡到了极致，透着几分冶艳，直直地撞在了宋墨的心坎儿上，让他的心绪像拍岸的海涛般汹涌澎湃，不能自已。又突然间好像置身于烈焰之中，脸滚烫滚烫的，烧得慌，而窦昭，就是那火焰……

他忙转过头去，道："严先生前天和我商量，准备在我们成亲的第二天带着颐志堂的人拜见你，我想把颐志堂的人都好好介绍给你认识认识，又怕父亲一大早就派人来催我们去祠堂，就把时间改在了回门之后——我请了五天的假，后天下午才去宫中当值，正好后天上午有半天时间。在这之前，我们去母亲的坟上磕个头……"宋墨的脑子里一片空白，并不知道自己在说些什么。

宋墨和宋宜春的关系肯定很紧张，但需要背着宋宜春把自己麾下的人介绍给自己，那就肯定不仅仅是在颐志堂当差的这些人了，甚至有可能包括那些让宋墨之所以能和宋宜春相抗衡的暗中力量。

窦昭非常意外，又有些感动。宋墨此举表明他不仅仅是把她当成了他的妻子，而且还把她当成了他志同道合的伙伴。但想到刚才宋墨扭过头来看了自己一眼又很快地转过头去，一面没头没脑地说了一大通话，一面又有红晕从耳根一直染到面颊，她不由得又好气又好笑，他想把属下介绍给她的严肃感刹那间消失得无影无踪。

自己衣饰整齐，就这样瞥了一眼也能闹了个大红脸，以后可怎么得了？

她想到颐志堂虽然有七八个丫鬟，可都是粗使的丫鬟，宋墨近身服侍的却全是些小厮，又有些释然，趁着他说话的工夫，随手披了件夹衣在身上，笑道："来日方长，也不用急于这一时。若是时间不够，以后再见你的下属也不迟。反正我和严先生打交道也不是一次两次了，有严先生帮忙，日常性的事务想必不会有什么困难。"心里却想着今天一大早，天还没有亮，宋宜春就派了个自称"鲁嬷嬷"的婆子来催她和宋墨去祠堂。

还好她跟着祖母养成了早睡早起的好习惯，鲁嬷嬷来的时候她已经起了床，不然此时的英国公府恐怕上上下下都在传她怎么懒惰了吧？看样子，宋宜春并没有因为是个男子就把目光放在庙堂之上，而是还停留在内宅……

这件事虽然暴露出了宋宜春的格局之小，却也给窦昭提了个醒，她以后，得多个心眼才是！

"宁德长公主和陆老夫人还是第一次见到我，她们喜欢我，肯定是因为你。"窦昭笑道，"你是不是从小就很得宁德长公主和陆老夫人的欢心？"说这话的时候，她骤然间意识到，蒋家式微，陆家的长辈就成了在道义上唯一能压制宋宜春的人！

她顿时眼睛一亮，压着心中的兴奋道："世子，不知道宁德长公主和陆老夫人都喜欢些什么？我们去陆家做客，应该挑几件两位老人家喜欢的东西做礼物才是！这次宁德长公主给我的见面礼是一对宝钗，陆老夫人给我的见面礼是一对镶宝项圈，都十分贵重。我们也不可轻怠了两位老人家才是！"

宋墨从小受到的教育和所处的地位都让他明白，庙堂之争才会影响生死。对于父亲那些小动作，他并没有放在眼中，偶尔会觉得不胜其扰，却也懒得和父亲过多地计较，因而就更不要说用宁德长公主和孙老夫人去压制父亲——他若想压制父亲，也只会去请陆复礼出面。

他还以为窦昭是因为新嫁入宋家，想和宋家的亲戚们交好。

宋墨不由如释重负，窦昭应该没有注意到他的异样才是！

"你如果想知道，可以让严先生帮你查一查。"他很快平静下来，若无其事地笑道，"我没有留意过两位老夫人都喜欢些什么。特别是宁德长公主，从小生长在内廷，很难知道其喜好。"

窦昭就问宋墨："听说皇上吃饭的时候，不管喜不喜欢吃，每样菜都只夹三筷子，为的就是防止别人下毒，有这回事吗？"

她望着宋墨，眼睛亮晶晶的，闪烁着好奇的光芒。宋墨失笑，心里却又觉得无比地温暖："你听谁说的？简直是胡说八道！皇上和内廷有位分的妃嫔们都有自己的小厨房，大家平时都吃小厨房，御膳房的那些菜，大家都只当摆设。"

"我是在一本野史上看到的。"窦昭像和素心她们说话一样，觉得惬意的时候就趴在大迎枕上，"也就是说，不全是杜撰的了？因为书上说，皇上通常都吃不饱，就私下里吃小厨房。"

歪着脑袋趴在枕头上，一边的脸被压得红红的，这样的窦昭，少了几分平日的飒爽，却多了几分他从不曾见过的俏皮，让宋墨觉得非常有意思。他侧身枕臂，望着窦昭，笑道："这是你说的，我可没有说过。"

"你这个人，真没意思！"窦昭笑着和他打趣，"难道就没有失言的时候？"

屋里的气氛变得非常温馨，宋墨的心也跟着变得柔软起来。

"嗯……"他故作沉吟地道，"我不知道自己说不说梦话……"

窦昭忍俊不禁。

突然"哐当"一声巨响。

窦昭吓了一大跳，宋墨已一跃而起，身手十分矫健。

窗外呼啦啦一阵风声，伴随着哐当哐当风吹动窗扇的响动。

两人不禁相视而笑。

"是起风了！"宋墨披了外衣，"我去看看。"

"你小心点。"窦昭道，"这么大的风，明天恐怕要变天了，让他们注意一下，小心大风把树吹断了压塌了屋顶。"

"好！"宋墨笑着，出门喊了当值的素心过来陪着窦昭，自己叫了陈核，不知道去哪里了。

窦昭趴在床上，听着外面一阵紧过一阵的狂风，觉得自己好似躲在结实的大船里，任它风吹雨打，都会有人守护在自己左右，在危险的时候唤醒自己，不用害怕会随着船一起沉下去。

迷迷糊糊的，她睡着了。半梦半醒中，好像有人在她的身边道："……别把她吵醒了，让她好好睡一觉！"

第二天醒来，外面果然风狂雨骤。宋墨已经醒了，正坐在炕上看着什么，见她醒过来，笑道："还好你昨天提醒，花厅那边一株百年的梧桐树断了。"他啧啧道，"树中间全都空了。"

窦昭笑道："最怕这种百年的大树了，看上去粗粗壮壮的，中间却全都空了，不知道什么时候会倒下来。"她说着，叹道，"可惜今天要回门，也不知道路上好不好走？"

"我已经让人探路去了。"宋墨笑道，"你快点梳洗，我们去给父亲问了安，就去静安寺胡同。"

第八十四章　回门·论序·不甘

窦昭和宋墨正在给宋宜春问安，来接窦昭回门的窦济昌到了。宋宜春满腹的话只好闷在了肚子里，匆匆交代了窦昭和宋墨几句，就让他们出了门。

狂风裹挟着倾盆大雨如潮水般一阵阵地涌过来，抄手游廊像被水洗了似的，更不要说走在上面的人了，鞋袜和衣裾立刻会被淋得透湿。

大家披着蓑衣穿着木屐，窦昭比平时又高了几分，素心吃力地帮她打着伞。

"我自己来吧！"窦昭笑着，伸手去接素心的伞，却有双晶莹如美玉般的手伸了过来，赶在她前面接过了素心的伞。

窦昭愕然地抬头，看见宋墨淡淡的面孔。

"我来吧！"他不动声色地持伞，揽着窦昭的肩膀朝外走去。

给宋墨执伞的陈核不知道如何是好，愣了半天才追上去。

窦昭的个子刚刚齐宋墨的耳根，她若略一倾身，就可以靠在他的肩膀上。

两世为人，窦昭从来都是那个为别人持伞的人，何曾有人这样为她持过伞？

她半天没有回过神，懵懵懂懂地随着宋墨朝前走着，等她反应过来，她已站在了马车前。车夫已放好了脚凳，宋墨略一犹豫，扶了窦昭的手，道："快上车，小心淋湿了衣裳。"将伞移到了脚凳上方，竟然要亲自服侍窦昭上马车。

豆大的雨点落在了宋墨的脸上，窦昭忙弯腰钻进了车厢。

陈核跑了过来，双手高举着桐油伞，为宋墨挡风遮雨。宋墨把伞递给了身边的武夷，上了马车。

素心几个面露惊讶，低下了头，鱼贯着上了后面的马车。

看到这一幕的窦济昌脚步微滞。他有些意外，京都谁不知道英国公府的世子爷出身显赫，性子清冷，不易接近，没想到他却能放下身段照顾四妹妹……可见再清冷的男子，在妻子面前都有柔情的一面。

他笑着跳上了窦家的马车。

雨点打在车顶噼噼啪啪地作响。窦昭望着没有一滴水渍的衣裙，心中很是感慨，真诚地向宋墨道了声"多谢"，递了帕子给宋墨，示意他擦擦脸上的雨水。

宋墨笑着接过了帕子。很普通的白色绫缎，在一角绣着丛素兰，这让他想起窦昭的花圃。

宋墨擦了擦脸。帕子上有淡淡的香味，像是兰香，又像是茉莉香，再仔细一闻，又好像玉簪花香，非常清雅。

他把帕子塞在了衣袖里，撩了车帘，透过镶着玻璃的车窗朝外望："你要不要回趟真定？"

路上没有什么行人，狂风骤雨吹打着满地的落叶，地上狼藉一片。

窦昭眼睛一亮："可以吗？"

"什么事，只要想做到，总是能抽出时间来的。"他回头，眼睛在光线有些黯淡的车厢里熠熠生辉，亮如星子。

"也是！"窦昭失笑，认真地思考了片刻。

如果宋墨能和她一起回真定就好了，让祖母见见宋墨，祖母也能放心些。可宋墨在金吾卫当值，未必走得开，这件事还得从长计议。

"我到时候和严先生商量吧？"她笑道，"国公爷那边，也得有个交代才行。"

宋墨点了点头，心里有些伤感。如果母亲还在世，有母亲帮窦昭挡着，窦昭又怎么会连想回趟真定都这么困难！他不由握了握拳。

窦昭见他情绪有点低落，也笑着凑到了车窗前。

"这秋雨，下一场天气就冷一场。"她问他，"我们这是在哪里？"

前世，她虽然在京都住了十几年，可也不过只对富贵坊周围比较熟悉。

"我们在安定门大街。"宋墨说着，若有所思，吩咐车夫，"走江米巷去静安寺胡同。"

车夫傻愣了半天，这才高声应"是"，驾车拐进了旁边的一个小巷。

窦昭好奇道："为什么要走江米巷？是不是走江米巷离静安寺胡同近一些？"

下次她回娘家，就知道该怎么走了。

"比走皇墙北街远大约半个时辰，"宋墨笑道，"不过六部衙门、五军都督府都在那边，你可以看看。"

窦昭有点不好意思，宋墨这是把她当成了没出过远门的深闺弱质了。但宋墨能细心地想到带她去转悠这件事，还是令她心情大好。

跟在他们马车后面的窦济昌却是满脸的困惑：宋墨他们怎么改道往南走啊？这可是越走越远了！

再一看，车马慢慢地停了下来，在翰林院、上林苑监、太医院等衙门前伫立了片刻才徐徐地朝前驶去。他不由问跟车的护卫："他们在干什么呢？"

护卫也不知道，忙过去问了一声，回来禀道："世子爷正告诉四姑奶奶六部衙门在哪里呢！"

窦济昌愕然，道："六部衙门与四妹妹有什么关系？"

护卫摇头，显然也很纳闷，倒是窦济昌的小厮猜道："四姑奶奶到京都的时日不长，平日难得出趟门，就是出了门，不是在几个寺庙里转悠，就是在南大街、鼓楼大楼的那几家卖绫罗绸缎、金银首饰的铺子里转悠，想必是世子爷有意让四姑奶奶开开眼界！"

窦济昌恍然大悟，又忍不住笑道："也亏他想得出来！"竟然带着妻子来看六部衙门，又不是儿子，要激励他参加科举。

好在今天风大雨大，路上没有什么行人，又是回门的日子，没什么时间限制，窦济昌懒得打扰他们，躺在马车里听着雨声，走走停停，多花了半个时辰才到静安寺胡同。

窦家的亲戚都到了。听说窦昭他们到了，迫切想知道女儿过得好不好的窦世英不顾窦世枢的阻拦，亲自到大门口迎接。

宋墨下了马车，一手接过陈核手中的大伞，挡在风口，一手扶着窦昭下了马车，自己的衣摆却被淋湿了半截。

匆匆赶过来的窦世英看着不由喜笑颜开，不待宋墨站稳，就上前携了他的胳膊："快到屋里坐！这雨太大了！"又高声吩咐高升，"快去找件干净衣裳给四姑爷换了。"十分热情，就是宋宜春和宋墨关系没有破裂的时候，也不曾这样情感外露地对待过宋墨，让宋墨一时间有些傻眼，片刻后才缓过神来，忙恭敬地向窦世英道谢："多谢岳父大人！"

窦世英望着眼前芝兰玉树般的宋墨，想到刚才他对窦昭的呵护，真是越看越满意，越看越觉得顺眼，一面拉着宋墨往花厅里去，一面笑呵呵地道："一个女婿半个儿，你不用和我这样客气。只要你们夫妻和美，我就心满意足了。"

宋墨想到窦昭出嫁时窦世英的眼泪，心顿时软了下去。他恭谨地应"是"，和窦世英一起进了大门。

高升捧着一叠衣裳跑了过来："老爷，这是您前些日子做的新衣裳，都还没来得及穿。"他气喘吁吁地道，"您看哪件合适？"

窦世英就挑了件紫红色的宝相花绉丝直裰，对宋墨道："先去换衣服，这秋天的雨，伤人，小心生病。"

望着那艳丽繁复的花纹，宋墨和窦昭都不禁额头直冒汗——前者是因为觉得这衣服过于华丽外露，却又因为是窦世英所赐，不敢推辞；后者是没有想到父亲竟然做了件如此张扬的衣裳。

宋墨由高升陪着去换衣裳时，窦昭忍不住道："现在京都还时兴宝相花的面料吗？"

"宝相花的布料什么时候是时兴的布料了？"窦世英反问。

窦昭无语，只能在心里嘀咕：但以您的年纪，这也太花哨了些。

念头刚刚在心头掠过，就看见宋墨跟着高升走了过来。紫红色的织锦，用金丝银线织着各式花草图案，五彩斑斓，色如流霞，映衬着宋墨白皙至无瑕的肌肤，如那姹紫嫣红中的一点素，有种纤尘不染的高华和贵气。

窦世英不由得眼睛一亮，道："这件衣裳倒挺合适你的。"不待宋墨说话，已抬脚朝前走，"我们去花厅喝茶去——家里的亲戚都早到了，就等着你们了！"

宋墨不自在地理了理衣袖，可当他抬脚的时候，已恢复了平时的泰然自若，跟着窦世英去了花厅。

窦世枢和窦世横坐在中厅的太师椅上和魏廷瑜说着话，窦文昌几个则神色谦恭地站在旁边听着，纪氏和五太太等女眷则围坐在西厅的圆桌前，窦文昌的两个儿子、窦济昌的两个儿子和窦博昌的女儿则由一大群丫鬟婆子服侍着，在花厅里嬉笑打闹，到处洒落着孩子们欢快的笑声。

见窦世英和宋墨、窦昭走了进来，窦世枢等人打住了话题，婆子们也忙把几个孩子抱到了一旁。

花厅里霎时安静下来，大家的目光都落在了宋墨的身上。宋墨从容地微笑，跟着窦世英拜见了窦世枢和窦世横。

一旁的魏廷瑜望着穿着端庄大方又不失明艳的窦昭，眼神显得有些热烈。窦昭却无意和魏廷瑜多说什么，低眉顺目地跟在宋墨身后，给窦世枢和窦世横行礼。

魏廷瑜摸了摸头，神色尴尬。

不知道什么时候，窦明走了过来。她拉着魏廷瑜的衣袖，悄声笑道："侯爷在看什么呢？"她瞥了眼看也没看他们的窦昭，视线却停留在了宋墨的身上。

这，就是英国公府的世子？他竟然长得如此……惊艳！窦昭可是比他还大一岁！他……会瞧得上窦昭？

窦明难掩其惊异和震撼，朝窦昭望去。

窦昭安静地站在宋墨的身后，有着与其年龄不相符的沉稳和内敛。

窦明目光微闪，看见宋墨朝着自己的丈夫拱了拱手，笑着称了声"佩瑾"。

没有用敬语！

魏廷瑜苦笑，称了宋墨一声"姐夫"。

哥哥，他还真叫不出口！

宋墨微微地笑，显得很谦和。

窦世英很满意。两个女婿都出身显赫，却能以妻族之礼相见，这既是对女儿的尊重，也是对窦家的尊敬。

因窦家的家祠不在京都，他领着宋墨和窦昭去了正厅，给窦家祖先的影像磕了头，上了香，就算是祭拜过祖先，禀告了喜事。之后又领着他们重新回了花厅，给窦世枢等人磕头，正式开始认亲。

或者是考虑到英国公府乃钟鸣鼎食之家，金银有价而珍本无价，窦世枢的见面礼是本前朝刻印的《春秋》，窦世横的见面礼是套《四书注释》，窦文昌、窦博昌等做兄长的，或送集锦墨，或送澄心纸，或送玉笔洗，或送珐琅暖墨炉，都是些读书做学问的物件。

窦昭抿了嘴笑，宋墨就瞅着没人注意的时候悄声问窦昭："你笑什么？"

窦昭瞥了一眼奉命在一旁捧见面礼的陈核，低声笑道："你可以去考状元了！"

宋墨望着那些文房四宝，忍不住眼底含笑。

见过了长辈和比他们年长的，接下就轮到了比他们年幼的平辈或是晚辈了。

魏廷瑜摸了摸衣袖中的封红，不知道是该拿出来好，还是不拿出来好——按礼，宋墨虽然是姐夫，但他比宋墨先成家，这个时候他给宋墨见面礼，是礼数，不给虽也说得过去，却显得有些畏缩，小家子气。可刚才窦家的人都送的是些不好用钱衡量的东西，他那二百两银票的封红拿出来不免有些俗气。

犹豫中，宋墨已笑着朝魏廷瑜揖了揖，掏出一个封红递给了魏廷瑜。魏廷瑜望着排在自己之后的几个小屁孩，脸色涨得通红，正要拒绝，宋墨已不由分说地将封红塞到了他的手里，笑道："你我也不是今天才打交道，快拿着！"让魏廷瑜想起了之前宋墨关照他，让他跟着顾玉做河工生意分红时的口吻，他不由得一愣。

宋墨已笑着弯腰摸了摸窦济昌的长子窦启仁的头，递给了他一个封红。窦启仁大声地喊着"多谢四姑父"，雀跃之情溢于言表，让宋墨的笑意更浓了。

· 223 ·

窦济昌的次子窦启复则不待宋墨掏出封红就嚷了起来："四姑父，还有我，还有我！"肥肥的小手快要伸到宋墨的脸上去了。

"我记得，还有复哥儿！"宋墨呵呵地笑，掏了个封红给他。

窦启复欢呼一声，接过了封红，噔噔噔地朝西厅跑去："我得了个封红！"

窦品媛是窦博昌的女儿。她闻声而动，迈着胖胖的小腿跑了过来，拉拉宋墨的衣襟道："四姑父，您还没给我封红呢！"

那软糯糯的声音，忽闪忽闪的大眼睛，都让宋墨心里软得一塌糊涂。

"好，好，好。"宋墨笑着抱了窦品媛，递给了她两个封红。

窦品媛嘻嘻地笑，得意地朝窦启仁和窦启复扬着手中的封红。

窦启仁和窦启复一左一右地抱了宋墨的大腿，高声喊着"四姑父"："我也要两个，我也要两个！"

窦家的人都满脸尴尬，三个人的乳娘更是抬不起头来，忙上前哄着几个孩子。宋墨却笑着阻止了几位乳娘："本是凑个热闹，不必如此拘谨。"又掏了两个封红补给了窦启仁和窦启复。

窦启仁和窦启复欢呼不已，窦品媛不依了，嘟着嘴道："我也要一个！"

宋墨竟然又给她补了一个。

窦品媛喜笑颜开了，窦启仁和窦启复却傻了眼。

五太太红着脸，狠狠地瞪了自己的两个媳妇一眼。郭氏一个激灵，忙上前抱了窦品媛，笑着叮嘱窦品媛："还不快谢谢四姑父！"

"多谢四姑父！"窦品媛稚声稚气地道，讨好地又对宋墨道，"四姑父，您过年的时候到我们家去玩，我让祖父给您写春联！"她从小看到很多人到家里求窦世枢的春联而不得，在心里认为这就是世上最好的东西。说得窦世枢都坐不住了，起身朝着宋墨拱手："见笑了，见笑了！"

宋墨却笑道："难得媛姐儿一片心意，到时候五伯父可不能推辞哦！"

窦世枢有些意外宋墨的随和，随即笑了起来，谦虚地道："只要世子爷不嫌弃就好！"

宋墨笑道："早就听说五伯父的字飘逸俊秀，一直无缘得见。这次还是借了媛姐儿的福缘，才能向五伯父讨副春联，怎敢有'嫌弃'之说？"

窦世枢还要谦逊，窦世横已不耐烦地道："一家人，这么客气干什么？你要是想向五哥讨几幅字画，只管上门说一声就是了。不过，五哥的字一半得益于他少时的勤奋，一半得益于他现在是内阁大学士，你不要抱太大的希望！"

一席话说得众人忍俊不禁，窦世枢更是笑着摇头叹道："哪有自家人拆自家人的台的道理？"然后和宋墨聊了起来，"我听翰林院的几位老先生说，你的字也写得不错，皇上还让你帮他抄佛经，你师从何人？都读了些什么书？"

"师从忠毅公。"宋墨正色地道，"跟着忠毅公读《春秋》。"

诸子百家，浩如瀚海。四书五经，皓首穷经，就算是要参加科举的士子，也不可能全都熟读，通常会从中选一本作为自己的主修方向，而忠毅公更是当世经学鸿儒，几位皇子的授业师傅，三年前去世，得了"忠毅"的谥号。

"看来我这本《春秋》还送对了。"窦世枢捻须而笑，看宋墨的目光就如同发现了自己的同类般，有了微妙的变化。

窦世横的表情也有了微妙的变化，道："《春秋》冗长难记，现在的人为了早日中举，已没几个人能耐得下心读《春秋》了，没想到你竟然愿意读《春秋》。"他自己也是读的《春秋》。

宋墨笑道："我又不用科举，慢慢地读就是了。"

窦世横却点头："这样已经很难得。"竟然揽了宋墨的肩膀，一副要和他坐下来促膝长谈的样子。

纪氏见状不由啼笑皆非，忙笑道："老爷，您有什么话，改天再请世子到家里说也是一样。今天还是让世子先见见五嫂和几位侄儿媳妇。"

窦世横哈哈笑着拍了拍脑袋，一面笑着道"看我这记性"，一面越俎代庖地拉了宋墨，向他介绍五太太。

因为孩子们的一番插科打诨，大家笑盈盈地站在一起，少了几分他们进门时的肃穆，多了几分热闹喜庆。

窦昭和宋墨给五太太磕过头后，五太太亲自携了窦昭起来，递给了窦昭一个红漆描金的匣子，笑道："是对碧玉簪，祝你们相敬如宾，白头偕老。"相比之前拜见窦世枢等人，气氛显得亲切而又友好。

宋墨和窦昭忙向五太太道谢，转而给六太太磕头。

纪氏送给他们的见面礼是对珐琅怀表。

"真漂亮！"窦昭十分喜欢，连声道谢。

纪氏笑了笑，什么也没有说，只是帮窦昭整了整衣襟，就退到了一旁。

舅母仔细地打量了宋墨几眼，送了他们一对小小的玉如意做见面礼。

窦明看着不由眼睛一红。想到了自己三天回门时，窦世枢那看似亲切骨子里却透着几分漫不经心的倨傲；想到了窦世枢等长辈打赏给魏廷瑜和自己的那包着一百两银票的封红……同样是出嫁的女儿，凭什么把她和窦昭区别对待？

她看了魏廷瑜一眼，魏廷瑜站在无人的角落，神色略带几分尴尬地笑着。

窦明紧紧地咬了咬唇，她喊着宋墨"姐夫"，娇笑道："您和姐姐给我准备了什么见面礼？"

正和赵璋如见礼的宋墨笑着递了个封红给她，然后转头笑着逗窦品媛："媛姐儿得了我的封红，还没有给我行礼呢！"

窦品媛捂了小嘴笑，恭敬地向宋墨和窦昭行了礼。

高升忙过来请大家到东厅坐席："酒菜都准备好了！"

大家笑着去了东厅，没有谁去理会窦明。

窦明冷笑，挤在窦昭身边坐了。

窦昭只当没看见，不紧不慢地答着五太太的话："……颐志堂景致优美，世子又一直住在那里，若是要搬家，千头万绪，只怕没有两三个月搬不完，还不如就住在颐志堂。"

五太太点头，道："这样也好。你公公正值盛年，说不定哪天就会续弦，你们住在颐志堂，和她隔得远远的，也清静些。"

纪氏见窦明支了耳朵听，笑着给五太太斟了杯酒，道："英国公府的内院再大，难道能比西窦大？寿姑既然能主持西窦的中馈，还怕她主持不了英国公府的中馈？就算她有什么事拿不定主意，不是还有您吗？您就别替她担心了！她的日子好过着呢！"打断了五太太的话，又吩咐丫鬟去看看还有几道什么菜，和五太太说起春芳斋的干果，五太太就说起席面上的福橘来："他们的那个福橘好吃，也不知道是怎么做的？"

纪氏却笑道："我倒瞧着没有福建橘饼好吃。"把话给岔开了。

窦明知道纪氏这是防着她。她就轻轻地踢了韩氏一脚，开玩笑似的低声道："你婆婆还挺难伺候的！"

韩氏悄悄挪了挪身子，和窦明拉开了一个并不明显的距离，小声笑道："我婆婆挺好的啊！只是纪家讲究食不厌精、脍不厌细罢了！"

她从前同情窦明没有长辈疼爱，可自从发生了姐妹易嫁之事后，她觉得自己从前太天真了，把一些事情想得太简单。

窦明没有注意到韩氏的异样，隔着屏风而坐的窦世枢等人正在问宋墨话，她听得全神贯注。

"……当时父亲是想请余大人给我启蒙，谁知道余大人再三推托，怎么也不答应。"宋墨笑道，"正好那天在翰林院遇到了皇上，见父亲气急败坏的样子，皇上就问了一句。父亲正在气头上，把余大人好一通抱怨。皇上听了哈哈直笑，说余大人是头'倔驴子'，与其让他把我给教成了头小倔驴，还不如另择明师。当时忠毅公正陪在皇上身边，皇上就指了忠毅公给我启蒙。我从此每天寅时进宫，酉时出宫，跟着太子和几位皇子一起读书。直到十岁时忠毅公因疾致仕，才能安安生生地睡个囫囵觉。"

他语气轻快，听不出一丝的不满，反而带着几分怀念和惋惜，让窦世枢等人不住地点头，觉得这样才是求学应有的态度。

"我就说，你怎么会拜在忠毅公门下的。"窦世横笑道，"原来如此！这也是你的造化了。"然后问起太子和几位皇子来，"……学问如何？"

宋墨怎好评价，笑道："比我要好一些。"

窦世横还要再问，窦世枢却认为此时不是议论此事的时候，笑着接了话茬，说起如今已是掌院学士的余励来："……令尊倒是有眼力。余大人的学问是一等一地好，可这脾气也是一等一地固执，皇上让他去主持编撰《文华大训》，倒也算是人尽其才。"

结果这话题又偏到了皇上有识人之明上去了，窦世横甚至道："余大人年纪大了，精力不济，听说皇上有意要换人主持编撰《文华大训》，以余大人的性子，虽然会心中不快，可若是皇上开了口，定会答应的。也不知道会是谁接手翰林院掌院学士之职？"

窦世英显然也听说了，笑道："反正以你我的资历，这翰林院掌院学士之职怎么也落不到我们的头上！"

窦世枢显然还是第一次听到这样的传言，他不由眉头微蹙，道："你们是听谁说的？"

窦世横笑道："出处已不可查，翰林院已经传遍了。"

窦世枢面对两个大大咧咧的弟弟，不由抚额。若是翰林院掌院学士要凭资历才能当上，那些比掌院学士资历还深的老翰林又是怎么一回事呢？

可望着坐在旁边桌上目光炯炯地听着他们说话的窦文昌等人，窦世枢欲言又止。

宋墨见了微微一笑，道："多半是因为上次皇上召见余大人，听说余大人患有风湿，近年越来越厉害，左手小指已不能伸直，皇上体恤余大人春秋已去，免了其大朝会，才会有此言传出来。"他说着，调侃道，"著书立说，是士子们一辈子的荣誉，何况是一本能让皇上作序刊行的书！余大人就是再清正廉洁，不恋权柄，恐怕也不会在此时致仕！岳父大人和六伯父倒不用急着准备程仪！"

窦世英哈哈大笑，道："此言有理！"

窦世横不禁露出欣赏的目光来。

窦世枢则是眼睛一亮，捻须含笑。

魏廷瑜坐在一旁，全然插不上话。

同样关注屏风外面动静的还有窦昭、舅母和赵璋如。

舅母闻言松了口气，赵璋如却朝着窦昭眨了眨眼睛，和她耳语："姑父给你找的这个小女婿不错啊！"

窦昭纵然两世为人，也不由得面色微酡，夹了块春卷放在赵璋如的碗里，嗔道："全是你喜欢吃的还塞不住你的嘴！"

赵璋如小声嬉笑。

窦明却是脸色发青。

用过午膳，窦昭和宋墨要去槐树胡同给因为是孀居而不方便出现这种场合的二太夫人磕头。

五太太自然是要陪同的；窦世英想到二太夫人是力主窦昭嫁到纪家去的，老小老小，万一二太夫人给宋墨脸色看，自己跟过去也可以打个圆场；窦世横则想着窦昭三朝回门，他们全都是请了假的，既然如此，不如趁此机会过去看看母亲；只是这样一来，纪氏也得跟过去尽孝了……窦世枢索性建议大家都去槐树胡同用晚膳："难得大家都在，让母亲也高兴高兴！"

一行人浩浩荡荡地冒雨去了槐树胡同。

窦世英在窦昭婚事上所表现出来的强硬，让二太夫人心里七上八下的，不敢肯定窦昭会不会带了夫婿来给她请安，正坐立不安地在家里等着，突然看见一大群人过来，她顿时喜出望外。特别是看到了如珠玉在侧的宋墨，她止不住心中的惊讶，望了望窦昭，又望了望宋墨，神色微黯，在心里长长地叹了口气。

如果她是窦世英，也会抓住宋墨不撒手的吧？

五太太却怕二太夫人说出什么破坏气氛的话，忙扶着二太夫人上了临窗的大炕，又吩咐柳嬷嬷拿蒲团过来："四姑爷和四姑奶奶要给太夫人磕头了！"

柳嬷嬷早就准备好了，五太太的话音未落，她已笑着将蒲团放在了二太夫人面前。

窦昭和宋墨给二太夫人磕了头。

二太夫人送了对琉璃杯给两人做见面礼。这种琉璃杯在外人看来很稀罕，可对于和纪家是姻亲的窦家人来说却只是比较值钱而已，但看在那些惯于揣摩主人心思的仆妇眼里，却是相视一笑。

前些日子五姑爷和五姑奶奶来给二太夫人磕头，二太夫人赏的是一百四十两银票。怎及得上这对琉璃杯体面？招待窦昭和宋墨的茶还是原来的茶，糕点还是原来的糕点，不过笑容更殷勤了，声音更柔和了，态度更小心翼翼了。

窦世枢请了窦世横、窦世英、宋墨和魏廷瑜到书房里说话，其他人都没有份。只是他最后一个才邀请的魏廷瑜，而且在邀请魏廷瑜的时候，还犹豫了一下。

魏廷瑜没有什么感觉，可从小生活在众人目光之中的窦明却看得明白。她脸色发白，见二太夫人拉着窦昭的手，大家众星拱月般围坐在两人身边笑吟吟地说着闲话，她悄悄地去了书房外的廊庑。

窦世枢在和宋墨闲聊，说话的内容竟然是内阁中几位大学士的轶事。

宋墨不时地补充几句，显然对这些大学士都非常熟悉，而且，他补充的，都是皇上或是太子，或是王公重臣对几位大学士的肯定，这让窦世枢的兴致更高，就连窦世横和窦世英也加入了讨论。

她始终没有听到魏廷瑜的声音。

从槐树胡同出来，窦明就跟魏廷瑜商量："你也去金吾卫之类的地方谋个差事吧？"

魏廷瑜看着她的目光像看着个要糖吃的孩子，带着几分宠溺："哪有那么容易的？金吾卫是亲卫，人员是有定数的，没有位置空出来，就是花钱也没用。"

窦明咬着唇，道："那宋砚堂怎么能进金吾卫？"

"他不一样。"魏廷瑜语气里透露着连他自己也没有察觉的羡慕，"他一出生就有正四品的袭职，进金吾卫是皇上钦点的，一进去就是正三品的指挥使——原来的金吾卫前卫指挥使因此被调到了河南都司任副指挥使，人家还是靖江侯的嫡次子呢！还不是得乖乖地给他腾地方！除了皇上，谁能有这样大的手笔？"

窦明脸色涨得通红，不甘地道："那就没有其他的法子了？"

"有啊！"魏廷瑜觉得难度很大，凭自己的能力，根本不可能办得到，因而说起话来十分轻松，"走通了兵部、吏部和五军都督府的路子，等到金吾卫调整的时候，就可以谋个差事了。"

窦明没有说话，心里却盘算着，吏部那边有五伯父的关系，可以让父亲去打个招呼；兵部有外祖父的关系，可以让大舅去打个招呼；只是五军都督府那边不认识人⋯⋯可事在人为⋯⋯外祖父打了这么多年的仗，和那些总兵、总督什么的，多多少少也应该有几分交情，人托人，总能托到几个熟人⋯⋯

想到这里，她心中大定，吩咐车夫："去柳叶巷胡同！"

魏廷瑜吃了一惊，道："我们去柳叶巷胡同做什么？"

这件事八字还没有一撇，若是不成，竹篮打水一场空，岂不让人更失望？

窦明决定暂时不把这件事告诉魏廷瑜，道："父亲说，等姐姐三朝回了门，就把母亲送回柳叶巷胡同，我想去向外祖母讨个主意。"

这件事还是魏廷珍告诉魏廷瑜的，他和魏廷珍当时都认为王映雪已归于窦家十几年了，纵然窦世英再怎么不满意，闹一闹，把脾气发出来，也就过去了，没想到事情竟然严重到了这个地步。

他骇然道："岳父真的要把岳母送回娘家吗？"

窦明点头，并不担心这件事。只要有外祖父在，五伯父肯定不会允许父亲休了母亲的，最多就是把母亲送回王家住一些日子。

"侯爷不用担心。"她安慰魏廷瑜，"父亲只说让母亲回娘家住些日子。"

火石电光中，魏廷瑜猛然意识到，这次窦世英非要把王映雪送回娘家，多半与窦明代窦昭嫁给了自己有关！

他闭上了嘴，心里却想着窦昭。如果能和她单独说上几句话就好了。想当初，自己应了窦明之邀去了大相国寺，窦昭伤心不已还说相信自己和窦明没有什么。自己贸然地认下了窦明，却是连句解释都没有⋯⋯

他想到这里，不由扭头朝窗外望去。

雨不知道什么时候已经停了，路边的树枝光秃秃的，看着就让人生出股荒凉之感。

冬天快到了！

第八十五章　郁闷·名分·清点

窦昭和宋墨也在回家的路上。

她支肘望着宋墨，眼角眉梢带着几分促狭的笑意，宋墨被她看得不自在，道："怎么了?"

窦昭眨了眨眼睛，笑着问他："四书五经里，你真的选了《春秋》来读?"

宋墨清了清嗓子，正色地道："自然是真的了!《春秋》微言大义，字字针砭，读来大有裨益，特别是《左传》，辞令直率，韵味悠深，纵然是兵戎相见，也不失温文尔雅之态，情韵并美……"

"如此就好!"不知道是谁说过，声音越大，就表明越心虚，窦昭笑着颔首，打断了宋墨的赞美，道，"我父亲博览群书，虽然奉皇上之命给诸皇子讲筵《易经》，可和我六伯父一样，最喜欢的却是《春秋》，六伯父擅《左传》，我父亲擅《谷梁传》。你既然喜欢《春秋》，以后父亲和六伯父又多了个可以清谈之人，想必会很高兴的!"

她说这话的时候，目光一直落在宋墨的脸上，怎么看，怎么都觉得宋墨的表情有点僵硬。

窦昭忙转过身去，一面撩了车帘朝外望，一面喃喃地道："世子，我们这次是走的皇城北街吗?"

宋墨有些心不在焉地"嗯"了一声，心中却苦笑不已。早知如此，他就应该说自己喜欢的是忠毅公擅长的《中庸》了。

现在可好，自己为了讨岳父的欢心，说选学的是《春秋》……若是岳父找自己来考校学问，自己这半瓶子水怎敌得过两榜进士出身的岳父大人?何况还有个跟皇子讲筵《左传》的窦世横在一旁虎视眈眈……到时候岂不是要露出马脚来?而且这种情况的可能性还比较大。

这就好像擅长下棋的人突然遇到了另一个喜欢下棋的人，总要较量几盘。

欺骗在任何时候都比不懂更让人愤怒!

这算不算是搬起石头砸了自己的脚?他不由摸了摸下巴。

趁着岳父没有发现，得想个办法补救才行!可不管怎么补救，也不能让别人代替他回答岳父的话吧!特别是在岳父要试试他深浅的时候。

最妥当的方法当然是自己从现在开始刻苦攻读《春秋》……但这做学问又不是砌墙垒瓦，有钱就行。而且，就算是砌墙垒瓦，也需要时间买石料和请工匠啊!他可是面临着随时会被考问的窘境。

想到这里，宋墨暗暗地叹了口气。

窦昭眼角的余光瞥到宋墨微滞的神色，差点就忍不住笑出声来。

早知道这家伙是个机灵鬼!他不过十五六岁的年纪，每天要习武，练骑射，早年间还要跟着定国公临阵磨炼，就算是一天十二个时辰不睡觉，《春秋》三卷，几十万字，也不可能全看得完，更何况是读懂这本书!

她一听就知道这家伙是在讨好父亲。偏偏父亲和伯父们不知道怎么想的，竟然相信了!这下子看他怎么下台!

窦昭突然想到上一世，自己刚嫁给魏廷瑜那会，真真是"画眉深浅无人问，洗手羹汤小姑尝"。她心中顿时无限酸楚，再看宋墨，哪里还有半点的嬉戏之心?

她指了宛平县署问宋墨："再过去是不是就是什刹海了?我听人说，现在有很多人都搬到了那里去住，五伯父原来的宅子是他自己买的，没想到一住就是二十几年，现在几个堂兄又都娶妻生子，就显得有些拥挤了。五伯父约六伯父一起搬家，六伯父觉得搬过去就离父亲太远了，不方便，没答应，五伯父也没有了下文。"她说着，抿了嘴笑，道："我看你挺喜欢静姐儿的，若是他们搬过来就好了，离我们近了一半的路程。"希望能转移宋墨的注意力。

宋墨闻言笑了起来，道："我从小就羡慕大舅家有很多兄弟姐妹，小的时候还曾吵着要母亲再给我添个妹妹，惹得母亲笑弯了腰……"或许是想到了小时候的情景，他的笑容里充满了追忆。

窦昭既然决定嫁给宋墨，就必须得查出宋宜春为什么要置宋墨于死地。否则她岂不是日日夜夜坐在火山口，不知道什么时候火山会喷出岩浆，毁天灭地让一切都成为灰烬？

听到宋墨的话，她心中一动，笑道："那时候二爷有多大？"

"两岁还是三岁……"宋墨笑道，"我记得不是很清楚了，只知道那时候天恩已经会跑了。"

那时候蒋氏的年纪并不算大啊！

"母亲为何没有再给你添个妹妹？"窦昭一副很是好奇的样子。

宋墨有些不好意思地笑道："后来外祖母就教训我，说孩子是菩萨赐予的，又不是说有就有的。不过我倒是为这件事曾经给大相国寺捐过一千两银子。"

窦昭忍不住"扑哧"一声笑，宋墨脸上有些挂不住了，用手肘拐她一下，"喂"了一声，道："我知道有点傻，不过，你也不必笑成这样啊！难道你从小到大就没有做过点傻事？"

"我没觉得你傻。"窦昭笑个不停，"就是觉得挺有意思的。母亲没有说什么吗？"

"我是悄悄给的，"宋墨笑道，"当时每个月只有五十两银子的月例，逢年过节的赏赐都要造册，还是向五舅借的银子，后来去福建跟着大舅的人剿倭，才知道原来打胜了仗有银子捞，这才把那笔账填平了。我觉得母亲应该知道。不过，母亲从来没有说什么，我自然也不会傻傻地跟母亲坦白这件事。"说到这里，他的眼角眉梢流露出些许的伤感，低声道，"也不知道五舅现在怎样了？上次我去见他的时候，他很消沉。"又道，"五舅向来慷慨大方，若是他还在京都，我们成亲，他肯定会满大街地给我们淘见面礼，我们的婚事还没有定下来，京都那些古玩铺子、金楼银铺恐怕都会知道我要成亲了……"言辞间充满了唏嘘。

窦昭不禁拍了拍宋墨的手："留得青山在，不怕没柴烧。就算是五舅不能像三舅那样，领着蒋家的族人重整旗鼓东山再起，等过几年风声不那么紧了，想个办法弄个大赦，回老家做个田舍翁也不错啊！"

宋墨微微一惊，立刻抑制住了缩手的本能，道："三十年河东，三十年河西。蒋家百年煊赫，也到了返璞归真，休养生息的时候了。"他的身子却骤然间挺得笔直，透露了他心中的紧张。

窦昭笑道："那你给我说说，五舅是个怎么样的人？"她神情坦然，很快就消弭了宋墨的紧张。

他笑着回忆道："五舅长得很英俊，大家都说我长得有点像他，为人很豪爽，很讲义气，性情开朗，三教九流，无所不交，当时京都的人提起蒋五爷，没有人不竖着大拇指赞一声的……"

宋墨微笑着说起从前的一些旧事，仿佛又回到了那段因为每天都有做不完的功课而让他倍觉烦躁，现在想起来，却无比幸福的时光。

窦昭饶有兴趣地听着，脑海里渐渐勾勒出一个游侠儿般的蒋柏荪的形象。

马车静静地停在了英国公门的府前。不知道什么时候，雨已经停了，天空中出现了一道彩虹。宋墨扶窦昭下了马车，见到马车前有一洼水，吩咐陈核："指个做事仔细点的车夫给夫人用。"然后带着窦昭绕过水洼，上了台阶。

陈核，马车夫，还有大门口当值的全都像被施了定身术似的，直到窦昭和宋墨进了门，才回过神来。马车夫拉着陈核直喊"冤枉"，陈核哪有工夫听他啰唆，直接吩咐身边的小厮："给他另安排个差事。"然后就急急地追了上去。大门口当值的交头接耳，一片"嗡嗡"声。

宋宜春的心情自宋墨和窦昭走后就一直像这阴雨的天气，很不好。

儿子不仅和媳妇圆了房，而且回门的时候，还表现出不同寻常的温柔和体贴。男人都是这样，得了好处，自然就会低头。宋墨应该和窦氏相处得很好。

那他到底要不要把主持中馈的权力交给儿媳妇呢？

他想找陶器重商量，但陶器重去了真定还没有回来。

翰林院的杜先生又派人送来了书信，说是这些日子奉皇上之命给皇子们讲筵，恐怕不能继续指点宋翰的功课了……

宋宜春气得一口浊气堵在胸口怎么也出不来。他把宋翰叫来，狠狠地抽了十鞭子，又把他给轰了出去，半晌气都没喘匀。

想到蒋氏在的时候，自己何尝要为这些事烦心，心里就冒出股无名的火。雨停之后，他在香榭院的抄手游廊里来来回回走了几趟，心里才觉得好受了些。

听说宋墨和窦昭回来了，正过来给他问安，他阴着脸回了正房坐好。

可当他听宋墨说明天一早准备带着窦昭去蒋氏的坟前给蒋氏上香时，他的心情又变得奇差无比。

宋宜春决定把中馈的事，暂时放一放。

"我知道了！"他阴郁地摆了摆手。

宋墨却不依不饶地道："我想明天把天恩也带去——清明节的时候天恩有功课在身，上元节的时候弟弟又说害怕……他还是去年冬至的时候去给母亲上过香。"

宋宜春看着从进门后就低眉敛目垂手恭立在宋墨身边却难掩美貌的窦昭，想到窦世枢的能言善辩，挥了挥手，示意自己知道了。

宋墨和窦昭退了下去，宋宜春这才想起，自己好像没有交代窦昭以后每天要晨昏定省。

宋翰没想到自己能跟着哥哥去给母亲上香，他一向苍白的脸上泛起几丝红润，怯生生地喊了声"哥哥"，难掩眉宇间的雀跃。

宋墨心里一酸，轻轻地拍了拍他的肩膀，宋翰却一阵龇牙咧嘴。

宋墨眼底一寒，厉声道："怎么了？"

宋翰垂着头，闷闷地说着"没事"。宋墨却冷笑一声，猛地拉下了他的衣领，两条肿起来的紫色印子狰狞地趴在宋翰的肩头。

"他打你？！"宋墨的额头冒起了青筋，明亮的眸子闪着寒光。

"没，没有。"宋翰喃喃地道，"是我自己不小心撞的。"他神色有些惊慌，"真的，是我自己撞的。"生怕宋墨和父亲起冲突似的，他紧紧地抓住了宋墨的手，眼中也流露出哀求之色。

宋墨眼角有水光闪过。他沉默了半晌，才低声道："他再打你，你就一边跑，一边大声地求饶——他最要面子了，肯定不愿意让人知道的。你别傻傻地站在那里由着他乱来。"他仿佛又感受到了那天父亲的鞭子落在自己背上时那撕心裂肺的疼……他紧紧地揽住了弟弟的肩膀。

"我知道了！"宋翰朝着宋墨笑，笑容苍白而软弱，窦昭不禁怀疑，宋宜春要是真的再打他，他是否有勇气像宋墨说的那样去反抗。

宋墨吩咐陈核去拿两瓶上好的金疮药来，然后指了窦昭道："你嫂嫂！"示意他向窦昭行礼。

　　宋翰羞涩地上前，恭敬地行礼，喊了声"嫂嫂"。

　　窦昭赏了他一个装了二十两银票的荷包，笑道："给你买零嘴儿吃。"

　　宋翰立刻意识到了荷包里装着银票，忙推道："我不要！"

　　宋墨笑道："你嫂嫂给你的，你就拿着。以后要是有什么事找不到我，就去跟你嫂嫂说。"

　　宋翰"嗯"了一声，收下了荷包，望向窦昭的目光却充满了好奇，窦昭朝着他友善地笑了笑，由宋墨扶着，上了马车。

　　宋翰和宋墨上了马，一左一右地跟在窦昭的马车旁，出了英国公府胡同。

　　宋家的祖坟就在大兴县一块背山面水的风水宝地处，有从前跟着宋家老祖宗一起南征北战过的忠仆世居在这里当守陵人，百年繁衍，当初的两三户人家，已形成了个小小的村落，被称为宋家庄。

　　窦昭等人到达的时候，早就得了信的宋家庄庄头率领着全村老少在村头恭迎。宋墨和宋翰下了马，亲切地和庄头交谈了几句，就由几个宿老陪着，带着整猪整羊的祭品往山丘上去。

　　窦昭戴着帷帽，由素兰和素心扶着，跟在宋墨的身后。

　　汉白玉砌起的坟茔干净整洁，看得出，常年有人打扫。

　　宋墨几个给蒋氏上了香，宋墨又一个人站在蒋氏的坟头低声说了好一会儿，他们这才下了山丘。

　　庄头留他们用午膳，宋墨婉言谢绝了："我下午还要进宫当差。等冬至的时候，我再来给母亲上香。"

　　庄头连声夸着宋墨孝顺，态度非常殷勤，又亲自把他们送出了宋家庄。宋墨就笑着问宋翰："你有没有特别想去玩的地方？我今天放你半天的假，让陈核陪着你去松散半天。"

　　宋翰两眼发亮，但踌躇了好一会，最后还是道："我陪着哥哥！"

　　宋墨呵呵地笑，道："来日方长。你可要想好了，过了这个村可就没这店了，你是陪着哥哥，还是去东大街、白云观、大相国寺逛逛？"然后不待宋翰开口，已笑道，"去吧，让陈核陪你出去逛逛，看见了什么喜欢的，哥哥帮你付账。"还诱惑他，"你不是想买个像顾玉那样的烧珐琅的镇纸吗？趁着这机会去玉宝轩看看有没有合适的。"旋即又开玩笑道，"我倒是觉得积芬阁肯定有，可又怕人说你嫂嫂刚刚进门，我们兄弟就去窦家打秋风，积芬阁那里，就算了。"

　　宋翰还要推辞，宋墨叹道："哥哥现在能帮你的，也就是这些了。我们在醉仙楼里等你，你挑好了东西，直接去醉仙楼好了。"

　　宋翰见宋墨说得真诚，眼圈一红，腼腆而又带着几分讨好地问窦昭："嫂嫂可有什么想要买的，我给您带回来吧？"

　　"我出嫁前已经狠狠地敲了我父亲一笔，"窦昭玩笑道，"现在实在想不出来有什么要买的。等我想好了，你到时候可不能推托！"

　　"不会，不会！"宋翰连忙保证，神色十分认真，反而让窦昭不好再说什么。宋墨就把马让给了陈核，他自己坐进了窦昭的马车。

　　一行人在官路上分道而行，宋翰由陈核陪着进了城，他们则去了皇上御赐给宋墨的田庄。

严朝卿早就到了，领了一帮人在院子里等。除了陆鸣、夏琏几个熟悉的面孔，窦昭还看到了一个瘦高腿长像鹭鸶的文士，据说是宋墨的另一个幕僚廖碧峰；还有个相貌英俊的中年男子，叫钟秉祥，刚刚从广东赶过来，他是宋墨在广东十三行的大掌柜……

众人行了主仆之礼，宋墨留下了钟秉祥，他吩咐钟秉祥："以后在泉州的那间铺子的收益，就直接交给夫人。"

泉州那间铺子，是所有铺子里收益最好的。钟秉祥恭声应诺，忍不住多看了窦昭两眼才退了下去。

既然成了亲，内院和外院的开支就应该泾渭分明，窦昭欣然接受。

宋墨带了她去了后院，一个身材瘦小、白白净净，相貌十分普通的年轻男子从树林中走了出来。

"这是杜唯。"宋墨含蓄地向窦昭介绍，"从前是定国公府的人，五舅把他交给了我，现在帮我管着京都的几间铺子。"

窦昭立刻明白过来，这个人是帮宋墨打探消息的，是宋墨的底牌之一，是宋墨暗中的势力。

"世子！"她眼睛涩涩的，胸口胀鼓鼓的，仿佛蓄满水的河坝，一不小心，河水就要溢出来。

宋墨做了个不必多说的手势，道："你我既是夫妻，有些事就不应该瞒着你。"

窦昭怕自己的眼泪落了下来，别过脸去。

这样的窦昭，让宋墨陌生却又莫名地心悸，像小时候功课做得好，得到了母亲毫不吝啬的赞美般，还带着几分欢喜，这种说不清道不明的感觉来得如此之快，让他一时间不知道如何是好，只好掩饰般地开着玩笑："你若是有什么事，也可以吩咐杜唯。免得你瞎子摸象似的到处乱闯，把自己给折了进去，还要我去搭救，我这也是为了自己好……"

眼前的这个少年，明明对自己那么地好，却总是一副怕自己不愿意接受似的，怕自己觉得伤了自尊心似的，极力地淡化着他的好意……难道自己表现得很差劲，所以让他对自己没有什么信心？

窦昭突然间觉得自己从前的隐忍根本没必要带到英国公府来，念头闪过，心情立刻放松下来，胸中就涌出满满的欢喜，她忍不住扑哧一笑，道："你放心，我胆子很小，摸象这种事，肯定会把你推到前面，把自己折进去的机会可不多，你恐怕没什么机会忙活！"

宋墨想到自己曾被她救一命，还曾被她逼得没有退路，面色微赧，却没有反驳这句话。

杜唯虽然负责帮宋墨搜集传递消息，可有些发生在自己身上的事，宋墨未必会让别人一览无遗。杜唯并不知道宋墨为何会默认这句话，可他却能感受到宋墨对窦昭的信任，而且这种信任还不是一般的信任，是那种可以把后背交给对方的信任。他不禁诧异地看了窦昭一眼，深深地低下了头。

从田庄出来，窦昭笑道："时候不早了，我们要快点赶到醉仙楼才好，若是二爷比我们早到了，可就麻烦了！"

"他是什么二爷？你喊他乳名就是了。"宋墨笑道，"有什么事，陈核会处理，不会有什么事的。"

窦昭知道自己这样称呼宋翰有点生分，可她只要一想到有一天宋墨可能会和宋翰翻脸，不知道为什么，她和宋翰就亲近不起来。或许，等她查清楚了宋宜春为什么要这样对待宋墨之后，她会对宋翰有所改观？

窦昭思忖着,和宋墨去醉仙楼。

宋墨告诉她:"我在醉仙楼订了个雅间,我们用了午膳再回去。"

"这样好吗?"窦昭一愣。

宋墨狡黠地笑道:"难得出趟门,不能好玩好乐,总得好吃好喝一顿吧?"

就像他带自己走江米巷胡同,可以看见六部衙门一样,今天,他带自己去醉仙楼吃饭。

窦昭笑着说"好",背过身去,悄悄地擦了擦眼角,整了整妆容,这才和宋墨下了马车。

前世她只听说过醉仙楼,却从不曾踏足。

宋翰还没有到。宋墨订的雅间叫沧海阁,在醉仙楼的顶层,屋里摆放着全套的红木家具,陈设着汝窑、定窑的瓷器,墙上挂着前朝名家的真迹字画,江南织造上贡的绡纱帷帐,推开窗扇,半个京都都可尽收眼底。

极好的地理位置,价值不菲的陈设,虽然是第一次来,窦昭已经可以预见在这里吃一顿饭是多么地奢侈了。

宋墨指了远处的一条依稀可见的街道给她看:"每当皇上从禁宫移驾去西苑避暑的时候,就会从那里经过,很多人为了观看御驾,特意订下沧海阁……"

"那能看得清楚吗?"窦昭笑道,目光却落在了醉仙楼对面一间人挤人的炒货铺子。

窦昭看见了宋翰,他正挤在人群里买东西。

有人把他挤到了一边,他狠狠地朝那人撞过去,把人撞倒在地,那人站起来就要和他动手,宋家的护卫忙把那人拎到了一边,陈核跑过去对宋翰低语了几句,宋翰勉强地点了点头,站到了一旁,陈核挤了进去。

宋家的护卫指着挤宋翰的人说了几句话,好像是在问宋翰怎么处理。

宋翰突然抬起头,朝醉仙楼望过来。窦昭吓了一大跳,还以为是宋家的护卫发现了自己,禀告给了他,正想问宋墨要不要和宋翰打招呼,却看见宋翰一低头,朝着那护卫挥了挥手,把挤他的人给放了。

陈核满头大汗地捧了包炒货递给宋翰,宋翰很高兴的样子,接过了纸包由陈核陪着进了醉仙楼。

窦昭转过身来,见宋墨也正默默地注视着宋翰。

"二爷来了!"她笑道,坐到了可以坐十几个人的大桌前,脑海里却不时地浮现出宋翰推人的那一幕。

宋墨帮窦昭倒了杯茶,宋翰噔噔噔地上了楼:"嫂嫂!"他兴高采烈地把手里的炒货奉给窦昭,"姚记炒货的糖炒花生,来醉仙楼吃饭的人都会买一包带回去尝一尝的。"

窦昭没想到他是给自己买的糖炒花生,微微一愣之后,她非常高兴地接过了纸袋,向宋翰道着谢。

"嫂嫂尝尝,"宋翰显然很高兴窦昭能喜欢他买的东西,兴奋地道,"若是喜欢,我以后常来给嫂嫂买。"

窦昭见他目光热烈,笑着点头,打开了纸包,尝了一颗,甜而不腻,香酥可口。

窦昭不住地点头,让素心倒了小半包在青花碟子里,请了大家尝。众人都说好吃,并在窦昭的示意下齐齐地向宋翰道谢。

宋翰笑了笑。那笑容,显得有些勉强,再看窦昭的时候,也没有了刚才的亲昵,好像在责怪窦昭把自己特意买给她的东西赏了别人,怠慢了他的一片好意似的。

窦昭若有所思。

回到英国公府，已是正午，宋墨要进宫当值了。他对窦昭道："我每十天休沐一天，其中有三天会歇在宫里，其他六天都是寅时起床，酉时下衙。今天我会歇在宫里，你有什么事，吩咐武夷给陈核带个信就行了。"又低声道，"陆鸣如今在我位于积水潭那边的一个宅子里做管事的，他手下还有帮人，是配合杜唯行事的，你若是觉得十分紧急，就让素心去跟陆鸣说一声。"

　　也就是说，陆鸣手下的那一帮人，是宋墨养着的死士。难怪这些日子一直没有看见陆鸣。

　　窦昭觉得自己还有很多话要跟宋墨说，可时间上不允许，她只好道："陈先生他们十月份会到京都来，到时候我还有些关于我自己的事要跟你说。"

　　宋墨笑道："没事，你想什么时候和我说都行。"

　　窦昭失笑。她很喜欢宋墨这种带着来日方长的不紧不慢，让她觉得有种岁月静好的安宁与悠远，让不时惦记着四年之后会如何的她，心境也随之变得从容起来。

　　窦昭笑着送宋墨出了门。回到屋里，她开始清点陪嫁，按照自己的习惯和喜好调整陈设上的一些小细节。第二天一早，又拿了陈曲水绘制的颐志堂的布局图，带着素心和素兰按图索骥，熟悉了解颐志堂的布局。

　　旁边服侍的武夷大惊失色，一面悄声地嘱咐松萝快点把这件事告诉严朝卿，一面笑盈盈地帮窦昭介绍各处的景致，还把窦昭走过的地方都记在心里，若是世子爷或是严先生问起来，他也能答得上话。

　　若是窦昭有心害宋墨，当初又何必千里迢迢地派人来救宋墨？何况他们现在已经是夫妻了，一荣俱荣，一损俱损！严朝卿笑道："夫人想去哪里，想见什么人，你们好生陪着就是了，不必大惊小怪，也不必报到我这里来。"

　　武夷闻言冒了一身的冷汗。窦昭再问他什么事，他少了几分圆滑和殷勤，多了几分认真和恭敬。

　　到了下午，颐志堂的人都知道了这件事。窦昭找颐志堂的丫鬟、婆子、媳妇子问话的时候，众人知无不言，言无不尽，窦昭很快就对颐志堂有了一个大概的了解。

　　颐志堂是历代英国公世子所居之处，为了培养历代世子独立处理事务的能力，颐志堂俨然一个小小的英国公府，账房、回事处、侍卫处、马房、浆洗房……样样都有，甚至颐志堂的侧门正对着英国公府的腰门，颐志堂的人不必走英国公府的正门或是侧门，直接英国公府的腰门进出，自成一体，非常方便。

　　窦昭曾经有过管理济宁侯府的经验，人员名册和账本拿过来之后，她看了这半年的每月的总支出，就已经知道颐志堂各处每年大概有多少支出了。

　　她在心里琢磨了半天，看着天色尚早，去了严朝卿那里，向严朝卿请教："如果我想回趟静安寺胡同，怎样才能得到国公爷的允许？"

　　严朝卿委婉地道："国公爷也是每天早上寅时上朝，酉时下衙，每十天休沐一次。"

　　窦昭颔首，让人带信给父亲，说自己有事要见他。

　　翌日用过早膳，她从英国公府的腰门出府，回了静安寺胡同。窦世英不知道发生了什么事，一个晚上都没有睡好，看见窦昭一个人回来的，脸色变得更加凝重了。

　　他匆匆将窦昭拉到了书房，关上了门就急声问道："出了什么事？砚堂呢？怎么没有陪你一起回来？你们是不是吵架了？这牙齿和舌头还有个打架的时候，更不要说你们刚刚成亲的小夫妻了！寿姑，你一个妇道人家，凡事都要忍让，不要动不动就回娘家，娘家能让你住一辈子？你最终还不是得和砚堂过一辈子……"

　　窦昭哭笑不得："爹爹，您能不能不要捕风捉影，先听我说句话？"她打断了父亲的臆测,"我没有和砚堂吵架,我回来,是想和您说件事……"

她正想着这话该怎么跟父亲说好,略一犹豫,窦世英已急切地道:"你没有和砚堂吵架,今天既不逢九,又不是什么节气,你一个人回来干什么?"

窦昭干脆拉着父亲在临窗的大炕上坐定,笑道:"您还记得三朝回门那天,世子曾说他选读《春秋》之事?"

"记得。"窦世英满脸的狐疑。

窦昭抿了嘴笑:"他那是为了讨好您,瞎编的!"

"啊?"窦世英睁大了眼睛。

窦昭解释道:"忠毅公学识渊博,他跟着忠毅公读书的时候,诸子百家显然都有所涉猎,可他不用科举,加上家里还请了师傅教他骑射,哪能像那些士子似的'两耳不闻窗外事,一心只读圣贤书',他不知道从哪里打听到您喜欢《春秋》,就把《春秋》好好地读了一遍,若说学问,只怕还浅薄得很。"言辞间有着她自己都没有察觉到的维护。

窦世英却听出来了,他不由得哈哈大笑,道:"他才多大的年纪,就算是个神童,又能有多少学问?"话音一落,他猛然间恍然大悟,"你这次不顾礼数,急匆匆地跑了回来,难道是怕我们听说他选读了《春秋》会考校他的学问,怕砚堂答不上来,来给砚堂求情的?"说完,窦世英再次望着窦昭大笑起来,不过比起刚才的笑声,更欢畅了,望着窦昭的目光,也多了几分戏谑,"傻孩子,你以为我和你的伯父们都是傻子不成?我们像他这么大的时候,还不知道自己要读什么好呢!他说他喜欢读《春秋》,我们也不过是欣赏他立志早,欣慰于有人和我们一样喜欢《春秋》罢了,怎么可能真的去考校他的学问?就算是考校,也不过会问问他诸如'隐公五年春,公矢鱼于棠,臧僖伯作何谏'之类较为浅显的问题,难道还会像翰林院里的那些老儒似的,非要把人考倒了才能显其学问不成?不只我和你六伯父,就是你五伯父在翰林院的时候,也曾给皇子们讲过经,他们有几斤几两,我们心里清楚着呢!你放心好了,没人会去为难砚堂的!"又促狭地笑道,"我读了三十几年书,也不敢说自己诸子百家都有涉猎,你倒也不怕给他脸上贴金!"

窦昭脸上火辣辣的。难怪父亲和五伯父、六伯父那么轻易就相信了宋墨的话,原来人家根本就不认为宋墨有多深的学问,不过是欣赏他还愿意读书而已!

可一想到父亲话里话外透露出来的"宋墨那点学问,根本不在我们眼里"的轻蔑,她心里就特别地不舒服,觉得父亲冤枉了宋墨,忍不住辩道:"宋墨可不是那些皇子皇孙,他不管是功课还是骑射,都很认真。他能未及弱冠就得到了金吾卫前卫指挥使一职,是因为他连续几年在秋围的考校中得了第一,并不仅仅因为他是英国公府的世子。他的字也写得很好,连皇上都很赏识……哪有您说的那样不堪!早知道这样,我就不告诉您这件事了……"她不禁深深地后悔,觉得在这件事上太冲动了,有些迁怒地抱怨道,"您这样,我以后有什么事,怎么敢再来和您商量?!"

窦世英见窦昭动怒,忙道:"没有,没有,我没有轻视砚堂的意思。"说完,又觉自己的话太苍白无力,没什么诚意,又讨好地道,"要不,你让砚堂跟着我读书怎么样?我保证他不会比翰林院的那些士子差!"

"真是不该跟您说这些。"窦昭不由瞪了瞪眼睛,"我来,砚堂根本不知道好不好?若是他知道了,以后还好意思到我们家来吗?"想到父亲的性情,她要父亲保证,"这件事,您谁也不许说!就是六伯父那里,您也不能透露半点的口风!"

窦世英连忙发誓,窦昭的脸色这才好看了些。

第八十六章　打听·黑屋

窦昭自觉做了件傻事，心情沮丧。

可陶器重的心情却比她更沮丧。

他是八月二十五日离的京，日夜兼程，一路疾行，不过四日就到了真定。

进了城，他在一家茶馆坐下，问起了真定窦家："……就是当朝刑部尚书、文华殿大学士窦元吉窦阁老的家！"

茶博士望了眼一身文士打扮的陶器重，一面手脚麻利地沏茶，一面笑道："老先生不是本地人吧？真定府有谁不知道北楼窦家的！我们茶楼的老板娶的就是窦家一位管事的闺女，我家祖上也曾给窦家卖过棉花，您可真是问对了人！"

陶器重这才真切地感觉到了窦家在真定的根深叶茂，他笑道："我是江南人，在京都坐馆多年，如今年事已高，辞馆回乡。前些日子在京都城里见到窦府嫁女儿，十里红妆，比我们江南人家嫁女儿还要气派，这才有此一问！"

茶博士听着就笑了起来，道："您说的是窦家四小姐吧？窦家四小姐从小就和京都的济宁侯定了亲，只是济宁府的老侯爷死了，四小姐守了三年，去年由太夫人亲自护送去了京都。算算日子，窦家四小姐也应该出嫁了。"

原来窦氏姐妹易嫁的事还没有传到真定，或者窦家的人早已经知道了，但因为不知道如何向乡亲四邻交代，只好保持了沉默。

陶器重正要问窦昭的事，就听见旁边有人道："可惜二太夫人不在家，要不然，窦四小姐出阁，京都肯定会派人来报喜讯的，到时候窦家定会摆流水席，搭台唱戏，大派封红，我们也能去凑个热闹了！"

跟着陶器重来的，还有陶器重的一个随从，这随从是陶器重的心腹，自然知道陶器重是为何而来。他见陶器重难掩惊诧，略一思忖，笑道："窦家可真有钱，难怪那么大的手笔了，陪嫁里面还有一抬银票呢！"

他的话像滴进热油锅里的水，噼里啪啦地炸了开来。

"一抬银票？为什么要陪嫁一抬银票啊？窦家又不是暴发户！"有人奇怪地道，"老先生，这到底是怎么一回事？"

茶馆里不管是真定本地人，还是过客，都望向了陶器重，陶器重就把陪嫁的事说了一遍。

有人艳羡，有人感叹，也有人酸溜溜地道："窦家有的是银子，一抬银票算什么？想当年，窦家耀成公在家中招待路经真定去淮安任职的都转运盐使司转运使时，不仅请了京都的戏班来唱戏，还在水榭里点了一千多盏琉璃荷花灯，映着天上的繁星，简直让人分不清楚是在人间还是在天上，那才是真正的大手笔啊……"

有人嗤笑，道："那是哪年哪月的事了？要说热闹，我倒觉得前两年窦家四小姐的及笄礼才是真正的热闹！不只窦家远在京都的女眷、随丈夫远在西北任上的赵家舅太太，就是像江南宜兴纪家这样的姻亲，像鲁大人那样的地方乡绅家的太太们，甚至是窦家各分店的掌柜、各田庄的庄头、那些街坊邻居，都来庆贺窦家四小姐及笄，整个北直隶都被惊动了，这岂是用钱就能做到的！"

一席话说得大家议论纷纷，却没有一个人出言反驳。

陶器重倒吸了口凉气，道："为何大家都会来庆祝窦家四小姐的及笄礼？"

自有好事者大声笑道："窦家在京都的女眷都回来了，自然是因为窦家七老爷在京都游宦，窦家四小姐在家中代父尽孝，服侍七老爷的生母崔姨奶奶，窦家的长辈要安抚窦家四小姐喽！而赵大人只有这一个外甥女，爱若掌珠，赵家家眷虽然都随着赵大人去了西北，可赵太太隔几年就会回来看看窦家四小姐，怕窦家四小姐没了生母，被人轻慢，窦四小姐的及笄，她肯定是要回来的。像鲁太太这样的官太太，看着二太夫人如此看重窦家四小姐，来锦上添花罢了。至于那些铺子的掌柜、田庄的庄头……窦家四小姐不仅主持西窦的中馈，还由窦家三爷辅佐，打理着西窦的庶务，窦家四小姐的及笄礼，他们敢不来吗？"

他的话音刚落，先前嗤笑高声说话的人道："你这话说得失之偏颇。窦家四小姐为人纯善，真定府谁人不知，谁人不晓？早几年东巷街别家武馆的官司，要不是遇到了窦家四小姐，别师傅能洗清冤屈吗？别氏姊妹到如今还受着窦家四小姐的庇护呢！那年真定大雨，要不是窦家四小姐免了窦家一些田庄的租子，不知道有多少人家过不下去，要卖儿卖女！你怎么能说那些大掌柜和庄头是为了巴结窦四小姐，所以才纷纷来祝贺窦家四小姐及笄礼的呢？"

他的话，立刻得到了茶馆多数人的赞同，嗡嗡地指责着那大声说话的人，那人面露尴尬，低了头喝茶。

此情此景，如雷鸣般在陶器重的脑子里隆隆作响，心头像压了块大石头似的，越来越沉重，脸上再难维持礼貌的笑容。

这是他所了解的那个从小在乡下长大，木讷，倔强，不受人待见，无依无靠的窦家四小姐吗？他们说的是同一个人吗？

陶器重忍不住道："不是说窦家四小姐不受继母待见，所以留在真定由窦七老爷那姨娘出身的生母教养吗？怎么又变成了'代父尽孝'了？"

茶馆里有人扑哧一笑，道："老先生是从灵璧县过来的吧？切莫听那庞家胡言乱语。那王氏不过是个小妾扶正的，虽是王又省的女儿，可那几年王又省正落魄，哪里还顾得上管教儿女？这个王氏既少了教养，就算是被扶正了，也一样是个上不得台面的，家中的中馈竟然得由窦家四小姐出面才理得清楚。那窦家四小姐才几岁？像王氏这样的市井妇人，又怎么能容得下她？偏生窦家四小姐幼承庭训，不愿和王氏一般见识，就自请跟着东窦的六太太启蒙读书，鲜少回西窦。这也是为什么窦家四小姐及笄，纪家会派人来道贺——六太太把窦家四小姐当自己亲生的一样，那纪家也就把窦家四小姐当成了自家的表小姐。那王氏千算万算，却不承想她把窦家四小姐挤对出了门，反而让窦家四小姐多了门姻亲相助。要说那宜兴纪家，可不是一般的人家，家中出过两任帝师不说，到如今也有七八个进士在京都做官，岂是王家那一家子白身能比的？这正是应了人算不如天算那句话，也活该那王氏生不出儿子来。"

最后一句话，说得十分狠毒，把陶器重吓了一大跳，不由细细地打量着那人，心里却想着宜兴纪家。在他的印象中，纪家好像只有六个人入仕，这人的话虽然有点夸张，却也不算离谱，可见他说的这些话也不全是胡编乱造。难道真是自己出了错？

这些天来一直隐隐萦绕在心底的念头破茧而出，陶器重心头发颤，脑海里却突然浮现出宋墨的影子……

难道是……不，不，不！不可能！

如果此事与世子爷有关，世子爷又是怎么认识的窦家四小姐呢？

可如果此事和世子爷无关，窦家无缘无故的，为何要演了这一出姐妹易嫁呢？

陶器重心里乱糟糟的，耳边就听到有人小声议论："诅咒王氏的，是郎家的管事吧？"

"是郎家十五太太的陪房。"

"原来如此！"

"你听说了没有？庞家当铺，上次收了一尊紫金大肚弥勒佛，竟然是假的！庞家亏了八百多两银子，跑到县衙里喊冤，说是上了郎家十五太太的当。"

众人嘻嘻笑，表情中都带着几分"你知我知"的暧昧。

"自己家的朝奉看走了眼，怪谁？"有人道，"县尊怎么说？"

"县尊还能说什么？"那人笑道，"钱货当面点清，当时没有看出来，这个时候再来喊冤，不要说诸家的少爷如今中了举人，就算是寒门小户，也没有拘了人来打官司的道理。他庞家不过是靠着王家过日子，还真以为真定县衙就是他们家开的不成？"

有人质疑道："会不会弄错了？为了八百两银子，就跑去找县尊大人出面？"

"我骗你做什么？庞家现在不比从前了。自从那庞昆白被窦家四小姐身边的护卫误会成劫匪打得瘫了之后，庞家就像走了霉运似的，做什么生意都亏，一年不如一年。要不然庞家老太爷还在，为何庞氏三兄弟却吵吵闹闹非要分家不可？"

"那你们听说了没有？"又有人悄声道，"听说庞家的姑奶奶嫌弃庞家总找她的麻烦，放了话出来，说庞家是庞家，她是她，以后庞家的事，少往她身上扯……"

大家窃窃私语着。

陶器重脑子里一片空白。庞家和王家是姻亲，竟然会被窦家四小姐身边的护卫误会成了劫匪，还打成了瘫子……可能有这样的误会吗？

他不禁打了个寒战，回过神来，忙示意随从结账，悄悄地出了茶馆。

一阵寒风吹来，卷着枯黄的叶子打在他的脚上，他不由双手拢在了衣袖里。

这真定县又不是窦家的，他就不相信了，问不出那窦家四小姐是什么样的人。

陶器重不甘心地带着随从漫无目的地在大街小巷转着，看见一家兼卖茶水的杂货铺子，坐堂的是个年过五旬，面相有些刻薄的老妪，正无聊地在那里嗑着瓜子。

他想了想，走了进去，丢了二两银子，叫了两杯香片。

老妇人知道来了大主顾，两眼发光，殷勤地送上了两块糕点和一小碟瓜子。

陶器重就问那老妇人："您可知道当朝刑部尚书、文华殿大学士窦阁老家往哪里走？"

那老妪听了嘿嘿地笑，看陶器重的目光像看到了一块肥肉，道："老先生是来给窦家送礼的吧？可惜二太夫人不在家，当家主事的是窦家三爷。我跟您说，要说这真定县，就没有我不知道的事……"

陶器重又塞了几块加起来约莫有三四两重的碎银子给那老妪。

有了银子打点，那老妪自是知道什么说什么，不知道的，也要连猜蒙地把事情排圆满了。

或者男女有别，大家的关注点不同。

在这老妪眼里，窦家四小姐就太软弱了："……有这样疼爱她的舅母，有这样给她撑腰的伯母，还有什么好怕的？要是我，早就去京都把那王氏给挤对回来了，让王氏在崔姨奶奶面前晨昏定省，端茶递水，哪里还能容得那王氏在京都作张作乔地摆那太太的款！"说到这里，她不由长叹了一声，语气中流露出些许的同情，"不过，也不怪窦家四小姐，她是从小读着《女诫》长大的，待人处事讲究一个循规蹈矩，行事不免太过绵柔。倒是那郎家十五太太，做姑娘的时候我也曾见过几面，娇娇柔柔的一个美人，说起话来怕声音大了吹落了树叶，走起路来怕踩死了蚂蚁的一个娇小姐，不过十几年的工夫，不仅主持起郎家的中馈来，还开始插手郎家的庶务，成了个肩上能走马的巾帼英雄不说，还记恨上了庞家，庞家几桩能起死回生的大买卖，都被郎家十五太太给搅黄了。"她说着，神色间流露出几分幸灾乐祸来。

这老妪的言谈果如她的相貌般，十分刻薄，可她却始终没有说窦家四小姐的什么不是。

窦器重不由深深地吸了口气，问："郎家十五太太是什么人？"

老妪嘿嘿地笑，笑容显得有些兴奋，把多年前窦家和诸家、庞家的纠葛手舞足蹈、声情并茂地说了一遍，最后还道："那郎家十五太太怎么能不恨庞家？要不是庞家，她早就是窦家的七太太，凤冠霞帔的进士夫人了！"

陶器重听得头痛，见这老妪想当然地胡说八道，他不禁道："郎家十五太太不过是个妇道人家，上有公公，下有夫婿，就算能插手庶务，最多不过是看看账册，怎么可能有本事坏人买卖？"

老妪想到那几块碎银子，生怕自己答得不对，被要了回去，闻言顿时急了起来，道："看您就知道是个读书人，不清楚这生意上的门道。我们真定府，除了像我家这样的小杂货铺，略整齐些的铺子，多半都是窦家的生意。郎家要抢庞家的生意，窦家的人在一旁看着不出声，有谁敢蹚这趟浑水？更不要说帮着庞家出头了！就是看出来了，也不敢吭一声——惹了窦家，你以后还要不要在真定过日子了？"

没想到窦家在真定这样嚣张，陶器重不由皱了皱眉。

那老妪看着，心中十分不快。你问什么我答什么，该说的不该说的，我都告诉你了，你还不满意，难道还要以此为借口，把那银子要回去不成？

想到这里，她咬了咬牙，朝着坐在她家铺子门前台阶上抱着筐儿卖梨的少年使了个眼色，示意他帮她看着铺子，跟陶器重跟了声"我要去茅房"，一溜烟地去了后院。

陶器重见那老妪所说的与自己猜测的大不相同，兴味索然，枯坐了半晌，也不见了老妪出来续茶，索性丢了几个铜子，和随从信步出了杂货铺子，在真定找了一家客栈安顿下来。

之后的几天，他又接连打听了几个人，得到的答案都大同小异。

他不免神色有些恍惚，那随从也担心地道："先生，若那些人说的都是真的，我们该怎么办？"

这桩婚事，可是他陶器重从中牵的线，搭的桥！当时他是怎么劝英国公的，他此时还记得一清二楚，回去之后，他怎么向国公爷交代呢？

陶器重苦笑。

有人叩门，随从去开了门，门外是个卖梨的少年。

这个时候谁还有心思吃梨啊？随从正要赶人，陶器重却眼尖，认出正是几天前在那老妪门前卖梨的少年，他心中一动，忙伸手阻止了随从，问那少年："你有什么事？"

卖梨少年嬉笑道："余婆子说，给您送个口信，可以得十文钱。"

陶器重朝着随从颔首，随从拿了十文钱递给了卖梨的少年，卖梨的少年这才笑道："余婆子说，让你赶紧去她那里一趟，她有要紧的事跟您说！"说完，噔噔噔地跑了。

随从望着陶器重，陶器重想了想，道："走，看看这婆子葫芦里卖的是什么药！"不过是想赚他几个钱用，只要她说的消息有用，花些银子也使得。

随从应了一声，陪着陶器重往那老妪的杂货铺去。

穿过客栈到杂货铺必经的长巷时，突然有人在他们身后喊"陶先生"。

陶器重回头，还没有看清楚来人，后脑勺突然传来一阵剧痛，他眼前一黑，全身无力地倒了下去。

在倒下去的那一刹那,他心里却明镜似的,知道自己被人打了黑棍,中了别人的圈套。

这次只怕是凶多吉少!没想到自己竟然会阴沟里翻船,死在了这里。英国公远在京都,等那边知道自己不见了,自己恐怕早就化成了一堆白骨。

陶器重心中涌起深深的不甘,失去了知觉。

不知道过了多久,陶器重清醒过来,眼前一片漆墨,脑子嗡嗡作响,一抽一抽地痛。

他不敢动弹,静静地躺了半晌,眼睛渐渐地适应黑暗,这才发现自己好像是被关在一间没有窗棂的黑屋子里,身下好像铺着稻草,散发出腐烂的霉味,让人作呕。

念头一动,人仿佛受不了似的,就要呕起来,却看见旁边有个凸起的黑影,好像还有什么东西躺在他的身边。

他一阵毛骨悚然。

静观了半晌,那黑影慢慢地蠕动了一下,发出一阵痛苦的呻吟声。

外面突然传来一阵轻盈的脚步声,还夹杂着男子不耐烦的低语:"为何还留着这两个的性命?我看一刀结果了算了,也免得我们整天守在这里动弹不得!还要时时注意着两人是不是醒了过来……"

"要等陈先生回来。"有人笑着应道,"否则何必这么麻烦?"

说话间,哐当一声,屋门被推开,两个高大魁梧的身影逆着光出现在门口。陶器重忙闭上了眼睛,屏住了呼吸,一动不动地装昏迷。

两个身影就走到了蠕动的黑影跟前,其中一个用脚踢了踢那黑影,道:"老林,这个家伙快醒过来了,怎么办?"

"再给他脑袋补上一棍。"另一个人不以为意地道,"陈先生明天一早就能赶回来了,行讯逼供之后,就会埋在后花园里给四小姐的花当花肥,现在只要他还能喘气就行了。"

那人"哦"了一声,转身找了根棍子朝着那黑影就是一下,黑影又无声无息地趴在了那里。

"你不会把人给打死了吧?"另一个人担心地道,随即又安慰打人的人,"不过也不打紧,他只是个随从,只要他主子不死就行了。"然后对那人道,"走吧,这里有些时候没关人了,四小姐说过,死了人的地方要是长期不通风,时间长了,就会有瘴气,人闻了会得病的……"

哐当一声,门重新被关上,室内又陷入了黑暗,陶器重却吓得一下子坐了起来。

头昏目眩中,"随从""陈先生""四小姐""有些日子没关人了""死了人的地方"等字眼像走马灯似的在他的脑海里闪烁着,他立刻意识到了自己的处境。

陶器重不由自主地打了个寒战:那窦家四小姐不是个温顺的乡下丫头,而是个杀人不眨眼的女魔头!他得趁着那个什么陈先生回来之前逃走!不逃吾命休矣!

陶器重顾不得两眼直冒金星,轻轻地推了推自己的随从,小声地喊着他的名字。

黑影呻吟一声,就要醒来,却吓得陶器重一身冷汗,忙捂了随从的嘴,在随从的耳边低声地喊着他的名声。

随从迷迷糊糊地醒地过来,发出一阵呜咽声。

陶器重忙道:"小声点!"过了片刻,才放开了捂着随从的手。

随从已经醒了过来,他深深地吸了口气,喃喃地道:"这是在哪里?"

"可能是在窦家的地下室。"陶器重的声音压得低低的,把自己的判断告诉了随从,

"我们打听窦家四小姐的事,被窦家四小姐的人知道了,被抓到了这里,只等明天一早一个被称为'陈先生'的人回来,就会对我们刑讯逼供……我们得想办法逃出去……你试试还能不能动弹……他们肯定没有想到你的身手高超……这是我们唯一的希望了……"

随从悄无声息地活动了一下手脚,觉得没有大碍,站了起来。

陶器重长长地吁了口气。这个随从是英国公赐给他的,这也是他为什么敢只带着这随从就到真定。可他还是错误地估计了窦家在真定的影响力。

如果他们能够侥幸逃出去,恐怕也难以逃脱窦家的追杀吧?唯一的办法就是向离这里最近的卫所求助。

他不由摸了摸腰间,能证明他和英国公关系的小印还在。

这些人仗着人多势众,又是在自己的地盘上,行事很粗暴,连他的身都没有搜。

这让陶器重一下子燃起了无限的希望。

正沿着墙摸索的随从也发出一声低呼:"先生,这是间石室,门在这边,不过是铁铸的……"

陶器重想到刚才开门时透进来的光线,道:"你先好好养养精神,最多三个时辰,天就完全地黑了,到时候我躺在地上大声呻吟,你就躲在门后,想办法把最先进来的那个大汉给击倒。虽然漏洞百出,可除了这个办法,没有其他办法能让我们早点脱险了,只能冒死一搏了!"

随从应了一声,两个人在漆黑中等了快三个时辰,陶器重开始大声呻吟起来。